你还只是一位年轻人

小说界 文库 ❶

《小说界》编辑部 编

上海文艺出版社

目 录

采　摘　韩　松..........1

柠檬裙子　李静睿........23

公园历险　许　佳........55

鸿鸾禧　淡　豹........97

归途快递　康　夫........137

半梦半醒半睡之间　俞冰夏......175

你还只是一位年轻人　文　珍........201

采 摘

韩 松

韩　松　中国作家协会会员，中国科普作家协会会员，在媒体工作。主要作品有《医院》《独唱者》《宇宙墓碑》《再生砖》《红色海洋》《地铁》《高铁》《轨道》等。

领导下达任务，派我和其他一些年轻人，陪同单位的老人们去郊区采摘。他们退休了，更精神抖擞，喜四处活动。这次是去采梨。采摘是近年的一种流行，与老龄社会相得益彰，亦发掘出了农业在后工业时代的最新用途，也就是改变了食物仅仅是用来果腹充饥的目的，农民也可以借此增加收入，城乡差距和贫富差距缩小了。这都是老人们带来的新气象。但为什么是梨？……且说，这天，风和日丽，老人们皆穿得鲜艳夺目，足蹬充气旅游鞋，身着帆布冲锋衣，个个斗志昂扬，像要去打一场大仗。在前往目的地的大客车上，连陪同的年轻人也受到感染，仿佛我们才是老人，俱分外亢奋，一扫颓气。似乎，大家已很久不曾出去了，快闷死了，从身体到精神都在落叶般衰败。如果不是老人，年轻人怎么出得去呢。我们本是由老人选定的，在老人们火眼金睛的审视下，千里挑一，来到单位，没日没夜干活。我们很快未老先衰了……大家不禁又紧张起来，俱自觉挤在车厢后部，羞惭似的，好像还不习惯与返老还童的老人们打成一片。

"现在男人的心眼儿不如女人大了。"有人找个话题，小心翼翼聊起来，以缓解焦灼。"地位不行了嘛。""精神萎靡得很哟。""薪水太少了噢。""买不起房子哪。"……莫衷一是，不过是在找话说，却都不敢讲这也是由于老人的缘故——他们正在说笑话呢，好像每一个音节都在嘲讽我们。其实，与我们无涉。我也分外紧张，瞟瞟前面燃烧的大片白发，贸然说："还是与采摘有关吧——也就是我们今天要做的这事儿。哎，说起来，古代男人出门在丛林里狩猎剑齿虎，猛兽让他们产生挫败感；而女人留在家中，到附近林子采摘，相对安全，又顺应大自然，不争斗，心境就日渐平静开阔了，最后形成阴盛阳衰的局面。""原来，是这样啊，真相就是采摘啊。看来,我们这一趟走对了！"一个女同事若有所思道。"是啊，是啊！"我赶紧说。她坐在我前方的座位上。她也许没有想到，我刚才那番话，有卖弄的意思，其实是故意说给她听的，以期引起她对我的注目。跟我一样，她也是优秀的年轻人，过五关斩六将，才杀进单位，还担任了团支书。我早对她有意。如果她高兴了，我也会喜不自禁。但她说完那几句，就不搭理我了，而和一个打扮花哨的老太太聊得火热。似乎，车上年轻人里，她跟老人最合得来，能够畅通无阻打入他们。这让同龄人嫉妒。我不知所措。

经过长途颠沛,终于到达目的地。这是郊区的一个农庄，村口打起"热烈欢迎"的猪肝色横幅。我感到陌生，并有怯意。但很快进入了程序。农民们嬉皮笑脸瞧着我们，随地蹲坐，指指点点。这种活动，最近搞得多了，他们见到城里来的老人，习以为常，对年轻人则不放在眼里。老人们乘了半天车，按惯例先去上厕所，然后才进入采摘环节。年轻人就紧紧相随，手脚并用护卫着，生怕他们不慎掉进粪坑，那样我们责任就大了。大家踮起脚尖，书包不离身，成群结队朝用土墙围起的旱厕拥去。农村厕所脏得要命，臭味儿老远闻得到，边上还有两条毛刺刺的大狗把守。我和那姑娘，恰巧走到了一起。我们互相看看，有些不自在，就不由分说，争相用身体为老人们挡狗，很英武似的，形成虚幻般的默契。狗有一只是豁嘴，漏风地连续嘶吼，好像不情愿这多人来，而且老人与这儿的气场不符。另一只是母狗，身上粘满屎，也在一旁附和，跃跃欲试，似要扑向老人。我嗅到边上女孩身上的气息，比狗的气息浓郁，不禁心里一疼……我不敢多看她。她却很有耐心，嘘嘘地嘬嘴叫唤，勇敢地用娇躯横挡在路中央，也就是挺立在老人与狗之间，掩护一串串蹒跚而过的老人。这让我惭愧，觉得落了下风，担心配不上她。我犹豫一下，壮胆上前，把她拉到一侧，吞吞吐吐说："还是我来吧。"说着，伸手去牵一个老头儿，要帮助他，其实是表演给她看的。她不放心地跟上来。老人的小手冰凉，钢丝般的鼻毛老长，从孔窍中一丛丛伸出，随风摇曳，让人想起灭绝的猛犸象。他忽然横摆一下，睃我一眼，把我的手狠狠拂开，转而抓住女孩的手，往厕所大步走去，一边用力瞪那母狗，又扭过头，却不是向我，而是冲她，说起话来，慈眉善目唠叨他三十年前的往事，说他那时如何跟坏人作斗争，抓获潜伏特务，保护公共财产，得到了单位嘉奖……神采飞扬，口沫横溅，声调亦变得如蚯蚓缠绵柔软。我绝望地想，不怕狗了吗？我停下，落败地垂首站在一旁，偷眼看见女孩做出饶有兴趣的样子，不住嗯啊点头，那模样就像是老人的亲孙女。老人一字不提传说中的苦难，而只讲得意之事，好像那个时代是多么的轰轰烈烈、伟大无疆。他的口水星子在女孩的鼻尖前闪亮飞舞，他的枯手舞出十字形的动作，不经意间反复碰触了她的胸脯……我顿然意识到，正是老人的存在，映衬出我们的年轻！姑娘却微笑着保持一个姿势。

老人们上厕所用去很长时间，然后又簇拥到一块儿，卸下身体负担后，步履轻快地重新上场。特别是，又有单位这一群年轻而恭顺的壮劳力陪伴，他们更加兴致勃发，一个个显摆似的，要在我们和狗的面前展现活力。我稍一走神，与团支书失散了,心里顿然空茫。我找了一阵,才见她在搀扶那个最早跟她说话的老太太。她显出很讨厌做年轻人的样子,但其实是本性善良吧,又有责任感,所以才如此耐心,而这正是我个性中的缺陷,使我喜欢上了她。我失魂落魄,不知道该做些什么,才能入她眼目、讨她欢心……这时,一个矮胖黝黑的女农民把我们引领到了一处栽满植物的园圃,好像一个绿油油的内海。老人们的眼睛立即嗖嗖亮了,其实,他们的眼睛本来就是雪亮的。他们是越老越会用眼啊,白内障什么的都是遮眼法。你看,他们采摘,瞄得是那么准,伸腿是那么快,下手是那么狠,不到一刻钟,几乎每人都采摘到了最大个儿的、最饱满结实的梨。陪同的年轻人为了助兴,也不停采掇,到手的却总是最差最萎的,眼力劲儿首先就不行,近一半人戴着近视眼镜,又出校门不久,更谈不上经历了那个逝去时代的风云锤炼,另外也是被刚才的厕所和狗来了个下马威。本来,毕业之际,我们都觉得自己风流倜傥,指点江山应该不在话下,到了单位后,才晓得根本不是那样。我们这一代不行……很快,大家都气喘吁吁,腰酸背疼,苦不堪言。我又看到那个给姑娘述说往事的老头儿。他挑战似的红眼瞅定我,好像在大声宣告:"喂,看我还行吧,还保持着本色呢！说到采摘，你们谁能搞过我呢？"他驼着矮小身子，背负一大堆黄绿色的梨，箭步前蹿，像一个洋洋自得的赴蟠桃会神仙。

我才体悟到，我们的工作，没有老人们的支持，是根本不可能完成的。他们是采摘高手哇。他们退休了，可是单位的运转还需要他们辅佐，采摘则能调动其能量，发挥其余热。但我又不服输，心想怎么就采摘不过你们呢？挑战重重并严峻，但至少我还年轻啊。这时太阳像一个金色卵子高悬，好像是在嫉妒那些跟它长得相像的梨。我眯缝眼看去，发现它竟然不如梨儿明亮，一副快要熄灭的样子。它后面的宇宙正在白茫茫地往后藏匿。我不禁想到了远在老家的父母，他们也已退休了。但愿也被单位请去采摘了。这样我的心态才有些平衡。我又低头看看脚下的土地，几十万年前，曾是男人狩猎、女人采集之处，我踩着的这片泥，下面说不定埋有古人类的化石吧，我们一代代繁衍到如今，明天，我也要与某个女人结婚，然后买房，生子，再老去，经过漫长的时间，我才有机会变得跟这些老人一样……但几十年后我还能来采摘吗？那时还会有梨吗？这片土地还在吗？这个国家呢？……我很着急。老人们像野兽一样拼命跳着脚，死死拎着塑料袋,男人女相,生龙活虎,就像要抓住世界末日前的机会,在田地里汗油油来回奔跑,高兴得不得了。我和同伴不停把矿泉水递到他们手中。但他们不屑一顾,马上扔到一旁,说,喝这个干什么!你们以为我们刚劳动一会儿就要补充能量啦?不,不,等采完梨再说!

终于告一段落。中午,就在村里吃饭。土鸡土鸭,红薯土豆,据说是无污染食物,老人都乐开花了,呦呦叫着。他们辛勤劳作了半天,胃口大开,狼吞虎咽,一盘食物上来,立马扫光。有的老人兴致来了,嚷嚷要酒喝,我们就赶紧返回汽车,把自带的酒搬出来。有啤酒白酒,提前有所准备。年轻人乏力,又胆怯,都不喝酒,老人就不管我们了,自己喝,推杯换盏,大呼小叫,像是庆祝战役的胜利……我更紧张了,想了半天,才记起,原来,领导交代了,今天还有一项任务,也就是让我找机会说说征文的事情,单位要举行成立九十周年的庆典,拟请老人撰写回忆录。这玩意儿只有他们才能写,别人替代不了。没有回忆录,一切就不成立了。这事要在采摘间隙,找个机会向他们说明。我在后怕中庆幸自己还没有忘记,就鼓起勇气,离开饭桌,走上前台,清清嗓子,吭哧着把这事当众讲了。但老人们好像统统没有听见,只在摇头晃脑吃喝，嗡嗡嬉笑，嚷闹一片，给我的感觉是，仿佛谁也没在这个单位干过，包括那些个自夸了丰功伟绩的老人，这时也装聋作哑了，只在呼噜呼噜狂饮大碗的蛋花汤，脑袋淹没在亮堂堂的餐具深处。九十周年，算个什么呢。在他们眼中，似乎早已跟自己没了关系。这让我有失败感。本来，回忆录这种东西，年轻人发音都发不太准……但这才是单位一定要低三下四讨好老人的缘故吗？有的老头儿老太太，大概吃得差不多了，就和和气气歇下来，交头接耳，挤眉弄眼说着他们才懂的话，样子非常神秘。我对自己竟然置身此间，感到巨大的无奈，好像刚刚开始生活，生活就要结束了。我一时冲动，很想跃过去，把老人们的桌子掀翻，然后在他们愤怒、轻蔑而嘲弄的目光下，拂袖而去。但一想到进入单位的艰难，父母的期盼，还有我未来的女朋友，以及我还要争取活到自己也能来采摘的那一天，我就咬牙忍住了，我就低头回到了饭桌前。

我边上坐着的，正是那位老太太。她基本无牙了，一嘴的黑洞张张合合，像里面填满无数的隐形小弹簧。我热爱的团支书姑娘，正陪着老人，细声细语对她说："您今天身体感觉怎样？还能坚持吗？"很体贴的样子，就像小媳妇儿。

我觉得她有些过分，甚至如老人一样虚伪。但我就是因为这个，才喜欢她的吧。她比我圆熟，这令她性感。因此我也不说什么了，只热锅上的蚂蚁般侧耳聆听，也算是虚心学习吧。老太太忽然伸出柴火棍儿一样的双手，用很大力气，拍拍一马平川的胸脯，汗涔涔的，像个真正的过来人似的朗声说："我很好呀！"但姑娘还是帮她从一个小手袋里把药片取出来，娴熟地喂入她口中，令她就着滚热的蛋花汤吞下去。她很费劲地吭哧一阵，雏菊般的嘴唇旁溢出暗黄色的浓汁，空气中立即弥漫开一股暧昧的咸味。边上一群老头儿直皱眉。姑娘却不离不弃，又用纸巾擦拭掉她脸上的黏液。我实在不忍看下去，却束手无策。老太太忽然不爽地说："我采的梨呢？""放车上了啊。""什么？放车上了？""是啊。""我不信，我不信！一定是落田地了吧。""真的看见放车上了呢。""不对，肯定是忘在了树林中！"她说着嘤嘤哭了。姑娘沉吟俄顷，眼珠一转，说："不怕啊，不怕啊，我去帮你拿来看。"像哄小孩似的。我本想冲她说，别这样啊，实在要去，就让我去吧。但我坐着没动。我颓丧地看着女孩离席的背影，两个肩胛骨处显露出了异性的矫健和敏捷。她果然是母系氏族采摘者的后代啊，几万年来，这样的基因沉积，发扬光大，令男人相形见绌。我感动了，想追上去，伸出双手，从腰后轻轻搂住她，再绕向她凉爽的腋窝，却避开丘陵般拔起的前胸，仅仅是表达我的疼爱、照拂、失落和嫉妒。她应该跟我在一起，而不是与老人厮守，在他们身上耗尽心血。但我没办法。我接受的任务，就是让老人高兴，而不是让她高兴。我只好一无是用地坐着，浑身颤抖，机械地取过一只鸡腿，塞进嘴里，一下掉进喉管，半天没透过气。这时我看到老太太正咧嘴冲我笑，就像看穿了我的心思。"你老瞅她做什么呢？喜欢她是吗？我一辈子没结过婚。那又有什么好呢？我们那时，人人忘我工作，不考虑个人问题。不像你们啊，成天就知道享受、享受！享受那么多，有什么好处？像我们，退休了，还能为服务农村做些事。待会儿就可以吃到梨儿了。饭后吃水果能长生呢。"我恨恨瞅着她，又矛盾地心忖，好好跟她聊聊吧，这是我工作的一部分，可以让我在与女孩的竞争中，获得一些平衡，乃至占据上风。但鸡腿噎得我说不出话。老太婆只是天真无邪地笑着，就像餐桌上的皇太后。我不敢得罪她，害怕她回去向领导告状。

吃过午饭，老人们补充了力气，又在农民的炕上睡了一会儿觉，到了下午三点，继续采摘，一队队波浪似的埋头推进，也不再与我们交流。大概是两个年轻人负责一个老人吧，帮他或她扛着拎着战利品。老人们吃饱喝足了，又踏实睡了一觉，身上愈发有了劲道，就喷出酒气，打起饱嗝，撒丫子一溜烟跑不见了，只在半空中洒下一串串大笑，撇下左右不是的年轻人，在田间地头聚成一堆儿一堆儿，面面相觑，慌张地商量该怎么办。这种地方大家也不熟悉，不少人从未来过乡下。而老人则像荣归故里，头顶烈日，奔来跑去，上蹿下跳。我们拎着医药箱和矿泉水，扛着老人采来的梨，试图撵上并找到他们。但他们腿脚灵便，神出鬼没，敌后游击队一样，把我们统统甩下了。那几个患有气喘病、心脏病、高血压和美尼尔氏综合征的老人，表现得格外活跃，还时不时回头冲我们扮鬼脸，挑逗道："年轻人，来啊，来啊！追我们啊！"结果，反倒是办公室的小何，不慎摔伤。他刚毕业来到单位，就在服侍老人的过程中，从垄上跌下，昏迷不醒。老人们才不跑了，折回来，一边围观一边笑："这孩子怎么这么娇气啊！"就在我们不知道该怎么办时，老人们就嗨哟嗨哟喊着号子，把满脸是血的小何抬上田埂搁好，就像捕获了猎物。反倒是年轻人，在一旁手足无措统统呆住，大约摔伤的，是意料之外的同龄人，而不是本该受到保护的老人吧。大家失去了目标和主张，又觉得麻烦越来越大，为自身的安全担忧起来。

"还是请把注意力集中到采摘上来吧！"关键时刻，又是团支书女孩挺身而出，急切而动情地招呼老人们。她似乎深刻地看出了这里面存在的问题。但老人们只是抬眼冷冷瞅了她一下，就好像她破坏了大伙儿的兴致。连那个老太太，也是这样的，这真是辜负了她的一片心意。我感到愤怒，却愈发气馁，嗓门淤塞着鸡腿，说不出话。但老人们更清楚自己的使命，他们只是欢呼着把小何扔到垄上，就很快又聚成了群团，排着更加整齐的战斗队形，重新雀跃着冲向树林，吧吧吧吧一路奔跑，迅疾四散隐没不见了，只剩下笑语欢声，随风飘荡。我们也不管昏迷不醒的小何了，赶快去追老人。我这才大着胆子走到姑娘身旁，与她并肩而行。好不容易才撵上几个老人，我就拿出照相机，拍下他们容光焕发的表情，以便回去后好向领导汇报，以证明此行获得了大大成功。但老人们装着害羞的样子，不让拍照。但其实他们很想被拍，很想出镜，很想被制作成纪念相册。我装着给老人们拍照，实际上拍的却是我的心上人，假公济私，这只需要把镜头稍微移开一定角度就可以了。再不拍就没有时间了。站在老人身边,她很像一颗嫩梨。我要把她的各种动人影像和姿势,统统留存下来,以备我怀念她时,拿出来欣赏。我通过镜头,才敢放肆看她,见她穿着紫色的花格裙子,与那黄色的泥土,十分般配。她的两条小狼似的长腿不停闪耀着赤橙色光芒,她的神情间完全没有我的慌乱。当然了,也许有一天,根据自然规律,她也会老的,成为只知采梨的老人,但我此时却一点儿也不愿意去想象这个。这便是所谓的"年轻的悲哀"吧。或许我真心觉得,她将永远是现在这副样子,她怎么会老呢。那是绝不可能、绝不允许的……这时,她像是知道我在拍她,摆个姿势,把脸冲向镜头,第一次对我美好地笑了。我闭上眼,忘记了按动快门,泪水像开闸一样盈满眼眶,最后却只默默流入心里。

拍完照,我抑制住情绪的波动,装出喜不自禁,又跟女人往前走。我想多采摘一些,为老人服务后,偷偷藏起几个送她,她应该多吃梨,这样就会滋润,皮肤会好,不致老去。这像是挽救我们人生的唯一办法,也是我能做的不多的事之一。但是我们去到的地方,都光秃秃的,梨早被老人采光了。不仅如此,连树都没有了,仿佛已连根拔起。最后,甚至连一个人影都看不到了。老人们都不知不觉走不见了。

我很惶恐，丢失了老人，该怎么办？怎么对她交代？我忽然觉得，说不定，这本是村子设的一个陷阱，那些神情诡异的农民，才是此间真正的主角。我不安地向女孩投去一眼。"是我的责任，"我难过地说，"作为男同志，我未能照顾好……大家。""不，与你有什么关系呢？全部责任应该由我来承担。另外，这儿的环境就是这样。乡下嘛。我们要习惯起来，不要一遇上问题，就自惭形秽、慌里慌张。"她安慰我，也像在说服自己，说着，自告奋勇，独自走开了，去寻找新的树林。我想跟了去，却犹豫了，不敢行动。我拧紧骨架，满头大汗，惭愧地在原地转圈走。阳光重新显形，照在一无所有的地面，刀戟一样，咔喳作响。我听着她渐渐远去的脚步，心里牵挂不已。哦，会有埋伏的剑齿虎吗？会把她一口吃掉吗？而幸存下来的却是我这个无用男人，这岂不是搞颠倒了吗？没了她，我怎能招呼住那些老人？我有那样的本事吗？

我正左右为难，却从什么地方传来她兴奋的声音："过来啊，在这边呢！"我才吁出一口气，拔腿疾奔过去。果然见到一片硕果仅存的树林，让人一喜。枝头上，**累累叠叠**——不，仔细看，不是梨，而是人头，挂得满满的不留缝隙，一个个白发苍苍，眉清目秀，却没有丝毫表情。"这怎么回事？"

我毛骨悚然，眼冒金花。"不知道……"她像是委屈地说。在这种场合，我本是要当场晕倒的，但因为她在，就竭力让自己稳住。我第一次发现，健硕的她其实有些瘦小单薄，楚楚可怜，不禁想弯过胳膊去保护她。但我最终没有这样做。因为在那些人头的注视下，我的身体在瑟瑟作抖，手足都僵住了。我掩饰着不要让她看出我的懦弱。而她似乎没有在意我的困窘和恐惧，这让我深深伤怀。她并没注视人头，而是观察人头后面的，好像那儿还有什么更稀奇的事物。但她看到了什么呢？我以前很少去看人类之外的东西。我生来就忌讳这个。正是在人类之外，存在许多冷漠而可怕的世界，幽灵般平行生长出来。以前的传说在这一刻兑现了，因此不得不看，不能她看我不看啊。我感到生存受了威胁，像是回到了史前时代。那么，人头后面到底有什么呢？只有一片天空，它的背景是鲜红色的，像秋天的收获季节一样，这跟刚才那簇苍白的阳光完全不同。我们毫无防备地暴露在了更为彻底的宇宙面前，也就是那些个赤裸裸的、真相毕露的宇宙。或言，确凿的世界，第一次毫不遮掩而颇为意外地展呈在了眼前。"不，不是这样的。我刚才看到了更好玩儿的。"她吃力地冲我笑笑，面色惨白，样子也有点儿傻。"是什么呢？"

我问。她摇头。"你说不出来吗？那你为什么要告诉我呢？"我有些生气，才明白女人终究无法理喻，她跟那个老太太其实是一回事。但我竟然对她抱有好感，想要与她一生一世在一起，这是我用理智控制不了的一种东西，也就是人生的最可悲处。我来到单位后，感到不适应，就是因为还没有学会面对和欣赏这种荒唐。此刻，她孑然站在大片的人头下，缓缓道："尽管这样，我也不会害怕，你知道为什么吗？""我不知道。"我很想脱口而出：是因为我在你身边吧！虽然这样有些无耻和虚伪。"想吃它们吗？"她伸手指指那些人头。它们正在风中富有韵律地同步摇曳，却不发出一丝声音。我想象富含养分的雪白梨汁沿着女人殷红的嘴唇淌下来，一直流到她滑腻的、母鼠般的肚皮上，再越过她两条光洁弹性的大腿……但是——是的，真实的世界上，还有天空中，虽然那么陌生，却没有期待中的世界末日降临的迹象。万有将这么寡然无味地存在下去。我们还会有自然老去的一天。我们会顺利退休的——如果我们能熬住，在滑稽的渺小中抗拒这个莫名。

我战战兢兢，拍下女人和人头在一起的照片。我怀疑能不能显影出来。但总算可以给领导交差了吧，让他知道这不是我们的问题，也不是单位的问题。顺其自然了。我终于完成了任务。但这时我忽然担心起了回程，只要没有返归单位，此行就不算结束，就还会有意外发生。我想到，会不会，待我走到大客车，发现只剩下一辆空车了呢？上面的老人，都不见了呢？那样一来就说不清楚了。没能被领导选中前来采摘的同事们本就心怀不满，或会以为我们诱拐了老人，把他们当作人质了呢，把他们种植在了农田里。下次就笃定不会把陪同老人采摘的机会给我们了。但没有办法。我便和女孩蹑手蹑脚往回走，互相也不交谈。一切岑静了下来。道路滑腻，肠子一般，又漫漫无际。田野中流淌着一股股的绛红色液体，此起彼伏耸峙出大大小小的坟包，旁边摆放着一排排新鲜的花圈。农民和狗不见了。人头也不见了。空气中像有许多鬼怪伸手扼住人的脖子，喘气更困难了。走了不知多久，我终于看到汽车一动不动停在村口。真的没有任何声息和动静呀。客车像口铁皮大棺材。我远远觑视，犹豫着要不要过去。我亦害怕看到，车厢里装满没有脑袋的大摞僵尸。女孩却大步流星走在了我的前面。我只得跟上。上了汽车，看到老人们都好端端坐在座位上，一排一排，严严正正，咬紧牙关，一言不发，脸蛋儿上挂满诡秘而肃穆的表情，气色红润润。大包小包，网兜里面，梨塞得满满的，却不是人头，既大且鲜，像果实内盛的，是时间和记忆，有的浓汁勒了出来，机油一样浸湿老人的裤裆。见我们回来，他们的嘴角忽然一致抽动，然后，就开始热烈讨论了，好像在诉说采摘的辉煌战果，沉浸在了昔日战斗胜利般的情绪中，而我们正是他们的证人。哦，这倒是也反证了我们的陪护业绩。我才放下心来，却又感到更大的失败，是精神上的，也是肉体上的。每回都有这样一次悸动后的失败，但它对于即将到来的庆典而言，意味着什么呢？

这才看到，老人都平安回到了车上，但除了我和女孩，年轻人均不见了。连车厢后部也没有他们的踪影。大家好像失败和胜利均承受不起，被什么东西捉走了。但也许是统统照顾小何去了吧。小何的受伤让众人感到不安，也给了大家离开老人的理由。此时，小何一定还人事不醒躺在田埂上呢。我却跟着女人回来，这算不算临阵脱逃呢？

快开车了，老太太忽然扑哧一声站起，梨也滚了一地，她尖叫："还想去采呀！"就双脚并拢，跳出车门，埋头耸肩，像个猩猩，往梨园冲去。姑娘急了，也跑下车，追了上去。我大惊失色。我想撑上去拉住她，车却开了。一路上，老人们默然无语,好像这才累了。我期待到达目的地,盼望回到单位,却又满怀惧意。我很想找个无人的地方,抱头痛哭一场。但那一刻,会是等到我成为老人之后吗?其时,梨真的都被采光了吧。

柠檬裙子

李静睿

李静睿 毕业于南京大学,曾做过八年法制记者。出版短篇小说集《北方大道》《小城:十二种人生》,长篇小说《小镇姑娘》《微小的命运》等,长篇历史小说《慎余堂》,文集《死于昨日世界》。

奥巴马的第二个任期刚刚开始，我从125街搬到皇后区的艾姆赫斯特。房东退我一千美金押金，遗憾地说："这栋楼风水多好，奥巴马以前就住这里呢，真的，就在八楼。靠街那套两室一厅，看到没有，也是格子窗帘那个。真的，82还是83年，他那时候呢，帅倒是也帅的，就是比现在还黑。"

82或者83年，房东本人真的还在福建捕鱼，日日坐小舢板出海，一网网捞起皮皮虾，他晒成奥巴马一般颜色，攒十年钱才能跟着蛇头偷渡到纽约，又在唐人街打十年工，他买下两套哈姆雷的房子，一套自住，一套出租。哈姆雷是黑人区，深夜里有时会枪战，房东告诉我："不要怕，把窗帘拉拉好。"我就总拉好奥巴马同款格子窗帘。确有枪声，却似乎永远空放，我想象深夜中两个光头男人，戴黄金耳钉，隔着可能五百米放枪，又得瞄准对方方向，又生怕打中，含混不明，又心照不宣。

房东真心为我焦虑："好好的曼哈顿不住，要搬去皇后区，姑娘我给你说，没有哪个曼哈顿的男人，会跑去皇后区跟你约会……真的，就算你坐地铁过来吧，还得自己坐地铁回去。"然而也没有人愿意送我回哈姆雷区，不知道怎么回事，男人对我的热情仅够支撑从105街走到116街，至多抵达 119 街，他们总说："太晚了，明天还得上早班。"事已至此，我宁愿住到皇后区，房租低两百美元，走路五分钟即到华人超市，超市里一眼望去，上海青、鸡毛菜、豌豆苗、丝瓜尖，冷柜里有一盒盒洗净切段的肥肠，两美元一盒，我就总吃红烧肥肠。

我住一栋 house 的三楼南房，平日只用防火梯出入，深夜爬梯，院子里的藤藤蔓蔓中有鬼光闪动，我吓得滚上楼，以为是某种枪支的瞄准器，后来才想到，艾姆赫斯特没有枪战，那大概是萤火虫，或者某只眼睛特别亮的猫。搬到艾姆赫斯特，大概意味着我已经接受什么都不会发生，枪战、爱情、发财、任何事情，时间会继续，但生活安然端坐于这个二十平方米的房间，已经结局。

住了三个月，路旁开出粉色樱花，乍眼望去，也是一个曼哈顿式的纽约春天。下班从地铁走回家，树下蹲一只三花猫，挠着树干凄厉叫春，有个男人戴手套口罩，左手拿一罐子鲱鱼罐头，右手试图抓住胖胖猫腿，旁边有人说，"姜医生又要免费给流浪猫做手术了"，"是啊，姜医生心真好"，"诊费也收得不贵"……那只猫最后放弃了，喵呜喵呜吃完罐头，顺从地趴在姜医生肩头，走进"姜铭瑄家庭全科西医诊所"。后来我偶尔见过它，阉掉的猫都会发胖，它尤其胖到肚子拖地，上面贴着纱布，大概是皮都磨破了，姜医生就给他细心包扎起来，纱布洁白，说明时常更换，在这个社区里，姜医生可能略等于德兰萨修女。

到了夏天，我换了一份工作，还是在一家小公司做前台，但有医疗保险，我这才敢去看胃病，不用说，我去了姜医生的诊所。不知道为什么，我打扮了一下，穿一条无袖真丝裙子，米白底色上印满黄色柠檬，米白中跟鞋，把头发编成辫子。我长得一般，单眼皮，皮肤苍白，脸颊上有星星点点雀斑，在外国人那里还能糊弄成东方美，可惜我已经打听过了，姜医生在国内长大，后来才来美国读了MD。

姜医生还是戴着口罩，看不出模样，只觉个子中等，身上一股让人安心的消毒水味，听诊器从胸口伸进去时，我们都略微尴尬，他明明对准腹部，我却听到自己的心跳声。姜医生说带一点南方口音的普通话，问我："如果痛的程度是从0到10，你觉得自己是多少？"

我想了想，说："4吧……特别饿和特别饱的时候是7。"

他点点头，低下头看手里的血检和尿检化验单，眼睫毛投下阴影："没什么事，慢性胃炎，我给你开点药，你有没有保险？没有的话，也可以去法拉盛买一点中国药，便宜很多。"

我感动起来，又有点骄傲地说："有的，我有保险。"

开处方时终于看到他的脸，也就是斯斯文文的医生模样，嘴角有一块旧年伤疤，不怎么年轻，只是看过去让人放心，好像忍不住一见他，就主动展示自己的心肝脾肺，汇报一日三餐。他双手光秃秃，指甲几乎剪进肉里，没有戒指，我想起上个月倒垃圾，听楼下两个中年妇女私语，"姜医生到底有没有对象，这么好条件怎么四十多了还不结婚？""没见过，欸，你说，他是不是 gay？""Gay 也该结婚了啊，纽约又不是不能结……要不我们给他介绍个男朋友？""但姜医生是基督徒，每周都去教堂做礼拜。""那又怎么样，除了耶稣基督，每个人都有每个人的罪，同性恋的罪不比我们来得大。"后面就开始讲经，我扔掉垃圾袋，回到房间才笑出声。

姜医生看起来不需要男朋友。诊所内空调开得很低，三个护士都穿薄毛衣，听诊器四处游动时，我却知道他手心有汗，在两个人都没法看见的空间里，升起两个人都心知肚明的暧昧。出诊所时又看到那只猫，纱布不知道掉在哪里，它肚皮还是带伤，圆滚滚蹲在门边，耐心等待姜医生前来照顾。夏日有一种不容置疑的热情，诊所前的院子长各色野生莓子，我摘了几颗逗猫，她啪的用爪子压碎，红红紫紫的汁液渗进水泥地面，像不可能洗去的血迹。

我吃了一颗淡红的覆盆子，咬破那一刻酸雾弥漫，连猫都眯上眼。我想，没有关系，下一次来的时候，它就彻底熟了，我可以摘一篮子，做成果酱，送给姜医生。

十月底，纽约喘不过气地下雨，五十三大道覆满红叶，这种时节，连艾姆赫斯特都美得惊心，我们打算去旅行。

诊所不能离开太久，姜铭瑄说："要不……我们就去去普林斯顿？那边是真的很美。"商量的语气，他就是这样的人，明知道任何事情我都会说"好"，但还是规规矩矩和我商量：要不我们周末去看《歌剧魅影》？要不晚上吃越南牛肉粉？要不你少喝一点咖啡，你不是胃不好？要不你今天穿那条柠檬裙子？任何事情。

我连忙去请了年假，老板以为我生病，说："Jenny，你看上去很累，是应该好好休息几天。"

我当然累，两个月里天天失眠，黑暗中凝神看姜铭瑄的侧影就能看三个小时，不敢相信自己的运气。一个月前，他让我退掉房子，搬进他家，距离诊所步行十几分钟，但那里已经是好学区。

两层楼的小house，前后都有不大不小的院子，前院篱笆上种层层叠叠的玫红色九重葛，后院搭着葡萄架子，搬进去的时候正挂着果。在二楼卧室做爱之后，姜铭瑄说："要不要吃点葡萄？"我们就一起下楼，坐在后院里吃葡萄，吃一串摘一串，也不用洗，紫葡萄结霜色，黑暗中我们懒得开灯，夜风拂过眼前所有，像一双温热而满怀爱意的手，像刚才他的手。

去诊所开了三次胃药，还没有下决心做果酱，姜铭瑄已经发短信约我。明明两个人都住在皇后区，我们却要在曼哈顿见面，分别坐地铁去，又一起坐地铁回来，笃定和诚意就这样在R线沿途慢慢上升聚集。车厢中有墨西哥男人找另一个墨西哥男人搭讪，学中文的犹太人手持一本颜真卿字帖，我和姜医生端坐在橙红色狭小座位上，一路沉默，从42街回到艾姆赫斯特，他送我到楼下院子，夏日正抵达顶点，从地铁到家短短五百米，我出了一身又一身的汗。

第二次约会的最后，他说送我上楼，防火梯狭小，只能一前一后上去，我又穿那条柠檬裙子，怕在前面走光，就让他先上，楼下的人都睡了，后院里甚至没有一只猫，只有我的细跟鞋敲打铁质楼梯，像有人不肯罢休，反复催促。我们刚爬到二楼到三楼的拐角，他突然顿住，转头把我拉向他胸前，吻了下来，我们晚餐吃法国菜，前菜是牛油果浓汤，甜品是柚子冰淇淋，吻中就有这些，混杂出一种甜蜜的恶心。

我打着颤儿走完最后几层楼梯，开始思索今天有没有穿蕾丝内裤，但姜医生是个君子，他进了房间，喝了咖啡，却说："我下次再来……今天……今天是我太着急了。"天知道，我生怕他太不着急，怕这团完全不合逻辑的火，突然间合乎逻辑地熄灭。他走后我溜进公用卫生间洗澡，眼妆还没有卸，我痛痛快快哭了一场，蓝紫色眼影被泪水晕开，镜子里的女人看起来有一股细想之下让人害怕的狂热，我把她的脸浸进凉水，再抬头时，皮肤透出血管，中间分明流动灼灼烈火。

一起去了两次超市，我已经成为社区热门人物，人人都想看看"姜医生的女朋友"，好像我会巫蛊之术。加拿大蓝蟹明明七块九毛九一打，卖水产的阿姨一定要再给我加两个，十四个大螃蟹，蒸出来两个人怎么也吃不完，姜铭瑄剥出蟹粉，装在一个密封玻璃瓶里，"以后我们用来烧豆腐"。

第二天我就去他家烧了蟹粉豆腐，厨房宽大明亮，望出去满院子杂色月季，有松鼠蹑手蹑脚，从窗台上偷我的水煮花生，姜铭瑄正把碗筷搬到葡萄架下。刚下了一场雨，户外有沁凉空气，我们坐在微微湿润的藤椅上，吃了花生、豆腐、青菜钵、一条蒸得正好的鲈鱼，姜铭瑄一直夸赞我的厨艺。但即使在床上，他也从未夸过我的容貌、身材或者皮肤，关上灯之后，他显得异常激动，抚摸我全身时，却是他全身爆出鸡皮疙瘩，有两次他几乎来不及戴套，然而他一直是沉默的，黑暗中连喘息声都刻意压低，我想，他是个诚实的人，我的身体值得夸赞的地方，并不是很多。

无论如何，从那一盘蟹粉豆腐开始，我不再叫他"姜医生"，和他说完话，也能勉强克制住不要下意识鞠躬，这大概意味着我自己也慢慢接受这件事，旁观者自然有万分疑惑，然而最疑惑的人是我。

只有三天时间，我们决定先去普林斯顿，再去费城，跨了州，却也就一个小时车程。费城是我选的，因为姜铭瑄在宾夕法尼亚大学拿到博士学位，"想去你读书的地方看看"，我说。

他看起来有点迟疑，但最后还是说："好的，那要不你先去订房间。"

我找到很好的宾馆，有点贵，但姜铭琯已经给了我他的信用卡。两个地方都不远，时间充裕，甚至过于充裕，在此之前，我们从来没有在一起超过二十四小时。姜铭琯周末也是要去诊所的，有一次中午我去给他送饭，没有病人，护士也放假，他一个人坐在空荡荡的办公室里，玩古老的街机游戏，似乎是《拳皇》，我看他选一个胸很大的女孩子，穿开叉开到腰的红裙，使一把带火星的扇子。我把饭盒放下就走，回到家中，看 YouTube 上的国产连续剧。姜铭琯总要六点之后才会回家，我喜欢他的房子，我甚至更喜欢没有他的房子。

临行前的晚上，我们没有做爱，早早躺下去，又心知肚明对方依然醒着，越焦灼越无法入睡，大概两个人都开始恐慌，不知道怎么面对即将展开的三天，以及从这三天展开的、无穷无尽的未来。

我们在清晨出发，开着他那辆旧而舒适的丰田。先从林肯隧道开到中城，再沿着哈德逊河一路往北，从华盛顿桥进入新泽西。中间停下来几次，在河边吃我早上做好的培根蛋三明治，又在另一段河边看鸭子凫水。这是确凿无疑的秋天，阳光猛烈，在水面上照出金色幻影，风把幻影打成碎片，它们却又缓缓恢复聚集。气温不低，遛狗的老太太也只穿一件薄开衫，持续的沉默却让我们渐渐都觉得冷，就又回到车里。两个人对三明治无话可说，对鸭子也无话可说，我突然意识到，他一直没和我说过什么。我们曾经讨论过一些食物、明星和连续剧，但更多时间，我只是在反复怀疑和确认自己的运气，这场恋爱本身没有什么可说的，但恋爱的原因，成为最大的悬疑。

十一点就到了普林斯顿，我们在镇上吃海鲜意大利面，他说"这青口还不错"，我说"蛤蜊也很新鲜"，十五分钟就吃完，还各自喝了一杯白葡萄酒。车再往前开五分钟，已经看到校门。听说普林斯顿的校园出了名美丽，我却只记得四处种满玉兰树，石墙上覆盖漫不经心的爬山虎，姜铭瑄没有带我在里面停留，我们走一条弯弯曲曲的小路，越走越静，直到让人心虚，最后眼前出现一个小湖，他终于在湖边木椅上坐下来，湖水清澈，映出前面密密树林。

"你来过这里吗?……普林斯顿高等研究所,就是当年爱因斯坦工作的地方,这里其实和普利斯顿大学没有关系……我很喜欢这里,以前读博士的时候,开车来过几次。"

我摇摇头:"我哪里都没去过,一直就在纽约……哦,刚来时去过一次大西洋城,坐那种为赌客准备的免费往返大巴。"

姜铭瑄像是第一天认识我,"哦"了一下,然后问:"你怎么来的纽约?"

我迟疑了一下,说:"我结了婚……跟一个有绿卡的台湾人……十年前吧,但等我的绿卡也办下来,我们又离了婚。"

他无意识地点了一支烟(我第一次注意到他会抽烟),甚至没有表现出起码的惊讶,只是又"哦"了一声,说:"为什么离婚?"

"也没为什么……他认识了另外的人。"我没有勇气坦白,结婚大概也是为了拿绿卡。台湾人比我大二十岁,和我一般高,为了拍结婚照我只能光脚。都说他是"老板",到纽约之后,我发现他住在法拉盛的两室一厅里,在缅街开了一家台湾卤肉饭,营生辛苦,他身上一股红葱味,终年不散。

当然离婚的时候我还是伤心的，短短一年，我再怎么处心积虑，也只存了五千美元。

要是能拖到三年就好了，我当时想。

这个故事不知道怎么让姜铭瑄着迷，他又问："那你怎么在纽约过下来的？"

"开始是打黑工……后来我读了一个社区大学……没有学费，我两年就花了一百美元买二手教材……毕业后就能找到一些行政工作了。"

他再次"哦"了一声，在长椅上摁掉烟头，又细心用纸包起来。湖中飞来一只白色大鸟，他就一直看那只鸟徒劳地在水中找鱼。我开口问他："那你怎么来的纽约？"

"我？……我没什么可说的，国内读本科，来美国读了研究生和博士，考到执照后先去了一家公立医院，就在下城……那医院也不怎么样，华人医生，找不到太好的工作……后来我就自己出来开了一个小诊所……开始更小，现在这个已经是换了地方了。"姜铭瑄语气索然，特别幸运的人就是这样，讲出来全是应当，没有故事。

我明明看见他把包烟头的纸放进风衣，再拿出来时，却变成一个淡蓝色小盒子，上面系着丝带，他没有跪下，甚至忘记打开盒子,只慌慌张张把它塞进我手心里,说:"简凝,你觉得……我们结婚好不好?"

当然是好,但我也没有哭。一切都发生得非常僵硬,像两个毫无演技的人,排练一出漏洞百出又极尽乏味的话剧。戒指倒是不错,钻石不大,但镶得很美,尺寸也没有问题,他后来终于想起来给我戴上,我们在湖边接了吻,那只大鸟终究没有找到鱼,正转头看着我们拿出手机自拍。镜头中他牵起我的手,吻我的戒指,这个画面并不容易拍到,有时候拍不到钻石,有时候把他的嘴唇拍得猥琐,我又想不经意带到放在椅背上的淡蓝盒子,我们反复调整角度,总算拍到一张,能让各自发在朋友圈。

就这样,我们算订了婚,以后不管对谁描述,这都是一次体面而浪漫的求婚:爱因斯坦工作的地方,湖水,树林,水鸟,天空,深秋,蒂凡尼戒指,起码十张照片可以确认这些事,反正照片太容易柔化生活,至于我们内心确认的尴尬、荒谬和疏离,只要无人知晓,也许就等于从未发生。

两个人在酒店餐厅里吃晚饭,我吃烤小牛胸肉,他吃香草肋排。牛胸肉烤焦了,那肋排起码有一斤,我们闷头闷脑,也就这么吃完了。喝了一整瓶 Riesling 之后(我又是第一次注意到,他原来酒量很大),姜铭暄终于高兴起来,像是订婚这件事,拖延六七个小时之后,终于迟缓抵达了他头脑的某个不确定区域,买单的时候我眼睁睁看着他,签了30%的小费,还大着舌头,对服务生用中文说了十七八声"谢谢"。

我们回到房间,他明明是去洗澡,却赤裸着跑出来,猛然抱住我,说:"简凝,我真的要结婚了啊……哎呀,我真的要结婚了啊!"无端端地,我留意到他说的是"我",而不是"我们"。

也不是第一次被裸体男人抱住,但今天我还穿着套头毛衣和牛仔裤,连鞋都没有脱,正在沙发上玩手机。天花板上顶灯直直照下来,我错过眼睛,不敢看他的身体。几个月里我们性生活频密,但姜铭暄喜欢一切在暗中进行,他的卧室挂百分百遮光的窗帘,我们甚至看不清对方身体的轮廓,徒留触觉。他掌心有一块粗糙硬茧,"真的是医生啊",第一次我想,后来渐渐疑惑,姜铭暄是全科医生,并不拿手术刀。

他又把我的头转过来,想和我接吻,红酒在胃中发酵后让人恶心,肉体上蒸腾汗味,但我激烈回应了他,舌头纠缠舌头,又在他的身体上游动双手,因为难得有这样的时刻,我们都确认对方的热情。可惜这一切只持续了十秒,他突然打了一个味道复杂的嗝,然后冲去洗手间,蹲在马桶前吐起来,吐完之后,他切换回我认识的姜铭瑄。

姜铭瑄洗澡出来,整整齐齐穿好睡衣,扣子扣到最上面那一颗,睡裤挽起裤脚,他走到沙发上握住我的手,露出我熟悉的微笑和生疏,说:"简凝,真对不起,刚才我喝醉了。"

我看着这个人,试图从这张脸下找到另一张的影子,然而什么都没有,眼前实打实是我的未婚夫,我把手抽出来,说:"没关系,你先睡吧,我也去洗澡。"

第二天我们都睡晚了,恍惚听到风雨声,似乎我还身在北京,住南四环的顶楼小公寓。八十年代的老公房,说是一室一厅,那客厅放一张折叠小方桌,只能容下两个人挤挤挨挨吃饭,卧室大倒是大,但天花板熬不过夏天的第三场雨,有两次我睡着睡着被身上的雨水惊醒,并不冷,只是让人绝望。就是在那段时间里,我认识了前夫,当时我还算年轻,大概有难以拒绝的青春之气,现在我也不丑,但不知怎么回事,每次走在曼哈顿街头都会胆怯,像从哪里盗取了生活,又不断下坠的心虚。

梦中我又感到雨水从脖子钻进睡衣,下意识想起床去卫生间拿塑料脸盆，等挣扎着醒过来，发现自己住在四星级酒店里，只是昨晚忘记关严窗户，而窗外下着暴雨。起身关窗的时候，我看见雨水似透明冰锥，毫不留情地击打万物，路上有个女人，徒劳地撑一把伞，她距离任何一个遮蔽物都颇有距离，慌乱中她似乎思索了一下，不知道为什么，往最远的方向走去。想到自己已经身处安全之地，我不由自主回到床上，抱着姜铭瑄的胳膊，又睡了两个小时，再起身的时候，我们却各自缩在Kingsize大床的一角，中间隔了起码一米距离。

到费城已经下午三点，我们从暴雨中开出，一路往南，慢慢抵达晴朗之地，路上我剥出一整个柚子，把果肉一瓣瓣喂给姜铭瑄，他今天一直不怎么高兴，大概因为昨晚的失态，因为他是那种从不失态的人。我渐渐发现，姜铭瑄习惯于活在"姜铭瑄"的设定里，一旦偏离设定，他就会惊恐和焦虑，这没什么不好，我也活在"我"的设定里，我只希望我们各自稳定系统，毕竟一生也没有那样漫长，如果我们有足够的好运气。

我们把车停在宾大附近，然后沿着一条主路往前走。深秋，哪里都是相似的美丽，夕阳，草坪，落叶，微风中各色套头毛衣，没什么特别，却总让人高兴，我们慢慢进入当前场景，他牵起我的手，我则愉快地问他："以前你住哪栋楼？我们要不要去看看？"

他用手漫不经心指往某个方向，说："……好像就那边，不用去了，我也找不到……后来我没住学校里。"

"那你住哪里？"

"一个小镇，就在河对岸，离费城得坐七分钟火车……但那边就属于新泽西。"

"咦，你为什么住那么远？"

"费城的房子都贵，我又不习惯和人合住……反正每天往返也就不到一个小时。"

我搬去他家也有一个多月，姜铭瑄却从未表现出任何不习惯，倒是我，拖拖拉拉一周才收拾好箱子。并没什么好收拾的，我只是在拖延的过程中，勉强消化了自己的不可置信。待他开车把我的两个箱子运去他家，上了二楼，他拉开衣帽间，里面整整齐齐空掉一半，一面新装上的全身镜还有股胶味，他有点不好意思地说："……差个鞋柜，工人刚来量过尺寸，得等几周。"这次出门前，鞋柜已经装好了，我并没有几双鞋子，但姜铭瑄做了一个顶天立地的鞋柜，他说：

"慢慢买,你喜欢什么牌子?"

我们在宾大著名的LOVE雕像旁休息,四个鲜红字母叠成两排,间或有学校里的情侣前来合影。这是一天中光线最好的时刻,那种转瞬即逝的紧迫感,让每一对看上去都要命地相爱,连我都涌起不可抑制的柔情,靠着姜铭瑄的肩膀,问他:"你们学校这么美,你在这里谈过恋爱没有?"

他的眼睛不知道在看哪里,从回到学校开始,他的眼睛一直不知道在看哪里,然后茫茫然回答:"没有……MD太忙了,我又不认识几个人。"

"那后来呢?你毕业也有十年了吧?总不会一直都一个人。"

他陷入了原因不明的沉思,过了许久才说:"……也不是,有过几个女朋友,就是都很短。"

"为什么?"

"没为什么……她们……她们都不是你。"

我应该感动,但就像姜铭瑄说过的所有情话,他说得诚恳,却听起来悚然,我疑心他把几十句诸如此类的情话事先写好后存在手机里,再逐句抛出,可能是全世界最简洁有力的迷雾弹,我习惯了这一团团白雾遮蔽出路,却引导终点。

我提出想去他以前住过的小镇，姜铭瑄却罕见地明确拒绝了，"没什么可看的，很闷的社区，没有任何地方可以吃饭，开车十几分钟才到一个韩国超市……我吃了好几年辛拉面。"

"反正还早，而且你不是说坐火车只要七分钟？"

"但这段路我没开过车，不知道怎么过河，绕来绕去很麻烦。"

我也不说话了，两个人都故意略过 Google Maps，好像一个你不想去的地方，就能自动躲避卫星和内心的跟踪。走出校园后，姜铭瑄说："我想带你去一个地方吃饭。"

我以为无非是费城市区的某家高级餐厅，龙虾鹅肝红酒，我渐渐开始熟悉的这一套。但车出城后还开了很久，沿途树影渐渐黑下去，最后徒留轮廓，天上是下弦月，照出一条狭窄前路。我迷迷糊糊睡着了，混沌中听到车里在放《芝加哥》。这出戏姜铭瑄带我去看过，他还带我去看大都会和《阿伊达》，我们甚至在华盛顿广场附近买了一幅画，五千美元，画某种长在水边的花，姜铭瑄把它挂在卧室里。"这光影有一点点莫奈的味道。"我想。姜铭瑄正在隐晦而有礼有节地，将我纳入"医生夫人"的人物设定，他做得小心，怕触及我的自尊心，但其实我没有什么自尊心，我只有决心，要拼命抓住当下的命运。

CD里的声音渐渐高亢，我在惊心动魄的"live，live，live，live"中醒过来，看见姜铭瑄把车开进一个狭小车位，前头是一个花里胡哨的餐厅，招牌上中文混杂英文，彩色玻璃窗上用大红颜料写着巨大的$7.99和$13.99，他略带兴奋地说，"中式自助餐……晚餐十三块九毛九，但晚上有小龙虾……以前我读书的时候，每个月都要来吃一顿。"

餐厅的装修也就是中餐馆的样子，取餐台上摆几瓶假塑料花，餐桌上铺一层塑料，压着红白格子桌布，我们找了一个靠窗的位子，但其实窗外不过是一个空荡荡的停车场，路灯过分明亮，映照出再往前更是一条黑暗长路。菜品不多，但该有的也都有了，凉菜、沙拉、寿司、甜品、水果、蛋糕，不怎么新鲜的三文鱼、红烧肉，堆成一座山的卤鸭头、白灼蟹腿、辣炒蛤蜊、牛排、炸鸡……以及小龙虾。

姜铭瑄几乎只吃小龙虾，一碗碗拿过来，轮流配店里免费供应的扎啤和一种高粱白酒，"等会儿你开车吧"，他喝了第五杯白酒后才想起来。小龙虾又甜又辣，掩盖住不怎么紧实的肉质，我吃到第三碗，终于觉得恶心，就去拿了一盘子水果，荔枝和黄桃都是罐头，一股稀释后的糖水味儿，这个季节也没有西瓜，我吃了不少氧化后的水果，和一些蔫下去的李子。我们来得晚，周围几乎只剩我们一桌，服务员百无聊赖，坐在取餐台附近，眼巴巴往我们这边看过来。

姜铭瑄却还在吃小龙虾。他惊人地熟练，去虾头、剥虾尾、咬开钳子、猛吸一口虾头里的汁，再来一大口酒，整套程序走下来不过十秒。吃虾，喝酒。吃虾，喝酒，吃虾，喝酒……开始我只是呆呆看着他，后来我渐渐也莫名感到激动，我在他没有吃完上一碗虾的时候就盛来下一碗，又为他一杯杯倒酒，那扎啤颜色可疑，高粱酒又过分浓烈，姜铭瑄平时生活讲究，从不喝二十美元以下的红酒，他此时看起来一切如常，却不知道哪个器官早已失去知觉，不管是对酒，还是对这个世界。

到了晚上十点，终于有人过来，小心翼翼表示他们得打烊。姜铭瑄一共吃了十八碗小龙虾，喝了相应数量的啤酒和白酒，用掉一整包纸巾，虾壳堆在桌面上，像一座座红色坟冢。买单时他还算清醒，签了信用卡，又拿出二十美元小费给服务生，道歉说："不好意思……我吃太多了，你们就当来了三个人。"那服务生乐滋滋地去拿了两个塑料袋，

"万一你先生在车上吐了。"

上车后有两分钟他死死握住我的手,反反复复说:"我爱你,真的,你相不相信?我爱你,你一定得相信啊,我爱你。"我强行把手抽出来,又给他扣上安全带,懒得回答,反正等到酒醒之后,他会忘记这个问题。

姜铭瑄三分钟后就开始打呼,我则听着导航慢慢开回费城,我订了一家三百美元的宾馆,却到现在还没入住。沿途有高大树木,我摇下窗户,前灯照出一只小鹿快速超过马路,随即消失在树林中,再往前走,开始出现大片水面,不知道是一个湖,还是一条蜿蜒长河,月光下坠于水面之上,像无数条银色小鱼半沉半浮。

姜铭瑄呻吟着醒过来,他茫茫然看着窗外,突然说:"停车。"

我以为他想吐,把塑料袋递过去,倒是有点心疼,就絮絮叨叨说:"吐这里就行,我们早点回宾馆你好休息……要不要喝水?边上就有矿泉水,后座上还有罐装咖啡,但这个时候最好不要喝咖啡,对胃不大好,亏你还是个医生,晚上怎么吃那么多小龙虾,那东西吃多了肯定不消化,何况还那么辣……"

他似乎没有听到我说什么，用手猛砸一下窗沿，几乎算得上恶狠狠地说："你给我停车！"

我吓一跳，连忙把车靠边停下来，在此之前，姜铭瑄从未对我有过一句重话。他打开车门，不管不顾地向水边跑去，我也赶紧下车跟上，但我穿一双细跟鞋，渐渐和他拉开距离，月光照在我们中间的那段路上，把姜铭瑄拉成长长的黑色投影。

还好他在水边停下来，我这才看清楚，这确是一条长河，夜中看不清来路，也没有去向，像多年以前我和男朋友坐漫长公交车，到了通州运河码头，两岸生蓬蓬杂草，我们在草中走了许久，他说："原来这就是运河啊……沿着河是不是真的能到杭州？"他是真正的男朋友，彼此可以理直气壮说"我爱你"，做爱之后会再吻五分钟，然而那时两个人都生活窘迫，又都以为还会有点什么别的等在前头，我们很快分了手。

姜铭瑄叫我："喂，那个谁，你过来，我给你说。"

我走过去，不怎么耐烦，也不想说话，夜半阴冷，空气中似有冰渣，他又说："你听着，我给你说……"

我索性坐下来，又紧紧风衣，他歪头看了我一会儿，也坐下来，对着河面发了一会儿呆，这才真正开口，他口齿清晰，并不像醉酒：

"我要说什么来着？……哦，对了，你知不知道我十五年前什么样？十五年前，就是我硕士刚毕业那会儿，我长得和现在也差不多，真的，看照片好像是那么回事，实在是差不多……我还在等美国这边的录取消息，怕考不上啊，就先在北京一个小医院里实习，也没什么事，就是隔三差五要在住院部值夜班……值班很无聊的，你知道吧？我们几个实习生总要先下楼去宵夜，那家医院离簋街很近，我们老是吃烤串，偶尔也吃小龙虾……小龙虾不能经常吃，那时候簋街的小龙虾已经两块钱一只，吃一顿下来是两天的实习工资……"

他顿了顿，好像等着我有什么问题，但我没有任何问题，他就又往下说："有一个晚上，八九月份的样子，但比纽约的八九月要热，街上女孩子都还穿裙子，坐下来露个大腿……那天刚发钱，我们就去吃小龙虾，一人吃了五六十个吧，辣得不行，最后还拿汁来拌面条，我就喝了一点冰啤酒……不不不，没有喝醉，喝醉了就好了……喝醉了的话……一切有个解释，对不对……但我真的没有喝醉，真他妈的，怎么就没有醉呢……喝完我回医院去值夜班，刚上楼……我在五楼，刚出电梯口，看到一个女病人，可能刚去水房洗了澡，穿条裙子，按理说病人住院都得穿住院服，她也不知道怎么回事，偏偏穿了条裙子，喏，就到这里……"姜铭瑄在虚空中胡乱划了一下，我理解他是想说很短。

"那女的回了508，我想起来了，508是三人病房，但两天就住了一个人，我想不起她的名字，长得也不怎么年轻，可能和你现在差不多，三十多的样子……我？我那年才二十五，我算过的，三十岁得拿到博士学位……后来我也回了值班室，值班室是513……外面都熄灯了，我睡不着，就先打了一会儿《拳皇97》，你知道这个游戏吧？我一直用不知火舞，不知火舞你知道吧？一个女的，武器是扇子，胸特别大，穿条红裙子，说是裙子，其实就是一前一后两块布……我打得挺好的，总发大招，打着打着，就觉得热，那时候医院都没有中央空调，觉得热也很正常，你说是不是？"

我还是没有回答他，预感像星子一样随着黑夜下沉。姜铭瑄伸出手来摸了摸我的脸，继续说："真的很热……我想去水房冲个冷水澡，水房在走廊的尽头，我往那边走，得经过508……我们医院的地图你想明白了吧？总之我到了

508门口，里面黑漆漆的，我刚才说了没有？已经熄灯了……不知道怎么回事，我拧开门进去了……那女的也是，为什么睡觉不反锁门呢，你说是不是？"风已经停了，我却冷得发抖，悄悄往后退了退，这样距离河水和姜铭瑄都稍微远一点。

"……她已经睡了，那条裙子就搭在床尾，医院的窗帘也就是一层纱，月光刚好照在床上，我看见她踢了被子，我说了，那天特别热……后来我就上去了，先捂住她的嘴，她过了一会儿才醒过来，拼命咬我的手心，后来才渐渐软下去，我想她大概觉得挣扎也没有用了，这女人的牙齿厉害极了，这伤痕我现在都还没掉……"姜铭瑄又把右手手心翻给我看，是那个我曾经疑惑过的老茧，"我裤子都脱了，硬得厉害，你知道吧，我那时候25岁，两年没有女朋友了……我刚想进去，呼叫器突然响了……值班医生听到呼叫器三分钟必须到岗，不然就要扣实习分……就这样，我穿上裤子走了，得裹上医生袍啊，怕别人看见前面凸出来一块……结果也没什么事，有个病人半夜呕吐，我去了十分钟，给他量血压心跳，又取了一点呕吐物，就算处理完了……后来就回了513，有些事就是这样，过去了就过去了，我什么也不想了，只觉得困，去水房洗了澡，关灯睡了。"

我松了一口气,又挪到姜铭瑄身边:"你说完了吧?我们回车上好不好?这里好冷,你看到没有,已经开始降霜了。"

他用手指摸摸草地上的白霜,拿到嘴边舔了舔,又说:"……没完呢,要是完了就好了……第二天早上我回去睡了一天,再回到医院的时候,听说508的病人死了……杀人犯也抓到了,她正在办离婚的丈夫,说是一大早偷偷溜进来的,想从她包里翻银行卡,她一挣扎,就被捂死了。"

我突然涌起恨意,恨他这最后两百字的转折,恨他一定要把故事讲到结尾,但却还没有结尾:"……这件事进行得很快,等我回过神来,案件都起诉到法院了……我去找过公安,真的,我上网找到主办警察的名字,专门去了公安局,费了好大劲才能进门,那个人呢,穿着警服在看报纸,办公室里挂着锦旗,我在新闻里看到,他刚立了一个三等功……我当然很紧张啊,但还是坐下来把整件事都说了,他呢,听完表情也挺严肃,就说,同学,你想太多了,这个案子呢,已经结案了,你呢,好好专心读书,你是学医的是吧?以后可是国家的栋梁,你们学医的人压力太大,一时间胡思乱想也是有的,这样,你先回去,我们会认真研究一下,有消息了通知你……我真的回去了，再过几天，我收到了宾大的offer，我就这么来了美国。"

再没有比当下更需要时间倒流的时刻，我应该回到三个小时前，制止他剥开可能第一百只小龙虾，制止他的第八杯啤酒，从而制止这个该死的故事。但既已到了此时此刻，我只能问他："后来呢？"

他下意识一棵棵揪出青草，说："……没有什么后来，后来的事情，我不是都告诉过你了。"

"你是不是经常想起这件事？"

"我奇怪的就是这个……我很少想起这件事……过去了的事情，原来真的就过去了……什么都一样。"他耸耸肩，"我尽力了，你说是不是？我找过警察的，是他们没有理我，我能怎么办？"

姜铭瑄大概困了，慢慢向草坪软下去，我则问了一个刚出口就决心忘记的问题："那个女的，穿一条什么裙子？"

"柠檬裙子啊，我刚才没有说吗？"他又嘟嘟囔囔了一点什么别的话，终于倒下去睡着了。原来深秋的夜晚有一种凄厉凉意，冰霜断续降于水上，却留不下任何痕迹，河水汤汤，让一切更显冰冷，我可以回到车上，但我一直坐到姜铭瑄醒过来。

他醒过来，脸上沾满草籽，茫然看看四周，问我："这是哪里？我是不是又喝醉了。"

我握住他的手，我们都冷透了，像一块冰试图温暖另一块冰，我说："是啊，你喝醉了。"

车开进费城时已经有蒙蒙亮光，他还是不敢开车，我又困得厉害，眼前渐渐有大团雾气，他就从后座拿了罐装咖啡，细心地替我拉开。一罐特浓下去之后，我凝神看着前方，确信我们走在正确的路上。我想，没有关系，一生其实也醉不了几次酒，绝大部分时候，他还是我的完美丈夫姜铭瑄。

公园历险

许 佳

许　佳　1980年生于上海。主要作品有长篇小说《我爱阳光》《青春雨》《最有意义的生活》，小说集《只在梅雨天爱你》，散文集《我的魔法时刻》《随波逐流》，译著《傲慢与偏见》。

你记得吗？大概在二十年以前，公园都凭票进门，一到傍晚，就要闭园。喇叭播放着催促游客离园的提示，工作人员绕公园作彻底巡视，查查有没有人在角落睡着，或是故意躲在厕所。等到人都走光，大家就可以下班，公园就关门了。

白天游人如织的公园，这时陷入了幽暗和寂静。喷水池关闭了，碰碰车关闭了，小卖部也关闭了。卖棉花糖的、卖氢气球的、卖小糖人的小贩，本来都聚集在公园门前，此时消失得无影无踪。湖心亭静悄悄的，栏杆上还留着一张破破烂烂的扑克牌。湖面上空荡荡的，那些大白鹅、唐老鸭造型的小船，一律挤挤挨挨地排列在河岸边，互相碰撞着发出声音，衬得四下里更安静了。假山黑黢黢的，野猫和黄鼠狼放心大胆地走出来，迅速散开。竹林里、回廊上、花坛边，到处都被它们占据。月亮升起来了，充气城堡和电动摇摇马投下骇人的阴影，不知名的小动物从一片影子飞快跑向另一片影子。

从傍晚六点到第二天早上六点，公园要整整关闭十二个小时。十二个小时，白天人满为患的儿童乐园里一个人都没有，付好几十块钱押金才能划的小船也没人看管。平时不让踏入的大草坪，这时在月光下显得特别平整、柔软。长凳白天老被人占着，一坐下就不走，这会儿呢，却整夜与自己长长的影子为伴，静静等着被清晨的露水打湿。

多可惜啊，公园里空空荡荡，我们却在家里睡觉。

一

早早在生毛毛姐姐的气。她下午要和同学一起去公园，但不肯带上早早。早早说：我自己走。毛毛姐姐说：不行，你会走丢的。早早说：不会的，我紧紧跟着你们。毛毛姐姐说：不行，我们走得比你快，你跟不上。早早说：那我跑。毛毛姐姐说：不行，你能一直跑吗？跑几个小时？早早说：你们去哪里啊？要一连走几个小时吗？毛毛姐姐说：对的。早早说：我不信，你骗我，你平时出门，连十分钟都懒得走。毛毛姐姐说：随便你，反正我们是走的。早早说：随便我？那就是带我一起啦？毛毛姐姐说：谁要带你啊。是随便你信不信。

毛毛姐姐说完，摊开一本书，歪倒在沙发上。早早推推她的手肘说：你带我去，你们不用管我，公园里面我都认识的,我可以自己玩。毛毛姐姐眼睛不离开书本,伸手推开早早。

早早见毛毛姐姐真的不理睬她,只好撅着嘴走开。家里有什么好玩的。她嘟囔着。

早早七岁。毛毛十四岁。毛毛的妈妈和早早的妈妈是姐妹,所以,毛毛和早早拥有同一个外婆。每到寒暑假,她们一起住到外婆家,朝夕相处,吃饭、洗澡、睡觉,都在一块儿。一开学,就各奔东西,很少见面了。两个女孩都在长身体的阶段,每隔半年碰面,各自的外表发生变化,心里感到有点陌生,脸上就讪讪的。不过,小孩子之间从来不讲客套,不消半天,就又混熟了。尤其年龄更小的早早,手抱脚缠,恨不得长在毛毛姐姐身上。

外婆家附近的公园,她俩从小玩熟的。早晨外婆去买菜,顺便上公园锻炼身体,她们跟着进去晃一圈。午睡醒来,吃完西瓜,再找不出什么新鲜事可做,外婆就给毛毛两块钱,让她带早早上公园转转,买根棒冰吃。周末两个人的父母来探望,也常常带她们去公园划船、照相,被央求着买些气球、玻璃珠子、明星贴纸之类零零碎碎的小玩意儿。所以,毛毛和早早一起上公园,是一件稀松平常的事情。在早早看来,公园一定是和毛毛姐姐一起去的。可是，今天毛毛姐姐却不愿意带她了。

这是为什么呢？

早早手上拿把蒲扇，气鼓鼓地在房间里走来走去，走到哪里，蒲扇就拍到哪里，一边故意用力踩着地板，发出很响的脚步声。可是，不管她怎么折腾，毛毛始终直挺挺地躺在沙发上看书，对她充耳不闻。最后，外婆从外间冲进来，从早早手里把扇子一抢，埋怨说：喔唷，你不要吵了，吵得我头也疼了！楼下人家要骂上来了！

连外婆也不支持她，早早伤心透顶。靠墙角立着她们夜里打地铺睡的篾席，白天为了不占地方就卷起来。她把席子拉开，人站进去，身体慢慢转圈，把席子卷成筒，自己卷在中间，有如蛋饼里的一根油条。

这里暗幽幽的，透过竹篾的缝隙，一小点一小点光亮在眼前闪动，但根本看不到外面的情形。毛毛姐姐会不会发现她不见了？会不会来找她呢？凭空消失了，多有意思啊。早早暗自期待着，可是，除了自己的呼吸声，她什么都没听见。

手脚都活动不开，直挺挺地站了不知多久，忽的一下，席子被拉开了。外婆一把将早早的胳膊抓住，拖了出来，愠怒地说：你在里面干什么啊？身上汗！都沾到席子上了！我刚擦过的！

这么着，早早又挨了一顿训。怪谁呢？毛毛姐姐呀！你看，她还躺在那儿看书呢！

二

吃完午饭，毛毛换上一条下摆带花边的天蓝色连衣裙，午觉也不睡，就准备出门。外婆走过来说：这条裙子不是新的吗？天气那么热，穿新衣服出去干吗？毛毛说：没什么，就穿穿啊。外婆说：你撑把伞。毛毛一边穿凉鞋一边说：不撑了。不等外婆再劝，她匆匆忙忙地跨出门去。

往北穿过两条马路，就是常去的公园。毛毛这时反而放慢脚步，挑路边屋檐下阴凉地方走。过了一条马路，正要过第二条，她一转身，躲在街边杂货店的凉棚底下，从随身小布包里掏出一面小镜子，对脸仔细照了照，收起来，这才接着走。崭新的裙子，下摆镶的花边正好蹭着膝盖，随脚步轻轻摇摆，一个俏伶伶的小小影子在地上跳动。

公园门前有块空地,两边各栽一棵大杨树。售票窗口隐在树荫下头。陆培铭高高的个子也隐在树荫下头。毛毛说:你早到了嘛。陆培铭说:没有,你晚到了。毛毛说:是吗,我手表大概不准。

一时再找不到话题,两个人默默站了会儿,陆培铭说:那我们是到里面去吗?毛毛说:好的。陆培铭说:我去买票。毛毛说:谢谢你哦。陆培铭说:不客气。

售票窗口只有三五步之遥,一分钟就能拿着进门的小圆牌回来。谁知就在这一分钟里,毛毛身边多出一个人。一个六七岁大的小女孩,小圆脸,童花头,穿一身汗衫短裤。她站得离毛毛很近,看样子像认识的。毛毛一直笑嘻嘻地看着陆培铭,根本没注意到她。

早早到底是跟来了。

三

早早的门票也是陆培铭买的。毛毛让她回去,她不肯,一来二去,眼泪汪汪起来。陆培铭说:那一起吧。当着男同学的面,也不能太坚持。毛毛只好同意了。

陆培铭是毛毛的同班同学，坐前后排。平时在学校里，两个人谈得来，但在校外碰头，这还是第一次。放假前说起，陆培铭的家也在这一带，就约定了到时候出来玩。玩点什么？不知道。上学的时候朝夕相处，好像有说不完的话，对方随口说点什么，就算是跟别人打交道，与自己无关，听听也觉得真有趣。时间一长，周围的人都有点察觉，就挤眉弄眼起来，有的讨厌的男同学，隔着好几排大叫大嚷，说得叫人不好意思，反而没法坦坦荡荡地聊天，有时话题刚刚开始，就被迫中断。想象当中，要是有机会独处，摆脱这帮讨厌鬼，那有多么的舒畅。可是，真的单独见面，换了一个不同的环境，没有课桌椅，没有课本，没有讲台前的老师，两个人反而都有点犯愣。平时的笑话，都是以教室为背景的，放到此情此景，没一个合适。闹了半天，还是聊那些同学的事情，彼此都熟悉的也只有他们。

某某某给隔壁班的某某递过情书，某某曾经离家出走，某某某在外面打群架——东拉西扯，注意力虽然在对方身上，说的却都是别人的轶事。另外有个尴尬，在于坐的地方不容易找。河边长椅上多是卿卿我我的情侣，他俩一交换眼神，都觉得不好意思——一旦坐下，就仿佛是对这场约会的一种坐实。草坪边老年人多，又怕他们问这问那。小卖部门前空地的石桌石凳被小孩子占据了，嫌太吵闹。竹林边倒是没什么人，但附近不知什么地方施了肥，气味一阵阵往这儿飘。最后他们在湖心亭找了个空位。亭子里也不是没人。六个角连起五条边，对边的栏杆上躺着个大叔，正在熟睡。算了，不能强求没人，更何况他们还自带一个早早呢。

话题都转移到早早身上。她是你妹妹吗？是表妹还是堂妹？她多大了？上学了吧？在哪里读书？你们长得还是有点像的。你小时候和她差不多吗？真的吗，你穿过的衣服会给她穿啊？你们差几岁？平时都是你带她玩？一连串问题都是关于早早，但不需要早早本人来回答。早早一个人，绕着亭子不停打转，一个里圈，一个外圈，再一个里圈，再一个外圈。

好没劲，又热，又困，简直有点后悔。为什么他们两个一直坐在这里？时间一分一秒地过去，她没有手表，说不准什么时候，就要关门了。她走过去提议玩碰碰车。毛毛说：等会儿。她追问说：你不是说要走几个小时吗？根本一秒钟也没有走嘛！陆培铭觉得不好意思，对毛毛：你妹妹这样很无聊的，就带她去玩玩吧。毛毛想了想，手伸进布袋，掏出一个印着花仙子的小钱包,拿出五块钱递给早早,叫她自己去玩会儿。

四

去儿童乐园有一条近路。从竹林中一条被硬踩出来的小径斜插过去,绕过喷水池,穿过小卖部门前的空地,一转弯就到。喷水池周围没什么人。风把喷泉吹歪了,水珠子大片大片地随风飘到岸上,把几张长椅打湿了。早早特意往风吹的方向走,让水雾贴在身上,凉丝丝的。不过几秒,脸颊两边的水分蒸发了,皮肤好像变得又紧又脆,这时水雾又飘过来,把她整个地濡湿。

妈妈衣柜里有条真丝围巾,早早时不时偷偷拿出来披在身上过家家,也像这水雾一样又滑又凉。夏天,床上支了蚊帐,睡觉的时候,偷偷滚到床边,半个身子叫蚊帐兜住,电风扇的头转过来,风嗡嗡吹上来,也是这样又滑又凉的。冬天,把腿从被窝里伸出去,搁在绸缎被面上,也是又滑又凉的。

喷水池后面的小树林里有一块长方形的林间空地,中央散放几张石桌石椅。枝繁叶茂，阳光不容易穿透，蝉鸣绵密，把树荫压向地面。四五个大哥哥聚在一张桌子旁边打牌。另一张桌边，有个和早早差不多大的小男孩趴在那儿打瞌睡。早早从他们中间走过去。空地那头，小卖部门框上挂着粉色气球、五颜六色的塑料飞盘、亮面彩纸做的风车，全都吸引着她。

玻璃柜台里码放飞镖、毽子、泡泡水、小皮球、小人书、发条玩具，还有话梅和糖果。小店的侧面，紧挨玻璃柜，一台小冰柜发出嗡嗡的运转声，耳朵听听就凉快了。一块写着冰淇淋价目表的小黑板斜靠玻璃柜放在地上。早早从上到下，仔细读了一遍。家里大人平时最常买的是便宜的橘子棒冰、盐水棒冰和绿豆棒冰，如果她要求，也会给她买奶油大雪糕。不时能吃到奶油冰砖——从中间一切为二，放在两个小碗里，和毛毛姐姐分。早早用手按了按放钱的裤袋。今天要自己一个人吃光一块冰砖。这是大事情。

坐在室外吃冰砖，其实不怎么舒服。没有勺子，也没有碗盏，只好用两只手抓住，一边撕包装纸一边吃，手指冰凉，融化的奶油顺胳膊直往下流。本来想慢悠悠吃光的，实际上只能一气儿狼吞虎咽，嘴冻得合不拢，额头上却差不多要热出汗。

正拼命猛吃,有人走到她对面来了。抬头一看,正是隔壁桌边那个打瞌睡的小男孩。我认识你。他说,你是二班的。

早早满手流着融化的冰砖,愕然瞪着他。你是谁呀?

小男孩说:我是一班的。上次打预防针的时候,我排在你后面的。

我叫刘军。你呢?

早早说:我叫早早。

小男孩说:你一个人来玩吗?

早早想了想,说:不是。接着改口说:是的。顿了顿,又改口说:不是的,我姐姐在那里。伸手往远处一指。

刘军挺挺胸脯说:我哥哥也来了。不过我不是和他一起来的,他不知道我在这里。

早早问:你哥哥叫什么?刘军说:叫陆培铭。早早两手拿着没吃光的冰砖不动。刘军见状,伸手拍拍她的胳膊说:喂!你怎么了?早早说:我姐姐在和你哥哥谈恋爱呢。

五

　　早早和刘军打原路，抄小道回湖心亭去找姐姐和哥哥。早早说：没有什么好看的，他们很没意思，一直坐着不动。刘军说：谈恋爱是没意思，跟女的有什么好玩的。早早说：谁要跟你们男的玩啊。他们一前一后穿过竹林。刘军说：你觉得这里有蛇吗？早早说：不知道。又说：大概有的。刘军说：碰到蛇的话，你要这样绕着弯跑，蛇就跑不过你。说着，他在林子里绕树一通乱跑。早早也跟着他跑，心怦怦直跳——谁知道呢？说不定草丛里真的有一条蛇！就在她脚跟后头！

　　跑到林子边缘，两个人慢下脚步。刘军说：好了，这里草没那么密，蛇不会过来的。早早一边走，一边说：我有一次在这个公园被蜜蜂蜇了。我去抓它，结果它蜇了我的手指头，特别疼。刘军说：它蜇了你，它自己就死了，它的刺上面有个倒钩，通到肚子里，把肠子都拖出来了。早早想了想，说：谁叫它蜇我的。它活该。

　　他们已经走到九曲桥附近，靠近湖心亭。一道灌木把他们跟湖面隔开。早早叫刘军猫着腰，透过树叶的缝隙往外看。我看到了！刘军说：那个是铭铭哥哥。

那个叫陆培铭的哥哥,果然还是和毛毛姐姐待在亭子里。现在他站起来了,靠着栏杆。早早眯起眼睛看了几秒钟,说:咦,那个大叔不见了。刘军问:谁?什么大叔?早早说:刚才有一个大叔在那里睡觉的。

这时,头顶响起一个声音,那么近,把早早和刘军都吓得蹦了起来。声音有点低沉,带着辨别不清的一种口音。他说:小朋友,你们在干什么?

两个人抬头一看,早早说:咦,你刚才不是在亭子里睡觉吗?

是的,那个酣睡的大叔,这会儿走到他们身后来了。他留着长长的头发和指甲,穿一件灰不灰、白不白的工作服。他的手大得很显眼,仿佛一抡就能把小孩子拦腰抓起。要是和妈妈一道出来,她一定会警告他们躲远点。早早却不怕他。

他的头发、衣服和脸都脏兮兮的,但他说话的声音透着温和,还有点儿愁闷,一双弯弯的眼睛引人发笑。他嘴里这儿那儿缺了好几颗牙,不管在说话的时候,还是在两句话的间隙,老是向两边咧得大大的,像一条娃娃鱼,根本不吓人。

大叔对早早说:你们的哥哥姐姐还在那边。早早说:我们正要去。大叔笑嘻嘻地说：我走了，你们又过去，该打搅他们了。早早指着刘军说：这个是我姐姐的男朋友的弟弟，他想去的，我本来想到儿童乐园去。刘军在旁边插嘴：儿童乐园人很多，我刚才去过，没劲的。

大叔嘿嘿一笑，说：你们在这个时间来，当然人多了。

刘军问：那，什么时候人少？

大叔神秘地眨了眨眼睛，回答说：晚上。

刘军和早早都笑了。心里一得意，声音也提高了，两个人抢着说，嚷嚷起来：公园六点就关门了！所有人都要出去的！晚上不允许进来！

大叔笑得更神秘。他说：你藏起来，别让他们找到。等大家都走了，公园不就属于你了吗？

早早和刘军面面相觑。听上去好像是这个道理。但，行得通吗？

刘军说：我班上的同学王凯有一次躲在厕所里，就被巡逻的大人抓出来了。

大叔鼻孔里哼了一声，轻巧地说：要是随便哪个小学生都知道窍门，那就没意思了。

刘军说：那窍门是什么，你说说看。

大叔不出声，就地盘腿一坐，说：我告诉你们，你们有什么好东西能跟我交换吗？

刘军挠挠头，和早早对视了一眼。早早上前一步说：我请你吃冰砖！

大叔说：好，一言为定！说完往后一仰，两手枕着脑袋，躺在地上。抽出一只手，在身边拍拍，让他俩坐下。

灌木丛外头不时有人来来往往，但是，大家都只晓得朝河面上看，没人会扒开树丛，朝这一边的树影里瞧瞧。在这儿，早早，刘军，还有长头发的大叔，围成一个秘密的小圈，开始了一场秘密的谈话。

六
大叔的窍门

北京西郊有一座香山，你们知道吧？特别有名。所有去北京玩的人，都要去爬这座山的。就因为所有人都去，所以那儿整天挤得水泄不通，远远一看，山坡上花花绿绿，都是大人和小孩。上山的石阶上，每一级都站着好些人。你们要问了，那还怎么爬山啊？就是啊！爬香山，就跟在汽车站排队似的。远处到底有什么，你也不知道。你只好问前面的人：上头是什么呀？前面的人也不知道啊，就问他前面的人：劳驾问问，上头是什么呀？那个人说：我也说不准，听说有座庙！

就这么着，看着你前头的人的后脑勺，稀里糊涂的，你就上山了。山顶上倒没什么遮挡，风景挺好的。可是，你前后左右都被人包围啦。那儿有座亭子，你想坐下歇歇？没门儿！都坐满啦！山顶的清新空气，你也闻不到，因为大家到了山上，不是饿了，就是馋了，都去小卖部买熟泡面吃。到处闻着都是一股熟泡面味道。

这样的香山，我是不要爬的。但是，香山本身的风光是好的，爬上去，就能俯瞰整个北京城啦。那我怎么办呢？

你们试过夜里爬山吗？

怕夜里太暗，看不清路？

其实，在晴朗的满月的日子到野外去，你会发现，哪儿哪儿都亮堂堂的。石阶、山壁的纹路，就算石头缝里的小草，也能看得清清楚楚。你就挑一个这样的晚上出去。准保你不会摔跟头。

香山，古时候是只给皇帝，还有皇帝的亲朋好友上去的。后来大家都能上去了,香山就成了一座公园,叫做"香山公园"。公园有大门,出售门票。到晚上,工作人员下班了,大门就关上。这你们都懂。可是,我有一个念头:公园这么大,保不齐哪里就能找到另一扇门。我绕着香山公园,走了一圈,在西北角上,还真给我找到了。它不是为了给游客进出开的,严格来说也算不上一扇真正的门,只是有一段围栏不见了而已——也说不定是造好的时候就没有围栏。总之,你可以大摇大摆地从这个地方走进去。

我有一阵,经常在夜里九十点,从这个秘密的入口进入公园,一阵猛冲,半小时就能登上山顶。一路上一个人都没有,你想唱歌也可以,想放屁也可以,你想带把瓜子,一路吃一路扔皮,也没人骂你。到了山顶,还是一个人都没有。你可以大喊大叫,听你自己的回声。但你不太可能有喊叫的心情,因为在晴朗的夜晚,从那么高的地方往下望去,整座城市都在你脚下很远的地方铺开了,密密麻麻的灯光,延伸到很远很远,还有一条条发亮的金带子——那就是马路。你想想,半小时前,你还在那儿的某条路上走呢,现在呢,你在上面这儿了。多有意思。

一开始你不会想叫。你的眼睛根本不够看。过一会儿,等缓过神来了，你可以大喊大叫一场，反正没人管。

既然这么大、这么有名的香山公园都有秘密入口，我觉得世界上大部分公园也会有。就算没有，也一定有别的方法。

拿咱们现在这座公园说吧。在它的南边有一带居民住的平房，你们知道吧？什么？你就住在那儿？那你应该很熟。这些房子跟公园之间，是有围墙隔开的。对吧？你顺着墙一直走，会发现一扇小木门。不是很容易看到，因为门又窄又矮，而且爬山虎把它遮住了一半……对，你说得对……门是锁上的，进不去。但是，门不是永远都锁的，你不知道了吧？这扇门主要让清洁工出入。他们会在一早开门的时候，还有傍晚关门的时候，把清扫出来的垃圾从这里送出去。清洁工有好几个人，他们就把门开开，方便大家在这段时间里出入。总有十几二十分钟吧，这扇门开着，而且没人看管。

你掐好时间，等巡逻工作基本结束的时候溜进去。本来这扇门就在公园里最冷僻的地方，还最远离大门。这时候，巡逻的人都快走到大门那儿了，就要锁门了。你找个地方，当心点，不要让清洁工看到，等大家都走了，你想玩什么就玩什么吧。

还有一个笨办法，就是一直躲在公园里，不让人找到。说不容易，其实也容易。关键你不能慌。你别老是躲躲藏藏的，这样反而容易被注意到。大摇大摆在路上走都没关系，但你得吃准巡逻的路线，最好跟在他后头，又得隔着一段距离，让他看不见你。万一给他看到了，你就说，我正往出口去呢。这么着，他不会怀疑你。当然，巡逻的人不止一个，这需要经验。

不过，重点在下面。说到这座公园，它有一个秘密，我谁都没告诉过。今天既然小妹妹请我吃冰砖，我准定要说给你们听。这也是我最近才发现的——就上两个礼拜吧。

假山，你们都经常爬吧？山洞也经常钻吧？从山洞这头进去，那头出来，短短十几步路而已。通常夜里我不去山洞——有时候登上假山，到山上的亭子里去，但不进山洞。那天鬼使神差地，我打山洞钻了过去。你们猜怎么着？

我还是在公园里，就在山洞的另一头。可是，我又不完全是在刚才山洞这一头的公园里。这一头是夜晚，另一头呢，是白天。

虽说是白天，四周却一个人也没有，听得见树叶的沙沙声，还有喷水池哗哗的水声，更显得静极了。

我当然不敢相信自己的眼睛。我转身又钻进山洞，跑回这一头来。这边就是夜里嘛。再跑回去，那边也是夜里……

好吧，我觉得我出现幻觉了。

可是到了第二天早上，我想来想去，总觉得不对劲。当天晚上，我又回到原地，重新钻了一次山洞。一切都好好的，什么也没发生。

我不甘心。真的是我脑子坏了吗？第三天我又去了。我想好了，这次如果还是老样子，那就证明我的脑子真的坏了。你们猜怎么着？我又走到一个白昼的公园里去啦。

为了证明这不是幻觉，我狠狠地掐了自己好几回。我还往里头走，绕着公园走了一圈。这就是我熟悉的公园，完全是白天那个样子。可是，草坪上没有人，假山上没有人，湖面上没有人，哪儿都没有人。

这是怎么回事呢？这一回，我不敢贸贸然转身出去了。反正四下里没人，我就在草地上躺下，开始思考整件事的来龙去脉。

我想到，会不会像后头那道小木门一样，山洞也是在某一个特定的时间段打开呢？

前天，我约摸是晚上七点前后进山洞的。这一天，我没怎么耽搁，差不多等公园里人一走空，绝对安全了，我就往这儿来了。六点半左右，我就进来了。

白天钻山洞，从来没有遇到过这种情况。这么说，也许在傍晚六点半到七点之间，也说不定更早的时刻开始，山洞就发生了什么变化？

怎么来证明我的推测呢？只有每天反复来试啊。我试了差不多有一个礼拜吧。让我找到它的规律了。

原来，每天在日落之后的半小时里，山洞会通向白天。比如，当天太阳下山的时间是六点三十四分，那么从六点三十四分到七点零四分，只要你穿过山洞，就能到白天去。

我怎么会得出这个结论呢？因为在反复试了两三天之后，我终于注意到了天色的变化。天一黑，山洞就通啦。

另外我还发现，一天只能进出一次。也就是说，你进去之后再出来，当天你就进不去了。但是，是不是只能进一个人？是不是只要有一个人进去了，山洞就对别的人关闭呢？

我只有一个人，我无法验证这一点。现在我告诉你们了。你们是两个人，说不定能帮我试试？

七

　　距离邂逅长头发大叔，已经过去三四天。早早和刘军紧张地探讨着潜入公园的计划。他们有时在公园见面，有时在家附近孩子聚集的空地上，有时在刘军家里，他自己的小房间。

　　刘军说：这是我的房间。早早却只看到一套组合柜，就在客堂间的尽里头，从饭桌上下来，转个身，走两三步就到。一道板壁，中间开扇小红漆门，又矮又小，孩子进出正好，大人就得猫着腰，低着头，才进得去。刘军说：这是我们专用的门。一进门，面前一张单人床，柜子围起一圈。顶上吊柜，中间书柜，床尾辟出书桌，高度设计得巧妙，坐在床上，就着桌面正好做功课。不但一点空间都没浪费，好像还凭空造出些空间来。

　　刘军说：请坐！两个人爬上床，盘腿坐好。

　　刘军说：你要吃饼干吗？伸手打开柜门，拿出一个铁皮饼干筒。早早掏了一块动物饼干，说：谢谢。

　　刘军说：小人书看吗？早早说：我们还是先说说正经事吧。刘军一拍脑门说：对！好的！

那天跟大叔分别之后，早早和刘军立刻奔往湖心亭，向哥哥姐姐通报他们听到的不得了的故事。可是，你猜怎么着？他俩谁都不相信。虽然早早和刘军都迫不及待地想在当天闭园之后就想办法溜进去看看，两个大孩子可毫不动摇，一人一个，把他俩揪回家去了。

公园里有一座奇妙的山洞。这件事，现在世界上可能只有三个人相信。暑假进入后半段就过得飞快，眼看只剩半个月，早早催着刘军要抓紧，再过两天，爸妈就要来接她回去了。

于是就定在后天夜里。

早早问：你说，要叫上毛毛姐姐他们吗？刘军说：他们根本不相信，大概不肯的。想想不甘心，从床上跳下来往家门外走，边走边说：我去问问铭铭哥哥。

陆培铭其实不是刘军真正的哥哥，而是对院的邻居。他小房间的窗户正对小院。刘军一溜跑到窗下，一踮脚尖，先叫两声铭铭哥哥。没人答话，他手往窗玻璃上抹两下，眼睛贴上去看看，慢吞吞走回来了。

铭铭哥哥不在。

刘军说：大概去找你姐姐了。早早说：不知道。思忖了一会儿，说：那算了。

他俩坐在床上，开始畅想山洞后面的公园有什么可玩。其实已经畅想了很多次，但每次再来一遍，还是有滋有味。隔几个小时，有了更多思考，加上当时的心境不同，还可以做出修正和补充。碰碰车、摇摇马、充气城堡，不用说，是想怎么玩就怎么玩。平常日子里，喷泉有时只开一两个小的，中间最大的不怎么开。还有时候根本一个都不开。大人这种节省的习惯太扫兴了，他们必须把所有泉眼都打开，开最大！灯打开，大喇叭也打开，播放音乐。控制这些玩意儿的机器在哪里？在湖边附近的一排平房里，平时也不让外人随便进。小卖部里的东西都拿出来吃，但是不要浪费，想吃再去拿。早早最想吃大包装的相思梅。刘军最想吃中冰砖。

接着就可以开始玩打仗游戏了。湖正好把公园隔开两半，刘军占据假山，山上的亭子是他的皇宫。早早占据草地，草坪边的大戏台是她的皇宫。刘军算高原人，早早算平原人。谁能攻占谁，就算赢。可惜人只有两个，一旦跑出去，皇宫就没人镇守，又怎么知道谁先到的呢？那么就攻占湖心亭吧。谁先攻占了湖心亭，谁就算赢。

打仗游戏是刘军提议的。早早想玩宫殿的游戏。她扮演公主，刘军可以扮演外国的使臣。公园就是皇宫，假山上的凉亭是她的寝宫，小卖部是她的御膳房，她每天在花园里赏花、唱歌、跳舞。外国使臣帮助她去树上采果子，还能帮她划船。

刘军听了说：这没什么意思，不过下次也可以玩玩。

八

两天后，是星期三。一大早，早早和毛毛姐姐坐在厨房门口剥毛豆。毛毛熟练地用大拇指把豆从豆壳之间捋出来，捏在手心里，攒满一把，扔进瓷碗，丁零当啷一阵响。早早用两只大拇指吃力地剥开胀鼓鼓的豆壳，一颗一颗把豆子抠出来。

毛毛面前一会儿就堆起了一座小小的豆壳山。

早早偷眼看毛毛姐姐。她想学姐姐的样子，可是，她的手太小，捏不到三两颗，豆子就从手指缝掉出来，咕噜噜滚走了。

早早问：毛毛姐姐，为什么你可以抓住毛豆？为什么我抓不住？

毛毛说：因为你笨。

早早闭紧了嘴巴。她使劲儿攥着豆子，手指蜷起来，又想张开，毛豆终于还是扑扑扑地从掌心蹦出去了。她的脖子、后背冒出了一层均匀的小汗粒，围绕脸颊和额头的一圈头发湿答答的。

早晨才八九点，天已经热起来。厨房门口的通道，是外婆给她们指定的剥毛豆区域。外婆说，这里最风凉了，一缕一缕，一直有风穿过的。早早和毛毛都觉得外婆骗了她们，根本一丝风也没有的。

毛毛姐姐说：今天晚上我要去同学家玩，在她家住一晚。开心，总算没人睡着了踢我了。

早早开头不响，憋了会儿，忍不住说：我也要去同学家玩的。

毛毛抬头，认真地看了她一眼，问：真的假的？哪个同学啊？

早早说：萍萍呀，上次我们一起去买本子，你看到过的。

毛毛问：你跟外婆说好了？

早早说：嗯。

毛毛还是注视着早早。她好像在动脑筋，有什么话想说出来。早早呢,她说了一个谎,担心毛毛继续追问下去,所以她低着头,全神贯注地跟手里的毛豆较劲。对毛毛的异样,她一点也没有注意到。

九

下午五点,早早出发了。

到刘军家碰面。公园的小边门就在他家那片房子后头,他们考察过好几次了。时间还早,先在房间里消磨时间。事到临头,反而感到没什么讨论的材料,两个人不声不响地看了会儿小人书。五点半一到,该出门了,早早手上的书正看到起劲处,还有点恋恋不舍。刘军性急,凑过去不由分说地把书一合,嘴上说着来不及了,自己先一步跑到门外。

他们前两天已经做过观察,今天也差不离:五点四十五分,那扇不起眼的小木门边堆起了几袋垃圾。走近一看,门上的挂锁不见了。

刘军伸出食指,把门推开一条缝,再推推,脑袋伸进去,又缩回来。早早手扒在他背后,急问怎么样。刘军说:没看见人。早早说:那我们进去吧?刘军说:再看看……有人来了!

两个人转身一阵小跑,躲到墙角边。只见一个穿橙色工作服的人拿着扫帚和长柄簸箕出来,顺手带上门,在口袋里找着什么。早早说:你看!他要锁门了!都怪你!刘军没有回头,伸出一只手拍打空气,示意她不要吵。那个人已经从兜里掏出锁,又忽然停下来,像是想起了什么,又走回门里去了。

早早在刘军背后打鼓似的一阵乱拍。其实用不着她往外推,刘军自个就拔腿跑开了。两人一前一后,三跳两跳上前,推门一看,四下没人,这回不容犹豫,赶紧跨进去。

这儿本来就僻静。远远能看到清洁工亮橙色的身影在树丛间闪动。他们向着反方向跑,全速冲刺,抵达事先踩过点的灌木丛后头,猫着腰蹲下,小心看外面的情形。

一分钟过去了,三分钟过去了,五分钟过去了。眼前的小径始终一成不变。没人经过,也没任何响动,连一只鸟、一条虫都看不见。渐渐地,早早眼睛的焦点从远处收到近处。她看到冬青枝叶之间搭起一张蛛网,从中心开始,一圈圈往外,棕色带条纹的大蜘蛛就待在最外圈,一动不动,好像睡着了。早早盯着它看了一会儿,身上痒起来。蹲久了,腿也发酸，她的屁股往上抬，变为半蹲，又上升到弯腰站。时间过得很慢，眼前依旧什么也没发生。四周静悄悄的，黄昏时分，一片沉静。小鸟也都归巢了。

早早压低声音说：关门了吧？我们出去吧？刘军说：再等等，保险点。早早两脚的重心换来换去，不耐烦地捱了一阵，腰一挺，说：不管了，我出去了！

刘军只好跟出来。两个人走得战战兢兢，一段路走过，一个人影都看不见，胆子大起来，脚步也迈得大了。经过喷水池畔，看见水面平静，池中寂静无声，喷泉已经全部关闭。往日在公园玩，哗哗水声落下的一瞬，所有人也安静下来，晓得这是公园要关门的前奏。接着往前走，从路两侧栽种荷花的大瓷缸之间穿过，只见小卖部门窗紧闭，气球啊，飞镖啊，写着价目表的小黑板啊，全都收进去了。越走越接近大门，天色也越来越暗。所到之处，总能看到好多大瓷缸，这儿也是荷花，那儿也是荷花。刘军说：怎么那么多荷花？早早说：我外婆说，好像要开荷花展。说话间，远远看见印象中亮堂堂的大门此时黑洞洞的——看得分明，两扇大木门紧紧关闭，检票口的小木箱也不见了，入口处笼罩着深深的暗影。

在快速转暗的光线里,早早和刘军对视一眼。不用多说什么,他们心里清楚下一个目的地在哪里。

天边仅剩的几缕余晖照亮了假山山顶上的石块,把亭子一角染成金色。在这金色的大皇冠下面,整座假山正在转成深蓝。夏天的黄昏,就算太阳将落,暑气一时也散不去,黑黢黢的山石积攒了一天的光照和炎热,这时开始缓缓向外释放热气——湖面上一丝风也没有,但湖水不时起些细微的颤动,可能是受到了波及。两个孩子绕河而过,向假山进发。在开满荷花的水湾边,他们逗留了一下。粉色的荷花,在黄昏中转成胭脂色。圆圆的荷叶绿得沉了,叶片上的水珠,就算光线不足,也照旧晶莹剔透,看得分明。早早说:我想摘一片荷叶。刘军着急要走,说:你过了山洞到白天去摘吧!

眼看夕阳越来越下沉,假山上的金光只延宕着一小块。早早知道拖延不起,赶紧一块儿往前小跑。

山洞一片漆黑,散发一股尿骚味。走进一两步,前面也是漆黑。早早问:太阳下山了吗?你觉得时间到了吗?刘军说:你等一下,我出去看看。跑出去,返回来。早早埋怨说:你怎么那么慢啊,里面很吓人的。刘军大喇喇地说:怕什么，走吧！

转个弯，再转个弯，一块大石头突出在前面，人要偏一偏，方便走过去，否则，就很容易碰到冰凉潮湿的石壁上，怪不舒服的。只消五秒钟，他们就站在了山洞的另一侧。

四下一片寂静，太阳已经完全沉下去了。

怎么回事？这头不该是白天吗？

两个人返回到山洞另一头，重新穿过去。还是一样。

再来一遍，老样子。刘军说：要么我们从山上爬下去，重新再走一遍。

摸黑上山，下山，早早始终扯着刘军的衣服。刘军说：哎呀，你不要拉我呀！早早说：你不要走那么快！她心里慌张，表面上强作镇定。又一次抵达山洞这头，熟门熟路地穿过去，什么变化也没发生，只有夜色晕染得更深。

早早说：我们是不是搞反了？是不是该从这边走到那边？刘军说：那反过来走试试看……可是我们已经反过来走过了吗？

无论如何，又走了一遍。出得山洞，只见脚下的石头小道银晃晃的，抬头一看，才发现月亮升起来了。早早泄气地往山壁上一靠。刚才还热烘烘的石头，此刻已经透出凉意。

夜幕降临了。

刘军猛捶山壁，气呼呼地说：被骗了！

早早歪着头，慢慢一字一顿地说：也许那个洞不是每天都开的？

刘军说：他明明说他每天都去的。

早早说：那也许，我们时间没有算准？

刘军说：算准了呀，我看好了太阳一落山就进去的。

早早说：说不定不能同时进两个人？

刘军和早早对视一眼，一副吃不准的样子。

早早说：不过，半小时已经过去了……

刘军说：不管怎么样，我先穿过去试试？假如我不回来，你就过来，好不好？

早早说：好。

十

早早独自在山洞这头等，手上揪一把草，从一慢慢数到一百。刘军没有回来。

她的心怦怦直跳。站在洞口，往里看看，隐约之间，似乎有白光从那边透出。她往前走了一步,又一步,终于大步跑起来,奔跑中,胳膊在石壁上一蹭而过。现在可以确定了,那头真的有光亮!脚步激起阵阵回声,驱赶她向亮光处冲去。干燥,开阔,芳香的山洞外的世界,就在几步之外,向这边投射着亮光。

胳膊上还残留山洞里的潮气,早早站在洞口外了。眼睛在强光照射下,几乎睁不开。可是,低头看看两只脚,明明还站在蓝幽幽的夜色里啊。

照着她的,是几道手电光。

刘军已经被几个大人揪住了,就站在几步开外。

一个小姑娘嘛。有人说。手电光撤下了。早早揉揉眼睛,慢慢看清周围有四个大人,都戴着红袖章,拿着手电。

好,被抓住了。

你们两个是一起的吗?还是那个声音说。

刘军不言语。早早也不出声。

那么小的小孩,夜里不回家,在这里干什么?

你们是不是想偷名贵的荷花?

刘军和早早同时开口,气急地大声说:不是的!

那你们干什么?

他们不是不想回答,但实在不知道回答些什么。神奇的山洞不存在,说什么好呢?

跟着大人们,快抵达入口处,他们看见另一波人聚在前面,也是三四个大人,带两个小孩。再走两步,早早和刘军同时咦地叫出声来。

那两个小孩,显然身量比他俩高,身影看上去再熟悉不过了。

毛毛姐姐,铭铭哥哥!

十一

在派出所,四个孩子坐成一排,垂头丧气。

只有一个警察叔叔在值班。他走过来,手里拿着一瓶盐汽水,打量了他们一会儿,走开了。

过了一会儿,又走过来,一边看他们,一边吃一个包子。包子吃完,他就走了。

刘军坐在陆培铭旁边。他拿屁股挤挤陆培铭,小声问:铭铭哥哥,你们为什么也在公园里啊?

陆培铭没好气地说:我还没问你们为什么在公园里呢。

刘军说：我们去找魔法山洞。

毛毛在一旁，又好气又好笑地说：你们倒是有正经事。

早早嘟囔说：那你们呢……

警察叔叔又走过来，手里拿本硬面抄，很凶地说：喂！不要说废话！

四个人吓得赶紧坐直，坐好。

警察叔叔拉过一张椅子，在他们对面斜斜一坐，问：小朋友，你们都认识的？

刘军说：对的，这个是我邻居哥哥。这个是我学校里的同学。那个是她姐姐。

警察叔叔问：你们偷偷在公园里干什么？

四个人都不说话。

警察叔叔本来靠在椅背上，这时突然坐直了，大声说：你们是不是想偷荷花展上的荷花？

我们没有！四个人一起说。

警察叔叔说：这你们倒说得挺齐的。那你们到底去干什么？

隔了好半响，陆培铭支支吾吾地说：我们就是进去聊聊天。

聊聊天！警察叔叔重复了一遍，明显是不相信。他又转向早早问：小妹妹，你说。

早早两手紧抓住裙摆，小声说：我们去找神奇的山洞。

什么？警察叔叔好像没听清。

早早的声音更轻了：神奇的山洞……

警察叔叔有没有听清？不知道。他沉默片刻，叹口气，站了起来，手拿硬面抄，在另一只手心啪啪拍了几下，开口说：好了，我看你们也不是坏孩子，应该也没做什么坏事，今天就放你们回家吧。

真的啊！刘军噌一下站了起来。

警察叔叔说：但你们要保证，以后不能再做这种事情了！

毛毛和陆培铭立刻爽快地下了保证。早早和刘军却你看看我，我看看你，谁也没开口。

警察叔叔说：小朋友，你们能不能保证？

毛毛姐姐轻轻推了早早两下。早早只好说：我保证。

警察叔叔转向刘军说：只剩你了。刘军唉声叹气，就是不言语。警察叔叔等了一会儿，忽然自己笑起来说：好，你们走吧！

十二

回家路上，刘军自豪地说：你们看，只有我没有保证，只有我有资格再溜进公园去！

早早说：我也要去！

毛毛姐姐大声说：你们两个省省吧。早早，你不是说今天去萍萍家吗？你骗人哦。

早早不服气地说：那你呢？你不是也说去同学家吗？

毛毛姐姐一时语塞，想了想，指着陆培铭说：这个是我同学啊！

陆培铭笑起来，拉拉毛毛，叫她们不要吵了。今天不容易啊，我请大家吃棒冰。

烟纸店临关门还做了一笔生意。隔着已经下到一半的门板，四个人每人拿到一支盐水大棒冰。再往前走两步，就是分别的路口。

陆培铭对毛毛说：过两天再找你。他的手在毛毛胳膊上，就是上臂靠近手肘的部位，轻轻搭了一下。

回家的最后一段路，毛毛姐姐牵着早早的手一起走。早早问：毛毛姐姐，你是在和陆培铭谈恋爱吗？毛毛姐姐说：

也不算啦。早早问：那你们今天偷偷到公园去，不是为了谈恋爱吗？毛毛说：我们其实只是想待着，聊聊天。早早说：你真奇怪，和男同学有什么可玩的，还聊天。毛毛说：那你不是也和男同学在一起玩吗？早早说：不是的，我们是有重要的事情。毛毛噗嗤一笑，说：什么事情？找魔法山洞？早早说：对的。

毛毛问：那你们找到没有？早早说：没有。毛毛说：你们被骗了。早早说：那可不一定。毛毛说：那你告诉我，为什么你们没有找到？早早说：也许我们的方法不对。毛毛说：方法不对，那你还找吗？早早咬着嘴唇，思忖半晌，说：不找了，找不到。

默默走了一段路，快到家门口，早早又开口说：不过我觉得世界上可能还是有魔法山洞的。

陆培铭的手在自己胳膊上留下的余温，让毛毛走神了。早早追问说：毛毛姐姐，你说对吗？她随口答应说：嗯，对。

十三

家里灯全关了，外婆一个人在房间里看电视，看到她们进来，不禁意外：你们两个不是都说去同学家住吗？怎么又回来了？毛毛简单地回答：对，我们还是决定回来睡觉，舒服一点。她抬头往空中嗅了嗅，问：外婆，你在烧什么东西？很香的。

外婆笑着说：在煮珍珠米。你这个狗鼻子。

毛毛和早早照例一同进浴室洗澡。早早总是洗得比毛毛快一点。洗完出来，外婆已经夹出两个珍珠米，给她们放在桌上。空气里弥漫玉米的清香。要是仔细闻闻，就会发现这热腾腾的香味浮在上面，底下衬了一层花露水阴凉的香气。

两个人头发滴着水，席地而坐，面对面不声不响地把玉米吃个精光。在黑暗中躺了片刻，珍珠米和花露水的香气混入一片混沌。睡意降临了。

迷迷糊糊地，早早两脚踩着软绵绵的地，仿佛又在小步走进山洞。

穿过乌漆麻黑的睡眠，白昼就在那一头。

鸿鸾禧

淡 豹

淡　豹　沈阳人，2013 年开始小说写作。2020 年出版短篇小说集《美满》。

雨晴把手机从耳朵边移开，告诉丈夫，"周日，乔乔也要去。"没得到回答。

她丈夫大陆虔诚地盯着电脑，看澳大利亚袋鼠自慰的视频，弓腰塌肩，微微张着嘴，笑个不停。

冬天那种宽阔的、黄得发白的直率阳光透过飘窗玻璃，射到桌上，照亮客厅里飘浮的灰尘。窗框将阳光分成大大小小的几扇，在电脑屏幕上横斜出一道黑影，把屏幕隔成两半。袋鼠瞬间身首异处，关键部位都隐在黑暗里，看起来是在毫无目的地不断摇摆手臂，相当愚钝。大陆懊丧地哼了一声，抓起鼠标，重重拍在桌上，开始调整屏幕。仰面向上一点，向左侧一点，再掰，还不对。

这两年，他脸上开始生出一种轻易不耐烦的神色，一秒钟就从百无聊赖变到敏感易怒，仿佛什么都和他作对。从以前到现在，他都有一种标志性的笑声，从喉咙最浅的地方涌出来，音调比他平常说话高出几度，像小男孩，让雨晴十分喜欢。笑的时候就微微扬起下巴，嘴大张着。她曾经往那张嘴里塞拳头。现在他好像决计把那些甜蜜拿回去自己享用了。收回魔力后，现出一个暴躁的、宠坏了的小男孩。

"乔乔她爸也是证婚人。我爸这次，说是叫了十多个朋友一起当证婚人。正好春节都不用上班。"

"那到时候怎么站？全上台站着去？"大陆来了点兴趣。

"不知道。有可能吧。看到时候是集体致辞还是怎么着，挑谁出来讲话。"

"事儿办得还挺大。"

"还行吧。"

"够嘚瑟的。这要走过路过都看不出来是二婚。"俏皮话和无人回应的小攻击经常能让大陆高兴起来。如得神力，屏幕也摆正了。他此话属实，婚礼场地相当好，阵仗也不小，在不明内情的过客眼中，她爸爸兴许真像个55岁头次结婚的新郎，簇新的新郎，皮肤因为在狱内长期缺乏日晒而泛白，反而显得格外年轻。

雨晴换了个耳朵，重听一遍微信语音，那明媚的、急匆匆的女高音让她把手机移得离耳朵远一点——60秒，60秒，再58秒。乔乔和高中时一样，总想把电视剧里的场景拉进生活里，她说要来参加婚礼，给雨晴壮志气。有什么志气可壮呢？又不是高中生了，又不是仇人，又不是要打架。你得把过去推开，给生活腾出地方来。

她把贝贝抱到大陆电脑桌旁的沙发上。袋鼠坐在动物园地上，姿势简直像人。"你看着她。我去倒垃圾。"她穿上羽绒服，把连在脖颈处的皮毛边帽子戴上，扣住，长达膝盖下方的厚羽绒服让她觉得自己立即矮了一公分，像个小孩，又矮又安全地躲在大衣服里。厨房垃圾袋只有半满，昨晚她刚倒过。现在她系口时故意让它鼓鼓囊囊地充满风，几乎是个体面的、塞得满满的垃圾袋了。走到门厅，大陆仍然在看电脑，一动也没动。她为自己花在装扮道具上的心思而尴尬，又有点真生他的气了。

电梯里已经站着一对邻居，老夫妇一前一后。冬天里人都蓬着，帽子也大，围巾也长，肩膀得耸起来才够把手插进羽绒服口袋里。雨晴挤进去，拎着堂皇的大垃圾袋，有点不好意思。

她扔掉垃圾，坐在楼下花园里的避风角落。恐怕又要下雪了，天有幽暗的迹象，空气冷得发甜，她观察自己呼吸的热气从鼻尖前升起，猛吹一口，能稍稍拂动额前塞不进帽子的刘海。没一会儿，刘海就冻硬了，用手搓搓能感觉到头发上的小冰碴。睫毛一定也结冰了。

寒冷天气下的刘海，稳定婚姻中的丈夫，都可谓意外的不动产，对吧，你想，刘海：头发＝丈夫：家，两边关系相同，前者是本应装饰后者的事物——可惜僵掉了便失于装饰后者。可以这样设计一道逻辑题。她是不是世上第一个发现这一点的人？就再在这儿坐一会儿，十分钟，或者十五分钟，等到捺不住挂念贝贝再回家。世上流行那么多关于婚姻的谎言，其中最可笑的一项是人应当结婚因为人需要陪伴，陪伴给人温暖。

"妈，那我周日上午把贝贝送过来。然后我再过那边去。"

边洛莎送雨晴进地下车库，看着雨晴把装着三个牛皮纸档案袋的旧购物袋放进后备箱。"早点送贝贝过来，一早就来吧。那你什么时候把这包东西给你爸送过去？"边洛莎问。

"等他们办完事儿再说。"雨晴说。

"不然今天下午就给他拿过去。后天办完事儿，人就蜜月了，你还去串门儿？"

自贝贝出生，边洛莎和女儿关系亲近了许多。她卸掉了那种悻悻的劲儿，开始跟女儿开玩笑、抬杠，两个人一起照顾贝贝时，甚至会有默契。有时雨晴觉得她们有点像姐妹俩，或者一对新近相识又急于推进友情的女友，共同劳作，照顾一个婴儿，天赐的礼物。

  本来雨晴几乎忘记了妈妈活泼的样子。她约摸记得年幼时妈妈老去跳舞，自己坐在她怀里去过黑黢黢、七彩的球挂在天花板上一转一转的舞厅。雨晴跟认识的阿姨叔叔坐在场边嗑瓜子，"别看宇宙球灯，伤眼睛。"妈妈嘱咐完，旋转裙摆，消失在舞池中。妈妈也和她玩游戏，两碟油炸花生米，一人一副筷子，比谁吃得快。那时她是热腾腾的人。不过那是久远的事了。雨晴小时候，说不清是哪一年，哪几年，一定是1990年代初或者1990年代中期，她上小学时，妈妈整个人垮了。她因为文艺才能从企业调去了市工会上班，却再也不爱跳舞——拒绝跳舞。而她的魅力在停止这项爱好后似乎也彻底不存。从此她说话就像绝症病人临终前要倒出来心腹的话，无穷无尽，急躁，充满埋怨和委屈，长年忍耐着痛苦，又要人清楚知道她在忍耐。长年临终着。

  那时边洛莎照常上班，接送雨晴上下学，但能让她提起兴趣的事很少。她对雨晴有时疼爱，有时厌憎，容易不耐烦，据说是长期重度神经衰弱。她有效率地养育雨晴。早晨骑自行车去牛奶站打奶，晚上用一只小铝锅给雨晴煮热牛奶，加一大勺冒尖的白砂糖。牛奶滚烫，等不得凉，边洛莎站在桌旁让雨晴三分钟内喝完。很多年里雨晴一直以为牛奶味道恶心、甜腻、让人反胃，直到初中她在学校小卖部冰柜里喝到了不甜的旺仔牛奶，冰凉、自然芳香的饮料。小学到初中七八年间，直到高中住校之前，雨晴每天吃同样的早餐：边洛莎煮沸半锅水，打两个鸡蛋进去，搅搅，一勺糖。"营养够了。"边洛莎说。在雨晴刷牙洗脸时就能做好，再五分钟可以吃完。

雨晴跟大陆讲起鸡蛋水早餐的故事时，大陆露出像看到外星生物入侵一样的神情。他妈妈，雨晴现在的婆婆，不是那样的人。他露出惊异、真实的兴趣，瞳孔大了一圈，眼睛像对她说，我想了解你，你的整个世界跟我的真不一样。像一个人听到塔希提岛民以烤熟的猴面包树果实为生，真的能只吃那些东西；像一个男人第一次摸到色情杂志铜版纸真实的触感；像一个男人第一次听说世上有人朝九晚五的职业就是审查色情片。

当时雨晴已经知道她父亲有情人。父母在她面前吵架，闹离婚，争夺正义和她的袒护。争吵中的关键词是商业城、出纳、年轻、俗气、没文化，跟她父亲摸黑跳交谊舞。她避不开这些。

三四年的搏斗,在新世纪甫开始时,以荒诞的方式暂停。嚣伯在市建委办公室搞团委工作,职责限于搞乒乓球联赛、学唱爱国歌曲、带年轻人参观"九一八"纪念馆。在单位里他爱好文艺和体育、擅长组织活动和安排办公室工作,并没有雄心、文字或业务水平把他带入什么可观的政治前途。然而1990年代的末尾,一场反腐大案引发全国关注,使原本有政治前途的预备役官员身上贴上了不可用的标签,而嚣伯这完全不重要的人成了清白的候选,火线入党,一路提拔,获得了他未曾想过自己会拥有的机会。

新资源换来和平。边洛莎安分了,不再"闹"。陈瑾不再当出纳,弄到建委下属的建设工程公司当会计。充满漏洞的生活具备了一种漠然的、互不干涉的稳定。直到2007年嚣伯"双规"。

嚣伯早就念叨,本命年容易出事。戴玉腰带辟邪,还是没避过48岁这个坎。

他在看守所一年半。起初是调查。边洛莎找人,探听消息。很快边洛莎也接受调查,放出来后变成良善被动的妻子,"相信法院会公正判决"。嚣伯判了十四年。这些年间,她和陈瑾都去看他，两人探监从来没打过照面，嚣伯以前的司机，有时送边洛莎，有时送陈瑾——和以前一样。长久的厌弃和嫉恨后，边洛莎开始觉得陈瑾厉害：据说陈瑾短暂结过婚，又离了，但她不屈不挠找人。边洛莎替自己辩解：陈瑾能这样不断争取，是因为钱在她手里；不像边洛莎，得考虑给女儿、给自己留点钱。而她对雨晴说的，"为了你，至少我不能被关进去"，雨晴并不十分相信。

六个月前嚣伯保外就医提前出狱。在监狱门口，边洛莎和他从前的朋友一起等他出来。"你回哪儿？"边洛莎问。

"当然跟你走。"嚣伯自自然然回答。那天晚上她替他染发，一小缕一小缕，染得细。垫在肩膀上的毛巾透了色。真是好久没有碰过他了。

两个月后嚣伯提出离婚。非要离。这次她痛快答应，像总算终结了二十年的苦恼。

他搬得快、爽利、不干净，后来她让雨晴送过一次冬天衣物给他，送过一次杂物以及属于他父母亲的零碎，这次轮到他八九十年代的旧信和日记了。没什么重要东西，单位发的塑封日记本多半只写了前面几页、十几页。也还是个纪念，也该给他，正因为里面没什么重要的事。还有他大学时的家信，旧照片，写在原稿纸上的一篇关于雨晴诞生时激动心情的散文，钢笔洇了，没有结尾，停在大雪纷飞的一刻。

"赶在婚礼前拿去给他吧，其余也没什么了。估计这就是最后一次了。你看，那时候你爸还是个挺老实的人。"边洛莎说。

母女两个都算这场婚礼的局外人。雨晴尚且参加，边洛莎根本不去。这个年纪了，还大张旗鼓地办，不嫌害臊。雨晴知道自己在婚礼后得回来详细报告一回：边洛莎认为女儿多少是带着奸细的身份去参加婚礼的——看看花了多少钱。相互算计、扶助了这么多年以后，她总怀疑他还有钱藏起来。兴许都是爸爸朋友众筹的，雨晴心里想。她倒是确实想去参加婚礼。她真好奇。

"这么催我，不怕我出门就把这些旧信跟日记本当废品卖了。"

"随你。捐了也行。我倒想给烧了。"边洛莎如今随和得很。现在她爱好做饭，跟电视节目学了不少健康新式菜以及家里根本用不到的大菜做法，号称要给贝贝做了吃。

边洛莎的家常菜技术仍旧有限，但雨晴宁愿不把贝贝送到婆婆那里。边洛莎那种有点笨拙地带贝贝的样子让人欣喜，像活过来了。她还没有重拾交谊舞，但常常哼歌，有一次雨晴进门，正撞见边洛莎把三岁的贝贝放在餐桌上，自己屈着膝盖，唱《北京的金山上》，拉着她的手跳舞。贝贝穿着带花边的短短的白袜子，粉花边翘起来，咯咯笑。

在新小区里，她戴上新的表情和措辞，和邻居处得亲近。雨晴不知道她怎么跟邻居解释自己单身多年、突然有两个月出现了丈夫、之后丈夫又人间蒸发的过程。她惊讶于边洛莎会和邻居一起去早市买菜，炖完牛肉分成小份相互送，伙着包饺子，在小区健身设施上晃着腿聊天。妈妈仿佛把复杂和有意义的岁月都抛在脑后了，冷酷地决定拥抱晚年，只在乎那些近年来涌进她生活的人与事，还有她在遇见器伯前做姑娘的时代留下的记忆。那金色的太阳多么温暖，多么慈祥，月亮在白莲花般的云朵里穿行，而我们坐在高高的谷堆上面，听妈妈讲那过去的事情。

她发现爸爸一个人坐在自家楼下，也就是她原来的家外头的街心花园里。

大春节的,还有一帮戴棉帽子的老头在公园里缩在小凳上窝着脚下野棋,棋盘边地上立着一排保温杯和现在已经很少见到的暖水瓶。爸爸坐在一旁必定冰冷的长凳上,在石凳上铺了个坐垫坐着,拧着头,目光投向辽远的地方,像是越过他们的肩膀,越过站立的背着手的老头,越过蹲坐老头的脊背和帽子,在看棋盘,又像是个睡落枕的人,脖子卡在那里再也转不回来,不得不保持住昨夜的姿势,一尊不得已的塑像。除了没有戴脏白棉线劳保手套以外,他看着就像他们中的一员。

起先她是打过电话的。显然不应该直接上楼敲门,她也不想那样,像熟门熟路的客人,便在路边停好车,在车内打电话给他。不接。再打,还不接。她索性坐在暖和的车里等。究竟什么时候打算接电话?他们在干什么?就在这时她看见了他。

"这个触摸屏不是太好使。"出狱以后他有了这种新的态度:他开始习惯给出解释,对误会,对错误,对自己连错误都算不上的小疏忽,对他人的失察,对自己的无能表示婉转的道歉。

她记忆中的他不是这样的。在2007年之前，他得意或否认，趾高气扬或者置之不理。他谈过一些监狱里的事，不多，往往极快地从事实滑向感慨或抒情。他也只谈那些听起来不太重要的事，每个犯人都面对的类似状况：监狱里的伙食，小卖部的劣质拖鞋，刚入狱时分配在胶鞋车间，长久不见阳光，后来在陈瑾奔走下，调去办狱内的《育新报》，审读犯人来稿，编报纸，得过全省监狱系统的二等奖，还依靠跳舞的才能组织文艺汇演节目，这反过来成为他减刑的依据之一。对此他说："我做什么都还是比较用心、努力的。"但他从来不讲那些重要的事。雨晴靠传言、电视剧和网络小说想象嚣伯的那段生活。

"坏了，让陈姨拿去修呗，苹果店，先预约上。他们是保修，很快的。"

"恐怕不是机器的问题。我这个手指力度和接触面老是不对，还需要调整。"

坐进车里吹着暖风，他又在解释。让人不耐烦，心疼。他根本不会使智能手机，陈瑾怎么不好好教他？2007年他还用翻盖手机呢，那时似乎已经有苹果手机了，但肯定还是小年轻用的玩意；也许那时还是个没有苹果手机的世界？雨晴不太确定。

"指纹开锁我还可以，操作起来还比较简单，"他说，"接电话，划的那一下好像划得不太熟练，有时这个电话就接不到。现在都不用翻盖手机了，那个就很方便嘛，抬起来就接，扣上就挂掉。"

爸爸出狱后几乎连夜开始笙歌交游，他捡起来重新开张的公司，那些"帮朋友做事"的热闹的中间人生意，让她容易忘记他可能有多不适应这个世界。其实雨晴也感到惊奇，出狱时他并没有显得衰弱。头发是全白了，但那是他在看守所时早就发生的事，当时她为此哭过很多次。他入狱后、出狱时，白发不再震动她的眼睛，头发也实在是最容易解决的问题，妈妈帮他染黑以后就毫无破绽，精神得很，完全可以唬人。而且他体力真算是惊人，出狱后第二周上场打乒乓，赢了老同事，传为美谈，他也为此自得。体现出障碍——隔离——的地方是智力，或者说一种舒适感，在他从前熟悉、如今陌生的那些场所，那些物品间，有时他不能如鱼得水。总在旁人不易察觉的地方遇到障碍。连我都看到了这些，雨晴想，我根本都不怎么见得着他。他平时生活中会有多少微妙的不适与麻烦，而陈瑾能帮他吗？比如智能手机。比如所有车都是自动挡了。比如触摸屏。人人都在用微信,他也用,只是看看。他不习惯发微信,现在还让人打电话发短信联系他。比如滚梯。

出狱那个周末——他和妈妈住在一起的那极短暂的几周中的一个周末,她们俩一起陪他去商场买衣服。八年前的衣服穿起来空落落,有樟脑球味道,像陈旧的提醒。他没什么兴致买东西,但也说乐意出去转转,他们就去了新建的商场。

下沉花园,各种名牌,他饶有兴味地看。"这是照美国那个赌城建的嘛。"他说。

要上二楼了。他在自动扶梯前迟疑。雨晴先已经走了上去,回头看见他在滚梯前犹豫着不敢迈步,手臂试探性地伸向旁边的橡胶扶手。那扶手也是自动的,已经向上滚,把他上半身往上牵。他踉跄一下,差一点摔倒,撤回手臂,重又把脚谨慎地迈出去。她妈妈站在他身后,不明所以地用手中的皮包推他的腰,催他上去。

那一刻她恨她妈妈,这么多年来,始终如一的天真的自私。她看见他呼出一口气,整了整腰带,调整了一下步子,再次抓住橡胶扶手。2007年前一定、当然是有滚梯的,这点雨晴并不怀疑。他只是不习惯了。第二次迈步，第二次抓住扶手。

她看着他冒险，他简直像第一次走上滚梯的贝贝。不过她在那个时刻拉着贝贝的手，鼓励她，亲她，而现在她离他愈来愈远，她无法自控地不断上行，伸手也抓不到他，他逐渐变小，紧张试探，几乎跌跤。

有时候他看起来像个迟钝或者怯懦的人了。非常偶尔。但那根本是她记忆中他样子的反面。即便在牢里，每晚熄灯后他也会躺在床上做抬腿运动，30度角，轻轻地，左腿五十次，右腿五十次。刚才他蜷坐在那，街心公园老头们旁边，并看不出以前跳过多年的舞，可也看不出坐过多年的牢。

嚣伯听到她带来了边洛莎整理的书信和旧日记，并没什么特别的反应。"等会儿我带上去。"他说。

她微微有些失望。所以终究也不会有一番关于过去、关于历史的谈话，他就是要轻轻松松、简简单单地结婚，和他长久以来的女人。"我跟你一块儿上去吧，打个招呼。"

"唔。那上去吧。我在这也没什么事。小陈在家里收拾，我下来透透气。"

"爸，婚礼是多少桌？"

"二十？或者十八。等会儿问小陈吧，她在处理。"

"乔乔今天说她陪乔叔一起去，我怕没位子。"

"这不用担心。她的位子还能没有。"

"二十桌，是两百人吧。万豪那个侧厅我去过，没想到能放下这么多桌子。"

"也是朋友支持。等于大家找个机会聚一下。"

她疑心伴郎伴娘都是谁。她看到过介绍外国明星婚礼的文章。真是开放。有生完孩子以后好几年才结婚的，私生子当婚礼上的花童。有离婚后再婚的，花童是"新郎与前妻的女儿"。或者高龄再婚，已经成年的孩子来当伴娘，前妻也喜滋滋地出席婚礼，不像是意在争奇斗艳，反而像多年夫妻成兄妹，真多了个亲戚。没法想象。

她能做到参加婚礼。不用说话，把自己的身体安顿在前排，一种尊重、认可、同意，一种不打算闹事的态度。当然陈瑾本来也不可能找她当伴娘。陈瑾就不该找任何人当伴娘。

"伴郎就不需要了。伴娘，小陈找的她外甥女，棠倩跟梨倩两个。"他说。

这是真的把自己当新娘子了。仿佛要用尽结婚的权利，要办婚事，要请客，要在好的酒店，一切都要像模像样。

其实40岁的女人化新娘的重妆也许会惨不忍睹，身边没有其他人的映衬才好。雨晴拦住自己，不再刻毒想象陈瑾和两个与她面貌想必有相似之处的年轻女孩子并排站着的样子。仿佛真正的生活就要开始了，陈瑾要完成她的恋爱中长久以来耽搁了的每个程序，关系昭告天下，结婚，这时边洛莎和雨晴只是陈瑾生活中的障碍。小障碍。接下来再发生什么让人措手不及又必须接受的事，雨晴的看法也不再重要了。已经消除了的障碍。来自历史的信使只偶尔出场，暴雨之后军火库潮湿，门口牌子是它曾有的威力的唯一证据。

"爸，我还想问，你还打算再要孩子吗？"

"你没有必要有这个担心吧。小陈也四十好几了。"听到回答前，她就后悔了。他八成认为她在考虑财产——遗产分配的事。

其实只是一种就事论事的好奇心。她想知道，她爸爸会乖乖变老吗，安然成为老人，换一个女人做一起等死的伴侣，在已经成为另一个中年女人的旧情人、新妻子的身边，过婚姻生活（她现在已经知道了，婚姻都是一样的；爸爸知道吗？），还是会再折腾出什么事来呢。

她始终不能辨认，爸爸出狱后决定——肯于正式离婚再婚，是一种放弃，"随她去吧就听她的吧"的报恩，还是一种生命的决心。她倒宁愿是后者。

此时此刻，可以算作是他终于再婚，仿佛再婚就是最后一个值得谈论的事件。或者理解成，他找到了自己愿意与其共同度过后半生的人，一种罗曼蒂克的解释，仿佛一个人前半生里始终在追寻，而现在，推动这种追寻的那些欲求和不满莫名其妙地统统蒸发掉了。或者，薛定谔的猫，爸爸的婚姻，一切未知，还有机会再发生什么事：那样的话，此时此刻，"他有一两个孩子"，可能有第二个也可能没有。

一个男人，他结过两三次婚，不知道，不好说，她在心里笑了一会儿。

哄贝贝睡觉越来越难。两岁多以来，她睡前都坚持要听故事，又执拗，很难像过去那样找个借口、演一出小戏，狡猾地转移她的注意力，趁机关灯。

"明天早上，妈妈把你送到姥姥家去，好不好？明天妈妈要去看姥爷。你记得姥爷吗？去年他带你去过动物园，你可开心了。"

贝贝不理。

"你小时候，我带你去郊区看过姥爷好几次。他住在那个有点特别的医院，有院子，有城堡，还有骑士的医院。每次去你都睡着。不过有一次回来的路上你醒了，看到草丛里有兔子，白兔子，你记得吗？"

不是故事。

好吧。故事。狗熊走进森林，——她问，公主呢？没有公主，——狗熊迷路了，——没有公主，——吃了毒蘑菇，——贝贝兴奋起来，白雪公主吃了毒苹果！——溪水，狗熊在树精、水獭和丑陋的臭鼬帮助下解毒。不该以貌取人，狗熊理解到臭鼬也是善良的动物。

贝贝无精打采，要求加一个好听的故事，不断啃手指甲。不能吃手，不卫生。毫无预兆，贝贝叫了声"姥爷"。

按任何标准看，婚礼都办得很好，甚至有点辉煌。

舞台和酒席摆在酒店侧厅，不大，但独享空中花园，在北方的深冬，春节后正月里最寒冷的几天之一的下午，满目郁郁葱葱的反季节草木，不自然得几乎自然了。

现在这样看，这场婚礼似乎也有美感，因为避而不谈一对新人此前的人生，没有播放视频短片，或者投影出来卡通婚纱照那些东西，几乎是安宁和雅致的。可能好的就是结婚本身，这件事无论如何都是好。

新娘与新郎也穿得好。

陈瑾穿改良半袖红色旗袍，脖颈上一围宽阔的白色毛皮长披肩，松松搭着，直盖住肚子和腰身。她像那种经常健身的人，又或许是多年跳舞留下了肌肉作为纪念，她的身体线条有力量感，显得年轻。嚣伯挎着她，立在舞台上，雨晴几乎无法直视他。而妈妈，真是个两面派啊，当面骂他，背后教贝贝心疼他。

台上，证婚人站了一排，五六十岁的男人，乔乔父亲也在其间。瘦的，胖的，戴眼镜的，不戴眼镜的，头发花白的，头发染黑的，有一个算一个都在棉毛衫或者POLO衫外罩一件夹克，腰带凸出来，金或者银色腰带扣。不太整齐的一排人逐次发言，都称呼"娄总"，也有叫老娄的。台上这些人就是爸爸人生的精选集了。The greatest hits. Remix. 一个乐队，中间那些年的嗑药、丑闻、离婚、解散，都不算数了，暂时不提，出一张精选集。这些人已经是筛过几遍，剩下的，好的，忠诚的，基本完整的。

穿过了危险最终都算是安然无恙的中年男人，摆出老年姿态，回忆相识之初，表示恭喜。他们都走过了各种各样的艰苦，青年时代与中年时代种类不同的艰苦，还有恐惧。

雨晴看着乔乔父亲，他夹在中间，平庸得有种挑战性，让人不知如何评价他。中学时看他还觉得他鲁莽，有着某类官员特有的粗豪感。

是高二还是高三的事？乔乔父亲的情人是省政府大院拐角那家南海渔村海鲜舫的经理，故意在乔乔母亲每天去报到的股票大户室也开了账户，像示威。"这是故意恶心人。"乔乔气得不行。她叫上同寝室三个女生，包括雨晴，陪她去海鲜舫，找那女人谈话。趴在收银台上睡午觉的领班上楼去叫经理。正是休息时间，那女人从二楼旋转的金色楼梯走下来，茫然无知地穿着制服，等她看到乔乔，要转身跑回去，已经晚了。乔乔和她下铺四美一同把她摁在海鲜舫一楼电梯旁，希腊雕塑的底座旁边。乔乔喊："撕她头发！"雨晴撕了。那女人挣扎不停，有个不敢动手的女生——叫什么名字来着——就从一侧踢她的胫骨，这时保安来了。

雨晴很少想起这一幕。她几乎已经忘了。现在硬去回忆，像一场令人不舒服的短电影，像在看袋鼠自慰而自己恰是举着摄像机的不情愿的摄影师，时刻想要逃走。

还记得什么呢？那女人支棱双腿，鞋跟踢到了雨晴，当时钻心疼，过后几天淤青。撕她头发时，雨晴另一只手掌拄在楼梯台阶上，大理石台阶面上两道凸棱把她的手硌了一下。很奇怪，她印象最深的是混战中她抬起头来，眼光经过裸体大卫的生殖器，在尴尬中滑开去，看见大卫如同神祇一般望着自己肩膀左侧——应该是帝王蟹和龙虾的鱼缸吧——沉思、忧郁、淡漠。然后保安便来了。

回去的路上，那个记不得名字的女生问乔乔，是来之前就想好要打架吗？乔乔说，没，看到那女人的脸，一下子气得非上手不可。

那四美怎么知道要立即跟着同时动手？雨晴有点疑心。

她记得等待那个女人下楼时，自己靠在收银台旁，兴奋又不安。桌子上的绿玉貔貅滑润冰凉。一场缺少必要信息而难以复盘、她也不想复盘的羞耻的戏，每个人都为了自己的尊严、某种纯洁性、某种身份行动起来，最后每个人都害臊，都丢失了东西。

后来乔乔父亲大发雷霆，说乔乔这样做影响恶劣。乔乔形容得惟妙惟肖，雨晴简直能看到他的表情，就是那样吧，铁青脸，倒八字眉毛，眉头插进眼睛挤成一个X。想想真是惊异，那几年里她和她的朋友间有多少谈话是关于各自父亲的。

气愤不已的发抖，骄傲与羞耻感，那时在一场场微妙的战争中她们几乎都选择站在母亲一边，带着天然的正义感、对外人的排斥、既心疼又厌憎母亲的情绪，而在这种情绪中她们也逐渐走远了母亲，生怕自己变成她们。能有一点体恤是再后来的事，直到自己能理解对抗带来的长久疲乏，直到自己甚至偶尔像她们。垮下来多容易。

那场小鏖战后，乔乔家有某种形式的维和。那些年的小鏖战后各家有各种形式的维和。

乔乔不是那种会尴尬的人，多教人羡慕，拥有选择性记忆力，无需在乎谎言或者回忆中暗色的部分，这可能不仅是天分，还是一种技能，依赖着那种一定要好好活下去的决心而生长。即便提及那些打斗、倾诉、眼泪，乔乔也多半会哈哈大笑，或者茫然："啊？真的吗？我记不清了。"高中毕业后雨晴去加拿大读书，乔乔去法国，连绵读一轮接一轮语言学校，好几年后似乎终于读了大学。她们很少见面，同仇敌忾的伴侣变成"父亲朋友的女儿"，名字与近况由父母提及和传递。上一次见到她还是娄器伯在看守所的后期、宣判前，那时人人自危的阶段过去了，总有消息和活动，乱糟糟一团马蜂，休一阵，闹一阵，连绵的低音。那次见面她紧握着雨晴的手安慰她，眼睛红得像几天没睡觉。灾难：一把除冰锹。

娄器伯在典礼开始前已经陪朋友喝了几杯，高抬腿从廊道迈上舞台的一刹那，他头晕了一下。

再转过身来，面对众人，眼前有点朦胧。果然是老了，还是不宜喝得太猛，也怪中午只吃了干的。该喝碗粥垫一垫的。

台下那是谁，老杜的儿子吧，穿个亮蓝色的西装，怪模怪样，嗤嗤笑得跟得了癫痫似的。不知小陈跟婚庆公司怎么商量的，宴会厅左手柱子包的词是"喜结良缘"，还可以，右手包"终成眷属"，就不大合适，给不了解情况的人看，有点苦大仇深的味道，不过还好，没选"天长地久"，这个年纪不适合那样的词。

当主婚人和证婚人,在他总有几十次了,这样立在舞台上,手里好像要拿个话筒才舒坦。穿西装站在舞台上当新郎,在他倒是第一回。上次结婚是1986年,也是春节期间。时兴旅行结婚,两人去了深圳、南京、上海,没暖气,可冷死了!回来请单位领导亲戚同事吃饭,预备了一箱"老龙口",五条"大生产",托人买到了一条"茶花"。

那时天真冷,好像以前的天气比现在冷得多,路上雪堆里掺着煤渣,脏死了。腊月里,正月里,天天都还有癞马拉着一套大车,把单位食堂的泔水运到郊区去喂猪,漓漓啦啦洒一路,滴到地上就结了冰。边洛莎穿一套红西服裙子,她想穿呢子大衣,她妈非让她穿自己缀的枣红缎面棉袄,显不出来边洛莎的窈窕身段。敬酒时她一直噘个嘴不高兴。他西装上、她头上,都别了他家里种的鲜杜鹃花,正好春节开了两盆,算是个好兆头。

不能想了。大批念头出来举牌游行。这些年间,都发生了什么呀?

台上的弦乐四重奏拉了几首不知名字的低沉曲子，无人注意，完全被酒席的声音压下去。直到拉《泰坦尼克号》电影主题曲，有人赞美："好听。"大提琴吱吱哑哑，慢慢放屁。

"二婚。才下午办婚礼。"有人在背后说。

"二婚还办什么呀？图什么非要办呀？"又有人搭茬。

"不吃亏呗。"他们聊着，声音突然低下来。雨晴站起来，走到大厅边上乔乔身边去。

"你自己婚礼是不是也这里办的？我记不清了。"乔乔问雨晴。

"没，在马路湾那边一个酒店。我办事儿那会儿你好像正在法国，没回来。"

大陆已经出去打了十几分钟的电话。雨晴和乔乔一起站在宴会厅里，觉得自由，无依无靠的年轻。

生完贝贝后，雨晴很少打扮，对身体有种算了让它去吧的随便。有时她能听见自己咀嚼食物的响亮声音，像眼睛离开自己，在空中看到一个弓着背的劳累女人，往嘴里填饭，边嚼边急着喂孩子，头发散乱。而这样站着，穿着鲜亮裙子，挺直了背，和乔乔并肩站着，真像回到高中。那时候她还不叫雨晴,她还是娄玉清,娄嚣伯还没有请大师给全家人算命,为她改一个更利于他自己仕途的同音名字。后来,多可笑。

她记得当年和乔乔在篮球场边并肩站着,等体育老师分队。当年在海鲜舫大堂并肩站着,滋味不明地抬着头,不知道下一刻会有什么发生,明知不会是什么好事,却还相当兴奋,等待着生活里最靠近戏剧的东西。

那时真逗,随时要从生活中揪出敌人来,一起去打架,106寝室一起孤立隔壁108宿舍的女生。也傲慢,认为彼时彼刻拥有的东西都能延长到一辈子。几个人绑得很紧,把男生写的情书当众扔进学校洗手间里冲水,代表不在乎和不背叛。如果一个人跳河,其他几个想必也得跳下去。

其实是要感谢乔乔吧。如果不是她阻拦,不是那些发誓106最重要的诺言,雨晴是会谈恋爱的。

实际上已经开始恋爱了,只是脸皮薄,被发现以后没有勇气面对来自朋友的质问,就无疾而终。刚到加拿大时,她在孤独和压力中怨恨过乔乔和那些蔑视男人的友谊。假如当年高中时继续恋爱下去,她大概就不会在一切还顺遂时带着委屈、不舍和憧憬去加拿大读书。在那里读大学时,父亲出了事,边洛莎有一年多不准她回国,怕她回来也出事;那时她真宁愿自己没离开过才好。结果她只能铁了心读书，削减开销，回国后凭自己找到园林设计院的工作。现在想，以她的成绩，在国内高考不知会落到哪里，而她毕业时嚣伯已经入狱，不再能安排什么前程。其实她没法想象自己在外省某个拥挤的大学城里听到父亲被逮捕的消息，灰着心打印简历去参加招聘会。大学对于后悔的情绪来说太早，对于开始读书和自立又太迟了。

雨晴结婚，边洛莎没再给钱。和她谈了一次话，说："你放心，不用管我。我自己以后的钱我准备好了。"

像分道扬镳——她妈妈管好自己的未来和老年，她管她自己。她原本不知道妈妈还有多少钱，她总说她和嚣伯钱的大头，都在会计那——边洛莎拒绝承认陈瑾有名字，就"会计"——被陈瑾做进公司账上了，拿不回来；少数现金和股票冻结，余下的那些计为边洛莎合法收入的部分以及她四处藏摸的钱，都花在了雨晴读书的生活费上，判决下来后，又用边洛莎姐姐的名字买了边洛莎现在住的房子，剩不下什么了。

边洛莎说出来的数字让她吃惊。原来还有那么多钱。她不知道这些钱有多少是剩下的，有多少是边洛莎这几年

"帮老同学老朋友做事"新赚到的，多少是嚣伯朋友私下的赈济和补偿。

她疑心她妈早就在为自己的生活做准备，不过这事已经讲不清楚，大陆至今认为她有家底，恐怕是带了多少家里的私房钱不肯承认。也许大陆本想占便宜却失了策，但雨晴很大方地想，这并不说明大陆糊涂：他只是看走了眼。

乔乔的兴致突然高了，凑到雨晴耳边："那谁，这么看，她肚子有点鼓哎。是不是怀了？"

"鼓是鼓。怀……不会吧。"雨晴说。

"你看她也不喝酒。杯子里透明的，白水吧？"

"好像是雪碧。喝了不少呢。不会是怀了，不然要怕得孕期糖尿病的。"

"就是肚子像。"

"那是老了。"乔乔被泼了冷水。

本来可以是一场揣度和唾弃的战役，在敌人缺席下结盟，雨晴也不明白自己怎么会为陈瑾说话。

陈瑾在婚礼时哭了，很明显，就在证婚人下场以后、主持人让新郎新娘夫妻对拜前。背后那桌有人低声议论嚣伯，"腰弯得挺低啊，身体真好。"雨晴听着一阵恶心。陈瑾倒没有太弯腰，轻轻颇有风致地一拜。而两人站起身来，牵手转身向台下时，陈瑾就哭了。起初雨晴不太确定，但她发现陈瑾突然紧紧抿住嘴，抬起下巴，眼睛瞟天花板，姿势古怪，有种如同被绑架了的僵直。

这种秘密只会由女人泄露给女人——女人明白这是边哭边怕眼泪流下来晕了妆。那一刻她谅解了陈瑾，虽然她清楚那种体恤恐怕也是种幻觉，至多将隔绝变成隔阂。

后来她看着那个烈火一样的女人走下舞台，卸下白皮草披肩如同卸下盔甲，好像浑身泄了，大雪覆灭了火焰，精气神消失，酒敬得热络含混，失落了她在仪式中心时那种短暂的健美感。就是另一个泄了气的中年女人。

婚礼把精力和人员都淘洗了一遍。

当夜只剩下两桌人参加亲人与朋友的答谢小宴，长辈与亲戚的一桌早已经空了，剩下嚣伯一干人，推送酒杯如同神秘礼仪。

忠诚。兄弟情谊。

手掌先是抚摸兄弟的肩膀，碰杯时相互紧握，抱在一起，很快手掌前后摩挲在兄弟的大腿上。

上了年纪的男人喝醉了,彼此动起感情来,比热恋中的少年情侣吓人多了。他们完全不怕重复,重复,重复,重复,重复,重复,重复,重复,我跟你呀咱俩呀这些年啊真是的哥们啊我告诉你啊。他们已经过了在酒醉后装疯卖傻的那个年龄阶段,现在这些倾吐心扉是真心诚意的表白,至少是酒醉状态下的真心诚意。每次众人一起醉酒,像嚣伯出狱,像再婚,像谁生了孙子,像谁一不小心又有了儿子,都重述一遍多年以前的误会,忏悔一番相互的不信任,相互交代一些说过多次的隐情,对未来表示无可奈何,对彼此都活着、都依然在场、都居然在场表示极端惊讶与庆幸。

哭。动作极大。在包房里窜来窜去,跳狐步舞。很快分成几小拨,各拨内部摸大腿。

几乎打起来。劝架。动作极大。哭。悔恨。表白。一再老泪纵横。一再表示就喝这一场了,似乎没有下一次。在死亡和衰败面前惺惺相惜。这些叙述中不出现女人,女人是叙述的背景。频繁滑出国家和地方领导人的名字,对外国领导人表示轻蔑和羡慕。都喜欢普京。克林顿是大家都能理解的男人,能当兄弟。

包房附带的两个洗手间都吐得让人下不去脚，洗手间窗户打开了，北方深冬带着浓重灰尘味道的冷冽空气吹进来，让人一凛。女服务员套着羽绒背心，嘟个嘴去打扫，临出去，嚣伯挽住她拎着拖把的手，赠予她一番关于心情应当良好的教育。

菜没怎么动，几个下酒小菜反复加单，添了几次，摞在大菜盘上面，让这场宴席显得像临时凑起来的。老杜站起身，要拽开椅子出去，突然按住胃，腰一弯，呕在陈瑾肩膀上。有人急步把他拽去洗手间，他还回头说着，妹妹呀啊不嫂子——对不住你——我帮你擦吧——等等我。

两位伴娘陪陈瑾到隔壁换了干净衣服。换完她还不想回去，就在空包房里和她们俩坐下。陈瑾把一条腿半架在旁边椅子的座垫上，用手把大腿一下一下抬起来做运动，高跟鞋早脱下来了，扔在地上。棠倩对着小镜子，拿一支保湿精华在脸颊上点，手重反而脱了妆，哎唷叫了一声。

酒店一整层楼嘈嘈杂杂，有人唱歌，不知是声音还是窗缝透进来的冷风，推动金色提花锦缎的厚窗帘，扎带上的金球好似在颤抖。

这三个女人团圆坐着，一场风暴里宁静的深眼。恍惚间能听见隔壁包房有男人高声求祷,"我醉了,你不要怪我,你不要劝我。"

陈瑾也在颤抖。今天她累极了,小腿仿佛痉挛,又仿佛已经失去知觉。刚才换衣服时,棠倩帮她拉开敬酒礼服侧腰的拉链。怕沾水污秽,她从背后一手扶住陈瑾的腰,一手轻轻慢慢拉开,从腋下直到大腿,手指拂过她的腰身。陈瑾触电一般,抖了一下。上次身体这样由人触摸,手指滑过皮肤,手掌摩挲腰身,还是几周前去搓澡。再上次,是去做美容吧,小姑娘冰凉的手指带着芦荟和海藻味道,从额头下行到脖颈,摸索她锁骨的深窝直到前胸。她几乎忘了被触碰的感觉,因为棠倩的手而发痒,腰醒过来,简直要扭动躲避,心与皮肤又发出呼救的声音:"停留一下!"

冰天雪地的。这锦缎窗帘外头,大厦墙壁上,一定全都是冰。

陈瑾深呼吸一下,想起自己年轻的时候,和噐伯一起看电影。大概是1996年,或者1997年,她二十六七岁,什么还都没来临。看的是碟片还是录像带?香港电影《色情男女》。初出来就是个漫长的性爱镜头,屏幕上灯光昏暗,房间里也昏暗,她看过的第一个禁片式的镜头,她不好意思,钻向嚣伯背后，藏起发热的脸。那是他从朋友处借的房子，三层，全南向，不能洗澡，窗外能看见松树尖，冬天载时厚时薄的雪，深绿雪白的宝塔。那么晶莹那么郁寂的塔，不宁摇动，动辄因风身骨粉碎，雪飘散无形，纷扬落在脏地上。那时嚣伯也还年轻，还在市建委团委工作，还没有被推到自己需要承担职务与风险、利润与焦虑的道路。

他拎去了影碟机和一台老松下录音机，把灯闭了，和她在那房子里穿着棉毛衫跳慢四步舞，老歌，《妈妈的吻》。快三步，施特劳斯圆舞曲。磁带嗞地卡住，到了底，两个人在寂静中慢慢停下来，仿佛在雪山的洞穴中离群索居，仿佛永恒，暖气昌盛的房间里空气不兴波纹，什么也不流动，什么也不止息。两个人热得稍稍推开对方跳动的胸膛，喘息稍停，呼吸微细，在松快的汗味中听窗外呼啸的夜风中大雪朗诵的诗。

过去几年中陈瑾经常去健身房。生活中其他的部分都在等待坟墓，她喜欢跑步时那种胸腔里空荡荡的感觉，和在家时的空荡似乎不一样。其他中年女人常常在下午四五点钟到达，跑步机上略走一会儿，就去洗长长的澡，洗明显来自全家好几口男女老少的内衣。她在健身房里从不说话。有年轻女孩子，或者比陈瑾年轻一点的那种尚未中年或者自认不足中年的女人，请教练指导自己，做动作时高声轻声地连连叫喊，声音娇气，几乎有色情意味。在那样的一个黄昏里，她也曾想起过和嚣伯一起看《色情男女》的日子。回忆永无尽头，落满灰尘，日子丁零，全是碎片，不成个儿，皮筏子冻在冬天冰封的河面上。

"小姨，你当年怎么认识娄叔叔的？"棠倩问。

"小姨夫啦。"梨倩纠正她。

"哎呀，都一样。"谁在笑。

——是因为跳舞。

那时是跳交谊舞认识。1980年代末很时兴那个，也有黑灯舞会，我没去过那种。个人开的舞厅我也嫌不正规，不去。我都是和同学还有刚在商业城上班时候的同事一块儿，去青年宫和工人文化宫里辟出来的舞厅，五角钱、六角钱一张票，后来涨到一块钱。我们几个女孩跳得还算好——其实也不好，我们平时自己练，全是女孩，轮着一个跳男步一个跳女步，到舞厅才有男舞伴，能全跳上女步。但，怎么也还算爱跳的吧。老有国家单位在舞厅包场，舞厅就送票给我们，让我们也去跳，活跃气氛。有一回是建委包场，我就见着你们娄叔叔了。他跳得真好,像王子一样。

他们单位的女孩子排着队等他带着跳舞。一支舞他都没闲着,肯定累,都顾不上喝茶水。但他人也好,看见我们外单位的,就来邀我们跳。我跟他跳了一支快步舞,跳完就认识了。《拉德斯基进行曲》。

他说我有天分、领悟快,我就说我这太业余了,回头商业城也得组织文艺汇演,我说想跟他专业学。

那次舞会完了,回去我就去找他学交谊舞,接触就增多了,也有了爱慕之情。我就想呀,得比他跳得更好才能更吸引他。听说区里新来了个老师教探戈,阿根廷探戈,很新鲜,没人会,我就特意自己跑去学,学回来就又成了你们娄叔叔的老师,他就又跟我学。等于他开始是帮助我,后来也依赖我。两个人相互学着,就好了。

"——为这才学探戈的事,你们可别告诉他。他到现在都不知道。"陈瑾笑起来,没有声音,脸庞显得粉嫩、温柔、娇俏。

她用摩丝和几只黑色发卡固定的高耸额发,在一天的活动后粘上灰尘,微微发白,让她的面容像是刚刚从浓雾中走出一般。房间里荡着一丝呕吐物从封起来的塑料袋中传出的微弱臭味。棠倩咬住嘴唇，几乎要哭了，梨倩吮着自己的双颊，像是听得入了神，也好像是走了神，思绪飘荡到窗外风雪之外，远方某个能容纳热切、哀伤、诚恳的感情的比这里更温暖沉静的地方，那里树木永绿，与这里不同，没有四季分明的气候在一年中最寒冷的时刻让一整个世界充满冰冷刺骨的灰烬般的雪。

或者是某个更冷的、北于北方的地方，严峻不容遐思，错误在人还活着的时候不得揭示，冰层比这里融化得更慢一些，春天污移的泥水更晚到来。现在寒冷与不堪忍受的东西都暂时关在蒙着皮面的房门外面了，她们仿佛可以再过一会儿再走出去。

归途快递

康　夫

康　夫　滞销书作者,不知名编剧。学过一点新闻、历史、政治、宗教、小语种和戏剧。现居北京,写过《灰猫奇异事务所》《失业之旅》。

雪落在黑夜里，高速公路寂静无声。从碎裂的挡风玻璃往外看，只有车灯照射下的小片地面亮着。雪片在光束中垂直下坠，落地时悄无声息，融进广袤的平原。

陈祎犹豫片刻，放下手机。他知道这是一年中欢乐最多的时刻，高速交警值班室的人大概端着饺子围在电视机前，拖车公司的人大概在打扑克，也许会赌一点小钱。没有人想接求援电话，在除夕的雪夜离开有暖气的房间。

那么明早再说吧。从他的角度看去，车窗外被撞断的护栏像两条灰色的蛇，冲向路基下的野地。"出入平安"的红色绳结一动不动地挂在后视镜上，红绳上拴着一只银锁。他试图把驾驶座放平，小睡一会儿，但被撞坏的调节把手纹丝不动。

车窗冷得像冰面。他伸手在外衣口袋里摸索，一无所获。副驾驶一侧的车头凹了进来，储物格紧贴座位，他花了一番力气才把它打开。经年累月积攒下来的杂物奔涌而出：停车场收据，加油票，零钱，坏了的蓝牙耳机，用了半包的餐巾纸，作废的钥匙串……没有香烟，也没有打火机的影子。他想起自己结婚第二年就戒了烟，心里叹息一声，松开安全带下了车。

带雪沫的空气骤然钻进鼻腔,让人打了个激灵。路上仍然一辆车也没有。他记得去年新年时看过一则新闻,电视台找了一架小直升机航拍除夕夜里主要公路路况,结果空无一人。果真如此。

正这样想着,一阵车声由远及近,两束车灯转过弯道,车轮碾过细细的薄雪,发出轻柔的破碎声。是一辆深咖啡色的小货车,顶着一层毛毯似的新雪。

小货车放慢速度,司机摇下车窗,大声问:"是你叫的快递吗?"

陈祎放下去挡灯光的手,茫然地站在原地。司机又问了一遍,陈祎还是不知如何回答。

啊?他说。

司机熄了火,跳下车。强烈的逆光中,陈祎只看到一个身材粗短、体格健壮的轮廓。轮廓走出光束,一个魁梧男人站在了他面前:穿一件长途司机常穿的旧硬质皮衣,长方脸,眼睛细长,圆锥形的头上没戴帽子,留着板寸。

司机敲了敲车身上喷涂的公司标志:一只四足长尾动物手捧包裹,旁边一行艺术字写着"川山 EXPRESS"。是快递公司的车。

陈祎连忙摇头:"没有,不是我。"说完这句话,他四下张望一番,忍不住问:"这种地方,这种时候,有人要发快递?"

司机没有答话,绕到车前面去看被撞瘪的车头。有护栏挡着,车子不至于冲下公路,不过,撞成这样,除了拖走也没有其他的可能了。他从皮衣口袋里掏出一张皱巴巴的纸打开,凑到眼前逐行审阅。

"家住朝阳区的陈先生,"司机一字一句地念道,抬头看一眼陈祎,"是不是你?"

陈祎一顿:"我是住朝阳区。"想了想,补充道:"不过,这是今天以前的事。"

"嗯?"

"之后住哪还不知道呢。"

"你上哪儿去?"

"我出趟远门。"

司机又看了一眼单子:"没错,是这么说的:要出远门。"

"但是我并没有快递要送。"陈祎说。

"那好吧。"司机把单子折好塞回口袋,"早收工,早回家,我走了。"

司机转身爬回车上，在他抬起胳膊的瞬间，陈祎看到他后兜里露出半包香烟。

"等一下，"陈祎犹豫道："你有烟吗？"

司机一愣，爽快地从兜里掏出烟和打火机。两人靠着车子，各点一支，各自沉默。目光离开明亮的车灯，陈祎发现黑夜并不是他在车上看到的那样漆黑一团。当他张望它的时候，黑暗变淡了，绵长的高速公路、路旁广阔的田野、点缀其间的房屋、远处光秃的树木，像暗房里冲洗的照片一样显现出来。违背妻子的禁令吸烟，一开始让他有些不安，但很快感到了平静。

"其实戒了好几年，不知道为什么，刚刚想抽得很。"陈祎默默说。

"谁都一样，夜里开车困得要命。"司机深吸一口，张开双臂靠在车上，"偏偏公司规定工作的时候不能有烟、有火。"

"运输危险品的话，是不能抽。"陈祎说。

"并不是这个原因，我们不做货运。"司机摆摆手，"说了你也不明白。这会儿无所谓了，反正也没有别的单子。"

"好吧。"陈祎说："你们除夕也不放假？"

"是啊，夜间配送，全年无休。"司机抱怨："早知道这么辛苦，还不如接着做以前的行当。"

"嗯？"

"以前做采矿。今年刚换的工作，都说跑物流比搞能源有前途。"

"说得没错啊。至少安全。"

"那可不一定！有时候遇到脾气大的客户，啧啧，拳打脚踢。"司机愤愤地说。

"还有这种事。"陈祎有些惊讶，心想哪行都不容易。不想打工的话，创业更难。对工作不满意，换一份就行了，如果创业失败，那就什么都赔进去。对投资人吹的牛成了笑话，家人虽然不说什么，心里也是不满的。最倒霉的是妻子，不但经常要拿钱补贴家里，两个人还耽误了生孩子的年纪。

陈祎不想在这件事上继续想下去，随口问道："你们到底运什么呢？不做货运的话。"

"这个嘛，"司机吐出一个烟圈，"严格来说，我们其实是服务业，不算物流业。我们承运的东西，就是客户本人。"

陈祎一时反应不过来。

"直白地说就是针对专属客户的个人长途运输服务。有的人想去一些不容易去的地方，有的人想见一些很久没见的人，于是他们就叫我们公司的快递，我们负责送他们过去。你明白？"司机说。

陈祎摇摇头。

"我就知道你听不懂。"司机叹一口气，"这么说吧，好比你这趟要出远门，离开之前有没有要叮嘱的事情，想再见一面的人？"

陈祎想了想，低声说："没有，我没有惦记的人。"

远处的天空忽然绽放出一朵橘色的烟花，礼花弹的声音渐次响起，先疏后密，闷闷的像戏台上的擂鼓声。他们的前方是公路，公路前方是广阔的麦收后的原野，原野尽头是一条河，河的对岸有一排树。一朵又一朵烟花绽开在河岸上空，此起彼伏，照亮树和荒原。

"新年来了啊。"司机轻声说："到了倒数计时、放烟花、吃饺子的时候。"

"是的。"他说。如果在家里，这时候该关紧窗户，免得鞭炮烟涌进屋里。

司机搓搓冻僵的手，又在雪地上跺了跺脚。

"我走了。"他说。

陈衸低头看着自己的鞋面，上面已经落了薄薄一层雪花。在闪烁的天地之间，他感到心中难以抑制的刺痛。

"等一下。"他向司机的背影说。隆隆的礼花淹没了他的声音，司机没有听见。

"等一下！"他喊道："我要送快递！"

"啊，什么？"司机回过头来。

"我要送个快递，"他说："我有想见的人。"

"这样啊。"司机饶有兴致地转了回来，"你想起这么个人了？"

"嗯。"陈衸说："不过……我担心不好找。"

"反正，我们是寄件人付费的。"司机说。

"好吧。"

"那好极了。"司机露出愉快的表情，从皮衣口袋里又一次掏出那张皱巴巴的业务单子，以及一支秃帽子笔，一副公事公办的样子看着他。

"您贵姓？"

"我姓陈。"

"噢，对，这儿写着呢。"司机尴尬地咳了一声，继续问："收件人地址？"

"我不知道地址。"陈祎如实说。

"啊？"

"我们有很多年不联系了。"

"好吧，收件人年龄。"

"我也不知道具体年龄。"

"啊？"

"她自己估计也不清楚。"

"那电话呢？"

"她没有电话。"

"谁会没有电话？"

"如果现在有了，我也不知道。"

"那名字总有吧？"

"名字……也没有。"

司机把秃帽子笔往单子上一扔："陈先生，我们除夕夜里加班，挣钱不容易的。"

陈祎心虚地说："但情况确实是这样。"

司机叹口气："信息太少，找不到的。"

"我知道。"陈祎沉默了。

"但是！加钱可以。"

"……"

"加么？"

"加。"

司机往单子上写了几笔，将满满一页纸递给陈祎，指着右下角说："这里，签字。"

借着车灯的光亮，陈祎看到最上面写着："地址不详，年龄不详，姓名不详，各种信息都不详。"接着一页，全是收费明细。陈祎在右下角签了字。

司机拿回单子，折好塞进口袋。

"我先走了，再会。"他说。

"你不是要带我去找人吗？"

"什么信息都没有，上哪儿找？"

"那你刚让我签收费单做什么！"

"看清楚了没有，你签名的地方旁边，有一行浅色小字：如因客户提供信息不充分导致无法投递的，本公司概不负责，费用不退。"司机爬回了自己的驾驶座。

"你还要什么信息，我努力想。"陈祎压着怒火说。

"我要的信息，说起来简单，想起来可难。那就是，千千万万人之中，能把你要找的人区别出来的东西。"司机说。

陈祎陷入了茫然。

"我们只有一次机会，必须有独一无二的东西才行。"司机说："你慢慢想，我先走一步。"

他连忙捉住司机的车门。他想到了她的气味。她的脖颈间有一种特别的气味，多少年过去，他也不会搞混。可是，气味要如何才能形容、描绘？

司机见他不肯放手，又说："或者，你有什么和她有关的东西也行。"

陈祎立刻说："这个有。"

他跑回自己车旁，把半个身子伸进车里，取下了绳结上挂着的那枚银锁。这种银锁样子简陋，并不值钱，打造的手艺也不怎么精致，大概是某个乡下手艺人所为。两侧的云纹图案很难说十分对称，中间刻着的"长命富贵"几个篆体字，倒是笔画清楚，没有写错。

"这是她给我的。"

"早说，这就容易多了。"司机接过银锁，挂在自己驾驶室的后视镜上，打开副驾驶的门，冲陈祎招招手，"上来吧，我们去碰碰运气。"

陈祎跳上车，司机却没有发动车子。

"怎么了？"

"我们需要热身。"司机说着，从座位下面抱出一只硕大的酒壶，陈祎吃了一惊。

"放心吧，不是酒，是饮料。"司机说着，鄙夷地看了看陈祎，"你不喝酒也能撞成那样，喝什么其实无所谓。"

司机打开塞子，一股奇怪的酸甜气味逃了出来。他凑上壶嘴小心地喝了一口，立刻发出欢快的叹息："真是难得的好东西，喝了这个，开车才有手感，找人才有运气。"他看一眼陈祎，并没有立刻把酒壶递过去，而是凑到嘴边又喝起来。这一次不同于之前的小心尝试，而是敞怀痛饮，咕嘟咕嘟咕嘟，陈祎眼睁睁地看着他一口气喝了一半还多。

"你慢点喝。"陈祎忍不住说。

司机又喝了几口，终于不得不放下酒壶缓一口气。他伸出舌头舔舔嘴唇，甚至舔到了自己的鼻尖。他依依不舍地把酒壶递到他面前："轮到你了。"陈祎接过酒壶，刚要把嘴凑上去，司机又急忙补充了一句，"别喝完，给我留一点！"

陈祎放下酒壶，有些着恼地瞪着他："还给你，我不喝了。"

司机忙说:"你喝,你喝,不要生气。"

陈祎再次把酒壶放到嘴边,甜蜜的香气扑过来,他喝了一大口,呛得天翻地覆。司机连忙将他的后背一阵拍打,抱怨说:"说了让你喝,就不会跟你抢,你着什么急!"陈祎恼火地瞪着司机,然而咳嗽得厉害,什么话也说不出来。

"这是什么东西,这么辣!"陈祎终于开口。

司机指着壶身的一行小字:"绿蚁牌啊!今冬新酿,蚂蚁汁。"

陈祎吓了一跳:"蚂蚁汁?"

"嗯,可不是一般的蚂蚁,是专门用来榨汁的绿蚁。用蜂蜜喂够七七四十九天,全身内外都是蜜糖味道了,才用来做饮料。所以闻起来甜得很。"司机陶醉地说。

陈祎忙把酒壶还给了司机,整个消化系统都百爪挠心般地别扭起来。

"不识货。"司机接过来,隐隐有些高兴,又自顾自喝了一气。"可惜没有火炉。这种酒,配上红泥做的小火炉,雪天喝一壶,比什么都强。"

他们身上热乎起来。司机发动车子,远光灯的光束忽然射出好远,他们突然加速,路旁的测距牌飞速后退,连成一道线。

"低头，抓紧！"司机喊道。

陈祎还没来得及低头，就看到眼前一片山崖般的夜幕迎面扑来，他们的车直冲着撞了上去。就像鼓锤击穿鼓面，他们穿破山崖，来到了夜幕的另一面。陈祎的脑袋磕在玻璃上，撞出一个包。

"接下来是平路了。"司机安慰道。

陈祎默不作声，绿蚁汁令他头脑发热，四肢飘浮。车子在公路上飞驰，又像走在隧道里，车轮和地面粗糙的摩擦声，像撕开一只包装精美的纸盒。

糟了，他想。眼前的纸盒子被撕开以后怎样也无法恢复原状，让他手足无措。这是客人送来的纸盒，据说是一种叫做"蜂皇浆"的贵重的补品，父亲说要留着年底时走亲戚送人情。他看到盒子上画着黄黑相间的巨大的蜜蜂图案，好奇里面装的是不是会飞的蝴蝶。于是他打开了盒子——大失所望，里面只有一排细长的小玻璃瓶和吸管。他在忐忑中度过了一整天，不知道父亲下班回来会是怎样的反应。实际上他的担心是多余的，父亲又一次因为科研任务太重，睡在了实验室，压根儿没回家。

"是不是这个人？"司机似乎能看到他脑海中的回忆，高声发问。

"不是，这是我父亲。"他说。

司机咕哝了一声，继续往前飞驰。车灯晃眼，像舞台上的聚光灯。陈祎想起他上一次登台表演还是念小学之前，他扮演农夫庄园里的一只南瓜。母亲没有去看演出。

"我要加班，请假的话没有加班费。"母亲说。

"可是其他人的爸妈都来了啊。"他说。

"那是因为他们有台词，不像你，只是一只南瓜。从头到尾蹲在那里，有什么可看呢？"母亲说。

他沉默了。母亲为了安慰他，又说："你演主角的话，我会请假来看的。"

这是舞台透露给他的秘密：人们喜欢的不是你，而是你当主角的样子。作为一只南瓜，还是早早下台的好。

"是不是这个人？"司机的声音再一次不知从什么地方传了过来。

"不是，这是我母亲。"他说。

"又不是父亲，又不是母亲，那会是谁？"司机的声音听起来很不满。陈祎感到尴尬。

"我说了,"他说,"是个连名字也不知道的人。"

"是是是,刚刚谁让你叫我抽烟!工作的时候不能抽烟的,我本来鼻子就不好,一有烟有火,就更找不准了。况且,根据这玩意儿的信息,明明在附近啊。"司机连珠炮似的说,用下巴指了指后视镜上挂着的银锁。

"你再说清楚一点,是你什么人?"司机问。

陈祎看着窗外,他可以想到告诉司机之后对方脸上的表情,也可以想到接踵而至喋喋不休的好奇的追问——"太奇怪了,你想见的竟然是这样一个人。"正因为此,他从未向任何人提到过她。此时此刻,他同样不想开口。

司机等了一会儿,没有得到回应,只好换了一种提问方法。

"她以前的地址你有吗?"司机问。

"有。"他说。

"哪里?"

"我家……我的意思是,我父母家。"

"后来呢?"

"后来回她自己家住了。"

"我懂,女朋友,老婆,对吧。"

他感到司机的一双大手在他脑子里翻书似的，眼前哗哗闪过从小到大认识的女生的画面。他赶紧叫停："不是，不是。"

"我知道，后来分手了，离婚了，分居了。对吧？"

"不不，根本不是这种关系。"

司机一脚刹车，陈祎的脑袋险些又撞了上去。

"我说陈先生，不是父母，不是夫妻，这种很难找的，都得……"

"都得加钱。"

"对。"

"那就加。"

"那你说说相貌特征好了。"司机无奈地说。

"嗯……灰色头发。人很高，力气大。"陈祎在脑海里慢慢搜索她的模样，他其实并不记得全部。

"灰色？"

"我的意思是，银白色。现在可能全白了。"

"啊！是个老人。"

"对。"

"那……还健在吧？"

"这个……我不清楚。"

"陈先生……"

"我知道,我知道,实际上,我有三十年没有她的任何消息了。"

"可是你看起来也才三十多岁。"

"是的。"

"哦,我知道了,是你祖母。"

陈祎没有答话。司机看他一眼,缓缓发动汽车,银锁有节奏地摆动起来。他已经想不起这枚银锁是怎样到他手里的。这件物事在他的记忆中似乎没有起点。某一天,她忽然消失了,留给他这个。他没有她的任何物品、相片、联系方式,只有把它攥在手里。绿蚁汁的效力绵绵不绝,他感到四肢又飘浮了起来,但硬邦邦的座椅和靠背硌得难受,让他的思绪无法从货车狭小的空间里逃逸出去。

"你既然跑长途,为什么不买一套座椅靠垫?"他挪了挪僵硬的身子,不满地问。

"什么东西?"司机好奇地看了过来。

"靠垫啊,一个垫在腰后,一个垫在脖子那儿,开车就不容易累。"他说。

"还有这么好的东西!我从来不知道,难怪医生说我腰椎颈椎都不行。"司机大惊小怪地叫了起来:"你有?"

"当然了。"他说。

司机转了转眼珠,没有吭声。他们依然在那条隧道般的公路上行驶,没有出口。

"你得想着你们在一起时的事儿,给我引路。"司机说。

"我想不起什么了。"他说。

"要你想的就是那些被遗忘的事啊。"司机的声音飘了过来。

陈祎很少回忆童年时的往事。他记性很好,但留在脑海中的只有斑驳的碎片,大部分事情都被他刻意遗忘了。他很少见到父母,大部分时候只有她和他在一起。早春时,她带他去摘白玉兰,把羊毫笔尖一样的花苞穿在曲别针上,别在胸前。那时蝌蚪还没有长出尾巴,还是池塘边水草丛里静静的墨点。到春蚕养得白胖的时节,她去集市上买回成捆粽叶,把那些绿色的剑卷曲折叠,塞上糯米,变成香甜的食物。在父母去上班的漫长白天,她把他抱到临窗的藤椅上站着,看窗前香椿树枝上的鸟窝里小鸟啾啾,楼下邻居扯皮打架。为此踩坏了母亲心爱的藤椅。夏季天黑很迟,他在楼下空地上一圈圈地飞跑，她不得不端碗跟在后面追。等他终于跑累了，家门口葡萄架下已经支好竹床，点起盘线蚊香，井水里冰过的西瓜也切好了。她的蒲扇巨大，像牛魔王和铁扇公主的法宝。夏末的蝈蝈叫声响亮，她开始准备炒南瓜子，收丝瓜，摘葡萄，等石榴和橘子上市。她在两只靠背椅子上缠毛线，准备织一件秋天的毛衣。漫长的冬季来临之前，她在墙角一排泡菜坛子里装满腌萝卜，在灰冷的天空下给他讲孙猴子，讲惊险奇异的传说。鸽哨破空而过，新年转瞬即至，他们在冬夜的炉子上烤糍粑，她教他做八宝果饭，在猪油白糖拌好的糯米上铺一层果脯纹样。每一个新年她都和他们一起度过。为什么她无家可归？他不知道。她从哪里来？为什么后来又离开？他也不知道。他记得许多片段，然而并不知道完整的故事。她大概也不会知道他仍然记得她。事实上没有人知道一个小孩子的记忆可以持续多远。他长大以后父母曾经在谈笑间问他："小时候带你的保姆娭毑，你还记得吗？"

"不记得了。"他漠然地摇头。

"我就说，小孩子什么都不知道。"母亲一副果然如此的样子。

父亲开口:"不应该忘掉,她照顾了你六年,她的名字是……"

"我不想听。"他打断父亲的话,放下碗回了房间。

他独自坐在房间的床上,想起她曾经和他一起在这张床上坐着,她教他数钱。

"一,二,三,四,五,六,这是乖孙的妈妈给娭毑发的工资。"她从里面抽出一张,放到一旁的布包里,"这一张给乖孙留起,读大学用。"

"好。"

"读了大学还回来看娭毑吗?"

"看。"

如果他还能再见她一面……他被一胳膊肘戳中,从散乱的回忆里缓过神来。

"别发愣了,终于要到了。"司机控诉,"这一路上好找!这工作真是性价比太低,明年必须改行。"

陈祎睁开眼睛,远远地,他看见了一片院落,砖墙深红,香樟嫩绿,麻雀在枝头蹦跳。职工们骑着二八自行车赶在下班的路上,车筐里装着菜和报纸。有人拿饭盒去食堂,有人提着热水瓶去打水。他抓住司机的手:"从食堂对面那个斜坡下去。"

他们沿坡开下去，旁边有一堆高高的沙堆，几个放学的孩子在玩沙。前面是一片整洁的空地，有低年级女生跳橡皮筋，高年级女生趴在凳子上写作业。空地四角种着樟树，高大的枝叶间挂着搁浅的风筝和羽毛球。围绕空地，三面各有一栋小居民楼，是教师家属宿舍。左手那栋的一楼，门前有一排整齐的小花园。倒数第二个花园里种着葡萄，已经爬了架，角落里有一棵桑树。

陈祎扒在车窗玻璃上，望着葡萄架入口。司机把车停在香樟树下，说："我在这儿等你。按过第三次喇叭，你回车上来就行。"

"她看不见我的，对吧？"陈祎轻声说。

"这要看你肯多付多少钱……"司机摸了摸下巴。

"我已经签字付给你一大笔了。"

"这个嘛，前面那些都不算，我们重新约定。"司机狡黠地眯起狭长的眼睛，"我要从你所有的财产中挑一样东西，不过我不能告诉你是什么。不管我挑什么，你都必须答应。"

傍晚的微风吹拂着葡萄叶子，陈祎闻到了邻家厨房里飘出的饭菜香味。

"好。"他说。

司机爽快地打开车门:"成交。"

陈祎缓慢地穿过玩耍的孩子、下班的大人、蝉鸣、狗叫、锅铲的碰撞、蔬菜从水池里捞上来溅起的水声,向比回忆中小多了的花园走去。桑树比他以为的还要矮小,他不相信如此瘦弱的枝干如何承载晴天里晾晒的被子,而他又是如何藏身于叶片稀疏的树冠当中。记忆中的葡萄架是一副华丽的篷盖,绿叶肥厚,果实累累,足以让一家人栖身、赏月、吃西瓜,而眼前的小棚子低矮破旧,零落挂着几颗青果。

陈祎站在院门前,木条钉成的简易花园门只到他腰的位置。这扇门曾经很高,牢不可破,他必须高举双手,踮起脚尖,才能够到门栓。但复杂的门栓怎样也无法被两只小手打开,于是数次出逃只能终结于大哭一场,最后被大人拎回屋内。陈祎用手细细抚摸门栓旁的位置,小刀刻下的"小一"两个字依然清晰。花园门内是一条小径,只有两三步远,尽头是蒙着绿色纱幕的客厅前门。陈祎向纱门望去,一个发福的矮小身影正在屋里弯腰收拾着什么,灰色的短发整齐地梳在脑后。眼泪涌上了他的眼眶。

他抬手打开门栓,想要快步穿过小径,可是他把力气用在了忍住眼泪上,脚下迈不动步子。她的个头原来这么小,像桑树一样。回忆又一次欺骗了他。他记得她的胸脯是那样宽广,他张开双臂,才能从一头够到另一头。被抱在怀里的时候,他可以毫无阻碍地用脑袋和手和脸在她扁塌的胸口打滚,同时让身子紧紧贴住她温软发福的肚子,不用担心滑下去。她胸口那一片的确良的灰布,和灰布后面厚实的胸脯,是他回忆中最温暖的所在。

她看到了他,立马站起来打开纱门,快步向他走来。他张开双臂,想要把她搂在怀里。然而在她站起身来的这一刻,她忽然又高大起来,像记忆中那样强壮、宽阔,他必须仰视她才行。她笑眯眯地看着他,很快又看到了他脸上的泪涕俱下,显出同情又担忧的神色。

"小一,怎么哭了?"她皱起眉头。

他发现自己张开的双臂变成了两条高举的细瘦胳膊,她弯下腰,双手往他胳膊下一抄,就把他高高举起,趴在了自己肩头。他还没有来得及对眼前的变故做出反应,她已经行云流水般地将左臂往他屁股下一垫,右手往他腋下一扶,他不由自主地双腿一弯,稳稳地坐在了她胳膊上。

她把他托到和自己视线水平的位置,掏出手绢在他脸上揩了一把。

"乖孙，不哭，娭毑抱。"

在他们分别后的漫长的三十年里，他从未再次见到她的脸。此刻笑容和皱纹都近在咫尺，做梦一样难以置信。他向她伸出手去，还没摸到脸，就被她一把捉住了。

"乖孙，不抓娭毑头发，刚刚梳整齐。"

她右手在他后背轻抚，他顺势趴到了她肩头。在那一瞬间，在衣服领子的质感、脖颈的皮肤、灰色的发尾之间，他闻到了那个味道。那个虚无缥缈、无法捉摸、尽管分别数十年仍然记忆犹新的味道，深深镌刻在他生命的最初、同样也将陪伴他直到旅途终点的味道。它无法用语言形容，无法用工具记录，无法用容器携带，甚至在漫长的思念之后，无法像流沙那样让他拥有短暂一瞬。他抓住她的肩头放声大哭起来。

哭声让她收紧了胳膊，将他紧紧圈在怀里，一面哄，一面轻轻摇晃着回到屋里。

"乖孙呀，刚刚已经好了，怎么又哭了？哦，我知道，我知道，是因为爸爸妈妈没有去看幼儿园演节目，是不是？"她念念叨叨地，打开了餐桌上的纱笼，里面放着一碗卤水豆腐干。

"不是！不是！嬎驰坏的！"他着急地喊。他要告诉她这么多年分别后的事，告诉他已经是大人了，专门回来看望她。然而他的目光被她手里的豆腐干吸引过去，不由自主地接过来放进嘴里。很快他的腮帮子鼓了起来。

"乖孙呀，坏的人都被派出所抓起了，嬎驰是好的。嬎驰昨天上午去买小菜，特意绕路到幼儿园的小礼堂去看你演节目。你演了南瓜是不是？嬎驰看见了。好乖的一个，脸蛋又圆，额头中间还点了红点。从来没有见过这样好看的南瓜。嬎驰没有照相机，要是嬎驰有爸爸的照相机，就去把你的相片拍下来，天天带在身边。以后嬎驰走了，看着相片，就是看见我乖孙。"

他哭个不停，但是嘴里塞满了豆腐干，一句话也说不出来。他曾有这么爱哭的时候？她用手绢给他擦眼泪，紧紧地把他抱在怀里。

"乖孙，你今天要多笑一下，让嬎驰记得你笑眯眯。"

他止住哭，眼泪还在往下掉，抽抽搭搭地说："我，有好多事……要说……委屈……"

她揉着他的头毛，讲："豆芽菜一样的细伢子，哪里有好多事委屈。"

他争辩："不，你不晓得，我已经是个大人了！"

她笑了："是哟，幼儿园已经毕业了，演了毕业节目了，过完暑假，就是小学生了。"

他忙说："不是小学生，是很大的大人，有很多烦心的事。"

她还是不明白他的话，笑话他说："即使做了大人，也还是很年轻的大人啊！有很多日夜，去过烦心的日子。"

他不再争辩，时间有限，而他想重温的太多，好不容易平静了一些，他听见自己说："我想吃萝卜条。"

"萝卜条是秋天晒的，现在没有啊。"

"我想吃烤糍粑。"

"糍粑是冬天烤的，现在也没有啊。"

"那现在有什么？"

"现在是夏天。乖孙，那些都来不及了，嬷驰给你讲故事吧。"

她把他抱到竹子做的单人床上躺下，他不明白为什么要在这个时间睡觉。窗外传来汽车喇叭的催促声，他们两人同时往窗户的方向看了一眼。

他一下坐了起来:"不要听故事。"他还有很重要的事情没说。

但是她把他的小身体按了回去,让他把头枕在自己怀里。

"乖孙,娭毑给你讲,孙猴子给唐僧买菜……"

"又是孙猴子。"他被熟悉的质感包围,便抓住她的手,像捻纱一样捻着她的衣襟。

"唐长老每天要吃菜,孙猴子每天就要买菜,一天不买,就没有菜吃。何解不让二师兄去买?二师兄猪八戒,最恨不得师傅派他去买菜,买一提篮小菜,他路上要吃掉一半,袖子里还要笼两只火烧,夜里师傅睡了偷着吃。何解不让沙和尚去买?沙和尚人实在,不买火烧,不偷吃小菜,但是他箱子重,走得慢,等他买了小菜回来,师傅已经饿得见了佛祖……"

夕阳照进了窗户,香樟树叶的气味飘了进来。他依稀听见屋外空地上,女孩子们在跳皮筋、丢沙包,男孩子在沙堆上打游击战,过了不了多久他们就会被大人一一拎回家,因为院子里乒乓不绝的锅铲声已经响了起来。他感到眼皮发沉,这是危险的征兆,他赶紧清醒过来:"娭毑,你老家在哪里？我以后去看你。"

"我老家在乡下。"

"哪个乡下？"

"前面一片水田，屋后一棵槐树，就是我家。"

"再讲讲……"他的眼皮又重了，像乌云压境，模糊地说出最后几个字。

"乖孙要听娭毑的故事，娭毑就再讲讲。娭毑呢，以前是地主家的小姐，娭毑的父母，在家里养了八哥鸟。中秋晚上把八哥鸟舌尖剪掉一点，涂上人血，以后就会讲人话。乖孙，闭眼睛。娭毑大了以后，嫁到一个教书先生，生了三个毛毛。但是运气不好，三个毛毛都没留住，没过几年，教书先生也死了。娭毑只好到城里做事，在粮油商店帮人搬白糖。乖孙，两只眼睛都要闭。白糖口袋好高好大，娭毑两只手上都是糖。来买白糖的雅礼学校的幼儿园校长，看娭毑读过书，会念诗，会讲故事，让娭毑去当保育员。做了几年保育员，要搞运动，成分不好，不准照顾革命下一代。娭毑不想回乡下，乡下到处是教书先生和三个毛毛。幼儿园的校长看娭毑会带小孩，就介绍到老师们家里去当保姆。娭毑一共带了二十三个小孩，头发就白了。准备回乡下养老，车票买起了，网兜子装起了，蛇皮袋也系紧了，这时候我乖孙的爸爸来了。乖孙的爸爸说，乖孙的妈妈要生小孩了，原来请的保姆突然来不了，临时要找人，找不到，让我去帮几天忙。我跟乖孙的爸爸到了医院，等了一天，乖孙生出来了，妈妈肚皮上挨一刀。本来只要帮几天忙，但是在产房门口一看到我乖孙，几天就变成了几个月，几个月又变成了几年……"

黄昏缥缈的光线在他眼前慢慢退去，饭菜的香气和屋外的喧闹也远去了，他落进柔软的黑暗中。窗外的汽车喇叭响了第二遍，他看到床上的小人儿软软地放松了身体，紧攥着娭毑衣襟的小手也松开了。她把他挪到枕头上睡好，肚皮上盖一条枕巾。原来他是这样睡着的，原来她的一生是这样的，他想着，发现自己已经退出房间，回到了纱门外面。他扭过头去，看到司机冲他挥手："上车走了！"

他最后看一眼屋里的陈设：四方饭桌，四只酱色板凳，一只藤椅，洋漆矮柜，五斗橱，两只暖水瓶。短短几步路，走出花园门。在关上花园门的一刻，他的余光瞥到了放在客厅纱门边的东西，他的心揪紧了。

那是一只红白蓝相间的蛇皮袋。他进屋之前，她弯腰收拾的，大概就是这只蛇皮袋。他记得它。他忽然明白了她为什么在这个时间哄他睡觉，在遥远的记忆中，就在上小学前的某一天，他一觉醒来，她就不见了。不。他赶紧去开门栓，想冲回屋内晃醒那个睡着的自己，但是门栓又变成了记忆中复杂的样子，按、扭、掀、转，怎样也打不开。汽车喇叭响过第三遍，她似乎也听到了喇叭声。他看到她直起身子，去拎门旁的蛇皮袋。他用力摇晃花园门，试图用脚和身体把它撞开——就像撞在一堵砖墙上。

"喂，喂——"司机打开车门，从驾驶室蹿了出来，"门关上就不能再打开了——"司机喊道。

她打开纱门，不知从哪儿刮来的风推得花园门哐哐作响。她望着花园门，定定看着空气中的某个方向。他看着她，停下推门的手，说："我在这儿，开门，我在这儿。"司机捉住了他的胳膊："走吧，车要开了。"他揪住司机："她要走了，让我和她告别。"司机摇头。他说："我知道，要加钱。"司机说："多少钱都不行了。"他挥拳打在司机鼻子上，司机恼怒地用尖利的大手架住了他的胳膊："打工作人员要罚款的！"

她没有继续往前。她把包放下，又回到了屋里。隔着纱门，他看见她拥住了睡得香甜的小人儿，布满皱纹的脸贴在温热如果实的小脸蛋上。

"乖孙。"她说："乖孙，娭毑走了。你读小学了，娭毑回乡下去了。"她从贴身口袋里摸出一样东西，拴在小人儿的手腕上。黄昏的光线中，他看见那是一枚银制的长命锁。

"你看，她和你告别过的。"司机说着，松开了抓住他的手。

陈祎定定地看着她关上纱门，拎起袋子，穿过花园，打开门栓，从他身边走过，走向空地那边停着的一辆小巴。那辆小巴也是他记得的，每天早晚各一班，从单位大院开到长途汽车站。小巴司机跳下车，帮她把蛇皮袋扛上去。她也上了车，从车窗里往他的方向望过来。小巴发动了，驶出空地，驶向外面那条长长的小路，他所不能及的地方。车子转过弯去，他看不见她，她也看不见花园了。

他被司机拽上车，茫然地坐在副驾驶座上。车子发动了，他们又一次轻柔地行驶起来。

陈祎虚弱地说："你说过她看得见我的。"

"这得看你怎么定义了。本公司享有一切最终解释权。"司机大言不惭。

"我要投诉。"他说。

"别这样，"司机立刻放缓了语气，"你看，这么难找的人都被我找到了，多少也该谢谢我啊。"

陈祎的目光落在了晃动的银锁上，他把它摘下放进贴身口袋里。她的面容又浮现在脑海中，他转头望向窗外。

他们行驶在一片青翠的稻田边，天气明媚，阳光跳跃。白色稻花落在水里，虾蟹争食，蛙鸣不绝。小孩子的欢笑声此起彼伏。远远地，隔着水田的那端，他看到一排槐树，和槐树下错落的老屋。

如果她还活着，得有九十多岁了，他想。无论他说什么，在她眼里也永远是孩子，即使已经当了大人，也是个年轻的大人，还有许多日夜，去继续过烦心的日子。

他们回到了隧道里，继续赶路，没有再说话。当他们终于从隧道里钻出来，回到高速公路上，天空已渐渐亮了起来。夜色隐去了，雪后的原野蒙上了一层轻烟般的晨雾。北方广阔的平原上，有鸟在收割过的麦茬间觅食，远处的河流像一片浅灰色的绸布。河岸那边，褪光树叶的枝干深浅不一，枝丫间鸟窝清晰可见。再过一两个月，当绿色覆盖了这片灰原，鸟窝里又将热闹起来。

天光越来越亮，扫雪除冰作业车在高速公路上缓缓前行，马达发出有节奏的低鸣。穿荧光色工作服的道路维护人员陆续开始工作,往雪地上喷洒除冰剂。这是新年的第一天。

"真是漫长的一夜。"司机说。

"是啊。"陈祎说。

他们转过一个弯道,远远看见了陈祎被撞坏的车子。车子前面拉起了警戒线,警车、救护车、新闻报道车、拖车停在路边,交警和穿白大褂的医生穿梭忙碌。看来,早班巡视的高速交警已经发现了他昨晚惹下的麻烦。

"前面就是了,我把你放在这里。"司机说。

"他们见我不在车上,会不会算我肇事逃逸?"陈祎感到有些紧张,不知道会被扣多少分。

"这你不用担心。"司机停下了车。

"还不知道你怎么称呼。"陈祎向司机伸出手来,"贵姓?"

"免贵姓贾。"司机温和地说。

陈祎跳下小货车,向他挥了挥手,朝人群走去。两个年轻医生正从救护车上往下抬担架,警察扛着电锯在他的车门边忙活。电视台记者对着镜头直播新闻:"昨晚除夕之夜,一名独自驾车的男子在京藏公路出京方向218出口附近发生车祸。被发现时,驾驶员深度昏迷,车辆损坏严重。经过数小时奋战，救护人员终于拆下了卡住驾驶员的车门……"

几个人把被锯开的车门抬到一旁，小心翼翼地把卡在驾驶室里的司机解救出来——在那惊讶的一瞬间，他感到十分迷茫，又似乎全都明白了过来。他感到身处漩涡，随即被巨大的吸力俘获，装进一个沉重的躯体。下一个瞬间，他的轻盈自如消失了，费尽力气也动不了一根手指。他努力把眼皮抬起一条细缝，模糊的人影从上方俯视他。

"他还有呼吸！"

"不可能，早就没有生命迹象了。"

"少废话，快，给氧气……"俯视他的人手忙脚乱地说。

在救护车车门关上的一刻，他努力向来时的方向看去，雪后的公路舒展如绸，川山快递公司的小货车早已没了踪迹。

陈祎出院回家时，北方短暂的春天已经过去。他的腿骨和腰椎里打了好几颗钢钉，走路有些摇晃。前妻开车来接他。虽然在新年的前一天他们已经办过离婚手续，但发生了这样的事情，她还是承担了定时去医院照看他的麻烦。

按照离婚协议，他是搬出去的那个人。

"你可以先住几个月，过渡一下。身体恢复了，再出去找房子住。"她说，"反正，我已经搬到新家那边去了。"

她扶他走出电梯，递给他一把新的门钥匙，说："你知道吗？我把锁给换了，因为家里来过一次小偷。"

"什么时候？有这种事？"他惊讶地说。他们小区的治安向来很好。

"就是新年后不久，没有丢什么值钱东西。"前妻说，"不过奇怪得很。"

"什么奇怪？"

"所有的枕头都不见了。无论是睡觉的枕头，床上的靠垫，沙发上的腰枕，躺椅上的头枕，还是餐桌椅子上的坐垫，统统不见了。"她说："门窗好好的，根本没有小偷来过得痕迹。"

他愣了片刻，嘴角浮上笑意："这个家伙，明明说只拿一样，结果全都顺走了啊！"

半梦半醒半睡之间

俞冰夏

俞冰夏 自由作者与翻译,作品见《小说界》《天南》等刊,译著包括安贝托·艾柯《悠游小说林》、大卫·福斯特·华莱士《无尽的玩笑》(即出)。

9月19—20日

叔叔、阿姨，

　　首先我也要说一句非常俗套的节哀顺变，想必这四个字最近你们已经听了数不清楚多少遍，无需我再重复。但我说这四个字的态度，很有可能是你们所听到的人里最为真诚的。倒并不是说我认为任意四个中国字的意思随上下文和说话者的身份而变化，也并不是说我认为人能凭空做到节制自己的悲伤，或者能跟随所谓的大势所趋。甚至我也不认为人应该这样做。我之所以这么说，是因为我想让你们知道我理解你们的心情，而并非你们在微信上给我发的支离破碎的信息当中我读出或听出的意思，那就是你们认为我不可能也无法理解所谓"白发人送黑发人"的悲痛。我认为失去亲人的悲痛实在并非多么难以理解的感情。而我，此刻也可以说具备悲痛的情绪。另外，我从你们的微信当中读出的另一层意思是你们认为我对李琦的人生产生了极其不良，或者现在我想可以用这个词——致命的影响。这也是我无法在微信上直接回复你们的原因。（我的一言不发被你们形容成"残酷""冷血"，以及我觉得有点可笑的"害人精"）。我无法用简单的话语安抚你们此刻混乱剧烈、可能可以用"狂躁"来形容的心情。我思考了整整一天，认为我的任何举动能从根本意义上减少你们痛苦的可能性是极小的，甚至不存在的。我给你们写这封长信的目的，也因此，与尝试减少你们的痛苦没有直接关系。从我读到的你们发来的信息来看，你们虽然接近声嘶力竭地问着"为什么"，我想象对知道答案的兴趣却比你们想象的要来得小得多。从某种意义上说，也许这正是"为什么"这个问题答案的一部分（？）。作为李琦的朋友，我深知他对任何以"为什么"开头的终极问题的思考是深刻、透彻，甚至现在我可以说——极致的，虽然这与他的死，在我看来，同样没有直接关系（我之后会详细解释这一点）。出于我与李琦的友谊，我决定给你们写这封信真正的目的，是为了帮李琦，回答你们提出的那个问题：为什么。哪怕我和他一样知道这很可能是徒劳。

我猜想是我和李琦共同的朋友陈先生给了你们我的微信号，并告诉了你们我和李琦认识六年来一些陈先生认为重要的细节。事到如今，陈先生这么做，让我认为他已经不是我，或者如果我胆敢为李琦表态的话，我们的朋友。我人并不在国内，出于保护我自己的目的，我不想告诉你们我在哪里，但陈先生可能此刻就在你们身边，扮演李琦最好的朋友的角色。事实上陈先生与李琦的友谊虽然持续的时间确实很长，我算了一下，有二十年的时间，远长于我与李琦认识的时间，但实际上李琦与陈先生是谈不上有什么推心置腹的情感交往的。我绝不否认，我与李琦之间不仅有友谊，也确实有过"超出友谊"的感情关系，但我绝非如陈先生所说，对李琦造成了所谓的"情殇"（陈先生的用词）。如果你们这样想，那真是大大地看低了李琦（当然你们以你们的方式看低李琦我并不感到奇怪，这里没有怪罪的意思，仅仅陈述一个事实）。实际上，我与李琦"超出友谊"的关系在李琦所有类似的关系当中比重可以说是微不足道的。陈先生的观点仅仅建立在李琦出事前的几天与我在一起，以及陈先生认识我这两条并不稳固的论据叠加之上。如此为结果找原因无疑出于精神懒惰。我无意贬低陈先生的智商或情感成熟程度，或者对复杂事件的理解能力，我也知道陈先生是叔叔、阿姨你们心目当中李琦最好的朋友，甚至如果给你们机会，你们私下里更希望陈先生是你们的儿子，而非李琦——李琦不止一次在我面前提过这点。然而无论如何，他给予你们的看似最简单也因此最合理的解释，不仅不准确，也不负责任。

写到这里我想，我也没有任何必要叫你们叔叔、阿姨。我与你们从未谋面，并不认识，中国的讲法叫做"素昧平生"。中国人的某一种逻辑里，带一点血缘的关系就好像把人拉近了一层一样，我认为这种拉近是字面意义上的，也就是说肢体而非情感上的。你们对我来说是完完全全的陌生人。我这么说请你们不要生气，我自己带血缘关系的叔叔和阿姨甚至父亲和母亲我也同样与素昧平生差不了多少。原谅我还是用李先生和梅女士来称呼你们，这样能让我卸下一些我本没有责任或者资格担负的重量。

我和李琦认识的那年我25岁，李琦29岁。我不忌讳说，我们是在网上出于一夜情的目的认识的。那一年以一夜情为目的的社交网站才刚刚开始流行。我要承认，我见到李琦的时候，对他并没有十分的好感，甚至八分、七分都谈不上。我答应与李琦约出来见面主要是因为我自己当时的情感危机，以及对生活的厌倦，因为李琦从各种意义来看都不属于我平常社交的群体。我记得我们约在雁荡路附近的一家小饭馆。我自己是上海人，我明白这座城市生活的一些内在逻辑，李琦则很明显，至少在当时，缺乏这样的知识。我可以看得出来虽然他已在上海生活多年，雁荡路对他来说是很不熟悉的地方。淮海路这一带奇特的杂乱拼贴，恢宏与市井如脐带两端，穿着高级时装的人与穿着假冒高级时装的人交换微妙的互相审视的眼神，早已放弃自己的中年男女无声抗议一般的晚间散步，社会阶级不可言表的斗争，这一切我能看出让他感到紧张，用李琦和我成为好朋友以后喜欢用来形容此类内心焦虑的说法，就是"找不到上下文"。当时李琦还在浦东上班居住，很少过黄浦江。我们吃了一顿可以说局促而尴尬的饭。我此刻回忆，甚至想不起来我们说了些什么，但我记得我漫不经心吃这顿饭的过程当中在想的事情与李琦没有任何关系，而有关我当时的另一个情人，姑且叫他 W。李先生和梅女士，你们两位是小城里的生意人和公务员，就我对中国小城人，尤其小城里你们这一代人的了解，你们看到这里可能已经下了我是个生活不检点的女性因此几乎肯定害了你们儿子的定论。这没关系，也不重要，人能做到面对现实十分的困难。并非因为现实本身多么令人恐惧，而是因为对每个人来说，现实的大部分是后天习得的想象，而突破这种想象则需要……扯远了，这是一位法国哲学家的论述，事实上我一定无法说服你们你们眼中的现实是想象。但容许我要简单说一下我与 W 的关系，因为这对让你们理解 29 岁时的李琦有一定的帮助。

我和李琦出于一夜情的目的第一次见面，当然没有告诉他与W有关的情感纠葛的任何打算。在我（显而易见，为了延迟我已经并不想进行的一夜情）的建议下我们从雁荡路走上颇为阴暗，且这一段蜿蜒成某种回飞器形状的南昌路，去一家叫做"阴阳"的酒吧。你们当然知道，李琦后来开了一家叫"回飞器"的公司。确实是我对李琦说，这一段南昌路很像回飞器的形状。事实上我至今从没有见过真正的回飞器，一种土著人打猎用的可以飞回投掷者手上的飞镖，而之所以我知道这个词，是因为我当时正在准备出国考试，当天背到了 boomerang 这个单词。李琦后来一直非常喜欢这个词，他搬到了雁荡路南昌路口，我想你们也是去过他那间小房子的，无需我来赘述。

我要补充一点，有的人对自己有种大于自己的想象（与我刚才说的那种想象不是同一个概念），也许用"期许"你们更容易理解，但实际上，"想象"是准确的词语。你们这一代中国人容易得出任何这一类的想象属于非分的结论，我想这是因为你们对阶级宿命论的习得几乎接近先天，也直接导致后来出现的对阶级革命颠覆性的创造力——谁没有背叛出生的欲望与想象？非分与否，失败与否，我们不能否认想象同样是种十分物质的存在。回飞器这个概念，我知道，对李琦来说满足了他对自己某种大于自己的想象——我和李琦，我们可以说属于一个我和李琦后来叫做"幻灭二代"的群体。我自己的父母要比你们年轻几岁，下乡的时间要短一些，也不像梅女士一样，从淮海路驻扎到了离乡背井的安徽小城。但从宿命到幻灭到宿命的轮回基本是一致的。现在我回想，这可能是29岁男性对自身比较普遍的想象，富有野性的收放自如，掷出，收回，瞬息之间，可能，能，对能之一瞬间的想象与满足——这不难理解，大部分的电子游戏正是如此设计的。如果允许我表达我此刻非常真诚的伤感，李琦最天真，也最让我欣赏的地方是他总想象自己是个具备大于自我的勇气的人。这种想象与想象作为想象之必然的不可实现性以及不可实现性带来的挫败及挫败与想象之间似乎比一开始拉得更开的距离之间必经的回路，我经常告诉李琦，是危险的，甚至从某种并不令人愉快的角度来看，重复了你们的命运。说得形象一点，对我和李琦这样的人来说，我们与自身的关系好像坐在跷跷板的两端却某处相连的暹罗双胞胎，一旦一端上升，另一端便会猛烈地把对方硬拽下来。抱歉似乎这并没有简化我想说的，想象钓鱼的动作，李先生对此，我知道，有相当的经验，当鱼的重量超过你的时候，就有了问题，危险的问题。当然，这个比方并不准确，但我们姑且这么理解。

不管怎么说，我承认我带李琦去阴阳是有现在想来相当无聊的私欲的，因为我当时的情人 W 是这家酒吧的常客。那个时候阴阳酒吧还没有被迫搬到地下室，也就是说还在它真正变成一间字面意义上的地下酒吧之前，夜晚的浪漫气氛还算得上蓬勃的时候。我必须解释，这是六年以前。听上去不长，但不知道为什么，在我脑海里是与现在完全不同的年代，城市里有一些如今已经不再的暧昧与不确定性，并非一切都能通过搜索得到答案，虽然我这么说可能虚伪，毕竟我和李琦正是从现在全民普及的所谓"约炮软件"上认识的。李琦这点上与我的观点不同，他毕竟在互联网公司工作（我对他一开始缺乏好感，以及他对自己某些时候缺乏好感，不能不说与他的职业有一定关系），他似乎从不认为网上的现实与地上的现实有什么不同。另外，李琦不久前还提醒我，我之所以出现这种相当媚俗的乡愁情绪，更可能是因为我自己的变化，而非外界。

说到这里我不知道应不应该告诉你们，李琦在认识我之前，就对网络一夜情，或者其他更直接的解决性欲的方法经验丰富。你们一定想知道为什么李琦总是没办法保持稳定的恋爱关系，在我看来这是最基本的原因，虽然李琦并不一定同意我的观点。我觉得还应该告诉你们的是，李琦并非因为他所告诉你们的原因与施小姐离婚（无论这原因是什么）。李琦与施小姐离婚的原因，除了李琦显然并不"爱"施小姐之外，无非是最经典的捉奸桥段。我知道你们认为李琦离婚是他步入某种深渊的第一步，事实可能也确实如此，但并非因为传统意义上的失恋，更不可能是因为我的插足——我并不是李琦与施小姐纠纷的主角，我希望你们愿意相信我的话。我清晰记得你们，李先生和梅女士，在两年前的那个冬天几乎不间断地打电话给李琦，我和李琦曾开玩笑说接近"骚扰"的程度。真正导致李琦发生变化的原因是想象（这里是上面我说的第一种想象的意思，也就是自认为是现实的想象）的彻底幻灭。我这么说你们可能要捶胸顿足一番，但李琦曾经的想象当中，婚姻、爱情与解决性欲是三件截然不同、无需相关的事情。捅破这层想象的除了施小姐，也包括李先生和梅女士你们，还有各种各样其他自认为占据道德高地的人，虽然很难弄明白什么会让任何人认为自己占有道德高地。

  回到W，W那个时候差不多45岁，当然是结了婚的人，婚姻生活，就我所知，与大部分45岁的人并无不同，与爱情和性欲无关，与积累财富、与我们中国人喜欢叫做家庭责任实为（很多并没有血缘关系）家庭成员之间互相要挟的关系则十分紧密，用他的话说，就是上班下班都在上班——W是个广告行业人士，他对生活的理解总是俗不可耐又朗朗上口，且十分擅长撒谎，骗别人和骗自己都很在行，拆不拆穿都无妨（谁真的相信电视广告里的洗衣粉能把陈年番茄酱污渍洗到雪白？如果你相信这个，为什么不怀疑它能把红衣服也洗成白的？）我相信你们应当能理解一个成功的骗子身上无法抵挡的魅力，就李琦告诉我的，你们曾经被某个北方口音的基金经理骗走过好几十万，似乎只是因为你们认为北方口音里带有种严肃与信誉，这就是种魅力。我要说，那个夜晚在阴阳酒吧发生的事实际上是非常俗套的，虽然当时我对此并没有准确的认识。我和李琦走进酒吧之前我已经透过沿街的窗户看到W孤独地坐在窗边。W有的时候，从那扇窗外，看上去非常孤独。我自己25岁的时候，如果我们较真的话，与我此时此刻感到的孤独远不在同一个维度上。然而我对孤独有天生的敏感与同情，这与我从小孤独的成长环境有关。回想起来，李琦的孤独也是我与他结下友谊最本质的原因，无论是因为感同身受，还是为了抱团取暖。总而言之，我和李琦在旁边桌子坐下，W一眼就误认为李琦是我的新男友，所以他虽然生气，却根本不上来搭话，假装不认识我，这当然也让我很生气，哪怕是我先开始假装不认识他。W，作为一个擅长设计骗局的人，一个正常人，总误认为自己免疫于骗局，他无视一个简单的事实，就好像某个著名的成语说的，近朱者赤，任何人只要熟到一定程度，都能很自然地摸清楚对方所谓的"套路"，更何况W和我有亲密的关系。当然我这样说间接意味着W也应该能破解我的套路，但这却不是事实。至于为什么，我想也许可以归结于男人观察女人的时候通常用的不是大脑。

我记得我和李琦喝完第一瓶啤酒的时候W走了过来。W在根本不看我一眼的情况下，很随便地在李琦旁边坐下，问他看不看球。我不得不说，我至今对足球，或者说得直接一点，赌球，没有深入的了解，所以我确实无法向你们解释为什么李琦在下一瓶啤酒的时间里对W提议的某种显然不怎么合法的赌局产生了巨大的兴趣。就我后来知道的，李琦在那天以前并没有下过地下赌注，甚至不知道有这样的事物存在。他们似乎越说越兴奋，以至于我去上了次厕所，回来的时候W已经坐到了我的位置上，在给什么人打电话，对面的李琦则在酒吧的餐巾纸上写着什么。我现在已经不能算年轻，面对这样的状况也许能想出更机智的办法，但当时，因为不知所措，我只能又要了瓶"白熊"，坐到一边默默看着他们。25岁的时候我经常有这样的烦恼，仿佛有另一个更成年人的世界我只能坐在旁边观看，如果我非想钻进那个世界从里面看一眼，唯一的办法也就是跟比如W这样的人发生亲密关系，即便如此我能被容许的参与度也是十分有限的。我一边喝啤酒，一边想我确实是输给了W，因为W打电话的时候大概已经忘了他本来找我茬的想法。那天最后发生的事情是W打车把我带回了家，李琦自己打了另一辆车走。W对我和李琦的关系既不问也不提，但我能清晰记得之后的一个月，我和W的感情好像飘到了云层之上，使得我有时候甚至不得不用"爱情"这样的词来形容我的感受。这一个月里，我当然几乎没有想起过李琦。

这种赌局，后来李琦跟我解释，跟炒中国的股票差不多，总之是种概率游戏，球队就跟上市公司一样，可以通过数据计算出什么最佳投注组合。越是不靠谱的叫不出名字的球队，越适合进行这种操作。李琦是个水平不错的程序员，对数据有相应的敏感，这点你们无需怀疑，但这不妨碍他在W那里一下子就输了很多钱。一个月以后有天下午我在上班的时候接到他的电话，说他要报警，问我到底叫什么名字——是的，我和李琦第一次见面，实际上连名字都没有真正交换。李先生，梅女士，你们可能觉得我讲的这个故事不可思议。你们一直那么乖巧懂事、（在你们面前都）唯唯诺诺的儿子怎么会参与一个酒吧间里的陌生人提议的地下赌局。事实上如果你仔细观察你们的儿子，很容易发现他对自己是有我之前说的那种"能"之想象的。举个简单的例子，四年前李琦认为自己可以与那位你们介绍给他认识的施小姐结婚，且能既不让婚姻妨碍他当时可谓相当混乱的生活，也能不让后者妨碍他的婚姻。我要说，我是认真劝阻过他的，那段时间我比他要更忧伤、悲观一些。但李琦的这种想象并非完全不理智，甚至可以说带点概率游戏的成分。在他眼里如果穿帮与不穿帮的可能性各有一半，那显然没有任何理由认为结这个婚与不结这个婚有什么本质区别，更何况做盲目的决定，就像在路边书报亭里买张两块钱的彩票一样，仿佛只可能带来意外惊喜。那个时候李琦31岁,也就是我现在的年纪,如果说我当时认为他在发泄某种压抑已久的神经隐患,现在我能充分理解他做出那个决定的理由。李琦决定和施小姐结婚的时候我和李琦已经分手快半年了,当然这不是说我们没有偶尔的性关系,通常发生在一些偶然的日子——比如礼拜三,一周当中最让普通人烦躁的一天,或者礼拜六,对偷情者来说最为方便,因为如果你在礼拜六确实无所事事,那么理应对你的礼拜六负责的人显然有更重要的事情要做。这些性关系大多是出于无聊罢了,且和酒精摄入通常有直接关联。我和李琦短暂的恋爱本身实际上乏善可陈。当我意识到W把李琦带进了一个当时的李琦远远没有能力应付的局面的时候——不管W是个怎样并不值得信赖的人,他在这件事上的过错是无意的,他并不知道(当然也不想知道)李琦既没有任何经验也没有多少钱,我用某种常见的威胁手段让W把债务勾销了。我这么做与同情或者自保都没有多少关系。毕竟当时我跟李琦几乎不认识。我这么做大概只是出于某种无聊的反抗,因为即便在那一个月的尾声我感到与W之间有某种类似爱情的感受,我的本能意识告诉我什么东西越像另一样东西,它越是那样东西的反面——用你们能理解的话说，菜场里的番茄如果红得像广告图片里的番茄，几乎肯定加了色素。现在想来，这种想法也是相当幼稚的，你可以说，越想反抗幼稚的年轻人，最终越深陷于此。这当然还是种幼稚的看法，好像大众精神分析固执于俄狄浦斯情结，唯一的结果是我们对恋母与弑母居然有了相同的抵触情绪。

我跑题太远了，回到我和李琦的恋爱关系，我能说的只是，李琦被我的帮助感动，而我则被他解释自己参加W的地下赌局且在短短一个月内输掉了惊人数目的钱的原因吸引。我见过很多赌徒，有的有接近病态的思维洁癖造成的对任何规则明确的游戏的依赖，有的天生乐观且百折不挠（这类人士的数量在赌徒群体中超出想象），还有一些不是太过自恋就是太过自我厌恶，但李琦不是上述任何一种。李琦说，他参与这个赌局首先是因为无法拒绝——那家赌庄的人每次给他打电话，他都会下注，从不拒绝——李琦说下注既不让他感到特别刺激、恐惧，也并不让他感到多么勇敢（这点上我不同意他的看法），甚至不是因为特别想赢钱，只是他对拒绝别人的请求有天然的困难——与此同时他每天花大量时间读这些球队的数据（类似保加利亚联赛），做各种用来分析数据的算法，导致他上班几乎没有时间工作，这带来了全新的吸引力，消磨时光的吸引力——李琦说，这既不让他感到特别懊恼，也不让他感到特别满足，好像一种昏迷状态，这种昏迷状态，他说，可能是他一辈子体验过的最接近生理愉悦的感受。这些我们当然是通过几个月的时间逐渐分析出来的。后来，我自己年纪增长以后，会把李琦轻易归入普通的上瘾性人格，在孤独的人当中比例极高的一种人。所以也许很简单，正是李琦的孤独吸引了我。

我们之间缺乏可持续的异性之间的吸引力，我在那个年纪，有现在看来十分病态且有害的虚荣心，李琦并不能扮演满足这类需求的角色，而李琦也很快回到了他解决自己生理欲望的更快捷简便的方式。然而除此以外，我们逐渐成了好朋友，那种可以向对方暴露自身弱点的好朋友——这在情人之间是很难实现的。就这样李琦认识了我的朋友，我也认识了他的朋友，其中包括施小姐，也包括不小心导致李琦和施小姐婚姻破裂的那位我不会指名的女性。另外当然还有一些施小姐和我都不知道名字的女性。我并不想为李琦辩解什么，我想让你们知道这些很可能是李琦未能实现的愿望之一。李琦在这方面是个莽撞而不顾后果的男人。我无法解释他为何如此,但我认为这与他在你们面前不可逆转的懦弱可能有一定关系。李琦和我都热衷于投身不可脱身的尴尬境地,仿佛这是种英雄主义的救赎。这当然可笑至极。

写到这里我希望你们能够明白,我和李琦的关系并非如陈先生所告诉你们的那样,引用你们的话,什么"伤透了他的心",或者"长期通奸",等等。事实上我们之间偶发的性关系也很快就结束了。你们应该知道,就在李琦与施小姐结婚的那年,我的生活也发生了变化,我成了一个偶尔会上八卦新闻的人,这些跟李琦没有任何关系,我也没有向你们解释的必要。李先生,梅女士,坦白说,我此刻心情同样慌乱。过去两天,在我难以继续这封信的时候,我一直盯着李琦走之前留在我书桌抽屉里的一本书——一个叫拉斯洛·富尔德尼的匈牙利人写的一本叫《忧伤》的书,我不敢打开,因为李琦离开这里前认真看着我,说这本书能解释我和他所面对过的一切问题。我知道这是不可能的,大概出于某种反抗,我脑中的执念反而十分务实,我不停地想有什么我可以做的事能防止悲剧发生——当然,冷静下来的时候,我知道李琦的死并不见得真的是个悲剧,但人的感情通常并不以事实为基准,"忧伤",就是这样一种不可捉摸的情绪,原谅我此处恶俗的修辞。我想，是否我比他先读这本书，就能帮李琦看出忧伤，比起用来掩盖忧伤的反讽或者自嘲，或者我们中国人经常用的自残或者极端隐忍，是个更大的骗局——诚实，是个更大的骗局。但这意味着我必须比他先知道这样一本书的存在——而我并不知道。李琦自己是在布达佩斯的一家书店里偶然看到这本书的，从布达佩斯到我家，最多经过了三天，我31岁了，很难相信三天能改变一个人的人生，更不用说置人于死地。我想过也许我可以告诉你们，李琦的死是这个叫拉斯格的匈牙利人造成的，但这究竟并不是事实。

想从混乱的人生里归纳出什么万能的方法论是无意义的——这点，我自己吃了很大的亏才明白。李先生，梅女士，你们应该认为李琦的人生并没有什么很大的烦恼——除了我这个"红颜祸水"以外，你们居然想不出另一个能让他产生了结生命念头的理由。然而我随便想想，就能想到好几个哪怕你们也应该能明白的理由：

· 李琦那家创业公司的财务，我猜如果你们找个人认真看一下的话，是很不尽人意的。这值不值得一个人想死，只能说因人而异。

· 李琦对这家公司的预期或者想象，与如上所说的财务状况，无疑有很大的差距——落差，通俗心理学喜欢这么说。

· 据我所知，李琦跑来欧洲，是因为他雇了十个人开发的某种使得他拿到某笔风险投资的软件在他眼里既无意义，又很难完成，且大概早已晚了合同期好几个月了。理论上这当然不是什么大事，但理论终归斗不过很多其他事情。

· 一个35岁（正是年轻却自认为步入衰老的年纪）的男人对日复一日的生活深刻的厌倦与无奈，用通俗的说法，也就是抑郁症。你们可能很难相信李琦有抑郁症，毕竟李琦自己并不相信这是种真正的病，因此也从来没有看过医生。从各种表象来看，李琦既没有哭哭啼啼，也没有厌食消瘦，更没有闭门不出，与抑郁症似乎扯不上关系。这点，我显然无从证实或证伪。

· 梅女士以及李先生（虽然李先生对情感的表达通常受阻，李琦对此可以说是心怀感激的），无疑给李琦添加了很多毫无必要的压力，如果你们能明白我在说什么的话。

你们需要知道，我见到李琦之前已经有一年与他没有联系。因为众所周知的私人原因，我搬到了一个与我完全无关的外国城市一座从某个角度（比如说远处）看上去绿树成荫意境如画而从另一个角度（比如从我现在正坐在的窗前）

则死气沉沉、了无人烟、建筑垃圾满地的山上，过着一种的确与世隔绝的生活。我可以说，这虽非我所愿，但实则没有任何选择。如果你们读了那些与我有关的八卦新闻，可能会认为我铤而走险，但实际上我在这里的生活无非是种无可奈何的安排，连宿命也谈不上。我现在明白，人最多不过是在驾驶自己的人生，但它究竟是种什么交通工具，我们不仅无法控制，且因为身在内部，根本无从知晓。我从一个中东人那里买了那把手枪，可能是想用枪把子顶顶交通工具的天花板，知道我命运的外壳究竟是什么材料，如果运气好，还能看看它的外部涂的是什么颜色。我要说的是，买这把手枪对我来说是十分抽象的行为——如果你们像我一样孤身一人在一座外国山上呆得久了，很容易想做出类似符号化的，自我安慰的姿态。

关于李琦为什么拿走我的枪，我想我的解释可能并不高明。李琦喜欢回飞器，自然也应该喜欢枪。多年来我和李琦虽然是最知心的朋友，但我毕竟是个女人，我没有想到李琦第一次看到一把真枪会产生狂热的念头。我给他看这把枪无非是为了讲个笑话——"你看，我无聊到跟一个开杂货店的大概是个恐怖分子的中东人买了把枪"，种种。甚至很有可能，我们毕竟一年未有联系，第一个小时的对话略为尴尬，我向他展示我书桌抽屉里的枪是为了打破僵局，回到过去无话不谈的亲密状态。不管怎样，我对此印象并不深刻。为什么我不断回到这点上，无非是因为我认为造成最终局面的正是这把枪，它的存在，它的本领，它在李琦脑中，或者心里，激起的某种异动。其他一切相比这把枪可能都不过是无谓的数据。当我此前在回忆李琦与我在阴阳酒吧那第一个夜晚的时候，我想到也许把他引入 W 的赌局的也并非上瘾性人格，而有其他什么我未能捕捉的诱因，因为李琦毕竟之后再也没赌过球。也许他第一次感到自己属于某种独特的"社会群体"当中——保加利亚联赛赌徒的群体，而此前他是个孤零零的存在。这，我很遗憾再没有机会问他。

　　无论如何，李琦是在我家住的第二个晚上偷偷带着我的枪离开的。他最后被发现的地方离我住的地方有五个小时的火车车程——这大概是因为他不想牵连我。你要问我是不是惊讶，我只能说我既惊讶，也不是真的惊讶。如果要我说实话（此刻我喝了不少酒），我会说，我很高兴李琦比我想象得要勇敢得多，甚至他的做法，让我感到一种迫切、粗糙的美，虽然这么说不免有些矫情，考虑到最终的画面。很显然，有关自杀的话题，我和李琦的交流是颇为深入的，虽然我从来都知道我是个只会妄想勇气的白痴，且以为李琦与我没有区别。我很害怕你们会把我的话理解成幸灾乐祸，好像我对他产生了什么挑衅的作用。我向你们保证，我没有理由这样做。

最后，我写到这里仍然不知道怎样帮助你们，只希望你们不要怪罪李琦。

祝好。

9月22日
李先生、梅女士，

有关你们认为我"污蔑"你们好儿子的问题，你们应该知道，开房记录是可以通过某些系统查到的。我相信以你们的身份，在当地一定有相关的公安朋友。李琦是我的挚友，我没有任何"污蔑"他的动机。

另外，你们在网上发的悼念李琦的文章我看到了。我感到非常无奈，也非常难过。我为我无法帮助你们理解真正的李琦感到无力，我想你们可能需要通过伤害我的名誉（好像我的名誉还有什么可伤害的）来发泄你们的情绪，你们有坚持你们想象的需要。这也没关系。无论如何，我不会公开做出任何回应。

今天意大利的警察给我打了电话，告诉我李琦在事发前几个小时给酒店前台打电话要了一份牛排和一整瓶美国波本。前台说他们记得他的订单因为这个组合并不寻常，且这家酒店的菜单上虽然有这种美国波本，库存里早已，或者从来都没有，餐厅的某个小见习工不得不骑摩托车到最近的大卖场买来，因此送餐花了一个半小时。最后牛排只吃了一口，大瓶波本则剩下三分之二。这意味着什么，我想了很多，没有多么确凿的结论。

祝好。

9月25日

李先生、梅女士，

今天是李琦所谓的头七。我自己是不相信什么来世的，所以什么头七对我也没有任何意义。我听说你们并没有尊重李琦的意愿把他的骨灰撒入黄浦江，确实，个人意愿没有多少用处，活着没有，死了也不会有。我没有说起过，这几天我经常泪流满面，我眼前的一切都蒙着一层凹凸不平的表面，我不知道我已经多少个小时没有睡觉，让我怀疑我写给你们的信里说的是不是我的想象。这也是我人生中第一次产生了幻觉。我有时候睁开眼，一幅巨大的油画会出现在我面前，我看到一张凝重、难堪的男人的脸，既不像李琦的脸，又似乎肯定是李琦的脸，或者说，一张李琦误认为属于自己的脸。另一些时候我看到一排排农民工蹲在我梦中上海的马路边，进行某种彻底而无望的抗议，无声、难堪的凝视，无意，而因此冷漠的鄙视，刺穿我的眼睛和我剩下的寥寥无几的精神碎片。我们终究都死在无意之中，半梦半睡半醒之间我这么想。好像一张被错认的脸。好像一场以致死为终极野心的友好角斗。

你还只是一位年轻人

文　珍

文　珍　作家，出版小说集《夜的女采摘员》《柒》《我们夜里在美术馆谈恋爱》，诗集《鲸鱼破冰》，散文集《三四越界》，台版自选集《气味之城》。

一

结婚第七个年头,苏卷云如是告诉曾经的大学同学暨现任精神科医生李彤:自己和丈夫张为正面临严重的感情危机。

"你们还住在一个屋檐底下?"

"在。还睡一张床。"

"夫妻关系还正常?"

"偶尔亲热。"

"最近有出去旅行过吗?"

"半年前有过一次,泰国清迈。"

"老同学,恕我直言,你这算感情危机,天底下就没有恩爱夫妻了。"

卷云没笑:"首要表征就是话题日渐匮乏。除了偶尔指着电视点评几句综艺明星,就是问今天吃什么去哪吃,再就是轻车熟路陷入同一场无休止的辩论——到底要不要小孩,什么时候要?"

"那么,你的态度是什么呢?"李彤尽量温和地问。

"一直都是不。但是张为坚持要。"

"嗯。"李彤用圆珠笔轻轻敲打面前的书桌，力度精微地控制在不至引起案主反感的范围内——此时苏卷云正是他的案主——同时露出职业微笑："我现在还不是很明白你的坚持。但是我会听你说下去。"

"你不明白。"苏卷云在桌子后面瞪大一双杏眼。"兹事体大，事关生死。"

卷云说最初自己不要的原因真的是因为太忙。工作第八个年头，兢兢业业，渐渐成为中层骨干，工作压力越来越大，一旦撒手也不是没有被随时架空的可能。真想挣个长远前程，大抵也就在这最后一搏。早生孩子早解脱也就罢了，但最好的时间既已错过，这节骨眼上一旦怀孕，至少三年时光势必废掉。比她晚来两年的同事现在也都渐渐成了气候，大家机会均等，谁都在虎视眈眈。

这话说得有理有利有节，尽管显得略微有那么一点儿名利心切。但卷云对李彤辩解道：这也是为了以后真有孩子压力小点，京城大居不易，人往高处走，这很正常。

然而即便这么冠冕的理由丈夫张为也依然不能接受：事是做不完的，升职还不一定，为永远做不完的事和子虚乌有的机会，耽误掉生孩子最关键的两年，一晃就奔四了，将来真落得个断子绝孙，谁管？

卷云提醒李彤注意张为说的是"断子绝孙"：这一刹那她突然就想起方鸿渐的聪明话——世上哪有爱情？都是生殖冲动。

但她也只能理解并接受他的急迫。毕竟是中国男人，两边抱孙心切的家长又从来都只敢对他单方施压。他们进入话题的方式五花八门：又出去旅行了？最近卷云身体怎样？你呢？有没有按时作息？营养保证了吗？……

而终结的方式则殊途同归：你们到底啥时候要孩子？或者干脆充满希望地问：怀上了吗，她？

他们口中的那个"她"在一旁听电话都只觉如坐针毡，势如累卵，危机四伏。他与她就像是被驱赶到荒漠的两个旅人，再不逃走已经来不及了，大风沙正在飞快移动过来的路上。

然而无论如何，众人眼中的他们都不是人生赢家。他们逃不掉的。

卷云说："实在是万万没有想到，恋爱结婚后最大的危机，竟然不是房子，不是婆媳关系，不是男小三女小四；而是一个子虚乌有的小孩！"

二

按照心理咨询的惯例,她对李彤向上追溯自己最早暴露不想要小孩的苗头,还在小学时。

"我从小淘气。我妈老数落我,说将来我有了小孩就知道了,到时候得多后悔这么对她。还说现世报,来得快。听多了,我就说,反正会遭报应的,那干脆不要小孩就好了。她又气得说不出话。"

再大一点她上了初中。起初两年懵懂,第三年开始知道用功。父母要求她保持在年级前十,但她成绩起伏大,偏科厉害,又好强,每次考不好都难受很久。至于名次经常跌到年级八十名以后,偶尔能进前五十都算运气。父母每次家长会回来都毫不掩饰失望:毕竟是女生。容易分心。

有一次她拿回期中考试的成绩表给母亲看,母亲看之前照例换上一副怒其不争的阴郁面容,全部看完才面露不可置信的喜色。这时候卷云还站立一旁,表情寡淡。

还没等母亲开口表扬,她就说:"妈,我以后真的不想生小孩了。"

"你说什么?"

"做人太辛苦。不想再生出一个人来不开心。"

彼时的卷云是一个古怪沉默的十四岁少女，说完径直走进房间放下书包，锁上门跪在床边开始哭。起初呜呜幽咽，渐渐真正伤心起来，声音越来越大，形同宣泄。母亲先喜后忧，随着她哭声变大担心转为暴怒，用拳头猛击房门："你以为你考年级第一就可以这么瞎白话？你说的话太伤人心了！好吃好喝，我们什么地方让你辛苦了！"

苏卷云的哭声渐渐小下去，像水龙头被一圈圈拧紧，流水只剩一丝乃至于彻底断掉。过很久后才开门，阳台天早黑透。日光灯雪亮，父母都沉着脸坐在沙发上看电视，假装没有看见她。成绩单还孤零零地扔在桌上，像个孤儿或什么不祥之物。另一侧给她留了饭，几乎是完整的一条煎鱼，油炸表皮冰凉，没人动过。她一个人流着眼泪吃完一面，再用筷子吃力地给鱼翻身，默默吃完另一面。一个小时就在这无声的咀嚼中过去，眼泪流到嘴里去，是咸的。也可能鱼本来就咸。

起因大概是初三整年她都太拼，几乎得了抑郁症。在父母老师几年的紧箍咒下洗脑成功，认定此时再不努力，除职高外最多只能考上一个野鸡高中，这辈子就算完了。然而成绩一点点变好也正是让自己一点点看清楚周遭真相的过程。因为每天在教室用功，过往的差生朋友逐日疏远。而随几次课堂小测的成绩出来，以前对她视若无睹的老师们则陡然间发现了她，纷纷比赛和颜悦色起来。她偶尔走进教师办公室交作业，好几个老师主动过来招呼，又开玩笑问她最近看了什么书。她低头一一作答，后来就尽量避免再去办公室。

然而因为她这次考试的名次奇迹般跃升了近一百名，好几个教过她的老师继续在别班传授成功经验，班主任甚至还拿她当活招牌私下招了十几个课外补习生。她毕业后很久才知道这事。那些老师背地把她废寝忘食的进步之功全算在自己身上。

"我没有变，他们变了。和我的个人特质毫无关系，他们也并不想真正了解我的兴趣所在。和我成绩似乎有关，其实也无关。他们只是需要一个好学生树为典型。至于那个人是不是我，全无所谓。那时候我才觉得自己上当了。我失去了那么多可以快乐玩耍的时光，只不过为了让一些和我完全不一样的人认为我成功。只不过让一些和这所谓成功毫无关系的人也认为自己成功，并得以躺在功劳簿上。"

李彤皱眉道："你太悲观了。或者说悲观得太早。到现在，你也还是一个年轻人。人生漫长,不能只看这些阴暗面——事实上,真正糟糕的老师和真正一无是处的父母一样,都是极少数。说到底,他们也不过是些被世俗观点左右的普通人。"

这一点卷云表示承认,又说这悲观主义的倾向一直没改过。也许有一点轻微受迫害妄想症,她。

大学时开始初恋,日记里写,"那月亮堂堂地照在地铁站外,有个人在外面等我。这一切太好也太热闹了,必然不能够久长。"

本科最后一年在酒吧和一大群人过圣诞节,也包括当时的男友。和大家一起笑得前俯后仰时她依旧过分清醒,知道此刻的欢乐难具陈多半只能归功于酒精。酒吧里影影绰绰的烛光人影,她透过透明的高脚杯冷淡地看对面那张熟悉而轻微变形的脸,心底明镜一样清楚自己一点都不爱他。接受他不过因为躲不过去。何况人人都恋爱。她不想显得不正常。

"那时你就应该去看心理医生。"李彤说。

"去学工部找心理辅导老师吗?别逗了。"她笑起来:"还记得国际贸易那个章晓筠?她就睡我隔壁。也说有严重抑郁倾向,隔两天就去一次学工部接受辅导。有小半年还凑合,结果临近毕业找不到工作,立刻就跳了楼。说是那天学工部老师不在——也有人说那老师是被她天天去逼疯了,以为躲一两天不会出事。自己本来也是刚毕业不久的大学生,也压根不是学心理学的。"

"不是让你去学工部。是去医院找那种正经挂牌的。"李彤说。

卷云笑道:"像你一样,一小时收费五百?学生哪负担得起?——不是嫌你收费高。只是举例子。"

"没事。你继续。"

但卷云之后的人生道路却比想象中更顺遂。顺风顺水读到博士,又找到能解决户口的大公司留了京——后者比读博难度还大。丈夫工作后才认识,自然早非那个在地铁站外等她的人。但两人工作单位都稳定,月入加起来近两万,加上两家各自倾囊而出,在三环内供一套一百来平米的小房子不是难事。两人还能有余力不定期旅行,国内景点逛得差不多了就开始横扫东南亚,日本,美国,北欧,俄罗斯。朋友圈里他们是晒恩爱的头号眼中钉,所有热门旅游景点他们都曾一一涉足,并高调展示。

"看上去样样完美。幸福生活所需要的一切都过剩。钱够花，感情也不是没有。除了少一个小孩。但是。"卷云最后总结陈词，表情嗒然若失。

李彤一直注视着她。他知道最初他也只能如此。他必须暂时忘记自身，丝毫不代入情绪，只尽量理性地听，间或反驳两句，不要让自己被案主的情绪和逻辑完全带跑。

一开始他老忘不了她是同学。这样不好。

不客观。

三

卷云隔一礼拜过来找他一次，一次耗时约两小时，李彤照常收一千心理咨询费。他知道以苏卷云的工资来说这算不上负担，硬推也不好意思。这毕竟是他糊口之职。仔细想来，唯一便利，只是熟人间挂号约诊更方便些。但事实上这是违规的，因为心理医生的职业要求就是不接待亲友和认识的人，怕有移情作用。

其实也是凑巧。卷云第一次过来挂号时，完全不知道他就在这医院。是进了办公室以后才发现。两人都觉得面熟，眼睁睁相觑了半日，还是卷云先认出来："老同学？"

在学校的时候他们同级不同系。苏卷云是管理学院的学霸，而李彤一开始也在管院，后来才设法托人找关系调到了医学院。那医学院还是那年才刚和他们大学合并的，这院系间调剂难度据说超过了高考。同学背地里不免议论纷纷，但当面都只赞他有魄力，只字不提乃父。总而言之，转系这件事，是他们学院当年说大不大、说小不小的一桩著名公案，因史无前例。

他也说不明白自己当时为什么铁了心非要读医学。不料大三还是分到了临床心理学——阴差阳错的，最后还是得和人的思想而非肉身打交道。

求仁得仁又何怨。心想事成或许是另一种人生悲哀，因为得到了也未见得是自己想要的。

他和苏卷云按理说军训应该见过，但竟无甚记忆，可见那时的卷云并不是一个引人注目的女同学。她提醒他当时自己是短发，他翻箱倒柜找出军训合照，终于在第二排最左边的军装中找到一张似曾相识的脸。奇怪的是所有人都很严肃，她反倒在人群中露齿而笑。十几年前的午后阳光打在几十张年轻的脸上，陈旧褪色，也依然能够依稀感到当年的青春气息和用之不竭的光热。光从这张照片看，他实在无法得出日后她会得抑郁症的结论。

除了似乎在学校的一等奖学金公示上见过这个名字，李彤本科四年对苏卷云一无所知。她的长相不算出众，加之不爱说话，极少参加班级集体活动。大二有次滑冰他们倒是都去了——他因为还住在管院的男生宿舍里，所以宿舍有活动也会招呼他。那是对卷云略有印象的唯一一次。她滑冰似乎滑得比大多数女生都好，一圈一圈地滑得极其认真，但并不肯和任何男生搭档。

现在想来，这显然是一种病态人格。连溜旱冰都自我要求出类拔萃。不肯欠任何人人情。孤拐，各色。习惯性拒人于千里之外。但居然也恋爱两次，顺顺当当结了婚。他想，卷云毕竟努力尝试过追求正常人生。但在生小孩这个长链条的薄弱环节上，终于失了控。

最近他的引导主题是尽量让苏卷云回想恋爱史，回想伴侣最初打动自己的瞬间，梳理自己到底心结何在。林林总总栏杆拍遍，卷云终于承认大概不是张为的问题，问题全出在她自己。

此事说大不大，说小不小。毕竟社会进步，早已有那么多丁克家庭。然而这种人生要事，首先需要和伴侣有一致的人生观，否则观点南辕北辙，各不相让，矛盾难免升级。

但苏卷云越回想越发现做不到。她是那种特殊病人，自我暗示能力强，又有一定理论学习能力，看心理方面的书，很容易对号入座自开诊方。骨子里就是固执的，说服她非常困难。

总而言之，一个典型病人。李彤已经收了她三千块钱，一起共度六个小时。——有几次，到时间了她还在说，他也就任由她，并不提醒。

然而六个多小时后，苏卷云似乎一无所得。她倾诉完总探询地看他，将他视为救命稻草。而他因为一直找不到解决她症结的办法，只得暗叫一声惭愧。真正一了百了的解决方案，大概只有生孩子，或者干脆和三观截然不同的伴侣离婚。但这话身为心理医生如何说出口？

卷云说矛盾最尖锐的几个月她与丈夫几乎无法交谈，虽然和朋友在一起的照片总是笑得比别的夫妇更开怀。家中时光渐渐变得尴尬。她发现同时失去欲望的不是自己，还有丈夫。

张为一开始说工作太忙，后来便坦承是心理阴影。又怀疑卷云已经不爱自己了。不是说爱一个人，就会愿意替他生个孩子吗?

"你怎么答的?"李彤问。

她只能一再地解释不是这样。然而到底什么原因,她也同样无法回答。那些无法顺利洇渡过去的暗夜有如大海苍茫,爱欲渐退却成暮色里最微小的一点岛屿,一个风浪袭来,旋即消失在深不见底的黑里。她的内疚感时常在这黑暗中狂热发作,搂紧张为的脖子,用力吻他,然而他在暗中一动不动,仿佛死去。过不多时,轻微的鼾声响起。这才证明他活着。

无论多么烦恼,张为从不失眠。

"他有一次和我说,你知道每年四月的时候我最怕什么?是那些杨树。不是怕那些铺天盖地的飞絮扰人,是想到那些全是种子,可全落在坚硬的水泥地上永远无法生根发芽。一想就难过得要死。那么多基因和希望被茫然地制造出来,又被毫无怜悯地浪费掉。"

"他这么说时,我心都碎了。想和他商量,要不然就干脆离婚吧。他去找别人生小孩,如果处不好,再回来找我。"卷云说:"但我还是舍不得。他也舍不得。"

到了这个阶段,苏卷云开始经常哭泣。治疗室里长年不拉开窗帘,她就在桌子那边的昏暗静默中,无声地低头一直流泪。李彤一般不递纸巾给她。只是轻轻地，把纸巾匣子推得离她近一些。再近一些。递纸巾会是一种打扰，一种提醒她别再哭了的粗暴暗示。他受到的职业培训告诉他，每个人的眼泪都应该顺利流出。无论多么十恶不赦，哭泣是最低权利。

"也许你们本质上，就不是同一类人。"他慢慢地，斟字酌句地说。"你们思考问题的角度完全不一样。彼此又都太固执。"

"不是同一类人，为什么会发生感情？曾经相处的那么多时间无可替代，到哪儿都找不回来，这才是让我最绝望的地方。我和一个完全不能理解自己的人结了婚，还好端端过了这么些年。也许在他那边看来，我也同样不可理喻。本来以为磨合久了，船到桥头自然直。没想到事到临头，谁都不肯屈服。也不光是孩子，还有很多隐藏着的其他分歧。只是这矛盾过于尖锐，足够让其他问题都隐而不显。也足够变成压垮骆驼的最后一根稻草。"

"你已经不需要我分析了。"李彤笑道："你的理性足够自医了。可是你问过他没有，到底为什么那么想要小孩？"

"这一点我问过，也想过很多次。他父亲去世得早，母亲工作辛苦，从小被迫独立，一直渴望有自己的家庭。他渴望当拥有一切寻常幸福的普通人。他说不生孩子就是反人类，反社会。不以繁衍后代为目的的性就是不道德。这话一说出口，我手依然紧紧地搂着他脖子，但是感觉自己就像一条坚硬的、毫无发芽希望的柏油马路。他在这同一条路上来来去去七年，依然毫无指望。是我耽误了他。是我不正常。"

她的声音低下来。呼吸开始急促。李彤便知道卷云又哭了。她是他见过最有罪感的女人。或者说，人。但是有罪感并不代表什么，她无法改变。

"你不必压力这么大。每个人都有自己需要面对承受解决的问题。"他说："张为也不是毫无问题，至少不够体恤伴侣。"

"我没办法不内疚——你想想，一个大男人，总是可怜巴巴地说，他这辈子什么都不想要了，就想要一个小孩。但我就是给不了。一想到要生小孩，连生理欲望都没有了。更不知道自己为什么要结婚。"

话题就此陷入长时间的停顿。

"你究竟在怕什么？"五分钟后，李彤再次抛出一个问题。

苏卷云一字一句：

"我从没怀孕开始就开始担惊受怕，怕小孩万一是唐氏儿。怕他看上去毫无缺陷，长大才发现是自闭症。怕他性格对人不友善。怕他长得不好，气质不佳，像个坏人。但是我最害怕的，还是他够不快乐。这种事，总是越怕越来。我越在意，他越有可能承受不了这关切。我认定自己不会是合格的母亲。也并不觉得张为这样轻率，能够当好爸爸。与其如此，何必让世界上多一个不幸福的人？

"话虽如此，我却也一直在默默观察身边朋友的情况。有了孩子后，年轻夫妻一般都很难再外出旅行，和朋友的聚会只能放弃。如果请不起月嫂或者保姆，只能仰仗双方父母轮流帮忙，交接时矛盾层出不穷。让我害怕的还有夫妻因为对孩子的教育问题起争执，感情会持续恶化，没生孩子分歧已经这么大了……妈妈和婆婆也会以摧枯拉朽不可挡之势进入二人世界。职业妇女一旦待产，就毋庸置疑地重归母系氏族的监控之下：被期待、被要求、被约束、被教导、被经验，从此加入千万年来无数妇女的旧行列。从小到大，我苏卷云用了多大力气来挣脱一切，怎能因为一个小孩重新落回彀中？

"再者，我所经历过的一切，永远不希望我的孩子再经历一次。我更不希望因为他的存在，自己再次被这个已很糟糕的世界动弹不得地牢牢绑架，从幼儿园，小学，初中高中，到上大学，找工作，找对象，重来一次。每一步都难，每一步都可能和他一起受尽屈辱。而最终读最好的大学、顺利找到工作嫁了人又如何？你看看我。从小到大，我走的每一步好像都是对的。可是那又如何？没人比我更厌倦这个看似井然有序的世界了。我讨厌所有看上去充满希望的东西：奶瓶、纸尿布、学习机、戴博士帽的小屁孩、电视广告上一群人中间欢笑的新生儿。我痛恨这个世界所有命中注定的循环往复、正确和不得不。"

李彤听着。并轻声重复了一遍最后一句。他敲击桌子的手指不知何时已经停止了。

四

没多久卷云如愿以偿地升了职。但是迟迟没有告诉张为。她猜他并不会真的为她感到高兴。但他还是很快知道了。知道后，他不加掩饰的喜悦或许让她动容。

自从卷云坚决不要小孩，与张为相敬如宾已经很久了。

那也许是个周末。应该是个周末。偏巧两人都没出门,她在电脑桌前加班,他半躺在沙发上看电视。到了傍晚,张为穿着刚熨好的灰色衬衣出去剪头发。等他推门回来,卷云大概刚刚腰酸背痛地完成文档的最后修改。她一直拉着窗帘在台灯下工作,忙得昏天黑地。此时听到开门声,骤然回头看见一个立在门口的影子,看不清面目,只觉得轮廓瘦削,整洁,干净,仍然和最初她认识的张为一样。定睛一看,他手里还提着新买回来的菜。邻家的饭菜香气随之穿堂入户。那个剪影默默地进门,放下菜,弯下身子换拖鞋。

他同样没开灯。

一种久违的柔情从卷云心底悄悄捅出。她眼看着门口那个身影一言不发地走进客厅,站在她面前,迟疑地张开胳膊。多日来的冷战和隔阂带来的寂寞,以及对这个身体的熟悉让她胸口一阵发紧发甜,鸡皮疙瘩与内疚同时升起。加了一天班,腿早坐麻了,她十分费劲地从椅子里挤出来,热烈地回抱了他。他们长时间地接吻,并在黑暗里拥抱了好几分钟才开灯。

吻是平淡而熟悉的。又像吻一个不够熟的陌生人,并不能够动心。

那天张为罕见地说他来做饭。而她那一天负责洗碗。他们都真心实意地为自己平时太忙让彼此吃太多外卖而道歉——三菜一汤在一个小时内香喷喷地端上来，张为笑道，要不要再来点儿红酒？

卷云同意了。这样的气氛，没法说不。

酒是1982年的拉菲，是几年前张为一个做生意的朋友送的，但是凭他们有限的葡萄酒鉴赏力一直不能够断定真伪。这年份的拉菲太出名了，就像所有闻名遐迩的物事一样让人起疑。张为边用红酒起子开木塞边说：送人还担心是假的丢人现眼。不如留给自己喝。

其实卷云也一直这么想，这点他俩倒是不约而同。其实家里还有其他酒，他非要开这瓶，后来再回想，这郑重其事本身也像是蓄谋已久。

那天的饭菜极合口味。清淡，营养，荤素搭配合理，虽然许久不曾下厨，张为依旧超水平发挥地做出了可拍照堪回味的一桌佳肴。她一直自认还算是个好妻子——除了拒绝生孩子之外。此时看来，原来张为更适合当个好丈夫、好父亲。

红酒在酒杯里轻晃，挂壁性良好。这瓶拉菲竟是真的。张为还特意点了两支蜡烛，天晓得他从哪个角落找到的。烛影摇曳不定，隔着酒意，卷云凝视面前那张早已被看过无数次的眉眼，突然有一阵轻微的战栗不安，新的一层不成形的鸡皮疙瘩慢慢从脊背爬上去。她对自己说，这是感动吧，还是别的？

窗帘没完全拉上。正好是一个春夜的十五，月亮又圆又大地挂在半空，她不合时地想起了自己大学时候的日记，"那月亮堂堂地照在地铁站外，有个人在外面等我。这一切太好也太快乐了，必然不能够久长。"

她埋怨自己看书太多也想得太多，过分理性自律，永远无法纵情投入任何日常场景。因此也永远无法单纯设想自己当一个全心全意的母亲。

张为却一径含笑望着她。他没喝多少，并在她准备给自己倒第二杯的时候，适时制止了她。

少喝点。

看卷云挑起眉毛，他补充一句：好酒慢品，经放。

这句话后来她想，也像早有预设。因为是拉菲，所以可浅尝辄止。小酌怡情，喝多了就会影响情欲，更影响情欲的后果。

她明明还没有喝完酒，他却起身向她，公主抱将她拦腰抱起,大步回到房间。他们大概已有三五个月不曾亲近了,情欲加上酒意,黑暗中他弯腰一件件脱掉她的外衣,裤子,袜子。

起初一切进展都缓慢温柔,有条不紊。只是他的欲望如此之强烈让她意想不到。她一开始的挣扎似乎只助长了他的力道。事发突然,没做任何安全措施,她在半途还没有反应过来,一阵强有力的痉挛突然从她内里荡漾开去,一切就结束了。

一切也就那样发生了。

事后再抱怨已经迟了。张为精疲力竭地从她身上翻下,仰面摊开四肢,拿过纸巾草草揩抹,就此昏睡过去。而卷云睁眼躺在黑暗里,久久不曾入眠。她细细回想这一晚所有精心安排的情调,所有恰如其分的挑逗,所有含情脉脉的眼神——原来都是假的。都是为了最后这毫无防备的一刹那,她努力彻底放松,完全交出自己,失去最后防御。

她一直对自己的安全期、排卵期不太清楚。只能心怀侥幸。

但下一个月的月信并没如期到来。

张为事后的解释是:你升职了。安全了。升了,就可以生了。

五

张为在单位一直被目为前程远大的大好青年。但和卷云不同,他的工作需要稳定性多于进取,性质接近公务员。如无意外,三十五岁以前按部就班升迁不成问题。正因为此,他也加班,也应酬,也出差,但一切都不过分。大部分业余时间,他都选择和卷云一起共度。因此他对家庭的模范也便有口皆碑。

这样一个大好青年。唯一心愿只是当父亲却一直实现不了。听起来令人神共愤。

卷云却从那晚之后一直失眠。她想和张为好好聊聊,但他从那天晚上之后又恢复了之前的冷淡疏离。月信未来的第五天,她从单位悄悄出去给自己买了试纸:两道红线确凿地躺在尿液浸透的部分,卷云在单位附近的酒店一楼洗手间里长久凝视着它们。

我要当妈妈了。她异常平静而悲哀地想:在并不完全自主的情况下。

一个小小的生命随1982年的拉菲一起不请自来到她的腹中，此刻还不并知道性别。但那毋庸置疑将是一条崭新的、每天都会越长越大的生命。目前暂时靠汲取她的肉身养料为生，九个月后再呱呱落地，此后余生，她或张为必须也必定对他的终身负责。

她把杯子和试纸扔进垃圾筒，突然强烈地呕吐起来。十五分钟后，她脸色惨白地走出大堂的洗手间。五月份的阳光已经相当刺眼了，她又忍不住算了一下九个月后将是一个料峭微寒的春天：这孩子将是双鱼座，和她最不合拍的星座之一。

阳光温煦而不动声色地持续升温，垂直洒落在她裸露的脖颈、手臂、手背和头上。她走了很久很久，各处被晒得生疼。下午单位还有个会，离开会还有一个小时。她似乎期望通过在太阳地里暴走最终摆脱这意外又全非意外之事。她只是不能明白自己为何无法像那些书或电视剧里的女人一样，因为受孕自然而然生出母性来。她首先产生的，只是不算轻微的愤怒与无力感。

对孩子，也对孩子的父亲。更对即将到来的一切。

巨大的反胃感再次占据了全部身心。她就在路边猛地弯下腰来。几个大妈经过，见怪不怪地围观评论：肯定怀上了。一看就知道。肚子还平，刚一个月吧？

她满脸都是剧烈呕吐造成的眼泪。同时确信无疑自己被一直以来在身后紧紧追赶的怪物一把攥住了。那东西很多年前她就担心过，此刻感觉到那怪物和那个孩子几乎同时出现在了她的体内，她想用力呕吐出去，然而无法成功。

她恐惧地想，要继续走，不能停。一停下，它就真的来了。它就要和她的孩子一起越长越大了。

六

无法入睡的第二周，卷云终于把怀孕的事告诉了张为。一起告知的，还有她怀疑自己得了抑郁症的事实。

张为好像只听到了前半句，当即喜形于色："老婆你怎么不早点告诉我？我还一直以为这次又没成功。"

她脸色苍白地看着他，轻声说："可这孩子我大概不能生。"

"为什么？"

"你知道我睡不好，之前一直陆陆续续在吃安眠药。最近还去看了心理医生——那医生还是我的大学同学——他说安眠药属于会导致胎儿早畸的 C 级药物，如果要怀孕，得提前几周就戒吃安眠药。但我一直没断。现在还得了病。"

"产前抑郁症？"张为猜测着说。他此时还维持着一个尽在掌握的微笑，仿佛对和生育有关的任何事都知之甚详："现在得这病可早了点儿。卷云我保证好好照顾你，你千万别再吃药，咱们一定能扛过去。"

"和产前抑郁无关。"卷云吃力地说。"就是纯粹的抑郁症。你不该在这时候让我怀孕的。我最近状态真的不好。"

"可有都已经有了。"张为笑容终于退下。"你想——"

"还不光是吃了安眠药。我现在还得吃抗抑郁的药。张为，求你了。"

"你确定你是真得了抑郁症，而不是为了不生？"

卷云感到脑门一阵尖锐的刺痛，随即飞快蔓延到背部。

"是真的。我可以确定。"她耐着性子说。

"为什么偏在这时候得？你到底有多不想生？多不想给我生？你以前说过，如果意外怀孕就留下来的。"他的声音大起来，充满愤怒和委屈。

她怔怔地看着他，原来罪魁祸首在这儿，就在当年这句缓兵之计上。张为就像一个快要淹死的人，抓住什么是什么。他光记得对他有利的话：不生是为了升职。那么升职了就可以生。不怀是因为没准备好。但是怀了就可以留下来。每句话都是她说过的，但是混在一起就因果混乱，全错了。

"你再想想，好好想想。"张为急赤白脸道。就好像靠好好想想能够解决一切。

他说完这句话就摔门而出。

那天是个周末，离卷云上一次生理期，刚好三十五天。按现代的算法，那个孩子已经五周了。她在幻觉里看见它似乎又大了一点，手脚的轮廓凸显出来，并有力地在她体内蹬了一下腿。它也许还会叹气，为它九个月后即将认领此刻却还在争吵不休的父母。

卷云那一瞬间对它心生怜悯。同时在幻觉里看见自己走到阳台上，毫不犹豫地跳下去。这是她第一次在高处注视自己失去知觉的身体。会有许多人迅速在楼下围观吧，还有人会说，老天，一个孕妇！

她知道自己此刻没有死的权力。她也并不真的想死。

现实世界里卷云只是轻轻地摸着肚子，垂下头。摸不准肚子里面是个恶魔，还是个战友。她一直窝在沙发里没动，神情倦怠。就那样靠在那里，慢慢地，睡着了。

七

上述一切并不是卷云告诉李彤的。李彤最终想象这一切，却是通过他素未谋面的张为。

张为一开始直接给李彤打电话情绪就激动异常。也不知道他是从哪里找到的手机号，李彤多番解释无效，遂不再接听，他才找院方继续申诉。他指控道，首先李彤认识卷云，是他的大学同学。这就违反了规避亲朋的心理医生从业准则。其次，她最后一次来找李彤的时候，其实已经怀孕一个月了。但是李彤明知故犯，对病患的生理变化置若罔闻，依旧开了超过正常人可服用剂量的安眠药和百忧解。他涉嫌谋杀胎儿，更有可能和患者怀有超过正常范围的感情，因此才蓄意破坏病患的家庭关系。

但医院负责解决投诉的是个伶牙俐齿的年轻女医生。她解释说："李彤大概在不知情的情况下，才给患者开了抗抑郁的药。毕竟孕产检和精神科是两个截然不同的科室，也并不在一个医院。"

张为说:"他肯定知道!"

女医生说:"您怎么证明他一定知道?诊所内为了顾及病人情绪,并没有设任何录音或监控设备。这种事,只要医生不承认,您没法证明。"

张为说:"我就是知道他肯定知道!他还对我太太暗示过,吃了安眠药就不能生孩子——他就是故意的!"

女医生说:"吃过安眠药的确是对胎儿不利,会导致早畸。先生,你最好稳定一下情绪。要不然,你也可以先过来做一下心理咨询——"

"心理咨询个屁!"张为怒吼道:"你们医院这么推卸责任,我告你们医院!"

"先生,我敢担保你没办法找到足够证据,这场官司你打不赢。我劝你还是不要浪费钱了。祝你一切顺利,很抱歉没有帮到您,谢谢。"

女医生说完便挂了电话。又看一直在旁边的李彤:"你怎么谢我?"

"你怎么知道我被冤枉?"李彤笑道:"只能来生做牛做马,结草衔环来报。"

"我当然知道。"女医生意味深长又知根知底地上下打量了一下他:"我至少确认你绝对不可能爱上女患者。——不过我还是很想知道,你到底知不知道?"

李彤平静地注视着她的眼睛。

"不,我真的不知道。"

他还清楚记得苏卷云最后一次来就诊的模样。春夏之交的凉爽天气,她看上去却比此前任何一次都更憔悴,穿着裙幅过于宽大的连衣裙,黑眼圈明显,整个人神情异常委顿。她进来时李彤当时正好去上厕所,再回到办公室时,才发现她已经一声不吭地坐在那儿好一会儿了。

他有点吃惊地说,"你脸色怎么这么差?"

最近一直都睡不好。她疲惫地对他笑笑:"李彤,再给我开点唑吡坦,助眠的。还有氯西汀,赛乐特,兰释,郁洛复,博乐欣。什么都行。我要出远门了。你多开一点。"

"你怎么了?"

"我抑郁了。"她仰起脸,对他非常无辜而亲密地笑了一下。"真的。该来的总会来的。好的,坏的,想要的,不想要的。"

他丝毫不怀疑她的抑郁。事实上,这一切早有征兆。他早就可以确诊了,只是一直担心她要孩子,想要先试着说服她解开心结。吃药对怀孕不好。而抑郁症一旦开始服药，就很难停止。

就在这时卷云突然声称自己不舒服，迅速苍白着脸离开了病室，过了差不多十分钟才回来。他并没有问她怎么回事。也并不知道自己是在怎样的心境下匆匆写下了处方单。

也许早有预感她不会再来，每种药都开了单次能开的最大剂量。她默默接过药方离开。领完药没再上来。

之后李彤给她打过四五次电话，再也无法接通。又过了四个月，突然接到张为的电话。在那些充满愤激、偏见与指责的电话里，他毫无机会开口询问卷云是否母子平安。张为的表述多数前后矛盾。有时说孩子有三长两短要李彤负全责。有时又让李彤还他儿子。有时候又说，他老婆变成今天这样，都是你们这些该死的心理医生的错。这个世界思想越来越混乱，女人都不想生小孩了，难道让人类灭绝吗？

但他说了那么多，李彤始终不得真相。卷云还在以前的公司吗，升职了么，孩子到底怎么样了，被打掉还是留下来，生下来会健康么？

而现实生活中，李彤也有无限多的、需要解决面对的问题。比如说，他差点因为这次事件失去工作。又比如说，他其实一直都更喜欢男人。而他的太太却在他出柜的同一天宣称自己怀孕，再有六个月就要临盆。他是在高考前夕确认自己的性取向的，当时是和高中同班的男同学。这也许是他选择临床心理学的最初动因。也正因为此，他一直暗自钦佩卷云抗争到底的勇气。

他有时候会没来由地想起自己常对患者说过的话：你还只是一位年轻人。

话虽如此，他觉得自己的大半生早已经毫无起色跌跌撞撞地过去了。步入中年之后，每天都要面对无数突发事件。无数谎言、背叛、精神分裂和不得已。他从来不说，只是因为没有让他说的地方。即使付钱。——正因为自己也不过如此，他当然并不足够信任自己的同行。

再后来他几乎忘记了这档子事：女儿降生，协议离婚，净身出户，分割财产……各种鸡毛蒜皮清官难断的事。直到那年年底，一个全国热议的消息再次让李彤想起卷云。

"2015年11月10日，国家卫生计生委副主任王培安在国新办新闻发布会上指出，二孩政策实施需要全国人大修订《人口与计划生育法》和相关的配套措施，然后各地依法组织实施。全国人大修法通过之日，就是这个政策生效之时。"

计划生育了半世纪的中国人终于可以生二胎了。无数的人都在喜滋滋走向这政府终于慷慨放行的迟来的康庄大道上。所有的大中小学同学群里都拿这热门话题开玩笑、转发各式段子，或者进行如何付诸实行的技术讨论：毕竟很多人都已经过了生二胎的最佳年龄了。他自己大概每隔两礼拜去探视一次女儿，暗自庆幸这热闹终于与自己毫无关系。

他只是想，放开二胎了，不愿意生孩子的卷云的压力会变得更大吗？

卷云继续杳无音讯。正月的一个夜里甚至他梦见了她：还是穿着最后一次来找他时的灰色连衣裙，腹部并未明显凸起，脸色却依旧苍白。他问她孩子在哪。她说还在她肚子里。但可能早已死了。

他蓦地惊醒过来，一额冷汗。立刻发送了一条微信。

依旧没有回复。

专门面对抑郁症的医生最应该恐惧的事情，也许就是抑郁症本身。他轻轻地下床，吃了一片用于缓解情绪的赛乐特。明天就是元宵节。深夜两点半，全世界仿佛都沉沉睡去，只剩下他一个人毫无睡意地待在空荡荡的书房。但随即窗外轰然绽放一小朵烟花，接着是第二朵，第三朵。四五六七。

每次都以为是最后一朵了,但黑暗的天际又很快亮起来。

是什么人这么晚还和他一样不睡,还在暗中放花火,燃起那空虚的希望?新的一年就这样毫无喜意地到来了。每时每刻都还有新的婴儿出生在这个并不完美的世界上,每时每刻也都有新的死亡和新的抑郁症发生。他突然想,卷云也许早已离婚或者堕胎,张为才会那么愤怒,并把这愤怒转移到医生头上。——但是如果两者都没有呢?

他极想知道结果,又不敢知道。

而手机就在这时候响了。

起初刚响了一声就停了,像怕惊醒黑暗中憩着的细小蝴蝶。再过了一分钟,心有不甘地响起来。这次持续了很久,异常坚定的样子。

深夜两点四十五分。这绝非一个手机铃声响起的合理时间。李彤走到茶几边去,号码显示是一个陌生电话。不是前妻。也不是男朋友。当然更不是卷云。他陡然感到一阵无法遏制的惧意,注视着那个持续震动的小玩意,脑子里飞快闪过无数可能发生的灾难。是新生的女儿病了吗?父母中某一位出事了?或者张为换了座机半夜恐吓?……当然还有一种可能。电光火石间,他飞快地算了一下卷云怀孕的日子。

如果那个孩子留住了,此时应该差不多来到这个世界上了。

他打了一个很大的寒战。

迟疑了近二十秒,电话铃一直在响。大概是以前的病患,深夜里想不开,又没别的人可以倾诉。以前不是没遇到过这样的事,万一不接电话,患者有可能会在情绪冲动下自杀。李彤深呼吸了一口气,才终于按下接听键。那边一片死寂。正待挂断,突然传来了持久的、不辨男女的细细哭声。

不是婴儿的啼哭。他提着的一口气终于松下来,这才发现自己惊出一身冷汗。

"别这样。我们都还很年轻。放轻松一点,世界没那么毫无指望。虽然不那么尽如人意,也别太早看到头了。一切都会有转机,相信自己,你可以的。"

心理医生擅长的无数无味安全的职业性安慰挤在喉咙边正待汩汩流出。但李彤最终只轻声对着话筒轻声说:喂。我也只是个病人。

他眼前又仿佛看见卷云匆匆离开病室,因为一阵突然爆发出来的干呕。就是那天,最后见到卷云的那天。他当时只想帮她解决一切。

爱情必须付诸行动

小说界文库 ❶

《小说界》编辑部 编

上海文艺出版社

目 录

僧侣镇　包慧怡..........1

盛隽怡的午后时光　钱佳楠........33

朋　友　苏　方.........67

谁要看安部公房　王若虚.......115

事情总不是看上去那样　叶　扬.......147

旅馆纪实文学　魏思孝.......179

爱情必须付诸行动　于一爽........215

僧侣镇

包慧怡

包慧怡 青年作家，1985年生于上海，爱尔兰都柏林大学中世纪文学博士，曾任教于都柏林圣三一学院，现为复旦大学英文系副教授。已出版评论集《缮写室》、《沙仑的玫瑰》(合著)、《青年翻译家的肖像》，随笔集《翡翠岛编年》，诗集《我坐在火山的最边缘》，英文学术专著《塑造神圣："珍珠"诗人与英国中世纪感官文化》，中文专著《中古英语抒情诗的艺术》，另出版《唯有孤独恒常如新》《爱丽尔》《好骨头》等译作十余部。

一

女中学生祖伊在社区图书馆打工，是一个真正的文学爱好者。她天赋异禀，精通多门语言，读起书来废寝忘食，阅读品位十分挑剔。十四岁之前她从不读活人的作品，十四岁之后，由于所有经典都已读完，她开始读那些她认为最优秀的在世作家，其中一部分人获得过诺贝尔文学奖或其他国际奖项，另一些人在本国被奉若神明，在别处无人知晓，还有另一部分人写得最好，却默默无闻。

她读小说一般按照出版顺序，从处女作一直读到最新出版的书，她没钱买书，只从打工的图书馆借阅。有些小说家写得又慢又少，并且已经几十年没有出版新作品了，为了维持乐趣，她不得不隔几年才读一本。

一个寒冷的一月中午，她打开在书架上等待多年的《西摩：小传》，边吃午餐边读完后，满意地合上了书页。"他有半个世纪没出新书了吧，要是写得勤快些就好了。可现在他至少九十岁了。"当天晚上，广播里播报了 J.D. 塞林格在新罕布夏尔的家中去世的消息。

另一天清晨，她合上了多丽丝·莱辛《阿尔弗雷德和艾米莉》的最后一页，羡慕地想："一个活到老写到老的女战士，听说她还在犹豫要不要开始一部新长篇。"下午，莱辛在伦敦家中去世，享年九十四岁。

又有一天，她依依不舍地读完了《苦妓回忆录》。由于有之前两次的教训，她把这本书的阅读过程尽可能拉长，远远超出了她的正常读书速度所需要的天数。晚些时候，加西亚·马尔克斯的亲戚费尔南达在推特上证实了马尔克斯已于当日在墨西哥城因肺炎去世。

就这样，这类事件发生得越来越频繁，间隔越来越短。过去的一年里，她读完了二十多个在世作家已出版的最新一部小说，而他们都因为各种各样自然或离奇的原因于她合上书页的当天去世。尽管她极力不让别人知道，"克死作家的热忱而年轻的女读者"这一名声还是逐渐传开，到了但凡写得还行的小说家都人人自危的地步。有的小说家想方设法动用人脉，防止自己的最新作品被送往女孩所在的社区图书馆，有的干脆不在女孩所在的国家出版新作。

渐渐地，女孩所在国的小说家中开始盛行一种防身法：写一部完整的作品，把手稿寄存在版权代理那儿，直到完成下一部作品才出版之前的一部，这样"致命女读者"读到的永远不会是作家的最后一部作品。据说有几位杰出作家的拖延症由此痊愈。

自然，一些新近旅居本国的小说家，如果他或她能很快打入本地的文学圈子，就会及时得知这个秘密，而那些不善社交或被排挤在圈子之外的新来者就只有仰仗自己的勤奋和运气。"为了保命，您得一本接一本，快些儿写下去。"这句话成了编辑们给作者写信时最爱用的结束语。

一位刚来此地不久、尚未出道的青年作家裘德，因为常去祖伊所在的图书馆查阅资料，爱上了这位狂热的年轻阅读者。他向她求爱，他的恋情得到了回馈。不久，裘德完成了第一本小说的手稿，把它题献给她："你是这本书的源泉，你应该成为第一个读者。"

由于这是他的第一部完整作品，也是最近一部，祖伊很谨慎地拒绝了阅读的请求，虽然和任何处于热恋中的少女一样，想阅读恋人为她所写的作品的欲望折磨得她彻夜难眠。

她向他解释她的顾虑——裘德是个除了写作外对什么都不关心的人，对围绕祖伊的传言一无所知——他却对此不屑一顾，认为这一切不过是巧合："再说，亲爱的，严格来说这本书并未结束，因为我对你的爱永远没有终结那天。如果死神是个有经验的读者，他会知道故事还有续篇，在续篇完成之前，他总不会想要终止我的工作吧。"

"死神可未必读小说，"祖伊说，"他这么忙，即使有时间读虚构作品，我觉得他应该只读诗歌。"

"我很好奇死神的诗歌品位，"裘德说，"既然所有最杰出的诗篇都是关于他本人的。而上帝也许在天堂里读小说，他的工作要清闲得多。但是言归正传，你真的要拒绝做我第一本小说的读者吗？"

祖伊无法拒绝。她想到一个折中的办法，"如果由小说家本人把故事朗诵给我听，那就不算我读了这本书，那么也就不会发生可怕的事了吧。"

裘德也觉得这样不错，于是，在雾月火苗摇曳的壁炉前，他一连十个晚上给祖伊念手稿。祖伊猫般的瞳孔，随着他短短长长的句子，一会儿放大一会儿缩小。在第十一个夜晚，他们来到了故事的末尾，而裘德对自己精心写就的结尾早已能够逐字背诵，所以虽然手稿摊开在他的膝头，词句从他唇畔如白蚁般排着队迤逦而出，他的眼睛却一直望着祖伊离他不远的右耳。

那是一只半透明、淡粉色、耳廓上栽种着金色绒毛的耳朵，一只因专注倾听而微微扩张的耳朵，在几轮螺旋的骨肉背面通往幽暗深渊的耳朵，以伸手不见五指的虚空引诱着凝视者的耳朵。

不知何时，裘德感到自己的身体漂浮起来，并且不断变小变轻，直到他如一粒尘埃悬在空中，随一阵突如其来的微风进入了祖伊的耳孔中。最初一阵风的呼啸平息后，裘德没想到祖伊的耳蜗深处是如此安静，如此宽敞。当双眼逐渐适应了内耳的黑暗，他发现自己悬浮在一间非常宽敞的客厅的半空。确切地说，那是一间改建成图书室的客厅，四面都是顶天立地的书墙，没有门。房间中央错落着大约二十张书桌——或许更多——每张桌边都坐着一个或奋笔疾书、或埋头读书、或托腮沉思、或伏案打盹的人。他觉得其中几个人非常面熟。

裘德发现房间角落里还有一张空桌，上面放着一盏绿色灯罩的铜台灯，还有钢笔、墨水瓶、纸。灯，已经被拧亮了。

二

以下摘自辛西娅的日记：

似乎是从春分那一天起,天光突然被可笑地拉长。整个漫长的冬季,下午四点就暗下来的城市,突然像是装上了一百瓦的备用太阳,所以虽然现在是夜晚九点,我还可以指着这片最熟悉的海,说这儿是蓝色,那儿有一点发紫。

几乎每个来岛上的人都会被我拉去海边。别误会,除了苔藓,我在岛上没什么朋友,连熟人都没有,假如我消失,绝不会给周围的人造成困扰。

正因为这样,我才每晚去海边,看看烂熟于心的礁石和岛屿,日落后翻动着银色手掌的波浪,还有青蛇般沿着海岸线呼啸而过的绿色火车。回来的路上,大体知道自己并没有消失:那样干净的命运,是我配不上的。

所以把远道而来的朋友带来这里,似乎是一件滑稽的事。在这一带旅行的人,没有谁稀罕海,何况除了烈日下和暴雨前,它是那么的乏善可陈,早在两个世纪前就被度假者抛弃了。走上一座满是陈旧涂鸦的拱桥,下到一条狭长的甬道,左边是扭成大辫子的铁轨和四四方方的玻璃候车塔,在夜色中发着清冷的光,也照亮对面空荡荡的站台。右边是一堵高高的石墙,上面是同样平庸的涂鸦，还嵌着几扇阴森的铁门，也许是火车站的库房。再走几步，抬头可以看到几排废弃的看台座椅，也许在它的黄金时代里，这片沙滩曾布满巡回马戏团的帐篷。

从拱桥的另一头下，就站在了海堤上。看着那些开裂的岩石，岩石上熟稔不过的几种对齿藓，几只在水草丛中奔跑的矶鹬。伊丽莎白·毕肖普有一首诗就是以这种鸟为主人公的，第一句似乎是这样，"他把沿途的啸叫视作理所当然／并且世界注定时不时就得震颤／他奔跑，跑向南方，笨拙又谨慎／一种节制的恐慌"，不错的开端，我好像还能再背几句："世界是一场迷雾。然后世界又／微缈，广袤，澄澈。潮汐／或涨或落。他无法告诉你是何者／他的喙已聚焦；他分身乏术／寻找着某种事物，某物，某物／可怜的鸟儿，他着了魔！数百万沙砾呈黑色、白色、黄褐、灰／掺杂石英颗粒，玫瑰晶与紫晶……"

也许那是伊丽莎白的自画像吧，亲爱的伊丽莎白。

这一晚我沿海岸线走到了从没到过的地方，没有路了。我在翻过一垛乱石墙时被扎破了指尖，血珠渗了出来，我熟练地把它吮干。这时候，远处海平面上那座熟悉的岛屿突然亮起了灯，不是一盏两盏，而是漫山遍野，像星的瀑布，也像一个巨人源源滚下的泪珠。揉揉眼睛再看，那白日被我当作海面的地方，竟是一片带状的次大陆，被一闪一闪的暖黄色点缀着，慰藉着邻近的海面。

我想起在我来这片海边的第一天，就看到路边的布告栏里贴着"僧侣镇"的信息：它的历史，它的废墟，它孤绝的地理位置，如今它的人口构成，镇上死去多年的杰出人物。关于这最后一项其实乏善可陈，我向来记不住政客和商界大亨的名字。唯一有印象的是一个叫做裘德·艾塔赫奈尔的作家，他在二十七岁那年从外省来到僧侣镇定居，同年年末突发疾病去世，没有人知道那是种什么病。他死后才由一名年轻的女性友人代为出版他的第一部小说，一经出版即引起了全国轰动，在世界范围内获得了一系列大奖。僧侣镇政府给他追颁了勋章，并以他的名义设立了本镇历史上第一个文学基金，专门资助二十七岁以下的年轻作者。布告栏的末尾骄傲地用红字写着：文学是本镇的名片。

我一直以为那是旅游局随处张贴的广告：僧侣镇也

许在附近的某座岛屿上,可以搭乘渡轮来一次一日游,或者就在我所住的这座荒岛某个更为荒僻的海岬上,只要有可靠的地图,徒步就能走到。我甚至在心里拟定了探访的日期,兴许可以去看看僧侣镇上的泥炭藓、提灯藓和紫背苔。

然而这天晚上,当我站在夜幕已降临的海边,看着海平面上那片亮晶晶的、暗影幢幢的陆地,听见波浪像一只被困的猛兽拍打着堤岸,感觉着右手无名指尖一跳一跳的钝痛,凭着所谓的直觉,我忽然明白了关于僧侣镇,我所需要知道的一切。

三

"有个作家非常讨厌电灯,同时他又讨厌白天写作,于是在家里囤了很多蜡烛。他有许多装在大杯子里、可以点上五十小时的巨型蜡烛,也有高高低低插在银烛台上的枝形蜡烛。他总是同时点燃一批蜡烛,过一阵就吹熄它们,换上另一批。由于蜡烛数量众多,他还从没有点完过任何一根,他相信不把蜡烛烧完是他保持高产的秘密。

"一天夜里,作家窗内照常烛火通明,到了清晨却没有熄灭,烛光整日在窗帘背后黯淡地跳动。这样的情况持续了两天两夜,好奇的邻居终于推门进去,发现作家已经趴在稿纸上死去。除了巨型蜡烛还在杯底燃烧,满屋的蜡烛多半已熄灭,尽管屋内亮如白昼。"

辛西娅一边往下午茶里加方糖,一边给路娜讲了上面这个故事。路娜是社区中学的一名中文教师,她俩是如何成为朋友的,对辛西娅而言是个谜,毕竟这个中国女孩给她的第一印象并不怎么样:谁会向第一次见面的人倾诉一段已经结束的婚外恋情,并且一倾诉就是两小时?路娜不傻,以她的年龄甚至可以称得上博学,也不是一般意义上的放荡女人。但她太执著于恋爱这件事,赋予它太多莫须有的意义,以至于虽然有着翠鸟般轻盈的外表,整个人却散发一种令人遗憾的滞重,辛西娅几乎可以看见路娜的过去如颗颗汞珠从她周身滚落,令她无法向前迈开干燥的一步。

但是路娜懂得倾听,像执著于自己的情绪一样关心别人心灵的秘密,路娜有和她的舌头一样工作狂并且高效的耳朵和眼睛。路娜的丈夫在岛上的移民局工作,出差的时间比在家多,路娜和一个叫夏尔的诗人常年保持着情人关系,甚至在认识丈夫之前就如此，因为某种复杂的原因，她最近主动结束了这段关系，而这让她的精神陷入了更深的泥潭。辛西娅既没有丈夫也没有情人，她在大学生物系担任助理研究员，白天的工作是研究苔藓，最近正忙于一种罕见的生于海边岩石上的光苔的培育，晚上她整理文献，看些专业以外的闲书。辛西娅对人的感觉很迟钝。除了系里的同事，还有偶然来岛上度假的几个老家的友人，路娜是她仅有的社交生活。

"为什么给我讲这个作家的故事呢，某种警醒我振作起来的寓言？"路娜无精打采地问，麋鹿般的眼眸像蒙了一层翳。

"这是我昨晚的梦。"辛西娅说。

四

以下摘自路娜的日记：

我失恋了。再次像个初次失恋的少女，落入了手足无措、失重的境地。可我早已不是少女，他也不再是少年，一起站在人生中途的门槛，背后是脚印凌乱的滩涂，前面是萤火幽微的莽林，惊觉就爱情而言我们已是怎样地两手空空。

是这样的吗？成年人的心痛，是这样比少年时切得更深，更让人深深预感到命运刀俎前我们所有人没有悬念的结局吗？不，这只是我的命运，看见绝望的是我，主动走入绝望的也只是我。我在平安夜凌晨的马路上晃荡如一个失心的弄臣，这些人家的圣诞树都好高好美啊，门厅里这些金银璀璨或水果色的彩灯要整夜闪烁吗？可是那些门厅里空无一人，并且哪一棵冬青或纵树背后都不可能有我从小梦想的充满欢笑的家了。我已经弄丢了我的爱人，亲手毁弃了在我身上发生过的最好的事。

街上火树银花但空无一人，只有拐角处的酒吧门口醉汉们肆意吹着口哨，仰头向寒风中吐出螺旋的白雾。我多么羡慕他们的醉态，我想向着银河大声咆哮，我抬头看见了今夜清冷的北斗，多么轮廓分明而又坚定地清冷着，此刻他也在某处看着这些星星吗？还是早已进入疲惫无梦的睡眠……

是的，最让我心痛的是他声音中的疲惫。他曾是那样一位意气风发、英姿飒爽的少年，什么都不放在眼里，在我们初识的深夜他便是这样直勾勾看入我的眼睛。我曾被这样赤裸的告白所惊吓，为什么是我？总是笑声爽朗，阳光下不管不顾、一往直前的他，为什么会中意这样孤僻、胆怯、瞻前顾后、在阴影中踉跄前行的我？他值得一位更骄傲，更能杀伐决断的伴侣。我恨透了住在自己体内的女人，恨透自己总是一副肾虚的面貌出现在世人面前，也许那是我自我保护的铠甲。

曾有人从远方给我背来一柄未开刃的宝剑："你除了剑气，什么都不缺。"可我知道我缺得太多，而他对我的理想化让我害怕，我怕他爱的只是个幻影，是只存在于他诗中的我。真相是，我或许至今仍是那个在幼儿园里被欺负和孤立，小手指被咬到流血，被拔下新毛衣上的绒球并被塞入耳孔……因为有了教训而从不敢与人争夺玩具，总是在老师把积木倒上桌那一刻就乖乖钻到桌底捡别人落下的积木、导致每天放学裤管都黑乎乎一片的小女孩。当然，上小学后我逆袭了，因为我有漂亮的面庞，优异的成绩，老师的宠爱，我反过来欺负那些曾经欺负我的男孩，掌握了永远能全身而退的秘诀。可那是多么病态的逆袭，那个跪在桌底等待玩具掉落的小女孩，永远，永远，永远困在我身体里。为了把她藏好我从小是个工作狂，我想要变强，变得更强，像个男人一样！是的，我渴望成为强者同时仰慕强者，我心中住着一个法西斯也住着一个O娘。而他，一直是那位强者，我的航标，我策马飞奔的情郎，即使在阴影中也闪闪发光，而现在，他告诉我他的心碎了……

是的，当他说他的心已碎，我才真正地再次失恋。这些年来我压抑着心中的创痛，努力奉行善待眼前人的原则，显然并不成功。对于丈夫我既未能给予妻子的温柔，也未能给予情人的爱。爱，原先是有的，可是经历了这一切之后，在我再次见到他之后……是惯性，是婚姻本身的属性，或者只是我不能安于任何匀速圆周运动的愚蠢心魔，我知道，平静的表面下，我的婚姻正在分崩离析。屠格涅夫说一切情感都可能通向爱，敬仰、柔情、嫉妒甚至憎恨……唯独感谢不能。那么我想一切情感都不能磨灭爱，伤害、猜忌、憎恨乃至蔑视都不能，除了内疚——内疚是和自我最根本的斗争，本性和爱无法相容，内疚的对象和爱恋的对象无法合一，除非它能转换成其他情感。

我多么渴望原则分明，雷厉风行，可是我连拒绝街边醉汉的性骚扰都困难，我居然，居然需要藉着微笑和道歉来摆脱一切我厌恶之事，被压抑的攻击性……或许也谈不上攻击性，对这世上无趣的一切我并没有蹂躏的欲望，只想远远走开。而对极少数能使我发生兴趣的人和事，我总是太容易就臣服。这也是为什么在他扛着我走上顶楼房间的那个夜晚，起初的挣扎太容易就融化成一种柔软的疑惑，在他怀抱中恍若无骨地疑惑着，身后一级级退入夜色的台阶是通往地狱还是天堂的阶梯？我……心灵容易好奇而身体容易湿润，这是我一切麻烦的根源。

五

"路娜，除了认字，你给学生们讲中国文学吧？"

"也讲。不过挺困难的，中国近现代小说的意识形态，一个普通的白人高中生很难产生共鸣，况且好的译本也太少。古典小说的话，宗教和文化背景上的距离又太大，语言也难，他们不感兴趣。"

"你可以讲讲爱情故事，或者鬼故事？谁都能理解这两种故事。"

"那可未必，我曾经试着让他们读《红楼梦》缩写版。结果，不止一个女学生有这样的困惑：宝玉为什么不去向贾母提出，自己非黛玉不娶？如果连死都不怕，到底能有什么障碍把相爱的两人隔开？'他为这份感情做得不够多'，'他根本就没有把感情付诸行动'，'父权制度只是他的借口，他从来不是一个专一的恋人'……对十几岁的小姑娘试图解释这类问题几乎是不可能的事。"

"因为你不赞成？当然，这里的女孩很早就有很强的性别权利意识，我刚转来现在的大学工作时，还颇不适应了一阵。"

"也不是赞成不赞成的问题。人和人之间的每段关系都是独一无二的，我认为无论男女，所有人都有权利在短暂的一生中去创造和不断加深对各种关系的理解。一夫一妻的婚姻制度因为其易操作性，是一切伴侣关系中最明朗和最容易得到外界宽容的，就像光。但还有其他更晦暗和复杂的关系，对于一个人理解自身和世界的征途一样重要，愿意费这个麻烦去理解自身和世界的人应该被视为心灵的探险者,至少不该被视为反常……"

"怎么听都像自我辩护啊,路娜。你先生对这套论调怎么想?"

"他从头到尾都知道夏尔的事,他甚至认识夏尔的另一个女友。但他并不觉得有需要去发展一段婚外恋情来达到内心的平衡,他先天就是平衡、稳定、难被扰乱的。辛西娅亲爱的,每个人对自我认知的需求不一样,方法也不一样,所以人只能对自己负责。"

"你先生可真是光一样的存在。"

"看似光的事物背后,几乎无一例外能找到晦暗。光本身就是阴影孕育出来的东西啊。你最近在培育的那种苔藓叫做什么……cyathodium……"

"Cyathodium cavernarum,光苔。"

"对,光苔,在玻璃瓶里闪烁着黄绿色荧光的那种苔藓,自然环境下不是只能在潮湿阴暗的礁岩缝中存活吗?Cavernarum 直译是'属于洞穴'吧?自从和夏尔切断联系,我感觉一直处于一个漆黑的洞穴中,浑身无力,每天总也睡不醒。不过,或许我身上某处也有什么东西开始生长了,也不是不可能吧。"

六

以下摘自辛西娅的日记:

这些年在岛上不断搬家,从一个封闭的处所到另一个。而今年,因为地面上房租疯涨,学校又不再提供住房补贴,干脆住进了地下室。

拿到钥匙的第一天,在地毯上发现了几只蜗牛,小小的,探头探脑伏在墙沿。它们是怎样长途跋涉,钻过两道门缝,从屋后荒草丛生的花园蜿蜒抵达此地,实在没有线索。另一种可能是它们从正门进来,可是那样就要学会上下台阶。

浴室角落和窗台上有不少蛛网,懒得清理。用手抓的话,难免会不小心弄死,何况比起软体动物,和蜘蛛还算能融洽相处。上一个住处,一只硕大的长腿蛛就筑巢在莲蓬头上方,每晚淋浴的时候,它就在头上晃来晃去。一开始还不习惯这样和它赤裸相对,渐渐也就找到了前伊甸园式的放松（实际上，也搞不清它的性别），拿下喷头冲洗时注意不浇到它。

掉发很严重。每天起床梳头可以捋下好大几簇，这时往往还衣冠不整，便打开卧室窗顺手抛向院子（只有高处的一小部分窗能水平打开）。无奈头发太轻，常常丝丝缕缕挂在窗框上，时间长了，有次去院里推自行车，看到一些貌似蜘蛛却比蜘蛛黑且硬朗许多的虫子，正以我的头发为吊桥，奋力向窗子高处攀爬。这才略有些害怕，清理了一番，但还是难改往院子里抛头发的积习，有种在抛弃自己身体的，天葬似的快感。

卧室屋顶和朝花园的那面墙之间有个马蜂窝，在砖缝深处，我看不见具体位置，只看见马蜂一刻不歇地在那里进进出出，嗡嗡嗡的，至少有二三十只。每次去园里晒衣服都提心吊胆。晚上躺在床上，总会听到那面墙深处传来轻轻的叩击声，也许是啄木鸟（但我并未听过这种鸟啄木），也许是蜂窝里正在进行一场午夜秘仪？可我怎么也无法相信小小的昆虫能发出这样坚硬的叩击声。一开始也会怕得睡不着，生怕砖墙被蜂群攻破，早上醒来发现自己被封存在金黄的蜂蜡里动弹不得。然而渐渐开始喜欢这意象,我早已用看不见的蜂蜡把自己层层封裹,如何还怕多裹一层?逐渐睡得不省人事。

除此以外——以及有一次半夜去上厕所,发现一只蛞蝓爬进了厨房——地下室真是个让人安心的地方。仅有的餐桌在厨房里,充作书桌,隔窗常能听见外面北风呼啸。这里的气温常年比地面低七至九度,所以在八月就开了暖气,睡前要开一会电热毯。到了十月,即使有暖气,渐渐也坐不住。倒是有个壁炉,平时楼上稍有振动就会不断往下掉渣,根据它焦黑开裂的内壁,判断过去常有人点火。但我害怕一氧化碳中毒,于是冷得不行时就煮一锅鸡蛋,让蒸汽突突突地冒出来,要不了十分钟,屋里就会雾气缭绕。我关掉厨房和卧室之间的门,小心保存着蒸汽,蒸汽在头顶吊灯的黄色光晕中跳舞,窗上凝满水珠。有时点上蜡烛(醒着的大部分时间都在黑夜里度过),火苗会在玻璃上的水珠间隙形成不可思议的图案。

这栋楼里共有六户,因为住在地下室,平时不会遇见别人。除了每天定时去花园里喂猫的马可,几乎没有人会经过院子、花园、我窗前。至于猫,常驻的有四只:

胖子菊九、大胖子刚田武、瘦子小黑、断尾的伊西斯。伊西斯是一只奶牛猫，丹凤眼，五官像人，像我认识的一两个人。

菊九和伊西斯经常趴在厨房窗台上。在餐桌上看书写字，一抬眼就看见它们弓起背或露出蓬松的肚子，把自己拉伸成一只豹子。或者就目不转睛地隔玻璃看我，定慧双修。房东嘱咐不能让猫进屋，甚至在所有窗台摆上一个绿色小盒，间或发出据说猫无法忍受的低分贝噪声。我觉得吵，偷偷关了，也就只去花园里喂食。我准备的猫粮似乎不如马可华丽，猫们只有特别饿时才吃得起劲。伊西斯有时吃完一顿，又会蹲点到马可窗下咪呜乞食，这让我略有一点瞧不起它。

马可是个电缆技术员，但不知怎么白天永远在家。我想他应该和我一样病得不轻或者更甚，和人说话时双手会颤抖。他的声音非常尖细，语速过快，因为过分紧张总会说得比合适的更多，这些症状我都再熟悉不过。第一次说上话是在花园里，我在晾衣，他去喂猫："啊，猫是最富有同理心的生物啊。"我暗笑。大概我生性邪恶，忍不了温情脉脉，即使自己和马可一样竟然只有猫可依赖,最好别人不要知道。"那天我在马路对面,小黑一看到我就横穿马路跑过来,一路躲闪着各种汽车……""真的吗?多甜啊。"我真是坏到家了,说话不过脑子。但那一刻,确实想不出别的办法来表达"我为你的高兴而高兴。"(那一刻,这心情似乎是真的,就像上星期,看见沾满路娜周身的汞珠似乎蒸发了一大部分,看见她的轮廓在此时此地的光阴中不断变得清晰,也有类似的心情。)

院子地面上时常有血迹,一开始以为是矮仙们在过逾越节啥的,颇用扫帚蘸水扫除了一番。但是屡扫屡败,血斑依然四处散落,有时蔓延至窗台,让我怀疑此地受了诅咒。后来发现是刚田武和伊西斯,刚田武和菊丸,菊丸和小黑,或者小黑和伊西斯打架所致,这大概解释了个子最小的伊西斯的尾巴为什么断了,用红丝线缠着,也许是马可带去看的兽医。那么我也不再清理血迹,既然争执是拙劣天性而猫也不能例外。

刚田武真是霸王一样的存在,有时我忘关厨房顶窗出门,回来发现它正在餐桌上徘徊,放在窗台内侧的几瓶从实验室带回家的光苔撒了一地。四只猫中属它最居无定所，有时一星期才回来一次，此刻它从窗台一跃而上想要翻出顶窗。可是窗的这一侧挂有窗帘，刚田武狼狈地吊在白纱上抓挠了半天才蹿上高高的窗框，咕咚一下消失不见，留下我站在一堆玻璃碴和苔藓中，面对千疮百孔的窗帘摊手——本来要开卧室窗让它翻出去的，真是性急。

岛屿进入雨季，夜晚越来越冷。伊西斯总是蹲在院子里铁椅的软垫上，整夜看着我窗内的灯光。想要招呼它进来，对方似乎也不稀罕。这样，地下室的漫漫长夜，风声雨声入窗，我渐渐被满地满桌的卡片和文献埋葬。想起至今为止苍白而乏善可陈的人生，内心倒也平静无比，像半枯的玫瑰终于献给了爱米莉。

七

以下摘自路娜的日记：

爱，是能在他者那里辨认出的她所拥有的绝对唯一的东西。这种关系在所有一切之外。

爱索要忠诚，fidèle，而非相信，croire。"忠诚于人类的无限超越，忠诚于这个敞开"，哪怕完全不知道忠诚的对象是什么。神就是那种打开的空无，或者说，神在一次抽空自我的运动中给创世腾出了位置。

有时候，我觉得我可以那样去爱他。无论境遇如何流转，无论他是否依然爱我，无论他的存在如何遥远和抽象，我可以对他保持一种灵魂的忠诚，在我的 fidèlité 中抵达他的深处，那也就是我自己的深处。他越是沉默、缺席，我就能越好地保持这种忠诚，如果不断有新的外境出现——他的新艳遇、新恋人等等——我忠诚中幸福的无知状态会受到一些损毁，一个空无的形象被填入血气。但以如今的我，恐怕能很快修复那种忠诚。

他是什么并不重要，重要的是我所感受到的联系的独一性。这联系如此真实，没有一天可以逝去而不提醒我他的缺席，无论是品尝了新的知识和趣味，或者遭遇痛苦。"如果此刻他在"，这个条件句成了我的救赎和永罚。焦虑、恐惧、困顿时，我设想出一千种力量之源，而它们全部来自他，他有力的臂膀，他孤注一掷的心灵，他与我再不相交的存在本身。

我明白神秘主义修女的狂喜，affective devotion，新娘对基督的无条件忠诚。这是缺席者方可担当的角色。他的缺席，注定我会无条件地继续爱他。

而这也许具有普遍性。也就是说，如果有天我的丈夫离开我的生命，那么担当永恒被爱的缺席者的人，很可能会换成丈夫。人们总是对"失去才知珍惜"之类的叙事嗤之以鼻，仿佛那是一种性格上的愚蠢，或者人类堕落的明证。他们不知道，唯有先彻底从可把握的现实层面"失去"，一段已经结束的关系才会接近一种无限的敞开，变动的心灵、每日流转如瀑的意念才可能抓住它，将它沉淀为锚，以一种信徒面对神时的安全感去珍惜，在一种因为对安全有把握而格外甜美的战栗中，去绝对珍惜。

作为受困于肉身和地狱情绪的凡人，我们若不失去彼此，就根本无法相爱。

八

刚过完一百岁生日的祖伊做了一个梦，梦中她坐在年轻时打工的图书馆前台,翻阅一份题为《僧侣镇县志》的泛黄档案。说是僧侣镇县志,其实也记载了附近其他岛屿的历史。说是历史,其实更像是各个时代报纸头条的汇编。在这片人口稀少、对全球事务少有参与的海域,报纸的头条也不过是些奇闻异事:鲨鱼袭人、大批月光水母在海湾搁浅、神秘死亡事件。最后一类中有些条目引起了祖伊的注意,比如一名中国女子和曾被寄予厚望的一名青年诗人的殉情事件:尸体在码头边一条废弃的捕鲸船的船舱里被发现,两人赤身裸体地抱在一起,被那年冬天的第一场大雪掩埋,警方至今未能核实具体死因。还有诸如一名女生物学家进入一座偏僻的山间溶洞采集青苔样本,却再也没有走出溶洞这类离奇失踪事件("我看着那位女士走进洞穴的,向她打招呼时,她还调皮地朝我学了几声猫叫。"目击人小男孩说)。读着读着,祖伊的眼皮沉重起来。在梦中,她伏在装《僧侣镇县志》的档案袋上坠入了另一重睡眠。

在这重更深的睡眠中,梦中的祖伊梦见了自己的少女时代,还有自己的初恋情人裘德,像她第一次见他时那么年轻,两人的恋情也像这个世界的第一天那么新鲜。然而,梦中的裘德收到了祖伊的病危通知书:原来祖伊年纪轻轻却得了一种严重的供血疾病，皮肤从脚底开始向上变得煞白（小腿肚以下已然没有一点血色），她在缓慢走向死亡的同时也将逐步失去记忆。随通知一起寄到的，还有一张通往墨菲乌斯海岬的火车票。

墨菲乌斯海岬是墨菲乌斯疗养院的所在地。疗养院是当地最古老的公共福利之一，专为行将入木的老人或身患绝症的青少年提供临终关怀。据说那里的设施是世界一流的，具体的运转机制却是个谜。很少有人见过疗养院的真容，因为只有从僧侣镇中央车站搭乘一班特定的火车才能到达墨菲乌斯海岬（好奇的人们试图徒步或走海路前往海岬观光，最后都以迷路折返告终），而那班火车对外出售的车票最远只能坐到墨菲乌斯海岬（终点站）前一站。

也就是说，除了被政府认定行将不久于世并寄去海岬车票的垂死之人，普通人根本无法抵达疗养院，即使是为了护送病人也不行。

此刻，裘德正伏在中央车站的售票柜台上苦苦交涉：

"求您了，我得把她送到终点站，她都快记不住任何事了！卖给我一张全程票吧。"

"我们爱莫能助。这已经是全程票了：您能去的最远一站就是老人岩，墨菲乌斯的前一站。"

"应该总有办法通融一下……"

"请别浪费自己和其他乘客的时间了，您看，这么多人还排着队哪。"

裘德只好拉着祖伊的手上了火车。车厢很空，只有三三两两穿灰绿西装的老人零星坐着，还有一些大概是去附近郊游的带小孩的家庭，小孩兴奋的叽叽喳喳是唯一能听到的声音。为了多少让她高兴些，裘德轻声给祖伊背诵她热爱的小说家的作品片段：马尔克斯、莱辛、塞林格，还有他自己正在写的第一部长篇的片段。祖伊仿佛很冷，紧紧攥着裘德的手，头靠在裘德肩上，不说话，嘴角挂着疲惫的微笑。此时，她小腿肚以下的煞白已经蔓延到了膝盖。

列车从山间隧道里呼啸而出，广播开始催促："前方到站是老人岩，请所有不持墨菲乌斯方向车票的乘客下车。"播报三遍之后又加大了音量补充："为了您的生命安全，请所有送行的乘客立刻准备下车。"

裘德做出了决定，起身躲进了两节车厢之间的洗手间里。透过锁孔，他看到几名身穿黑色制服的乘务员将那些郊游的家庭尽数送下了车。列车再次出发时，车厢里一片死寂。

只有那些沉默的穿灰绿西装的老人，还有依然向着看不见的远方微笑的祖伊留在车上。

裘德轻轻走过去，挨着祖伊坐下，重新拉起她的手。窗外，微光灼烁的海平面无限延伸，列车仿佛疾驰在蔚蓝的水面上。这一站是如此漫长，以至于裘德竟在中途睡着了。当他醒来时，列车已经停靠在墨菲乌斯海岬的站台上，除了他和祖伊，所有人都已经下车。

裘德拉着祖伊出站，空荡荡的站台对面就是大海。他正在纳闷理应同一站下车的那些穿灰绿西装的老人去了哪里，就看见一排巨浪打在一座屹立在海畔的礁岩上：那是一块灰绿色页岩构成的礁石，页岩的分层如同一本本打开的书，上方突出的部分酷似一个弓着背翻书的老人。定睛环视，裘德发现沿着海岸线站满了一座座这样的礁岩。

"所以根本就不存在什么疗养院……"裘德喃喃道，"所有收到车票的老人只要一落足这片海滩，就变成了阅读者或者抄书者形状的礁石——这就是僧侣镇严守的秘密吗？祖伊，亲爱的，别害怕，我这就带你回家……"

这时，裘德发现刚才还紧攥着祖伊左手的那只右手现在空空如也。海风汩汩涌过指缝，空气里是海生物腐烂后释放的半腥半甜的味道，专属于大海的味道，混杂着死亡的苦，遗忘的甘。

近处，一群矶鹬正在浪尖盘旋，发出凄厉的嘶鸣。其中有一只停落在浅滩上，紧锁着喙，迈开雪白的细脚杆。疾涌的海水漫过它的趾缝又向后沥干，这只矶鹬沿着海岸线奔跑，在沙滩上留下一串不可捉摸的脚印。

盛隽怡的午后时光

钱佳楠

钱佳楠 毕业于复旦大学和爱荷华作家工作坊，目前于南加大英语系攻读博士。著有《不吃鸡蛋的人》《有些未来我不想去》等，译有《梭罗传：完整的一生》等。英语作品散见于《格兰塔》, *The Millions* 等。

一

人一旦吃过些盐，走过些桥，就会被周围认作可授人以渔的导师。有的人养了个考上北大的孩子，就被所有家长奉为教育界楷模，孩子当然也被捧为明星，引无数人来讨经验。盛隽怡也常是被讨教的对象，因她的婚姻家庭异常美满，丈夫在外企任技术高管，一根筋的工科男，从不拈花惹草，除了工作挣钱甚至全无其他爱好；儿子懂事乖巧，读书很用功；他们的家也经过学区房、郊区别墅等几番折腾，现安在市中心的高档小区里，俯瞰徐家汇；她打儿子出生后就做了全职主妇，相夫教子，因为从不需操心，年岁在她脸上雁过无痕。在外人看来，这一切的圆满首先都源于隽怡眼光很"汹"，铆准了个好男人，而后才有顺风顺水的人生。

怎么说呢，隽怡也常感慨老天爷待她不薄。她天生丽质，有着江南女子的婉约俏丽，面不露骨，宽额，鼻头和双颊都有肉，有些女子给人如水般的温柔之感，说的就是这种面相。外加她有中国人向来重视的雪白肌肤，使得有些人第一次见她，又听闻她姓"盛"，不由多问一句：

"您该不会是盛宣怀的后人吧？"

确实，她的美让人觉得是好几代人都过好日子才能修来的。

隽怡面对这样的提问，会爽朗一笑，而后似有若无地接一句："都是陈年往事了，提它做啥？"

隽怡心里为自己这个满分的回答偷笑着，倘若说实话"不是"，人家对你就失去了兴趣，你也跌了几分身价；倘若直接说"是"，那是明晃晃的撒谎，如果碰到懂经的，要拷问你是盛家哪一支的后人，岂不穿帮？只有这样，欲盖弥彰，欲说还休，人家也不会再问，却对你更添几分好奇。

不过隽怡当初也说过老实话。第一次被问这话是在大学里，1990年代的华师大，问话的那个男人是隽怡拒绝过的男子中最聪明的一个，数学系，安徽人，他们是在大学的交谊舞社团里认识的，不是舞伴，那个年头大家的思想还未完全解放，虽然都怀着蠢蠢欲动的激情投报这个社团，但真开始了还要装矜持，女生硬要和女生结对，男生见这情形也傻眼，只好先和同性配对。也没有正规的舞厅，大家就像现在退休阿姨跳广场舞那样，在食堂旁边的一块水门汀空地上跳，由教跳舞的老师喊拍子，昏黄的灯光打在每个人的脸上，会有种照片糊掉的效果，然而就是这样，那个男人还是一散会就走到隽怡面前,问隽怡是不是学过?跳得好极了!

这人真会说话呀。现如今隽怡虽为自己的生活感到满意,但闲来无聊的午后还是会翻想这些有趣的往事,想想那些喜欢过她的人,这些回忆让她快乐,而这个人是所有回忆中让她最快乐的一个。

喔,我没有学过,也是头一趟来。隽怡说,那时的她是怯生生的。

然后这男生就大大方方地介绍了自己的名字,所在院系,问了她的芳名和专业,一听她的名字,这男生就问:你该不会是盛宣怀的后人吧?

说实话,那时的隽怡连盛宣怀是谁都不晓得,她推说不是,回来问了博学的室友才知道盛家的气派,心情又多一番起伏,这人太会说话了。

过去的已经过去了,回想完,隽怡会从落地窗旁的沙发椅上起身,打开冰箱,琢磨晚饭做什么。真碰到沾亲带故的生人熟人领着自己的女儿、侄女、外甥女来盛隽怡这里做客讨教,她也会传授她们一些心得:

阿拉上海人有句言语:吃相勿要太难看。记牢,吃东西咪咪一小口就好了,不用吃饱。过日子也是这个道理,勿要追求刺激，安稳就好，日子过到中上，比一般人好，心里惬意。选人也一样，如果小姑娘拼死拼活巴结一个条件特别好的人，就算被你搭上，人家也不会珍惜，因为你吃相难看；要选一个，自己放低一点身段正好适合的人，这样对方会珍惜你。

话虽这样说，隽怡忍不住瞅瞅那些后辈们，小鼻子小眼的，连头发都不舍得花钱烫，也不照照镜子，就凭你们，也想过上盛隽怡那样的好日子？下辈子吧。

她当然不会说出口，而是顺手给几案上的茶壶添上开水，看壶底的洛神花再度怒放，翻腾，眯眯笑着给诸客的杯盏里添茶。

来，喝茶，当心烫——还有一点，隽怡告诉那些后辈：寻男人还是寻上海男人好，脾气好，体贴。不管男人有钱没钱，看他是不是真的疼惜你，就看他是不是愿意让你管钱。

隽怡的老公当然是让她自己管钱的了。

二

近来，隽怡有了些新的烦恼，本来应该更高兴才是。

她动了点脑筋，让儿子通过一些门路考进了上海著名的私立初中长中，引那些沾亲带故的生人熟人又来讨教，这不是她的烦恼，她可以优雅地推脱："我们家彦林通过正规招生考试进去的，长中每年四月都招生，你们让孩子去考考看好了，说不定能进呢？"

她喜欢自己最后说的那句"说不定能进？"似乎留了些余地，但其实杀得他们片甲不留。她知道那些亲戚挂上电话免不了忿懑："如果我带孩子去考试能进长中的话，那还要问你吗？"但她不介意她们的羡慕和嫉妒，她们的羡慕和嫉妒使她欢喜。

隽怡烦恼的是另一件事，儿子彦林自从进了长中，总有些不开心。回家话少了，一吃完晚饭就回房做作业，关上门。照理说不会是因为成绩，彦林的成绩属中上，她和丈夫都觉得中上就可以了，也不用拔尖，反正她家也不是巨富，打算让他上美国的公立大学，万一成绩太好，非要上常春藤名校就更麻烦了。隽怡疑心是早恋，他儿子昨天放学回家带了个硕大的橙，说是班上一个同学陈小乔送给他的，陈小乔，一听就是小姑娘的名字。不仅如此，那个大学里最会说话的男人曾经跟她说过，他最喜欢读的书是《三国演义》，如果他们将来有了女儿，他要给女儿取名作"小乔"，更糟糕的是，那个男人也姓陈。

"人家送你橙，你要不要带点什么回赠给人家啊？"隽怡有意压着自己，不让自己问"人家为什么送你橙"，而是提醒自己要站在儿子的角度不露声色地套话，她觉得自己真是聪明极了。

"不用，她给班上所有人都送橙。这个橙是她家里的果园结的。"儿子说完，把橙往隽怡手心里一放，就回房了。

饭后，隽怡把橙切成四瓣，她、她丈夫王渊、彦林先各取一瓣，鲜甜多汁，确实与市面上的不同，她有意说了句："你同学家种的橙真好吃，你多吃一片。"

不想彦林不领情，嘟囔说不吃了，起身回房。

她有些困惑，把剩下的那瓣放入口中，真是甜。

隔了一周，彦林又带了袋武夷岩茶回家，独立包装，纸袋上有插画，上系绿色丝带，一问，又是那陈小乔送的。这次隽怡没有问要不要回礼，而是顺着儿子气鼓鼓的神色问："这陈小乔家里还有茶园？"

彦林似乎早等着有人和自己说说这陈小乔了："她家里不仅有果园、茶园，还有葡萄酒庄、农场，她说她从来不喝外面买的牛奶,都是抗生素,她喝的牛奶都是自家农场里的奶牛挤出来的。"

不仅如此,隽怡还听说,这陈小乔每天都是一辆奔驰G级来接,有穿制服戴礼帽和白手套的司机给她开门。每到月中的时候她会在班里嚷嚷:我爸下周又要去香港和李二公子吃饭了,你们有什么想我爸从香港带的吗?就在前一天,她还说:我爸上周去美国跟巴菲特谈生意,巴菲特你们知道吗?世界首富!但他的办公室超级小,车子常年不洗,我爸说,一股可乐和芝士汉堡的味儿!

陈小乔就坐在彦林的前排,躲也躲不掉。

隽怡先前给彦林转学的时候没料到这一点。她一直觉得他们家的条件在上海属于一流,甩她和王渊的所有亲戚好几条街呢,就算在之前的公立小学,他们家也算全校上等,他们付学区房首付几乎没花什么大力气,挂个户口,他们自己还在市郊的连栋别墅里住着,她知道很多同学的家长是"大出血"才按揭了这么一栋房子。长中果然不同凡响,隽怡疏忽了。

"彦林,好好读书,做你的事情,不用管人家家里条件有多好。别的都是假的,只有书读进肚里是自己的。"晚饭时分,王渊如是对彦林说。隽怡早猜到她丈夫会这么说,这话的口气老得简直像出自她父亲那代人之口,但除了说这些空洞的大道理他还会说啥?她看到彦林低头"喔"了一声,彦林或许可以像他爸一样心无旁骛地读书,但或许也会因此自卑。无论如何,这事情还是得隽怡来想办法。

隽怡决定要会会这些家长,知己知彼,百战不殆。她穿上了最好的行头,挎上最近香奈儿打折时入手的手袋,先去见见彦林的班主任郭老师。

这不是隽怡第一次来长中,但这一次她特别留心观察学校的环境,校园内外都是暖色,整座教学楼回廊设计,走廊很宽,办公室不大,洋溢着咖啡的香气,这是在彦林的小学所看不到的情形。

她一进办公室,所有的老师都回头看她,她从他们的目光中知道今天的这套装扮是成功的。郭老师看起来三十不到,OL打扮,一见她就立刻起身,迎她到同楼的会客室,真皮沙发,透明茶几,茶几上的鱼缸里栽着绿萝,问她要喝点什么?

隽怡只要了一杯水。郭老师给她拿了瓶依云矿泉水。

"郭老师,我来找您是因为,我们家彦林不是从长小升上来的，我感到他融入班级似乎有一些问题。"隽怡开门见山地说。

"我感到王彦林特别好，他作风踏实，学东西很快，同学都很喜欢他呢。您不用过多担心。这样吧，如果您还是担心他融入班级会有困难，我已经在考虑了，下个月我会安排他做轮值班长，这样他会有更多表现的机会，他的优点也能够让更多同学看见。"郭老师说，语速很快。

长中的老师确实不一样，我还没来，就已经准备好解决方案了，效率真高。隽怡心里想着，但想着再扳回一城："感谢您，郭老师，您想得太周到了。我来还有另一件事，我想问问如何成为家委会的核心成员？作为家长，我很想为学校尽一份力。"

这个请求一定出乎郭老师所料，郭老师愣了一下，打起官腔来："是这样的，家委会主席团每年十一月改选，同时也吸纳新的成员，我们特别欢迎新生的家长加入。您看这样可以吗？等这一届改选细则出炉，我跟您详细说？"

"好，感谢郭老师。您一定记得我很愿意尽力，您看，我姓盛，是盛宣怀的后人，我们盛家历来重视教育，也重视取诸社会，用诸社会，我也是这样教育我们彦林的。"

隽怡不知道这番鬼话怎么会自个儿从嘴里蹦出来的，好在年轻的郭老师似乎被唬住，一双眼睛滴溜溜地打量她，满是敬意，临别时还重重握住她的手，要她放心，家委会会为有她这样的家长而倍感荣耀。

十一月，盛隽怡成为长中家委会主席团的一员。

三

山外有山，人外有人，这道理隽怡打小就明白，但那山、那人从不在她的现实经验中，因而所谓的"有"，也几乎等于"无"，但自从加入长中家委会的主席团后，她才一下子看到了那山，那人，如此密集地横亘在她面前。

家委会的主席叫谭李惠芬——这里有种效仿香港人在妻子姓氏前挂上夫姓的趋势，似乎这样可显示某种身份，谭太未做主妇前是央企的高管，在京任职，她喜欢勾起手指说："你们都知道，在我们央企，不兴说职位，兴说行政级别，我没辞职前，已经是正局级了，为了我的仔，牺牲很大。"

这种牺牲很快又变作一种炫耀，"不过现在哪家不为孩子牺牲呢？我当初和我先生商量过，谭部当时已是正厅级，风头正劲，现在回头想自己的决定很对。"

听到这里，隽怡才明白谭部不是名字，而是谭部长的简缩。很快，她又得知，这些人几乎各个都有来历，有满蒙八旗子弟的后人，也有曾国藩、李鸿章的后裔，还有的和港台的豪门贵胄是旁系亲属，这些人中，甚至只有她和另一位母亲是上海人，其余都是外地人，而那位上海母亲，公公是革命先烈。

隽怡怀疑自己该不会是因为扯了盛宣怀这面大旗才进的家委会主席团吧？如果这些人到时候和自己套些近乎，岂不露馅？

只有一个人没有任何来历，而且是主席团里唯一的男性，隽怡看到印刷出来的名单时就默念道，不会这么巧，不会这么巧。

可偏偏就是这么巧，陈洪志，陈小乔的父亲，追求过隽怡的男人中最让她惦念的那一个。他穿着熨烫整齐的条纹衬衫，领口敞开，衬衫的袖口有非常精致的手工袖扣，在会议室的灯光下闪着撩人的光芒。

陈洪志不需要来历，整个学校都知道他，谭李惠芬主席甚至要给他让上座。但凡有人提议了什么，谭太都会问一句:"未知陈先生以为如何?"

陈洪志把搁在二郎腿上的双手一摊,说:"我没意见,我什么都不懂,是专程来学习观摩的。"

"陈先生真会说笑。"那些太太笑起来,笑得脸上被粉盖住的细纹露了出来,只有盛隽怡笑不出。

她早该知道陈洪志会有今天的地位,她当初就没怀疑过。陈洪志会用暑假推销电视机赚来的钱,请她在学校附近的鸡粥店吃半只白斩鸡,一碟鸡心,喝鸡粥,他吃着吃着会把老板叫来同坐,很认真地跟老板说:你这儿的东西好吃,实惠,要考虑到别的地方开分店,做成全上海乃至全国鼎鼎有名的品牌,这样你以后就不用管店了,主要经营你的牌子,请人来看铺子。

老板是个上海老爷叔,看了看陈洪志皱巴巴的polo衫,土里土气的黑框眼镜,听出他浓重的外地口音,有些不屑,回敬他一句:小阿弟,开分店,要本钱,我哪有这本钱啊,我有这本钱早就退休了,还起早摸黑干活!

说完,老爷叔就回去当他的掌柜了。

陈洪志对隽怡说:你看,这个老板,一辈子就是小饭馆老板的命。不入虎穴,焉得虎子?

当初隽怡也不过对陈洪志笑笑，继续就着调羹小口小口地喝粥，她母亲要是知道她和个安徽人下馆子估计早就要跳起来，想方设法拆散他们，不会等到后头。她有好些叔婶经历过上山下乡，说外地穷得很，她的成绩可以报考分更高的复旦，但她母亲执意要她填报华师大，因复旦是全国分配，离开上海的可能性很高。

隽怡说不清，陈洪志身上的某些气质很吸引人，他早就是校园里的风云人物，各个院系的教授同学都认识，而他在鸡粥店里说这些的时候，还没有振鼎鸡连锁店，肯德基麦当劳也不多见，甚至于，"连锁店"这个名词是陌生的。

"你会说我是开地图炮，但上海很不教我喜欢的一点是，这里的人太保守了，小富即安，没有大志。"陈洪志说，"现在全国各地都是机会，我简直不能在学校里待下去，我想去深圳看看。照我看，上海很快也会改头换面，但如果上海人还只是守着自己的四亩三分田，机会都给外地人占去。"

隽怡听不懂这些话陈洪志是替他自己鼓劲呢，还是站在她的立场上惋惜，她只是眯眯笑，说：上海人只求安稳，日子过到中上，比一般人好，心里就惬意了。我家里也是这样教我的，枪打出头鸟，吃相勿要太难看。

是在那样的傍晚，陈洪志会跟隽怡谈起他的理想，他们饭后在黑黢黢的校园里沿着丽娃河畔一圈圈地走，陈洪志说他要做最有钱的人，他说你没有穷过，你不知道穷的滋味，我小时候饿，有一次偷了家里母鸡生的鸡蛋出来吃，但那个时候小，不知道鸡蛋是要煮熟吃的，我就直接往石阶上磕破，结果蛋液流了一地，第一次知道心真是能揪着疼。所以我对自己说，将来一定要出人头地，让我的家人、孩子都能昂起头做人。

是在那样的傍晚，陈洪志会说，他要把老婆、子女捧在手心，让他们过最好的日子。1990年代的校园男女之大防还很明显，谈恋爱多数是谈理想，但他们也偶尔在丽娃河畔的小树林里瞥见过情侣相拥接吻，隽怡一瞥见这情景就会侧过头去，涨红了脸，陈洪志自然也看到了，但他至多停下，双手牵起隽怡的手，说：我希望找个和我一起奋斗的人，我希望那个人是你，我会把奋斗的成果全部归给你。我也是个很传统的人，我以结婚为前提谈恋爱，我跟你说过我喜欢《三国》，如果我们将来生女儿，我会叫她小乔，把她宠成公主，她要什么，我给什么；如果我们将来生儿子，我会叫他陈瑜，儿子要吃苦，我可能还会考虑让他读军校。

隽怡念的是英文系，但因为陈洪志的关系她真的课余从图书馆借了《三国演义》来看，她很高兴能接话了：万一不巧生了龙凤胎，人家不要笑死我们，古时候是夫妻，现在成了兄妹。

"你这么说是答应我了？"陈洪志兴奋地要搂隽怡入怀，隽怡作势轻柔地捶了两下陈洪志的胸："答应你什么了？别瞎说。"

两人都不说话，听着河边的草丛里噗噜噜噜的秋虫叫得正欢。

四

家委会散了后，陈洪志被其他成员团团围住，换名片，奉承寒暄，久久没有散的意思。这是很少有的一次隽怡觉得她打扮如此得体竟无法引起旁人的瞩目，她没有名片，更怕别人盘问她跟盛宣怀的关系，早早地离开，去取她的福特。

她有意走得很慢，她说不清，心里的某个位置在期盼陈洪志急切地追出来，像很多年前那样，问她要不要一起找个地方聊聊。

可她显然是看了太多烂俗的电视剧，没一个人出来，他们可能还聊在兴头上呢，隽怡踩油门，开车回家。

王渊问她家委会怎么样，她把那些家长的资历都介绍了一遍，心不在焉的，像在念旁白，王渊并没有什么大反应，只是说：没关系的，我会跟彦林再沟通，我们当初什么都没有，不也一样靠读书有了今天的成就？

现在的时代和我们当初不一样了，隽怡说，我们当初大家都差不多，多少都是公平竞争，现在贫富差距悬殊。我们里面有个麦太，她说去年长中毕业考进哈佛医学院的那个孩子家里世代行医，奶奶是林巧稚的第一批学生。

你要相信这是极少数人。你也要相信我们给彦林创造的条件已经比绝大多数人好了。王渊说。他几乎永远这么温和、平静，从没有什么能让他发火。

这是一个连架也吵不起来的男人，想到这，隽怡忽然有些气，没来由的，她不说话。她不说话，王渊以为她被自己说服，叫她给自己剃一下头。

这是王渊另一个让很多亲戚匪夷所思的地方，即便现在收入不菲，他也从不去理发店理发，他小时候的头发是母亲帮他剃的，结了婚这差事就由隽怡承担下来，第一次剃还闹过笑话，后脑勺削掉了一块，像斑秃，王渊也没因此而转去理发店，而是说没关系，没几天就可以长出来。

结婚十多年了，隽怡已练就了一副好手艺。

可今天隽怡觉得王渊这个怪癖让她丢脸，他的节省、内敛、温顺都让她不舒服，以至于她把王渊递过来的一包理发工具往床头柜上嗖的一丢，说："自己剃！"

王渊看隽怡心情不好，就真的把理发工具拿到盥洗室，对镜给自己修去前额过长的头发。他不跟她顶嘴，但也不懂得如何安慰她，讨好她。

他向来不懂得，连当初结婚也都是隽怡提的。

第二天隽怡被谭李惠芬加到家委会主席团的微信群里。陈洪志也在里面，微信名就是名字。

她忍不住私下加了对方作好友，很快陈洪志就通过了验证，却没有像她预想的那样，主动和她打招呼。

或者他在忙吧。

她先留言给他，说她参加家委会压力很大，大家的来头都不小。

是到晚饭时分，陈洪志回复给她：你的来头也不小。

她写：你知道的，我的"盛"，和那个"盛"没有关系。

他则回复道：你以为，她们的姓氏，都和她们说的那些有关系吗？

还在她惊讶的时分，陈洪志另一条微信让她的手机响起来：被打倒的牛鬼蛇神又统统跑出来喽。

她闹不明白陈洪志对那些人的态度，他在群里异常活跃，问所有人要联系地址，说他在法国波尔多酒庄的酒快好了，回头给每人寄两瓶让大家给点意见。

几乎是隽怡收到葡萄酒的同一天，彦林带回来一盒酒心巧克力，彦林果真是像他爸的，已经习惯了陈小乔这个小公主的存在，不再像先前那样一提就生气，他把巧克力塞到隽怡手里，说：陈小乔家的，我尝了两颗，挺好吃的。

微信群里大家开始说想投资陈洪志的酒庄，"或者不一定是酒庄，我们就掏点学费，跟陈总学习学习。"谭李惠芬留言。

陈洪志推荐大家投资农场，包一头奶牛，每月几千块，不仅每月家里有安全的牛奶喝，还可以把剩下的牛奶做成奶制品拿出去卖，赚点零花钱，比理财产品强。

群里的家长几乎个个都说好，而后陈洪志把他手下的一个投资顾问的微信名片转到群里。说已经打过招呼，大家直接找他的这个得力助手就好。

隽怡也跃跃欲试，他们虽然还要还房贷，要付彦林高昂的学费，但每月几千应该还匀得出，可她最终还是犹豫着，不知怎么和王渊商量，王渊最看不起投资，说那是一群机会主义者，她也可以不和王渊商量，反正钱由她管，每月不见了几千下个月补上，不是什么大问题。

可她最后还是决定不这么做，她犯不得为这点小钱有事瞒着她丈夫，他们结婚以来向来都是有商有量的。

虽说决定是决定了，隽怡仍须面对后一个月开始的微信群里的兴奋，那些家长在夸奖有机奶的味道就是和超市里买的不一样，说他们正在说服身边的亲戚也认购奶牛，划算。

她们感谢陈洪志，每个人发着风格各异的表情，刷屏，陈洪志的回复姗姗来迟，他写道：不客气，因为我家小乔特别喜欢喝牛奶，所以我想还不如为她专门买个农场，她放假了还可以带她到农场去看别人挤牛奶。

两个月以后，陈洪志的回复消息已经是：不客气，因为我家小乔特别喜欢喝武夷岩茶，所以我想还不如为她包一片茶林，自己种，放心点。

隽怡眼红着，从微信里只言片语的信息中拼凑着，计算着大家大概一个月能赚多少。她虽然入了主席团，但显然是边缘人，有时大家会一同讨论某几支股票，隽怡也同样插不上话，她的丈夫不玩股票，至多在年末买些保本的理财产品。

隽怡开始学习，她从网上买了些书，又找了些在线的视频课，学习看K线图，重新做数学题，这是继《三国演义》后她第二次为陈洪志读书，有时候甚至太投入了，连晚饭也忘记做，常常是儿子回来了她才胡乱下个面，她丈夫和儿子看到了也不起疑，咕噜噜把面送到嘴里去，说："好久不吃面了，面挺好吃的。"

大概是半年以后，隽怡自觉已经学到了足够的投资常识，自己跟自己说，这次陈洪志那边再有什么投资机会，她也要下海试水，分一杯羹。

不用她着急，每个月谭李惠芬都像来例假那样准时，在群里艾特陈洪志，问他最近有什么好的投资介绍。

陈洪志说，如果大家手头有闲钱，他手下正好有支私募基金要上市，大家是自己人，弄几支玩玩，上市之后随时翻一番。

隽怡看着手机上的绿底黑字有些傻眼，她原本盼望着投个果园什么，忽然变成私募基金，她在网上看到过，私募基金近些年很抢眼，确实如陈洪志所说，上市后随时赚几倍，但她也知道，本钱很大。

群里的太太们表现得一如既往的殷勤，说这是千年难得的机会，说承蒙陈总不见外。隽怡盘算着，家里每月的可支配收入恐怕是够呛，家里的存款早就在换房的时候砸首付里了，哪里还有闲钱呢？她打起父母的主意，她和王渊每月供给父母两千生活费，他们还有养老金，他们生活向来节衣缩食，她去年年底陪母亲去银行买过理财产品，知道他们的存款有四十万，和其他阔太太虽不能比，但四十万大概可以买张入场券了，如果上市之后翻一番，那就是八十万，不仅父母开心，也让其他人知道，她盛隽怡也是个可以跟她们一同玩投资的角儿。

她用了很简单的方式就问父母把钱借来了，她没说借钱，说买一个长期的理财产品，投资收益比银行利息高多了，父母就问了一句牢不牢靠，隽怡骗说是工商银行的一个新产品，长中的一个家长是银行经理，原本是内部认购，因为认识，所以才破例。父母一听是国有银行，放心了，很快就把钱转到了隽怡的户头。

隽怡私下发微信给陈洪志，问他，她手头只有四十万，不晓得够不够入场。

"你这周末什么时候有空，我们找个地方聊聊。"陈洪志回复道。

五

隽怡跟丈夫儿子说是去和大学同学"太太聚会"，两人都不疑心她的隆重赴宴（提前一天做头发，美容，当天中午几乎不吃饭，下午穿一条束腰的真丝碎花连衣裙外搭白色真丝披肩出门），父子俩都是隽怡无论打扮多么精致都不会多看一眼的木头人，但今天王渊有意无意地说了句：哎哟，今天看起来很年轻嘛。

隽怡笑笑，不搭话，当是对今天这套行头的肯定。

和陈洪志约在多伦路上的茶馆，老式的竹帘把落地窗折进的阳光筛成几缕，洒在古拙的清水泥紫砂壶和紫砂杯盏上，陈洪志点的是铁观音，香气扑鼻。

"你没怎么变，"陈洪志说，"可见你日子过得不错。"

隽怡微笑，说自己的先生是个吃技术饭的，不懂得浪漫，但是个过日子的人。

陈洪志没有礼尚往来,介绍自己的妻子,而是问隽怡:"你很缺钱吗?"

隽怡的杯子过重地扣到了茶碟上,发出哐的一声,她忙着摇头,问陈洪志怎么会有这种想法?

"我看你之前都不投资,忽然这次要投资,觉得奇怪。"

"是不是数额太小?主要是我和我爱人的钱都在房子里了。"隽怡说,"如果数额小,你就看在老熟人的面子上让我入个场,玩一玩。"

陈洪志低头不看隽怡,喃喃道:"数额不是问题。"

隽怡不知道为何,只感到面前这个男人忽然变得羞涩腼腆起来,连正眼看她都似乎不敢。为化解这尴尬的沉默,隽怡逼迫自己担负起活跃气氛的角色,反而弄得更僵,像个在做财富访谈的新闻记者。

"你大学毕业后去了深圳,在那里工作顺利吗?"

"什么时候开始投资的,怎么会开始投资的?"

"现在公司的业务覆盖了海内外?一定很忙吧?"

"现在这么成功,你已经达成了当初的理想了吧?"

最后那个问题,引陈洪志抬头,长时间地凝望她,望得她装作喝茶低首回避。"可以说达成了,也可以说没达成。"他没再细说,了结了这个问题。

"你太太是做什么的?"隽怡终于问出了这个她一开始就想问的问题。

"她原来是中学老师,我让她不要做了,专心照顾儿子。她不肯,转到常熟联合书院的小学做老师去了,我把儿子放在那里读书,她说这样也能带小瑜。我的小儿子。"陈洪志说。

"你真的给女儿取名小乔,给儿子取名陈瑜。"

"陈小瑜,我改了一点。"说到儿子,陈洪志嘴角带笑。

"为什么在常熟读书?不一起放在长中?"

"这么说吧,我现在对投资有点走火入魔,我觉得未来的教育市场大有可为,但是长中弹丸之地,我跟校长见过,鼓励他经营长中这个品牌,到郊区乃至上海之外开分校,我可以帮他,但他似乎不太感兴趣,很满足现状。后来我就听说常熟有个新的世界联合书院,或许那边可以下点功夫,但我对投资很谨慎,知己知彼才行,最好的办法莫过于让儿子到里面读书。"

隽怡想起那家鸡粥店的老板,但她没提,没必要让他觉得她把和他一起的点滴记得这么分明。

"你的家人都好吗？"隽怡问。

"爸妈都在，已经在蚌埠城里安了家。姐姐姐夫我介绍点生意给他们，他们做得很好，两个外甥读书很争气，一个去年考了北师大，另一个明天高考，估计考哈工大不是问题。我弟弟六年前就故去了。"

"对不起。"

"没什么，都是陈年往事了。"

一周后，盛隽怡来到陈洪志位于陆家嘴的公司，把四十万钞票换作了一纸投资合同。

六

陈洪志答应私募半年内上市，然而半年来国内一直流传着小道消息，说证监会要关闭私募上市的通道。

微信群里人心惶惶，偶尔有人问陈洪志，陈洪志都打保票，说不会关死，只是会更严。谭李惠芬也说，她听老同事也说，关死政府也没钱赚，不上算，内部的消息是严格把关，可能周期会更长。

半年过去，私募还没上市，却传来了一个爆炸性新闻：

北上广深暂停私募公司注册。隽怡看到消息时整个人瘫软，抓救命稻草一般抓住手机，在微信群里打字：北上广深暂停私募公司注册。

这时候才发现，真正加入陈洪志这次投资的人才三个，她，谭李惠芬和麦太，谭李惠芬和麦太的投资金额都比她大得多，但却没她这么紧张，她们似乎很相信，陈洪志一定有本事搞定，大不了上不了市，撤资，钱不会短她们。

只有隽怡整天坐立不安，睡觉也睡不踏实，她睡到半夜会一身冷汗地醒来，拿夜光的电子闹钟看才三点不到，万万睡不着，她想很多东西，为何谭李惠芬和麦太都这么笃定呢？莫非她们是陈洪志的托儿？不可能。还有另一种可能，她之前听一个老同学说，她的一个有钱朋友碰到金融诈骗，最后只有那个朋友去报案，其他人都全当没事发生，因为那些人的钱可能来路不明。

隽怡翻来覆去，越想越害怕，她不一样，她拿的可是父母的棺材本，万一打了水漂，她如何向父母交代，如何跟王渊解释？想到这，她瞅瞅身旁的丈夫，她甚至手执闹钟的夜光面凑近王渊的脸，王渊浑然不觉，均匀的呼吸分毫不差。

"明天发微信问陈洪志，明天就问。"隽怡需要这样再三说服自己，才能在倦了的晨曦再合眼眯一会儿。

然而第二天起来她又不敢了，怕陈洪志觉得她大惊小怪，觉得她缺钱，看不起她，她说服自己再等一宿，于是又熬过难眠的一宿。

就在她熬过十天后猛然发现自己苍老憔悴了许多，并且她听到一个更惊人的消息，彦林放学回来告诉她，他换到了前面一排，因为陈小乔已经一个礼拜没来上学，似乎到美国去了，说是她爸给她找的交流项目，这学期都不会回来了。

莫非是卷款潜逃？

隽怡这次真的怕了，心里打着鼓，却还是不敢问陈洪志，而是先私下问谭李惠芬和麦太，知不知道陈小乔已经不来上课了？

谭李惠芬和麦太似乎早就知道了。她们却还很镇定，说：陈洪志的投资公司是上市财团，犯不着为两三百万的小钱骗她们，投资这事，放长线钓大鱼，反正不等钱用，当是交他这个朋友。

这下隽怡可再也忍不住了，她深知自己和那些人有着天壤之别，她累了，不想再去装什么淑媛阔太，装盛宣怀的后人。她豁出去了，给陈洪志留了很长的言，说那四十万是她父母的棺材本，说她丈夫收入虽高，也只是打工，说他们的房子现如今每月还要交好几万的按揭。求他不要骗自己，把钱还给自己。

陈洪志没有回。

隽怡白天一个人在房里哭的，老公儿子都不在，可以自己可怜自己。她想起上回跟陈洪志喝茶，陈洪志欲语还休的样子，原来不是心里还惦念她，还觉得没娶到她是人生的最大遗憾，而是挣扎着要不要骗她，要不要背着良心连旧情人的钱也骗。

那晚，她又发了很长的微信给陈洪志，内容差不多，只是用词程度更激烈，说这些钱足以毁掉她的人生。

陈洪志仍然没有回。

她万念俱灰，半夜偷偷在被褥里抽泣，忽然想到陈洪志有老婆儿子在常熟。或者去常熟找他老婆儿子也行，求他们把钱还给她，他们会不会也早逃到美国去了？她不清楚，但好歹是条路。她这么想着，决定第二天早晨八点乘火车去常熟，下午三点回程，神不知鬼不觉。

她说服着自己这样能行，因为陈洪志主要行骗的区域在上海，不会影响到常熟，他的老婆儿子不需要跑路。他老婆是老师，老师知书达理，把实情告诉她，她一定会同情自己，设法还钱。

次日，丈夫一送儿子去上学，她就匆匆收拾好行李，平生第一回顾不上服饰搭配，焦急地赶去火车站。她已经有些日子没乘火车了，近些年总和丈夫儿子每年暑假搭飞机出国旅行，简直忘记了坐火车的感觉。

高铁很空，这一排只有她一个人，这情形很让她想起大四那年的春节，她在大年初一的中午搭火车从安徽蚌埠回上海，火车也是这般空，春运的高潮已经过去。

她是逃回来的。她本来是随陈洪志回家见家长谈结婚的，拥挤的火车以及火车上泡面、汗酸、脚臭交杂的气息她忍过去了，坐着轰隆隆响的拖拉机颠簸到农村她忍过去了；陈家那些满脸蚀刻般皱纹的亲戚她忍过去了；厕所在屋外，小解时旁边的女人撅着屁股用一口土话问她就是陈洪志的上海女朋友吧，她忍过去了。但是这一切到她看见陈洪志脑瘫的弟弟倚床口水淋漓的时候，她受不了了，她很勉强地在他家吃年夜饭，看他家把最好的收成悉数拿出做了丰富的晚宴，苦笑着接受他父母的祝福。第二天早晨，她要陈洪志送她去火车站。

两个礼拜后,她母亲托旧同事帮忙,介绍了当时在交大念研究生的王渊给她认识。

隽怡下了火车打的赶往常熟国际联合书院,好巧不巧,正好是家长开放日,她被迎进学校。这所学校比长中气派,设施也更一流,有网球场和壁球馆。教学楼的一楼大厅正展示学生的科学作业,恰好看到了陈小瑜的名字,他做的是计算机的历史,名字旁边写着:二年级一班。

隽怡是坐到二年级一班教室里才收到陈洪志的微信的:"我一整天飞机上,刚看到你的留言。抱歉我的投资给你造成这么大的困扰,如果你早跟我说,我绝不会接受你的投资。这支私募会转到美国上市,但我可以立即把四十万退给你,麻烦给我账号,我转给手下处理。"

隽怡很窘,脸发着烧,她不知道自己为什么来这里,为什么坐在这个教室里。这节是生物课,生物老师教孩子用筷子和手工纸做一朵百合,然后为自己的百合上色,并认清花的各个部位叫什么,有什么功用。学完后大家有个现场抢答,得分最高的学生可以得到老师手里的真百合,赠给自己的家长。

有个胖嘟嘟戴眼镜的小男孩表现特别抢眼,在掌声中接过一支鲜嫩欲滴的百合。

"陈小瑜,现在你可以把百合献给你的母亲了。"

隽怡看着这个小男孩朝自己的这个方向走来,眉目活脱是陈洪志的样子,花最后送到了隽怡身旁这个女人的手里,她的相貌特别平凡,浑身上下没一个地方出众的,而且脸显得比隽怡苍老很多。

如果是以前,隽怡一定沾沾自喜——这个女人跟自己哪里能比?而今,她只想在下课铃一响就避到走廊上,回复银行账号给陈洪志,搭高铁回家,快点结束这荒谬、无地自容的一天。

朋　友

苏　方

苏 方 生于 1984 年，正在成为作家。

陈年拐进地下停车场，把车顶进车位，紧贴墙面熄火，关紧车窗，点燃第一支烟，大口猛吸。

他一边吸烟，一边辛勤操作着手机，删除一些消息、来电、评论和照片。

第一支烟很快燃尽，陈年点上第二支。他意识到没有脱掉外套。他应该脱掉外套，让烟味浸染贴身衣物及皮肤。他衔着大半支烟，在狭小的空间里身体向前，两手在身后拽掉大衣。烟气冲进鼻腔和眼眶，辛辣刺激。陈年憋住呼吸安置好大衣腾出手取下烟，才耸动肩背大口咳嗽起来。他的眼睛完全红了。他摆弄镜子，看见自己流下眼泪。

车里已经漫成灰白色。陈年大叉开双腿，解开几颗衬衫扣子，捻着胸前一角扇动着，让烟味持续攻占。姑娘，他的姑娘，并不使用香水在身上。她家里的沐浴露，也在几个月前换成了陈年家同款。可你不得不承认，味道，你会带上一种味道，它是独特的，陌生的，欣快并且可疑的。陈年注意到了这种味道，他每次都用烟味盖住它。

幸亏他抽烟。

零

陈年用钥匙拧开家门。家门里四处大敞大亮，幼黄色大块方砖有刺眼的反光。

王麦倚在客厅沙发的一头，手捧着一本书。她仿佛耳朵动了动，眼睛仍然盯在纸面上，喉咙里发出含混不清的一声：嗯。

陈年朝王麦的方向走过去，掏出手机、烟和打火机放在茶几上。

王麦一皱眉头：这一身味儿。

陈年脱了外套，在厨房洗手。

王麦：今儿是和谁，烟这么勤。

陈年：就那一帮子呗。

王麦：老七他们？

陈年：没都来。没注意。

王麦：非得抽烟？

陈年：一帮男的在一块儿，干聊，烟都不抽，那不出问题了么。

王麦把书扣在腿上：陈年。

陈年：嗯？

王麦：我问你。

陈年：嗯。

王麦：这些人里头，你和谁最好？

陈年：最好？没有。

王麦：相对好？

陈年：都一样。

王麦：一群人在一块儿，总有亲疏远近吧。

陈年：没有。我们不像你们女的。

王麦：你这句话就特像我们女的。

陈年歪着头看王麦：怎么像？

王麦：觉得自己所在的阵营比对面儿优越。

陈年摇头：不对，你理解有误。我光觉得不一样，没觉得优越。

王麦一笑。

陈年：你不信？

王麦：不全信。有不同的地方，但大部分是人的共性，这你逃不了。我就不信你没有一个最好的朋友。说二十几个人老混一块儿，都是朋友，那是划大圈儿，但你心里一定有小圈儿，小圈儿里头还有小圈儿，最小的圈儿里，就是最亲近的朋友。

陈年点上一根烟。

王麦也点了一根，看着陈年。

陈年：那你最好的朋友是谁？桔子吧？

王麦：不一定。有阶段性。

陈年：现在是谁？

王麦：现在，你吧。

陈年刚吸了一口烟，存在嘴里，眯眼笑。

王麦也笑起来：我可不是逼你说我，你可以说别人。

陈年：我之前是谁？

王麦：桔子。

陈年：什么时候变成我的？

王麦：前年，我妈走之后。你一直，在我身边儿。

陈年：那我觉得你这个对桔子不公平。我是你丈夫，我当然一直在你身边儿。

王麦不好意思地：不。"在身边儿"是我轻描淡写了，因为羞愧。我当时很糟糕我知道，你把我接管了，拖着我往前走，一小步一小步，没有过一次不耐烦。后来每次回想我都觉得我不配。换个位置我不一定做得到。

陈年：桔子跟你不耐烦过？

王麦：那个时候？所有人都跟我不耐烦过。

陈年按灭了烟：那我想想，我最好的朋友……就老七吧。

王麦：嗯。为什么？

陈年：老七是个聪明人。

王麦：笨蛋就不配有朋友？

陈年嘻嘻笑：笨蛋不配有我这样的朋友。

王麦拿起腿上摊着的书，折好页放到一边儿：你最好的朋友要离婚了。

陈年：谁？老七？

王麦：是啊。你刚说的。

陈年：为什么？谁告诉你的？

王麦：当场抓获了。

陈年：什么当场抓获？

王麦：和一姑娘，就今天下午。你不知道？

陈年：我不知道。今儿晚上没他。

王麦：你不知道他有一姑娘？

陈年：我们也不是什么都聊。

王麦一笑：是，你们和我们女的不一样。

陈年：老七提的离？

王麦：这还有他提不提的余地？七姐提的。这没什么可商量的。

陈年：七姐和你说的？

王麦：晚上一直在这儿来着，哭了，刚走没一会儿。

陈年：你也没劝吧？

王麦：这会儿旁人没什么有用的话。七姐就是伤心没想到。

陈年：那你都说什么了？

王麦：帮着想想下一步呗。她要搬出来，我帮着找找房子。

陈年：还行，没说让来家里住啊？

王麦：你以为七姐现在看你能顺眼？

陈年：和我有什么关系，我真不知道。

王麦：知道也没你的责任。

陈年站起来：睡觉了。我洗个澡。你开会儿窗户换换气。

王麦抬头望着陈年：我挺嫉妒老七的。

陈年：嫉妒他外头有姑娘？

王麦：不是，我嫉妒……你坐下行吗，咱们再说一会儿。你也别天天光跟外人说话，你也跟我说两句。

陈年坐下，点了根烟。

王麦：我嫉妒他和你有秘密。你别说你不知道，我也不可能信。朋友是什么，就是有共同的秘密，别人都在外围。小孩儿最开始怎么交上朋友的？——"我告诉你个秘密你不能告诉别人。"对吧？

陈年：那你觉得这事儿，我知道了就该告诉你？

王麦：倒不是。这事儿是属于你们俩的。我们俩应该有点儿另外的，我们之间的秘密。我们之前是有的。

陈年：我不同意。你觉得我跟老七，比我跟你更亲密？不可能。

王麦：物理距离是更近，心理上就不好说了。

陈年：今天是要斗我吗？你是不是让老七这事给刺激了。我跟你说他们真不一定离，七姐也不一定猴年马月搬出来。我要是你就先观望着，不急给她找房子。

王麦：你记得我们俩谈恋爱那会儿，有一回，扎小树林，太黑，你绊了一跤，小腿骨折了。

陈年：嗯，怎么了。

王麦：回家不好意思说，跟人说打球扭的。

陈年：嗯，怎么了呢。

王麦：就那会儿，我们俩还算有个秘密，你爸妈不知道，老七不知道。谁一问候你腿，你就脸一红，悄悄看我，我们俩心里一起乐。

陈年：嗯。

王麦：再就结婚，结了婚真是近了，天天一块儿起一块儿睡，可是近了以后倒再没有一句跟一句地聊了——"我就是这样，你不都看见么"——你说是不是别人也都这样？家家都这样？

陈年：你意思是我跟你说话少了？

王麦：你看，误会也更容易了。

陈年盯着王麦：你敢说你现在不是在埋怨？

王麦：不是。我是在跟你探讨。

陈年：好。探讨。你表达吧。

负十七

王麦等了几个小时才被允许走进检查室，她两眼放光满心喜悦。

喝水了吗？医生问她。

喝了喝了。

什么时间喝的？

就大概，刚才，半个小时？

再喝一瓶。

现在？噢。王麦手忙脚乱地翻包。

快点儿。医生的低音天然威严。

好了上去吧，脱外套。医生对咕咚咕咚的王麦说。

她简直是蹦跳着，爬到台上躺下。等医生按下开关，就会把她送进舱里。到时候一切就都清楚了。这种叫作PET-CT的检查，将把她置于一种高级力量的目光之下，将发现那个真正的问题，使她知道自己究竟得了什么病。

真相未明，是多么困扰人啊。我们感受到混杂、长期、轻重不一的症状，可原因是什么我们总是不知道即便是自己的身体。现在好了不用等了，不用再猜测和犹豫。王麦感到兴奋和庆幸她能够在这台机器上交出自己，交给一双专业的、经验丰富的眼睛，交给那种她的医学常识不足以精确理解的穿透力。她感到庆幸，可以等待答案。她是即将得到答案的幸运儿，不是每个人都能。我们究竟生了什么病？等我们知道了，我们就能够解决了。

机器轰响起来，王麦被送进舱里。

你笑什么。医生说。把嘴闭上。

负零点五

王麦：还要纸吗？

七姐：不用，我没哭。我就是体热，有点儿流鼻涕。

王麦：七哥这会儿，在家呢？

七姐：我让他收拾东西走。这几天我先住家里，然后再说。他反正有地儿去。

王麦：不再谈谈了吗。

七姐：要搁你身上，你还谈吗？

王麦：我不知道。

七姐：你知道他们俩好了多久吗？四年。四年啊。四个春节，四个情人节，四个生日，我生日，他生日，他们俩的生日，一千几百天，就这么一天一天……我一点儿都不知道，谁也没让我知道。

王麦：我也没听陈年——

七姐：别提陈年。他们那帮人，一个也别提。一伙儿的。

王麦：我还是觉得，这么多年夫妻……

七姐：又怎么样呢？刀子都是从这么多年夫妻那儿来的。外人也伤不着你。

王麦：七哥什么也没说吗？

七姐：我忘了。他吞吞吐吐说了几句，我根本没听见。我脑袋里就俩字儿，四年。四年是什么你知道吗？四年就不是一不小心了，四年也是个家了。天呐。他有了另一个家了。

王麦：离婚也不是件简单事儿。

七姐：我问你，你和陈年，还有性生活吗？

王麦：我们，有时候有。

七姐：如果永远不能再有了，做不到了，还算是夫妻吗？看到对方就想起另外一个人，需要换上一张脸过日子，这种生活你要吗？

王麦走到厨房，倒了两杯水回来。

王麦：我理解你现在，愤怒。

七姐：失望。过去也有好时候，可是突然都不算了。连个体面的通知都没有,悄悄地,就不算了。四年。他晚上回了家躺在我旁边心里想着别人,四年。为什么不能告诉我呢!我连句实话都不配吗。

王麦给她递纸:心里还有你,想要这个家,和你的家。

七姐摇头:我要不了了。谁也不能怪我。

王麦:不怪你。

负三百一十七

老七:全怪我。

陈年:说不出口?

老七:说不出口。

陈年:真决定要说了?

老七:不知道。

陈年:嫂子就一点儿没察觉吗?

老七:不知道。可能吧。不知道。

陈年:不能再拖了。

老七:马上四年了。

陈年:真是一晃儿就……

老七：一千三百天。

陈年惊奇地笑：你算的？

老七：她算的。

陈年：要不就断了？

老七：难。

陈年：难在哪儿？

老七：在我吧。舍不得。

陈年：人家催你吗？

老七：越来越不催了。越来越像是早晚的事儿了。

陈年：还真是全怪你。

老七：你要是我你怎么办？

陈年：反正不能两头儿难。选一头儿，选完了怎么难都能办。

老七：你怎么选？

陈年：我不能替你选。

老七：你那边儿呢？你选了吗？

陈年：我一开始就选了。

老七：你选了。呵。你觉得都是由着你选的么？

负零点五

七姐：都是他选的。房子，车，地板，挂墙的画儿，和你们吃饭我穿什么衣服，都是他选的。说不要就不要了。

王麦：七哥没说过不要。

七姐：还得怎么说！他就是不要了。他选了别人了。

王麦：还是偷偷地，瞒着你地。

七姐：感人吗？是吗？值得同情吗？

王麦：七姐这四年，你一点儿都没察觉吗？

七姐：没有。

王麦：你想过这是为什么吗？

七姐：我缺心眼儿。

王麦：不。

七姐：我不称职。

王麦：不，不是。

七姐：我活该。是吗？你是这个意思吗？

王麦：不是我完全不是这个意思。我的意思是……你应该、咱们应该考虑到这一点——七哥得是做了多少努力，才能让你毫无察觉。我意思是，他也很辛苦，他在保护你。

七姐：他在欺骗我！

王麦：是。

七姐：他保护的不是我，是他自己。

负三百一十七

老七：累了。

陈年：是。

老七：都他妈是陷阱。

陈年：还假装不是。

老七：废话。

陈年：后悔了吧？

老七：别走到我这步。

陈年：我没打算。

老七：由不得你。

陈年：我和那边儿讲得清楚，我不暧昧。你情我愿的事儿。

老七：情愿，情愿是要变的。

陈年：我是说好了的。

老七：你结婚的时候，不也说好了。

陈年：你怎么跟女的似的。

老七：我真希望我是个女的。

陈年：女的就不犯错儿吗？

老七：女的比男的有资格。

陈年：她们还不犯。

老七：她们不心慌。

陈年：对，她们不害怕。

老七：她们总知道该怎么办。

陈年：天生的吗你说？

老七：天生的。

陈年：要是跟七姐离了，你想她吗？

老七：想。

陈年：她要是再结婚？

老七：受不了。

陈年：那要是你再结婚？

老七：我有病吗我还结婚。

负零点五

王麦：我有病了。

七姐：什么意思？

王麦：不好的病。

七姐：大病？

王麦：淋巴瘤。

七姐：陈年知道吗？

王麦：刚查出来。

七姐：陈年不知道？

王麦：不知道。

七姐：你们俩……

王麦：我们仨……

七姐：陈年？

王麦：有一个姑娘。

七姐：有一个姑娘……

王麦：我只知道有这么个人。我想应该是个姑娘。

七姐：说开了？

王麦：没有。

七姐：说吗？

王麦：我不知道。我有病了，他有个姑娘。这是两件事儿。我只能说一个。说了这个，另一个就不用说了，不能说了。我还没，我还没想好。

七姐：你想说哪个？

王麦：我没想好。要是他知道我这个病……

七姐：肯定不会离开你。

王麦：义务。

七姐：同情呢？

王麦：也没好到哪儿去。

七姐：你不要吗？

王麦：我不知道。

七姐：那这姑娘，他们俩现在是……

王麦：我不知道。

七姐：你知道多久了？

王麦：我不知道。不好说。我也不知道。

七姐：那你是怎么知道的？

王麦：我就是知道。这种事儿，女人不会不知道。

七姐：跟他谈吗？

王麦：我不知道。

七姐：害怕吧。

王麦：我怕。我怕他撒谎。

七姐笑起来：他们的努力……

王麦：维持原状。

七姐：世界和平。

王麦：变心没什么。变心我能接受，可是撒谎，撒谎才是背叛。

七姐：轻蔑。好像你并不配知道。

王麦："我变心了"，有那么难吗，我变心了。

七姐：也许没变呢。

王麦：肯定有什么东西变了。

七姐：没意思了。

王麦：忘了。

七姐：忘了。所以再去找。

王麦：不在家里。

七姐：不在家里。

王麦：那家有什么用呢？

七姐：家不变啊。

王麦：家里有我。

七姐：女人，现成儿的。

王麦：在他眼里我不是女人了，我应该没有性别。我是他的朋友。

七姐：你不是。他们是朋友。你们是夫妻。

负三百一十七

陈年：你说夫妻，到底是什么关系？

老七：制度，所有权。

陈年轻蔑地：你结婚的时候是这么想的？

老七：当大人，负责，性生活许可证。

陈年：你结婚的时候是这么想的？

老七：我忘了。我是一步一步，按前人脚印儿走的。

陈年：不结能怎么样呢？

老七：不结不行。

陈年：怎么不行？

老七：就是不行。

陈年：现在还这么想吗？

老七：还这么想。

陈年：结了不也是对不起。

老七：谁能一辈子对得起。

陈年：谁规定的非得一辈子？

老七：你结婚时候就这么想的？

陈年：我结婚的时候……以为前头还有。

老七：没有了。越来越没有。

陈年：从什么时候开始到头的？

老七：从所有秘密都说完了的时候。

陈年：榨干了。

老七：透明了。

陈年：还不能结束。

老七：不能。人家是跟你一辈子的。都说好了。

陈年：一辈子。

老七：还好久呢。

陈年：七。

老七：嗯。

陈年：你害不害怕？

负四十二

老头儿给老七开了门,回身就往里走。老七跟在后面,看见父亲的棉毛裤上,在屁股的位置,有一个窟窿。

有拳头那么大。老七心想。不,比那还大,有碗口那么大,抻平了的话。不是那种大碗,是那种小号儿的饭碗。我的父亲,屁股上有一个碗口大的窟窿。

还行啊?这些日子?父亲问他。

还行。父亲坐下了,老七环视着屋里。没什么可看的,这屋子几十年没有变。不过是越来越旧,越来越乱。老七知道自己看不出什么。七姐比他来得勤。

前两天上趟医院。父亲拿出一沓纸,给他看。

老七接过来,以为是病历,一看是收费单。

都查了?大夫都怎么说的?

老三样儿。现在是检查越来越贵,药越来越贵,吃完也就那样儿,也没见好,也死不了。

岁数到了,该吃的药都得吃——我妈锻炼去了?老七问。他心里设计着,待会儿临走该怎么留钱。

锻什么炼,扯闲天儿去了。父亲点根烟,把火儿扔给老七。知道老七不抽他的烟。老七数着,和父亲分别抽了四根烟。他知道今天可以了,四根烟的时间对父子双方都不造成负担。他站起来,痛痛快快地出门。

钱我放柜儿上了。他在关门的同时大声说。

他没去听父亲的回应。他感到复杂的羞耻,感到前途无望。他跟在父亲身后。父亲七十多岁,屁股上有个碗口大的窟窿。

零

王麦沉默。

陈年:你表达吧。表达啊。

王麦:你这样我有点儿害怕。

陈年:你害怕?

王麦:有一点儿。

陈年:我觉得你不怕。你什么都不怕。咱们现在探讨的是什么,你知道吗?探讨完了有没有解决,你想过吗?我们俩结婚多少年你记得吗?

王麦:八年,快九年了。

陈年：八年，两个人结婚八年相处方式有变化了这不正常吗，不普遍吗，你认为这就有问题了需要解决对不对？我不这么认为。我认为这是现实，需要适应。必须适应。如果你适应不了……

王麦：怎么样？

陈年：我不知道。

沉默。

王麦：所以你承认有变化。

陈年吐了口气：行。我承认。

王麦：你不跟我说。

陈年：你每天每天都看着我。

王麦：你也没说。

陈年：这不是很大的问题——这不是问题，是现实。

王麦：陈年，你跟我是朋友吗？

陈年：不是。我跟你是夫妻。

王麦：夫妻也是伙伴。夫妻也不该隐瞒自己。

陈年：我没隐瞒。

王麦：你也没袒露。

陈年：我害怕。

王麦：你害怕？

陈年：我害怕。

王麦：害怕什么？

陈年：我怕你问我害怕什么。

王麦：你不信任我。

陈年：你埋怨我。

王麦：我信任你。

陈年：我怕失败了。

王麦：假装没事儿不代表成功。

陈年：你妈走那年，一直到第二年，你是另一个人你知道吗？

王麦：我知道。

陈年：我当时就想，别的不管，一定把你救回来，别的都不管。

王麦：救回来以后呢？

陈年：就像现在这样。生活。

王麦：现在这样更好吗？

陈年：它至少是生活。

王麦摇头：顺流而下的。

陈年：日复一日的。

王麦：有口无心的。

陈年：就是生活。

王麦：你对它满意吗？

陈年：我接受。

王麦：你不当我是朋友了。

陈年：我们是夫妻。

王麦：总好过路人，是吗？

陈年：你这么认为？

王麦：你不？

陈年：我举个例子，我给你一万块钱，路人给你一万块钱，哪一笔你记的时间长？

王麦：这当然不一样！你是日常，路人是特例。

陈年：再举——我猜到你心思，陌生人猜到你心思，哪一个你更感动？

王麦：听懂了。结论呢？

陈年：这是生活。

王麦：那我想你成功了。

陈年：尚未失败吧。

王麦：咱们还不老。

陈年：在变老。

王麦：你恨我吗？我看着你变老。

陈年：证人。

王麦：对。

陈年：是。只有你。我也看着你变老。

王麦：我因此感激。

陈年：变老，变无能，变平庸。

王麦：谁的世界都不新鲜了。

陈年：我害怕。为什么你就不害怕？

王麦：我不怕死。

陈年：我也不怕死。我怕老。

王麦：你怕生病吗？

陈年：变老就是最大的病。

王麦低下头。

陈年：你喝茶吗？

王麦：你喝吧。

陈年：要是还说话，我就喝杯茶。

王麦：你记得第一次吗？第一次晚上不喝咖啡，改喝茶。

陈年点头又摇头：嗯。哦不，不记得。

王麦：你记得你第一次对熬夜感到难受吗？

陈年仰起头：我记得……我记得第一次喝不了冰水——好几年前了，在老七家，一口下去牙就僵了，脑袋里头嗡一声。那还不到四十岁。

王麦：也不愿意冒险了。

陈年：大多数冒险没什么乐趣。

王麦：我记得一个第一次——逛街看一条裙子，真好看。知道好看，也知道不该我穿了。

陈年：你也没比从前胖，一点儿都没有。

王麦：和胖瘦没关系。你知道是什么吗是眼睛，穿衣服的不是皮肉，是眼睛。衣服不能再穿，是因为眼睛衬不住了。

陈年：七姐从这儿走以后，去哪儿了？回家了？

王麦：说是回家了。老七应该不在家。

陈年：去哪儿了。

王麦：我不知道。你是不是想给他打电话？我可以不听。

陈年：不打了。他要是想说就给我打了。

王麦：你看，这就是我说的，你们互相信任。

陈年：我如果也这样对你，就变成不够关心了。

王麦：给我也倒一杯吧，我想喝了。

负五百七十九

七姐辗转反复许多天才下定决心独自去看一场电影。那是资料馆的一场小型放映，《霸王别姬》。她的丈夫老七不会陪同——她没开口问过，怕换来惊异和揶揄而不是鼓励。也没有邀请女伴同去，人选她在心里过了一遍，觉得谁都不合适。她四十岁，坐办公室，从来不网购，每周探视两家父母，做饭顺口好吃。她的社会属性并配不上这样一次行动，她不希望任何外来因素打扰了好不容易建立起来的勇气。

于是七姐独自去了，看那场电影。她喜欢年轻时候的张丰毅，喜欢年轻时候的陈凯歌。她自己坐在第一排，避开身后的大学生。"我本是男儿郎"挨了狠揍的时候侧门儿迟到一个人，猴着腰虚着腿进来坐在了她身旁。

七姐恼，她蓄积已久的又孤独又自由的短暂世界，让这个人给破坏了。她的呼吸频率变得紊乱，时而短促时而深长，不敢再全心入戏，怕遭到暗中取笑。他们两个要共同经历这部电影了，即便是本不相识的观众即便一声不吭。他们在无声地分享，无声地相互作用。他们毫不知情地决定着对方的感受和反应，用出生以来的所有经历，秘密的爱情。七姐不得不挪用一部分注意力来观察对方，以确认对方是否观察她：是一张年轻的脸，年龄几乎是她的一半。鼻翼挺括，嘴唇丰劲，那么像，年轻时候的陈凯歌。在诡秘的光影里，他离她那么近。七姐感到舌根发胀，心上泛起一股甜味，像二十岁，忍不住想要笑。

年轻陈凯歌发现了七姐的目光。他狐疑地瞧了这位大姐两眼，掏出手机漫无目的地划了两下，站起来去后排找了个座儿。

在黑暗里七姐的脸像炉火一样烫。她坚持了数分钟，猛地起身走出放映厅。门外有冷风，帮助她回到今日的年龄。她压下久违的羞愧，抹掉眼角的泪水，只有一滴。

零

七姐捏着钥匙，锁拧了一半听见门里有声音，又拧回去半圈儿，抽出来。老七站在门里，两人都不动。

七姐抬手敲了敲门。老七马上打开了。

七姐低着头往里走。

老七：怎么敲门了？

七姐冷冷地：我不知道家里几个人。

老七：一个人。我。你回来，就是俩人。

七姐：你别往我身上推。我回不回来跟你无关。你也不用回来，我不盼你回来。你怎么还不走？

老七：你是上陈年那儿去了么？

七姐：王麦那儿。

老七：一回事儿。

七姐冷笑：不是一回事儿。

老七：咱不吵了，行吗？

七姐：我想跟你吵吗？我看都不想看见你。你怎么还不走？

老七：我特别累。我有点儿困了。想睡觉。

七姐气得身僵：郑宏利！这么多年我才发现你是个流氓。

老七：你喊我大名儿干什么……不是赖着你，我不是赖，我就不想今天……明天再说行吗？就再过一天。

七姐：不行。百害无一利。

老七：怎么无一利呢，咱们都好好睡一觉，明天再……

七姐：不行！我看着你睡不着。我恶心。

老七：都说了不吵。

七姐拎起包和衣服：你走不走？

老七拿了把椅子，堵门口坐着：不走。

七姐突然哭起来，哭了几声断然止住：你说吧。我听。你捅死我吧。

老七：你知道我没话说。

七姐：那你还不走，我就问你，你为什么不走？你为什么不走？你为什么不走？你为什么不走？你为什么……

老七截住她：我害怕。

七姐：是吗？

老七：走了就完了。

七姐：你以为完是今天完的？我告诉你，完是从你伸手第一天完的，四年了，咱们俩完了四年了。

老七：之前……没看见这一天。

七姐：别装了！我就不信你没想到有这一天，我敢说你这四年天天想着这一天！总算来了。不用盼了。过年吧。放炮吧。我成全你，我解放你。

老七：不是。

七姐：你没盼着？

老七：我没盼。

七姐：你没盼，有人盼。你也替人家想想吧。我告诉你，咱们俩肯定是完了。你别白忙，你赶紧捡一头儿，别到了最后两头空。

老七：我不怕。几头空我也愿意。

七姐：你愿意的事儿太多了。

老七：你可以骂我。动手也行。

七姐：我不稀罕。

老七：我没撒谎，真的——才知道回不了头，才知道不要不行了。

七姐：要的时候不知道？

老七：不知道。真的。不知道。

七姐：也没想到有这么一天。

老七：没想到。

七姐：以为爱都是好的，爱一个没必要不爱另一个。

老七：……是。

七姐：就奉献，周旋，表演，苦了你一个，幸福千万家、两个家。

老七不说话。

七姐：你管她那儿，叫家吗？

老七：谁那儿？不。

七姐：那叫什么？

老七苦恼地：咱别说这个。

七姐：不说你就走。

老七：叫"她那儿"。就叫"她那儿"。她管她那儿叫"我这儿"。

七姐：那你如果要去，就说，我晚上上你那儿？

老七：嗯。

七姐：她如果找你，就说，你来不来我这儿？

老七：嗯。

七姐：难不难受。

老七：习惯了。

七姐：图什么。

老七：咱不说这个。

七姐：她图什么？爱情是吗？

老七不说话。

七姐：你图什么？

老七：咱不说这个好吗。我说不出口。我不知道。

七姐：就为上床吗？

老七：我不想说我不想让你难受。

七姐有了点笑意：我觉着你比我难受。

老七：你想让我好过一点儿我知道。

七姐：我想让你认清现实。你心里有她，老想看见她，看不见就想她，不光为上床说说话也高兴，你爱她——这有什么不能承认的？爱人不是错儿，不是爱上谁就立马变混蛋了我没那么狭隘。

老七：行。我承认。

七姐：你们多久见一次面儿？

老七：不一定，看我的时间。

七姐：你看我的时间。

老七：对。

七姐：都在哪儿见？

老七：她那儿。

七姐：来过家里吗——来过这儿吗？

老七：没有。

七姐：为什么？

老七：规矩。

七姐：她想来吗？

老七：没说过。

七姐：她想结婚吗？

老七：想。

七姐：跟你？

老七：跟我。

七姐：你怎么说的？

老七：忘了。

七姐：你让人等着你，对不对？

老七：……对。

七姐：她理解你，她还心疼你，对不对？

老七：有时候不。

七姐：也闹过，要分开，找别人，对不对？

老七：对。

七姐：你不同意？

老七：嗯。

七姐：求人家别走，等你，保证离，对不对？

老七：对！

七姐：看不见她时天天想吗？

老七：天天想。

七姐：那怎么办？

老七：打电话。

七姐：怕她找别人，查岗。

老七：对。

七姐：她找过别人吗？

老七：找过。

七姐：你发火儿了吗？去人家门口堵了吗？动手打她了吗还是苦苦哀求？你哭了吗？

老七：对！我发火儿了我去找她了我天天堵门口等着她我一见她就哭了！我不是人！我比谁都丢人！

七姐：有过孩子吗？

老七：什么？

七姐：你们俩，有过不小心吗？怀过孩子吗？

老七：……怀过。

七姐：打了？

老七：打了。

七姐：你可真混蛋。

老七：我没说我不是！

七姐：你现在可以走了。

老七：我不用你给我自由。

七姐：你根本不想要自由！你要人捆着，要人拽着，你要不知所措，你要焦头烂额，不然就心慌。你要天天有好事儿，还要天天有坏事儿。你要做业绩，还要搞破坏。又想骗人，又想说实话。一边干坏事儿，一边充好人。你太贪了，天底下没人比你贪。

老七：是是是。你说的都对。

七姐：你走吧。我不成全你。你不就想要有限的自由吗，在我这儿你找不着了。

零

王麦抬起头：陈年……我找不着你。

陈年：什么意思。

王麦：你就在家里可我找不着你。

陈年：我不就在这儿跟你说话呢吗，已经说了（看表）

一小时四十分钟了。

王麦：你不在家的时候家太大了，你一回来，它又显得太小了。

陈年：在哪儿都一样。只要有人，在哪儿都一样。你们太拿家当回事儿了。

王麦：我如果在客厅，你就进卧室。我要是在卧室，你就去书房。

陈年：分头做事儿，分头活着。

王麦：你们在乎的，永远是外人。

陈年：不是外人，是外面，外面有正经事儿。

王麦：你别躲，行吗，我就求你今天别躲我。

陈年：从来没想躲你。

王麦：去年冬天去三亚，你记得吗？

陈年：行，记得。你们不是玩儿得挺好的么，女的凑一块儿，买一堆东西。

王麦：行程是谁安排的来着？谁秘书？

陈年：周游，老周秘书。

王麦：对，那小姑娘。

陈年：你是又觉得人家俩有事儿了？

王麦：没有。我是要说那小姑娘，糊里糊涂的，给我们俩订了两间房。

陈年：噢。是。我拿了房卡才发现。

王麦：我也是。

陈年：你也没提出来退一间。

王麦：你也没提。

陈年：你也没提。

王麦：我觉得你更愿意自己睡，更自在。

陈年：我觉得你也是这么想。

王麦：对，你说得对。是的。那几天我睡得很好，特别好。

陈年：我也是。

王麦：你说这说明什么？

陈年：说明……咱家应该换大房子？

王麦：你又躲了。

陈年：好，我回来。说明人都需要自由。

王麦：人只有在不自由的时候才需要自由。

陈年：我没有这个意思。你又上纲上线。

王麦：除了自由，你就没有别的需要了？

陈年：我当然有，吃饭，睡觉，挣钱，过日子，休息，我需要休息。

王麦站起来：休息好哇，那上床吧，咱们现在就休息。

陈年顿了顿：你先去，我电脑上还有点儿东西我先……

王麦：不！今天谁也别先。要睡就一块儿睡。你说得对，人不是都有需要吗，太巧了我也有。走吧。

王麦大睁着眼睛，盯住了陈年。

陈年：我今天太累了。

王麦走近他：我帮你。

陈年笑：别闹了，听话，你先去，我再忙一会儿。

王麦：那我跟你一块儿弄。

陈年：你这不是捣乱吗。我就还有一点儿事儿，一会儿就完，完了我还得洗个澡，你就别等我了，你先睡。

王麦：对。你又要洗个澡。然后就是——"睡吧，我已经洗澡了"，"睡吧，今儿累了"，"睡吧，明天有事儿呢"！到底怎么了陈年？你讨厌我吗？我让你觉得恶心吗？

陈年：你怎么突然之间开始纠缠这个？

王麦：突然之间？多久了，你算算。

陈年：我算不出来。我不是小伙子了，我心思没在这些事儿上。

王麦：十个月。

陈年：我觉得没那么重要。

王麦：我觉得很重要。既然咱们是夫妻……

陈年：就应该互相体谅。

王麦：那么请你体谅我。我需要你，我今天晚上就需要。

陈年：那对不起了，我不行。

王麦：我帮你。

陈年：不是帮的事儿……没有用。

王麦伸手抚摸陈年的脸、肩膀、手臂：我们，试一试。

王麦贴近陈年的脸，去亲吻他。

陈年一下子站起来，挣开她：我还没洗澡呢。麦子对不起，对不起，行吗？你就放过我今天。

王麦看着他：为什么？

陈年：我累。

王麦：在我面前……

陈年：就是现在，累。

王麦：我让你觉得累，对不对？

陈年：我不知道。我不愿意想了。

王麦：你该想。为什么和老七他们在一块儿就不累，为什么一回了家，看见我，就疲惫不堪躲躲藏藏。

陈年：老七他们，不一样。

王麦：对！不一样！你知道哪儿不一样吗？我们是夫妻！你应该想我、操心我，你应该有没完没了的话跟我说，你应该总想留在我身边儿，应该每天晚上和我一块儿睡觉！

陈年低着头，半晌：你怀疑过吗？

王麦：什么？

陈年：一切。

王麦：一切什么？

陈年：一切你被承诺过的东西，明天，下一站，从小认定的天赋，每天晚上的睡眠。

王麦：我选择不怀疑。

陈年：我忍不住。我不行，人不能停止怀疑。

王麦：停止怀疑就老了，是不是，你就是怕这个？

陈年：停止怀疑就死了。

王麦：连我也要怀疑么？

陈年：连你也要怀疑。

王麦：我们在一条路上陈年，我和你，我们是一条路，只有我们俩是一条路。

陈年：不，每个人一条路。伙伴，朋友，都是假想的。每个人都是一条路。

王麦：那你为什么救我？

陈年：从哪儿？

王麦：从坑里，你把我从坑里拉上来的，我们俩是一条路。

陈年：我必须那么做。我是被要求的，被我自己选的路要求的。每个人的路是自己的。

王麦：没有伴儿？

陈年：没有。

王麦：你不想要一个同路的朋友，即便是我。

陈年：即便是你？天呐，尤其是你！我们俩永远不是朋友，我哪怕和所有人成了朋友和你也不会是。你在哪儿？你看看你在哪儿？你在家里，你在我的沙发上，在我床上。

王麦：我们俩的。

陈年：我们俩的！你在我们俩家里，你在家里生根发芽了，家就是你，你就是家。你在离我最近的地方，我干什么你都看着。我喝一口水，你看见了，我喘一口气儿你听见了，我笑两声儿你问我为什么，半天不说话你就问我想什么，我夜里做了几个梦你都看见了！我活着你就盯着我，我们俩没秘密了对吗你觉得，当然没有了！我身上还有什么是你不知道的？你还想要什么？我已经是你丈夫了，我没有再多的能给你了！

王麦：我想要你是我的朋友，我想要你。

陈年：朋友，太遗憾了我告诉你，我们俩，是夫妻。夫妻最不是朋友！夫妻是什么你知道吗？夫妻是最不公正的审查者，最严厉的判官，最前排看热闹的群众，最势利自私的小人！你看看你给老七用的词儿，当场抓获，天呐。陌生人你们都同情，但你永远不会同情我。

王麦眼圈红了：你会想念我吗？

陈年：什么时候？

王麦：每一天。

陈年：今天？

王麦：现在。就现在，天呐陈年，你离我太远了，我很想念你，你会想念我吗？

陈年：我没法想念你。你就在家里。你哪儿也不去。

王麦：你不会再努力了。

陈年：你想过吗，万一努力加速死亡？你从来没想过。

王麦无力地摆手：好了。好了。我知道了。

陈年：不说了？

王麦：不说了。都清楚了。

陈年：我可不是为了赢你。

王麦：我知道。

陈年：我今天本来很累了，没想和你聊这些。

王麦：我知道。

陈年：睡觉吧。都别想了。

王麦：我知道。

陈年站起身，一一关掉厨房、客厅、阳台的灯，只剩一小盏矮胖蜡烛的光，在沙发边上王麦的脸旁，此时才显出存在。王麦偏过头去。

陈年走向卧室。

王麦：现在告诉我吧。

陈年转身：什么。

"你今天晚上去哪儿了？"

在黑暗里，王麦说。

谁要看安部公房

王若虚

王若虚 1984年生，毕业于上海大学金融专业。中国作协会员，上海作协专业作家，理事。2007年至今发表中短篇四十余部，多见于《萌芽》、《小说界》、《收获》（长篇专号）、《上海文学》等。已出版长篇《马贼》《尾巴》《限速二十》《火锅杀》等六部、中短篇集《在逃》等四本。曾获首届"澎湃·镜相"非虚构写作大赛一等奖（合著）和第四十一届时报文学奖小说佳作奖。最新短篇集《守书人》将由上海文艺出版社出版。

王谢初中四年里从来没踏进过学校的图书阅览室一步。在他的印象里，那扇朱红木门只开过两次。

一次是市教育局领导来视察，校长等人寸步不离地陪同。王谢的同桌不幸被老师点中，拉去阅览室当群演，回来后告诉他那里就三排书架，书目不详，阅览区窗明几净，架子上崭新的杂志至少也是一年前发行的。

另一次是在某个平凡无奇的午休时分，硬要说有什么特别，就是那天食堂大妈多打给他一个咖喱翅根。王谢回教室的路上经过二楼阅览室，发现门户大开，望进去没见到人影闪动。楼梯口就他一个人，王谢犹豫了半分钟，继续往楼上走去。后来他满怀恶意地揣测，那次应该是学校里某个被神选中的父母双亡的少年，机缘巧合之下得到一把青铜钥匙，打开了图书阅览室的门，门后其实通往另一个世界，少年在那里消灭恶龙，娶了公主，又搞了婚外恋，而那扇朱红大门将在一个世纪之后再度开启。

王谢的初中同学在同学聚会时更多的是这种反应："什么？我们学校还有个图书阅览室？"

基于这个原因，当时王谢对高中的图书馆是不抱任何希望的，他做好了每个周末在新华书城泡上两个下午、店员不来赶他绝不走人的心理准备。

但文学之神（假设他真实存在且没有死于贫血或酗酒的话）大概体察到了这个小男孩的愤懑，王谢考进的沪江高级中学在硬件上有两样玩意儿足以傲视全区其他重点中学——最先使用塑胶面的操场跑道和最先使用磁性扫码器的图书馆。后者对学生来说是福也是祸，在其他高中图书馆还在用手写借书卡的时候，不少沪江的学生书包里装着学校图书馆的书走进区立或者市立图书馆大门时，会忽然警报大作，弄得保安一阵紧张。

图书馆让兄弟学校望尘莫及的除了电子设备，还有就是它的馆藏，倒不是说规模多大，而是成分复杂。《金庸全集》《七侠五义》、古龙系列这些会在其他学校图书馆警报大作的小说，在沪江中学图书馆里有着稳固的江湖地位，更不用提"俄南故意把精子遗在地上"的《圣经故事》，插队时和女知青敦伦的《黄金时代》，女市长找鸭子的《红树林》……纳博科夫的《洛丽塔》文学性勉强算是盖过了性文学，但图书馆买的那个版本，非要画蛇添足来个副标题——《一个中年男人的不伦之恋》。

高一下半学年的某一天，王谢兴高采烈地向学校话剧社的编剧同仁们宣布，图书馆新进来一个日本人的书，特别黄，叫春上村树，大家快去看呀！

话剧社副社长苏杭马上提醒他说，喂喂，人家叫村上春树好伐？村上龙的村上。

王谢不知道村上龙是何许人也，但苏杭如果说他错了，那一定是毋庸置疑地错了。苏杭和王谢同级，一个2班，一个4班，教室仅一墙之隔。她妈是沪江的化学老师，她知道的学校内幕自然也比普通学生要多得多。比方说，"你们这群小男生啊，看到一点性描写就激动得浑身打颤，丢人伐，我们学校图书馆镇馆之宝知道伐，《新刻绣像批评金瓶梅》，北京大学出版社的1988年影印本，四函三十六册，一共也就印了一千套，里面每回都有两幅插图，是只供内部发行的，当时必须要副教授以上的文科教员才有资格买的，定价七百，相当于现在七千块！也不知道怎么的，有两册就流到我们学校图书馆来了，是足本哦，足本，不是删节版。"

小男生们听了颤得更加厉害了，问，怎么借？

苏杭一怔，说你们疯啦？别说学生，老师也借不到。随后又补了一句："大概只有校长能借吧。"

关于镇馆之宝的传说，只能到这里戛然而止，也没人去诘问苏杭说既然老师都借不到，你是怎么知道的。以苏杭她妈为首的理科老师们仇视学校图书馆的馆藏复杂这个事实，大家都心照不宣，但到现在也没能撼动（或者说干涉）图书馆老师的审美和进书趣味，只有一个原因，管理图书馆的是常务副校长的亲戚，一个外号"左拉"的老头。

雄性激素的加速分泌和青春期的逆反心态，让王谢这个年龄段的男孩子对四五十岁的中老年男士们普遍缺乏好感。严苛冷酷的男老师，骑车上学路上粗鲁暴躁的助动车大叔，到电脑游戏厅抓人的教导主任，态度恶劣的某个小店老板，无一不是其典型代表。唯有卖脏肉串和盗版光碟的摊主们给这个群体加了点分。这群老男人没有母性光环可以感化男孩们，但从不缺少经验丰富的傲慢和代表无上资源垄断的父权。

人生中能让大男孩们略微重温这种心理阴影的时刻，基本要等到若干年后女友带他去见自己家长。

沪江中学图书馆管理员"左拉"年近六十，留给来借书的男生的印象不会比其他老男人们更差，但也好不到哪里去。得到"左拉"这一外号纯粹是因为外观——他左脚是瘸的，走起路来，左肩头如暴风雨中艰难行进的帆船，一年四季除了夏天，都披着件洗到微微发白的黑夹克衫。只有不去图书馆的同学会对他略有怜悯之心，因为在对借书者神情阴郁、一言不发、动作粗暴这方面，他做到了男女一视同仁。

苏杭就对"左拉"满怀鄙夷，源自他的态度和他的底细：一个下岗工人，没文化没技术，会的英语大概就一句"Long life chairman Mao"（还只会说不会写），靠着裙带关系找到这份工作，搞得全世界都欠他似的，是"在棺材里沉睡千年、结果半夜里不得不起身上厕所的法老木乃伊"。

"你们从小到大上过的课，做过的题，考过的试，都是为了不让你们这代人沦落到跟他一样。"苏杭她妈如此教育女儿。即便图书馆的馆藏，大多是前任管理员的丰功伟绩。

只有王谢对"左拉"有别样的看法，那源自他一次不成功的欺骗行动。

当时图书馆的旧书堆里有本宋宜昌的小说《北极光下的幽灵》，讲二战期间德国纳粹在格陵兰修间谍气象站的故事，1980年甘肃人民出版社出版，上市定价是今天看来有点惊悚的八毛钱，纸页黄如看门大爷的板牙，但王谢就是爱不释手，很想占为己有。这本书二十年来就这么一个版本，外面已经买不到了。王谢思来想去，咬咬牙，戒了一个月的美年达和炸鸡串，才攒足了罚金，因为根据图书馆的规定，1990年之前出版的图书，丢失的话要赔偿原价的50倍。

他选在下午第一节课和第二节课之间的十分钟去报失，那时候去图书馆的人很少，"左拉"应该正盼着下班，不会太在意。

但少年打错了算盘，图书馆里是没其他学生，老头却对着他奉上的两张十块两张五块十个硬币看都不看，而是盯着王谢的脸大概十秒钟，从夹克衫兜里拿出个黄色的西瓜霜喷剂瓶，往左手食指肚上喷了喷，出来的却是白色粉末。

王谢气不敢喘，"左拉"径直用右鼻孔将粉末尽吸了，背一挺，肩一耸，伸出根指头，把桌上的硬币一枚枚滑过来再滑过去，一边慢吞吞开讲，嗓子是多年烟草熏陶过的味道："公元前三世纪，托勒密王朝在埃及建亚历山大图书馆，收着百年来古籍手稿无数，听闻雅典人有希腊三大悲剧作家的手稿真迹，特地去借来手抄一份副本，雅典人不大放心，要了一大笔黄金做押金才肯借出，没想到对方诈骗的诚意很大，雅典人最后拿到的是手抄版本，还有那巨额的黄金，真迹一直放在亚历山大图书馆，可惜后来毁于罗马人的战火，但那个时候，真正是书籍最金贵的年代。"

老头指头停住，人往椅背上一靠："起码，雅典人还拿到了副本，对其他读者有个交代。"

接下去便再无话，王谢脊柱发麻，丢下一句"我再去找找看，大概忘在哪里了"，逃出图书馆，下楼梯时差点绊了一跤。第二天这本书就被奇迹般地找到了，出现在图书管理员面前。"左拉"漫不经心地扫了磁性码，却在电脑上点下"续期"，又还给王谢，说，亚历山大不用太着急。

这个连孔乙己都不如的小故事因为过于丢人，王谢跟谁都没有说，包括苏杭，但他得出两个结论："左拉"是个胆大包天的瘾君子，并且远没有苏杭说的或者外表看着那么没文化。

他对这个老头越发好奇，开始留意起细枝末节来，比如，"左拉"从不在学校的教工食堂吃饭，总是自己带饭；他每天上午十点多钟来学校，图书馆在下午第二节课上课时关门，刮大风下大雨时会略晚离开；副校长说是他妹夫，但从没见过两人在学校里一起出现，老头唯一会经常交谈的对象是园丁（植物学意义上的），后者永远一身蓝工服，戴草帽，其浓重的外省方言对这帮学生来说不亚于一门外语，如果没有"左拉"，他大概平常只能对着花坛里的植物说话。

两个月后，《北极光下的幽灵》重上雅典人的书架，四十块钱也回到了王谢的口袋里，为了这一双赢局面，他用光了七支黑色水笔，抄写了整整十五万字，不过这个数字并没到叫人叹为观止的地步。

归功于《笔迹》《少年文学》《校园文艺月刊》等青少年文学杂志的普及，以及痞子蔡、成语言这些年轻的非传统作家的崛起，21世纪头几年的中学校园里阅读和写作的气氛十分强烈。一个班级四五十个人，一半以上都在看各类小说和刊物，杂志上一篇精彩的文章两天内就会被全班传一遍。若说班上有四分之一的人或明或暗在搞文字创作，也非夸大其词，具有勇气的作者往往是在课上偷偷写完，下课就交给其他人传看，等本子回到原作者手里，文末经常写满各类评语。

好文章、好段落、好句子的手抄本是那些没什么创造性的人的致敬方式，同样值得尊重，载体从课堂练习本、硬面抄，到精美的带锁的日记本，应有尽有。几年下来抄个二十万字的人有的是。这在沪江中学这种理科见长的学校里可不是什么受欢迎的风潮，英文老师因为他们抄的不是单词，语文老师因为他们抄的不是名人名言或者文言文片段，对此亦无甚好感，倒是王谢他们的地理老师委婉地表示："有点点像回到八十年代。"

王谢他爸在出版社当编辑，故而莫名其妙地赶上了鸡犬升天的好时候，尽管他爸单位出版的书跟中学生追捧的那些属于八竿子打不着的关系。进高中后第一个寒假，盛情难却之下，王谢带着文学社和话剧社的同学们参观了他爸工作的地方，一栋很有可能再过五年就该被爆破作废的老楼。队伍里有个女同学很快就因为对严重的霉菌群过敏而发起了疹子，但大家都很高兴，看到了文化诞生的地方，在"20岁前最想去一探究竟的酷地儿"列表里勾掉了一项，下个选项也许是死刑执行室，或者群魔乱舞的酒吧。

王谢在学校里的地位由此得到大大提升，和苏杭也走得越来越近，虽然她就是那个过敏发疹子的女同学。

两个人当初一起进的话剧社和文学社，苏杭却先当上了话剧社副社长，王谢还只是编剧。他们正处于胆大的年纪，看了课本上的《雷雨》选段，翻几页莎士比亚，就敢自己开始写原创剧本，却不知舞台美术和灯光效果为何物，选演员也是只看身高和卖相，不论说话是不是磕磕巴巴。但剧社成员们个个胸有成竹，誓要拿下区里的高中话剧比赛。

只有王谢的竹子长势不太喜人,他是苏杭领导下的剧本创作团队的一员,却写得胆战心惊,生怕露怯,表现坍台。

苏杭不欣赏肤浅的男生,她也不会中意任何把文字作品搞砸的异性,王谢他爸的"文化人"光环反倒成了儿子的负担。苏杭可能比王谢更像一个出版社编辑的子女,自小博览群书,且速度飞快。以侦探推理小说为例,王谢在初中主要啃福尔摩斯和亚森·罗宾,初二尾声开始远征贵州人民出版社那套八十本的阿加莎·克里斯蒂全集,到高一暑假才囫囵吞枣地完成目标——这些成就苏杭早已达成,连布朗神父和艾勒里·奎恩都已经看掉了。且和王谢不同,她特别讨厌莫里斯·路布朗,前者在她面前只能收起内心的真实想法。

好几个夜晚王谢躺在床上,盯着天花板拷问自己,苏杭到底有哪些特质吸引了他,名字大概是最直观的要素,这属于文艺青年无可救药的痼疾之一;娇小纤瘦的身材里那惊人的阅读储量是要素二;对文字作品的金线要求是要素三,这点足以证明他自己是个受虐狂,因为他不但要给剧社写剧本,还在班上文学氛围的带动下写起了小说,目标读者就是苏杭。

王谢初中时在他爸的引导下(或者说裹挟下)写过不

少散文随笔，可惜没能入报纸和刊物编辑的法眼，就此沉沦。论写小说，他是雏儿，是晚飞的笨鸟。可苏杭就是喜欢小说，她不止一次说过小说是文学的终极形式，因为散文达不到它的篇幅，诗歌没有它的结构和耐心。

王谢很同意这一观点，但苏杭再说起小说的文学性时，他就一脸茫然了。

《北极光下的幽灵》是王谢眼里小说的完美水准，有恢弘的历史背景，紧张的战争场面，丰富的军事知识，美妙的自然风情，惊险的生死考验，动人的牺牲精神，当然，还有德国气象学家和他侄女的不伦之情……所有这些元素有机结合，值得为之手抄一遍。

而苏杭推荐给他的那些"文学性很强"的小说，在王谢读来，就像吃一碗藏满螺丝钉的泡饭，宿醉之后坐过山车，用缝衣针扎遍全身每个汗毛孔，乳糖不耐征患者泡牛奶浴时练习屏气……女孩最推崇的卡佛，王谢看到第三页就开始头疼，看到第五页就巴不得坐时光隧道回到二战时代，把年幼的 Ray 给揍上一顿。

不管怎样，小说终究是要写的，而且必须要有性爱，因为（又是苏杭说的）伟大作品无一例外会有这段，《白鹿原》《废都》《查泰莱夫人的情人》，昆德拉，村上，王小波，马尔克斯……连性都没有，何谈文学性。

这句总结是他自己加的。

比起小说怎么写，更让王谢苦恼的是写到一半的小说，周末应该藏在哪儿。

以他爸的脾性，是不太允许儿子在高二这么重要的时期分心于写作的，更何况写这种带颜色的玩意儿。所以他不能在家写，而是每天放学后跑到小区附近的肯德基，什么也不点，占据角落的桌子，佯装写作业，因为不是饭点，也没人来赶他。写上一个小时，这才回家，稿子就放在书包夹层里。周一到周五能这样，可周末父母全天在家，搞不好什么时候就会心血来潮翻他书包。家里就这么大点地方，别的地方也藏不住。放在课桌板里呢？也不行，他们学校时常被外面借去当考场，课桌板隔三差五就被勒令清空。

恰逢此时，王谢正追随苏杭的脚步在读布朗神父探案集，看到那句"把沙子藏在沙滩上，把树叶藏在树林里"，灵光一闪，脑海里的小人蹦出浴缸，朝学校图书馆裸奔而去。

图书馆的磁性扫描器可以防止你把馆里的书偷偷带出去，却不能阻止你把馆外的书偷偷带进来。王谢只需要选一本不太有人借阅的书，放在一个不引人注意的书架角落即可。王谢花半小时考察了古往今来的中外作家，最后选了一个日本人来担此大任，此人名叫安部公房。

日本队是图书馆的外国文学类主力军，和法国队、俄国队、英国队等欧洲老牌劲旅相比略显年轻，大家耳熟能详的有大江健三郎、川端康成、川岛由纪夫、太宰治、司马辽太郎、写日本"红楼梦"的紫式部、芥川龙之介、江户川乱步、松本清张、森村诚一、黄黄的村上春树、上过《名侦探柯南》的夏目漱石，甚至有小林多喜二，就是没怎么听过安部公房。

王谢第一眼还看错了，心想公安部门牛逼啊，除了打击各类犯罪行为，还出版了一套文集？

像是冥冥中有天意，这位作家的三卷本文集就放在最里面那排书架最顶端的角落里，这对某些狂热喜爱日本文学的娇小女生来说可望不可即，对身高一米八二的王谢而言毫无压力。从沾灰程度判断，这套书买进来后应该就没人动过，前任管理员买它的动机显然是个谜。他的小说写在普通练习本上，非常薄，可以轻易塞进两本文集之间的缝隙。

大功告成。

王谢现在可以专心致志写他的小说，不必再担心话剧社的剧本任务,因为指导老师把他们集体创作的剧本翻了两页,就枪毙了这部向侯孝贤《海上花》致敬的剧——让一群高中生饰演晚清妓女和恩客实在不是什么好主意,还是老老实实从语文课本里选一篇经典名著来排最保险。但话剧社似乎逃不脱性工作者的魔影,老师选中的篇目是《羊脂球》。苏杭眼看着原创话剧变成了课本剧,为了抗议,以个人名义退出这个参赛项目。王谢为表忠心紧跟其后,毕竟改编一部课本剧不需要那么多编剧。他还在自己的小说里添加了一个以话剧社老师为原型的反派角色,希望这能够给苏杭以安慰。

这个鄙俗的反派角色加进来没多久,某个星期一中午,王谢走进图书馆,刚要往书架区过去,就被烟嗓叫住了:"同学,你来。"

电脑桌后面的"左拉"这天穿着黑衣黑裤黑鞋,配上表情,活像中世纪的西班牙宗教法庭裁判长,而他接下去要做的也是对异端们的致命一击:一本边沿卷了页的练习簿被他拿出来放在桌子上,封面上没写班级姓名,不过那一小块白雪修正液的痕迹是男生分外眼熟的。

假如王谢是个长期和老师斗智斗勇的小痞子,他可以很老练地对着"左拉"装傻充愣,声称对此一无所知。但即便如此,"左拉"也可以拿着本子去找王谢的班主任,从他作业本上的笔迹来对比辨认。如此看来,还是他当时的反应最合适——站在原地不动,像是想光凭意念力就能让本子飞起来在空气中自行燃烧。

兴许"左拉"嫌他在伫这里有碍观瞻,便讲,"你放学后来找我。"说罢收回本子。

整个下午王谢都在惊惶不安中度过,不过数学课和物理课他本来就听不太懂,也谈不上什么损失。他一直想不通老头是怎么发现小说稿的,图书馆那么多书,谁会去看安部公房?

据说人死到临头,会飞快回忆自己一生的过往片段,王谢的状况也差不太多,但他回忆的都是自己那部未完成作品里所有会惹怒老师的内容:四段,不,五段,也可能是六段左右的性描写,两次自慰,一次对班主任婚外恋的影射,三次对年级组长的人身攻击,六次对教育制度的否定,四次对学校食堂的诅咒,还有对"左拉"妹夫副校长智商上的嘲讽……似乎还不算太糟糕?

下午最后一节课结束,王谢理完书包,胸中好歹有了个计划,那就是假如"左拉"想把他绳之以法或者借机敲诈勒索,他就以对方吸食白色小粉末这件事为武器来应对,大不了,鱼死网破。他也许会被父亲揍一顿,领一张处分,而老头肯定要进戒毒所,在一堆瘾君子当中了却余生。

图书馆的门大开着,却不见"左拉"人影,王谢在借书处张望许久,才发现西面那扇小门现在是开着的(此前不亚于他初中的图书阅览室大门),地上有人影晃动。小心地挪到门口,就看到老头的背影,以撒旦之身沐浴在夕阳下。"左拉"左手拿着泡了茶叶水的雀巢咖啡伴侣玻璃瓶,右手一本书,听到异动,转身看看少年,讲,进来。

此地乃是苏杭说起过的资料室,理论上只对老师开放。唯一一扇气窗开得很高,东南北三排靠墙的书架都有玻璃防尘罩,罩子下端都有小锁,外人就算偷溜进来,也休想盗取机密。王谢料定,传说中那本没有删节过的《金瓶梅》就在某个架子上。

"左拉"把手头的书放回去,又取下另一本,摆在三排书架包围住的阅览桌上。桌上本就躺着王谢的练习簿,如果说每本练习簿的寿命是十年,那么老头新取下来的那本泛黄的东西,可以算是它的太爷爷。在对方示意下,他轻轻翻开

"太爷爷",其实也就十多页纸,不带网格线,每一页上都是密密麻麻的手写汉字,抄写者不拘小节,先后使用了蓝墨水、黑墨水、黑蓝墨水,一开始字迹还端正,越到后面越行文潦草像是在赶时间。

第一面上写的文章标题是《女颜之窗》,边上还有一幅线条简陋的素描,是个少女的侧脸,仿佛正望着窗外。

"左拉"问他身上带笔了吗,王谢没听清楚,老头重复了一遍,王谢点点头说带了,对方便伸出一根手指在王谢的本子上敲了敲:"写得挺有意思,但床戏可笑——我一小时后闭馆,你学会多少算多少。"说罢一瘸一瘸地走了出去,顺便轻轻带上门。

这天晚上王谢回到家时,不再有鱼死网破的念头,而是沦为了龌龊和做贼心虚的同谋。他本来想在饭桌上装作有意无意地问老爹关于《女颜之窗》这本书的来历,恰好王老师今晚不回家吃饭,无意中挽救了王谢的屁股。

他退而求其次问自己老娘,当然,号称是"听某个同学说起的"。王母脸色一变,第一个反应就是这种事情你千万别去问你爸,要吃耳光的。王谢心知肚明原因,还是要问一句为何。王母说啊呀这种是黄色小说,"文革"的时候很流行，都是同学之间手抄本传来传去的，为了这个，当初不晓得多少人被抓被查——好了好了，小孩子不要再问这种问题，好好读书。然后又补一句："讨论这东西的同学，你也最好离远点，不要被带坏掉。"

王谢低头扒饭，心里想，完了，要是被抓住的话，我和"左拉"要一起进派出所了。之前在学校图书馆，他心惊肉跳地读毕那本《女颜之窗》，非常肯定题目里的"窗"字其实是"床"的含蓄表达。要是说他之前在小说里的那种描写属于刚背下 26 个字母就开始造句，那么这个手抄本无疑是扔给了他半本英汉大词典。按照七八十年代的标准，看了这部书却没有报警的人都可以称之为流氓。小流氓王谢在离开的时候，老流氓"左拉"收回了手抄本和王谢的稿子，讲，你每天放学后都可以来，但不能告诉别人，也不能给其他人看你的文章。

不给别人看，这部小说就没了意义。但王谢这会儿不会跟他争辩这个，只是想知道老头为什么要帮他。对学生的这种行径不但知情不报，还传看淫秽物品（王谢也不认为这个手抄本像是学校图书馆的官方馆藏），用学校资源助纣为虐，随便哪条都可以叫老头吃不了兜着走。

"左拉"说，你不用管。

这次他关门很用力。

王谢在床戏描写方面突飞猛进之时，话剧社的野心以惨败告终。王谢没去比赛现场，但听其他人唾沫乱飞地描述了一番兄弟学校的冠军剧目《阿伊达》——他们也不知道找了哪路神仙帮忙，搞来十几套古埃及士兵的装束和塑料武器，上演了那段最负盛名的阅兵片段，配以威尔第的《凯旋进行曲》，震撼全场。

相比之下，《羊脂球》的道服化就是个笑话。普鲁士军官的军靴是下雨天用的黑色套鞋，佩剑是问某同学奶奶借来的木兰剑，还是伸缩型，军帽是周杰伦同款棒球帽上面别了一撮毽子羽毛。这个扮相一出场，评委和观众笑得前仰后合无法自制，叫人搞不清楚到底台上台下谁是精神病人。最后该剧获得倒数第二的殊荣，倒数第一是因为主演腹泻而取消演出的某校社团。

经此一战，话剧社人心全散了。苏杭她们这帮《海上花》派全部退出社团，转而要和文学社的人办一本独立的文学刊物，不用说，也拉上了"对出版发行这方面应该很熟悉"的王谢，甚至打算任命他为副主编。

王副主编被大家的干劲和无知给吓坏了。他对出版发行知之甚少，但也清楚一帮中学生根本不可能申请下来刊号，印出来的东西撑死算印刷品，前提是一穷二白的学生有钱让文章下印厂。但编辑部没有人仔细听他的话，包括苏杭，她正为幻想中的创刊号封面乃至刊物名字本身而辩论得不可开交，认定王谢完全可以胜任这一职责。

一夜之间，王谢成了一队童子军的头头，他们的任务是拿着弹弓对抗蒙古铁骑的入侵。

另一个噩耗来自学校图书馆，导火索是"左拉"的妹夫副校长作为一名教育工作者，经受不住金钱的诱惑，从沪江中学这所公立学校跳槽去了一所民办贵族学校当副校长，据说工资翻了好几倍。靠山一走，原来就对图书馆看不顺眼的老师们立刻吹响了号角，首先发难的是政教处，会同后勤部出了一个通知，打算对图书馆藏书进行盘点和调整。

这大概是"文革"结束以后学校首次对藏书大清洗，老师们既无经验，也缺乏行政管理条例方面的合法性，但无法阻止老师们的积极性和战斗性。"左拉"在后勤工作例会上表示反对，很快就被埋没在"学校图书馆不是任何人的独立王国"的声讨中。

历史告诉我们，重要会议一结束，就该马上动手。学校也是这么做的，理科老师为首的冲锋队员们进军"左拉"的独立王国，言语冲突之外还起了肢体冲突。先动手的那位物理老师，曾经在语文组同事们讨论邀请哪位作家来学校讲座时认真地提议："为什么不找顾城来？"

命运在冥冥中对他当初的这番高见做了回应，"左拉"在推搡中抄起一把椅子朝这位园丁砸去，无奈椅子不如斧子好用，被物理老师机敏地躲过。

老头这一出手，事情性质就变了，也让反对者们更加喜上眉梢。没过几天，"左拉"就被提前退休了。图书馆封了一段时间，重新开门时，电脑桌后面换成了一个中年阿姨，似乎是招生办主任的哪个亲戚，不过，谁在乎呢。一关一开之间，道德卫士们清洗走一堆书，但据说没有那本传说中的《新刻绣像批评金瓶梅》，或者其实是有的，但有人装作没有罢了。

那段时间，王谢惶惶不可终日，生怕"左拉"一怒之下供出了自己，或者大清洗行动的老师发现了那本要命的练习簿。

他其实很安全，"左拉"走了，但也及时带走了他的小说。一起离开的还有金庸古龙温瑞安纳博科夫王小波昆德拉，外国经典文学的四大列强里日本队损失较大，只有川端康成、夏目漱石和安部公房劫后余生，印证了王谢当初的眼光独到。

图书馆恢复正常运作之后不久，王谢收到一封信，没有寄信人任何信息，里面就一张纸条，写着"谁要看安部公房"。根据这条线索，他在图书馆里重新找回了未完成的小说稿，还有当初"左拉"给他参考的那份手抄本。

他觉得，这是老天留给自己的遗产。

到了这年放寒假的时候，《睢鸠》杂志（好不容易定下来的名字）编辑部名单已经扩大到了三十七人，有用的没用的沽名钓誉的浑水摸鱼的都想进来共襄盛举。

在人民广场附近一家肯德基召开的第一次全体编辑会议有二十多人出席，一开始还在为杂志的发展献计献策，比如有人建议给那些著名作家写信约稿，有人号称要通过父母的关系给杂志拉十万块广告费，接下去就为了封面定稿和内容体裁开始内讧，最偏激的那几位准诗人、业余散文家、兼职影评人和二手小说家们到了几乎要用上校鸡块互掷的地步。

会开到一半，临时主编苏杭忽然想起什么，问王谢："刊号的事情怎么样啦？"

王副主编感到二十双眼睛刷地转向自己，背后直冒冷汗，说，还在继续想办法。苏杭"唔"了一声，大会议题又转向电影观后感和书的读后感到底算不算影评书评的问题上去了。

其实王谢现在完全摸透了，他们这群要钱没钱要路子没路子的小朋友，唯一能做的就是为了杂志命名拉锯五百回合，版面内容分割讨论上三百遍，封面枪毙掉一千次，最后只消某个好人提议印刷费大家AA制（大约每人一千块），就能让这里在座的人全部望风而逃。他厌倦了这种纸上谈兵的游戏，如果不是苏杭的存在，他一点都不想再参与了。

文学之神再次感受到了王谢的心境，决定出手相救——散会的时候，王谢想跟苏杭继续交流一下杂志的事情，出了餐厅的门却发现苏杭跟一个他没见过的男生走了，对方似乎已经在外面等了一段时间。男生高她足足一个头，眼神清亮，刘海蓬松，推着一辆明黄色山地车，和苏杭肩并肩走在马路上，女孩还把她的书包放到了对方的车子上。王谢心里一沉，不死心地悄悄跟在后面。直到走过两条马路，男生翻身上马，苏杭则坐到自行车前杠上，骑士脚一蹬地，怀中有佳人，缓缓前行去，王谢才停住脚步，认定自己是永远也追不上了。

王谢骑回家这一路上没被车子撞倒，也没撞到别人，应该感谢命运没有再为难不幸的人。

在一个路口等绿灯时，东方书报亭前那个走路一瘸一拐的身影引起了他的注意，对方虽然穿着羽绒服而非夹克衫，但左肩耸动的幅度和那个泡茶水的雀巢咖啡伴侣瓶子是改不了的习惯。如果今天没有苏杭那件事，他很可能只是在车上向老头行注目礼，然后和普通路人那样匆匆而去。但既然今天全部都赶上了，他索性做一些自己平时不太会做的事情。

对于书报摊老板来说，最好的开场就是照顾生意。王谢在报亭前把车停好，说，麻烦你，买份晚报。

"左拉"遇见故人并没有任何欣喜的表现，哪怕这个故人曾经受他的庇护和恩惠，哪怕现在对方是顾客。一手交了钱，一手交了货，男学生还是不走，问："您现在在这里上班？"

老头戴着绒线手套，看花色像是毛线衫拆散后重组的作品："报亭老板回老家了，帮他看几天生意。"

得知前任图书馆管理员仍旧闲散着，王谢不知道该怎么接下去对话，"左拉"帮他省去了烦恼："文章，写完了？"

男孩卷了卷晚报："唔，哎，都没了。"

悲剧发生在期末考试前两个星期，他提前把稿子和手抄本从安部公房的文集里拿出来带回家，还想了个奇招，用玻璃胶把两个本子粘在自己书桌当中那个大抽屉的底部，只要抽屉不拉到底，是不会被发现的。这个好主意唯一的缺陷是他高估了玻璃胶的黏性。结果有天他一回到家，就发现面色阴沉的父亲，和茶几上那一老一少两本本子。父亲没有像预计的那样把他揍个半死（可能是考虑到马上要期末考），只是当着儿子的面把它们慢慢撕成条状。后来上历史课一读到希特勒撕毁《苏德互不侵犯条约》、悍然入侵苏联那段，王谢脑海里就浮现出他爸留着小胡子和斜刘海、臂缠红箍的模样。

"都没了？"老头似不死心。

"都没了……"少年悲凉作答。要是他完成了那部小说，苏杭会不会再高看自己一眼？答案成谜。

"左拉"把一个小凳子上的《每周广播》拿走，示意王谢坐下。他脱下手套，掏出那个久违的西瓜霜喷剂瓶，但这次喷在虎口上的粉末是棕红色的。王谢明白过来了，那不是什么毒品，是鼻烟，福尔摩斯和布朗神父的小说里都出现过的鼻烟。

老头打了两个少年避之不及的喷嚏，收起喷剂瓶后嗓音也清亮了些："算了，给你讲讲我那个年代的文学小青年的故事吧。"

故事的主角生于建国那年，外祖父曾在老字号中药铺当药工，母亲毕业于护士学校，在港口的医务站工作，父亲则是个技工。家中子女除了他，还有一个哥哥一个妹妹。主角年幼时就爱看小人书，唯一经受的文学熏陶来自隔壁邻居，一个中学的语文老师。那老师行为怪异而狂妄自大，常对人宣讲说中国古代四大名著的说法有失偏颇，因为《三国演义》《水浒传》和《西游记》之外，还有一部《金瓶梅》，合称明代四大奇书，位于巅峰的《红楼梦》成于清代，应当单列出来才对。不过他很快就被分配去了大西北种树，再也没回来。

主角和他同时代的人一样，在中学时代上山下乡去了，但没多久一场意外让他成了瘸腿，提前返城，在街道生产小组上班。22岁那年，他在从南京探亲回来的火车上捡到一部小说手稿,两万多字,没有任何署名,内容讲的是一个知识分子家庭的四个子女在革命浪潮中的命运和遭遇。作者胆大妄为地在里面写到了男女之间发生关系的情节,但都是略写,有些甚至在细节上是错误的。捡到手稿的主角比原作者胆子更大,他不但抄写了这部小说,还把里面若干段男女关系的描写进行了扩充和润色,因为他从小就偷看过母亲藏起来的人体卫生学手册,明白最基本的原理和最翔实的细节。抄完之后他又爱又怕,不敢保留自己的那版作品,找机会将其扔在一列开往南京的火车上。

火车启动之后,他感觉自己整个人生的绝望情绪都被抽走了。

以今天的眼光来看,那些描写生硬、粗陋,毫无美感可言(哪怕是色情小说的美学角度),但在那个年代是不得了的事。三年后,他在外地农场的哥哥回来探亲,悄悄塞给弟弟一卷旧纸,上面正是他曾经扩写的那些情爱片段,显然还经过了其他人的添油加醋。哥哥告诉他,这本黄色小说已经在很多年轻人当中通过手抄本形式流传了。因为性和政治一样,都是人类的本能。只有主角明白,这个故事已经不是他最初看到的版本。

他不知道这是好事还是坏事，假如原作者知道了他的身份，无疑会亲自跑来给他一拳。这个版本的小说，影响之巨大（或者说恶劣），甚至让他某个邻居家的小孩倒了血霉——那孩子还在上中学的年龄，看了手抄本之后日思夜想，终于对自己的亲姐姐起了邪念，在姐姐告发、他被大人狠揍了一顿之后，男孩回家抄起水果刀捅了姐姐六刀。

公审大会上，对这个男孩宣判死刑时，主角就在人群中，面色死灰。更多的读者和手抄者因为这本书被处分、开除、拘留、判刑。假如没有他的润色，假如命运垂青，这部原名《风中海燕》的小说也许会获得《伤痕》那样的巨大成功，但现在，它是以《女颜之窗》的题目，以黄色小说的形象留在一代人的记忆里。

十年浩劫结束后，主角的父亲退休，儿子顶替父亲进了机械厂，但只能在传达室上班，经历了结婚之喜、丧偶之痛，没有小孩。那次性爱扩写之后，他再也没有动笔，哪怕是黄金期的八十年代。到了九十年代，文学衰落，性不再稀奇，他的门卫同事在值夜班时都爱看那些地摊上卖的所谓法制刊物，上面充满惊险刺激和桃色猎奇的情节，再也不用担心被判刑或者枪毙。主角则在闲暇时在市立图书馆办了借书证，如饥似渴地阅读，还想重新拿起笔，却怎么也写不出来。单独值夜班时，他面对空白稿纸，只能整夜整夜地发呆，长此以往，濒临崩溃的边缘。幸而此时，下岗大潮席卷机械厂，他及时失去工作，没有沦落到疯人院去。通过妹夫的照顾，他成了一所中学图书馆的管理员，每日置身书的丛林，虽然失去写作欲望，却获得了内心的宁静。

他唯一的爱好，就是鼻烟，以及搜集那些纸页泛黄的手抄本。

故事讲完，"左拉"又摸出西瓜霜喷剂，在虎口上喷了少许，却不急着吸。王谢如从梦中初醒，感到手指冰冷，双腿发麻。

"那个被捅了六刀的小姑娘，曾是他暗中倾慕的对象。"老头补充道。一阵风刮过，鼻烟被吹走大半，剩下零星的棕色痕迹，远看像一小撮泥灰。

此刻天色已晚，一群刚刚下了补习班的高中生叽叽喳喳地围了上来，问新的《笔迹》《校园文艺月刊》和《科幻天地》到了没有。"左拉"走进报亭去取杂志，王谢则站起身，把空间让给这群同龄人。他们聒噪，笨拙，爱笑，像群互相咬着玩儿的幼犬，叫人同时心生轻蔑和羡慕，听故事之前的王谢和他们几乎一模一样。现在呢,他却寻思着如何跟这个七十年代的半个兰陵笑笑生道别,既不失礼又不露怯。好在老头等学生们掏钱包凑零钱的时候,朝他挥了挥手,嘴角竟然带着些许朝上的弧度。

少年无法判断那是不是错觉,只觉得如释重负,转身走向自行车,并决定上车离开后不再往回望。

事情总不是看上去那样

叶 扬

叶 扬 作家、书评人、建筑评论者。笔名之一，独眼。著有《胖子》《通俗爱情》《在无尽无序的汪洋里，紧挨着你》《请勿离开车祸现场》等长篇与短篇集，在建筑媒体任职。

一 给过去的假信

如果我上大学那年"有"个孩子，当时本科怀孕是大事（不是说现在事小，而是我不知道现在的情况），好像"于情于理"需要退学，"有个孩子"意味着孩子已经出生，我不太相信我妈会乐意我选择生孩子而放弃上大学，因为"上大学"对他们来说有太多未竟的意义，我和我妈的关系会很僵，我又必须面对孩子的养育问题。孩子的父亲无论年龄多大，这应该都不是"以结婚为目标"的两性关系，很难得到他人的祝福，一拍两散基本是必然……

不能继续上大学了，而且至少有一年要花在养孩子上，这将是心情很糟的一年，大概需要过半年，我妈才能接受我退学和有一个孩子的现实，并且会提出把孩子带在她身边，让我去再次高考，一开始我会认为这是个可行的方案，但没几个月就会厌倦了，会想出一个更加退而求其次的解决方案，而且会想要挣钱——比如，在某些小说网站做连载之类的，并且自诩为作家。

几年之后，我会觉得孩子不能在我妈的溺爱中长大，但把孩子带在身边绝对不是一个好主意，我只能在不耐烦的家长和贱贱的孩子奴之间强行切换。

痛恨孩子像我的地方，讨厌孩子像别人的地方，又觉得这一切都是我造成的，尽可能满足他/她提出的每一个需要，放弃对他/她任何有关人品、学业、气味的要求。每一个说他/她不好的人都显然是在指责我，所以我要为孩子的行为辩护，即使那些行为可能很荒谬，我会认为它们只是为了引起我的注意，因为我不够爱他/她。（我会时不时因为感到自己不太爱他/她而自责。）

孩子会感到我不负责任又以自我中心的爱是种敷衍，会认为我是在掩盖问题而不是解决问题。交坏朋友，花太多时间玩游戏，发现初中物理太难理解了，而我只会说："我物理也很差。"

孩子初三的时候，我们不得不商量下一步要怎样，我当然说，宝贝儿，你得去上高中，考大学。他/她会说，你看你也没上大学，后来补的同等学力可不能算。我会假装摆出一种你的未来你自己决定的"民主"架势，掩盖我对孩子没有控制权和影响力的事实。他/她会提出许多虚空的方案，我会认为那些所谓的"未来"不过是把爱好发展为"家里蹲"的借口，底线是你要学一门称得上技术的东西，18岁之后才有资格为所欲为。

"就像你。"他/她说。

"对。"就像我。

我们之间的关系永远在寻找退而求其次的可能性，最后只能是得过且过，缺乏对彼此的真正敬意和实现任何诺言的信任。他/她觉得他/她的命运应当归咎于我，我当然也认同这种想法，但我会时不时为自己辩解，将自己的命怪罪于他/她的突然降临，在这个问题上的紧张会持续许多年。当他/她职高结束有一份收入很少的工作（很可能是我爸妈想办法找的）之后，他/她认为交出第一份工资（于9月）就能证明自己对生活好歹负责，试图和我划清一定的界限。

早晚他/她会明白两个烂人只能互相将就，没法互相激励和挽救，这过程中，想帮助我们的人一定会很多很多，但自鄙、自卑与微妙的自尊心会反复让他人失望。一旦做出了第一次让他人感到摧枯拉朽般彻底失望的事之后，我有绵绵不绝的"消极能力"支撑我外化自己，面对他人的不安。

我和我的孩子都清楚，他/她离我远点儿会好些，如果遇到什么激发他/她的好人——要防止我和这个人相遇，我不相信对方能扛得住我的剖析、诋毁和攻击，为了维持自己的家长地位，这种攻击恐怕不可避免——会更好，但一切很难遂人愿。

大概就是这样一个过程。

二 儿子不像儿子

我们之间没什么不可以说，可是我看到我妈写的那篇文章，怒不可遏，里面写的都是抱怨我的坏话。我当然知道她不容易，但是有时候你会觉得她非常……有种想向她投掷标枪的冲动。大人不会站在我一边，只会想当然认为我是一个坏小孩儿，虽然我也不容易——我的不容易恰恰让他们更确信我是可怜之人必有可恨之处。

我不能理解我妈的那些做法。她也得承认自己是一个非常难相处的人，无论是和别人还是和我。她对许多事情都有自己的决定，但是，她从不打算跟人说清楚，让所有人都觉得交流困难，非常棘手。与此同时，她对许多事情的判断简单有力又犀利，有着令人着迷的说服力，是我见过的最聪明的人之一。在她身上这两种互相矛盾的品质集于一身，她就像故意藏着自己的剑的剑客，她很清楚只要拔剑就能一招制敌，散发着出手必胜、独孤求败的优越感，是令人感到她非常难相处的另一个原因。每个人都觉得自己被她伤害了，包括她妈妈，也包括我。

前不久，我找了份工作，在一家咖啡店里当实习生。

我把这个消息告诉她，她笑着说："这算工作？"

我说："好歹我有上下班的时间。不像你只会在家里待着。"

她说："我这也是工作，不然怎么把你养活大的？"

我说："反正我现在独立了，别管我了，以后跟你也没什么关系。"我以为她会反驳说当然跟我有关系。

但她只是耸耸肩，说："随你便吧。"

我们像老夫老妻吵架吵得天翻地覆之后反而没什么话说。

我们各自看手机，过了好一阵，我说："我有了工作，会搬出去住。"

她说："你的工资够付你的房租吗？"

我说："我会想办法，不用你管。"

她沉默了一阵儿，回到书房打开电脑开始工作。

我的东西其实不多，在搬完之后，我给她打电话说我要把钥匙交给她。

她在电话那头儿笑着说:"真是一副老死不相往来的架势呀。"

我说:"是啊。你在哪儿?我现在去找你。"

她说:"我在见一个朋友,你来吧。"

多数情况下,她不太出门儿,大部分跟她联系比较多的人都因为工作上的事,都是女的,我小时候她们总是围着我叫着"哎呀哎呀好可爱呀!"

她对面坐着个男人,两个人竟然在谈话,真是让我意外。通常她对大多数男人都有种不屑一顾的鄙夷。极少数情况,我会觉得她对某个人还是挺有好感的,比如眼前这个人。她没让我在楼下等,而是让我上去。她也并没对那个男的介绍我。他却远远地望着我。我把钥匙扔给我妈,我本来想加强果断决绝的感觉,没想到我嘴上说出来的话是婆婆妈妈的:"我不在的时候,你自个儿要好好吃饭。"她微微歪着头,向上看着我,好像我刚做了一件特别蠢的事。这让我别开了头,耳朵烫,本来我跳上楼的时候是三步并作两步的,想一次性了断所有事,可她越不在意,我反而稍微有点儿留恋。余光里她嬉皮笑脸的,我本以为她会继续讽刺挖苦,她却只拍了拍我的手臂，然后，回头看了看刚才坐在她对面的人，似乎在确认那个人是不是在看我。那个人小心而尴尬地笑着向我小幅度地挥了挥手，并没有过来。

我问我妈："那人是谁？"

"你爸。"

三 父亲不是父亲

他来的时候我正在做咖啡，等我看到他，他已经点完咖啡并坐在了靠近操作区的位置。我看了看他，他假装没看见我。肯定是我妈和他说我在哪里工作的……按说她不该是那么多话的人。

这人就是我爸……想想就有种吃苍蝇的难受……

我想停下手头的事只看着他，但这毫无意义。

你需要多长时间才能了解一个本来应该认识十八年的人？

我昨天晚上还和卡卡讨论过这个问题，她并没回答，只是问：你们长得像吗？

我只能承认："像……而且非常像。"虽然我看到他的时候他根本没从椅子上站起来。

我妈不高，只有一米五五，她也不穿高跟鞋，大多数时候都是仰着看大多数人。我上初二之前都很矮，结果一个暑假长高了二十二公分，那个极速长大的时段让我有了一张长脸，我站在卫生间的镜子前觉得自己变身了，从一个矮矮胖胖的小孩，变成了一个瘦瘦长长的成人，不止那些发育中的性特征，脚腕、膝盖、骨盆、肩胛骨、手臂，它们都发生了难以接受的变化，我夜里经常疼醒。过了那个夏天，我才突然意识到，我身上不仅有她的遗传，还有另外一个人的影子。而那是个陌生人。

我当然知道我应该、肯定在什么地方有或有过一个父亲。但那之前我的责怪和怨恨多于好奇。此后的一段时间，我试图从我身上减去那些来自妈妈的符号，分离出来自父亲的特征，想要由那些局部拼凑出足以从人群中辨认出谁是我父亲的线索。我写满了一张纸，可并没有找到他。

在我决定离开我妈的时候，他却突然出现了……并不需要那样一张纸，他一眼看上去就符合所有答案。

眉毛、鼻子、下巴、耳朵、手……

真糟糕。糟糕透了。我不想像那种人。

"美式好了。"我的同事叫着。

他站起来，走过来，我们大概相距一米，从我同事手里接过咖啡，轻声说谢谢。我侧对着他，整个身体都进入警铃大作的戒备状态。而他只是若无其事地走开了。

他今天要比和我妈见面的那天打扮得更好，穿了休闲西装外套而不是那件暗灰色的夹克，里面穿了衬衫和羊绒衫，像GAP广告里度周末的商务人士。我想他见我妈的时候是故意让自己显得颓一些，可能因为他推测或者他知道我妈混得怎么样，而他来找我，想给我留下事业有成的印象，让我高看他一眼。这家伙是个"心机婊"。

正在我浮想联翩，怀疑他在等着我下班的时候，抬头，我才发现他刚才坐的位置上已经空空如也。这大概就是欲擒故纵之法。

我等他再出现，卡卡也认为他会再来，但他并没有。

他是个胆小鬼，害怕我。

我给我妈打了个电话，我说：那个男的到店里来找过我了。

她说："哦？这不像他。然后呢？"

"没和我说话。要了杯咖啡就走了。"

"多久之前的事？"她在电话那边笑。

我说："十天前。"

"这很像你们啊。"

我们……一股恶血冲上头顶，我想骂她把一个不该成为秘密的秘密守护了这么多年。一个男人怎么可以不负责到这个程度。但因为过于生气反而一时不知该说什么，觉得说什么力度都不够强。

"他之前不知道，需要时间适应。"

"这他妈太像你了。"我恶狠狠地说。

"哈哈。"她笑得很开心，带着恶作剧得逞之后的得意。天下能笑着这么说的是不是只有这个女人。

下一步需要干什么？

该等着他来，还是去找他？相比之下，找他的难度更大。

"你可以去找他，如果你想的话。"

"我不想。"

"他回来处理他父母的房子，之后可能就不会回来了。你可以去友谊宾馆试试。"

看来又被我妈耍了，我在友谊宾馆里乱转。这个老建筑群改造成的花园式宾馆里有好几栋相距甚远的客房楼，每一栋都有自己的大堂。我连他名字都不知道，堵人都不知道该在哪儿堵。

卡卡对着宾馆的平面图研究了几分钟，拉我到每个客房楼的大堂去找一个看上去慈眉善目的女服务员说了一个千里寻父的故事，一开始她还有点儿羞涩，后来越说越来劲了。我故作镇定，积极配合，心里对她的这种能力感到非常惊讶。

"你疯了……"我说。

"你到底想不想找到他？"卡卡问。

"……也无所谓吧。"

"我爸出轨的时候，我妈曾经打电话到杭州所有的四星级以上酒店去找他，最后真的发现了他在哪儿。"

"两回事好么。"

"嗯。但那次我有点儿佩服我妈，我爸可能也有点儿佩服我妈。我们以前都以为她傻乎乎的，什么也不在乎，什么也不做，什么也做不了。我爸后来和我说，女人横下心想要做的事就能做成，男的不一定。"卡卡抹了抹鼻子，"你要是想找他，我觉得我帮你，能找到。你要是无所谓，咱们就回家。别在这儿浪费时间。找，还是不找？"

"找……找吧。"我说，"你爸后来呢？"

"回家了,没离。他怂。"卡卡说,"被我妈捏着,一辈子。他乐意。"

她肯定觉得我也怂,但她没说。

我不知道前台服务员们是否能从我身上分离出我和那个男人的相似之处,我们除了身高相近、体型相近、相貌相似之外,还有一些关键的东西不太一样,比如,我留了一头长发而且因为在毕业之前和教导主任对抗去烫了一头卷,又因为没有精心打理而看起来像一丛蓬松的芦苇,卡卡说那一脑袋头发像三匹马的马尾巴。这种东西给人的视觉印象太强烈,恐怕会影响他们从我身上识别出另一个人。

"也许他因为看见我的一脑袋头发而觉得我难相处,所以不来和我说话。"我说。

"他只是孬吧。"卡卡说。

"如果你是他会怎么做?"我问。

"立刻不住这儿了,以防你来找我。"

如果是我的话,大概也会这样。

我们问过了最后一栋楼,没有人见过他。可能长得像只是我一厢情愿的错觉,毕竟连仔细观察的时间都没有。卡卡看起来被她自己的声情并茂的卓越演技消耗了几乎所有能量,变得沉默。

天已经黑了,空气凉飕飕的。

我们路过宾馆花园里的美式西餐厅,我问她要不要吃饭。

她还没回答,远处一个服务员朝着我们气喘吁吁地跑过来:"你们是找人么?"

卡卡点点头。

"我同事刚问我有没见过那个人。好像我们楼是有这么一个客人。"

我听到这话反而只想回家去,可眼看着卡卡兴奋得瞳孔都放大了。我们跟着服务员回到了那栋楼的大堂,剩下的大概只能坐等。她说她看到那个人的话会示意我们,如果不是我们要找的人,我们悄悄离开就好。

卡卡反复衡量比较,在大堂里挑选了一组不显眼的沙发,既能看到经过前台到电梯的整个路径,又在较暗的区域,不容易被别人立刻发现。

她端详我,"你太显眼,他如果看到你就会躲起来,"她用皮筋绑住我的头发,又从背包里揪出一顶帽子扣在我头上,"我知道你想放弃,我们等到9点半。你可以先想想你问他什么。"

"嗯。"

她用手指蹭了蹭我的额头。

四 把一切说清楚

他出现的时候是 9 点 43 分，卡卡正靠在我肩上劝我再等两分钟。那个原本应该向我们通风报信的服务员并不在大堂里，他是自己走过来的，就像他事先知道我们会坐在那里。

他不尴尬也不羞涩，好像认识了我们很久，或者纯粹是自来熟。

"吃饭了么？"他问。

我们最终坐在麦当劳里，Friday 餐厅要在晚上 10 点关门，我和卡卡狠了心点了一大堆吃的，可看起来仍然显得力度不够。在大堂里等他的时候我们想着要点一桌的东西，但是每个只吃一口。

他只要了一杯咖啡，然后笑眯眯地看着我们："不介绍一下？"

"卡卡，我女朋友。"我说。

他向她伸出手,握了握她的小手。卡卡的耳朵红了:"我还是走吧。让你们好好聊聊。"

她站起来看看我又看看他,突然笑了。

"别走。"我探过身,拍着身边的空椅子。

"嗯。坐。"他说。

"你们确实挺像的。"卡卡一边总结着,一边重新爬到椅子上,她脱了鞋,把两条细腿盘在塑料椅面里。这像一种一时半会儿不会离去的承诺,让我安心。我猜刚刚我和他都是一脸"你走了我们怎么办"的表情。

接下来,我断断续续地问了很多问题,和卡卡一起吃掉了五个汉堡、四包薯条、七个香芋派和两个麦旋风。他大多数时候都在单手或者双手握着面前的纸杯。像在玩真心话大冒险,他必须说真话,如果回答不下去就喝一口咖啡。

"为什么离开我妈?"

"这件事不是你想的那样……我不得不出国,但和她……换下一个问题吧。"

好一个不得不……

"你不知道她怀孕了?"

"嗯。"

"那你为什么来找她？"

"有人给我看了她前一段时间在微信上写的文章。我回来，就托人联系她见一面。"

"不是同学么？"

"我以前是知道她有孩子，但不知道这么大了。"

"你有孩子么？"

"有。"

我抓了抓头发，想离开现场，觉得这一切都很荒谬。

"她没向你说起过我吗？"他抓住时机反攻倒算。

"没有。"我回答。卡卡紧张地望着我，抓着我的一条手臂。我没事，我很平静。

"……其实我现在还不是很有头绪。"他看了看我又重新盯着桌面，"我们发生过一些事，"他为难似的歪了下头，"现在回想起来，很难说那是恋爱，我可能是喜欢她的，也可能是爱，"他挑了挑眉毛，又捏了下眉头，"但我不知道她当时怎么想，我逼她……我们做了一些不该做的事……你们应该都知道了。"

"你强奸她了？"卡卡问，在椅子上直起身。

我觉得不是那样，如果是那样，我妈不会见他的。

"没有没有。我只是……"他看了看卡卡，又看了下我，"然后我就去美国了，我爸妈早就安排好了……那不重要，后来我先在波士顿上了几年学又去了纽约，不是没回来过，但没和她联系，我听说她有个孩子，就以为……那不重要……有时候因为脑子里有些愚蠢的想法，就会看不清简单的真相……"他苦笑着，过了几秒他说："我结过两次婚，第一次离婚是因为我前妻那时候想要小孩，但我不想……她认为我太自我，冷漠……第二次……"他挠了挠太阳穴，"正在分居办离婚，她知道我不想要小孩，但还是……双胞胎……"

"幸好你不知道有我，不然你也不会要我。"我笑着，瞪着他。

他低着头："……可能我……"他抬头微笑着，"我不会是个好父亲。就像 Louis C.K. 说的，有的人就是不适合家庭，就是会失败。当然现在看来，这事不需要有我。你看起来是个好人，她不为你担心，女朋友也是个好孩子。"

卡卡看看我，一脸"这人看着挺正常是不是其实脑子有水"的表情，她拍拍我的肩膀，好像在说"你爸是有点儿傻，但你要坚强"，她又拍拍他的胳膊——"虽然你眼瞎，但你要 keep calm and carry on。"毕竟她一头干草一样的黄白头发，眉毛也剃掉了，嘴唇涂成浓浓的紫黑色，还戴了七个耳钉，一副眉钉。这种上世纪末坏孩子的打扮并不是为了赶时髦，可是说她是个好孩子，对她来说，并不是一种赞美。"哈。"我笑着，他们都把她识破了。我妈问我出去跟谁住在一起，我说卡卡，她就没有再问了，我想她也觉得卡卡是个"好孩子"。

"不过为了你妈着想，可能还是别弄出孩子比较好吧。"他又在说蠢话。

"你想怎么补偿她？"

"我问过她了，她说这事跟我无关，是她自己的决定。……当然现在跟我扯上关系也不明智……"他说，"我也想跑过来，见到她扔她几箱钱，但我现在做不到。"

"你也是个笨蛋。"我说，"但这事不会就这么算了。"

"嗯。不能怀有侥幸。对吧。"他一点儿也不像个大人。

"你想她么？"卡卡突然问。

笑容从他嘴角荡漾开："每年想个四五次吧。"

"她小时候也很难相处吧？"

他点点头："嗯，不太好交流。"

"你为什么会喜欢她呢?"卡卡旁若无人地说,"我第一次见他妈的时候,就在想,天啊……她可不怎么可爱。"

他的笑容有些恶心:"不可爱的人有时候反而是特别的……"

卡卡摸摸她的眉钉:"他只是偶然碰上我。我也不可爱。如果他有一天离开我,再也不出现,我会觉得可以理解。"

"你不会吧?"他看着我,像确认了一下,又对卡卡说,"他不会。如果我们当初是你们这种关系,我也不会走……但有些事除了当事人之外,别人没法理解。"

"你可以试试。"卡卡看看我,又直直地盯着他。

五 从来也不是情侣

那时候,我们……和你们不一样,不是那种甜蜜的关系。

我们并不是因为互相喜欢而在一起的,像是两个人抱团取暖。或者是我察觉到她很寂寞,我利用了她的寂寞。你可以希望自己的父亲是个好人……谁不希望呢?但我肯定不是,从来都不是。

我当时要挟她……她被我逼得没办法了。对我来说,只是一个游戏,第二天我就要走了,我也不用负什么责任。对事情的后果,我们也没想清楚,当时以为不会有什么事。实际上气氛也很尴尬——我准备了避孕套,但扯开的时候避孕套飞出来,掉在地上了,我从地毯上捡起来的时候,发现那上面沾着狗毛……事情和我预想的不一样,全过程都有种沮丧、忧伤的感觉。

我们那时候经常欺负她,因为她个子又小,脾气又倔,稍微逗弄她,她就会有很激烈的反应。现在想起来我们真够讨厌的。我并没有对她伸出援手,是欺负她最多的人,经常给她起各种外号,她总是希望课桌井井有条,我就每天在那上面画色情小画,用涂改液画,让她很难擦干净。她中午常常不去食堂吃饭,从书包里掏出两片面包来啃,我有时候课间休息的时候就偷,不,抢她的面包先吃掉。她从不示弱,也不会哭什么。她会打回来,会生气地骂人。不可爱,但是我觉得挺好玩的。

其实……她那时候过得挺不容易的。

有一天,从中午开始她就坐着不动,无论我怎么招她,她都坐着。我就凑到她耳边问她,是不是来例假。她……就像被吓住的小鸟,僵在椅子上。我去找别的班女生借了一个卫生巾，又把我的校服上衣给她，让她围在腰上去厕所。她以为我会四处说，和别人一起笑话她，但我没那么做。我们俩的关系好转大概是从那一天开始的。我跟她说，你要记得欠我的人情，我会要你还的。

在高三最后一个学期的春天，有个同学在 Hard Rock 包了一场，请大家去跳舞。他邀请了男生们，让大家带女伴来。她摆出的姿态是她看不上这种事，在教室里和请客的男生吵起来，结果被对方奚落说，我打赌没人会请你。在舞会的前一天，趁课间操的时候，我在她桌上放了一条裙子和一双鞋。上操回来，别的同学都看见了，猜测是谁邀请了她还是她自己假装安排的。大概她知道是我，但不吭一声。

舞会那天晚上，我带隔壁班的女生先到了。我让那个女生进去，自己在门口假装若无其事地和其他人聊天。她一瘸一拐地来了，不习惯那双鞋，崴了脚，脚后跟也都磨破了。他们问她是谁请她，她看见登记表上我的名字后面有别人的名字，于是瞪着我，看我不吱声，她转身就走。很难想象一个愤怒的瘸子能走那么快。我追了她半天，好不容易追上了，她甩着她的背包一边哭一边抽我。后来……我们没回到舞会上，我带她去买了药，给她的脚腕喷了"好得快"，在她的伤口上贴了创口贴，沿着亮马河走了很远，带她去吃饭。

"你就觉得自己可以上她了？"他问。

嗯。我带她回家了。我家就在那附近。当时我家里出了点儿事儿……我爸在外面有另外一个家。他的情妇跑到我家来，要求我妈和我爸离婚。我才知道我还有一个妹妹。起初，我觉得这不是什么大事，很多家庭都会发生类似的情况，大不了他们离婚。这事跟我和你妈的事没太大关系。只是出事之后，我爸妈都不回家了，家里空荡荡的，我也没人管。

我亲了她，抚摸了她的身体，发现她发烧了，让她躺在我的床上，给她吃了阿司匹林。她出了很多汗，我让她睡觉，又想她应该必须在半夜之前到家。她说她家也没人，她妈出差了。没多久，她开始吐，意大利面、牛油果、熏鸡都吐在床和地毯上。我又把她抱到我妈的床上，收拾屋子，给她擦汗，搂着她，一大早她好像没什么好转，带她去医院打了点滴。

我们在医院的时候，我妈开车撞死了我爸的情妇和女儿，她确定人死了之后去找我爸。他们当天决定让我尽快出国。整个家庭的氛围变得非常奇怪。我爸又恨我妈，又包庇她，他也恨我，又拼了老命要把国外的生活为我安排好，他也恨自己。我妈更是陷入混乱……我一点儿也不想出国，他们从那天开始用了些手段吓唬、强迫我。那些事，你们也不用知道。现在看起来也没什么了不起。

她……生病在家休息了几天，身体恢复了再上学。她一定觉得我特别奇怪，我不太和她说话，对别人也显得不耐烦。

那段时间我总和爸妈吵架，他们之间也吵得很厉害，一种互相憎恨、要死要活又非常悲凉的吵法，毕竟我妈身上是两条人命，于情于理都要偿命。就算一家子人是非观不健全，三个人都知道这事早晚要暴露，根本瞒不住，特别惊慌，透到骨子里的怕。我妈好几次在夜里尖叫……

而我又没办法和任何人说家里的这种情况。就这么过了几个月，我几乎和所有的朋友都闹掰了。人不能保持冷静就特别招人讨厌。老师们知道了我不高考、要出国，所以也不太管我了。

"然后你就去缠着她了？"他微微扬着头，咬着牙看我。

我……在出国之前，我去找她，跟她说，我要走了，不回来了，所以你欠我的要还给我。她说，好。

我们就约了个时间。在一起过了六七个小时。

六 没人想听的破事

"别说了。"卡卡突然打断他。

我望着卡卡:"你让他说。"

"那有什么稀奇的么? 不就是那些事么。你有什么想不到的么?"

我不知道她为什么突然生起气来。这事跟她没什么关系。可被她这么一问,我确实也不知道自己期待这人描述一个怎样的情境。

"你对她好么?"卡卡不让我问,她却自己又问起来。

他微微笑了一下,说:"还好吧。"

我猛地站起来推了他一把,他那种轻浮的态度让我一阵火大。桌上一直在他手里的那杯咖啡一歪,洒出剩下的一点儿咖啡。他条件反射似的掏出自己衣袋里的纸巾擦了擦桌子。

"在遇到我们之前你在哪儿?"卡卡问。

"嗯?"他茫然地望着她。

"你去他店里了?"她问。

他看了看手里沾上咖啡的餐巾纸,那上面有我打工的咖啡店的 logo,还是卡卡眼睛尖。

他又微笑着说:"嗯,去了一趟。"

"去干什么?"我问。

他又抹了两下桌面,说:"那里咖啡还不错,再去喝了一杯。"他察觉到我们俩直直地盯着他,"虽然不知道该谈什么,但是……好像还是应该稍微聊一下……"他想了想,说,"在我想象中,我这样的人出场了,理想的状态应该是扔下一堆钱或者一张银行卡说这都是赔给你们母子的,十八年来你们受苦了……我虽然希望自己是那种人,可是……恐怕让人失望了。"

"切……你以为我们需要你?"觉得他真是个窝囊废。

"她肯定不需要我,不然……我们之间其实有其他能传递消息的人。我也不至于看到她在网上写的文章才察觉……我们一个同学在那时候看见我们从大院里走出来就知道发生什么了……相比之下,我太迟钝了……"

"你为什么今天去咖啡店找他?"卡卡问,"之前那么久都没动静。"她戴着极浅的蓝白色美瞳眼镜片,盯着人看显得特别专注而近乎恐怖。

"我明天要回美国,可能会回来……但要看我离婚的情况。"他说着，看了看我，"我想我们都需要互相了解，然后消化一下这些的信息。下一次……未来……学着怎么相处。"

"你爸妈后来怎么样了？"

他尴尬地笑了一下，隔了几秒："……我妈自杀了……但警察还是破案了。我爸……后来给了我外公外婆家和他情妇的父母家里一些钱，没几年他就因为挪用公款被抓起来了，我前两天去看他，我以为他身体会很差，结果身子还挺结实，就是人有点儿糊涂……当初为了把挪用的钱填上求减刑，我姑姑把我家、她家能卖的东西都卖了，还借了些钱。我现在处理的这套房子，起初我爸执意要留给我，不让他们卖，现在必须得卖了，还欠我姑姑家的钱、给我姑姑治病、还别的欠款、解决即将成为我前妻的人在美国的财务问题……是所有烂事的救命稻草……"

我看不起这种哭穷戏。

"这些你都告诉他妈了吗？"卡卡问。

他想了想，"……说这些干什么。有些事，也不需要我说，她能知道。"他看了看表，"可惜现在太晚了。"都快 12 点了，他说，"不然可以去那边看看。我还留了一把钥匙。今天溜去看看应该不犯法吧。"

"去吗？"卡卡看我，"去吧。"

从麦当劳走过去大概花了十几分钟，整套房子只是一个老式的三居室，厅很小，三个房间，放着老式的组合家具，所有的窗户都一直拉着窗帘，屋里有一股空空的尘土味，每个房间一张床，铺着难看的床罩。时间好像停止在某一年的某个时刻，透出让人紧张的沉闷。

"和你刚才讲故事的时候我想的情境不一样。"卡卡说。

"这种家在那时候算不错了。"

"最大的房间是你妈的吗？你爸妈也不在一起睡……"

"嗯，之前我爸一直锁着，前几天为了看房才打开，和以前一样。"他说。

卡卡四处张望着，抠着那些家具上隆起的木贴皮，转身对我说："好好看看，并不是每个人都有机会参观自己受孕的地方。"

"呃。"

他们俩都笑了。

"你那时候是处男么？"卡卡问，她很严肃。

"可惜我不是，但她是第一次……"

"她哭了么？"我问。

"……那时候,她很平静……就像要就义的烈士……"他若有所思地说。

七 需要我的时候,告诉我,我回来

她说:那我走了。

我突然不太想让她走,但这么下去也不行,我们从床上起来之后已经坐在餐桌边悄无声息地吃了煮鸡蛋,喝了两听可乐。"我送你到车站。"我说。我套上鞋,外面至少有35℃,她穿着校服上衣,在出门之前,我也套了校服上衣。

她个子那么小,却走得挺快。我跟着她。走过了两个单元门,她慢下来。我跨了几步,跟上她。

"……你怀孕了的话,会告诉我吗?"我问。

"不会。"她说。

"为什么?"我超过她,倒着走,看着她,想知道她这么说的时候的表情。

她低着头:"你会回来么?"

"谁知道呢。"我苦笑着说。

她抬头看我,停下来。"我会处理的。不用你操心。"

她很平静。

在走出大院之前，我们再也没说话。大概就是那时候我们被那个同学看见了。这场景被他描述成我们穿着情侣装走出来。

"如果我回来呢？"我问。

"结果不用我说，你也会知道。别人会告诉你。"她笑着说，"哪儿那么容易。"她刚才在床上背对着我的时候就这么说。她的背白皙光滑，有种又脆弱又耀眼的柔美。庆幸与感激她那时候并没有回身看我，我在她背后感到羞愧难当，自惭形秽。我只能安慰自己说，是她在关键时刻抓着我对我说，就这样吧，完整地……

我想问的……似乎并不是这个，却又接着问："你会留下么？"

"不会。"她很果断。

"好吧。"我想了想，再没其他问题了。

我们的双手都插在兜里，我的手心都是汗。我越走越慢，她似乎也越走越慢。

车站上的人比我想象的多。一股汗味。

我说："别坐车了，打车吧……我出钱。"我才发现身上一分钱都没有，钥匙都没带，不想回家。

她的嘴角有一丝冷笑。

来的那辆车上也都是人，车下的人们互相簇拥着往车上挤，她排在最后一个，我不得不轻轻扶着她的背，以免她掉下来，她那么小。

她没有回头，小声地说，谢谢。

嗯？我问。

她没出声，人们挪动了步子，她走上了最后一级台阶，抓住立杆。车门关了。我在车下向上望着，希望她回头看看，但她没有。车开动的时候，我觉得她背对车门的身体在颤抖。

我拍了拍车门说：我会回来的，刚才只是逗你玩。

其实我没动，我的手插在兜里，湿漉漉的。我在车站望着那辆公交车，直到它在十字路口转弯，可能我在期待她回头，但她没有。那么……希望她以后想起我，察觉到刚才我走得那么慢是我对她的一点儿温柔。

旅馆纪实文学

魏思孝

魏思孝　1986 年生于山东淄博。著有《小镇忧郁青年的十八种死法》等多部作品,近年完成乡村三部曲——《余事勿取》《都是人民群众》《王能好》。曾获第九届报喜鸟文学领域新锐艺术人物、山东文学新人奖、第四届泰山文学奖。

一

　　高考结束的那年暑假，张顺给家里留下一张纸条，独自坐火车去了东营。当时还没有动车，火车站正在翻新改造。早上出门，买好票，要等到下午。对张顺来说，等待是这次短途旅行的主题。漫长的等待消磨着张顺心中对爱情的幻想。这个刚成年的年轻人，第一次坐火车，激动且新鲜的情绪隐藏在心中。

　　张顺的对面坐着两个比他成熟一些的女的，像是放假回家的大学生。两位女性暴露在外的皮肤让张顺有些尴尬，他把头歪向窗外，那些疾驰而过葱绿的树木确实带来一股清新，却无法抵抗炎热的车厢和袭来的困意。张顺俯下头酣睡了一阵。醒来时，他发现地板上有块水渍，这才意识到自己流口水了。他隐蔽着用手背擦拭了嘴角，这才缓慢且心虚地抬起头。那两个女的仰躺在椅背上嘴巴微张睡着了，张顺不禁想到是自己占据了桌面，才使得她俩只能以如此姿势休息。也正因此张顺终于可以大胆仔细观察她们，右边的比左边的皮肤白皙，相貌也好一点。若说身材，左边又略胜一筹。当然这里说的身材特指乳房，至于全身，张顺没看过她俩站起来的样子，无从判断。张顺靠在椅背上，两只胳膊交叉在胸前，看着对面两位姑娘，脑子里想着牛慧。

牛慧是张顺的女朋友，肌肤接触上两个人只停留在接吻。有次张顺抱着牛慧，趁机想摸她的胸部，被及时制止了。今天是牛慧的生日，她不知道张顺要来。牛慧是美术特长生，高考分数虽然低，但还没到没学可上的地步。但牛慧不想上学了，应聘去一家超市当售货员，实习期间来东营的总店培训一个月。不可否认，张顺想趁牛慧生日的机会，让两个人的关系有更进一步的发展。年轻人在热恋时，总想着在肉体上有更多的接触，不能以庸俗一概而论。尽管张顺的动机如此，可也属于爱情的范畴。火车慢了下来，想到牛慧看到自己大吃一惊的样子，张顺不由沾沾自喜起来。他为自己今天的举动得意，在有关爱情的电影中，不经常有类似的情节吗？

虽是下午，暑气没有丝毫减退。下了火车，张顺被人流裹挟着，他不知要走向何处，却又不能站在原地像是愚蠢的外地人。平日听到的外地人被欺辱的事件，让此刻的张顺有些慌张。他提醒自己表现得自然一点，不要露怯。他努力观察着周围，想在危险来临之前以最快的速度做出反应。张顺用街边小超市的公用电话，给牛慧的宿舍打电话询问地址。接电话的是和牛慧一起来培训的女同学，她说牛慧正在上班。张顺记下地址，去坐公交车。到了约定的地点，中午没吃饭的张顺又累又渴。他买了两瓶冰镇饮料，自己喝一瓶，另外一瓶留给牛慧。

张顺焦躁地看着四周，他不知道牛慧会在哪个方向出现。他希望第一眼能看到她，然后报以微笑。张顺，这个在爱情漩涡中的年轻人，被搞得晕头转向。终于，牛慧出现了，远远地露出微笑，并不热烈。张顺快跑几步走过去。一身工作服的牛慧，低着头走着，质问张顺为什么突然来了，连招呼都不打。张顺没做回应只是在笑。张顺跟着牛慧来到她住的宿舍，两个人坐在床边，对视了一阵。牛慧表现出的冷漠，让张顺的心情直落谷底，在得知牛慧高烧不退身体欠佳时，他的心情也没有明显的回转。这确实可以解释牛慧的冷漠。牛慧说她一会还要回超市上班晚上八点多才下班，那么张顺你怎么办呢？去哪里呢？是立刻回家吗？但不一定能买到火车票，长途汽车也应该没有了……张顺啊，你晚上住在哪里呢？这些鲜活的问题，让牛慧头疼加剧。此刻的张顺是个让人不能回避的麻烦，他也意识到了这一点。起身告别。

和牛慧挥手告别。张顺走出十几米后，返身跟在牛慧的后面。走了几条街，牛慧走进超市。张顺站在外面隔着玻璃看着她在收银台忙碌着。天色渐暗，是否等牛慧下班？张顺有些犹豫，倒不是因为他等不起两个小时，既然他坐火车来到这里，说明他并不缺乏耐心。

只是牛慧并没有让他等。心情低落是另一个方面。总之，张顺没有等，漫无目的在街上走。他训斥着自己并记恨牛慧。张顺买了火腿肠和面包，放在挎包里。他身上有不到两百块钱，扣去路费，找个便宜的旅馆住没有问题。想到这里，张顺随意走进一家旅馆，一天的路途劳顿，他又累又困，支撑自己的那点爱情心气已被牛慧消耗殆尽。

房费，三十块。房间里有两张床，张顺选择了靠里的那张。第一次住旅馆，张顺显得小心翼翼，钱包随身携带，把包放在枕头下面。电视机只能收到当地的几个频道，一切都那么陌生。用热水泡完脚躺在床上看着电视，张顺有了点心情，但远没到提起兴致去见牛慧一面的地步。他只等天亮起床，马上离开。半夜，房间住进来一个中年男子，打开灯和电视，吵得张顺无法入睡。张顺蒙着被子侧过身从缝隙中看到男的全身只穿着一条内裤躺在床上，那副丑恶的嘴脸，让他有了杀人的念头。五点多,张顺起床退房。走出旅馆,张顺将中年男子的鞋扔进垃圾桶。

东营的清晨,有些冷。张顺打上出租车,来到长途车站。接下来他如何坐上长途车又如何回到家,一点记忆也没有了。后来张顺又坐过许多长途车,去过许多地方。记忆增加的同时,也丢掉了往事。在张顺的设想中,当晚与其共居一室的本应该是牛慧。那位中年男子的皮鞋散发出的气味,早已取代与牛慧之间的感情。张顺,有些遗憾。

二

踏进大学校门之前,张顺就给自己定下目标,尽快找个女朋友。或许心态过于急迫,过了一年多,张顺才夙愿达成。这期间,张顺追求过一两个姑娘,也被一两个姑娘追求过。与当初的设想差距不小。虽不说精彩万分玩弄女性,可也不至于如此性苦闷。自己可以支配的时间确实多,但我们的张顺同学又不学习,除了四处求偶似乎没有更好的打发时间的办法了。从自己那涣散的神情中,张顺明白不需要再抱任何希望了。一天傍晚,张顺在校园里看到王艺娜。他整个人呆掉了，一股不明来历的勇气，支配着他走过去搭讪。你可以将其行为解释为孤注一掷。但张顺本人更倾向于，是爱情。活生生的王艺娜出现在他的面前，每一处都和想象中的女朋友一致。张顺说，我想认识一下你。王艺娜吓了一跳，问他什么意思。张顺说，能给我你的电话吗？后来，张顺总是在想，王艺娜为什么会答应做自己的女朋友呢。是因为自己条件出众吗？当然不是。

关于张顺，文中唯一的男主角，我想应该简单介绍下他的情况。当然这并不能帮助你们走进张顺的内心世界，我相信你们也不在乎这一点。张顺搭讪王艺娜时，刚过完十九岁的生日，稚气未消，好听一点叫血气方刚。一米七的身高，置身人群中并不显眼。相貌呢，可以用规整来形容，不丑，也不英俊。喜欢看书，可以称之为文学青年。接触时间长了，张顺也挺风趣。但也有人觉得无趣。

反观王艺娜，比张顺大三岁，不论身材还是长相，都应该有更好的选择，且身边不乏追求者。张顺也知道这一点，所以要到王艺娜的电话后，他只在当天晚上打过一次电话。这不重要。被爱情冲昏了的头脑恢复正常后，张顺不无绝望地意识到，追求王艺娜是徒劳的，只会让自己的生活更加难堪。不可否认的一点，即便是王艺娜莫名其妙成了张顺的女友，他也认为，王艺娜被人包养会更好一点。王艺娜的人品暂且不论，张顺只是从她实际的身体条件来考量。在王艺娜的面前，张顺是有点自卑的。奇怪的是，王艺娜也自卑。张顺听后乐了，他指着王艺娜，你都长成这样了，有什么资格自卑呢。王艺娜说她是这一两年才变成这样，以前的自己并不好看。王艺娜把以前的照片给张顺看，确实在装扮上没现在有套路。但张顺对照片中的王艺娜多了一份微妙的感情，怜惜。张顺痛心疾首，为什么没早点认识王艺娜呢。略带质朴和羞涩的王艺娜，无疑比现在成熟大方的她，更适合自己。

交往中，争吵在所难免。最严重的一次，王艺娜提出了分手，哭得像个小女孩，责怪张顺不够关心自己，哭诉说虽然比张顺年长几岁，但也是需要呵护的。张顺将王艺娜拥在怀里，两个人热烈地接吻。张顺将手伸进了王艺娜的衣服里，下了晚自习的学生们鱼贯而出。他们旁若无人靠在墙角，还真找到了点言情剧里男女主人公的感觉。

到了夏天，王艺娜毕业了。毕业前的一天晚上，王艺娜同学聚会时喝多了酒。两个人坐在操场上，王艺娜靠在张顺的怀里，问他两个人以后怎么办。张顺抚摸着她的头发，避而不谈。王艺娜生气了，质问他，难道你对未来一点计划也没有吗？计划还是有的，想到自己的女朋友即将踏入社会，那么多居心不良的男人对她虎视眈眈，张顺怎能不提心吊胆呢。在这几个月的交往中，大方的王艺娜允许张顺抚摸其身体，但对隐秘的部位还是严防死守。张顺计划在毕业之前，引导王艺娜再慷慨一点，把身体交出来。只是这样的计划，张顺说不出口。男女性事，讲究的是默契，摆在台面上，就丢味了。几天后，王艺娜毕业了。张顺魂不守舍。又过了几天，王艺娜因找工作的问题回学校处理点事情。张顺的机会来了。

早上，张顺去学校旁边的旅馆订了房间。说是旅馆其实是将民房略微收拾了下，添置了床以及简单的电器，简陋是难免的。大一下学期，学校搬迁到这荒郊野外的新址。午饭他们在校外的大排档吃的，席间张顺还点了几瓶啤酒。饭毕，两个人有些微醺。张顺骑着自行车带着王艺娜去了附近的小河边。河边是一片小树林，春天的时候，两个人经常来，无非是躺在床单上交流感情。张顺说自己定好了旅馆，王艺娜表情暧昧，质问他是何用意。张顺说，当然是为了让你更好地休息。

房间在二楼，平房，隔热效果不好。在房间里比站在太阳下面好不了多少。电风扇吹出来的也是热风，两个人汗漉漉坐在床上无奈对视着。张顺用脸盆打来井水，让王艺娜擦拭。降温效果不错。他们在床上亲热了一阵，衣服还没脱掉，张顺滑精了。王艺娜看着他疲软下来的样子，捂着嘴笑起来。到了晚上，王艺娜和张顺一阵肉搏，可就是不让他进去。最后王艺娜终于松口，前提必须是戴套。张顺被折腾得身心俱疲，没有出门买套的打算。他转过身，半梦半醒间，王艺娜的身体贴过来，柔滑有些发凉，像是一个完整的刚从冰箱里取出的西瓜。张顺打了个激灵，很快又睡了过去。

三

早上退房后，张顺送王艺娜去长途车站。她该回家了。在旅馆不分昼夜的三天厮守，已使他们厌倦了彼此的身体。再下去能怎么样，无非是继续在房间里吃饭看电视和睡觉。三天的时间里，他们只短暂出来过两次。一次是当天晚上，两个人做爱后，出来逛街。走了没多远，王艺娜肚子痛，又回去了。第二次是昨天晚上，他们在旅馆的下面吃烧烤。收拾好行李，他们下楼。张顺脚下有点发飘，所谓的身体被掏空了。张顺在前台等，王艺娜在外面等。她从下楼到出去一直低着头，像是干了件不光彩的事。开房的那天，她也是一个人在外面等。张顺订好房间后，叫她进来。这几天王艺娜总是把窗帘拉上，担心有人看到。旅馆在车站旁边，从外观看起来还不错。房间内设有点老旧，但相比上次在学校旁边的民房，不知道高到哪里去了。

张顺没想到，王艺娜会在他生日这天，长途跋涉过来，以庆生之名，将自己的身体毫无保留奉献出来。除了感动，张顺还能说些什么呢。到了车站，张顺去给王艺娜买票。大厅里的人很多，屏幕上滚动着车次让人眼花缭乱。排队很痛苦，张顺有些烦躁，把王艺娜送走成为一件迫不及待的事情。车还没走，张顺坐在王艺娜的身边陪她。两个人无话可说。一会，司机说车要开了。张顺急忙下去。太阳出来了，又是炎热的一天，四周挤满了人。车开始缓慢移动，王艺娜朝张顺挥手。张顺多次设想过送心爱的人离去的场景，无不是对方在车上拼命挥手，哭得一塌糊涂，而自己也跟着车奔跑一段距离撕心裂肺地喊叫企图挽留住对方。离别最关键的是，车不要总是不走，弄得两个人挥舞了半天手，仍旧待在原地四目相对沉默不语。此时,张顺和王艺娜面临的就是这样的尴尬。原有的一点伤感,也被这拖沓的车折腾光了。

车走了。张顺慌忙找公厕。经过候车大厅时,他看到一面墙上贴着治疗腹泻的广告。他冲到看厕所的老大爷面前,买了一卷卫生纸夹在腋下冲进去。坑位满了,张顺不得不再忍耐一会。排泄完,世界顿时恢复成彩色的。张顺抽着烟,开始欣赏隔板上的涂鸦。其中一幅是三人性交,虽然是简单的几笔,但被勾勒得十分生动。张顺不免有些佩服此画的作者,推测他是什么身份。是一名年轻的美术生,还是郁郁不得志的阳痿老人。这时,王艺娜发来短信,内容是,亲爱的,我走了,我会想你的。回复了短信,张顺提起裤子走出大厅,站在熙熙攘攘的人群中,点上一根烟。这时,有人往他的怀里塞了一本杂志。在返程的车上,张顺翻看杂志,里面有一篇文章,题目是"不戴避孕套,如何安全避孕"。为什么不早让我看到呢,说完,张顺把杂志扔到地上。

四

王艺娜考上事业编制成为一名小学老师,她告诉张顺周末要过来看他。电话里,王艺娜问,我要不要穿高跟鞋呢,穿上显得你太矬了,我还是小鸟依人比较好。所以在车站,出现在张顺面前的王艺娜穿着平底鞋,在牛仔裤的包裹下屁股很翘。她化了淡妆描了眼线,全身散发出熟女的味道。迅即,张顺的下体硬了。青年男子总是这样,走在大街上看到异性惹火的身体,下体便不由自主硬起来。张顺本以为和王艺娜在旅馆度过三天三夜后,会对她兴趣骤减。你能指望什么,当你把对方身体研习透彻,还会带着无限的憧憬让青壮的身体再勃起一下吗?但完全不是那么回事,见面伊始,张顺就想拉着王艺娜去开房。所谓年华易老,在床上虚度不正是最好的方式吗。

他们先去小饭馆吃了点东西。这两年的大学生活让张顺没有了吃早饭的习惯,王艺娜赶早班车过来也没吃早饭。饭后,他俩携手去小商品街。阴天的缘故,街上的人不多。秋风恼人,到处尘土飞扬。他们来到西边的仿古建筑群,坐在绿荫小道边的长椅上。不断有树叶从头顶落下来,街上停着一辆敞篷的观光马车,马有些无聊,不停地摆动着蹄子。

刚入秋,天有些凉。王艺娜谈及工作,说现在的小孩子很讨厌,但有时也可爱,总的来说不让人省心,体罚学生是不允许的，要软硬兼施才行。王艺娜显得胸有成竹，张顺伸出手抓了下她的胸部。王艺娜说了声讨厌，把自己歪向另一边。王艺娜被分配去的小学有些远，在两省搭界处，治安也不太好。她和另外一个被分配至此的同事住在学校宿舍里。张顺只是在听，并不放在心上，而王艺娜说这些，也只是说说而已，并不指望自己的男友能做些什么。但张顺觉得应该做点什么，他吻住王艺娜。王艺娜挣扎，捶了他几下。一会，张顺悄声说，开房去吧。王艺娜羞涩地笑起来。

路过一家照相馆，张顺提议进去拍张照。照相馆里面光线有些暗，说明来意后老板说要等一会他出去拿工具。狭小的照相馆只剩下张顺和王艺娜，他们站在橱窗前，看着外面的行人。张顺从身后抱住王艺娜，亲吻她。两个人拥吻了一阵。照片出来了，他们的姿势和表情有些僵硬。背景风格也很土气，在上世纪90年代北方小乡镇的照相馆随处可见，既虚假又严肃。两张照片都放进了王艺娜的包里。第二天上午他们在旅馆醒来已是十点多，王艺娜下午还要备课，他们匆匆告别。照片留给了王艺娜。

在这个县城，你会发现找家称心如意的旅馆是件很艰难的事。当然前提还有价廉。事情总是这样，当你特意去寻找某个事物的时候，总是难觅踪迹。即便张顺和王艺娜已经上过床，可王艺娜还总是躲闪，怕旁人一眼看穿他们之间的关系。张顺去找旅馆，王艺娜远远跟在后面，要等定好房间后，再跟着进去。这天下午，张顺走进一家又一家的旅馆，有的环境不好有的价格高有的隔音效果不好。眼看天色渐渐暗下来，张顺有点着急。他问王艺娜有什么想法，她什么也没说。张顺决定不再找下去，去第一家旅馆，也就是环境最差的那家。院子里停着许多卡车，北面一排两层的楼房，像是以前中学的教学楼，走廊外露着。旅馆的老板娘看到张顺又回来了，热情地迎上来。她看到王艺娜尾随在后面，笑着说，你们住这里就对了，我在派出所有人，保证安全。

他们走上二楼的一个房间，门打开有个女人从床上慌忙起身。老板娘说，来客人了，换个房间去。女的关上电视整理了一下超短裙出了门。怎么样，这个房间还可以不？张顺看了眼王艺娜，她的表情有点不悦。张顺问多少钱，老板娘说四十块钱。

老板娘出去后王艺娜盯着刚才那个女人躺着的床单说，真脏。张顺指着房间里的另外两张床说，还有其他的。王艺娜过去看了看说，那两张床更脏。王艺娜打开包换上宽松的衣服盘坐在床上看电视，张顺凑到她的身边动手动脚。王艺娜不高兴地说，万一有人进来怎么办。她指着破木门说，一脚就能踹开。

他们坐在床上看电影，外面电闪雷鸣下起了雨，院子里梧桐树的树冠在狂风中东倒西歪，落叶落得满处都是。他们趴在窗户边看。屋后是一排排的平房，雨水顺着屋脊哗哗地淌。张顺扭头对王艺娜说，我们做爱吧。王艺娜说，不做。张顺又说，下着大雨做爱感觉多好。王艺娜因为环境太差闹情绪。张顺费尽力气把她的上衣脱掉后她紧守住内裤不松，纠缠多时才把她的内裤扔到另一张床上。王艺娜拽过被子遮住自己的身体。张顺把她逼到墙角上，她紧拽住被子两只眼睛盯住张顺一副反抗到底的表情。张顺实在是没招了，把头埋在王艺娜的胸口说，你为什么这样对我。王艺娜掀开被子朝张顺扑过来趴在他的身上，很快事情完毕。

雨小了，王艺娜不想出去吃饭，张顺出去买了吃的。吃完饭王艺娜想去厕所，可她不敢一个人出去。张顺陪着王艺娜到走廊尽头的厕所，厕所门坏了，里面黑乎乎没有灯。张顺拿出手机借着屏幕的微光，王艺娜脱掉裤子蹲下让他在门外面等。回到房间张顺提出用嘴，王艺娜不同意。半夜有人敲门。王艺娜把张顺弄醒。张顺抄起凳子问是谁,对方踹了几脚门说在这个房间住。王艺娜感到害怕,蜷缩在被窝里好久都没睡。第二天醒来后,太阳照在身上,张顺和王艺娜从对方的脸上读出了憔悴和对生活的厌倦。

五

王艺娜要到市里办点事,问要不要见一面。早晨张顺坐上去市里的公交车,半路上天空飘起了雪花。张顺心情不错,想象着和王艺娜牵手走在雪中,不乏浪漫气息。可惜雪花落地即化很快就停了,天气阴冷潮湿,地上泥泞,世界像一块穿了几个世纪从未洗过的鞋垫。走出车站,张顺在路边等王艺娜。长时间的等待让他焦躁不安。张顺心情沮丧,瑟瑟发抖。当王艺娜微笑着从远处走来,一切都不再是问题,让张顺等再久都心甘情愿。他们牵着手走在路上,像是一块除臭剂。

张顺提议去开房。王艺娜没说去也没说不去,只说逛会街。这样的鬼天气,有什么好逛的呢。他们走进一家面馆,点了两碗热腾腾的面。吃完后,王艺娜提议看电影。十年前,电影院还没现在这么普及，说是录像带放映厅更为贴切。里面弥漫着一股说不清的臭味，他们找了个偏僻的角落坐下。在另外几个偏僻的角落还有几对男女。电影开场没多久，张顺按耐不住去抚摸王艺娜。他们接吻，然后试着将各自重点部位的衣物褪掉。

王艺娜还想看电影，但张顺一点兴致也没有了。男的事后总是情绪低落，万念俱灰。他想立刻就走，但这样显得太功利。

又看了会电影，他问王艺娜末班车是几点的，要不要提前走。王艺娜感觉到张顺在赶她走，生气了。她气嘟嘟跑出去，在站牌等公交车，一句话都不和张顺说。任凭他怎么哄劝，王艺娜板着一张脸像是不认识他。此时的她让张顺想到追求她时的情形，她吸引张顺的正是这种冷艳。王艺娜对张顺笑颜相迎他不把她当回事，这都是他自作自受。在张顺苦苦哀求下，王艺娜终于开口说话了，你不就是要赶我走吗，我现在就走，可以了吧。王艺娜甩开张顺的手，让他滚开。公交车来了，张顺跟着她上车。坐在她的后面。到了车站，想到王艺娜即将离他而去，张顺痛不欲生。他紧紧抱住王艺娜，她可算是笑了。张顺心里松了一口气，可他还是喜欢冷艳的她。

这天晚上,他们都没有回去,在车站旁边找了一家旅馆。太冷了,开空调也无济于事。他们穿着秋衣盖了两床被子抱着取暖。王艺娜正在生理期畏寒,张顺把她的双脚抱在怀里。他们谈了下彼此的生活,都只是一带而过,似乎没有深谈的必要。一些事情在悄然改变,他们早已有所察觉,但都不打算做出改变。他们都在旁观,甚至期盼它能快点结束。张顺抱着王艺娜哭了起来,不是嚎啕大哭,只是流着凄凉的泪水。不是因为爱情,更多是对自身生活的一种释放。王艺娜在想什么呢,她是否认为这是他们关系结束的暗示。这样认为也没什么不妥。

六

四月份,毕业生回老家实习。几百公里的路程,张顺临时决定骑自行车回去。他把衣物塞进编织袋捆绑在自行车的后座上。阳光明媚,张顺心情开阔。路两旁的树长出了树叶,风吹着飒飒作响,一切都是春天的味道。下午一点多,张顺骑到泰安和曲阜的界碑。他在路边的包子铺,匆忙吃了几个包子。

张顺的身体充满力量,他很兴奋,但疲劳很快就来了。午后的阳光少了些尖锐,弯曲的柏油路,在车轮下没有尽头。路上的车不多,偶尔有大货车呼啸而过。张顺刻意把路程伪装得充满乐趣。经过一个水坝,他下车走到水坝边,看到宽阔的水面,路边停着几辆汽车,悠闲的中年人正在钓鱼,他们游刃有余的生活姿态让张顺很不舒服。风越来越大,太阳离地面越来越近,张顺感觉到了凉意。潮湿的衣服贴在皮肤上,风吹得张顺有点头疼。

在一座大桥上,几辆拉砖的拖拉机从张顺后面赶上来。最后一辆拖拉机开过去的时候,他赶上去抓住后车板。风吹着砖头的碎屑打在脸上,但他没有松手的念头。后来张顺看地图,拖拉机带着他在地图上走了三四厘米。下午五点,张顺进入泰安市区。天空乌云密布,大风骤起,空气中混淆着大雨之前的水汽。他蹲在一所大学门对面休息,三五成群的学生从他面前走过。孤独是条动作迅猛的蛇,瞬间将张顺缠绕。

夕阳被乌云遮住,雨随时都会从天而降。张顺在一个喧嚣的市场买了水煮花生和两个馒头,又买了几斤橘子。他在沿河的路上慢慢骑着，河沿上栽着的柳树在风中挥洒着茂盛的枝条，像少女的长发。张顺把车子推上河沿，蹲在上面，看着路上表情麻木赶着回家的人们。晚上八点多，张顺经过灯火透明的开发区来到人烟稀少的郊区。

晚上张顺是在路边没建好的民房里睡的。铺好毯子，枕着发霉的衣服，张顺在被窝里啃馒头。他饿坏了，狼吞虎咽，连喝水的时间都没有。雨在下，旁边的公路上货车一辆接一辆地驶过。嘈杂中，张顺裹紧被子，晕沉地睡着了。

早上，雨停了，张顺呼吸着新鲜的空气上路了。在拖拉机的帮助下，张顺很快到了范镇。九点多，张顺蹲在路边的土沟里吃了昨晚剩下的馒头。在地图上张顺测量出范镇至莱芜市区的距离，决定走小路，范镇—寨里—口镇—博山。在范镇—寨里这段路，张顺给王艺娜打了个电话，喋喋不休对她说路上的事情。她不停地迎合着张顺亢奋的语调大笑。她让张顺注意安全，及时汇报行踪。张顺感觉他们又和好如初了。在一个村庄的集市上，张顺买了几个苹果，并在修车摊上补车胎。阳光灿烂蓝天白云的野外，张顺悠然地推着自行车。在寨里—口镇的路段，张顺迷路了。中午，张顺和一个老汉结伴骑了几里路，老汉说自己的老伴在住院，儿子又出了车祸，要去亲戚家借钱。他愁眉苦脸满头的白发在阳光下格外刺眼，抽着烟似乎有一肚子话要讲。在一条河边，张顺给王艺娜发了条信息，描绘自己站在河边所见所想。一条公路延伸进远处的山中，路两边是大片枯草丛生的原野。天空很低，西半天蔚蓝中的白云静止，东半天阴沉中的乌云翻滚而来。张顺努力在风中保持平衡，顺着公路，在山谷间是蜿蜒曲折的盘山路。路越来越窄，张顺在小桥上拦住一辆三轮车，车主是个三十多岁体型瘦小的男人。半小时，他把张顺放下，说前面就是莱芜与博山的界限。在口镇—博山这段路，张顺如同迷宫转盘里的彩球，沿着山腰上的公路，滑到山下。天黑之前，张顺决定到淄川。这段路上，乏善可陈。张顺连说话的力气都没有了。到了淄川，天尚未黑透。

人的记忆在时间面前是站不住脚的，张顺想不起是怎么到达淄川的，只感觉空气越来越糟糕，地势越来越低，树木上的灰尘越来越明显。总之，到处都是尘土，这让他精神更加灰暗。张顺的心情糟透了，天黑的时候，他又冷又饿眼神空洞地望着路边，在昆仑镇发现一家旅馆。

一个稚嫩的姑娘在大厅看电视。张顺说住店，一个浓妆艳抹的妇人边整理头发边从楼上下来。张顺交上身份证，跟着女人上了四楼，进入一个狭窄的小屋。这是最便宜的房间，一张单人床，一个电视机，除此之外什么都没有。张顺扔下行李，随她下楼拿暖瓶。张顺又接了点凉水，简单擦了擦身子，躺在床上看电视。在旅馆暗淡的灯光下，张顺抽着烟，想起以前不孤独的生活片段。

七

王艺娜把要订婚的消息告诉张顺时，张顺正在老家镇上的初中实习。第二天中午张顺到了滕州，脱下外套在路边抽烟。他按王艺娜的指示坐上去沛县的车。下了车，张顺双手攥着冷饮蹲在路边，东张西望，他不确定她会从哪边来。

王艺娜从路边的小区走出来，张顺看到她跑过去，把冷饮递给她。她说了声谢谢。张顺跟在她后面，她说要去帮同事买晚饭。买了东西王艺娜回到车子边，说我要回去了你自己逛吧。张顺拦住她说，你不能这样，我们应该好好谈谈。张顺一把抓住她的肩膀要把她往怀里送。王艺娜说，你别这样人多你注意点。

王艺娜的宿舍住着三个人，一个已经回家待产，另一个经常去附近男友家住，所以平时住的也只有王艺娜一个人。在某一个晚上，那男的没有回去和王艺娜在宿舍里待了一夜。也可能是在男方的家里。过几天他们就要订婚了，在这样的前提下他们早就熟悉了彼此的家庭。在张顺为红斑的事愤愤不平时，王艺娜骑上车子要走。张顺在后面喊着王艺娜，他跑上去拦住她，你等等，我们需要好好谈谈。她说，你放开手，面已经见了你可以走了。张顺说，我们应该好好谈谈，王艺娜说，我们不可能了。

王艺娜在前面越骑越快，还用余光向后看看他有没有追上来。看到这些，张顺心酸得很。她骑出了小区，来到更加广袤的天地里。阳光依旧灿烂，她骑车的样子投在街边的土地上。张顺看着四周的风景，天边的夕阳红得像是个灯笼。张顺向东步行了几个小时，来到一座桥上。他站在桥边，望着水面，有了轻生的念头。不远处的河面上停着一艘船，甲板上有人在晒衣服。张顺抽着烟，想如果跳下去会怎么样。他不会游泳，淹死是必然的。桥有十几米高，不太可能有人会救他。张顺始终没勇气跳下去，他想到死后会发生的事。

尸体被打捞上来，通过他身上的身份证，警察联系上家人。一对伤心欲绝的中年夫妇从外地赶来，看到儿子的尸体哭天喊地。他们多年来的辛勤培育付诸东流，他们将老无所依，生活失去意义。

晚上八点多，张顺走进一家小镇旅馆。一个三十多岁的妇人听到他的喊声后，从后院出来。这是个两层小楼的简陋旅馆，粉刷的墙壁已经脱皮严重。妇人走在前面领张顺上二楼，楼梯比较隐蔽，在后门靠西边的地方。由于楼梯比较陡，在上楼梯的过程中，她的屁股挡在张顺的脸前。看好房间后，张顺说，能别再往这里住人了吗。她说，你再加十块钱。张顺递给她十块钱。电视正直播鲁能亚冠的比赛，张顺躺在床上看。具体和哪支球队踢，张顺记不起来了。李金羽进了个球。下半时临近收官的时候，鲁能的门前风声鹤唳，张顺看得心惊肉跳，还好最后赢了。张顺睡不着，躺在床上抽烟。王艺娜发来短信，问他在哪里。十多年以后，张顺偶尔还会想起这天发生的事，每次他都及时转移注意力。所谓不堪回首，大致如此。倒不是他还嫉恨王艺娜，而是对自己面对男女感情时曾有过卑微行为的一种条件反射式回避。

八

在废弃电影院的楼梯上,张顺头枕着塑料躺在地上感觉既硬又平。塑料袋里装着毕业证、户口本、档案。张顺坐起来,拿出烟数了数。深夜,张顺蹲在区医院对面的马路上,借着微光看天空。他去商店买了饼干花去三块钱剩下三块钱,够明早回家的车费。稷下书城旁边的洗头房亮着红灯,从窗户可以看到里面女人的背影,张顺站在树后观察了一会。他决定在植物园的草地上睡一夜。七月中旬,手放在草地上感觉冰凉。一躺下张顺就打消了再起来的念头。醒来时手臂上被蚊子咬了个包。张顺戴上眼镜,上面蒙上一层雾。西边有人说话,两个男的坐在石凳上。不到十二点,张顺大概睡了一个小时。起身拿好东西向东走,一辆自行车停在路边,四周没什么人,张顺冒出骑它而去的念头。走到稷下书城,路边停了几辆出租车,张顺依着树干,抽着烟饶有兴趣地看着发出红光的低矮小瓦房。一根烟的工夫,张顺又回到植物园。可他怎么也睡不着了,头枕双臂自足地看着头顶的树枝。后来张顺还是不自主地困了,把双臂收缩进短袖里环抱在胸口。蚊子在耳边嗡嗡不休,草地的湿气和蚊虫让他不得不换个地方。凌晨两点多,张顺横躺在植物园的小路上。

时间尚早,张顺伸展身子,小腿有些疼。他听到女人的声音,侧过脸,一对男女交谈着从东边走来。女的看到张顺问男的这人在做什么,男的说不清楚不用管。植物园有很多路灯,矮如木桩,二米的木桩,透明的桩体,桩顶安着圆形的灯泡,桩体和灯泡一起变着颜色。张顺躺在小路上,看着西北方的路上排着的四根路灯,其中一根坏了,全身只发绿光。路北的几棵小树后面是被修理呈椭圆形的植物。从东边来了个男人,他坐在不远处的水池边,拿着手机给自己照相。那男的问张顺怎么在这躺着,很不安全。他说刚才从西边过来的时候看到有人抢劫。张顺忙起身向他求证,真的吗。他以为张顺害怕了,张顺只是好奇。

男的说自己是附近石化医院的医生,刚下了火车没地去。他问张顺为什么不去医院走廊的长椅上睡觉。张顺心想你既然知道有这个好去处自己为何不去。后来他说自己在马店街道那片租的房子。凌晨四点多,他说一起回去帮张顺检查一下身体。这时,他们谈话的深度已经有些亲密无间好朋友的样子。在得知张顺是刚从师范院校毕业的待业大学生时,他说自己认识教育局的领导可以帮他寻条出路。医生看着张顺的脸说你脸色很难看，张顺说一直都这样。他说你的脸色发黑，张顺问这是怎么回事。他说你自己把脉是不是脉搏跳得没有力气很虚。张顺试了试，仿佛如他所说。张顺问，这是什么出了问题。医生说你的肝可能有问题，你的右边小腹处平常是不是疼。张顺摸着小腹说偶尔会疼。医生向张顺粗略介绍了一下肝和肾的主要功能。他说，凭你说话的声音和脸色来推断你的肝已经肿大了。张顺问，我声音怎么了。他说，声音很虚一点气力都没有。肝肿大往往牵扯着肾脏，我现在怕你肾脏的功能会受影响。张顺问，会有什么症状。他说，阳痿早泄勃起无力严重的可能会终生不勃起。他提议一起走走找个地方坐。

他们来到树下的石凳。医生让张顺站在他面前。张顺站起来。他的双手放在张顺小腹上又按又捏又敲打，足有一分钟。他说好了，张顺坐下。张顺问，怎么样。他说，不好说，最好是找个躺着的地方让我认真检查一下。他和张顺探讨起同性恋。话题是这样开始的：他说有一天坐诊，一个男大学生问他对心理疾病有没有研究。他说，在上医科大学时有过皮毛的接触，你有什么问题尽管对我说我尽力帮你。大学生说他和同寝室的同学有过性行为。

他们在路边坐了一会，张顺又困又饿一点精神也没有。医生说，你要有空的话一起回我租的房子里去吧，我给你检查一下。走到亚洲旅社，天已经放亮。一个上了年纪的女人在街上收垃圾，整条街一股腐朽味。在破败的亚洲旅社前，医生递给张顺一根烟。张顺没要。他说，可能要等一会。说完他去了另一条胡同。张顺累极了蹲在地上。

一个老头开门。进了门是一个小院，放着杂物显得空间狭窄。老头说，客人都没起呢。医生说，先给我们另开一间房。老头打开东边一楼的屋子。进屋，医生把窗帘拉上，拉了几次都有缝隙。屋里阴暗，分布着四张床，张顺坐在靠门的床上。医生蹑手蹑脚走到张顺身边轻声说，躺到里边的床上。张顺说，你要做什么。他说，不是说好了给你检查身体的吗。张顺脱鞋上床双手枕在头下平躺着。医生坐在一侧说，你把腰带解了。张顺解下腰带把裤子退到膝盖露出内裤。他把张顺上衣卷起，手放在他的小腹上按了按，又将一只手掌放小腹上另一只手在手面上敲打着。张顺看着在他身上发生的一切。晨光从西边门帘的缝隙中透进来，医生低着头，张顺看不到他的脸。

他用手指在张顺小腹上变化着动作，又按又打，用指头卡着肾脏的大体部位。他让张顺翻身正面朝下，手在张顺后背上按摩。他又让张顺正面朝上，双手掌心相互摩擦然后再放在他小腹的两边，张顺感觉到冰凉的皮肤上安放着两块火，温热舒服。在亚洲旅社的小屋里，张顺躺在床上，医生用循序渐进的手法逐渐向他的下体靠近。他没有突然把手伸到下面而是一步步向下探。过程中他抬起张顺的脚在脚掌上按来按去，张顺很舒服同时也感到可笑。在这漫长的检查过程中，医生神情专注。他叹气似乎对张顺的健康状况很忧虑。张顺有了感觉但不强烈，他让医生住手。医生说，你闭上眼不要说话。张顺提上裤子穿上鞋出了屋子，在此过程中他都没看躲在暗处的医生。出门，旅社老头坐在凳子上看了张顺一眼。

九

张顺只在刚大学毕业的时候，在某家公司工作过几个月。春天的时候他辞职，揣着一千多块钱，坐火车去了武汉。在武汉市区行走一天，疲惫不堪的他打消了徒步走回家乡的念头。他购买了第二天的火车票，在火车站旁边的小旅馆住了一夜。张顺在拥挤的火车上蹲了十几个小时,因身无分文,一路上没有进食,下车后饥饿使他连说话的力气都没有了。这件事之后,张顺打消了走南闯北的想法,决定在家乡的这一亩三分地上终老。这两年张顺的确没有离开家乡,也很少回农村的老家,在县城租了个房子,不工作也不知道干什么。他非常节俭却总是缺钱,这都是因为不工作,除去向家里借钱之外,就是借同学的。当然借的数目都不多,多也就几百块,朋友了解他的情况,也没催着他还钱。由于节俭,两年他也挺过来了。如果他愿意,可以继续这样过下去。

辞职后,张顺并不是立刻去武汉,他先去两个信得过的大学同学那里待了一个星期,住在同学的宿舍里。大学中他们三人关系最好,另外两个在同一所中学任教,境遇也并不好,但也是没办法的事。这年头刚毕业的大学生称心如意的工作不好找。对于张顺的辞职,两个同学很不理解。毕业后,由于和这两位同窗好友相隔很远,逐渐不再联系。每个人都有各自的生活,大家都失去了相互倾诉的念头,主要也是说不明白,选择沉默是再好不过的。而且促成张顺这次远行的是因为女人,并非日渐萎缩的同窗情谊。自从和王艺娜分手后,张顺的生活重心就放在找个女人上。社会不同于学校，你可以说社会是个更大的舞台各色的女人你都可以接触到，这当然不假，只不过对于像张顺这样一无所有的青年人，略微有些姿色的女人，不会对你正眼相看。可能你们对张顺还不熟悉，他出身贫寒，也没有令女人为之心动的长相，说他一无是处也不为过。这些女人不是心有所属就是差强人意，张顺着急了，开始饥不择食，即使在他看来配不上自己的女人，也同样觉得他配不上自己。也不是没有机会，张顺和公司的一个女同事，曾独处一室，两个人相谈甚欢。如果张顺主动一点的话，两个人可以搂抱在一起，床就在旁边，被褥整洁,仿佛就是为他们准备的。张顺坐在女同事的身边，嗅到一股沐浴之后的体香。令人懊悔的是，张顺没有做出任何的实际行动，事后他思考过这个问题，可能是对方的个头并不令人满意，或许是她有些婴儿肥。又过了大半年，辞职后的张顺想起这个难得的夜晚，懊悔不已。很明显，张顺不善于把握机会，有贼心没贼胆，不然他也不会走到现今这一步。

张顺说起他在武汉留宿一夜的细节。买好火车票后，他在车站附近找了一家旅馆，住进去，由于南北口音的差别，交流上大费周折。对方看着衣着脏乱的张顺，服务态度并不好。房间很小，只容得下一张床，张顺躺在床上抽了一根烟，起身从窗户往外看去，是个大杂院，乱糟糟的。这是武汉，在这里他没有一个认识的人，这个事实让张顺很是心酸。天色将晚，张顺鼓足勇气开门去洗手间打水。他端着脸盆，在走廊中走来走去，房间林立，犹如迷宫，途中他没有碰到任何人，也没有机会询问洗手间在什么地方，他越走越焦急，担心走不回自己的房间，也担心会有人偷溜进他的房间，把他那些不值钱的行李拿走。越是担心，张顺越显急躁，他走来走去，越走越快，心跳加速，这一切如同是精心为他设计的，目的就是让他在这个该死的旅馆里绕死，客死异乡是他的最终宿命。张顺害怕了，大气都不敢喘一下，在走廊上站住，等到有人冒出来，为他指明方向。张顺等来一个女的，从某个房间走出来。张顺快步迎上去，问女的洗手间在什么地方。女的没听懂张顺在说什么，他只好调整声调用普通话重复一遍。女的还是没听懂，她失去耐心，转身走了。张顺站在原地，看着女的背影，深切感受到世界如同是眼前这个女的，从来不给自己解释的机会，一言不合就拂袖而去。

张顺没找到洗手间，他回到房间，将小便尿在空的矿泉水瓶里，然后把尿倒在窗外，窗户下面是一株绿色植物，水落在上面哗啦啦地响。下面住着人,问是谁往下泼水。对方说的是武汉方言,张顺没听懂,但大概是这个意思。对方很凶,张顺把窗户关上,没有搭话。对方骂了几句,没有了声息。张顺躲在房间里,害怕对方上楼质问。他迅速躺在床上,盖好被子,为了使自己像是在睡觉,他在考虑要不要把衣服脱掉。若是不脱,不像是睡觉,但是脱了衣服对方冲进来后,不便打斗。该怎么办呢,张顺很苦恼。

爱情必须付诸行动

于一爽

于一爽 作家,出版小说《一切坚固的都烟消云散》《火不是我点的》《生活别爆炸》等,人民文学奖获得者,十月奖获得者,部分作品被翻译成英文德文。

梦？

戈多不想醒过来，比往常都困，也许是立秋的原因，人应该冬眠，但她又不能真的睡过去。她处于醒过来和睡过去之间，她好像掌握了让自己长期处于这种状态的本领，她总是会突然一个警觉，回到这个处境（这个词十分有意思，好像会做这个动作的人十分警觉一样）。

她感觉刚刚做了一个梦。但她并不确定那是不是一个梦，还是仅仅是一种感觉。这段时间她一直处在半梦半醒之间，因为她感觉自己是困而并没有睡。或者是半梦，四分之一梦，可以无限切割的那种梦，梦的几个小的角度而已，小的甚至不能称得上是什么完整的事情。白天的事情来到眼前也许连梦都谈不上。梦里的时间会比现实显得更长，也许实际上是很短暂的，很多形象或者只是大块儿的色彩重叠不确定，梦里的人物性别不明。她打了一个寒颤，这太恐怖了，于是警觉过来，她并不觉得自己获得了短暂的休息，新生。她知道，自己又重新掉到现实里，掉到这个只能装下一个人的沙发。沙发装在1002房间。1002房间装在一座叫"小巴黎"的公寓里，公寓在地球上。地球在宇宙中。一切都是戈多花钱租的，如果这座公寓可以不叫"小巴黎"，她甚至愿意多付一倍房租，巴黎在结束，欧洲在结束，世界在结束，小巴黎？呵呵。这个地产商疯了。

此时此刻，她正等着李广来和自己谈判，至少用李广的话说——谈判。

他们有什么可谈判的呢。她想起在京市很流行的一句话———句顶一万句。连一句都多余，她想。谈判？他们有谈判的资格吗？

她看了一下手机，还不到十一点。她现在对什么都烦透了，这主要是针对她自己，她不应该给李广回那个"好"字。于是戈多从嘴里，从肚子里，发出了一个"好个屁"。连她自己都吓了一跳。

眼下的处境，她什么都不能去做，只能等着李广来。他们已经分居一个月了，除了一把电动牙刷，李广还有什么要拿走的吗。他是一个需要电动生活的人。戈多想。

她躺在沙发上，穿着一身不会超过100块钱的睡衣。这和她努力工作带来的身份有些不对称，会让人觉得工作失去意义。她拽了拽睡衣，最近又胖了，她想，也许就是因为胖，才总是想睡觉，那眼前的状况就不能赖她了。到了她这种年龄，变胖是迟早的事情，就算不变胖，也只能是一个瘦的老女人，这都不能改变"老女人"的事实。想着这些注定的场面，她的眼皮慢慢合上。（如果有人刚好能观察到眼皮合上的过程，肯定会感觉这真是一个倒霉的女人。）

她累了。

如果李广来，门铃就会响起来，到时候，戈多只要醒过来就好，然后换掉这身睡衣。因为已经分居了，他们的见面应该更体面，但是她，越是这样想，大脑越是加速度运转，无法安静下来，像有一个小飞轮在搅动自己，搅动那团花椰菜。她拧了一下自己的大腿，疼，这一切都是真实的。

她又看了一眼手机，她刚把手机从大屏幕变成小屏幕，就像把奥迪变成奥拓一样感觉良好，李广十点半的时候发的短信，如果他马上出发，大概就快到了吧。因为如果路途遥远，他根本不会来，他不是那种勤奋的人。这段时间，戈多一直不知道他跑到什么地方住去了，多半是老同学家，至于是男同学还是女同学，她一点也不关心，如果是女同学就好了，有人愿意收留李广，戈多的良心上还过得去一些，毕竟，他不是一个那么优秀的人。

她坐起来，口渴。咽了几口唾沫。

很难再睡着了。

戈多把笔记本打开，笔记本里是公司正在研发的一款最新 App 软件，软件构思是：让我帮你判断如何将爱情付诸行动。实际上是一个大数据软件。靠提供大数据增值服务盈利。这里面大数据包括了衣食住行四个大的习惯，四个大的习惯下面又细分了无数。当然这些数据不直接提供，只是通过后台分析，给出若干相关选项，使用者可用来参考并付诸行动。这个过程中又可以收集若干数据，如果买高级 VIP，就会有恋爱专家针对准确数据进行指导。所以对戈多来讲，爱情只是一个爱情软件。你是你所有习惯的综合，爱一个人应该先分析他的数据，是否值得付诸行动。总之在做了很多的市场调查之后，他们这家创业公司决定将最新的软件思路投向爱情领域，当然还处在前期孵化阶段，如果有了投资人的钱，一切就会顺理成章，这样才可以说服更多人：付诸之前，请享用一下这款软件。

戈多把笔记本放在肚子上，蓝色的光映在脸上，照得人很不舒服。"让我帮你判断如何将爱情付诸行动"，连这几个字都变得模糊不清，忽然大忽然小，这种怀疑并不是第一次出现，事实上，戈多怎么都想不通这件事了，而大数据库只是这个软件的第一步,第二步是,模拟人脑开发。虽然有人说,这是21世纪最可怕的技术了,如果机器可以判断,那未来,机器一定可以和另外的机器产生爱情,付诸行动,甚至,通奸。

戈多此时此刻确实想到的是通奸。她甚至还想到了轮奸,每天的工作,就是无休无止的轮奸啊。当机器的道德不喜欢这一切的时候,他们就会在地上挖一个洞跳进去,写上:这仅仅是死于系统的bug……这全部的问题,都让戈多的头更疼了。机器会不会觉得比人优越?所以他们永远不会发明人。这样想了之后,戈多真希望自己的脑袋立刻爆炸。让她作为人这个机器开启终极毁灭。世界怎么会开发出人这么糟糕的机器,她想。而有些机器比另外一些机器更糟糕,比如李广。李广搞不好是那种连终极毁灭都无法开启的机器。所以总是那样不死不活。

另外一个她迫切需要让自己爆炸(或者说睡觉)的理由是,明天下班之后他们的小组就要团建了,动员大会。"团建"和"动员大会"这些词在她这种单位里显得楚楚动人,以及带来能量,正能量。创业公司不就是靠正能量活吗?整个公司都是她这样,毕业快十年失去了工作的,以及才毕找不到工作的，在一起，靠一种口号互相鼓励。这个世界是需要口号的，想到这个，戈多宁可服毒都不想参加团建和动员大会，光是把这两个词从嘴里说出来，就已经让她觉得自己有毒了。虽然她知道这些同事就像她自己一样，每个人都有一大堆问题，就像一大堆 bug 做成的人形电脑，但是她可以去服毒啊，为什么要做这种不三不四的工作。

她把笔记本关上。想给李广发个短信，但是又不知道应该说点什么……她重新蜷缩在沙发里。沙发下面的茶几放的就是李广的电动牙刷，她按了一下，牙刷就吱吱运转起来了，快极了。戈多用手摸了摸，接下来，就在茶几上，吱吱刷了起来，有时候，她觉得，李广真是一个现代派。坚持下去，茶几甚至可以闪闪发亮。

沙发对面，是一面镜子。戈多突然产生一种很荒诞，甚至谈不上荒诞，只是荒唐的感觉，屋里的一切都像是浓缩景观，因为她住在"小"巴黎。镜子的下面碎掉了，是李广用啤酒瓶摔的，这正构成了现在的碎片。但是这么长时间过去了，都还没有完全碎掉，这多少有些神奇，真是一面坚强的镜子。看着镜子，戈多突然蹲下去，但照出来的这张脸越来越丑……这张脸要是去寻我爱情肯定要被别人踢出去的呀，她想。

而李广为什么用啤酒瓶摔玻璃，她竟然一点也想不起来了，或者说，这种行为发生在李广身上，才真的会给人一种，虽然过去很久，但是依然荒唐的感觉。

为什么这件事不是自己干的。

她现在也想破坏点儿什么了。

有人说：不同的事，不同的人，可以成为小镜子的里外，意识到小镜子的存在，里外的人和事就会趋同，他们就像故意要这么做，两个人，连步调都是一致的，一个戈多在外面，一个戈多在里面，戈多走了几步，穿着廉价的睡衣走了几步。里面的人是人，外面的人是面具，或者反过来，但都不重要，因为她们看上去一样一样的。戈多又故意往小镜子上撞了两下，她想像冰裂一样碎掉，可并没有。

因为李广还没来，或者说，李广还没来，镜子怎么好意思忽然碎掉呢。

戈多站起来走到窗边拉开白色纱帘，想看看李广那辆小汽车会不会出现。这是9月的一个晚上，她等着李广过来。两年前，或者是三年前也是一个9月，但不确定是不是这样一个晚上，她和朋友去看一出话剧，《等待戈多》，戈多觉得有一个话剧和自己一样的名字，至少其中的两个字是一样的，这怪有趣的，只是她等待了一晚上的演员戈多都没有出现。李广正是那个时候认识的。戈多没出现，但是李广出现了。认识的时候，他还是一个过气作家。这是李广的自我介绍，但依然有着作家的光环，所以他并不反感这样的自我介绍。戈多当时还没有来到现在这家创业公司，还在一家媒体，只要有赠票，还可以去看一出《等待戈多》。那么就不奇怪了，和一个作家，就算是一个过气作家在一起，在她那种靠赠票看演出的女青年来看，也是很伟大的一件事情。她甚至想过，作家会不会接吻的时间更长，以及做爱之前的准备活动和做爱之后的收尾活动更多？另外一方面，过气作家当然没有意见，他们也就成了通常意义上的男女朋友。也许还没来得及爱，戈多就付诸行动了。一个过气作家总是缺乏稳定的性生活，所以不管爱不爱，他们的行动都是必须的，以及固定的。但这一切只发生在两个人认识的初期。那真是非常遥远的事情了。

此时此刻，天上的月亮特别大，戈多看着月亮想，月亮不正常，这么大，还毛茸茸的，毛茸茸的四周让它看上去更大更不正常，就像挂在眼前，隔着眼睫毛就快要掉进自己的眼眶里面了。她突然想起李广说的,一个人盯着月亮太久,便会失去魂魄。这种话从过气作家嘴里说出来一点儿都不奇怪,因为一个正常人,怎么会说魂魄呢?戈多怀疑,也许李广骗了自己,他根本不是什么过气作家,而是一个过气诗人。魂魄呀都是诗人的专业用语。利器。说出来就肯定管用的那些话。至于管什么用,没有人在乎。只是想到"诗人"这两个字,这是两个在创业公司被禁止的字,就像毒品一样被禁止。工作了这么久,戈多已经回归正常。

戈多把白色纱帘拉上。瞬间,月亮也就不存在了。做了位移。跑到别人的眼眶里面去了。所有没看见的事情等于没发生。这是她的口头禅。心情自然就好了一些。也不知道李广现在的心情怎么样,她想应该是心情坏,否则怎么还不出现呢,她甚至洋洋得意地想到——离开了自己,他还能不心情坏吗,至少已经坏了一个月了,单就说稳定的性生活这一项,就无法达标了,虽然两个人在一起也早就不稳定了,但至少有一种退路。何况,喜欢过气作家的女青年已经越来越少了。除非是那些不需要性生活的女青年,但这对过气作家全无价值呀。也许他们的关系正处在十分糟糕的阶段,所以对于李广,无论怎么刻薄,戈多都觉得合情合理,反正,他又听不见，看不见的事情就不存在，听不见的事情，自然也就不存在了。

心情好，心情坏。她顺便想到这样一首歌。还情不自禁地哼唱起来了呢……

心情好~~心情坏~~心情好~~心情坏~~心情坏~~心情坏~~心情坏~~心情坏~~~~心~情~坏~

唱着唱着，关于李广的想象，就像毛茸茸的大月亮一样不正常地又跑了来，或者谈不上想象，因为李广是一个被禁止想象的人，也许一切只是对于他们过去两三年生活的一种回顾。当你真的和一个过气作家一起生活的时候，你就会发自内心地感谢他终于过气了。看不出李广喜欢什么，但是他喜欢一些便宜的科技产品，比如电动牙刷，可以说，电动牙刷是他身上唯一的科技性，而其他更多的科技，对他，对戈多，对两个人来说，都太贵了。戈多又想到了魂魄，她拼命回忆李广的那张脸，那张嘴，想象这两个字从那样一张嘴里到底怎么滚动出来。虽然李广并非一个没有魂魄的人，或者说，可能还比自己多一些呢，但是都不足以多到要命名它的地步。魂魄。灵魂。魄力。还有很多类似的组合，但都不如"魂魄"可笑。说出这两个字的时候，嘴巴会鼓成一个圆圈。戈多这么来来回回说了几遍，魂魄，魂魄好，魂魄坏，李广，李广好，李广坏，所有，就像在给口腔进行一种小型按摩。使用一只电动牙刷。或者说，在给口腔进行一种小型强奸。虽然她保证他们之间已经没有爱，但是现在连被李广强奸的机会都没有了，想到这些的时候，戈多忽然饿了。

她觉得家里还应该有面包牛奶。她站起来打算去冰箱里面看看。

但是，冰箱里什么都没有。

戈多感到全世界都在和自己作对。

或者说，也不是什么都没有，仔细观察，会发现，有一只蚊子呢，否则就真的完美到像一个节食者的冰箱了。一只蚊子怎么会跑到冰箱里，戈多觉得很离奇，她甚至想，会不会是一种神谕，一只蚊子可以和神谕联系在一起吗？也许没有什么不可以，反正戈多什么都不相信。自从进了创业公司，她现在只相信理想，夜深人静的时候，她也偶尔会相信，理想都是骗人的。

戈多用大拇指和食指把蚊子捏起来，又用另外一只手捏了捏自己的小肚子，感觉里面有很多肥肠。也许是她饿了产生了对自己可怜的幻想。是呀，付诸行动，就算不是爱情。

她一边念一边将蚊子使劲粘在了冰箱外面。伴随着那些冰箱正常运转的声音。

咕咕咕咕。咕咕咕咕。

戈多仔细听了听，这种举动必然是出于无聊，但，就像来自宇宙的声音。毕竟，谁能说，谁敢说，冰箱里没有藏着一个宇宙。因为没有人见过宇宙，但是，她是个一般人，怎么能听到宇宙的声音呢，她觉得这个想法有些不着边际。这样想的时候，关于声音的联想果然都消失了。正像一个死掉的蚊子，戈多想自己也是什么人的蚊子吧。如果人不是什么更大的人的蚊子，或者换一种可爱说法，宠物，那为什么要这么努力呢？为什么？

她从牙缝中挤出一个词——爱情。她忽然觉得很刻薄。难道？难道是为了爱情，人才这么努力。这么想的时候，她忽然发现——这不就是这个研发中的软件的 Slogan 吗。她已经能做到轻轻松松就背出来的地步了，呵呵，这样可好，一点退路都没有了……

于是她把脑袋放在冰箱中冰镇了一下。她的头很圆，如果有人刚巧路过的话，会发现是一个冰镇西瓜。戈多觉得自己热昏了头，她每天都被逼着思考这个软件，李广又离她而去（当然也许离去是对的，难道一个过气作家能帮到自己吗）。很短的一瞬间，她甚至感激李广。感激他离开，不管是主动还是被动，至少让自己获得了时间，还有比时间更宝贵的吗？一个过气作家，就算他并不经常真的坐在家里，但是只要坐在家里，就是无休无止的情绪，那些充斥在时间里、空间里的，情绪，可怕至极。这一切，只要想想他的那篇成名作——讲的是几个人一起勒死了一只天鹅的故事，就不难理解了。

那篇小说，还曾经被收入到一本名为《小狗派》的小说集中，认识李广很多年后，戈多忽然想到，在她更年轻的那些年，竟然读过这本小说集——虽然它的宗旨现在都没有人搞清楚，好像仅仅是为了出一本小说集。

这是正确目的，以及全部理由。

至于"小狗派"，就是总是将主人公写得无足轻重（大概是比狗都不如）的一种自我讽刺的流派吧。如果不相信的话，一定可以在百度上查到"小狗派"，不能说轰动一时，但是耸人听闻过一小阵子。只是没多久，这个流派就销声匿迹了，保佑他们的那只小狗大概得狂犬病死掉了。

不知道为什么。在这样一个夜晚，戈多忽然想起那篇小说，她全忘记了，只有这么一个大概，以及一个疑问——勒死一只天鹅，算不算一种恶呢？

但是，她没有机会问李广，李广并不是当事人，这是一篇彻彻底底的虚构，李广只是一个软弱的过气作家，所以才要勒死一只并不存在的天鹅。否则他怎么会勒死一只天鹅呢？戈多愿意相信，李广都没有见过天鹅，如果见过，怎么忍心勒死呢？他可不是一个狠心的人。再说，恶是伟大的，李广是一个一般人，他才不会做出伟大的事呢。如果他做出伟大的事，又怎么会和自己在一起。这样一想，戈多知道，一切都形成了完美的闭环。

对于戈多来说，屋里的任何地方都可以坐一坐，因为这只是一间小屋子，就算把每个地方都试坐一下也花不了很多时间，于是戈多就到处都坐了坐，就像一只小狗在找一个坑。李广住在这里的时候，多少显得有些狭窄，现在不了，显得正合适，戈多也就真的能像一只小狗一样欢快地移动起来。她希望：很快，李广来了之后，两个人好合好散。因为她已经下定决心跟他好合好散。好合好散还不行吗？就算没有热烈地爱过，但至少填补了自己可以和一个作家谈恋爱的愿望。被满足之后，就应该弃之如敝履。

李广就要和有钱的朋友去沙漠拍片子了,他再也不要当一个过气作家了,戈多很开心,在他当过气作家的这些年,总算认识过一两个有钱朋友,没有钱,谁敢去沙漠呢?就算你再喜欢沙漠,要说喜欢,戈多想:我还喜欢呢,除了沙漠,我还喜欢大海呢?我能去吗?除了在小巴黎,或者在公司,人生就是从小巴黎到公司,从公司到小巴黎,堵在京市的七环路上,等待升天。

更何况,戈多连分手都懒得正式提出来,所以李广要去沙漠真的是千载难逢天赐良机啊。如果不抓住这个机会,也许以后更没有这样的机会了。所以亲爱的李广,过气作家李广,什么都不用做,只要过来,带上他的电动牙刷和你嘴里的"谈判",然后两个人友好地说一声"再见",天就全部亮了。

重点是,一定要过来带上电动牙刷,因为,戈多想:沙漠里也是要刷牙的吧!虽然电动的多少有些不方便,需要充电,但,如果他当了著名导演,万一呢,只是说万一,更多女人亲近他的时候,他至少应该保持口气清新,而不用像很多成功的人一样,除了成功,什么都没有。或者,他如果失败了(这是极有可能的),从沙漠就那么回来了,孤苦伶仃地回来了，只能继续当一个过气作家的时候，他总不能当一个有口臭的过气作家吧。

想到这些，戈多在沙发上颠了两下，看上去十分开心，每件事情都在把握之中的感觉真的十分开心。这种感觉并不经常到来。不光是开心，她还有些自我感动。要是自己更爱李广一些，或者李广更爱自己一些，也许一切就不一样了，她就应该等他从沙漠回来，热烈欢迎。

但，这是办不到的。或者说，是已经不会存在的事情了，因为她已经下定决心。这一个月的单身生活，她感觉舒服极了。除了没有性。但，世界上很多人都没有性。否则，他们的这款软件怎么会有市场呢。既然是很多人都不拥有的东西，戈多理所当然地想到——自己也不配拥有才对，才安全。

只是，李广还没有来，迟迟，没有来，戈多有了一种不祥之兆，混合着气愤。已经过去了快一个小时，他不会死了吧？还没去沙漠就死了，这也太可怜了。他还什么都没干就死了，这也太可怜了。戈多没完没了地发出了好几个"这也太可怜了"，像对李广一生的概括总结。也可以说，正是因为李广的存在，戈多才成了两个人之间的关系中不那么可怜的一个人，她把窗帘拉开一点点，月亮就又进来了。

白色的纱帘因为过分地长，所以刚好吹在脚面上。痒痒的，有风吹过来，她能感觉到，有时候会有一些瞬间，让人觉得生活还挺容易的，或者说，还挺容易满足的。就是这么简单的一个时刻，白色的纱帘吹在脚面上，戈多忽然有一种冲动，想和李广一起站在这里，就算很多事情都结束了，他们还是可以拥有这样一种最后的时刻。这样想的时候，戈多心里变得很难过，她想不明白为什么。为什么自己和李广说"分手啊"这三个字的时候，他就真的这么干了。而且戈多用的是"啊"。"啊"难道不是表达一种逗你玩吗？就算她真的这么想，李广怎么可以这么快答应呢，这么快决定呢，这么快就走了呢？更何况现在，他还不来，戈多也糊涂了，她不知道，这，到底算什么呀？他们是需要一个正式的分手，一个付诸行动的爱情的结束。而不是一个人说"分手啊"，另外一个人就神秘地消失了一个月。这算什么啊？算什么啊。

就这样，戈多等着有人来敲门。她又看了一眼手机，她把明暗度调亮了一些，但是又觉得太亮，就又调淡了一些。她反复做这些的理由很简单，她不想放下手机，她希望手机拿在手里的时候，可以跳出一条可爱的短信——我到啦。

这样的话，戈多就有更多机会告诉李广——你去沙漠吧，我这一次是真的跟你说分手啊。就算还有一个"啊"，也是真的了。搞不好她还会再送一个英文单词给他——"over"，和一个叹号。完美。

因为就算在她的软件中，当完成了一个客户需求之后，必须填写好评、差评，才算是完整的订单。就像阳台上的花，从活着到死了，现在，早就干了，它们都当干花很久很久了，它们的前世是花，那还是夏天的时候。而现在，已经秋天了。它们必须死。这才是一个完整的过程啊。

戈多不确定植物是不是也有感知方式，会不会它们死了，这些感知就飘在屋子中，然后进入人体，这样一想，她把那些干了的花倒进了垃圾箱，因为也许有一部分已经在自己的身体里了。戈多把胳臂伸出来闻了闻，可是，什么也没有闻到。她张大嘴，长长地，舒了一口气，她又往楼下看了看，李广的小汽车还没有来，只有一个妈妈领着小孩匆匆赶路，天已经这么黑了，她们从哪儿来要去哪儿，当个单亲妈妈也不错！戈多想，虽然没有任何迹象证明那是一个单亲妈妈。但是她走得那么快，一定不是一个幸福的女人。

戈多被自己的诛心之论吓了一跳。

这也不免让她想到，自己连当一个单亲妈妈的机会都暂时没有了。或者是永远的。她眼下只有一个关于爱情的爱情软件，和一个失踪的李广。或者说，一段失踪的爱情。甚至，谈不上失踪。因为李广就是这样的人，他是一个过气作家，虽然过气，可是多少染上了一点创作者的毛病。在一起的这些年，戈多早就习惯了他，他总是忘记自己说过的话，忘记自己做过的事。戈多怀疑甚至他会经常忘记生活中还有戈多这么一个人。李广的世界不能说停在了过去，但是至少停在了自己的世界中。那么，既然他是这样一个可怜虫，戈多当然可以再原谅他一次，并且只要想到是最后一次，她觉得合理多了。也就不那么委屈了。所有的结束都可以被原谅。但是，人呢，戈多想——她现在最需要的是人，出现，否则她原谅谁呢？她从高处往低处看，那个单亲妈妈已经走掉了。

是呀，她走得那么快，肯定走掉了。

如果她有机会当一个妈妈，或者一个单亲妈妈，是否会把每天所做的一切都理解成垃圾，她没有把握。她不希望人类被机器统治，尤其爱，这件事，但是现在她根本无所谓，洪水滔天都不关她的事。最好洪水滔天。所以她工作十分拼命，女拼命三郎。至少这样可以多挣一点钱。她又看了看自己的廉价睡衣，也许从出生就都决定了，不管自己挣多少钱，都只会买这种廉价睡衣。戈多从来不觉得自己是一个有品位的人，所以她总是想和一个作家谈一次恋爱，但是除了电动牙刷，李广并没有带来更多的品位。

所以戈多目前比所有人都好奇一个没有品位的人开发出来的爱情软件。那一定是一个奇迹。何况在这样一个团队中，她已经被公认为是最有品位的人了。这种品位或者说口味，并不知道如何判断，但是有一个简单的依据，在戈多的那家创业公司，果然没有一个人看过李广的小说。

因为，谁会看一个叫李广的人写的小说呢？他们根本不需要看小说，世界是大数据构成的，他们是对的，无法被归入大数据就毫无意义，只能属于数字"零"。李广就是通常意义上的零。就像在他们开发的这款软件中，如果几项指标为零，爱情就再也无法付诸行动了。和爱与不爱，无关。

只是她从来没有机会和李广说过这些，就算他们在一起的那些年。一方面是，李广并不经常在这间"小巴黎"，他总是在天上飞来飞去，参加各种各样的文学会议，甚至可以说，没有这些文学会议，他还称不上一个过气作家呢，怎么会有当红作家整天忙着开会呢。而为什么有这么多的文学会议，连李广都说不上来，这可能也是一种运气吧。

就像单亲妈妈也是一种运气，和完美的爱情一样，在他们的软件中，都归结为一种指令，不可思议的指令就等于运气。戈多很清楚，自己暂时不会拥有这种运气了，她已经好久没来月经了，但她知道——肯定不是怀孕。简直是十分确信。就像确信人类真的不会无性繁殖一样。

何况，像她这样的"精英"怎么可能月经正常呢？可以让自己看上去正常的事情太多了，比如包包，而根本不需要流血。

她知道，是最近太累了。

所以她希望这个给性冷淡、性无能或者说爱冷淡、爱无能人士使用的软件快点融资，她快点拿钱，以便租一个更大的房子，有一个更大的狗窝，而不必叫"小巴黎"。虽然新闻联播里面说——政府又要调控房价了。

也不知道，越来越贵的房价，一个过气作家会不会还承担得起？戈多想。虽然李广可以经常在天上飞来飞去，参加各种各样的文学会议，住在各种各样的宾馆中，在各种各样的床上一个人或者两个人醒过来。再或者说，他会很长时间都在沙漠中了，他会熟练掌握搭帐篷的技巧，但是，他总要有个家吧。这样其他的过气作家才可以羡慕他。而如果连羡慕都得不到，李广就真的一无所有了。戈多开始为他担心起来。毕竟，他们相爱过，那，应该算是爱吧。虽然十分不确定。至少他们做过爱。

李广来短信了

短信就在这个时候响了，李广问："你来了吗？"

这多少有些奇怪，但至少证明了他还活着。

难道不是你来吗？可戈多懒得再问，她想——就这样吧，反正。你还活着，我总不希望你死着去沙漠。对不对。

纱帘被风吹动，看久了都开始让人不耐烦了。因为仅仅是纱帘被风吹动。

戈多紧紧盯住眼前的纱帘。忽然间，她发现了一些黑色的污垢，也许是因为她越来越失望，进而关注到了很多细节。她用手抠了抠，看上去像是动物的排泄物，但是这个房间中会有什么动物呢？也许是她眼花了。要说动物，大概就是她自己吧。一个人形动物。不久之前，是两个人形动物。人形动物当然不如动物。

再抽一根烟就真的去睡,戈多告诉自己。再不去睡明天还要不要醒过来啦?要不要上班啦?要不要奋斗啦?可惜,整个夜晚,她都处在这样一种状态中:做梦,没有做梦,也许之前想到的全部都只是梦,李广也许根本不会来,谁知道呢。睡过去,醒过来,她把烟在床头磕了几下,又把过滤嘴撕去一小节,这些都是李广遗传给她的。两个人在一起生活太久,就会互相遗传,从科学上来说——夫妻属于第四亲属。虽然他们不是真正意义上公家承认的夫妻,但是除了李广,戈多再没有和谁生活过这么多年。戈多甚至偷偷想过这其中的理由:谁能忍受自己呢?除了一个过气作家,除了一个没有本事的人,谁能忍受一个开发爱情软件的女人呢?看着手里的烟,她忽然有一点想念李广,自己已经太久没有被他抱过了,自从他就这么走掉之后,虽然这也节约了不少时间。在她的软件中,拥抱并不算付诸行动的选项,反而是影响付诸行动的一个干扰选项。而做爱,在她的爱情软件中,则被定义成了一个叫做"高潮帮扶小组"的选项。

只是想到这一切都是被一群每天没有高潮的人开发出来的,她感觉一阵心酸。

沙发旁边的茶几上放了一只水杯。水杯里堆满了烟灰。

刚刚，抽掉了一根烟，可她还是不困，或者说，困意全无。那么，再抽一根又有什么关系呢。就像那些因为失去的欲望而一根一根抽着事后烟的人一样，她的每一根都燃烧得不充分。戈多是故意的。她有的是烟。还有一些烟灰弹在了外面，水杯里还有一些剩的酒，她白天做软件的时候喝的，此时此刻，她发誓自己敢连着烟灰一起喝下去。但是，房间中没有人愿意听她发誓。这样想着，她把头重新歪向枕头上。她的枕头是一个泰迪熊样子的熊，但是并不是泰迪熊，也就是说并不贵，就像她身上这身不到100元钱的睡衣一样。只有出门的时候，她才愿意穿点好的，李广经常见到穿着睡衣的戈多，他们早就视而不见了。她觉得自己十分廉价，而且一生都不会变好了，这是一种十分亲切的感觉。

这个熊看上去傻乎乎的，看着熊的眼睛，戈多突然想起不久前报纸上的一则新闻：一个野生动物园里面的熊把人吃了。但是，报纸上写得很不具体，到底是怎么吃的？还是没吃，只是咬死了？或者抓死了？压死了？可能还有更多种死法呢。据说人类有一百万种死法。死在沙漠里也是一种。总之戈多觉得很不准确。描述永远是事情的第一步，就像如何描述爱情是他们整个软件中最难的一环。

她把下巴扣在枕头上,也就是泰迪熊的两只耳朵中间。她像一只熊一样发出"咕咕咕咕"的声音。也有点儿像冰箱的声音,宇宙的声音,就像一只熊在抒情。如果再有一些力量,或者说,有一个孩子,因为有人说,那些有了孩子的人说,孩子可以带来力量,那么,她愿意退出这个软件组。因为这是她怎么都不能相信的事情。"咕咕咕咕",她又发出这种奇怪的声音。她也只能把整个世界当成比泰迪熊还要蠢的东西。

李广是不会跟自己生一个孩子了。在他们一起生活的那些年,哪怕一秒钟,一瞬间,这个想法都没有到来过。哪怕作为一种错误,都没有到来过。谁会愿意和一个过气作家生一个孩子呢?然后告诉孩子你的爸爸是一个过气作家,成名作是关于勒死天鹅的残忍故事吗?

她希望李广快些来,快些解决两个人的问题。他们已经分开了一个月,如果不是李广今天忽然发短信说:"要过来。"戈多猜测——大概是要拿走需要拿走的。否则,也许他们依然可以一直什么都不去做,就这么不死不活地存在。

戈多只是很伤心,当李广要说去沙漠的时候,竟然没有问一句自己,要不要一起,就算一定会得到拒绝的答案,但是他应该那样问。这样戈多才真的有机会拒绝他。是呀,戈多怎么会去沙漠呢，丢掉工作去沙漠？光是想象一下就觉得脑子坏了。因为如果没有工作、家庭，就像大家普遍说的那种关系，那自己和一个捡破烂儿的卖淫的有什么区别？和一个鬼有什么区别？戈多把自己缩在被子里，被子上也画满了一模一样的像泰迪熊一样的熊。她就像一个装在泰迪熊肚皮里面的鬼。

被子的一部分掉在地上，她就用脚踢了两下，又觉得两下不够，两下怎么能表达她的心情呢。她又多踢了两下，还踩了几下。如果被子是李广的化身就好了，这种感受就像消化一种食物，但是她的胃里现在没有什么需要消化的。如果全世界的人一起踩脚，地球会不会陷下去一小块，就算只是一小块？这个世界上到处都是一些善男信女，他们为什么不能一起把地球踩掉，你们还好意思寻找爱情？戈多想。去死吧。都。

李广又来短信了

就在这个时候，短信响了。

李广说——"我不去了。"后面还有一个非常调皮的笑脸。

戈多揉了揉眼睛,她以为自己看错了,我——不——去——了?戈多感到有一种东西从头顶流到脚面,很快,整个"小巴黎"就都淹没了。于是戈多复制了这个笑脸,又给粘贴了回去。

她甚至多复制粘贴了几个笑脸,等于李广在和自己失联一个月之后,竟然收到了一系列笑脸。这么做的时候,戈多觉得还是自己更善良一些。虽然,她想问李广什么意思?是什么不去了,是你不去沙漠了吗,还是不去小巴黎了,还是都不去了,还是其他那种在创作者看来的隐藏的含义?但是,戈多没有问,一个字都没有问,她只是回复了几个笑脸,感谢人类发明了表情包。戈多有一点失望,但是并不强烈,因为他们分开的原因并不是因为他要去沙漠,沙漠只是变成了他们分开的一个原因而已。这下可好,一切又恢复原状了。她摆弄起眼前的电动牙刷,可是已经没电了,大概是刚才刷了太久茶几的缘故。她像敲一根香烟一样在桌角敲了敲,可是一点儿电都没有了。还好你没有带着它去沙漠,戈多想。

那天很晚的时候,或者说,应该是次日的凌晨了,戈多把脑袋伸在窗外,她需要透透气。对面是一家电影公司,还亮着灯。这家电影公司竟然比自己的单位还要加更久的班，也许可以获得京市第一的荣誉。戈多记得自己刚搬来和李广住的时候，对面还是一家图书公司，再后来，这家图书公司就成了电影公司。不过说实话，如果有一天，楼下的早点摊成立电影公司，或者说，影业（影业听起来更洋气），戈多也发誓绝对不会再吃惊。世界变化就是很快，可以让她吃惊的事情并不多了。

四周一片漆黑，戈多忽然想到一个朋友告诉自己的关于婚姻的理论——婚姻就像黑夜中一间亮闪闪的大厅，有100只灯，每过一段时间就会坏一只，最后只有几只亮着，照着所有熄灭的灯，大厅里会有很多阴影，你会越来越清楚，到底还有几只灯亮着。

虽然和李广从来没有过婚姻，但是在他们的灯就快要熄灭的时候，忽然亮起了一只，不可思议的是，亮起来的那一只，竟然显得大厅更黑了。

她看见外面有一块墙皮摇摇欲坠。

她感觉住在了一间没有墙壁立在荒野中的房间深处。

这样想的时候，戈多的耳边感觉有风吹过，混合着沙。沙声和风声，她幻想有巨大的东西，不管是什么，从天而降。

经过她的窗口。这样她就可以看见垂直降落的全过程。

对面的电影公司还亮着灯。

什么都不会发生。

于是，戈多决定关掉自己的灯，全部的，房间中的，慢慢，闭上眼睛之后，一切才开始变得很具体——

沙漠的场面，竟然变得很具体。也许这就是李广当初要离开的原因，但是他改变心意了，而戈多并不确定自己会不会拒绝他，她害怕的就是自己重新接受他，回到那样的生活中。意识中的沙漠很空旷。她枕在窗台上。风吹过来，过了很长时间，似睡非睡似醒非醒，这一切又到来了：

第一个梦

是梦里，沙漠中，阴天伴随着下雨，只是没有太阳。沙漠里怎么会没有太阳呢？戈多觉得肯定是什么地方出了问题，或者说是地球这个系统出了bug。沙漠的尽头连着自己的办公室。但是沙漠怎么这么轻易就有了尽头？戈多不愿意相信。办公室有一个很大的投影，正是那个研发中的内部软件，这些软件只有几个人见过，怎么会跑到沙漠里去了？戈多想出声，因为搞错了，工作出问题啦，但是她发不出声。梦里的自己，是一个很小很小的人，就算这么小，但也可以称之为人。可是发不出声。梦里的戈多，在寻找一个人，但这种不清醒的意识进行到一半的时候，戈多突然发现可能是别人在寻找自己，但自己在寻找谁以及谁在寻找自己？为什么？梦里都没有提示。所以戈多要逃跑。她暂时不想被找到。她跑啊跑啊，沙漠里出现了很多马路，和戈多小时候生活过的马路并没有区别，这更让她吃了一惊。如果说，这真是一条小时候的马路，但是为什么有这么多的风和沙呢？接下来，她开始弯腰跑，风沙很大，她非如此不可。她跑着像是要推开全部的、挡住自己的东西。但是那些东西太巨大了。戈多的门牙有个缺口，不能为她挡住更多的风和沙，她预感到整个世界的风沙都顺着缺口吹进了自己的身体里。就像一颗行星疯狂地向自己冲来了。忽然，在碰到自己的一瞬间，折叠了，继续地折叠，不断地折叠……空气，就像一个手指绕过她的脖子。一瞬间，她感觉到了，明白了，那只天鹅为什么必须被人勒死。

那一年我是所有人的陌生人

小说界文库 ①

《小说界》编辑部 编

上海文艺出版社

目 录

理查德　郭　楠..........1

吉祥三傻　张　敦........51

春之盐　张天翼........93

私　星　田　原........111

移动互联以前　石一枫........141

白玫瑰传动装置　王莫之........183

战马希恩　巫　昂........211

山野故事二则　朱　岳........239

理查德

郭 楠

郭　楠　作品散见于《收获》《上海文学》《小说界》《山花》《芙蓉》等期刊，曾被《小说选刊》《中篇小说选刊》《北京文学中篇小说选刊》《长江文艺》转载。出版长篇小说《花团锦簇》等。

一

理查德是一个随便的人。和其他那些生活在上海的美国人相比，理查德从来没有抱怨过在中国的生活有任何的不习惯，当初来中国旅行也是缘于一个随便的决定。大学毕业后一时找不到合适的工作，看到上海苏杭的自由行打促销价，他便扬州杭州苏州上海的玩了一圈，一路上认识了一些中国人，也认识了和报纸上电视上见到的不一样的中国。理查德在美国一直生活在小地方，到了江南一带的繁华地带觉得眼界大开。等到了上海，才真正地震惊了。理查德立刻就决定他爱上了中国爱上了上海。

再次回到上海的时候理查德拿的是工作准证。一家连锁语言学校在两轮网络面试之后聘他当英语老师，虽然他只是社区大学毕业，但是胜就胜在浅金色的头发，白种人的皮肤。地道的美国腔早已经不稀奇了，他是一看就知的洋老外，而且年轻便宜。这家连锁的语言学校在浦东八佰伴附近新开了分校，将新招进来的活招牌丢在那边。理查德在同事的帮助下，在世纪公园附近找了一间没什么装修的房子，那边的租金比八佰伴附近的便宜，理查德粗略地算了一下，就算加上每天来回的公共汽车费，也还是便宜些。

理查德从来不会在斑马线上或是人行灯亮着、车辆和他抢着过马路的时候像很多刚到中国的老外一样比中指，举起双手，骂脏话。有车要抢，他就让让。他看见那些从各种车里飞出来的烟头烟盒痰汉堡包纸袋薯条盒子也并没有怎么样。在街边摊贩那儿买东西他也不怎么讨价还价，只要小贩再说一个低一点的价格，他就拿了。理查德觉得自己很快就适应了上海的生活。他觉得自己很喜欢上海，他也觉得，上海也是很喜欢自己的。

理查德喜欢复杂的中餐，虽然因为薪水的关系，他比较少有机会尝试精致高档的中国菜，但是他也会和同事一起去一些小餐厅，点一些上海菜、四川菜、广东菜，他觉得很不错。平时路边的打包，他也觉得很不错，金发碧眼的杵在民工中介中间等着路边摊的炒饭炒米粉，人家笑嘻嘻地看他议论他，虽然有些不自在，但是他也始终没有说什么。他的金发颜色非常浅淡，接近一种白色，皮肤又白，眼睛的颜色也淡，有时有些民工会大声地猜测他是不是白化病人，他听不懂，但是知道他们在议论自己，也只是自己笑笑，只是脸愈发的白，但因为本来就白，这点细微的差别，当然也不会被这些路人注意到。

理查德对性也很随便。他一贯是这样。他单身，年轻，身体好，碰到合适的你情我愿就发生性关系，在美国的时候他是这样，来了中国，有合适的，愿意的，他一样来者不拒。他从来不主动追求谁，也不留恋，大家愿意了就在一起，不愿意了就分开。

理查德所在的语言学校是一个非常庞大而且利润惊人的机构，老师来自于各个国家，白种人、亚裔或是移民出去又再回来的中国人都有，讲地道英式英语和美式英语的白种人被放在重点的班级，比如那些收费高昂的商务人士的班级，或是开给小孩子的CEO班。讲澳大利亚英语的白种人则被放在普通班级，第二代中国移民换了国籍的不论讲哪种英语，一般都是放在收费较低的儿童班或是成人初级班。那些出去了一圈没有换国籍的则是放去当助教，校方的理由是这些老师可以用中文和学生沟通，方便辅助教学。

理查德觉得这份工作很轻松，教口语对他来说是张张嘴的事情，上商务人士或是白领的课程只需按照学校给的教材跟他们对话，他甚至还可以自由发挥聊点别的，开开玩笑，这样他不仅更了解中国人更了解上海，而且渐渐地他那零零碎碎的中国话也越说越溜了。上小孩子的课程就更简单了，唱唱儿歌，做做游戏，表情声调夸张地讲讲小故事。当然小孩子总是难免会闹一点，不过不要紧，他的课堂上还有一位在澳大利亚待过几年的上海女生，她是助教，帮忙维持秩序的。

学生中也有约理查德出去的，有些小孩子的生日会，家长也会特别邀请理查德。还有些邀约来自学生中的商务人士或白领。对于来自男人的邀约，理查德从来不感兴趣。对于来自那些女老板、女高管或是女白领的邀约，因为学校有明确而严厉的校规，理查德也只有婉拒了。时间长了，课本还是那样的课本，闲聊来来回回也就那些，教学这份工作就显得沉闷了。不过，理查德工作以外的生活却十分的丰富。因为薪水低廉，大部分来这里教书的外籍人士都是单身，而且女老师居多，因此理查德在老师中间也是很受欢迎的。

她们观念比较开放，又是在异乡，因此理查德便得了许多便利。有时候是在女方租的房子里，有时候是在他租的房子里。尽兴之后大家一起出去吃便宜的、汪着油的中国菜。理查德还是更喜欢和同乡在一起，有另外一个金发碧眼的同类在旁边，他觉得比较有安全感。

二

　　然而在一片和谐中还是有着微妙的不和谐。这所分校的主管是一个英国的老太太，据说刚来中国的时候是在大学当外教，住了这么多年一句中国话都不说，后来英语教育机构多了起来，因为薪金高就过来这边了。她很少笑，骂起人来一口英国腔每个词都有着四四方方的头拖着干脆利落的尾巴掷地有声。一般以英语为母语的人都说不过她，更不用说是中国人了。她规定在学校里老师与老师之间不能讲中文，所以那些中国老师彼此之间也只有硬讲英文。每次有中国老师迟到，她便抑扬顿挫长篇大论地骂，如果是做错了事就更不用说了。外籍她却不骂。这个外籍是真正的外籍而不是第二代移民或是换了国籍的中国人。特别是对于那些英文不是母语的教师，她会迅速在对方的话里挑出语病或者是不恰当的用词，然后说："我还以为你会讲英文。"理查德有几次看见年轻的女老师被她骂得从结结巴巴的辩解转到嘴唇无声地哆嗦哆嗦然后往下一弯哭起来了。她那一口有组织有架构的英国腔的骂，是车轮一样的武器，噼里啪啦旋转而来，一般英文稍弱一点的根本连辩解或还嘴的机会都没有。对于这种明目张胆的不公，其他外籍教师仿佛都无所谓，然而新来的理查德在这样的时候每次都觉得讪讪的，像是自己作了弊，手与脚都没有地方放。

让理查德爆发的一次是为了一首儿歌。其实和他一点关系也没有。如果硬要说有关系，也无非就是那个被英国老太太骂的是他的助教，但她也不光是理查德的助教，还同时是其他几个外籍老师的助教。这个在澳大利亚待过几年的上海女子，看上去大概二十六七的年纪，当然亚洲女人的年纪总是会在样貌的基础上大量往上加的。她留一个梨花头，个子瘦小，脸小而精致，绷得紧紧的，皮肤十分的白皙。有一次理查德和同事一起吃饭的时候听见有一个女的问她上粉了吗？她说没有，只是用植村秀的那个泡沫隔离霜，有颜色的，然后那个女的说，哦，那还是上了。还有一次理查德听见她说我买衣服只在两个地方——UNIQLO 和 H&M，打折的时候便宜，样子又好。这就是理查德对她仅有的两次印象，其他时间她只不过是另外一个小眼睛的中国人，取了一个法式的英文名字伊芳，讲一口略带点澳大利亚腔的英文，一直都很安静，她那些从 UNIQLO 和 H&M 买的衣服制服一样套着她安静的身材。会给理查德留下印象的大多是有着喧嚣的身材的那种，因此她对于理查德，不过是一个淡淡的安静的影子。

所以那天绝不是为了这个影子，理查德也不明白自己是为了什么，会在那个英国老太太说"你不会唱'Puff, The Magic Dragon'是什么意思？每个人都会唱'Puff, The Magic Dragon'，没有人不知道这首儿歌"的时候忽然开口。其实办公室里的人都听了半天了，她骂来骂去无非是嫌助教伊芳搜集来的儿歌没有新意。

"我是美国人。我就知道有人不知道这首儿歌。"理查德其实是属于不太会说话的那种，一紧张就更加说不清楚了。办公室里所有的耳朵都转向理查德。"这首美国的儿歌好像是写大麻的。"理查德一激动眼睛里的颜色更淡了，淡到泛了白，脸也愈发苍白。他知道这变化同事们应该都注意到了，但他已经说了便收不回了，于是为了掩饰自己面色的变化，他加重了"美国的"一词。理查德不擅长说话，更不擅长长篇大论的争论，再加上也没有人再说什么，因此也就就此停住了。

三

过了两天,理查德离开学校时正好碰见伊芳。伊芳看着他笑笑。理查德也回笑笑。两个人一个要去公车站一个要去地铁站。冬天天黑得早,又是阴天。伊芳忽然说:"你晚上有事吗?要不然晚上一起吃饭吧?"

其实理查德在上海的生活是很简单的,他很少出去玩,主要原因是太花钱,酒水、在餐馆吃饭、门票,过了十二点之后的出租车等等无一不昂贵。他在上海的玩主要是偶尔和同事一起出去,大家可以分摊费用。而且又有他们带,可以去些物美价廉的地方。其实理查德对上海的夜晚还是很向往的,虽然是现代,但是那些新天地、田子坊、衡山路等等各种繁华的街道巷子让他想起读书的时候看过的中国的画卷,他看不太懂,古怪神秘又带着一点诱惑,尽管现在这些地方走进去的多是和他一样的金发碧眼,即使是亚洲人,也都是会讲英文的。

理查德想了想家里冰箱里的食物,说:"好吧。"伊芳选了八佰伴附近的一个小小的西餐厅,两个人走着就过去了。说是西餐厅,实际上也不过是炸鸡翅配薯条,煮肉肠配土豆泥,也有中餐、咖喱……所有的西式食物里都明显加了味精,是做成了西餐样子的中国菜。小餐厅显得冷冷清清的,每张桌子上都铺着红白格子的桌布,服务员也很打不起精神来。空调开得不足,可能根本就没有开,理查德觉得很有些冷,他看了看坐在对面的伊芳,她的大衣脱在旁边放着,只穿了一件大领口的长袖。大概是因为生意不好的缘故,服务员将玻璃大门打开,佝背缩脖地站在门口喊:"欢迎光临XX餐厅,味道更好价更廉!欢迎光临XX餐厅,味道更好价更廉……"

理查德看了看那个站在门口喊个不停的服务员,眼光转回来正好碰上坐在收银台后面的一个穿着高领毛衣外面裹着不知道是线还是毛一身疙疙瘩瘩的短大衣的女人正在看他。理查德收回了眼光,看着自己面前的食物。理查德觉得坐在这个冷冰冰的"西餐厅"里简直是活受罪,还不如去旁边的麦当劳,虽然他在美国几乎从来不吃麦当劳,但是至少麦当劳在中国味道不会差到哪里去,而且最重要的是暖和。

过了一会儿,理查德觉得要在除了那个服务员的喊声之外再制造出来一点声音,他用重复那个服务员的话作为开头,"欢迎光临,味道,好……廉……她在喊什么?"伊芳啜着加了冰的柠檬茶简短地翻译了一下。

话题进行不下去了。理查德吸了吸鼻子,又说:"你为什么会从澳大利亚来上海。"伊芳又啜了一口柠檬茶,沉默了一会儿,然后说:"就是这样咯。"理查德实在不知道该说什么好了。他看着窗户外面。他们一进来,服务员就把他们安排坐在窗户边上,估计是为了让街上的行人看见这间餐厅还有人来吃。隔着透亮的窗玻璃,上海的冬夜就在外面。清冷而又繁华熙攘。理查德对这间既冷清又吵闹的餐厅彻底地失去了兴趣,中国女孩子就是这样,非要来吃这种装模作样的西餐,他心里想还好我没有和中国女孩子搭在一起。

伊芳已经吃完了她的食物,继续吸着她的柠檬茶,冰块白茬茬地露在外面了,她好像很有在这里继续坐下去的意思。理查德冷得有些受不住了,再坐下去也不仅冷得难受,气氛也有些难受起来,于是他说:"我们走吧。"

服务员拿了单子过来,伊芳并没有伸手去接单子,理查德愣了一下才想起来她邀请他的时候说的是我们一起去吃饭,并不是我请你吃饭。理查德只有接过单子,看了一下,然后跟伊芳说,"哦,那么我先付?"伊芳遥遥地看着单子问:"我应该付你多少钱?"

两个人算清楚了账之后,理查德在心里笑话自己,他一直以为伊芳是为了那次的事情感谢他请他吃饭。他有点尴尬。走的时候站在门口的那个服务员还在大声地喊着："欢迎光临XX餐厅，味道更好价更廉……"一直到走开了，还能够依稀听到，理查德在还有人比我更尴尬的心理之下，那种尴尬的感觉和那喊声一起消失了。

两个人沿着马路边慢慢地走着。虽然刚才那家餐厅很冷，但是外面到底还是更冷，即使是走起来了，裹着大衣，理查德也还是觉得冷。他看了伊芳一眼，伊芳只穿了一件类似于风衣一样的布外套，而且还敞着大领口，连条围巾也没围。

"你不冷吗？"理查德问她。

"还好。"她说。

又走了几步，理查德忽然发现伊芳和自己靠得很近。这时理查德才仔细看了一下伊芳。伊芳的头发染成了亚麻色，没有光泽。理查德想他还是喜欢东方女人美丽的黑头发。

正看着，伊芳微微嘬了一下嘴，说："要吃糖吗？"不等理查德回答，便贴着理查德从自己外套口袋里摸出一个小盒子，伸到理查德面前摇晃了两下，理查德伸出了手，伊芳将两片小小的菱形的薄荷糖倒在理查德的手心里，又从理查德手里拿了一片过去,像猫在手心抓了一下。清凉的薄荷糖含在嘴里使得理查德觉得更冷了。伊芳仍然嘟着嘴,估计是把糖含在舌尖上嗑着。理查德心里想。伊芳瑟缩着肩膀,唇齿之间充满了薄荷味的理查德忽然觉得她那敞开的大领口是一种邀请——领口那么低,那冰凉的、黄色的、紧致的皮肤,摸上去会不会像冬天里泡过了又凉透了的薄荷茶包。"不冷吗?"他问,顺便搂上了她的肩膀。

伊芳是理查德的第一个东方女人,但是理查德觉得要说真有什么特别的,也只是在结束之后。伊芳站在床脚头的墙角穿衣服,橘色的床头灯使得她的皮肤显得非常的昏黄,再加上她又瘦。理查德看着她的两条腿细而直,仿佛是用木雕出来的一样。理查德想起小时候看的匹诺曹木偶戏,再往上看,她那剃掉了阴毛的阴部也像木偶的一般,圆滑的简单的,两条黑色的弧线绷着一小块椭圆了打光了的肌理细密的木头。再往上看,伊芳已经穿好了衣服开始穿裤子了。

有一次理查德提议去伊芳那里,伊芳吞吐了半天才说原来她是和别人合租的,地方又小,家里又乱。理查德从来不知道伊芳原来这么拮据,他对于她又多了一份谅解。伊芳对理查德说的话渐渐多起来了,而且在学校在上课的时候举止之间也很有几分亲近的意思。理查德却隐隐觉得有些不安，他觉得自己不知道中国女人到底是怎么想的，对于单身的中国女子，他没有也不敢那么放肆，但是伊芳在床上却渐渐地一次比一次放得开，有些花样也很主动。理查德又舍不得。

这段关系终结得很突然，也很简单。理查德在学校的茶水间喝咖啡，因为是一大清早，人少，另一个英国的女教师也进来了，她和理查德有过几次关系，她看看没人，和他开了个黄色玩笑，顺手在他那里摸了一把，两个人正笑着，伊芳就进来了。男女之间有了关系仿佛两个人散发着同样强烈的私处的气味。伊芳用咖啡机往自己的马克杯里哧哧哧地蒸汽缭绕地冲了一大杯白开水，没有说什么，就走开了。

后来伊芳也没有说什么，她对理查德还是一样，只是再没有约理查德出去了，但又没有完全放松，给小孩子上课的时候，如果刚好伊芳是理查德的助教，她也是一样一边哄着调皮吵闹的小孩子一边摇摇头对着理查德笑笑。理查德想刚好趁着这个机会冷一冷，偶尔想起她的一些好处来，但最终也没再主动去找她，而另外一部分原因也是想正好远着点。

两个人就这样自然地结束了，自然到过了一段时间，就好像真的什么也没有发生一样。理查德有了新的女伴，是一个做课程销售的中文讲得很好的美国女生，那个女生在床上也很随便，中文又好，花样又多，笑笑的，仿佛什么都无所谓什么都不放在心上，两个人常常玩在一块，他也就渐渐淡忘了这件事情了。

冬天快要结束的时候理查德和另外两个中国同事约着一起吃麻辣火锅，他们也叫了伊芳。那天伊芳的课拖得晚了，星期五的晚上，下雨，路上堵得一塌糊涂，等到伊芳来的时候理查德和另外两个同事已经吃完了。伊芳坐下来脱了外套，服务员加了一双筷子加了一套碗碟杯子。其中一个女同事说，这里面还有好多东西呢。你真好，一坐下来就可以吃了。伊芳捞了捞锅底，没说什么，便开始吃了起来。

"你要不要再点点什么？"理查德问。

"不用了，这里面还有很多。"伊芳向着他们几个人看了看，一边说一边像想要证明她说的话一样捞了一筷子煮得变了颜色的火锅面。等到理查德他们用无限量赠送的西瓜爆米花猫耳朵把肚子里的缝隙填满了，伊芳也吃完了。买单的时候四个人分摊，理查德看着打开钱包的伊芳，想说你没有吃多少就少付一点吧，但最终还是没有说。在伊芳数着钱付她的那一份的时候，理查德忽然觉得自己有点对不起伊芳，但是为什么对不起，他也不知道。

四

等到下了第一场春雨的时候，理查德换了工作。

理查德觉得他的新老板像一把陈旧却保存良好的檀香扇，却长着一张非常国际化的脸庞。她的脸白，化着熟练而又干净利落的妆容，那些眼线，眉毛，睫毛，唇膏，自然得仿佛长在她的脸上一样，连脸型都像是画好的。你可以在任何一个国际化大都市看见这样的中国女人。伊芳在国外待了十多年而仍然有着地道的中国人的脸，而这个从来没有出过国门的新老板，却长着一张国际化的脸。她喜欢穿有蕾丝的衣服，每一次理查德见到她她的衣服上都缀着蕾丝——领口，袖口，衣襟，裙摆，层层叠叠的，但人却十分苗条，穿着这么累赘的衣服也不显胖，腰反倒收得更紧，散发着香水味，像理查德小时候见过的来自中国的一把檀香扇，扇边上缀着蕾丝，收起来了也是层层叠叠的，中间有一颗小小的精致的盘扣,收起来的时候可以扣起来。只是她这把扇子打开了扇面上是写着英文的,还不是英文诗,是字母表。

一开始她是他的学生。我的名字叫依莲。她自己介绍自己的时候说。依莲上的是一个小时五百块的一对一的精英口语课,理查德喜欢上这种课,通常上这种课的人都比较有钱,理查德知道他们不是为了出国死拼来上课,就算是打算出国的,通常也是投资移民或是生活早已经有了着落安逸无忧,即使英文破破烂烂,最多也是受点小委屈,苦不着他们。因此理查德也比较心安,自己教他们是没问题的。依莲上课常常走神,动不动就去查看自己十个指甲上的水钻、花朵、小金属链子……过一会儿才回过神来,看着理查德说,抱歉?

理查德知道这样的人是来这里闲聊的,于是就心安理得地有一搭没一搭地陪她闲聊。你在这里一个月多少钱?有一天依莲忽然问。理查德愣了愣,眨眨眼睛,报了一个比自己的收入高个百分之二十的数目出来。哎呀,不然你过来帮我,我的酒吧里正好缺一个领班,我也不用费事花钱到这里来学英语了。我加你百分之三十的薪水,一天三餐都可以在餐厅吃。

到了浦西理查德的世界开阔了起来。

这场春雨连着下了三天。理查德开了三天的眼界。这三天理查德没有见到依莲，倒是跟那些女服务生打得滚熟。雨停的那天依莲来了，对理查德说明天周一你休息，我请你吃饭吧。她看了看理查德，又看了看四周，朝着站在旁边的几个女服务员摆摆手说她们刚来的时候我都请过一次。理查德有些尴尬地笑笑。依莲说，吃点心吧，简单点。

依莲的酒吧在衡山路，她却住浦东，吃饭的地点她选在浦东香格里拉酒店一楼的桂花楼。虾饺、小笼包这些理查德吃过很多次了，那些茶餐厅的虾饺里的虾仿佛冻过很久，又对半开了片，放了半片进来再兑上了些肉馅，还没有夹起来就已经破了，皮又厚，皮底下还垫着一片薄薄的不伦不类的胡萝卜片。理查德曾经观察过周围的那些中国同事，看他们吃不吃那胡萝卜片，结果是有些人吃有些人不吃。至于小笼包，他曾经排了很长时间的队在南翔小笼吃过一次，匆匆忙忙地，人又多，他却并不觉得十分美味。后来中国的同事说他找错了地方，介绍了他其他几间吃小笼包的小馆子，虽然好吃，却远远不及这里精致。

理查德夹起那小竹笼里装着的虾饺，里面的虾鼓胀得像快要滋出来了，却不破。还有那用一根香菜扎起来的仿若一个布口袋的翡翠石榴果，里面不知塞了些什么，滋味变化万千。还有那炸成翅膀一样形状的翻飞的沙律虾饺，蘸了美乃滋；包在荷叶里的鸡肉糯米冒出的香气；小笼包坠下的包在半透明的皮里的汤汁……理查德吃得在心里惊叹不已。

最后又上了一道装在小白瓷盅里的，理查德看着穿暗红旗袍的女服务员端着圆润洁白的炖盅走过来的时候很惊叹，以为还有鱼翅，掀开来里面却是一个泡在汤里的极大的饺子，理查德看着依莲加了红醋和胡椒粉，他也照样做，咬开来里面包着各样的馅子，理查德细吃了吃，唯一能吃出来的是香菇。理查德看着那些散进汤里的细碎的竹笙，等仔细看明白了不是鱼翅，略略有些失望。对于传说中的难以理解的食物，他总还是想尝一尝的。

理查德在喝着桂花茶的时候看了看周围，穿着旗袍和中山装的服务生，各桌各色人同样也在享用着这精致的食物，大玻璃看出去是绿色的花园，理查德知道再过去就是陆家嘴外滩，他曾经和同事一起去过，在那边的星巴克喝过一杯咖啡。隔着这明亮的厚厚的大玻璃，理查德心满意足地端起精致的茶杯喝了一口桂花茶，想，另外一个中国。

理查德觉得中国太好了，连带着自己的世界都像这香格里拉桂花楼的厚厚的大玻璃一样明亮了起来

依莲买单的时候理查德说了一声谢谢。他陪着依莲走过香格里拉宽大的厅堂，极力克制了想将手放在依莲细腰上的冲动，她毕竟是他的老板，他也从来没有和这种女子交往过。她之于他，就好像鱼翅，他没有什么机会尝到，但对于没有尝过的食物，他总还是想尝一尝的。依莲要去停车场，理查德一直将她送到停车场，体贴地帮她拉开车门，见她没有要他上车的意思，身子僵了僵，又再说了一声谢谢，关上了车门。理查德走出了香格里拉，在熙熙攘攘的陆家嘴街头愣了一会儿神，然后向着公共汽车站走去。

五

理查德第一件要解决的事情就是住的问题。依莲酒吧附近的房子租金比他现在租的高太多了，如果按照现在的租金价格去找，找出来的又完全不像样子，理查德没有办法住到那样的房子里面去。他现在住的小区怎么样也是新小区，也有不少外国人住在里面。浦西的那些老小区，他住不惯，

走在里面连自己都觉得怪怪的。稍微像样一点的,却又实在太贵。所以只能这样两边跑。

尽管是这样,时间久了,理查德还是渐渐起了以前没有的虚荣心。他下公共汽车时会快速地跳下来,缩着脸挺着腰迅速弹跳着走开。下了公车,这就是他的中国他的上海了。依莲的酒吧餐厅还是比较高档的,进了餐厅,他是走俏的西洋经理,他身上的那套衬衫是依莲按照他的尺寸特别定制的,居然还有袖扣。一开始理查德自己都觉得有些不伦不类的尴尬和不自然,不过很快也就习惯了,那些小店里花一百多块钱买的仿的蒂芙妮、爱马仕的袖扣被他用餐厅里的擦银布擦得闪亮闪亮的,偶尔他瞥到,心里有几分舒畅和得意。

上班两个星期之后,理查德很快从那些活泼的新同事那里学会了和出租车讨价还价,但也很快就厌倦了这样的讨价还价。每次理查德都得站在车旁,佝偻着背,用中文问车里的司机免掉夜间费走伐?六十块到迎春路走伐?多数司机都不愿意走,有些还好,只是摇摇头就开走了,有些表情鄙夷地说些话,有的时候是一两句,有时候是一大堆。这对于理查德来说,已经够难堪和尴尬了。而那些肯按照理查德说的价格走的，在理查德上车之后有些也会再说些什么，有时候是普通话，有时候是上海话，说得极快，粘粘搭搭的一串一串，理查德句句都听不懂，因此句句都像在骂他。

当然理查德也不是每个凌晨都会带女人回家，单独打车的时候，他便还价挨骂，带了女人，他就拉开车门让女人先上车，然后自己坐进去，报路名。理查德的日子就这样一天天过去，他觉得自己还是很喜欢中国很喜欢上海的，但是……但是什么，他也不知道了，只知道还是有一个"但是"。尽管有一个"但是"，可每当理查德想起自己那些在美国的朋友，或是从小一起长大的玩伴，便觉得自己已经开了眼界，长了见识，而在中国的这种生活，是他们难以想象的。也许是因为理查德的缘故，依莲也说了几次最近店里的生意比较好了。理查德想到这一切，嘴角就会浮出微笑。他爱上海，爱上海的一切，甚至他觉得他连那个不明确的"但是"也爱。理查德觉得自从到了浦西，他更深入地了解中国，更深入地了解了中国女人。有些女服务生说这个老外是中国通。每每这个时候理查德就觉得得意扬扬，他甚至觉得自己骨子里都有些像中国人了。他每每站在窗前喝啤酒的时候，就会忍不住噘起嘴巴，亲外面的繁华璀璨的街景一大下。

六

理查德被狗叫声吵醒的那个清晨正淅淅沥沥地下着雨。雨声混着狗叫声传到了理查德的耳朵里。他那尚未清醒的脑子有些转不过来。哦。下雨了。他想。雨声中又响起了几声狗叫。

理查德皱着眉头眯起眼睛看了看窗外，窗外仍然是黑的。那就说明天还没有亮。理查德从枕头旁边摸出手机，手机骤然亮起的屏幕让他的眼睛更加眯缝起来。才五点多。理查德以为自己看错了，又再挤着眼睛看了一次，真的才五点三十七。

狗叫是怎么回事情？

理查德把手机放了回去。狗叫声停了。理查德咕噜了一声，把被子往身上裹了裹。在寂静的凌晨，外面的雨声显得特别细密。然后狗叫声又响了起来。

理查德从床上弹了起来。他贴近窗户看着外面。小区里面的路灯亮着，映不出雨，只映着湿漉漉的地面。不知从哪里传来的狗叫声在这个湿答答的清晨里回响着。

理查德坐在飘窗上看着窗外，仿佛要看出到底是哪里的狗在叫。一阵子狗叫过后，又安静了下来。理查德等了好一会儿，狗叫声都没有再响起来，而天已经微微亮了。雨也渐渐地小了。理查德回到床上，却没有睡意了。

又一个凌晨，狗叫声再次响起的时候，理查德立刻睁开了眼睛，他觉得十分的愤怒，但这次他没有再骂人，也没有去拿枕头旁边的手机，而是直接跳上飘窗看着窗外侧耳聆听。狗叫声根本没有要停的样子，一连串地叫下去。理查德打开窗子，探出头去。这个小区的布局呈错落的波浪形，形成了一个九龙壁的效果，不知道从哪里传来的狗叫溅得到处都是。

理查德跳回床上，飞快地蹲下，拿起放在床头的手机。四点三十二！理查德几乎不相信自己的眼睛。四点三十二。而这条该死的狗竟然就这样叫着。

报警！理查德捏着手机。他稍微回忆了一下报警的号码。

警察来的时候，狗叫声已经停止了，警察耐心地向理查德解释他们没有听见狗叫声，而且他们也没有办法在这里等到狗叫声再次响起。

当然。当然。其中一个年轻警察的英文竟然相当不错，操着浓重的中国口音一路说下去，如果你再听到狗叫声，还是可以打110。理查德觉得他们态度实在是很友好。而且也确实没有继续等下去的必要。于是只有说OK。

接下来好几天狗都没有再叫。

就在理查德想，也许这狗不会再叫了的时候，狗叫声又在五点多的时候响了起来。

理查德坐在黑暗里气愤地再次拨通了110。

他操着支离破碎但是很容易理解的中文跟电话里的人说着。电话那头的人倒是很清醒，接电话的那个女的甚至吃吃地笑了出来。当警察再次下来的时候，他们都说中文了。

理查德站在门口听着那两个警察你一言我一语地说着。首先我们现在没有听见狗叫，再说，即使是我们听见了，这个事情也不在我们的执法范围之内。然后一个年纪较大的警察说，不然你向物业管理处反映一下，让物业管理处协调协调。然后他看着旁边的那个警察说，通常这种事情都是找物业吧。另外一个警察用上海话说了些什么。那个年纪较大的警察又说，是的呀，这样的小区，应该去找物业的呀。然后他转向理查德，说，你们每个月都要交物业管理费的，这样的事情应该让物业出面帮你们解决啊。

理查德想说我每个月还有交税呢。而且你们中国的税还非常重呢。但是他觉得这两个警察可能听不懂。

清晨八点半物业刚刚上班的时候，睡不着的理查德就出现在物业办公室。一大清早便有这么多人让他吃了一惊。

老外来得正好。一名中年男子一把拉住理查德。你们让老外评评理，有没有这样的，中国还有没有法律了？理查德花了好一段时间才明白他们是为了把阳台封起来而争吵。买房子的时候说好统一不能封阳台，不能对外观进行改造，有合同的啊，合同上写得清清楚楚的啊。一个中年女人大声说，你们当初买的时候就是靠马路的所以便宜，现在你们要封阳台……她的话被其他人的话淹没了，像泛着白沫的浪，一波一波，理查德在混乱中看见一个稍微年轻一点的女人坐在办公桌前没有参与吵架，便问她，有一条狗，常常在早上五点钟就叫叫叫，你们能不能查一查，是谁养的狗？理查德用中文连比带画地让那个女人明白了，狗啊……狗叫啊。那个女的撇撇嘴，脸上闪过轻蔑的冷笑，摇摇头说，撒狗叫啦？查伐到。然后她看看理查德不像是听得懂上海话的样子，又说，查不了。不可以查。

为什么查不了？为什么不可以查？理查德火了，提高了声调。查了也没法管。那个女的也提高了声调。

你是住在这个小区的吗？早上的时候你没有听见狗叫吗？

没法查。那个女的用更高的声调说并且不耐烦地皱起了眉毛严厉地看了理查德一眼，然后就不再看他了。那群为了阳台吵架的人在物业管理处里开始推搡起来的时候，理查德觉得自己的太阳穴砰砰地跳着疼，只有离开了。

理查德头痛了一整天。早上那么早被吵醒，他又没有补觉的习惯，一直到晚上他的头还是疼着。他今天特别提前了一个多小时放工，自己一个人连出租车的价都没有还，直接回家了。

他又再吃了两片头痛药，喝了一杯冰水，然后躺在了床上。他心里想，真他妈的希望那条该死的狗明天不要叫，否则……他停在那边，他也不知道否则要怎么样，报警已经报过了，物业管理处也去过了，在美国他还可以找环境局投诉，但是在这里……他隐隐觉得有个很不对的地方，一个很诡异的地方，但是具体是什么，他一时间却又想不到，理查德纳闷着，很快就迷迷糊糊睡着了。

那狗叫声仿佛和理查德作对一样，硬是把理查德从深层的睡眠中拽了出来。理查德睁开眼睛,他的第一个感觉是自己的眼睛肿了,然后他又感觉到自己砰砰砰的头疼,再然后,那清晰而且坚定的狗叫又再次传到了他的耳朵里。

理查德愤怒地站在阳台上,盯着外面。他面对着沉静的小区,整个小区仿佛只有他一个人听见了狗叫!有那么几秒钟,理查德觉得自己进入了恐怖电影里面,那一幢幢房子,一扇扇窗户,和自己的左邻右舍都渗出一种诡异恐怖的安静和无动于衷。理查德感觉到一丝毛骨悚然。

狗叫声忽然又响了起来,清楚而坚定,仿佛在一片静默中信心十足地有力地发言。理查德面对着黑暗中的一如往常的整个世界,忽然起了一种恐惧的陌生感。这是他没有见过的世界。

他想对着面前的一切大喊,忽然自己又觉得很好笑。这真成了俗语说的狗对你叫,你就对狗叫?这个好笑的感觉多少冲淡了一点诡异的恐怖感。但理查德还是转身走进了屋子里。

狗叫声依然传进来。理查德站在客厅里静静地听着狗叫声。

七

理查德花了一天的时间把那封信打好，然后又读了许多遍，自觉是声情并茂，虽然是英文的，但是中国会英文的人太多了，所以他觉得应该也不是一个问题。然后他又用酒吧里的打印机把信打了出来，打了一份之后，他又去外面花钱复印成许多份，然后在某个傍晚，把这些信一封一封塞进小区的一个个邮箱里。

理查德相信他那些一行一行的措辞恰当的话语肯定会起到一定的作用，也许狗主人看到了，至少就会意识到他放任他的狗在凌晨这样吠叫对旁人造成了多么大的困扰。至少，他应该会意识到。理查德想起小时候他的一个阿姨常常说的，狼怕火而狗不怕火，因为狗比较低级，它没有这个意识。那么，就让我来给你们这个意识吧。理查德想。

他的那花了三天构思，又用了三个休息日写的，精心选了字体并且印得像广告一样精美的信，并没有像理查德预期的那样，引起很大的反响。他在信尾还留了自己的手机号码，但是因为这封信打电话给他的只有三个人，一个人问他能不能跟他学英文，另外一个人问他需不需要学中文，他就住在同一小区，可以算他便宜点，还有一个人是房产中介问他需要不需要换房子。除了这三个电话之外就是没完没了的短信广告。

现在理查德不仅在狗叫的时候被吵醒而失眠，有些时候他突然从睡梦中醒来，却发现外面一片安静，他分不清是在睡梦中听见了狗叫还是狗真的叫了。再然后，理查德发现自己有点神经衰弱了。虽然他的生活还是一切照常，但是……就好像憋了很大一泡尿在过日子，他觉得很不舒服。抵抗不过偏头痛和精神涣散的理查德决定用激烈的性爱使自己精疲力竭，然后能够好好睡一个觉。

理查德想带一个女人回家。有一段日子他没有带女人回家了，理查德一时间想不到要带谁。他翻看着自己手机里的一个个名字和号码，他想找以前语言学校的美国女生，然后他心里一转念，想找一个中国人。他的酒吧餐厅里有一个短粗圆的女服务员，从理查德到那个餐厅的第一天，她就主动对理查德动手动脚，但是到理查德稍微碰她一下的时候，她就立刻嫌烦地推脱着，去死去死地说着，结实厚重的大胸脯仿佛顶动了周围的空气，要用这些空气将理查德推开。理查德从那时就知道他可以睡她，但是他从来没有考虑过她。

现在，在这样的情况下，他不知道怎么的，第一个就想到她了。

那天正好她当值。理查德趁着她在厨房里喝饮料的时候揉了她结实的腰身一下。去死！那个女的笑着大声骂，连外面都听到了，一个兼职的服务生探头进来看了一眼。理查德皱了一下眉毛，他其实不喜欢这类女人，她还是东方的威尼斯来的呢。但是今天他实在有一种想要狠狠地大干一场的冲动，而且就是和这样的中国女人。于是他揸着手，按在那个女的背上，使劲揉搓了一下，怪腔怪调地学了一句——去死。那个女的哈哈大笑起来。傻逼。她说。

在回去的路上，理查德的手就已经不老实了。他平时不会这样，但是今天他觉得自己特别有一种蹂躏这个女人的冲动。那个女的眯缝着眼，也不推，只是一路用中文骂着，哎呀呀，烦死了，去死，去死。死老外。理查德觉得有些扫兴。那个女的又用上海话骂了一句憨逼样子。骂得太快，理查德没有听懂。前面开车的出租车司机在倒后镜里看了看理查德，呵呵笑了起来。理查德有几分恼火，他觉得这个中国女人怪怪的，但是他的手里却渐渐热了起来。理查德便没有说什么，他的动作停下来了，她还是继续骂下去。傻逼。大傻逼。洋傻逼。她笑嘻嘻地看着窗外浦东的辉煌夜景。

理查德只是想用一场激烈的性爱使自己感觉到一种既舒服又虚脱的疲倦，然后他可以放松下来，用这种疲倦屏蔽狗叫声。理查德不管做什么，那女人也不推，只是一直用中文说哎呀呀烦死了哎呀呀烦死了哎呀呀。平板的东方面孔，到了床上，竟然还是就这样一直说着。理查德看不出她到底是开玩笑，还是不耐烦。理查德骑在她身上，停下了动作定定地盯着她的脸看着。他觉得很不能理解。你们中国人……他后面没有说，因为他不知道怎么用中文表达。于是他用动作来表达，在那个女人结实的奶子上狠狠地拧了一把。哎呀，什么呀……那个女服务员皱起了脸说，死老外，你懂什么呀。理查德听见自己骂了一声母狗。那个女服务员脸色一下子变了，然后翻身下了床一边穿衣服一边骂。那个女服务现在骂的话理查德就听不懂了，粘粘搭搭的，一串一串的，句句都是在骂他。

八

之前的同事介绍理查德的律师，在电话里费了半天劲听完了理查德的叙述,响亮地笑了起来。啊。你这个官司啊,可以说是可以打,但是也可以说是没有办法打,啊。你首先必须得确定到底是哪一家的狗在叫,还得取证说这条狗确实经常凌晨叫并且打搅到你的睡觉,至于你说的精神上的问题。啊。这个你也得提供相应的医生证明……而且还有,任何官司都会经历一个漫长的过程,啊。特别是你的这种民事官司……可能会拖上一两年,啊,甚至是几年,甚至上十年也有可能的……

理查德直接把电话给挂了,他开始厌烦中国人的讲话方式,甚至连带着厌烦了带着中国腔的英文。

当理查德发现是谁家的狗在叫的时候,他觉得十分兴奋和如释重负。终于。他想。

那个男的大约三十多岁。理查德傍晚往小区外走的时候看见他从小区路旁停车位的一辆车里下来,手里牵着一条大狗,另外一只手里拿着烟。他转身锁车的时候,理查德从他身边经过,理查德特别对着那条狗看了看,自从"狗叫声"之后,理查德经过小区里的任何一条狗,都要仔细看一看。那条狗对着理查德叫了一下。这熟悉的忽如其来的狗叫让理查德以为自己听错了,他停下了脚步,迅速地回头看着那条狗。那条狗却又不叫了。

理查德站住了脚步，那个男的抽着烟，根本没有看理查德，甩了甩手里的狗绳，向着门栋的铁门走过去。那就是理查德住的房子旁边的一个门栋。那个男人麻利地拿出钱包，在门禁上刷了一下，打开门，先让他的狗进去，自己也进去了。理查德伸手拉住门，跟着一起进了那个门栋。

那条狗却偏偏和理查德作对一样，一张狗嘴在理查德的小腿上嗅过来嗅过去，却一声也不叫了。现在理查德对刚才那声狗叫又觉得很不确定了。那个男的进了电梯，理查德也只有跟着进去，那个男子按下了8楼，是理查德楼下的一层。电梯门开了，就在那个男子离开电梯的时候，那条狗又对着理查德叫了一声，这一声让理查德确定了。

抱歉。理查德喊。哎。抱歉。

那个男的举起香烟伸到嘴边，有事儿吗？香烟的烟雾从他的眼睛前面缭绕过去，他眯了一下眼睛，继续盯着理查德。

你知道你家的狗每天早上都叫吗？虽然理查德很激动，但是他也只能慢慢地说。我每天早上都听见你家的狗叫。

这不很正常吗？

正常？理查德说。早上我在睡觉。

你睡你的觉呗。我的狗叫碍着你什么事儿了。

你的狗叫吵着我睡觉了。理查德有些急了。

那是你自己睡得太晚了。

你知道你的狗几点叫吗？理查德觉得面前这个人根本就不讲道理。他又觉得自己没有把话说清楚，想换英文讲，又觉得面前这个人不像是听得懂英文的样子，他对他说话根本没有减慢速度或者夹带英文词。他仿佛根本就不觉得他是一个外国人。

噢。你就是那个到处写信告状的老外吧。哪儿来的？美国？那个男的说。操。你们这帮孙子老外就是他妈的喜欢没事儿找事儿，在中国被他妈的惯坏了吧。我的狗叫碍着你他妈什么事儿了。狗叫不是很正常吗？谁家的狗不叫了。我告诉你，我懒得跟你废话。你也少他妈废话。老子看着你们这些穷老外就烦！走开。别在这儿杵着。

说完了这一长串，那个男的拽了一下手里的狗绳，回头打开了门，那条狗看也不看理查德，嗖地一下进去了，那个男的也进去了，砰地一声关上了门。

理查德在他的门口站了几秒钟，然后转身下楼了。他觉得很生气。他出了门栋，走在小区里，他开始生整个小区的气，出了小区的门，站在那里等出租车，他开始生整个上海的气，等到车堵在延安高架上，他已经在生着整个中国的气了。

生气归生气。理查德觉得自己在这里的日子还是要过下去的。他舍不得上海，舍不得中国。到底为什么舍不得，他自己也不愿意去想清楚。那个狗主人仿佛故意要向理查德示威一样，那条狗破天荒地一连叫了三个清晨。

这三天尽管理查德头痛欲裂，愤怒满腔，却又无可奈何。

九

一个星期后，他又再一次偶遇了那条狗的主人。那个男人仍然是一手拿烟一手牵狗，从停好的车上下来，但这次不同的是车上还下来了一个女人。理查德远远地停住了脚步，他看着那个女人，她和那个男人一样三十多岁的样子，坠着脸，皮肤白皙，披着黑色的微卷的长发，益发显得脸往下坠，那个女的下车后将手伸到屁股后面拉了拉裙子，深紫色的一步裙呈现出一个浑圆美好的鼓起。

即便是这样远,理查德也能闻到那个女人身上的香水味道。这时一个想法跳进了理查德的脑子里,剥一只猫的皮有很多方法,他想,让一条狗停止叫,也有很多方法。剥了你的狗皮浸在香水里,插在裤袋里的双手不由自主地虚握了握,仿佛摸在一团鼓起上。

想归想,理查德毕竟还是受着一些道德规范的约束,并没有真的付诸行动,直到他看见她在小区外面的水果摊子上买水果。那女人把长发绑了起来,看起来稍微年轻了一些。看仔细了,其实她还是很漂亮的,化着淡妆,皮肤显得很好,那个卖水果的男的不知道说了句什么,她笑起来眼睛和嘴角一起拉长了,衬着黑黑的头发,倒有一种特别的风情。那一刹那,理查德决定向前迈一步。于是他向前迈了一步。那个卖水果的看到他,冲他笑笑。那个女的顺着也看到了他,也不知道是刚才的笑没有收,还是冲他笑,一脸的笑盈盈混着淡雅的香水味随风飘了过来。就这样吧。他在心里说。

理查德尽量让一切都显得顺理成章,合情合理,他是幽默风趣的老外,想要多认识人多了解中国,也要多练练中文。只是,只是你的英文太好了,理查德说,我感觉,我没有办法跟你练中文。哦真的吗?不不不。我感觉我的中文并不好！哪里哪里。这些都是他说顺了的，挑眉挑眼表情略带夸张地说出来，典型的老外，理查德知道，曾经有个服务员跟他说过，电视上的老外都这样，中国人就吃这一套。

那个女的并不排斥理查德，大部分的中国女性都不排斥他，在中国，理查德这点自信还是有的。那么我叫你克里斯汀？哦。克里斯汀·绐。"绐"是很普通的姓吗？哦。倒不是。读音相同？中文实在是太复杂了！真的真的……太复杂了！那么我叫你绐女士？哦。绐小姐。这样才特别。你是一个很特别的女士。绐小姐。

也不知道是理查德的努力，还是绐小姐的情愿，这件事情就这样顺理成章了，比理查德想得还要顺理成章。

理查德本身也没有多少钱，因此他便在嘴上落足功夫。但是让他意外的是，约她出去吃饭，比他以往约女人出去花的钱都少，绐小姐总是坚持各付，有时候她甚至挥挥手直接把数目不大的单买了。事情这样发展，理查德觉得很惬意。因此在一些无需花费的事情上对绐小姐更加热情，当然他很好地把握了这份热情的度，他让绐小姐感觉她在他眼里高高在上，他忍得很辛苦才不去冒犯他的女神，偶尔的冒犯，也是适度的，是她可以原谅的，也是不会影响到她的家庭的。

理查德注意到她无意让他知道她已婚的事实。于是他还是叫她绉小姐，有时候他叫她"绉"，有时候叫她"克里斯汀"，熟了以后，他把她的名字和上海遍地都是的克里斯汀蛋糕房联系起来，叫她"蛋糕房"，但是大部分的时候还是叫她"绉小姐"，只是这个"绉小姐"和他第一次叫的"绉小姐"已经不一样了。

和绉小姐在一起的时间是快乐的。理查德压制了自己想要马上和她上床的愿望。因为他发现，只要他和绉小姐在一起，虽然还是会被偶尔的狗叫声吵醒，但是他也能够再安然地睡着。他已经很清楚地认识到绉小姐不是那种很快就会和他上床的人。渐渐地两个人在一起倒真的显出一种男追女的交往状态了。理查德从来就没有追求过女人，他的每个女朋友都是很快就上床的那种。但这一次他发现自己竟然十分享受这样的状态。偶尔的牵手、碰触竟也营造出一种小小的销魂。他觉得绉小姐仿佛非常享受他那刻意营造出来的略带些卑躬屈膝的追求还有他的那些甜言蜜语。绉小姐脸上的妆越来越精致了，他甚至没有见过她穿同样的衣服。他偶尔的小小的放肆举动，绉小姐也安然接收。理查德感觉到，绉小姐有时候简直是期待他的那些放肆举动，甚至仿佛期待着他有更进一步的放肆举动。理查德倒又不急了，他自然有他的床伴。在床上的时候，他想到纾小姐对他那些仿佛不经意但却又目标明确的碰触的反应，便觉得十分助兴；他想到纾小姐脸上越来越精致的妆容，刻意搭配的衣服，甚至连下坠的脸蛋都紧实了很多，理查德觉得开心极了。让他开心的事情还有，狗叫声虽然还在继续，但是他的失眠不治而愈了。纾小姐。噢。纾小姐。想到这里，理查德就噢噢噢地叫了起来。

那天周末纾小姐提议去世纪公园。理查德特别请了一天假。在最忙的时候请假，这从来不是他的作风。但是为了纾小姐，他倒愿意。

其实纾小姐也不过是约他在世纪公园里走了一走。那天纾小姐仿佛特别打扮过，妆容比平时要精致得多。虽然是春天，但是那天太阳特别好，纾小姐竟然早早地穿了短袖，外面披了一条紫色的羊绒大围巾，下面穿了紧身的一步裙和黑丝袜高跟鞋。纾小姐乌黑的长发在阳光下反着光。两个人就这样在公园里慢慢走着，周末，公园人多，但那些人都退成了景物，这个公园里只有他们两个人了。只是这景物未免也太挤了一些。于是纾小姐提议往人少的地方去。理查德便跟着她往小路走。

两个人找到一处水边的地方，人比较少，种满了细而高的树，有风吹过的时候，树叶就翻滚着发出哗啦啦的美妙的声音。绐小姐找了一个石板凳坐了下来，理查德便挨着她坐了，特意保持了中规中矩的距离。

绐小姐没有说话，两个人就这样坐了一会儿。理查德感觉到石板凳上的寒凉透过他的牛仔裤传递了上来，凉得他毫无兴致。忽然绐小姐从手袋里掏出了一个塑料袋，打开来里面装着两只橘子。"吃橘子吧？"绐小姐说着，将涂了透明指甲油的长长的食指指甲慢慢地缓缓地抠进橘子皮里，理查德看着她将手指的前半段慢慢地伸进被她抠出的洞里，想她这样剥橘子的方式倒也特别。然后绐小姐剥开了橘子皮，问，你们在美国吃这样的橘子吗？有的。理查德说。绐小姐慢慢地剥好了一个橘子，橘子的香气在微冷的空气里慢慢弥漫开来，混合着池塘、泥土、树叶的香气。绐小姐将剥下的皮扔进塑料袋里，又慢慢撕下一瓣橘子来，轻轻地仔细地撕着上面的白色的筋，慢慢一点一点撕下来，一瓣橘子给她剥得好像橘子罐头里的橘子一般光滑。给。她说。理查德对着绐小姐摊开了手掌。绐小姐看了看理查德，伸出手将那瓣橘子向理查德的嘴边送过来。理查德笑了笑，谢谢，他说，抬起手接了过去。

绉小姐没有说什么，只是低头剥着橘子。理查德觉得有些冷。他看见绉小姐羊毛披肩没有盖到的地方皮肤被冻得仿佛凝住了。绉小姐又递给理查德一瓣，这次是递到了理查德手上。你不吃吗？理查德将那瓣橘子放在手掌上，看着那光滑无比的橘子瓣。绉小姐看着理查德微微笑了一下。好吧。就是。剥了半天都给你吃了。那这瓣给我吃。绉小姐说，然后低下了头，用嘴凑近理查德举起的手掌，将那瓣橘子吃了进去。

两个人就这样慢慢地吃着橘子。太阳不知道什么时候不见了，天一阴，就立刻冷起来了。理查德觉得两个人这样干坐着也没有什么意思，而且旁边三三两两的游人也不见了，就剩下他俩了。于是理查德站起来说，冷死了，我们走吧。绉小姐的身体僵了僵，低着头站了起来，将手里的塑料袋连橘子皮带橘子一起丢到了旁边的垃圾箱里。

在回去的路上绉小姐走得很快，也不说话，只有高跟鞋的鞋跟蹬蹬蹬地敲在地上。理查德不知道为什么绉小姐忽然变成这样了。他试着跟她说了几次话，但是都不成功，绉小姐只是拉着一张脸，一言不发，紧紧裹着披肩，一路向着公园外走。

两个人在世纪公园的一号门门口等出租车。要不要我送你回家？理查德没话找话说，他从来没有说过要送她回家，她也从来没有跟他说过她住在哪里。绔小姐板着脸。不用。理查德碰了壁，不知道该说什么好了。

过了一会儿，空车来了。那我再打电话给你？理查德慌慌张张地问。他生怕绔小姐再说出一个"不用"来，飞快地凑近了绔小姐，一手揽住她一手帮她拉开了车门，绔小姐僵硬着身体被塞进了车里。理查德瞥见绔小姐收进去的穿着丝袜的脚踝和她的高跟鞋，她的鞋跟又细又高，高到夸张的地步，鞋面上密密麻麻地刺着繁复的绣花缀着五颜六色的石头，十分华丽。她竟然穿了这样高的一双鞋子来逛公园。理查德心想。他心里忽然有些怀疑。正想着，绔小姐砰的一声将车门从里面关上了。

理查德和女性的交往都是简单明了的。而绔小姐这样，是他所不习惯的。理查德从来都没有觉得自己对不起绔小姐。他甚至觉得绔小姐还占了便宜，如果不是因为那条狗，他应该不会对绔小姐这类人有兴趣，她们太拿着捏着，太难以取悦，太难上床。而且，对于理查德来说，绔小姐的年纪也大了些。晚上的时候理查德躺在床上可惜自己今天的假，他想着酒吧餐厅里的热闹，免费的晚餐，那些和他调笑的开黄色玩笑的女服务生。妈的纣小姐。他心里想。神经病。要去公园的也是她，莫名其妙。理查德甚至怀疑自己不过是纣小姐外面的一个乐子。

理查德忽然又想起纣小姐的那双鞋子来了。他心里一动。再又想起纣小姐今天那精致得无懈可击的妆容、裙子、短袖和她今天的举动。原来……他妈的纣小姐。理查德笑了起来。他忽然觉得兴奋了起来。这么长时间的交往而没有发生性关系，对他来说是很陌生很不正常的，但渐渐地居然显出一种销魂来了，这种销魂到现在到达了顶峰，理查德一直想把纣小姐弄上床，他的目的就是把她弄上床，至于上了床以后的情形，他从来没有想过。但是此刻理查德却觉得非常难以忍耐，他忽然觉得这样的情形真是性感，性感极了。纣小姐。他想。他妈的纣小姐。

十

理查德第二天一早被狗吵醒了就打电话给纣小姐。纣小姐也觉得略微有些意外,还来不及展示她的冷淡,就被理查德稀里哗啦的英文给攻陷了。

理查德收了酒吧餐厅的玫瑰花,放在矿泉水瓶子里养一晚上,跟她再出去的时候送给她。餐厅里卖了三天的准备丢掉的蛋糕,在冰箱里放久了,吸足了冰箱里的味道,里面起了冰层子,理查德也带回去化一化冰作为给绐小姐的小礼物。

一个星期后,理查德邀请绐小姐到家里来了。他觉得他和绐小姐两个人都难以忍耐了。虽然来的是绐小姐,但理查德也变不出什么新花样了。先是简单的西餐加红酒,所谓西餐也不过是他把从超市里买的德国香肠煮个十分钟,然后随便做了一个土豆泥,红酒也一样是超市买的打折的。然后是沙发上的亲吻和抚摸。绐小姐仿佛有些紧张,又想要克制自己的紧张,于是喝了很多酒,脸愈发白,衬得一头黑色的头发在幽幽的灯光下闪出光来。理查德也只有一杯一杯地陪着喝。

虽然绐小姐没有特别做什么,也没有特别怎么样,但是结束之后理查德觉得棒极了。他不知道绐小姐什么感觉。他躺在绐小姐旁边回味着刚才绐小姐的极度湿润和微微的颤抖。

凌晨，狗叫声传来的时候，绐小姐和理查德几乎同时惊醒。

这是你家的狗叫吗？理查德啪地开了灯，转头清晰而坚定地看着不知所措的绐小姐问。

嗯？绐小姐皱起眉头，眯着眼睛，她显然没有想到理查德会问这样的问题。

这是你家的狗叫吗？在狗叫声中理查德提高了声调。

我不知道。我怎么知道？

这就是你家的狗叫。我看到过你先生带着这条狗。理查德皱起了眉头。他不喜欢别人抵赖。

我先生？绐小姐更加不知所措了，她慌乱地半坐起来。

对。你先生。

我没有先生。绐小姐慌乱地说。而且这也不是我家的狗在叫。那么多条狗叫，你怎么就说这是我家的狗在叫呢？而且狗叫怎么啦？

理查德苍白着脸，悲愤地看着绐小姐，他对中国生活的种种不满和不解达到了顶峰。这个女人说话的方式和那时候那个男的一模一样，和很多中国人一模一样。不讲道理！

理查德心想。不可理喻！

绐小姐见理查德那个样子，愕然地愣在那里，两个乳房露在被子外面。

你知道不知道我想了多少办法希望停止这该死的狗叫！理查德大声说。想了多少办法？这么简单的事情，解决不了，怎么样也解决不了！

绐小姐有些被吓到了，抓起被子角盖住自己的乳房。

你可以让你先生不要让那条狗再叫了吗？我和他谈过。没有用。他根本就是一个不讲道理的人。别人都没有事。可能你们中国人习惯了。可是我不是中国人，我受不了。

我先生？绐小姐飞速地眨着眼睛。你是说我弟弟吗？

理查德从被子里爬出来，他觉得自己赤身裸体很难受。你弟弟？理查德愣住了。好，算了，不管是你先生还是你弟弟。请你让他不要再让那条狗叫了。我就是要和你说这个。

你就是要和我说这个？绐小姐重复了一遍。

对。我只是要和你说这个。我找你就是要说这个。理查德也重复了一遍。

绐小姐不讲话了。她昨天的妆已经花了。现在垂着脸，愈发显得脸蛋垂了下去。理查德盯着绐小姐头发里的一根白头发。他觉得这个世界什么都他妈的不对了。连自己都不对了。为了一条狗。操！他在心里骂着。这真是他妈的太荒谬了。然后他听见自己骂出声了。操！他学了一句最近中国人很流行的话，真是日了狗了。

绐小姐低着头。长发垂在脸前面。

理查德忽然觉得心里非常难受。不是这样的。他觉得，不应该是这样的。所有的一切都不应该是这样的。就是不应该是这样的！这一切都不对了。不对了。他想说些什么，补救一下，解释一下，但是他又觉得不管他说什么，也一定是不对的，都是错的。

这时，窗外的狗叫声停了。理查德和绐小姐两个人都没有说话，仿佛两个人都在等着那条狗再重新叫起来。但是那条狗却没有再叫了，只有一片被隔在窗户外面的寂静的凌晨。

绐小姐起来窸窸窣窣地穿衣服了。理查德想拉她回来，或是像以前一样揽着她的腰送她。但是，什么都是错的，什么都会变成不对的。他也不知道为什么。所以他静静地坐在那里。一动也没有动。

十一

酒吧餐厅还是老样子，依莲也还是老样子，上海也还是老样子。理查德却变得沉默和懒洋洋的了，他常常呆在人较少的餐厅二楼，在桌球台子旁靠着。招呼客人的时候他很少笑了。服务生和他开黄色的玩笑，他摆出一副不理不睬的样子，渐渐地她们也讨厌他了。

那天下午理查德刚上班，在餐厅里吃午餐，慢慢地喝着厨房里准备的蛤蜊浓汤，蛤蜊缩得极小，又硬，散发着非常不新鲜的味道，加了大量的盐和胡椒都盖不住。

理查德吃了两口就放下了汤勺，靠在窗边，透过玻璃向外看去，一样的街景、一样的路人中渐渐显出一点不一样来，待那人离得近了，理查德确定就是纟小姐，她正站在楼下餐厅门外，理查德看不到她的脸，只能够看见她漆黑的头发。理查德想到那些餐厅的蛋糕盒底印了餐厅的地址。理查德就这样静静地坐着，看着窗外，窗外还是那看熟了的上海的美丽的街道，理查德忽然觉得他有些想家了。

吉祥三傻

张 敦

张　敦　原名张东旭，1982年生于河北，河北文学院签约作家，某高校创意写作教师。出版小说集《兽性大发的兔子》。曾获孙犁文学奖。

一

三年前,刘金兰十八岁,发育良好,尤其那一对大胸,在全村的姑娘中独占鳌头。这里所说的村庄,是她的四川老家,她出生并长大的地方。村子在半山腰,开门见山,见山之后要爬山,庄稼地都在山坡上,或山沟里,高低错落,分布不均。出事那天,她一个人在竹林砍笋。笋有点老了,不好砍,所幸她的柴刀够锋利,虎虎生风地挥舞半天,收获颇丰。这片竹林离村子很远,要不然也不会等笋变老后才有人来砍,更不会轮到她砍。

她爹爱喝酒,认为竹笋乃是首屈一指的下酒菜。这个酒鬼生平有两件事引以为傲:一是惊人的酒量,简单点说,就是能喝,尤其擅长高度白酒,一斤不醉,如果就着最爱的凉拌竹笋,能喝一斤半;二是超群的繁殖能力,仿佛酒精给他提供了无尽的动力,结婚二十多年,共让老婆怀孕十次,生下八个,两个流产,都怪他酒风不好,喝多后爱打老婆。如果不是国家开始实施计划生育,村长将村里生过孩子的妇女运到计生站,统统做了结扎,她爹还能再生几个。做结扎的,不光是妇女,也有男人,也就是说,夫妻二人必须有一个人做。她爹是一家之主，当然不会去挨刀。对于生孩子这件事，她娘早已厌倦，甚至恐惧，被结扎后，不但没有悲伤，反而满心欢喜，感谢国家的好政策。

她是老三，肩负给爹采笋的重任。老四是男孩，不用干活，老五是女孩，年纪太小，不能跟她一起上山。爹年岁渐长，似乎不如年轻时能喝了，偶尔听说竹笋的养生价值后，对笋的需求更甚往日。她在竹林里干了整整一个春天，所采的笋不但满足爹及全家老小的需求，还有较多的剩余，卖给收笋的贩子，赚一点钱。

在竹林半日，所得的笋有几十斤，不用再砍，再多就背负不起，路途较远，如果回去得稍晚，找不到收笋的贩子，这一天就算白折腾。她独坐幽篁里，喝水吃干粮。突然，墨绿的丛林间闪出一条黑影，移动到她面前。她先是吃了一惊，看清楚后，喊了声强叔。

来者是村长刘文强，同姓同族，所以她叫他叔。刘文强说："你跑这么远给你爹砍笋啊？"她说："是啊，近的都砍光了。"

刘文强坐下来，点上一根烟，这是要聊一聊的架势。她不知道他们能聊什么。在她眼里，这位强叔无疑是全村最厉害的人，开着养兔子的场子，挣钱不少。她曾去养兔场看过，在一片汪洋泛滥的小兔子中间，体型庞大的种兔犹如一只恐龙。强叔就是村里的种兔。他又黑又壮，体毛茂盛，嘴巴向前突出，很像历史课本中的北京猿人。他的爱好是漫山遍野转悠，背着枪，自诩为猎人，而非养殖能手。

"过几天，笋就全老了，你还砍什么？"

"那时地里活儿就多了，我下地干活儿。"

"村里的年轻人都出去打工了，你怎么还不去？"

"再过两年，够二十岁，我就去。"

"你今年十八了？好，十八岁就是成年人，看你长这样，哪像十八的？"

"老干活儿，长得面老。"

"老吗，不老，挺水灵的，你想出去打工不，想的话叔给你联系，借你路费。"

"那太好了，强叔，我想出去，但得先麻烦你给我爹说，把他说通就行了。"

"今晚回去就找你爹，两瓶酒的事儿。"

"那太感谢叔了。"

"好，你打算怎么谢我？"

"先给你几个笋吧。"

"几个笋把我打发了?"

他的手爬过来,慢慢攀上她的肩头,用力一搂,将她揽入怀中。虽说刚才谈论的事还未实现,但她觉得已欠下刘文强的人情,故才没有挣扎。还有一点,刘文强身为一村之长,正气凛然,她被这股威严死死压住,几乎难以呼吸。她在村长温暖的怀抱中颤抖起来。

"你别紧张,没事,没事。"

村长的另一只手不再闲着,当仁不让地按住她的胸。

"不小啊,哪里像十八岁的,你爹给你吃什么了?"

他解开她胸前的扣子,就像扯下一枚手雷的拉环。她感觉自己的身体爆炸了。躯干和四肢,还有那一对大胸,都灰飞烟灭了。她像一棵笋,被剥去一层,有点冷,犹如躺在雨里。他把这具颤抖的肉体压在身下,一边动一边说着,"一会儿就好,一会儿就好。"青草味和他身上的烟味混合在一起,让她喘不上气,下面一阵刺痛,好像破了,有血流出来。

"好了,好了。"刘文强说。

他一阵哆嗦,终于停止动作,把自己疲软的器官抽离她的身体，躺在一旁喘粗气。这时她的神智仿佛获得解放，摸到柴刀，一股热浪涌上心头，想挥刀砍过去，把他的脑袋砍下来。砍笋容易，砍人太难，她下不去手，更何况对方是村长，她所认识的最德高望重的人。

"你也把衣服穿上吧。"刘文强拉上裤子说。

她坐起来，开始穿衣服。衣服都脏了，沾上不少青草的绿汁，她知道这挺难洗的。那地方又胀又疼，还流了血，兜里有卫生纸，掏出来擦擦，她觉得擦不干净，想不到哪里有水，可以洗一洗。他把两张票子塞进她手里，说："衣服脏了，你去买件新的。"他背起枪，摇晃着身体缓缓离去，继续在山林间搜寻猎物。

她把这二十块钱装进兜里。穿好衣服后，她又躺了一会儿。眼看天色不早，她才勉强爬起来，背着一袋子笋踏上回家的山路，走得慢吞吞，最终还是晚了，收笋的人已经收摊。她只好把整袋的笋背回家。爹正喝酒，一见她，说："日你娘的，怎么回来得这么晚，害得老子没下酒菜。"他一巴掌抡过来，打得她左摇右晃。

"我想出门打工。"她擦掉嘴角的血说。

二

并未如她所愿,刘文强没有上门,动用一村之长的威严,让她实现外出打工的夙愿。她人微言轻,贸然提出请求,只能换来一顿拳打脚踢。娘敢怒不敢言,怕殃及自身,躲到屋外。她两个姐姐都已嫁人,她作为家里的主要劳力,不可轻易离家。这地方的风俗,男人四体不勤,下田劳动的都是女人。她爹坚持传统,整日抱着大烟袋坐在门前晒太阳,悠闲的生活并不能换来愉悦的心情,他生活的乐趣来自于对老婆孩子的打骂,当然这也是传统的一部分。

她挨过一顿打,爹才能消停。等爹喝醉,上床呼呼大睡,她烧水洗澡,下身依然不舒服。在梦里,她被一只黑猩猩压在身下。她曾在一本小人书里看到过黑猩猩的样子。当时她和姐姐去赶集,在卖书的摊前翻到一本讲冒险故事的小人书,她指着其中一页的大猩猩说,姐,看像不像咱村长。姐姐看了看说,像。俩人开心地笑起来,暗自佩服画家把村长描绘得如此传神。

第二天,她把笋背出去卖掉。贩子说笋老了,明天不再来收。这意味着她一年一度的采笋工作宣告结束。地里没什么活儿，一时之间不知该干什么。她在家歇了几天，不敢出门，怕遇见刘文强，同时又希望他登门拜访，来找她爹喝顿酒，让他爹放她走。可是他并未出现，好像早已忘了说过的话。

两个月后，她的身体有了不同寻常的反应，恶心呕吐。她大概知道是怎么回事，因为每隔一两年，就会看见娘这样，那说明爹又让她怀上了。难道自己怀孕了？她觉得很有可能，为证实这种可能，她决定偷偷去镇上一趟，找个诊所检查一下，再把积攒多日的钱花掉几块，给弟弟妹妹们买点好吃的。来回四十里，凭她的脚程，天黑前回家没问题。她一个人在山路上走，带着柴刀，也不害怕。

在镇上的诊所里，大夫给她一个小盆，让她接点尿。她好不容易尿到盆里，挺黄的，不好意思地拿给大夫。大夫把试纸浸入尿中，拿出来等上片刻，然后用懒洋洋的口气告诉她，"你怀孕了。"

她走出诊所，去商店买了一斤饼干，给弟弟妹妹们吃，还有两瓶酒，给爹喝。爹看见酒，也许可以原谅她的擅自行动。快到村外，她听见一声枪响，大吃一惊，身体马上紧张起来。果然，刘文强出现在前面的山路上，如不是端着一杆大枪，会误认为那真的是一只黑猩猩。她扭头要跑，却听见刘文强喊，"别动，要跑就一枪打死你。"

刘文强走过来，把她拖到路边的树林里，像上次那样，先是按住她的胸，又揭开她上衣的纽扣。这次她并未反抗，平静地接受，任凭这只大猩猩在她身上兽性大发。

"强叔，我怀孕了。"

"哦，等会儿再说，等会儿再说。"

结束之后，他们穿好衣服。她准备好好说下自己怀孕的事，就算今天没遇见，她也会去找他说的。刘文强的双手突然掐住她的脖子，让她喘不上气来。

"我倒不怕你把这事告诉你爹，那个酒鬼，给他俩钱儿就没事了，我就怕你怀孕啊，真是个麻烦事。"

她盯着他的脸，他长得真像黑猩猩啊。她摸到熟悉的柴刀，砍在他的大腿上。柴刀是弯头的，不方便捅进他的肚子，只能砍，俩人离得太近，又砍不到要害部位。这一刀，她已盘算多时，尽管有心理准备，下手力度依然不够，仅仅砍破一层皮肉，并未如想象的那样把他的整条腿卸下来。

突如其来的痛感让刘文强松开手，她得以脱身，后退一步。刘文强低头查看伤势，弯腰抓起大枪，他要用这先进的武器将她解决，没想到的是，他的手指还未碰到扳机，柴刀呼啸而至，正砍在他的脖颈上，不疼，反而有一股凉意，血喷出来，又热了。他只好扔掉大枪，捂住伤口。血流不止，捂也捂不住。

她一手拎着柴刀，一手拎着饼干，在山路上跑起来，跑向与村子相反的方向。她想，原来离家的日子就是今天。

三

夜路漆黑，山风阵阵，隐约传来鬼哭狼嚎之声。她跌跌撞撞地跑到镇上。镇上只有一条街，没有路灯，青石板路泛着幽光，店铺都关门了，显得空空荡荡。她找了处墙根，靠墙坐下，把柴刀横在胸前，想着，如有人近身，即一刀挥出。她惊魂未定，坐到天亮才镇静下来。街上飘着薄雾，人影晃动，一个穿着齐整的男人走过来。

"大叔，你是人贩子吗？"

男人站住，看着她，笑着摇头。

"你把我拐走吧。"

"我不是人贩子，我是国家干部，现在政府正打击人贩子，都被抓进监狱了。"

"那还有没抓起来的吗？"

"法网恢恢，疏而不漏，没抓起来的也会早晚抓起来，你看现在的火车站，比以前干净多了，以前人贩子多得很，看见外出打工的女孩，就凑上去，骗你说，给你介绍个好工作，让你跟他走，结果就把你拐到大西北，卖给老光棍。"

"能卖给老光棍也好啊！"

太阳出来了，阳光把雾气刺穿，小街像一条被惊到的蛇，摇头摆尾地醒来，人们带着困意，与她擦身而过。没人注意这个陌生的女孩。她拎着一把带血的柴刀跑出唤马镇，再向前跑，每一步都是她到过的最远的地方。

她搭乘一辆进城卖菜的牛车，为表感谢，她把柴刀赠予赶车的老汉。血已发黑，仿佛与刀背的黑锈融为一体。老汉并未看出异样，笑纳了。这把柴刀跟随她多年，怎舍得扔到路边的灌木丛中，任其锈蚀腐烂呢？

到县城后，她向人打听汽车站的位置，有人指给她方向，她快速跑过去，发现那地方并不如自己想象的那样繁华，只是一座平房，前面停着两辆客车，乘客寥寥无几，工作人员无精打采。在萧条的小广场上，她认真打量每个陌生人，希望从他们脸上找出人贩子的痕迹。她找了个显眼的地方，蹲下，一边休息一边等着，看会不会来个人搭讪，说能给她介绍个好工作。

她早就听说过，村里有女孩被拐到外地去，有的是在田间地头，有的是在集市上，很少有人是在车站被拐走的，因为她们不会到这么远的地方来。她又想，人贩子要来这里，终归是要坐车的，车站是他们的必经之地。或者他们要离开时，带着本地的女孩，也会来到这里，到时捎上她，也未尝不可，反正多她一个也不算多。但是，眼前走来走去的陌生人，哪一个才是人贩子？日至中天，人渐渐多起来，有的衣冠楚楚，精神十足，有的破破烂烂，萎靡不振。她看着他们，他们一个也没注意到她，仿佛她只是小广场上的一个石头墩子。

天热，她流汗，转移到阴影处。旁边一个男人蹲着，在抽烟，守着一只黑色的皮包。她打开随身带的饼干袋子，大嚼起来，类似于揉报纸的咀嚼声引起男人的注意，扭头看她一眼。她递过去两块饼干，说："你吃吗？"

男人吐出一口烟雾，说："不吃。"这两个字暴露了男人外地人的身份。尽管她也不知道他是哪里人，但可以肯定的是，他不是本地人。说不定，他就是她要找的人贩子。

"叔，你是哪里人？"

"我是河北人。"

"你来这里干什么？"

"来收兔皮，我们那地方，都是做皮子的，你们这地方，养兔子的多。"

"你们那地方光棍多吗？"

"光棍不少，比如给我铲皮的傻翔，就是个光棍，没爹没妈，只有哥哥嫂子，前几年还做了结扎。"

"你说的是哥哥嫂子做了结扎，还是他做了结扎？"

"是傻翔自己。村里计划生育抓得紧，傻翔他哥哥生了俩闺女，是主要工作对象，必须去做结扎，要么男的做，要么女的做，二选一。为报答哥哥的养育之恩，让哥哥实现生儿子的夙愿，也让自家香火得以延续，傻翔毅然决定，替哥哥做结扎。哥哥万分感动，给弟弟下跪磕头，在他脑子里，做结扎这事牺牲太大，无异于阉割。傻翔当然也怕，但他认为自己应当为哥哥做出牺牲，不能白吃嫂子的饭。他说，我是光棍，穷得要命，不可能娶上媳妇，留着这根鸡巴没屌用，哥哥你要争气，让嫂子生个儿子出来，也不枉弟弟的一片苦心啊。兄弟俩抱头痛哭，一脸悲壮地来找我。我是村长，管计划生育，前年傻翔他哥生了第二个闺女，我带人把他家给抄了，他再生第三个，家里实在没什么可抄的了。他们的要求让我非常为难。傻翔说，村长叔，我拿我哥的身份证，哥俩长得像，医生看不出，开了结扎证明，你任务不就完成了吗？我说，傻翔，让你哥做结扎的人不是我，是国家，当然国家不是人，是政府，你让我欺骗政府，我做不到。兄弟俩见我不答应，掏出绳子，挂到门框上，要上吊。我动了恻隐之心，赶紧劝他们莫寻死，这事好办。兄弟俩一对死心眼儿，来求我办事，两手空空，哪怕拎一瓶老白干，我也能痛快地答应。第二天，我开着村里的拖拉机，拉着一车要做结扎的人，去县医院。这些人有男有女，坐在车斗里，嘻嘻哈哈，傻翔坐在他们中间，成为大家关注的对象。得知他是代兄结扎后，大家并没有肃然起敬，反而幸灾乐祸地笑起来。只有傻子才会干出这种事,傻翔这个名字由此诞生。更可笑的是，做完结扎后，那几个男人奔走相告，庆幸自己的鸡巴还完整地保留在胯下，并没有被医生切掉，尤其是傻翔，不时解开裤腰往里瞅瞅，简直不相信自己的眼睛，比娶媳妇还高兴。我对他说，还不如给你切掉呢，娶不上媳妇留着也没用。他的伤心之处被我戳中,不由得黯然神伤。"

"叔,傻翔长啥样?"

"额人,个不高,不胖不瘦。"

"叔,你带我走吧,我去嫁给傻翔。"

四

她去买火车票,从广元到衡水,一百多,翻遍全身,只有二十多块。村长张振龙慷慨解囊,给她一百块。他们坐上火车,又坐汽车,而后又步行三里地,到达一个叫张卷村的地方。这里是华北平原腹地,看不见山,到处是土,土上面长着庄稼,庄稼也是灰头土脸。路平坦,笔直,很少有坡度,她觉得很好走。唯一不好的地方是,街道上污水横流,空气中弥漫着一股异味。好多人家在做兔皮加工,洗皮和熟皮的水从大门口排到街上,让不宽的街变成一条臭溪。张振龙家也干这个,而且是村里干得最大的,他常去四川,买回生的兔皮,转手卖给加工户,如果行情看好,也会留下一些,自己熟制。

街上没几个人。人们都在家里忙着捣鼓兔皮。她东张西望，除了味道不习惯，还算满意。她跟着张振龙走进家，院子里都是干活儿的人。房檐下一排弯腰铲皮的年轻人，一起昂起头，打量她。她被盯得紧张，低下头。张振龙指着其中一个年轻人说："这就是傻翔。"

她抬头看看傻翔。他真是个普通的男人，中等个，平头，五官相貌毫无特点，也算顺眼，表情麻木，见村长独独介绍他，并不答话，弯下腰铲起皮来，铲着铲着，痴痴地笑了，也不知这笑意因何而生。

张振龙把她安排在一间空屋里，让她歇着，然后他出去和媳妇说话。没头没脑地领回一个大姑娘，这事必须解释清楚。她坐在床边，想着刚才看见的傻翔，心里谈不上有什么感觉。这里离家足够远，有一种从未体会过的陌生感，她没有因此而慌乱，反而内心安稳。

晚上，屋门被推开，进来一男一女，看她一眼，又出去了。后来她知道，这是傻翔的哥哥张远山夫妇。傻翔无父无母，哥哥嫂子就是他的父母。村长媳妇说亲，请他们上门看人。他们看后非常满意，认为这从天而降的缘分是傻翔前世修来的福气。

"这个小媳妇是我捡来的，找不到娘家，我家就是她娘家，一切按规矩办。"

张远山想了半天，才明白村长的意思——他想要钱。应该给村长多少钱，张远山又想了半天，最后定下一个数，两千六，这是傻翔干一年挣的钱。把这个数字报给村长，他点点头，说："那就结婚吧。"

第二天，进来两个女人，先让她梳头洗脸，又让她穿上新衣服，然后领她出门。傻翔穿戴整齐，正在门前迎候。他们穿过兔毛飞舞的院子，上了村长驾驶的拖拉机。她和傻翔坐在车斗里，互不相望。傻翔笑得开怀，笑容无可厚非，是正确的高兴，货真价实的喜形于色，不带一丝傻气。走了没两分钟，到达一栋破院子的大门口。傻翔跳下去，挥挥手，让她也下来。

"傻翔，把你媳妇背进家吧！"旁边有人喊。

他听从指令，站在车斗旁，弯下腰，等她趴上来。她只好扑到他的背上，在一阵哄笑声中，被他背进家门。

院子不大，进门有棵枣树，土坯房三间，水缸立在房檐下，她低头看见自己在缸中的倒影，一晃而过，仍看得清清楚楚，自己的打扮太简单，表情也过于冷淡，不像婚礼上的新娘子。她曾多次幻想自己出嫁时的场面，今天这情景，是她做梦都没想到的。

一阵散漫的鞭炮声勉强营造出喜庆的气氛。傻翔背她穿过仅一张方桌的正屋，进入偏屋。作为卧室，显得过于简陋冷清，飘荡着光棍汉的苦闷气息，经过长年累月的积累，这气息根深蒂固，顽固不化。他小心翼翼地把她放在炕上，自己坐到炕的另一端。挤进来几个孩子，整齐地喊："傻翔娶媳妇啦，傻翔娶媳妇啦！"

他跳下炕。孩子们以为不敬的称呼让新郎发怒了，这也正是他们的目的，正准备一哄而散，没想到傻翔从兜里掏出一把糖，冲他们抛撒过来。孩子们抢糖，个个如狼似虎，爆发一场混战，有人被打得哭天抢地。她看着这一幕，笑了。

外屋有人喊："她笑啦，新娘子笑啦。"更多的脑袋伸过门框，来刺探她的笑。她马上收起笑容，突然哭起来，哭得很响，所有的嘈杂声都被镇压下去，孩子们吓得狼狈逃窜。

傻翔的嫂子进来，搬着一张小方桌，放到炕上。后面的人端来热气腾腾的饺子。嫂子说："别哭了，吃饺子吧。"她肚子早饿了，确实想吃饭，但哭泣似乎有巨大的惯性，无法马上刹住。嫂子和几个女人站在炕前看着她哭。等她停下时，饺子都凉了。

外屋摆下一桌酒席，在座的有张远山、张振龙和几位长者。他们喝过半晌，张远山进屋，让傻翔和她去敬酒。这对新人扭扭捏捏地来到席前，端着酒杯，一句话说不出来。这场合，应该说话的是男方，女方可以理所当然地低着头。傻翔沉默片刻，仰头干掉杯中的酒。张远山说："我家傻翔干了，这酒敬得好！"

张振龙今天高兴，多喝了几杯，说话大舌头，"好，新郎干了，新娘也得干！"他们一起看向她，她看着手中的酒杯，把心一横，学着傻翔的样子，仰头喝下。那一瞬间的感觉，竟然与她挥刀砍向刘文强的感觉一模一样。她被呛得咳嗽几声，眼泪又涌出来。

张振龙站起来，拍着傻翔的肩膀，说："金兰啊，你叔给你找的这小伙子怎么样？"她点点头，表示认可。张振龙说："傻翔这小子别的毛病没有，就是傻实在，哈哈。"几位长者随声附和。张振龙坐下，展开新一轮的敬酒。一直喝到天黑，他们才把这喜酒喝完。

当晚，俩人比较生分，睡觉时也不好意思躺得太近。她睁眼躺到半夜，听见傻翔那边起了鼾声，于是闭上眼睛，也睡了过去。到天亮，傻翔先起来，做好饭，让她吃。俩人客客气气地吃完早饭。

"你不会跑吧？"傻翔问。

"不会。"

"那我就不锁门了，我哥让我出去时锁上门，怕你跑。"

"放心吧，你让我跑我都不跑。"

傻翔放心地去铲皮。皮匠们说："干了一晚上，白天还能铲皮，身体不错嘛。"

"别瞎说，没干。"傻翔辩解说。

"真没干？"

"真没干。"

他们哈哈大笑，说："你是不知道怎么干吧？"大家开始详细地讲应该怎么干，讲得傻翔心惊肉跳，差点铲到手，血溅当场。

在大家粗俗的玩笑中，傻翔终于开窍。收工后，回到家里，看见她已经做好饭菜，他并不着急吃，而是一把将她推倒在炕上。经过一番折腾，俩人总算熟悉起来，吃饭时有说有笑，还给对方夹菜。第二天，傻翔再去铲皮，大家上下打量，从他疲惫的神情推断，傻翔已告别处男之身，正式步入成年人的行列。

白天，家里就剩她一个人。她先把屋子收拾干净，又去打扫院子，还往地上泼了些水。没事干后，她搬张凳子坐在院子里。这里比四川干燥，万里无云，阳光灿烂，树影稀松。隔壁家在洗皮，水哗哗响。她对他们的营生非常好奇，特别想一探究竟，又想再等等吧，跟他们还不熟。

跟傻翔在炕上折腾时，她有点担心，自己没出血，傻翔会不会介意？没想到，傻翔根本毫无这方面的考虑，只是无法自拔地沉醉于她的身体。折腾累后，他们相拥而眠，她离家后第一次睡了个好觉。前几日在火车上，她梦见过两次刘文强，这位勇猛的猎人满身是血，厉声讨命。她吓得醒来，看见坐在对面的张振龙。刀砍刘文强的事，她只字未提，只是说，家里穷，吃不上饭，自己偷跑出来，希望能找个吃饭的地方。关于她离家的理由，傻翔尚未追究，他早晚会问的。还有她怀孕的身体，也将大白于天下，这都需要解释。

晚饭前，天光尚未变暗，傻翔去挑水，她跟着，俩人一前一后，走出家门。水井在隔壁的胡同里，他们需要穿过街道。正在街上行走的人停下来，目送他们转入那条有水井的胡同。傻翔提上一桶水，她要提第二桶。

"可沉了，你行吗？"傻翔问。

"没问题。"

她轻而易举地提上一桶水，又拿过扁担，挑起两只水桶。街上的人都震惊了。在村里，像挑水这样的粗活儿，是专属于男人的。很少有女人能像她那样，轻松地挑着水从街上走过。

从这天开始，她有意地展示自己能干的一面。每日先把家里收拾干净，再走出家门，去地里除草、打药。犯恶心时，她偷偷躲着，干呕两下，硬生生憋回去。最终瞒不住的是肚子，有了鼓起来的迹象。她多希望自己流产啊，但她的身体向来健康，如今吃得好，睡得香，反而更利于保胎。每天晚上，她摸着自己的肚子，甚至想让傻翔用钢铲在上面划一道口子，把躲在里面悄悄生长的孩子取出来。

五

张振龙从四川带回一个姑娘，长得还行，尤其是那对胸，让全村的大姑娘小媳妇都自愧不如。有很多光棍带着对女性的极度渴望登门拜访，求他给找个四川媳妇，哪怕胸小点也没关系。他作为一村之长，对名声极为看重，被人家误认为人贩子，不由得怒发冲冠。他已听到风言风语，说他在贩皮之余，也做贩人的勾当，而他贩来的人，他都睡过。他明察秋毫的媳妇，更是异想天开，说那个四川姑娘是他在四川的私生女，他在河北、四川两地各有一个家，姑娘的母亲，也就是他张振龙的四川媳妇，也有一对大得不像话的乳房。

为消除误会，张振龙把如何碰见刘金兰的事情讲给大家听。他是村长，讲起话来口若悬河，他不厌其烦地讲了一遍又一遍，每次都着重强调，刘金兰是主动要求来村里嫁给傻翔的。大家疑惑不解，光棍多如牛毛，为何她偏偏选中傻翔？

张振龙解释说："那是因为我一时嘴痒，把傻翔做结扎的事讲给她听了，她听完认为傻翔是个有情有义的好男人，非他不嫁。而且，傻翔无父无母，家庭关系简单，可以自己当家做主。"

这解释并不能让大家完全信服，做个结扎叫什么有情有义，那叫傻，现在傻翔该后悔了吧。无父无母又能怎样，家有一老，如有一宝，如果有二老，那就是有两个宝了。又经过思考，大家认为刘金兰嫁给傻翔完全是因为傻，和她所选的男人一样，她的智力也令人担忧。于是，她的外号应运而生——傻兰。这是她入乡随俗的第一步。

傻翔确实有点后悔，曾偷偷跑到村长家，问是不是做过结扎就不能生育。张振龙说："对，都给你扎上了，还生个屁。"

"那既然能扎上，肯定也能解开了，让大夫给我解开吧。"

"计划生育是基本国策，一旦给你扎上，就要扎一辈子，甭想解开。"

村长的话说得硬气，傻翔再也没有勇气上吊，况且娶了媳妇后，他总感觉欠了村长很大人情，简直把他当成重生父母再造爹娘。

当傻翔发现傻兰身怀有孕的时候，他的第一反应，是给自己做结扎的大夫下手有误。他问她："你怀孕了？"她慌乱而紧张，首先承认自己确实怀孕了，而后说可以把这个孩子打掉。傻翔说："我自己的孩子，为什么要打掉？"她无言以对。

傻兰嫁给傻翔后，一度成为大家主要的谈论对象，谈来谈去，一天比一天寡淡乏味。就在大家即将放弃这一话题之际，傻兰的肚子及时地大了，给大家带来意外的惊喜。人们纷纷猜测，她到底怀了谁的种？肯定不是傻翔的。首先，傻翔已做了结扎，就像被劁的猪，除了挨宰，再难有别的作为。其次，从肚子的大小判断，她怀孕的时间应该在三四个月前，那时她在四川。第一怀疑对象，肯定是村长张振龙。他来往于河北四川两地之间，仗着有点钱，四处播种，眼看傻兰怀孕，不能在四川待下去，才将她领到河北，托付给村里最老实的傻翔。这推论听起来合情合理，大家心悦诚服地信了，但畏惧当事人有钱有势，无人敢当面质问。

作为哥哥，张远山最先看不下去，找到弟弟说："你媳妇怀孕了你知道吗？"

"知道啊。"

"让她去打掉吧，现在计划生育闹得欢，县医院的大夫每天打好多胎，技术练得特别好。"

"这是我的孩子，得生下来，不能打。"

张远山遗憾地看着弟弟，以前别人说他弟弟傻，他还挺生气，这会儿他不得不承认，弟弟并不冤枉，他是个当之无愧的傻子。

"傻兰肚子里的孩子不是你的，而是她在四川就怀上的种，这孩子要是生下来，后患无穷！"

哥哥的当头棒喝让傻翔呆若木鸡，一语不发，转身去找傻兰。

"你说,这孩子是不是你在四川怀上的?

她早等着这一天的到来,如何回答,已在心中盘算妥当。她大义凛然地承认了,并把那天竹林里的事讲述一遍。至于后来刀砍刘文强的事,她只字未提。傻翔听完,沉默半晌,跑到院子里磨钢铲。

傻兰以为丈夫要取她性命,吓得藏进里屋。过了一会儿,她听见傻翔在外屋喊:"把你们村的地址告诉我,我去杀了那个刘文强。"傻兰跑出去,一把夺过钢铲,说:"你莫做傻事,你杀了他,得给他偿命,话又说回来,要没有他,我也不会跑到河北来嫁给你。"傻翔说:"如此说来,我还得感谢他了?"

这是他们第一次吵架。傻翔的倔脾气上来,非逼着傻兰把地址告诉他。他找来纸笔,让傻兰写下来,如果不写,就一铲斩断自己的食指。她惊讶地发现,原来自己的丈夫并不懦弱,而是个深藏不露的血性汉子,看这劲头,他愿为自己赴汤蹈火,前往四川大开杀戒,乃至粉身碎骨也在所不辞。为保住傻翔的食指,她只得屈服,像个叛徒一样在纸上写下老家的地址。傻翔把这张纸叠好,放进口袋。他准备明日启程，踏上寻仇之路。他从没出过远门，心里没底，得用一夜的时间做好准备。她哭着跑出家门，把张远山请了过来。哥哥扬起右手，一个单风贯耳，结结实实地扇在弟弟的脸上。挨打后的傻翔总算老实下来，放弃了远赴四川的计划，望着西南方向黯然泪下。

"明天去把孩子打掉。"哥哥说。

"不打，生下来吧。"傻翔说。

"你胡说什么？"

"生下来，我养，当自己孩子养！"

"这孩子跟你一点关系都没有，你养个屁，我再生一个，过继给你，好歹是咱张家的血脉。"

"你都生仨孩子了，吃饭的桌子都被抄走了，你再生一个出来，张振龙非得去拆房子。"

这时，院门处传来一阵豪爽的笑声。随后，村长出现在院子里，他说："傻翔说得对，计划生育是基本国策，哪能想生就生？远山，你要是再敢生一个，我真去拆你家房子。"

"村长，你怎么来了？"

"我来求刘金兰把孩子生下来，好还我清白。"

六

在丈夫和村长的联合恳求下,她同意把孩子生下来。时间一天天过去,她的肚子日新月异地膨胀着,全村人都在等这个孩子降生。她挺着大肚子,走到哪里都是焦点。傻翔去铲皮,她站在一旁认真观摩,还兴致勃勃地走进女人们干活儿的房间,请教拉皮子的技艺。人们都喜欢听她说话,不时学上一两句四川话,把自己和别人逗乐以解干活儿的疲累。村里,男人铲皮,女人拉皮子,分工明确。她决定生完孩子就去学拉皮子,拜嫂子为师。嫂子说:"你先养好孩子再说吧。"

寒冬腊月的一个晚上,她终于迎来临盆的时刻。傻翔跑出去请来接生婆。邻居们听到风声,也赶来看热闹。外屋站满了人,听她在里屋撕心裂肺地哭喊。在接生婆的帮助下,孩子终于呱呱坠地,是个男孩。她看了一眼,孩子身上全是血,看不清模样。傻翔端进一盆热水,接生婆给孩子擦洗身子,傻翔站在一边看着。她不再看孩子,而是看傻翔。傻翔面无表情,没什么可看的。她的目光最终又落到孩子上,那团黑乎乎的小肉让她心里一惊。

屋里温暖如春，除了炉子，还有个火盆。这炭是傻翔自己烧的，为的就是她生孩子时提供足够的温暖。接生婆走了。外屋的娘们掀门帘进来，纷纷表示祝贺，走到炕前，看一眼她怀里的孩子。这孩子虽然刚刚出生，但完全可以看出，他的相貌与傻翔大相径庭。与此同时，她们还意外地发现，这孩子跟张振龙也一点不像。看完后，她们走在胡同里，不约而同地说："这孩子怎么像个黑猩猩呢？"

第二天，傻翔没去铲皮，在家伺候傻兰坐月子。登门道喜的娘们络绎不绝，用手绢兜着几个鸡蛋，算是贺礼。她们迫不及待地走进里屋，趴到褯褓前，认真看一眼这个传说中的丑孩子。感谢这孩子的出生，村里人又有得聊了。张振龙认为自己的冤情终于昭雪，高兴得打开大喇叭，发表了一通义正辞严的讲话：

"全村老少爷们，都看见了吧，我是冤枉的，我张振龙行得正坐得端，不怕你们背后议论诽谤，群众眼睛是雪亮的，计划生育是基本国策！"

大喇叭的声音把孩子惊醒，哇哇哭。她将孩子揽入怀中，喂他吃奶。奶水充足得让她苦恼。她倒是希望自己有一对干涸的乳房，让儿子饥渴而死。她只要一看见他，就心惊胆战，好像他随时会摇身一变,变成那个大猩猩一样的男人,脖子上还喷着血。如果傻翔来到屋里,给她端来一碗鸡蛋羹,或者一碗细挂面,她就会忐忑不安地盖住孩子的脸,仿佛在掩饰一个弥天大谎。她吃饭时,傻翔会抱起孩子,在屋里走几圈。看起来他并未介意,已用宽厚的父爱接纳了这个孩子。仅有小学三年级文化水平的他搜肠刮肚,为孩子起了名字,叫张近康。近,是孩子的辈份,康,是希望他健康成长。她觉得这名字不错,她只上过两年学,实在想不出更好的名字,当然,也没有兴致去想。

在炕上躺了几天,她实在躺不下去。别的女人会躺一个月,心安理得地让人伺候着。她不行,总觉得坐立不安,早早地下炕干活儿。看她如此坚强,傻翔深感欣慰,又过了几天,他才放心让她一个人在家看孩子,自己去铲皮。

傻翔来到皮匠们中间,他平和的神情让大家觉得不可思议。这几日,他们一直在谈论傻翔,曾多次畅想他再次出现时愁眉苦脸的样子。他们认为,作为一个男人,摊上这样的事,一定悲愤交加,简直生不如死。没想到,傻翔与往常一样,甚至喜气洋洋,仿佛自己真的生了儿子。他们不由得由衷感叹,傻翔这人真的傻到无药可救。

在铲皮的间隙，傻翔找到张振龙，说："村长，你看什么时候给我媳妇和孩子落上户口？"

"落户口？你们有结婚证吗？没有结婚证，从法律上讲，你们还不能叫结婚，而叫非法同居，落户口更是免谈，落不上户口，你们那孩子就是黑孩子。"

"他长得确实挺黑的。"

"我不是说他长得黑，而是说他没户口，法律不承认。"

傻翔认为村长所言极是，"非法同居"这四个字让他心惊肉跳，仿佛自己已成为一个作奸犯科的坏人。他回家紧张地问傻兰有没有身份证。她说："没有，出门匆忙，忘带了。"

"没有身份证咱俩就不能领结婚证，没有结婚证你就落不了户口，落不了户口，这孩子就是个黑孩子。"

"黑孩子？对，他确实挺黑的。"

"没户口的孩子就是黑孩子。我不想他是黑孩子，他叫张近康，跟这村里别的孩子一样。"

傻翔这句话把她说哭了。

七

张近康长到三岁时，还是个黑孩子，但这已经不重要了，重要的是他还不会说话。普通孩子，一岁多就会说话了。也有晚的，到两岁才能说。但他已经三周岁，若论虚岁，是更让人着急的四岁，无论是四川话还是河北话，他都不会说。村里人都已认定，这孩子是个哑巴。他们不等他长大成人，就给他起了外号，叫傻康。

这下好了，一门三傻，人们觉得这事很好笑，每次谈起，都非常开心，干活儿累了聊一聊，真能解乏。

她和傻翔带孩子到衡水市的哈励逊医院看医生。检查过后，医生说："孩子听力有问题，难道你们一直没发现吗？"她说："没发现，一直觉得孩子反应有点迟钝。"医生说："他什么也听不见，当然会迟钝。"傻翔问："怎么才能让他说话？"医生说："戴助听器试试吧，但效果也不会太好。"

他们兜里的钱不够买助听器的，只好坐车返回村里。在车上，傻翔抱着孩子，眼睛盯着车窗外。他把头转向她，问："是不是遗传呢？"

车里人声嘈杂，再加上马达轰鸣，她没听清傻翔的话，反问他说什么。傻翔又把头转向车窗外,不再说话。她也看着外面,灰蒙蒙的树和暗哑的庄稼地。

傻翔转过头,说:"咱们怎么没发现呢?"

她这次听清楚了,却不知如何回答。

三年来,她每天和孩子在一起。她用一块布包住他,背在身后。她老家的女人都是这么带孩子的。背着孩子,可以腾出手来干活儿。村里的女人从来不这样背着孩子,她们习惯把孩子抱在怀里。她不爱抱她的孩子,害怕与他面对面。他的脸对她来说,就像一场噩梦。她尽量不去直视他的脸,喂奶时,眼睛呆呆地盯着一个地方,必须要看他时,也是蜻蜓点水般扫一下。好在他很少哭闹,吃饱就睡,是个乖宝宝。跟她相反,傻翔爱盯着孩子的小脸看,看上一会儿,捏一下小脸蛋。从这点来讲,傻翔应该首先发现孩子的异样。但他什么都没发现,她怀疑他盯着孩子看时,是不是真的在看孩子,他脑子里肯定想着别的。有好多次,她把孩子从傻翔的视线中抱走,她害怕孩子在他焦灼的目光中像冰块一样融化成一摊水。

好多人问她:"傻翔对孩子怎么样?"她说:"挺好的啊。"对方说:"真的吗?"她说:"真的。"

傻翔对孩子真的不错。她献给孩子的是后背，傻翔献出的是怀抱，相比之下，她倒不如他了。傻翔铲皮回家，总要抱一抱孩子，他对着孩子说话，"康啊，你猜我今天铲了多少皮，300张，比他们都少，但我活儿好啊，质量高。"他从没对孩子自称过爹，始终与对方平等交流。她觉得这很正常，她能够接受。

村里人认为，傻翔如果对孩子不好，那是理所当然的。他们有点心疼傻翔，不再当面拿这件事开玩笑。当一件事不能开玩笑时，就是一件很严重的事了。当事人会因为没人开玩笑，产生一种被排斥的感觉。傻翔觉得自己被乡亲们孤立了，越发沉默寡言。她却和大家打成一片，慢慢学会当地方言，说得越来越地道。

从医院回来后，他们的孩子，也就是村里人口中的傻康，不知感染了什么病毒，轰轰烈烈地发起烧来。他们匆忙找来赤脚医生，给傻康打了一针，烧没退，身上反而起了一层红疹。

医生说："赶紧送医院吧。"鉴于傻康病情的严重性，他建议送往衡水哈励逊医院。她说："刚从那里回来，再送到那里去？"医生说："那就送县医院吧。"傻翔沉默不语，没动地方。医生见俩人无动于衷，只好摇着头走出门去。

她觉得，傻康的病没有那么严重，出了疹子，就应该退烧了，退了烧，就和平常一样了。傻翔不愿去县医院，她理解，那是他做结扎的地方，他越来越后悔挨那一刀，对那地方的恨意也日甚一日。

过了两天，傻康烧还没退，喉咙仿佛被兔毛堵住，喘气困难，黑脸憋成紫脸。事到如今，她不得不奔跑着将正在铲皮的傻翔拉回家来。俩人抱着孩子，跑到村长家，求张振龙开拖拉机送他们去县医院。张振龙扒开傻康的襁褓，吓得后退两步，说："孩子都没气了，你们还不知道呢？"

傻康死在傻翔的怀抱中。村里人都围拢过来，要亲眼目睹傻康的遗容。傻翔呆立在原地，一动不动，托着傻康，好像有意展览给大家观看。看过的人都沉默无语，有几个娘们哽咽起来。她们的抽泣把傻兰点燃，让她发出爆炸一般的哭声。

埋掉傻康的人是哥嫂。傻翔已暂时丧失劳动能力，失魂落魄地坐着，谁也不理。傻兰专注于哭泣，对孩子的后事不管不问。哥哥和嫂子用草席把孩子卷起来，又搜罗了一些衣物，打成小包。夭折的孩子不能入祖坟，更何况这孩子与张家并无血缘关系。他们在野外挖了一个浅坑，傻康和包裹放在坑里，埋上土，不起坟头。最后，他们还烧了几张纸，嘴里念叨着：

"孩子你早日投胎，投个好胎。"

八

傻翔失踪了。

她找到村长，让村长在大喇叭里广播一下。听到村长在大喇叭中的召唤，大家放下手中的活儿，走出家门，犹如一次集体活动，放松身心，好好喘口气。村里人帮忙找人，不停地呼喊着"傻翔、傻翔"。突然，她非常介意，仿佛三年来的怨气一起涌上心头。她找到村长说："能不能别让他们喊傻翔？"

村长问："不喊傻翔喊什么？"

"可以喊远翔，他叫张远翔，他不傻。"

"好吧，你说不喊就不喊。"

于是他们开始喊张远翔。好多人喊了几声后，就住嘴不喊了。这名字无比陌生，喊着很别扭。他们沉默着闷头寻找，村外的每条道沟都找遍了，没人。哥哥张远山带着几个院里的年轻人扩大搜索范围，去附近的村子转，还是没找到。

每年村里都会丢一两个人，不是精神有问题的傻子，就是四川来的媳妇。二者找起来有很大不同。傻子一般不会走远，多是躲在某处睡觉，或者误入外村，不知归路。所以要在村里村外仔细寻找，不用跑得太远。相比之下，四川媳妇找起来就麻烦很多。她们有目的地逃离村子，搭乘交通工具，速度惊人。一旦发现四川媳妇失踪，村人会紧急动员，男人们骑车冲上公路，径直奔向汽车站和火车站，有时能将人成功擒获，有时一无所获，垂头丧气地返回村里。

由此可见，他们找傻翔时采用的是第一种方法。从逻辑上讲，也对。首先傻翔不是四川媳妇，连女人都不是。其次，作为正常人是不会失踪的，家里的活儿加班加点都干不完，谁还有心思玩什么失踪？再者说，张远翔早已被人叫作傻翔，叫了七八年，没准真就叫成了傻子。

因为傻翔的失踪，这天比平常的日子精彩许多，家里人坐一块儿吃饭时，开心地谈论此事，这丰盛的谈资犹如增添了一道美味的菜肴。

傻翔是在早起时消失不见的。头天晚上，吃罢晚饭，他坐在月下磨铲。对于皮匠来说，钢铲犹如命根，所以第二天傻翔与钢铲一同消失不见，她毫不奇怪。她又拉开抽屉，翻找那张纸条，没找到，看来被傻翔揣进怀里带走了。

她去找张远山，求他再好好找找傻翔的下落。她说："不能只在眼皮底下找，得去火车站找，我怀疑他去四川了。"张远山正弯腰铲皮，听傻兰说完，不厌其烦地说："他去四川干什么，要去也应该你去。"

张远山快人快语，说得也在理。傻兰是四川人，三年来从未回过故乡，甚至没有逃跑过。傻翔作为她的丈夫，有什么理由只身前往四川？她欲言又止，见大伯子确实挺忙的，就回到家里，继续想下一步怎么办。

她想，傻翔一定去四川杀人了。可是他要杀的那个人，早就死在她的刀下。他到那里，听说人早就死了，没准就会回家，继续跟她过日子。

等了十多天，傻翔还是杳无音信，她再也沉不住气，简单收拾行李，走出家门，来到衡水火车站。她买了一张前往四川广元的火车票。火车晚上开，她坐在火车站广场上，看着眼前人来人往。天气正在转暖，而在老家，大概春天已经来了。春笋是最好吃的东西，她已经三年没吃过。这三年来，她甚至没吃过辣椒，他们河北人的口味真够淡的，顿顿都是炒白菜，加点酱油醋，就出锅了。她强迫自己想那些家乡的吃食，不去想别的。

从火车上下来，她又来到三年前离家的广场。商店门口摆着音箱，正放一首好听的歌曲。在去年的春晚上，她听过这首歌，叫《吉祥三宝》。两个蒙古族夫妇，带着一个可爱的孩子，一家人其乐融融，孩子提问，父母回答，说着说着就唱起来，歌声悠扬。这首歌流行开来后，村里人给他们一家又起了外号，叫"吉祥三傻"。他们对这个外号十分得意，认为代表了他们起名最高水平。

她站在广场上，听着《吉祥三宝》，想着如今吉祥三傻都离开了村子，一个去了天上，两个来到了四川。

她走着走着，突然遇到当年赶车的老汉。那把柴刀还在，看来老汉经常使用，刀刃锃亮。她给老汉十块钱，买下柴刀。正好菜已卖完，她再一次坐上这辆牛车，回到离家很近的那座小镇。她背着包，拎着柴刀，到处打听，有没有人见过一个年轻人，河北口音，拿着一口钢铲。

没人见过傻翔。但她确信傻翔肯定来过这里。她往家的方向走，没人能阻止她的脚步。她想，如果有人来抓她，她就用这把柴刀跟他们拼个你死我活,如果傻翔被他们抓住了,她也会用这把柴刀救他出来。

她走在熟悉的山路上,一草一木还是三年前的样子。她想,最好的结局,是傻翔迎面走来,然后一起去竹林里砍笋。

春之盐

张天翼

张天翼 生于天津，现居北京，自由职业者，以写小说为生。出版小说集《扑火》《性盲症患者的爱情》等，有作品改编成电影并已上映。

平躺着从门里出来的那个年轻女人，不是我。一群陌生人从走廊里朝它猛扑过去，两个老男人，两个老女人，一个年轻男人。他们趴在缓缓移动的轮床侧栏杆上往里张望。

走廊里的灯光真亮啊，一切无所遁形，这样的光里你们能看清那个女人吗？我认不出她，虽然她留着跟我一样长到腰间的头发没舍得刈除。她多狼狈，多丑！她的后脑勺在待产室的枕头上扭蹭一整天，又在产床的斜坡上猛烈地搓动了三个小时，头发擀成面条。她身体中部的巨型膨肿消失了一多半，但面上的黄肿并未随之而去，好在此刻没人注意她皴皮的嘴唇和眼角一粒眼屎。

她侧躺着，弯得像张弓，弓弦位置搁着一只小得难以置信的包裹，顶上有张茶杯垫大小的紫红面孔，所有目光都聚在那儿。

只有她没有看，她困得睁不开眼。我知道她想洗澡，五十个小时里好多手指和工具在体内体外出入，而且刚才她在产床上可耻地排泄了。现在她全心全意地想象着热水前仆后继地滑下皮肤的快感，洁净将如圣光降临，驱邪一样赶走污垢和窘迫。

她被推过走廊，进入另一扇门里。一道白布帘子把房间隔成两半，那边闪出两人，都衣着整齐。这是一幢日夜不分的楼，因为新人口迈出最后一步的时间多半凭兴趣，没有规律。

人们讨论怎么把她运到病床上，穿白衣服的人用下巴点了点，指示那个年轻男人来抱她。他慌张地出列，双手抄到她身子下面。被单滑掉了一半，她的下体和肚皮露出来。我转过脸去。

她闭上眼，直到穿白衣的陌生人离去，几个人在她床边坐下，轮流抱持那个包裹。人们以为她睡着了。

其实她在回想，困倦地回想她把那条塑料棒放在他面前那个早晨。他在屋里吃早饭。她坐在马桶圈上等到"砰"一声门响、另一卧室里跟他合租的人去上班了才走出来。站在从盥洗室通往卧室的走道里，她留恋地看着他，他忘了拿勺子，用手指头挑出一撮沙拉酱往蛋糕上抹，咬一口，翘起当餐具用的指头，换另一根手指去划手机屏，专注地盯着看。

那么可爱的年轻人，自己还像个孩子，下一刻就要跌在"父亲"这两字的数罟里。她把塑料棒藏在身后，走过去，在他对面的椅子上坐下，静静等他读完廉航网站最新消息。

等等，他们原本计划买廉价机票去哪儿来着？瑞士和意大利。这场旅行在心里孕育的时间甚至长过十月怀胎，每个细节都呼之欲出。她半真半假地说，要留下它吗？我更想去看百花大教堂怎么办？他低下头，翘着那根餐具手指依次删掉旅行锦囊App、德语意大利语翻译App，然后抬头说，咱们可以等……这事完了再去。

这时终于来了一个有点迟的相视一笑，他们笑得迷惑、惶恐，伸出双手握在一起，春日的光从阳台上悬挂的长裙衬衣之间射过来，像沙拉酱一样涂抹在手背上。从这一刻起他们都开始有了我未见识过的表情。

我在纸上列出接下来的月份与胎儿的月龄。别怕，你还能度过一个轻盈正常的夏天，还可以继续穿露脐装、短裤和两截式泳衣；等它逐渐膨大，秋天和冬天的厚外套就会接上力，让你看上去不会太扎眼、太像孕妇。

当别的孕育者筹划如何把四季果蔬编织入胎儿食谱之际，她想到的是四季中的自己。我得说实话：她一开始对它的态度就很漠然。

很快她就被迫走上那条向前隆隆转动的传送带，被自然规律加工成最稀松平常的孕母。那个在她体内慢慢有了体面的血肉团有没有带来一些欢欣？我想是有的。但他眉毛里的阴云日渐浓起来，有一夜她因为胃胀翻来覆去的时候，他在黑暗里说，咱们必须买房子了。而这本来是他们对生活保持乐观的最后一道底线，没有大宗借贷、不背高额债务的线。

第五个月他终于向父母借了钱，借了很多，没办法不多。第六个月跟他到人工湖公园去散步，从倒数第二级台阶上摔下来。一觉醒来房间里多了一位中年女士，那人坐下来温柔地说以后她会陪她一起住、照顾她，替他们解决房子等等一切问题，一切。

拒绝是不好的，会教别人伤心，而且女士将要住进的是自己出一半资金的房子。她温驯地笑一笑，她对不能拒绝的东西一般就这么笑。那人又展开一件质料奇怪、比帆布软又比棉布硬的衣服，说，来，穿上它。

她套上了，到镜子里看了看，衣服像有自我意识似地在她体外支棱出另一个形状，衣角绣有一只发出奇诡的笑意的鸟。她想把衣服脱掉，那女士走过来温柔而权威地按住她双手，不行，不穿它你就不能用微波炉，不能靠近电视不能用手机……

最后她只剩永恒温驯的笑，犹如婴儿降生第二天她出院时再次被一层棉被似的外衣裹住,人们喜气洋洋地逼迫她一定要装备此重甲,这时她不再试图脱掉。婴儿在别人手里,那人走得矫健,快出好几步,她被身上过于沉重的布枷锁负累,往前赶几步、拖几步。我朝那人喊道,等一下,为什么不让她抱?她还没在日光下好好看过那婴儿!又转身安慰她,别急……这不就要回家了吗?

"家"是第七个月时定址的,由他和他的父母奔走了多日,她没有参与。由于急用,房子买入时已经装置好了。他们接她去观看,她的腰身微微朝后拗着,走进去,走了几步就停下来,谨慎得像走进一个旁人合股购置的产业。所有家具上还留着生疏的气味,嗅得出前任女主人惯用的香水味,忽而一阵恶心击中她,她的身子像被人从后面猛推一下,浑身暴起一片粟粒。人们慌忙把她领到盥洗室,于是她对"家"道出的第一句话是:哇。她不想制造太夸张的噪音,像某种炫耀或丑表功,但盥洗室里奇怪的气味更杂、更霸道,她只能脊背抽搐着,一直哇下去。

如今她终于能够独自面对盥洗室的镜面了。那套眉毛眼睛还在,只是折旧了七成,皮肤比白更白,一种不新鲜的、陈牛奶样的暗白。七个月前,世上所有镜子都是爱她的朋友。

擦得晶亮的旋转门和商店橱窗，每当她走近，里头都会有个清俊的影子步履轻捷地过来迎接她，跟她一起侧过身，端详她们共同的线条。

后来那影子变得蹒跚，线条失控了，她不再往任何有镜面的方向看去。这种沮丧和厌恶无法说出口，她因为自己有这样无理取闹的、可笑的沮丧而更加沮丧。

现在镜中的她仍像是某场战争留下的废墟，她认为拿掉婴儿像放掉皮球里的气体，瞬间就能拿回原版的自我。但皮肤自有物理，不按常识，也不按她脑中的比喻和想象，肚皮仍圆滚滚地被撑起。她失望而憎恶地转过头去，拧开热水龙头。门忽然开了，她飞快弯腰护住自己的身子，门外关切的声音说，不行你现在不可以洗澡，照常理……

他们喜欢说："照常理……"

照常理，你一定会爱它爱得心肝酥软，所有人都是这样，那种法术潜伏在决定你性别的基因里，在你看到它的第一眼就会发作。照常理，所有的母亲都欢天喜地，你为什么就不能开心一点？

面对这种谆谆娓娓，她实在无话可说。几十万几百万无形的人们站在"常理"背后，雄辩非凡地否定她的坏心绪。

"常理"是怎样一个妖怪？它宛如一条无所不能的舌头，像小孩子舔冰淇淋和棒棒糖一样，温柔极了，一下一下把所有异常和例外舔舐得圆融模糊。

新生儿入主的头一个月像一百年。一百年的孤独。她与婴儿的父亲分房间睡，因为人们认为他需要好睡眠才能白天有精力工作。她跟随别人躺在大卧室里，婴儿床放在一边。闹钟总像是刚歇过来气就又响起来。婴儿以无声的霸权统治所有人，用来驱使她的是责任感和负罪感。

她每隔几个小时抱起他，让他唼哾，他像是她总也填不满的业绩表。他还没有牙齿，仅靠光秃的牙龈把她的日夜嚼成了碎片。

不过她终于洗了澡，把盥洗室的门从里面反锁起来，人们在外面敲门提醒她洗得太久了，她终于有了一次充耳不闻的胆量。热水冲刷体肤的感觉没有想象中那么好，但也足够好了。她用十个指腹在肋骨腋下脖颈上大腿根又搓又拧，狠得像惩罚怀春少女的修道院女院长，直到浑身像用鞭子抽打过、排布一组一组红痕。

以肚脐为中心隆起的丘陵上，多了很多时断时续的裂纹，那个才被撕开又缝合的通道口仍然陌生地肿胀，因充血而温度稍高，触感如一朵肉花。她双手慢慢伸到背后，扣住两块肩胛骨，搂紧自己的身体，像拥抱一位并肩作战的战友。

又来了一个拽着行李箱的人，她认出这是母亲。母亲为这套房子丰富了调门，感叹如果自己早点来，之前她就不会因为胀奶疼痛而啼哭。她加入了烹饪与洗涮的行列。一个厨房难容两个主妇，何况是三个。雇来帮忙的妇人时而发着牢骚，因为两种指令往往相悖。

她们在如何吃、吃什么、尿布与纸尿裤的使用比例等一切事情上争吵，像故意别苗头的女中学生一样兴致勃勃地争吵，努力说服对方，证明自己的正确。她在薄被底下躺着，听人们焕发的声音，落着泪。

他总是回来得很晚，她只能得到他歉意的一吻和迅速睡着的背影。哺乳后有时她走了眠，困得睡不着，悄悄起床去他的房间。母亲们扯着不同口音的鼻鼾。她推门进去，挪动臃肿的腰腿上床，掀开被子，在他背后躺下，滚在他睡热的褥单上，让表皮吸收一些他散发出的温度。她比任何时候都需要这种男人的气息和温度，气息像是无形的丝线，吸在她身上，将她暂时拔离脚下的泥沼。

他几乎不醒，醒一点，也只是潦草地回身拍一拍她，再转身睡去。台灯的光也弄不醒他，他为什么这么累？比她还累的样子。她不知道为什么眼泪又要落下来。那面淡赭色的阔长脊背分明还是原样，只是从前的身体语言都哑然了。

她蘸着眼泪划在他后背上，最微弱的一种谴责举动。以前他们坐冬天的公交车，车窗上尽是雾气，她在雾气上画他的简笔画脸谱，再用一个心形括起来，自觉很罗曼蒂克地向他一笑，他小声说，你知道那些雾是什么？是车里这些人们鼻子和口中呼出的气体凝结成的，亦即你手上现在都是他们的唾液。她作欲呕状，举手要把那沾湿的指头往他衣服上揩……

这时她把泪星子抹到他起伏的脊椎骨上，心中说，你知道这些是什么？是埋怨你的话。埋怨的话说了就是怨妇，嘴脸难看（她的嘴脸身段已经不好看很多个月了），所以不能说出来，只能哭出来；哭亦不能有声，有声又成了哭诉。

她就这样无人知晓地吞声，直到下一次响亮威严的婴啼把她唤回去。

安静点吧，安静点！我在床前蹲下企图捂住那张令人不得安宁的嘴。她朝我没办法地笑一笑，把婴儿抱起来，握着乳房搭在他嘴边，他面无表情地接受了，像个没心肝的小暴君。她继续呆滞地、无声地哭下去，似乎并不为什么地泪如雨下。眼泪往下掉，掉在他面颊上。他睁了睁眼，又冷漠地闭上，样子奇像他父亲。将来如果他能记得，他会记得人生里第一场雨是热的。她伸手用手指把那热盐水引到他唇角，让他和着乳汁吞下去。就在这个时候，她决定给他取名"盐"。

胶质而透明的宁静包裹她，从四面八方困住她，她端坐在一整块宁静里，像果冻中央一粒水果丁。

这时真正的雨点在外面刷刷打下来，一整块宁静很快就浸湿了。

他们觉得一切都是常理。但她一直无法强迫自己觉得正常。唉，没有什么可羞的！所有人都是这样过来……不，有的！吃饭中间胸口薄衣忽然湿润、引人注目这不正常，暴露乳房哺乳时人人都能推门而入也不正常，人们公然讨论、询问、担忧她的伤口等等私密部分的健康也不正常。

她一直不能忘记羞耻，乳母这个新身份褫夺了言说羞耻的资格，两种情绪像抢着结账的人一样激烈地推来推去，抢着要用自己的名义钤定这桩事。

不，也不能倾诉，可别说出口！朋友们会不知所措，年轻未婚未孕的人无法明白为什么不能爽性按自己的想法来、为什么不树立自己的权威、为什么要忍东忍西不肯撕捋出个痛快；已婚已育的人则宽容地一笑，觉得你并不足够到达怨怼的级别，因为她们总是经历过更悲壮的。永远有更糟的，在极低的地方还有无数在土炕和马粪纸上分娩、让裹小脚的姑婆们拘得一月不洗涮的母辈，所以，闭嘴吧！

这样过下去过到了春天的尾巴上，再不去赏花，花就不等了。他跟她说，桃花正是香美的时候；又有一处的郁金香开了；牡丹与芍药也旺盛起来。她都摇头。她明白他在想法子，想帮她提振精神，找闲谈的话题。

把别人不能解决、帮助的痛苦和难处扔在他们面前是不对的。她抚摸他耳后的短发，替他找了个话题：什么时候去佛罗伦萨呢？这可是早在"盐"成形之前就有鼻子有眼的东西，他在她身边挨偎下，熟练而愉快地沿着这题目谈下去，从圣母百花大教堂到日内瓦湖边……

她母亲偷偷进来,手背到腰后关上门,开口跟她告状。她提起双手,捂住脸哭了。母亲呆立半晌,转身出去。

躺着流泪的时候,泪珠会从眼角进入耳朵,像一种小时玩过的塑料玩具:贝壳大的塑料小壳子里,一颗小珠子卧在弯弯曲曲的通道中,要晃动微型迷宫,让珠子左拐右弯曲,进入迷宫中心。她感觉着眼泪在耳蜗曲线里左一下右一下地转动,动慢了,又动快了,消耗掉所有温度之后,滑进耳孔。

这时眼角再派送出一颗珠子,等待耳朵去听。这是她给自己发明的游戏。

一,二,三,四……五,她要我负责给哭泣的次数计数、画满两个正字之后,第五十几天的一个早晨,他告诉她明天晚上有一对朋友夫妇会来探望。她说,我不愿意见客人,我太丑了,也没什么衣服可穿。

现在他们身处的是一个有婴儿的家庭的标准早晨,窗外天气晴朗,妇人们逗弄婴孩、炖煮利乳的食物和中药,同时生机勃勃地聊天斗嘴。一片喧哗中,他远远地坐在房间另一头,耐心给自己的九孔马丁靴穿鞋带,不抬头地说,不,你还跟以前一样美,穿宽松衣服就很好。

哈,她根本不会相信他的话。怎么可能跟以前一样美?

前身后身贴满20斤肉片再用原来的皮囊裹起来，会跟以前一样？他每天让目光在她身上停留逡巡的时间还不到以前的五分之一……但她闭了嘴，因为婴儿张开了嘴，所有人都肃然聆听，她晃动着他所征召的两只胀乳走过去。

对话中止，等她整理好乳头、衣服和婴口之间的关系再抬起头来，他已经穿好了鞋子，装束停当，立在屋子中心。盐一样的洁白衬衣，黑色紧身裤包住两条细长腿。他还跟从前一样敏捷颀长，像不属于这个混乱房间与泥泞现状的一道亮晶晶的光。

之前的分歧断得太久，接不下去了，也许就是这些时刻让人们误以为孩子能稳固婚姻？她神思恍惚朝他凄然一笑，既是羡慕也是求救。他迈动两条长腿走过来，小声说，你刚才的话特别像莫泊桑《项链》里的玛蒂尔德，没有好衣服好首饰，不愿意去舞会，不愿意见客。其实玛蒂尔德和你都是美人（他凝视她，笑出了一个看美人的笑），根本不用担忧穿什么戴什么。你如果还担心，不如咱们也去借一条项链吧？

这是他一贯的幽默，她笑了，不笑怪不好的。一年前遇到这种机会她可要给他接上几回合，两人抢着说一堆俏皮的废话，不过她现在只剩下笑的精力。他弯腰面向蓬头散发的她和怀里的婴儿，背后是窗户外面的春日的蓝天。阳光从晾晒的巴掌大的尿布之间射过来，像乳汁似的涂在室内的物体和他的轮廓上。她几乎认不出他，不，是她自己面目全非到无法跟他相认了。

他又说，今天下午我请个假，带你出去看海棠花，好不好？

说完他就笑一笑走了，没等她答就走了，路过厨房时彬彬有礼地跟妇人们逐个道别。

婴儿饱腹后睡去，她到衣柜前选了两件宽松上衣和裙子，挨个换上了去给镜子看。镜子还是不肯原谅她。从前宽衣服在她的清瘦肩胛上一动就一晃。大号衣服的精髓在于不合体地飘动起来，像现在这样合体、被肉撑满不会动，就不是藏拙，而是献丑。可惜她也没有太多能穿得进的衣服了。

海棠花很好。猩红鹦绿极天巧，叠萼重跗眩朝日。看花的人又多又吵闹，个个喜气洋洋，仿佛看完花出门有钱领。真花不许折，到处有卖假花的，用来抚慰人们亲近自然之渴，妇人们、老人们、小儿们耳边手上尽是花。人们都忙于跟花合照，开得排场最大的一树，想照相需要排队。他拉着她排队，排到了着急推她过去。快站好！她笑不出来，他叫道，笑一下嘛,为什么不笑?

她漠然看他一眼,转头走开,他追上来给她看手机照片,瞧你站在海棠下面多漂亮……她忽然夺过手机,一扬手扔进花丛里。

宾客伉俪到来的晚上,手机已经修好了。他给每个家人看照片里的她,抱怨道,明明多好看!她非说自己丑死了。人们都很当真地严肃说道:真的好看!她又拣回了那种温驯的、没奈何的笑。对比起这种太明晃晃的假话,镜子们的冷酷倒变得更好接受了。

她穿着看花时穿的衣服,一动不动坐在那儿,等待敲门声起,等待他拉着她到门口迎宾。男客她见过,他新婚不久的小太太极热情,握手寒暄时笑得松弛无心事。客人被引去看熟睡中的婴儿,像参观主人新买到的某样珍罕的奇石古董。站在婴儿床前凝视一段足够礼貌的时间后,宾客伉俪交换了一些无声惊叹的目光。女客细起嗓音说,天哪,他好小喔,跟一只玩具一样,那生出来也应该不太难吧?大家都笑了,妇人们笑得默契而宽厚,是过来人对还没生养的稚气女孩的那种怜爱的笑。但她笑不动,虽然一样知道不笑怪不好的。

饭桌上,人们继续谈论孕和育。妇人说,他们是"一下子"就中的,准极了!你们真该讨教一下经验。

她不出声。笑声和对话声犹如雨点打在蜡纸上,滑下去。那些话是什么意思?意思像珠子要走穿迷宫一样在耳蜗里转呀转,想转进耳孔里。转呀转,左摇右晃,转呀转。她为了配合,甚至晃了几下脑袋。其乐融融的谈笑暂时出现一个不大要紧的缺口,人们脸上笑意还留着,挥手说,吃菜,吃肉。她突然用平静的语调说:不,如果你没想周全就千万不要生孩子,千万不要!别在乎别人怎么劝,装聋作哑总能混过去,让她们去死吧,她们没事干嫌丢脸就让她们自己生吧,万一你不得不妥协,跟你丈夫签一份他要承担的义务的合同,条文列细一点,让他用性命担保不丢弃战友。你也不要允许、不要容忍任何人插手这个过程,真的!她们插进来就不会放弃干预的,她们相信自己有资格掌管一切,不要用顺从巩固她们的相信,否则你就会一败涂地什么都丢掉⋯⋯她滔滔不绝地朝人们越来越不好看的脸色演讲,我想伸手捂她的嘴但我的手只顾得上给自己堵眼泪,后来她笑起来,一边笑一边击打桌子给自己打拍子,这次,她觉得自己笑得由衷极了。

私 星

田 原

田　原　导演、演员、歌手、作家。1985年生于武汉。2002年出版首部长篇小说《斑马森林》。2005年，凭借电影处女作《蝴蝶》获得第24届香港金像奖最佳新人奖。

一

黯淡的房间里，窗户高高在上，阳光只能勉强落入。

这里只有一张和舒适二字距离很远的床，一张金属材质的冰冷桌子，嵌入式的衣柜以及一个一毫米多余空间都没有的卫生间。

Amber散着头发，蜷曲在墙角，拿着一个iPad——这种多年前流行的东西——玩着国际象棋游戏。她仍然停留在"简单"这个级别，而且马上就又要输了，她脑中又浮现陈涵的脸，他说，你啊，单纯地被直觉驱动，不可能下好国际象棋。

这句话，陈涵对她说过许多次，Amber还清晰地记得，第一次说时，是带着爱怜，他拍了拍她的头，就像疼爱一只呆萌的小猫。那时的Amber，眼神清澈，像孩子，让人想要保护。

初遇陈涵，是在片场，正值电影的大好时节，动不动一部电影就有几十亿的票房，一笔笔热钱涌入这个市场。但Amber只是一个小演员，在各种片场里穿梭，充当那个不重要也不会被记住的角色，直到有一天陈涵的目光落到她身上。

那天是拍民国的戏,她穿着旗袍,因为只是不起眼的角色,她的旗袍有些松垮,细小的身子在布料里晃荡。

"服装组的人在哪里?"陈涵边往Amber身边走边说。

周围的人紧张了起来,副导演赶紧传话去找服装。

陈涵围绕Amber打量了一圈,然后紧紧贴到她身后,捏起旗袍宽松出来的部分,用双手卷起勾勒出了Amber的腰线。

"我们的服装能讲究一点儿吗?这件旗袍大了这么多,上镜能好看吗?"陈涵的声音威慑着周围的人,他的呼吸落到Amber的后颈,顺着领口的缝隙钻入了后背,这是她第一次感受到他的气息。

他的手炙热,Amber觉得透过布料都能感觉到他的掌纹,清晰又深刻,那双手又抓紧了一些,Amber的心跳加快了,努力忍着不让自己颤抖。

那天结束,Amber才知道,陈涵就是这部戏的编剧,一半大赚票房和口碑的片子都是他写的,他在项目中的地位甚至高于导演。

那天的拍摄,他一直在现场,除了看监视器,与导演攀谈之外，他时不时会看向Amber那里，没有特别刻意，也没有回避。

"我觉得这个角色的戏份应该加多。"陈涵指着监视器里的Amber对导演说。

"她吗？不会吧……"导演凑到陈涵的耳边，话里有话。

陈涵的表情变了，刚才和导演是那种称兄道弟的气氛，但他突然严肃了起来，说："这个女孩跟别的不一样，你看Ali，现在当红，但眼神空了，没有魅力，懂吗？没有能量，正在消耗自己，撑不了太久。"

导演拍了一下大腿，陈涵说到了他心里，吐槽模式开始，"你说得太对了，现在的演员，红了就上天了，不知道自己是谁，卡着几部戏，还今天一个广告，明天一个商业活动，出去站个台，半部戏的钱就到手了，哪里有心思好好演？每天最多拍10个钟头，动不动就迟到，根本就不好好看剧本，觉得自己往那里一站就是太阳……"

陈涵深深地拍了一下导演的后背，意思是，我懂，不用说了，让我把戏加起来吧。

女一号Ali航班又延误，整个剧组等着她，焦急之际，陈涵拿着新加的一页剧本就出现了。他亲自把新加的剧本递到 Amber 手里，然后意气风发地对所有工作人员说："来，拍吧！"

陈涵兴奋地坐在监视器后面，盯着 Amber，他看到了许久没有见过的直觉。

一滴眼泪从 Amber 的眼中滚了出来，哪怕只是看着，都能感受到热量。

"卡！来来来，上前补特写，Amber 你还可以吗？情绪还在的话我们就赶紧来，拍一个特写。"导演兴奋了。

Amber 使劲忍着不让泪出来，点了点头，深吸一口气。

Action！

陈涵死死盯着监视器里的特写，Amber 说完台词，微微抬起头，她在用整个身体演戏，一颗颗眼泪落下，落进了陈涵心里。

那种恋爱的感觉，陈涵已经很久没感受到了，他心头微微一颤，整个身体被微微的电流穿透。

二

啪的一声，iPad 被摔到了地上，没有摔碎，Amber 举起它又砸了起来。那盘棋，她输掉了，数字显示，她一局都没有赢过。

一个小小的机器人钻了进来，铁门的下角，有一个大约 15 厘米高的小门，刚刚好够小机器人进来。

机器人忽闪忽闪了一下，用那种进化的合成声音说："Amber 小姐，这是您在本精神疗养中心损坏的第十一个 iPad，请问您还需要再购买一个吗？"

Amber 捡起 iPad 继续砸，因为整间屋子里，除了 iPad 之外没有其他可以砸的东西。

机器人突然变高了，一个个机关打开，他就噼里啪啦地伸展开，成了一个比 Amber 还要高的细长家伙，两只细细的机器爪卡住了 Amber 的肩膀，把她按下。细爪测了一下体温，腰间伸出的另一只细爪又按了一下脉搏。

"Amber 小姐，您现在的体温和脉搏都已超出正常范围，我将给您注射微量的镇定药物……"Amber 拼命挣扎，那小细爪中间是柔软的合成材质垫圈，瞬间锁紧，无法反抗。

呲的一声，镇静液体被注射到 Amber 体内，她瞬间被冻住了，似乎可以被一只手指点碎。

机器人放开了细爪，她的手臂和肩膀都有红红的一圈圈印记。

"Amber 小姐，您会考虑用更新的设备玩国际象棋游戏吗？"机器人说着又眨了眨眼。

"我就要 iPad。"这几个字是尸体，从她嘴里吐了出来。

三

陈涵和 Amber 之间放着一个 iPad，国际象棋的界面，陈涵移动了一个棋子，然后直直看着 Amber。

Amber 抿着嘴，有些紧张，陈涵才刚刚教会她各种棋子的走法，她还在努力默念着，胆胆怯怯地，她走了一个士兵。

一秒钟后，陈涵就走了下一个棋子，Amber 脸红了，脑子里涨得发热，只能尴尬地又走了一个士兵。

再来两步，陈涵就要将军了，但他拍了拍 Amber 的头说："我退回去，再来。"

这时，副导演来催场了，Amber 站起身，抖了抖旗袍，恋恋不舍地走开。

和陈涵在一起，她总觉得浑身发热，这种无名的温度会在她身体里上蹿下跳，让她时而轻浮，时而沉重。他如此聪明，如此渊博，Amber仰慕着他，甚至有一丝丝敬畏。她的内分泌被打乱了，变成了一团游窜的气体，唯有站到摄影机前，喊Action后，她才能变回固体。

一开机，她终于可以躲入角色，暂时逃离那个被恋爱抓挠的自己。

那部戏成就了Amber，她完全压过了女一号，一举成名。

拍摄的过程中，陈涵一直都在，他是出了名的风流，和圈内无数女演员都有过一段，泡妞快准狠。然而这次，他只是常常出现在片场，拿着一个iPad教Amber下国际象棋。有几次，他甚至带来甜点，大家都说，陈涵变了，这次可能是遇到了真爱。

打动陈涵的，是Amber的天真。她不是技术流的演员，没有逻辑，只有直觉，也正因为这样才能够不带痕迹地进入角色。

她细小的身体里，有一个神圣的地方，那里不属于她自己，是一个可以让角色入住的房间。

那年Amber刚刚21岁，陈涵已经35，他们理所当然地在一起，无比笃定，认为从此就是彼此的唯一。

四

被注射了镇定剂的 Amber 静止着,有一颗泪从眼角涌出,这么多年过去了,在伤害和折磨之后,清澈的,只剩下眼泪。

今天,是她的生日,她看了看投影在墙上的电子钟,已经过了 12 点,陈涵还是没有来。

她按下了床头的呼叫按钮,问:"我有访客吗?"

对面是机器答录的声音:没有。

她又回复到静止的状态,屋子里如此寂静,呼吸的声音都显得像从远处刮来的冷风,但她脑中,无比吵闹。

啪的一声,Amber 摔碎了桌上的盘子,陈涵一把抓住了她,死死按住说:"你够了吗?"

Amber 拼命地去抢他手里的手机,歇斯底里地喊着:"你把手机给我看啊,你要是什么都没做,就给我看啊!"

陈涵的脸涨红了,他大喊了出来:"你能给我一点儿空间吗?你一出去拍戏就是两三个月,你想过我的感受吗?"

抢不到他的手机,Amber 在他手臂死死咬了一口,陈涵疼得大叫起来,手机啪的一声落到了地上,Amber 完全不顾自己的样子，爬行在地上捡起了手机，打开微信，翻看聊天记录。

看着看着，她的眼泪飙了出来，她把手机当世纪仇人一般死死砸在地面上，碎了。

她站了起来，一巴掌扇在了陈涵脸上。

陈涵愣住了，过了好一会儿才反应过来，这是平生头一次，有人这样正面扇在脸上。

"你为什么要这样对我？……"说着，Amber已经哭得跪倒在地上。

陈涵跪了下来，托起她的头，擦干她的眼泪，把她抱在怀里。

"对不起……那个女的自己扑过来的，你又一直不在，我只是无聊，男人就是这样，特别容易无聊，这点特别卑劣。"陈涵亲着Amber，认真地品尝她的眼泪，味道是咸涩的，带着她皮肤的香味。

"为什么要骗我？"Amber几秒钟就哭湿了陈涵的胸口。

"我从来不想骗你……只是我内心有一个缺口，遇到你，填上了，但你不在，这个缺口就又敞开，我受不了，那个女的，对我来说，只是物品。"陈涵说着，胸口一阵闷痛，男人诡异的自尊在作祟。

他成就了 Amber，一方面他如此骄傲，但另一个方面，他竟默默开始嫉妒和自卑，镜头里的 Amber 如此美丽，有越来越多的人喜爱她、崇拜她、觊觎她，他可笑地觉得自己受到了威胁。他需要无知又廉价的女人，需要她们的盲目崇拜，来填补失落。

他不想失去 Amber，但更害怕失去自我。

他玩起了一个隐秘的游戏，他把自私伪装成脆弱，伪装成对 Amber 的需要。

"别离开我，我不能没有你，不能……"他紧紧抱住 Amber，让她没有一丝动弹的余地。

Amber 哽咽着，她还在颤抖，她虚弱到没有力量离开陈涵。

五

疗养院的游戏厅里，病人们都穿着惨白的衣服，戴着 VR 头盔，一人一个小小的透明隔间，他们有的傻笑，有的拿着玩具枪四处扫射，机器人在各处走动，维持着秩序。

Amber 来到下单处，疗养院里用的设备已经是其他地方淘汰的，所以价格也相对便宜。点开菜单，出现各种游戏分类：设计游戏类、迷宫类、冥想享受类、歌舞类……

Amber 选择了歌舞类，找到了她最爱的那首歌，把眼睛对准了虹膜识别处，验证并付款后，她被指引到自己的小隔间，戴上头盔，另一个世界出现。

她回到了盖茨比的年代，女人都穿着漂亮闪光的裙子，男人们都看上去像绅士，主持人堆满笑容引 Amber 上台，用打了鸡血的声音对她说："Are you ready？"

1、2、3、4，音乐响起，是 *After You Get What You Want, You Don't Want It*。

Amber 开始边唱边跳，台下的观众纷纷给 Amber 卖命地鼓掌，一切都是温暖华美的。

虚拟之外的世界里，Amber 穿着白色长裙，光着脚，戴着头盔，认真地跳着，像没有观众的小丑。

陈涵来了，他默默站在透明隔间外，看着 Amber，没有音乐，她的脚踝还是如同少女一般纤细，仿佛无法支撑整个身体的重量，但又奇迹般完成着各种复杂的动作。听不见伴奏，但能听见 Amber 轻轻哼唱着那首歌：After you get what you want you don't want it, if I gave you the moon, you'll grow tired of it soon……

曾经，陈涵是她最好的舞伴。Amber 从小就喜欢看歌舞片，她爱那种不真实的快乐，如果永远都不会醒来，就最好。那年 Amber 生日，陈涵送给她一件 vintage 的 flapper，亲自给她拉上拉链。陈涵穿上了三件套的西装，拉着她的手，1，2，3，4，他专门给她雇了一支乐队，唱她最爱的那首 *After You Get What You Want, You Don't Want It*。

舞台上的 Amber，那么美，陈涵看着这个完美的她，却又不自禁地想起他们的各种吵闹。

生日前，Amber 好不容易才有几天的假期，她死死趴在陈涵的背上，说要一刻都不分离。但陈涵还有一个剧本没有写好，他有种深入骨髓的危机感，他说不行，得先写完。

Amber 瞬间就暴跳了起来，她喊道："陈涵你患上了绝症，比癌症还糟糕！"

"什么？"

"自私是绝症！" Amber 说出了刚演完的戏的台词。

"你不要丢人了，把那种二流编剧写的糖水词拿出来跟我吵架。"那个编剧，和陈涵齐名，总是写大卖的爱情片，为陈涵所不齿。

"糖水又怎样,她写的片子比你写的票房好!"此话一出口,局面不可收拾。

陈涵开始收拾东西走人,Amber又开始摔东西。

哪怕她事业再好,在镜头前再享受,只要得不到陈涵百分百的关注,她便会哽咽。她需要陈涵对她永远如同刚认识时那样,她需要他对她的好奇、珍惜、疼爱。没有这些,她会怀疑自己。

是我对你没有吸引力了吗?还是你就是一个low货,你就是内心污浊,你是不是又搞上别的low婊了?

陈涵终于从座椅上弹起,没有!他吼着。

他冲到Amber面前,如同猛兽一般,大喊,我没有,你够了吗?

Amber吓哭了,眼泪失控地滚落,她抽动颤抖地说,我只不过想要你的关注,都不行吗?

说完,她像小动物一般蜷在地上,这样不堪一击的她,才终于戳中了陈涵。

这样脆弱的她,才没有任何威胁。

陈涵把Amber像孩子一般抱起,把手插进她的头发,亲吻她眼泪流过的地方。

只有大吵大闹到没有退路，筋疲力尽，他们才会向彼此投降，紧紧抱在一起，假装不会再有下一次。

六

知道自己怀孕，是在拍了一整晚的夜戏之后。近一年以来，Amber并不开心，她被两人的关系摧残着，也似乎失去了最初演戏的天分，经常在镜头前找不到状态。

说到底，她是一个会被情绪控制的人，随时可以变得不堪一击。

但更不堪一击的是陈涵。现在大部分电影公司都开始用机器主导剧本创作，一家叫做Scriptup的公司发展出了一套剧本开发系统，选择一个故事类型，机器便可以生成10个以上的框架。接下来把人物、情节、节奏按照数据验证过的模式铺陈开，剧本就出现了。这个体系中，也留出了给人类的"缺口"，Scriptup雇佣了大批编剧来做出非理性的决定，在每个节点都加上了Human touch。这个系统在不断地学习和积累数据，编剧这个行业，随时都有可能被取代。

她把验孕棒显示阳性的照片发给了陈涵，有种少女般的兴奋，她甚至天真地觉得这个孩子会挽救她和陈涵的关系。在等待陈涵回复的时间里，她期待着他兴奋地打来电话，第二天就赶过来，抱着她，对她说他们终于可以组成一个家庭。

但一分钟，两分钟，三分钟过去了，没有回信。

Amber突然想起陈涵经常对她说的那句话，你这样的人，单纯地被直觉驱动，永远都下不好国际象棋。她不懂布局，横冲直撞地试图得到自己想要的，结果就是一点点被吃掉。

那晚，陈涵冷冷地说我们还是先不要孩子为好。

Amber被激怒了，她说他不爱她，一个爱她的男人，听到她怀孕的消息，第一反应一定是兴奋。

陈涵说不是这样的，我爱你，也觉得兴奋，但现在两人的状态并不合适。

但是孩子来了，以我们的状态，永远都不可能完全"合适"，你只是不够爱我，我懂了……

说完Amber挂掉了电话，彻底关机，她翻箱倒柜找出一把瑞士军刀，然后走进酒店的浴缸里，割开了自己的手腕。

虽然那晚陈涵及时赶到了，但悲剧才正式开始。

陈涵抱着一缸血水里的Amber说，我们结婚，把孩子生下来，好吗？你不能离开我，我不允许。

那时起，Amber就患上了严重的抑郁症，事业毁了，一蹶不振。

Scriptup越来越完善，曾经不可一世的陈涵被轻轻一推，开始无尽地下落。

用陈涵这样价那么高还觉得自己是神的编剧，早就受够了——制片人们这么说。

只剩下无比信任陈涵的老朋友，还给他留着一席地盘，但更多人在等着看Scriptup出品的片子票房大胜。陈涵把心悬了起来，没日没夜地修改剧本。

而Amber的肚子日渐隆起，她开始越来越无法面对自己，工作无法继续，出门怕被拍，她终日披头散发地待在家中。陈涵又拿出iPad，打开国际象棋游戏，进入人机对战模式。

"你不是说我永远也不会懂怎么玩吗？"Amber说。

"你赢了机器，我就跟你一起玩，好吗？"陈涵亲了亲她的额头，无法直视她空洞的脸。

"你什么时候写完剧本，我们一起去很远很远的、没有人的地方旅行好吗？"Amber从背后抱住了陈涵，哀求着。

"就快写完了，你先赢机器，好吗？乖。"

每次陈涵说"乖"的时候，Amber就会莫名地安静下来，她想永远扮演那个小孩，因为听话而得到表扬。

但是，剧本写好了，也没有旅行。

陈涵说，他必须扎根在片场，这次是最后一次机会，所有人都在等着看他笑话，看机器主导的剧本大获全胜。他说他必须时刻警惕，与演员沟通，修改剧本，做那些机器做不了的事情。

好吧，Amber说，现在我们是一个家庭，我们必须相互理解和支持。她把自己埋进被子里，看着各种电视剧，用永远都赢不了的国际象棋游戏塞缝。

当然不止这些。她渐渐侵入了陈涵所在的剧组，通过A认识B，又通过B认识C，从摄影组到服化组，甚至场务组都有了她的眼线，她需要知道陈涵在做什么。

"Amber，我一直都是你的粉丝，认识你让我欣喜若狂，这些天跟你微信聊天，让我觉得仿佛在梦中。我不想伤害你，但实在也无法做到视而不见。"Amber也终于收到了这样一条微信。

是的，陈涵又一次出轨，这次是剧组的造型师助理。

"你太低贱了，女演员都搞不到了。"她给陈涵发了这样一条微信，然后把消息透给了狗仔。

陈涵背着有五个月身孕的明星妻子，在剧组搞造型师助理，这样的新闻漫天飞舞。

看到所有人都开始对陈涵落井下石，Amber 居然有了一丝快感。

陈涵编剧的电影和 Scriptup 编剧的电影同期上映，他战战兢兢地走进了影院，看完后，他瓦解了。

对手的结构无懈可击，他曾经以为机器写不出漂亮的台词，其实，机器收录了所有经典句子，再根据关键词和语义语境分析对其进行改编和分配，好几次，男主角都说出了王尔德式的俏皮话。

他被吓得失去了体温，他的所有，瞬间崩塌。

他输得很惨，也无力还击。

他想过死，但爬上楼顶，却被阳光刺痛了眼睛。他终于明白自己是如此懦弱，对未知是如此恐惧。

他回到了 Amber 怀中，"还记得《射雕英雄传》吗？"陈涵像孩子一般把头埋在 Amber 怀中，呓语一般问她。

他说，你一定没有看 87 版的《射雕英雄传》，黄日华和翁美玲那个版本的。那时，只有三岁的陈涵已经能背下剧情。闷热的夜晚，他在院子里给没有看过的大人们讲解。讲着讲着，他就入戏了，挥舞起手臂，演了起来。

从那时起，他就知道以后自己会是一个以贩卖故事为生的人。

虚构一种真实，曾经是他的所有。

"现在，我什么都不是……"陈涵哭了，这是Amber第一次见他流泪。

一无所有的他，才可以完全属于我，Amber默默对自己说，她竟感到了占有的满足。

"你是我爱的人，你还是孩子的爸爸。"Amber亲着陈涵，把他的手放到她的肚子上。体内的胎儿踢到了陈涵手上，他的心头颤抖了，这是从未有过的感受。

一个小小的人儿，就要闯入这个困惑的世界。

七

April就这样来了，4月的一个晴天里，她突然就闹着要出来。Amber发作得特别快，连麻药都来不及打，她痛到几乎休克，生下了一个小女儿，皱巴巴的一个早产小人儿，眼睛也没有完全睁开。Amber把她拥在怀中，脑子是空白的，却不由自主地哭了出来。

陈涵把这团小肉抱在怀中，猛然意识到，这世间多了一种无法割舍的联系。

Amber生完孩子之后，兴奋地给经纪人打电话，准备复出，但得到的只是有一搭没一搭的冷淡回复。坐月子、哺乳、肚子上留下的赘肉、身体的不适也让她烦躁无比，她让自己的情绪撒了一地，无法收拾。

陈涵坚持让孩子喝母乳，"我查过了，喝母乳的孩子免疫力会好很多。"他拿着iPad，点开一篇篇讯息对Amber说。

"那你有想过我的感受吗？你的事业已经没戏了，我还得复出挣钱啊。"

你的事业已经没戏了，这几个字如同散射的子弹，把陈涵的心打成了马蜂窝。

"你的事业也早就没戏了，你看你自己现在的样子！"陈涵放出了狠话。

Amber发疯一般砸掉了身边一切可以砸的东西，无辜的April哭了起来，被哭声刺激的Amber居然尖叫了起来，叫到声嘶力竭。

陈涵知道自己的编剧事业已经无望，卖了一套房子做生意，亏了。

两人搬到了窄小的屋子，阿姨也辞退了，生活露出了狰狞的面目。Amber除了埋怨还是埋怨，她蓬头垢面地终日待在家中，会突然痛哭，突然狂叫，突然望着陈涵发呆，最过分的一次，她差点儿把April淹死在洗澡盆里。

前一秒，她温柔得如同最伟大的母亲，把April抱在怀中，轻轻亲吻额头，下一秒，她会突然尖叫起来，说April是怪物。有时，她会突然大段说起台词，那些她曾经演过的角色，会突然附体。

诊断说，她有严重的抑郁症和精神分裂，必须住院治疗。

对一个人，从爱到恐惧，也不过两年多。

那是一个晴朗的四月，April的生日刚过，陈涵把Amber送进了精神病院。

八

"您好，我是Personal Star的经理人Ken，Amber小姐，

我是您的粉丝。"一个穿着西装的男人出现在 Amber 面前。

已经很久很久,都没有听到"我是您的粉丝"这样的字眼。Amber 被点亮了,这是在哪里?她努力看了看周围,哦,对,是在医院的游戏室。今天是她的生日,已经是进医院的第三个年头。

Amber 莫名地害怕这个西装男人,她用目光向男人身后的陈涵求救,此时的陈涵早已不再意气风发,整个人如同一碗冷掉的汤,身体也似乎因为气场变小而萎缩。但对 Amber,他还是那个她深爱的人,她一头栽进陈涵怀中。

"我想跟您介绍一下我们公司。目前我们是全球最大的艺人虚拟形象管理公司,80% 的明星都把虚拟形象授权给了我们,我们会对您进行整体扫描,然后从您巅峰时期的作品里提取信息,把最佳状态的你复原出来。我们公司和目前世界上最大的 VR 内容提供商隶属同一个集团,授权给我们,我们可以把您提供给千千万万个您的粉丝。"Ken 说得如同背书一样,他看了看 Amber,他读不懂 Amber 的眼神。

Ken 继续说:"说得简单一点,只要授权给我们,您的虚拟形象可以再次出演电影,我们也可以以您的形象定制内容,然后卖给用户,您可以从中得到利益分成。"

Amber 又往后退了一步，她在医院待了太久，听到真实的人说话，她突然丧失了理解的能力。

别害怕，陈涵说，他抱住 Amber，他说 Ken 不是坏人，只是想来帮我们，你只需要签一个字，做一次扫描，就好。

"我能出去吗？我什么时候可以出去？" Amber 并不在乎他们说的，她只能感受到自己。

"签下合约，我就带你走。"陈涵说。

"真的吗？" Amber 颤抖着说。

"真的，合约我已经帮你看过了，是对你好的，有许多要签字的地方，来吧，乖。"说着陈涵摸了摸她的头。

Ken 唰地一声拿出了合同，熟练地指挥着 Amber，在各处签下她的名字。

陈涵抱住她，说："你还记得吗？你说你想做默片时代的女演员吗？"

是啊，那是 Amber 一直以来的梦想，穿着华丽的衣服，在大大的摄影棚里，被耀眼的灯光浸泡着，忘情地表演。陈涵说现在就要带她去那里，那个好莱坞的黄金时代。

无人驾驶的车开了很久很久，Amber 靠在陈涵身上睡着了，在她脑中，时间已经错乱，迷迷糊糊地，她仿佛回到了初识陈涵的时候，她紧紧抓着他的手臂，把头埋进他的脖子，努力吸着他的味道，他就像温暖的水泥。

她不想醒来。

Ken领着他们来到一个建筑的入口处，外表看来，就是普通的房子而已。然而打开门，里面有无数个圆形的球体，Ken堆起了职业的笑容说："Amber小姐，我们已经为您准备好了一次完美的体验，陈涵先生说您特别喜欢Fritz Lang的《大都会》这部电影，您来演女主角如何？"

Amber疑惑地看着陈涵，那一个个球体，好像小时候居民楼顶的水箱。

"您需要去那边换上传感衣。"Ken指向那边的小房间，陈涵拉着Amber走了过去。

陈涵轻轻脱下Amber的白色病人服，她是那么瘦小，脊椎凸起。她的皮肤，曾经如同饱满的花瓣一般，透着香气，但我没有好好珍惜，陈涵对自己说，如果不曾那样伤害Amber，今天会是怎样？

他不敢再想，只能把这种罪恶感化作一个拥抱。

陈涵给她穿上单薄的罩衣，Amber像孩子一般，被陈涵带领着，来到一个球体前面。一个工作人员出现了，让她脱掉衣服，进入球体内。她闭上眼睛，一种和身体密度一样的液体将她淹没。

准备好了吗？这个声音从远处传来。

一道亮光。Amber一阵眩晕，眼前出现一个大灯，天啊，真的到了好莱坞片场，就像电影和纪录片里看到的那样：巨大的摄影机，戴着贝雷帽的工作人员，搭建起来的华丽场景。

导演亲自走了过来，他说Amber，接下来是非常重要的一场戏，你要开始变得邪恶，跳着散发不良诱惑的舞步。这是《大都会》里让Amber印象最深刻的一场戏，女主角微微弯着腰跳舞，散发着阵阵邪气。

服装师走了过来，手里拿着一条亮闪闪的裙子，请她去换衣服。

换完，Amber看着镜子里的自己，却发现是Rachel Weisz，她走近，死死盯着镜子看，没错，就是她最喜欢的女演员。

Amber曾经对陈涵说过，好希望自己是Rachel Weisz的样子啊，而现在，分明就是钻入了她的身体，而且还在演自己最喜欢的电影《大都会》。

副导演来催场了，灯光，打板，Action！

音乐响起，Amber终于又回到了自己所属的地方，她属于镜头，不属于这个残缺的现实世界。

她尽情地跳着，那个自己被放空、角色侵入体内的感觉又来了。忘记自己，难道不是最奇妙的事情吗？是近乎神圣的升华。Amber的身体已经不再属于自己，她把自己交给了一个只存在于影像中的灵魂。

Cut！

导演兴奋地喊着，所有在场的人都起立鼓掌，大家都说太棒了，太完美啦。在赞美中，Amber眩晕了。

突然，眼前漆黑一片，时间到，体验结束。

Ken问道："Amber小姐，想让这种体验一直继续吗？"

"想。"

九

Amber把自己卖给了Personal star，她在虚拟的世界里被重建，然后被贩卖给不同的客户。曾经的她，是无数男人心中清澈的女神。现在，在虚拟的世界里，你可以和Amber一起干很多事情，吃饭、逛街、聊天，当然还可以做爱，在不同的场景，用不同的姿势，只要你付得起钱。

从此，Amber 会有持续的收入，这些钱会用来让 April 长大，受教育。而 Amber，永远住进了球体，永远年轻地活在片场，Ken 告诉她，系统还会不断更新，会越来越逼真。

确切地说，是陈涵卖了她，然后把她放入了虚幻之中。

Amber 被全身扫描，声音也被采录，技术人员又用她曾经的影视作品、采访资料校正她的形象，美化到最佳状态。

在这个下沉的世界，如果你年过 60，或者身体残疾，患有精神疾病，便可以申请进入球体，活在虚幻中，靠营养液为生，消耗最少的实际资源，直到死去。

然而到了那一天，我们还要真实的世界有何用？

陈涵常常问自己这个何题。他时常看着入睡的 April，陷入沉思，我们究竟为何在这里？又将去到哪里？

陈涵深深地厌恶着这个世界，但正是因为厌恶这种强烈的感情，让他和这个世界产生了不可分割的联系。

他安慰自己说，让 Amber 活在美好的幻觉里，也许是最好的出路。

"陈涵,你和 April 在里面吗？"被采录完的 Amber 问道，她的眼睛是湿润的，"除了演戏之外，我还想和你们在一起。"

她说，她想起了自己是谁，经历过什么，就像濒死体验一般，她的一生在脑中燃烧。

"可以吗？你们可以也做扫描，然后，和我在一起吗？"她说。

陈涵抱着她，他差点儿说出，不如我们重新开始。

但他知道，那只会是另一个错误的起点。

"你知道吗？在和你的关系里，我一路都在输，因为我爱你比你爱我多一些，这让我甚至放弃了尊严，知道我仅存的骄傲是什么吗？"说这番话，Amber的眼神突然清醒了。

"是什么？"陈涵问。

"是我不爱你……我爱的，是一个更好的你，但他不存在。"

（本文严禁转载，若有需要，请与作者本人联系）

移动互联以前

石一枫

石一枫 1979年生于北京，1998年考入北京大学中文系，文学硕士。著有长篇小说《红旗下的果儿》《恋恋北京》《心灵外史》《借命而生》等、小说集《世间已无陈金芳》《特别能战斗》等。曾获鲁迅文学奖、冯牧文学奖、十月文学奖、百花文学奖、小说选刊中篇小说奖等。

我的故事起源于几张光盘。对于光盘,你们这些移动互联网时代的人可能已经很陌生了,但在那个年代,想看点儿别人不让看的东西,只能通过光盘。更早以前还要不方便,得依靠录像带。现在好多了,有个手机就行。我不知道你们有没有看过这种格调的片子,想必见识过,因为吃不上猪肉的人总想看看猪跑,吃上了猪肉的人也想看看自己吃不上的猪跑起来有什么不同。既然我已经坦诚在先,诸君也不必感到太羞涩。

对于这种光盘,我还要作一个说明:只有外行人才会笼统地把它们都称为黄色光盘,而看过很多的人清楚,它首先可以分为"三级片"和"毛片"两类。"三级片"这个称谓显然来自资本主义国家的影片分级制度,而"毛片"则属于内陆土话,意义不太清楚,如果纳入分级制度,它应该被称为"A级片"。三级片和毛片有很多区别,除了故事情节、灯光效果、演员人选等等之外,最硬性的区分就在于镜头尺度。当然一定要讨论艺术性的话,也得承认,两者在情趣上还是存在不同的追求,三级片拥有柔和的灯光,幽默的对白,恰到好处的音乐,香港的导演还善于发扬国粹,拍出各个版本的《红楼梦》《金瓶梅》和《肉蒲团》。不过说来说去,都是淫秽录像，它们的共同本质，用我的一位河南同学的话来说就是：撑死眼睛饿死球。但是有些人就很强调这种区分，睡在我上铺的另一位同学就是这样一个人。我碰到他一个人躲在宿舍里偷偷观赏，总会大叫起来：

我操，你丫看毛片！

这位仁兄似乎受了极大的侮辱，他指着屏幕上遮住关键部位的"马赛克"气呼呼地说：不要乱讲，这明明是三级片。三级片！

他这副样子总能让我笑出声来。看三级片还不失为一个文化人的本色，看毛片就会沦为禽兽。连淫秽录像都能分出有文化和没文化，我们的遮羞布啊，总是戴在不该戴的地方。再这样下去，就连那些卖光盘的人都会瞧不起我们了。

以上说的是些题外话，目的是向大家交代必要的背景知识。下面是我的故事。

故事可以从一个全景镜头开始：那是移动互联时代以前了。中关村大街上的广告牌里，有的是IBM、联想和三星，但还没有淘宝、京东和小米。照完这个全景，我们把镜头逐渐推进，穿过广告牌、汽车反光镜、男人的腋窝、姑娘的乳房，最后捕捉到故事的主人公，也就是在下。在下正背着一个黑色的单肩书包，叼着一颗香烟走过来，并没有注意到已经被诸君饶有兴致地观察，因为我正在忙于驱赶一些外地人。那些人都是一些盗版光盘贩子。虽然我对他们的态度很不耐烦，但是心里还是有点喜欢他们，他们都是一些纯朴的人。他们脸色黑里透黄，牙齿黄里透黑，三三两两地站在马路边上，看到一个半穷不穷的家伙走过来，紧张得连手都不知道往哪儿放好。他们搓着手，假装没看到你走过来，假装突然发现了你，最后鼓起勇气把手放在你的胳膊上，书包上，甚至踮着脚尖放到你的肩膀上。他们再尝试用二道贩子老手的口气向你说道：哥们儿，要光盘么，游戏软件。这个时候，你简直要请他们喝上两杯。一个想要冒充城里油嘴的乡下泥腿是多么可爱啊。当然，一切赝品都要比原作更加风格突出，所以他们也做得有点过分了。他们把"光盘"说成"光盘儿"，把胳膊干脆和你挽在了一块儿，并且不由分说，拽着你的书包就要拉你走。我认识一个自尊自重的姑娘，她对我抱怨说：中关村有很多流氓。我问她：你指的是哪一种流氓？她说：就是那些卖光盘的土流氓。我问：他们怎么耍流氓了？她当然非常矜持，或者时刻准备着矜持，于是淡淡地叹了口气，幽怨地说：叫我怎么说得出口。我就搂住她的肩膀，用鼻子吸溜着她的脸说：是不是这么流氓来着？这个姑娘就成了我现在的女友。又过了个把月，她一边穿衣服一边恍然大悟地对我说：原来流氓还有这种耍法。我听了险些把她一脚踢下去，但是我是一个识时务的人，为了以后可以把这个流氓继续耍下去，姑且把她的话当作一个幽默，就对她说：还有其他姿势的耍法，以后可以慢慢耍来。结果反而被她扭过脸，一脚踢了下去。

　　我攥住书包带，防止他们直接到里面去掏钱。我向前走，这些男人也跟着我走。他们知道，我这样的大学生都是一些需要大量软件，但是又买不起正版的家伙。他们主要做我们的生意。说句实话，他们的确让我们方便了很多，十块钱一张，比起正版光盘要便宜上百。曾经有几家软件公司在学校里打出一个大横幅：我用正版我光荣。一夜之后下面就添了另外一行字：我用盗版我省钱。大家看到这个横幅，一起哈哈大笑。正版未必光荣，盗版却真是省钱。但是我现在并不想省钱，因为我根本不想花钱。他们也看错了我，不知道我是一个只会打字的文科生。我向他们摆着手说：不买，不买，我用不着。他们说：都什么时代了，有谁不用电脑？我说：我已经买过了，现在不需要。他们说：都什么时代了，怎么能不及时更新？他们好像一些有逆反心理的小女孩儿，你说一句，就会引出八句来。这时候还有两个做其他生意的男人凑上来对我说：那你要毕业证吗？我看你需要买一个。盗版的生意可真周到，甚至能把你自己变成一个盗版。我终于下定决心，勃然作色道：滚蛋！他们纷纷走开，互相摇着头，嘻嘻哈哈地笑着，好像在对我这个不识逗的人表示宽容。不管怎么样，我终于可以继续走路，回到我的学校了。

但是我随即发现身边还跟着一个男人。这是一个很矮的人，比他的同伴还要矮，我不踮脚尖就可以看到他的天灵盖。他不说话，两手插在兜里走在我身旁，我看他的时候，他就对我和蔼地微笑一下。于是我停下来，对他说：我确实不买，我用不着。

他说：不买，看看总可以吧。

我说：我不想买，为什么要看？

他说：商场里的东西也不是人人要买，难道就不让人看?

我笑出来:问题是,我就算看了也不会买。

这是一个友好的人,他也笑着说:我就是让你看看嘛。

我看着他。他长着一张圆脸和一个塌鼻子,正在仰着头,对我摊开手:看看也没有坏处,对不对。我说:对,对。然后忽然一转身,头也不回地向远处疾走。走出十来米远,我才回过头,看到刚才站过的地方已经没有人了。但是一个声音从我的肩膀传上来:那就去看看吧。现在我没有办法了,我只能说:好吧,好吧。

他忽然间变得喜气洋洋,响亮地说:那你等一下,我去取自行车。说完他就转身走了。我看着他的两条短腿起劲地蹈着步子,走到街的拐角,心里奇怪为什么他不怕我再一次逃跑。这次我要是再跑,他绝对找不着我了,但是我居然就没有走,一直等到他骑着一辆通身生锈、吱吱作响的自行车过来。骑到我面前后,他把手向后一甩说:

上车吧。

我说:远么?

他说:反正我带着你。其实不远的。

我往下扫了一眼,他的两只小脚蹬在二六车的车蹬子上都很困难。但是这个光盘贩子催我说:上车吧。

我就坐到车座上,他骑起来,从马路上拐进一片住宅区。这里是我们大学的家属宿舍。我说:到底在哪儿呢?

他说:不远啦。

他在一片小平房里轻车熟路地拐着弯,自行车在我们的身体下呻吟着。过了一会儿,我感到后轮子底下咯噔咯噔地颠簸起来。看到一个宣传黑板前面的修车铺时,他停下来说:我先打个气。

那个铺子的老板是一个留着胡子的壮汉,他好像和这个人很熟。光盘贩子打气的时候,几乎要把气筒手柄提到胸前才能拉满,他打气的样子,好像在连续夸张地鞠躬。这个时候他已经很累了,脸上有很多汗珠,刚才带了我一路,可能腿都已经打战了。修车铺老板对他说:你起开,看我给你打。

光盘贩子对他气哼哼地说:你歇着吧。但是他立刻松了手,跳到一边去。

壮汉从椅子上站起来,捏了捏前胎,把气筒换到后胎,然后踩着铁架,用一只手上下拉着,非常之轻松。他每拉一下,浓密的腋毛就要露出来,好像胳膊底下爆出了一股黑烟。

光盘贩子插着手,脑袋一上一下地点着,嘴里在给壮汉数数:一下,两下,三下,四——下……

壮汉正在机械运动,忽然扭过头去对光盘贩子挤挤眼睛说:你看,就得这样——进去了吧,出来了吧,又进去了吧——

光盘贩子也有点兴奋了,他搓着手说:对,对。因为这个妙手偶得的比喻,两个人开心地笑起来。笑到一半光盘贩子戛然而止,叫了起来:不要再打了,再打就爆了!

壮汉伸手捏捏车胎,吃了一惊:硬得像那玩艺。他又说:什么事情干得过分了都不好。光盘贩子笑嘻嘻地把车推过来,这个时候他重新想起了我,向我招着手说:上马。

我说:干脆我带着你吧。

他说:这怎么行。

我说:我带着你还快一点。你来指路。

于是我们掉了个个儿,又骑了几分钟,他说:到了。他领着我走进一个平房小院,拿出钥匙打开一个小门。这间房子看来以前是一间厨房,墙上的油烟痕迹还在,房子里面昏暗一片,只能放下一张床和一个床头柜。屋里的一切好像都在发霉,味道很大,床上还坐着一个脑袋很大、前额突出的小孩,好像有三四岁。我说:你的小孩?

他说:锁在家里,不会丢。然后对小孩说:抓牢了。小孩就用两只手抓住破烂不堪的席梦思床垫的边儿,光盘贩子用两只手扣住垫子的一端,呵的一声,把垫子掀起来,在胸前顶住。垫子被他支撑着斜立起来。那个小孩扒在垫子上,张大了嘴,两只手像他父亲一样抓得很紧。我正在奇怪,这种模样的一个人为什么总是喜欢显示力气,忽然听到他说:就在底下。垫子底下有一个黑色的垃圾袋,我打开它,里面全是光盘。这个时候我突发奇想,想要和这对父子开个玩笑,于是坐到垫子下露出的床板上,一张一张地看起光盘来。一会儿,我感到侧上方的垫子在发抖,光盘贩子屏着气说:你坐到椅子上看好啦。这时我才起来,那对父子已经满头大汗了。

光盘贩子嘭地把床垫连带孩子摔到床上。那孩子居然一声不吭,又安详地坐好,看着我。气喘吁吁的父亲从床头柜上拿起一个巨大的搪瓷杯子,晃悠晃悠,然后对我说:你慢慢看,我出去一下。然后就拿着杯子出去了。

屋里只剩下我和小孩。他一直在注视着我,什么声音也不出。我无奈地把那些游戏、软件、压缩电影一张一张地翻了一遍，我还是要告诉那个人，我什么也不想买。我站起来，想要看看那个人在不在院子里，但是脚刚一迈出门，那孩子就叫起来。这是我进来以后他发出的第一个声音，好像一只橡皮喇叭被全力吹了一下。我吓了一跳，回过头去，那孩子目光炯炯地盯着我手里的那些光盘。这个时候光盘贩子回来了，他的脚步非常之急，看来是马上跑了回来。他手里的一缸子水洒了许多，但是给了我一个灿烂的笑：

都看完啦？

我装作很失望地说：只有这些么？

他立刻把水放到椅子上，趴到地上，一边向床底下钻一边说：还有，还有，你别着急。

看来他想要用耐性打消我的托词。现在我已经有一点不好意思了，再这么下去，我必须要买上两张回去，而这些光盘对我毫无用处。我口干舌燥地说：

别找啦，说实话，我是不会买的。

他正在地上趴着，这时脸和屁股一起扭向我：那你到底想要什么？

我说：不是我想要什么，我是什么都不想要。

他说：怎么可能，怎么可能。

我说：怎么不可能，我又不靠吃光盘活着。

他忽然一下站了起来，动作之快好像是从地下冒出来的。我眼前一花，他已经拍着我的肩膀，微笑着说：

说吧，你想买什么盘我这儿都有。

我哭丧着脸说：你怎么就不明白，我什么盘都不想买。我已经开始怀疑自己遇见了一个神经质的家伙了，他好像听不懂正常人的话。虽然我什么事也不干，但是我也不愿意在这个地方耗着。

但是他又重复了一遍：什么盘都有。他说得很诚恳，好像在帮我一个大忙，我已经没办法再忍下去了，索性对他大声说：

毛片！毛片你这里有没有？

他把脸向后仰了一下，好像我终于开了窍，给了我一个赞许有加的笑，随即赶紧探过头来说：小点声。

我说：到底有没有？这一次声音更大了。

他有点慌，赶紧说：有，有。你要这个干吗不早说。

我没好气地说：你干吗不早说？

他向我摆摆手说：那多不好意思。

我瞪着这个羞涩的毛片贩子，干脆像喇叭一样说：这有什么不好意思的？难道你不是干这个的？我还没见过你这样卖毛片的。你就别怕不好意思，怕不好意思，就别学人家出来。

他的两条眉毛变成了一个八点二十分，可怜巴巴地说：不好意思嘛，没办法。这也不是什么好事。我和他们不一样，我其实是一个小学老师……

原来他也是知识分子。我赶紧打住他说：有就拿来，废话少说。

他无奈地说：好，好，你跟我走。

我跨出门去，跟着他往外走。现在成了什么样子了，我插着腰，像一只准备斗架的公鸡，咯咯叫着威胁可怜的光盘贩子，让他给我搞一些黄色光盘来。后者是一个弱小、善良的男人，并且具有知识分子应该有的良知。最后在我的淫威之下，他不得不就范了，但是他惋惜的表情、幽怨的眼神在对我说：人无羞恶之心，非人也。

片刻，他又转回来说：三级片要么？三级片比毛片要好一些。

我又一次坐在了自行车的后座上，方才的经历已经让我心存恶意了。我不得不跟着一个陌生人在烈日炎炎下跑来跑去，然后再买两张我并不打算买的黄色光盘。这还不算什么，关键是在这位光盘发售者的面前，我已经变成了一个急不可待地想要参观二百来斤肉滚上滚下的视觉性饥渴患者，而他则像一个温顺的、心怀悲切的母亲纵容自己学坏的不孝子那样，忍辱负重地流着汗水，用自行车带着我去搞那些东西。在这场交易里面，我们扮演的就是这样的角色，这才是我恼火的原因。我告诉自己，既然你已经变成了这样一个东西，那就干脆坏到底吧，当一个混蛋的快感不是何时何地都能得到的。

我索性把书包也挂到他的脖子上，对于这点他吭也没吭一声。他明白，我是要掏钱的。对于坐在屁股后面的上帝，谁会有半句怨言呢？在经过一家小卖部的时候，我对他说：去借一个打火机来，我要抽根烟。

他停车的时候，我把两只脚高高地跷离地面，巨大的惯性让他刹车的时候不得不两脚蹬地，我眼睁睁地看到自行车座有力地撼动他的肛门处。我尖声尖气地说：骑稳了，别把我摔了。当他拿着一个打火机从店里出来的时候，我已经用自己的打火机把烟点上了。我对他说：原来我带了。现在可以走了。

就这样,他把我带到住宅区的另一端再次艰难地停下车,对我说:你等一下,我去叫我爱人。

他在街边向一个站在树下的女人招手,对方看到以后小碎步跑过来。她就像改革开放以后大部分的农村妇女,穿着伪造的真丝花衬衫,有着黑里透红的皮肤、小铁铲一样的龅牙,以及高高突起的颧骨,颧骨上分别有一个小太阳。丈夫在田野边上呼喊,她就一颠一颠地跑过摇曳的麦子,一面跑一面解着裤腰带。

他要买。光盘贩子指着我说。

就是他?女光盘贩子抹着汗看了我一眼:买毛片对吧?

光盘贩子赶快说:小声一点。他的妻子对他置若罔闻,而是对我说:买多少?

我说:我看看,看看再说。

女光盘贩子又把头转向她的丈夫,不满地说:有人买你也不把孩子抱过来。

光盘贩子说:向别人借一个先用着吧。

女光盘贩子气呼呼地说:又是五块钱。然后她就一颠一颠地跑回去。树下还有两个妇女,其中一个怀里横抱着一件东西。她走过去,和她们说了几句话,就把那东西抱过来。

走吧。她对我说。我看到一个小孩被她夹在胸前。这个孩子比光盘贩子的那个要小得多,正在昏头大睡,把形状峻峭的脑袋放在女人扁成一摊的乳房上。

我跟在女光盘贩子的后面穿街走巷,她的屁股一扭一扭的,步伐非常之直。这样的屁股扭在笔直的田埂上,四周都是金黄的麦子。在辽阔的屁股上,麦子毫无顾忌地向太阳生长。走了两分钟,男光盘贩子已经在很远的地方。我说:这不是你的孩子吧。

家里那个是。

你干吗非要抱一个孩子?

这你不懂。她干脆地说:抱着孩子警察就不能把我关起来。

女光盘贩子真是一个麻利的女人,她说话的时候并不影响走路的速度。她的两扇屁股已经变成一只振翅欲飞的甲壳虫了。这只充满力量的甲虫嗡嗡地飞着,把我带到了一幢楼房脚下。那里倒扣着一辆手推车,她一下子就把它掀起来,从下面抽出一叠光盘。

有日本的,也有欧美的。

我的手里一下子握住了这么多的女人,她们都很大方,恨不得把两条腿劈成一条直线。

我说:还有没有?

她说:那就是三级片,带情节的。那要贵一些。

我说:都看看,都看看。

那天下午,我把那叠叫作《红楼梦》的黄色光盘拿给我女朋友看的时候,心里面的恶意显而易见。诸君已经知道,我的女朋友是个自尊自爱的好姑娘,除此之外,她还是一个文学爱好者。这个爱好让她斜着眼睛看人,走起路来好像房事过度。她在十年的时间内,严格地用"娇花照水"和"弱柳扶风"的标准来要求自己,天道酬勤,终于变成了一个黑脸林黛玉。当然其代价也是相当之大,营养不良造成的平胸就不说了,另外由于没事哭一会子的习惯,使得泪腺格外敏感,落下了迎风流泪的毛病。当初这位黑脸林黛玉之所以看上我,是因为我勾引她的第一句话是:

我仿佛在哪儿见过你。

我女朋友说,她一下子就来感觉了。多有纪念意义的

第一句话。她后来问我：当初你为什么要说那句话？

我说：不为什么。

她说：不可能。这可不是平常话。

我说：我们那边拍婆子都这么说。这就伤了她的心，连着两个礼拜不肯行警幻所授之事，迎风流泪，不迎风也流泪。到我买来光盘那天，她的眼袋几乎患上了疝气。

我对她说：又哭了？

林黛玉向我翻了个白眼，好像两颗荔枝的壳自动剥开，露出里面的白肉。我又说：别哭了。然后向她解释，我那样说是因为我含蓄，老说海誓山盟的话让我不好意思了。我诅咒发誓，她半信半疑，最后我说：别谈这个了，让我们进行艺术欣赏吧。然后就把三级片《红楼梦》拿了出来。

她看到封面上林黛玉或者薛宝钗那对横行霸道的乳房，又哭了起来，说她的确看错了人，原来我就是一个流氓，和别的流氓没什么两样。尽拿些坏光盘来欺负我，看我告诉叔叔去。我说：好妹妹，求求你别去告诉，其实这也挺有意思的，毕竟是《红楼梦》嘛。

她说：这是黄色光盘。黄色啊。

我说：郭沫若写过一篇《斥反动文艺》，里面提到沈从文,管他叫黄色作家。沈从文黄色么?可见黄色不黄色,是一个如何理解它的问题,也是一个历史范畴。也许再过若干年,三级片也是老少咸宜的艺术性形式呢。

她说:不看,反正坏东西我不看。

哪能不看呢?她不看就没意思了。否则我还不如买一部《作爱师姐》。但是她说得这么绝,我也不好强求。当着她看也挺有意思。我说:那好,我自己看。我是坏东西,正好看坏东西。

她跑到床上,用大棉被把自己蒙得紧紧的,只露出脑袋来,对我叫道:看完之后,你不准来摸我!

自摸,我自摸还不行。我说着把盘放进了电脑光驱。

她这时哇地大哭起来,悲愤地对我说:你就是喜欢看别的女人不穿衣服!

我说:怎么会呢,我只喜欢看你。

你就是喜欢看我不穿衣服!

别臭美了。我开始烦了:我宁愿看到你穿着衣服。这时我发觉她已经从床上冲下来,一把抢过我手里的鼠标,噼噼啪啪地点击:

好,好,那你看她们去。让你看个够。

等她把光盘启动起来，光驱里发出摩托车一样的轰鸣，我们都被这个声音吓了一跳。我赶快对她说：别动，我看看。我把光驱打开，取出光盘迎着太阳观察。

他娘的。我说：好像狗啃的。

她幸灾乐祸地说：报应，报应。看不成了吧。

我取出《红楼梦》的第二集说：再试一张。把盘放进去之后我还在气她：光驱快转，要不怎么看光躯。这样又把她请到床上去了。

第二集倒是打开了，只不过出来的屏幕是：欢迎使用金山词霸。我又打开第三集，还是金山词霸。我终于愤怒起来，把那叠光盘摔在桌上。遮遮掩掩地卖给我黄色光盘，实际却给我一堆盗版软件。我想起下午的遭遇，越来越生气，原地跺着脚骂。

她说：骂谁？

反正不是你妈。谁卖给我假冒伪劣商品我骂谁。我垂头丧气地把光盘都放进包装袋，扔进废纸篓。这时候她忽然从床上下来，舞蹈着说：

没戏了吧？看不成了吧？

我说：哼，哼。你高兴什么？

她咬牙切齿地说：就高兴，我还不应该高兴么？你瞧你那点出息，想要流氓，反而让人家耍了流氓。活该，就该这么治你。

我一把拽住她说：她娘的，我让人家坑了，你还说我活该。你再说一句，小蹄子，你再说一句？

她翻着白眼说：就活该，你还不活该么？你少拽我，你也就这么点本事，吃了亏就知道在我这儿找平衡。谁坑了你你找谁去呀。这才叫有本事呢。

我脑袋一热，推了她一把，她跌到床上：操蛋的，你闭嘴行不行？

林黛玉立刻哭起来，一边踢枕头，一边咬被子，还要咳血：这会子你倒威风起来了，好几十块钱啊，你过圣诞节连一束花都不给我买，去买见不得人的东西倒眼也不眨。而且在外面挨人蒙，却回来欺负我！我算是看出来了，你也就这么点出息。你要是有种，你就把钱给退回来；你要是不满意，就找他们把钱退回来啊？别拿我出气！

我头脑一热，索性跳起来说：行，我这就退去，我就不信退不回来！

现在，诸君又看到了一个全景镜头：我又一次回到了街上。但是这次不是卖光盘的找我，而是我找他们。现在我已经后悔啦，想一想都觉得可笑，我对那个光盘贩子说：你这盘不黄，给我退掉。那他不仅会说我斤斤计较，而且还要用知识分子的眼神审视我，让我意识到，我无耻得有多么肆无忌惮。多少年来，最让我痛苦的就是这样的眼神。但是我明白，我这种窝囊废，如果空着手回去，只能又拿我女朋友撒气。除了她还能有谁呢？到时候她就会把两笔账算到一起，左眼哭我心怀叵测地侮辱她，右眼哭我吃亏上当泄愤于她，最后两只眼睛彻底变成疝气肿。我这么开导自己：你这么做不是为了我自己，为了一个少女光明的世界，你必须承受这种压力啊。

这些人都有各自的活动地点，在街头的一般不会跑到街尾去。但是我在街上来回走了两三次，都没有看见卖给我《红楼梦》的那对夫妇。邪了门了，真是与众不同的光盘贩子。在此期间，我的胳膊差点让别人给拽脱了臼，我走过去又走回来，而且眼睛还不停地瞄着他们，他们已经把我看成了一个犹豫不决的买主，我每次经过他们身旁，都给他们带来了希望，而且一次比一次强烈，一次比一次有把握。干这行就是不能灰心丧气。

回来了？看看吧？他们的口气已经变得得意洋洋了。

我又打量了一圈，对他们摇摇头。

两个人善解人意地笑了：是不是要毛盘？别不好意思。

我气血翻涌地说：滚蛋！

我把他们甩开，跑到街尾，在几个胡同口之间辨认着，但是想不起来那天去买光盘走的是哪条路。地形太复杂了，没有内应绝对找不到他们的老巢。即使我找到那间小厨房又能干什么呢？他们肯定出去做生意了，我只能把更多的盗版光盘抢回家去。

我垂头丧气地又走回来，那些不计前嫌的男人又跑过来：真的，毛盘。不黄包换。

我对他们眉毛一扬：不黄包换么？

那当然。一个黑脸汉子拍着胸脯子说：我们是讲信誉的。长期在这儿卖。

那行。我打开书包，把那套《红楼梦》拿出来：这就是在你那儿买的。根本就不是三级片。

是么？我看看。黑脸汉子伸过手来，被我躲开：不用看，就前天买的。我认得你，都找你一下午了。

他们两个哧的笑了，我也跟着笑了。黑脸汉子随即眯起眼睛，把手抱在胸前，沉着地审视着我：让我想想。

我歪着脑袋让他看了一会儿说：记起来没有？你敢说你没卖过《红楼梦》？当时你也跟我这么说，不黄包换。

卖过，卖过。黑脸汉子说：但是我记不起来你了。

我勃然作色：我操当初就欠让你开发票。

黑脸汉子笑着说：那你让我看看盘不行么？

少来这套！我尖着嗓门叫起来：我都明白，到时候你又说不是你这儿卖的，孙子不孙子你们！我一叫，把他吓得倒退了一步。旁边不少人都往这儿看，黑脸汉子小心翼翼地往四周看了一眼说：有话好说，何必这么大声。

我知道他们怕什么，街首已经有两个警察踱过来。我更加大声说：不行，咱们这理得讲清楚。你明明跟我说的，亚洲第一乳房，不黄包换，回家一看满不是那么回事，有你们这么做生意的么？我买的是黄盘，黄盘你知道么，就是哪儿都露的那种，有本事咱们就近找一电脑看看，这盘里要是有一块人肉我把它吃了。

行行，给你换还不行。黑脸汉子向远处张望着：给你换。你说，欧美的还是日本的？

不换。我退。我都不敢跟你这儿买了。

给你换就够不错的了,哥们。黑脸汉子愤愤不平地说:我还不知道这盘是不是我这儿的呢,再说只换不退这是我们这儿的规矩。

不行。我看见警察已经看见我们这边了。今天我就吃定他了。我说:再不黄怎么办,还得我你来?我还嫌麻烦呢。赶紧给钱。

我操,你这就不像话了,我操。你这就是讹我。黑脸汉子变成了红脸汉子,挺着胸往我身前拱。这时候他旁边的另外一个人说话了,他是一个瘦高个:算了,算了,给他钱得了。他向街尾撇撇嘴,捅捅黑脸汉子。

我们三个一齐向街尾望,警察越来越近,他们或许注意到了我们,或许没有。行,行。黑脸汉子说:给你钱。多少?

二十。一分不找你多要。

行。拿着。他拿出一叠旧钞票,数出两张十块的给我,我把盘塞给他说:本来就该这样。做生意要讲公道。两个男人没说话,匆匆地走了。

嘿嘿。我拿着二十块钱心里笑:不但退了,而且赚了十块钱。跟卖毛盘的耍流氓,我可真够流氓。我回到学校,用这十块钱带着我的黑脸林黛玉吃了两根冰棍，然后又买了块花色蛋糕，其间极尽温柔体贴、装疯卖傻之能事，终于稳住了她的疝气，并且在次日就有好转的趋势。现在我的心情很舒坦，我抢了要饭碗，坑了婊子钱，还增进了爱情，感觉真他妈的不错。这件事就到此为止吧，谁也不要再提它了。我对我女朋友说。

谁想到事情还没有完。过了一个月，我的班主任，一个女博士将出国去当访问学者，于是给每个寝室打电话，要请大家吃饭。不要不给面子哟。她轻佻地说。

可见我的老师是个平易近人的女性。提起她，我们所见略同：当女博士当得这么丑不奇怪，奇怪的是当得那么贱。她经常很晚跑到男生宿舍来聊人生和学术。来的时候用猫爪子挠挠门：

穿上衣服呀。

然后又说一句：我说的是男生。女生没关系。接着一个人在门外用颤颤巍巍的声音笑起来。我们从床上爬起来面面相觑：这娘们怎么这么傻B。

开了门之后，我们必须在灯光下对着她的麻子、她的驼背、她由于驼背而凹进去的平胸谈女性文学。她落落大方地把手放在某人的膝盖上，斜着眼睛四处乱射，外表不占优势的女学生的毛病，一样也没有改掉。直到我们每个人都对张爱玲和波伏娃有了更新的认识，她才把手从那条僵硬的腿上拿下来，抹一抹，走掉了。她一走，就有人喊：快放一部毛片来压压惊。于是大家一起看，唯有我上铺的老张不看，因为他只看三级片。看完毛片，话题又回到女老师的身上。大家讨论，症结何在？异口同声：脐下三寸。大家啧啧惋惜，惋惜之余也涌起惜别之情，一起说：吃他娘的。

那天晚上，大家喝得都很尽兴。我们把饭馆里贵一点的菜都点遍了，又要了一瓶一瓶的葡萄酒，然后对老师说：您留着人民币还有什么用。她被我们夹在中间，几条胳膊搭在肩膀上，连话也说不出来，兴奋得麻子都变成了疹子，用手挠来挠去。我的黑脸林黛玉没吃两口就歇了，撑着腮扫着一桌子人。这个时候我胃里一顶，吐了幸福的老师一身。老师一边用毛巾擦一边说：无妨，无妨。我女朋友终于忍不住了，说我腌渍，腌渍。

吃完饭，大家像烂泥一样淌到街上，男男女女搂在一起，嘴里不清不楚，不干不净。风一吹，我的酒醒了一半，感到太阳穴有两只钻头在钻我。这个时候眼前一花，多了两个人。架着我的两个人对他们说：

你们干什么？

天色昏黑，我看不清他们的脸，只知道一个很黑，另一个又瘦又高。黑脸的指指我说：

找他。

我说：你们是谁呀？

黑脸的说：这回你不认识我了？我认识你。

大家都停了下来，瞪着眼睛看着我们。黑脸的看了一圈他们，从怀里掏出一叠光盘来说：兄弟，你也太不仗义了。

我说：我又没有搞你妹子。

他把光盘塞到我手里说：你这盘根本不是从我这儿买的。《红楼梦》我是卖过，但是我们是从广东进的货，你这个呢？你看看，你看看，你这是北京货。

我的脑袋里好像塞了一块海绵，正在不停地膨胀。一个人把光盘从我手里拿走，看了一下又传给下一个人。男生看完了又被女生要过去，她们好像让人家捏了一把大腿，叫得很清脆。她们看完了，又对黑脸林黛玉说：你看看，你看看。

几个男生一起哈哈大笑起来。他们用力地拍着我的背，这让我又想吐了。我咬着牙说：大哥，你是不是看错人了。

没错。黑脸汉子严肃地说。瘦高的也说：绝对没错。

怎么可能！那些男生说：我们都是知识分子，我们怎么可能买毛盘呢？他们已经笑弯了腰，两个人一边笑，一边呕吐起来。

两个汉子抿起嘴，瞪圆了眼睛看着我们。黑脸汉子坚韧地说：我们做事要讲良心，你们这么做怎么可以？他一把揪住了我的领子，让我喘不过气来：不行！这事不能这么算了！

操你还想怎么样。我照着他的肚子踢了一脚，同时还有三四条腿踢过去，他一屁股坐到地上，悲愤地吼叫道：

奶奶的，你们也太欺负人了！

瘦高个也说：你们凭什么这么欺负人？说完向我们冲过来，但是看到几只脚，又跑了回去。

这个时候我的老师清醒过来，喊了一声：不要打架！然后走过来说：大哥，你先不用着急。我是他们的老师，你有什么事可以跟我说。又幽怨地对我们说：你们怎么能打架呢？你们怎么能打架呢？

黑脸汉子腾地从地上爬起来，胸脯呼哧带喘，他说：你是老师，那太好了，我就跟你说。

他拍拍衣服，立正站好，先自我介绍说：我是卖光盘的。老师说：哦。那个人说：也卖黄色光盘。老师说：哦？

黑脸汉子说：他买了一套光盘。

老师说：是不是黄色的？

黑脸汉子摆一摆手说：是不是黄色的跟这件事没有关系。关键是，他这套光盘不是从我这里买的，拿回去一看，不黄。老师说：哎哟哟。又瞟了我一眼。

黑脸汉子继续说：不黄吧，谁卖给你的就找谁换去呗。娘的。干我们这行的，在这儿常来常往，都讲个信用，没有不给你换的。你倒好，找到我，非说是从我这里买的，拉着我要退，我就退了。回去一看，不是我们这儿的，这不是坑我们么？我们小本生意，现在上货又难。我别的也不图什么，我就是想讲讲道理。你看，你看，你这样讲道理么？你们是念书人，当然要讲理。从我这儿买的，质量不好，可以换，但是绝对黄。我不会干这种事，你也不能这么骗人。

瘦高个走到黑脸林黛玉跟前，又掏出一叠光盘来：你比比看，我们这里的是广东音像出版社，你这个是北京音像出版社的。对不对？还有呢，我们这个是红字，你这个是蓝字。

黑脸林黛玉拿着两个光屁股林黛玉，左看右看，嘤咛一叫，把盘都塞到对方手里，抹着眼睛独自跑了。瘦高个就走到老师面前，让她比比看。

黑脸汉子还在说：抢不能抢要饭碗，坑不能坑婊子钱。

这个时候老师和所有的女同学都在看我。我站在当地，旁边是几个又笑又吐的男生。老师说：他说的对不对？

我又看看两个光盘贩子，他们有干柴一样结实的肌肉，布满皱纹的脸，四面开花的头发，表情又郑重，又委屈。我从心里面喜欢他们，这些纯朴的人啊。我觉得我不能骗他们。但是我摇摇头说：

对是对。你看他们像是说谎的人么？但是那个人的确不是我。

老师说：真的不是你？

我说：那我像是说谎的人么？

两个汉子悲切地说：你怎么能这样，你怎么能这样。王八蛋，你今天别想走。他们像牛一样向我撞过来，我的老师拉住黑脸汉子的胳膊，如同一根牛尾巴，几乎横着飞在半空中，然后脸朝下拍在地上。其他人连忙跑过去，把她扶起来，此时她的嘴已经变成了一个血窟窿，眼镜被大家踩得不知所终。而两个汉子一下子就用他们的肩膀撞到我的胃上，我对着黑脸汉子的脸开始呕吐。他们根本就不是怕脏的人，带着满脸的汤汤水水，几拳就把我给打到地上。我正在吐，一点也感觉不到疼，仰面倒在地上，嘴变成了小温泉。我看到他们的脚在我身上飞来飞去，没过多久身体就开始扭曲了。

那天晚上我是被抬回学校的。我被打翻之后，仰望着星空，脸和脖子上一片热乎。别的我就不知道了。我这样静止了很久，听到身边又杂乱了起来，我成了大家关注的第二个伤员。虽然我自我感觉很平静，甚至比做完爱还要安详，但是事后别人告诉我说，我正在四肢抽搐，嘴里源源不断地涌出液体来。有个内蒙古同学断定，我正在发羊癫疯，就说：我操。然后把球鞋脱下来，掰着我的嘴塞进去。我的嘴里满满的，话也说不了，只能拼命摆动脑袋，想把那个臭东西吐出去。他们更加惊慌，两个人按住我的四肢，用力地把鞋往我的嗓子里塞。到没有办法，只能随遇而安地咀嚼着那块沾满了泥土的橡胶，让他们抬上了一个平板三轮车，那上面已经躺上了老师。仗义的内蒙古同学光着一只脚，蹬着三轮车把我和老师并排送到了医院。在路上，老师侧过来摸着我的胸口，嘴里血呼啦撒地漏着风说：

想不到。想不到。

如果当时我想到把胶鞋吐出去，肯定会对她说：他娘的，我也想不到。但是我很快就含着那东西睡着了，就像婴儿含着奶嘴一样。老师则是我的母亲，正在爱抚着我，低声哼唱着，催我入睡。没办法，让她摸去吧。

我第二天才醒过来，发现自己躺在校医院的病床上，一个护士正在我身边用叉子吃鱼罐头。昨天晚上，黑脸汉子用他生产过粮食也贩卖过光盘的拳头捅进我的右肋，打断了我的一根肋骨。把我送到医院的内蒙古同学怕我不知道，把当时的情况又复述了一遍：他们把老师扶起来的时候，她的精神反而更加亢奋，两只手像欢度国庆一样摆来摆去，只是嘴里乱七八糟，不能把心情表达出来。刚刚安顿好老师，就听见另一边噼啪乱响，然后看见我们三个人好像狗一样咬作一团，再一看，并不是咬作一团，而是两只在咬一只。他们跑过去的时候,黑脸汉子忽然对瘦高个说:行啦。然后转过身来说:咱们讲理吧。这几个家伙,真是他娘的知识分子,一听说讲理就什么都忘了,就算把他娘杀了也不例外。于是几个人围着我站着,开始讲理。而此时我已经躺在地上,听天由命了。一个同学说:

你们为什么打他?

黑脸汉子一挥手说:这是另外一件事。

我的同学就说:那你要说什么事?

黑脸汉子说:我们做买卖要讲信义对吧?他买了不黄的光盘,该找谁就找谁去对吧?被人家骗了就更不应该骗别人对吧?他把假黄盘塞给我们我们就亏了对吧?

我的同学说:对对对,就算你说的都对。但是你为什么打他呢?瞧你把他打得这样儿。

黑脸汉子再次挥了一下手说:没跟你说么,这是另外一件事。我们也不容易对吧?把钱要回去也没错对吧?他一边说着,瘦高个就弯下腰,从我的上衣兜里拿出一叠钞票,数出二十块钱,向大家展示一下,然后把剩下的放回我兜里。

黑脸汉子继续说:我们的东西我们要回去了,不是我们的我们也不能要对吧?这套盘还得还给他对吧?瘦高个就从怀里掏出一叠光盘，又向大家展示了一下，然后放进我兜里。

黑脸汉子还在说：现在这件事解决了对吧？我们可以谈另一件了。我们把他给打了，你们不服气对吧？那你们谁先上，要不就一块来吧，我们什么没见过，也不在乎这个对吧？

我的同学就开始你看我，我看你。他们告诉我，黑脸汉子当时那叫一个凛然，真是一条好汉，把他们全都给镇住了。可是就在一愣神的功夫，那两个男人忽然在同一时间拔腿就跑，动作之快，配合之严密，好像排练过无数回了似的，转眼功夫就不见了。同学们说：当时你的尿都快给打出来了对吧？人道主义要以人为本对吧？冤冤相报何时了对吧？于是没有一个人追上去，大家齐心合力找了一部收废品的平板三轮，把我和老师运了回来。我说，谢谢大家，还是自己兄弟仗义。

内蒙古同学接着补充了胶鞋的事，他再一次把那玩艺脱下来放到我面前，让我看一看自己的牙印。我说，多亏了你，味道不错。他说，区区一履，何足挂齿。然后话题又扯到了老师身上，她那一摔，像一张煎饼一样拍在地上，嘴里的牙就像她课堂上的学生一样，稀稀拉拉。在平板车上她忽然意识到这一点，用手疯狂地指着摔倒的地方，大家意会，派人去找，总算捡回两块碎琼乱玉，给她留作纪念。另外她前额碰到半块砖头上，出现了一个窟窿眼，现在必须用纱布牢牢堵住，否则情绪一激动，就会喷血不止，高达二尺，好像一只鲸鱼。我说，那她的两个乳房也要被摔爆？诸人大笑：哪里有乳房可言？加之驼背，就算有也不会受伤，看来你的脑子也被打出毛病来了。最后总结说，她就这么错过了出国的机会。说到这里，他们就告辞了，走出门去又回来问我：

说到底，那光盘到底是不是你买的？

我怀着对老师的歉意，只能说：是我，是我。

他们说：操，事情总算不是不明不白的。

他们走了以后，我把自己的外衣口袋打开，里面果然躺着那碟光盘。妈的，这两条朴实的汉子啊。

我住院期间，黑脸林黛玉忍辱负重地看过我几次，毫无疑问，她的眼睛又变成了一对疝气肿，而且每来一次，就要加重一些。每天她都告诉我，她已经没法做人了。现在女生中间，我的事情被传得风起云涌，先是说我买黄色光盘，后来又说我贩卖黄色光盘，我说，再往下呢，我该演黄色光盘了吧？她说，也差不多。人家说：我带着她在宿舍里做爱，大白天的门也不关，声音之大，四邻皆闻。我说，我操，你没告诉她们你是不出声的么？她登时要去寻死，说我也把她看成粉头娼妇。我说好妹妹这话从何说起？我敬你爱你天地良心若我死了化作灰不不不灰还有个形迹化作一阵青烟云云，好歹把她稳住。但是第二天她不顾我身上有伤，气势汹汹地把我从床上拽起来，问我和某某某某还有某某某有没有过一腿。因为现在传闻中我已经拥有了一根无孔不入的鸡巴，经常带着不同的女生到不同的宿舍去做爱，声音之大，四邻皆闻。我捂着肋骨说：她娘的，你明明知道这是谣言么。她说，没办法，谁说得都跟真的似的。我说：他娘的，反正我也臭到底了。以后谁再传我，我就告诉大家我跟她干过，否则怎么会说得那么真。我女朋友一下子又警觉起来：对，否则怎么会说得那么真？我就仰面躺下，任她自杀去了。

黑脸林黛玉这一自杀就杀了半个月，等到我出了医院的第一天，发现她的眼睛已经开始溃疡，需要时刻注意苍蝇。相应地，那天晚上也给我留下了后遗症：嘴上居然开始长出真菌，要把达克宁当作口红，每天抹三次。我说：都怪你，当初劝劝我，我就不去退那劳什子了么。她说：你居然还有脸怪我，当初是谁去买那劳什子的。于是我说，现在是达成谅解的时候了。经过了这番荼毒，我们两个都已经声名狼藉了。我已经确立了本系流氓的形象，长期以来这只是大家的主观推测，现在证据确凿，我可以名正言顺了。而她，虽然她可怜巴巴地看着我，我还是说：你当然也不是什么好东西，狼和狈何以为奸？我总结道，今后的日子里，我们只能相濡以沫。相濡以沫你知道吧？就是两条鱼互相吐唾沫，互相恶心着又互相温暖着，我们的爱情就是这样。这也是我能给她唯一的安慰。

最后我说：事情就这样过去了，生活还可以继续。

她说：好吧，好吧。看来她也想通了。人生开阔了吧？我把光盘贩子还给我的光盘又拿了出来。再看看，再看看，封面多黄色，孰料它是假的。我笑着又把电脑打开，把光盘放进光驱：不过也好，我们也可以安装一下金山词霸，聊以纪念。

我点击了两下，然后向她转过头去：对吧？我们也不能白买。以后我们使的就是黄色金山词霸了。

这个时候我看见黑脸林黛玉那两个疝气肿艰难地瞪得很大，好像剥开两颗荔枝，荔枝核一动不动。我说：又怎么了？

她指着电脑屏幕说：你看看，你看看。

我回过头，看见怡红公子正在撅着屁股说：小蹄子，看我怎么收拾你。然后往某个姑娘两条大腿中间冲过去。

现在，诸君又可以看见一个全景镜头了。故事的主人公，也就是在下，此时正叼着一颗香烟走在中关村的大街上。镜头慢慢向前推，向前推，穿过行人的腋下，姑娘的乳房，最后停在我的脸上。我正在左顾右盼，盯着那些光盘贩子看了又看。他们同样察觉了我，沉着地走过来，拉着我的手臂，拍着我的肩膀说：

哥们，光盘要么。

我说：不要，不要。

看看，看看也行。毛片呢？毛片和三级片也有。

我摇摇头，像他们一样和蔼地说：不用了，不用了。我找人。

他们三三两两地走过来，然后成群结队地离开。这些人有着千篇一律的乱草头发和黄龅牙，他们穿着乡镇企业生产的肥大的西服，趿拉着破皮鞋，是生活在我们这个城市的英雄好汉。我已经找了好几天了，还是没有找到黑脸汉子和瘦高个。我别无选择，我对黑脸林黛玉说。我必须找到他们两个，把真的黄色光盘换给他们，把假的要回来，然后再去找小学老师，把假的退给他，或者换回另外一套真的。就像光盘贩子们说的，我们要讲道理对吧？道理就是这样的。黑脸林黛玉说，道理何止这么简单？如果这两个人未经察觉，又把假光盘卖给别人怎么办？如果新的买主再把那套假光盘退给别的光盘贩子怎么办？我说，你说得真对，好妹妹。如果是那样，我就要和黑脸汉子他们一起再去找到那个买主，再和买主一起去找另外的光盘贩子。黑脸林黛玉说：我看你是有病了。要知道，在你找他们的时候，这套光盘又可能已经无数次转手了。我说，好妹妹，这我也知道，因为谁都不能吃亏对吧？这是道理。那我能做的就是把这套光盘经手的人全都纠集起来，最后有可能在中关村形成一支寻找假黄色光盘的浩荡大军。当然这样做是有一点不现实，那我是不是可以在《电脑报》上登一则寻盘启事？她说：他们没打你脑袋吧？我说：不知道。也有可能我的脑袋的确是被打出毛病来了。脑袋有毛病的人就特别爱较真，从前我有一个中学同学，脑袋就让汽车给撞过，撞过之后变得义无反顾，谁招了他，他一定要砍人家一刀才能找回道理。有的时候就怕讲道理，如果我不去找他们，他们就会逆向地来找我，最后有可能在某天晚上，那支寻找黄色光盘的浩荡大军会突然出现在我面前，轮流暴打我一顿，然后再和我结算误工费、车马费。事情的逻辑就是这样，与其坐以待毙，不如以攻为守。林黛玉就笑了，说：滚你娘的吧。我说：你也学会好好说话了？好吧，那我就滚我娘的。

于是，我就滚到街上，开始了我新的旅程。既然我已经在移动互联时代之前把自己搞臭，那么我准备什么也不干，就这么找下去。我认了。

白玫瑰传动装置

王莫之

王莫之 1982 年生于上海,著有长篇小说《现代变奏》《安慰喜剧》、短篇小说集《310 上海异人故事》。

我们可以说是擦肩而过。

我决定再冒一次险。兴许他会认出我来，想起在记忆的远端，有那么一个不断长高、逐渐饱满的身形，经常光顾他的柜面，然后，他可能会和我一样，停了脚步，回头张望。兴许，我们还能聊上几句。

他重新回到了我的视野。这次是一个提了购物袋的背影。那优衣库的白色纸袋，里面倒栽着一把折扇，扇柄随了脚步晃悠，却不倾倒。袋子里显然还有别的物品。

离正午还有大半个小时，烈日已经灼烤难耐。树叶纹丝不动并吱吱响，仿佛是对一场埋伏的预警，同时又是一种麻痹，犹如耳朵里插了一副正在歌唱的多单元监听设备。我假装研究公交站牌上的信息，他在我的余光里摇着折扇，时不时地，用手背擦拭额头。他瘦了，却不失魁梧。那天，我拆开新来的档案，看到照片上那个酷劲十足、头势清爽的中年男子，纳闷怎么会是老陈。某些方面来说，他倒是一点都没变：头发浓密，喷足了啫喱水，又湿又亮，统一梳向脑后；T恤衫喜欢穿黑色紧身款，凸显胸肌；商务休闲裤；裤子直筒到底是一双咖啡色的乐福皮鞋。他躲在树荫底下候车，树干被一条过于夸张的铁链捆绑在一辆自行车的倚靠之下。那辆红色的自行车破旧得乏善可陈，车龙头正对着脏乱不堪的分类垃圾桶。旁边有位穿戴时髦的老阿姨，嘴唇翻来翻去，不知在嘀咕什么。老陈并不理睬她，专注于观望马路对面的拆违现场。好些民工忙得冒烟，忙着拆沿街的商铺，忙着用赭红色的砖头替废墟重塑容颜。"停业"——每堵新棚的墙上都有白色油漆刷的两个大字。

一辆597路公交车缓缓驶入，一突气，停在了老陈的身前。我目送老陈上了车，直到车门合拢，才不紧不慢地归位。我的违规行为就此走到了尽头。

"跟牢。"我嘱咐握着方向盘的小王，顺势坐进了副驾驶位，使劲把车门带上，戴上一副墨镜。

新的旅程开启了。你永远都猜不透它的终点或起点。吃这碗饭简直就是和上海的市容街景谈恋爱。太阳和月亮会为我作证，若不是这份工作，我不会对上海如此熟稔。

在我的学生时代，最初的志向是当一名运动员。受制于天赋，我的上限注定不会可观。就像一个筛子，有的淘汰，有的留了下来。当我意识到这个问题的残酷之时，正是我的青春叛逆期。我的学业糟透了，在体育特招生的班级这压根不算风景，只是我糟得邪门，引起了若干师生的议论。他们说，我的语文成绩即便放在普通班也是漂亮的，但是其他学科就实在太惨了。我当时确实严重偏科。我承认自己挑食，正如我喜欢看书，却只接受侦探、悬疑、间谍、武侠这些重口味的类型小说。起初，阅读纯粹就是一桩消遣，我在娱乐的过程中受了蛊惑。听音乐也是如此，在我人生最消沉的时光，它给了我许多慰藉和勇气。当年的那些卡带，随着岁月的流逝，本初的功能与价值已经消失殆尽。很长的一段日子里，我甚至没有设备给它们一个证明自己的机会。可我仍旧敬爱它们，用透明的薄膜袋封存在书房的某个阴凉干燥的抽屉里。连我自己都不相信，它们还有开口的一天。

那是几年前，我在虬江路的旧货市场偶然觅得一台上世纪80年代原产的天龙卡座，单卡双磁头，品相簇新，机器的状态一流。我把它夹在腋下，单手托着，喜滋滋地回家。待到音响系统接通，按下播放键，磁带拖拉的嘶嘶响伴着底噪，那声音醇厚而温暖，犹如寒冬开了空调裹着羽绒被睡觉。我首先解封的是蝎子合唱团的《摇滚与柔情》，我在老陈店面买的第一盘卡带。当年，华语音乐的卡带在正规音像店的零售价是九块八毛，欧美引进版的要价比较复杂，常见的，分为十二、十三、十五元三个档次，但是，无论什么规格，在老陈的店面统一只卖两元。我现在已经记不清了，是什么原因吸引我走进现代电子城。那个市场占据现代大厦的一至四楼，离我家不足两分钟的路程，反正，那不是我的第一次光顾，却是我和老陈的初识。

纯属偶然，我发现了老陈位于二楼的鸽子间，只有两张柜台，摆满了上海音像、上海声像、中唱上海这三家公司的滞销货。多年以后，我意识到这种清理库存的模式在图书行业更为普遍，确实要比直接销毁人性化。当然，对于那些已经或即将接受正价的消费者而言，这可不是什么好消息。特价书的身上通常会用彩笔涂上一道，以示区别，好比古代在犯人的脸上刺字，体现在老陈卖的那些卡带上，就是用锐器在它的盒体划刻两道深浅不一的伤疤。

老陈是有门路的人。传言他是行业内的，下岗在家，单位给他一个饭碗加点小菜。没有后手。偌大的上海滩，像他这样的专营，我没见过第二家。就连几大音像公司自设的门市部也不提供这种服务。这种价格，还有什么闲话好讲。没错，品种是少了一点，全是不被市场认可的内容，而且更新迟缓，但是，就冲这价格，路过了都得多望老陈几眼。他就瘫在柜台后面的藤椅上，胸口卧着一部袖珍款的无线电，脚边搁一张板凳，上面有好大一杯茶，那盛茶的容器是雀巢咖啡的广口瓶，咖啡吃完了，空瓶子当茶杯是那个年代的派头之一。

对我而言，老陈就是当年现代电子城的一种派头。别的摊主巴结、殷勤，他呢，死人不管，置身事外，躺着听广播电台推送的滑稽戏，有时，也听一点沪剧和滩簧，偶尔也哼两句。他是舍不得招待客人的。客人指着说，我要这个，要那个，他勉勉强强起身，笃悠悠拉开柜板，右手痛苦地伸进去，摸出来，伸到玻璃台面上。货钱两清。他喜欢这种爽爽气气的客人，屁话没有。这种客人少见。多的是那种镂东挖西的"十万个为什么"：

"保尔·莫里哀有吗？"

"没的，就这点品种。"

"哦……为啥啊？"

"没为啥，就这点品种。"

"哦，就这点品种啊！"那人似乎听明白了，瞄着柜台，埋头问道："那么卡拉扬呢？"

这时就考验老陈的心情了，心情好，多送一句："就这点品种。"不然，两眼一抹黑。我当时很吃他这套，一半原因是柜面狭小，两三个人一挤就没法挑了，而那些一阵一阵发糯米嗲的中年男子也实在是讨厌。他们可以研究上老半天，结果连皮夹子都不肯摸。他们把两块钱看成人民广场那么大，没有心仪的目标是不可以抱着刮彩票的心态去涉险的。与之相比，我确实是一个贪小便宜的人。当时的我，早已厌倦了广播电台，厌倦了它们的样板与口水。在资源匮乏、渠道单一的前数码时代，这就意味着付出更大的代价。看书，如果说还可以求助图书馆，作为某种指南或替代，那么听音乐就只能自求多福了。于是，精神上的空虚与好奇降解了我的智商和自控力，以至于我在老陈面前，如同一个瘾君子。

达明一派、齐豫、潘越云、罗克塞、平克·佛洛依德、希妮德·奥康娜、恐惧海峡、金属乐队、比约克……很快地，我的随身听被这些名字攻陷了。我近来在网上和一些年轻乐迷互动，他们惊讶于我发的老卡带照片，比如《月之暗面》，居然早在1993年就出过引进版，比约克曾经也是席上嘉宾。其实，很多禁忌的声音早在香港回归之前的五年间已经介入了大陆人的娱乐。主要是通过中唱上海，通过"百代巨星系列"和"宝利金世界巨星系列"。可是，即便他们贵为巨星，即便内页上的乐评把他们吹得天花乱坠，在老陈那里，统统只是被市场淘汰的落魄形象，塑封蒙灰，身上刻了两道划痕。这些被淘汰掉的巨星，让我着迷的与其说是他们奇怪的音乐，不如说是他们在上海的奇怪命运。其中的不少名字，只是在被我长期拥有之后才变得不那么可憎。

那是一个滚雪球的过程，我逐渐建立起自己的迷你曲库。现代电子城戴好假领头、套上西装马甲，成为本城跳蚤市场里的新贵。很多人为某个违法勾当慕名而来。如何用最低的代价穿透层层叠叠的过滤网，把耳朵伸向世界，盗版CD为日后的文艺片非法普及做了铺垫。好些人发了财。老陈倒不眼红。他是一点一点、眼睁睁地目睹现代电子城的二楼如何走到了这一步。起初，只有少数几家摊位在卖盗版CD，后来，也就是小半年的光景，只有少数几家摊位不甘堕落。老陈就是那少数派中的死磕派，一个钉子户。不过话说回来，他也是既得利益者，真是没少沾光。这个市场突然化作乐友之乡，会逛二楼的十之八九是目标客户。照理说，老陈应该跟风，应该改行，可他顽固地瘫在藤椅上，木知木觉，像个中风病人，等待被谁唤醒，或者，被某种残酷的现实踹醒。

卖摇滚乐的马松涛和老陈是一对搭子。小马当时二十岁出头，在我的记忆里是一个皮衣皮裤铁链条尖头皮鞋不离身的帅小伙。长发有时披肩，有时扎成小辫，嘴里时常叼根牙签。他活脱是银幕上的角色，一度让我非常困惑，他在这个市场，到底是来练摊的，还是体验生活的？照他的讲法，卖盗版碟是因为高考失败，因为热爱音乐。他和老陈是两个极端。他喜欢和客人攀谈，打听对方在音乐上的品味。他的热情迎宾非以推销为目的，倒像是记者暗访，或者作家采风，对上海的乐迷群体做人口普查式的调研工作。难得遇到谈得来的，他必定会递上名片："想听啥，一句言话，我总归有办法的。"他指着名片上的传呼机号码，还有他的大名："叫我小马好来，有啥事体，打我拷机。"

我见他寂寞空虚,陪他扯过几句。我低着头,CD盒缓慢、轻微、有节奏地相互触碰,溜过我的指尖,发出啪嗒、啪嗒的声响。那声响以及翻动中的唱片封面让我沉迷。我买的不多,但是翻得很勤快。

不光是价格的问题,还有盗版的粗制劣造。

小马出现在电子城的时候,盗版CD的单价已经跌至十五块。逢了周末,整个二楼好比城隍庙的八仙桥,人贴人,挤肉饼子。卖流行、古典、发烧天碟的摊位总是肉腥气最重。同质竞争,在铺面风水的择选上大有讲究。老陈很识相,物业吹风要涨他的租金,他并不翻毛腔,乖乖撤出最热门的电动扶梯转弯口,缩到旮旯角落,和消防安全门为伍。这样也有好处,抽烟方便,铺子与安全门之间的那面墙明明是公共面积,他添置一张柜台,转租给小马。两个人相互照应,闲暇时,一道竖在半掩的安全门门口,一只脚在界内,一只脚在界外,抽烟,斗牛皮,像两个混黑道的,时下的上海语境叫"社会精英"。

也许是受了老陈的影响,还有那些类型小说,我一走进现代电子城就俨然换了一个人,异常冷峻。还喜欢偷听别人聊天,尤其是小马和老陈的对话。这后来成了我淘碟时的一大特色和乐趣。当然，我也不是绝对沉默，只要碟贩足够多，足够闲，我也会尝试打开他们的心扉，通过 B 去了解 D 的情况，或者与 H 谈一谈 K，前提是我觉得这样的行为是有意义的。至于是什么意义，要等到我进入专业的培训学校才有更深入的体会。

"老陈，我听他们讲哦，两楼有可能保不牢了，所有卖 CD 的全部要清出去。"

"我老早就讲过了，枪打出头鸟，这种生意早点晚点要出事体的。之前不弄侬，现在不弄侬，就太平啦？迟早是要拿侬垫刀头的。"说着，老陈闷一口香烟，"侬不要看现在对过的服装市场多少风光，野路子呀，一样的，总有一天要出事体的，辰光没到而已。"

"真要整顿的话，那真是大进攻了，整个楼面要闹翻天了。"

"有屁用啊，该跑的总归要跑的，逃不掉的。不过闲话又讲转来了，总归有地方的呀，上海滩那么大，还怕没地方去啊！"

"那么侬已经寻好后路了啊?"

"后路?我寻啥后路啊,我卖正版磁带碍着啥人啦?"

"我倒是有新的方向了。"小马说。他花了一支烟的时间介绍时下新兴的"打口碟",随后又给老陈点上一支,邀他去大杨浦发财。"我在同济对过的鞍山四村借了一套房子。"他说曲阜路的三兄弟、新乐路的老林都是这样,不租门面,借一套私房,一方面能住,另一方面是店铺兼仓库。他想越过这两条货源,直接到广州沿海进货,本钱不够,理想是有信得过的朋友搭把手。

那个周四的下午,我终于搞明白了"打口碟"的来源。之前,我在淮海路、复兴中路以及音乐学院门口见过这种居然是由流动摊贩兜售的进口唱片。我完全被贩子忽悠了,以为这是海关缉拿的走私货,惩戒了,害成残废。这些 CD 全是正版的,可惜负了重伤,放在电脑光驱或者 Discman 里旋转会发出巨大的噪声,部分音轨跳音卡音甚至无法播放。我头一回产生了想和老陈聊几句的冲动。内心的我,似乎已被小马俘虏,想要替他站台、背书。他们的生意我不懂,我只是本能地预感到,如果事情能成,就会有更多的音乐可供挑选。这个主意不错。可我说不出口,一说就暴露了那双耳朵,隔开两三米,一字不落地默默收听、分析。

老陈婉拒了小马。他有许多顾虑,好些说了,更多的挂在脸上。"打口碟"固然是正版的,以洋垃圾的面目入境,是废物利用,可音像制品终究是敏感的,这里面含了违法乱纪的风险。他有老婆有儿子,社会上不缺违法乱纪的人事,有的还活得很逍遥,可是老陈坚信,逍遥是暂时的,历史会在合适的时机痛下杀招。老陈要当良民,无愧于心,无愧于天地。两年后,他还在坚持这套理论,没什么好后悔的:

"小马多少精刮,这种人好搭伙的啊?不要被他弄死啊。他是懂货的,我连廿六个英文字母都识不全。搞啥百叶结啦!烂烂糊糊混口饭吃嘛算来。"

"问题人家现在搞大了,我噜苏这个倒不是讲侬当年应该搭伙,我的感觉是侬应该早点改行。搞到现在还在卖磁带。侬讲讲看,现在啥人还听磁带啊?现在是CD的时代了。"

"没用场的,发财也是一种命,老天爷都帮侬安排好了,有就有，没就没。"

"那侬也要争取的呀。"

老陈听哑巴了，不再辩驳，低头喝茶。他来王龙宝的调剂商店串门，王龙宝把他奉为上宾，搬出一套宜兴的紫砂茶具，泡了特级大红袍。刚巧店里有六七个客人在挑碟。其中某位，主职是广播电台的DJ，偶尔也在电视台的生活类节目中担任主持，在上海的文艺圈似乎是一位门路畅通的人物。出于一些微妙的原因，老陈的目光一直不肯饶过他。至于我，就像排球比赛的裁判，视线在老陈和他之间来回切换，一度忘了我来此买碟的初衷。今天的我，更能理解他的灼热眼神，我说"更"，是因为我当时只领会了其中的一层企图，和王龙宝新到的这批"打口"的品相有关，几乎都没打到碟。本世纪初，"打口碟"渐渐摘了"打口"的帽子，出现了"原盘"（打到内页，碟无损）和"原盒"（毫发无伤）。这是老陈早先拒绝小马的时候所不曾预料的。

王龙宝递了几张未拆的"原盒"给老陈。

"要死快了，这老鬼三摆在武定路五百五十五号，再贴上一张'中图'的粘纸，就是一百三十二块呀，老陈说，两手微微发抖。

"我估计再下去'中图'也好关关掉了。"王龙宝得意地说，替老陈的小茶杯里加了点黄汤。这很荒唐。老陈此后的言行与进门之时判若两人。看得出，他有些动摇了。事实上，近一两年，他的生意确实在走下坡路，那路陡峭得心惊肉跳。表面看来，这得怪现代电子城的"强拆"（他换了一种形式，又成了钉子户），更致命的，其实是音乐载体的革新。卡带的品种、发行量持续削减，大众的消费习惯把老陈淘汰出市场，正如他卖的那些音乐被大众的审美习惯逼至绝境。

我后来有一年多的时间没见过老陈，在这之前，我也很少再去现代电子城了。那里早就无法照亮我了，我对它的热情与眷恋被CD从二楼的撤离湮灭了。新乐路没有三十元以内的买卖，那里不是我的家。我把更多的精气神耗在相对廉价的曲阜路。我在现今是地铁曲阜路站四号口的那几栋民宅花了大把钞票。鉴于棚户区是如此阴霾、晦暗，三兄弟是如此市侩、狡诈，王龙宝就愈加让我上瘾。他的调剂商店位于徐汇与卢湾的交界处，兼售古玩、钟表、家具、服装，富有老克勒的某些特质，精巧而做作，做作得很迷人。更妙的是，他其实并不懂货，却装作很懂，好似每张唱片和他都是朋友，或者即将交朋友。更绝的是，他不仅不懂货，开价之时还不认脸，平民如我，名流如一些电台DJ、常在报刊上发表文章的乐评家，全都一视同仁。这些，也都是老陈的优点。

我和老陈的重逢发生在宜康电子电器市场。这个市场徒有虚名，正如大浴场的社会职能不在洗澡，难得有谁用实名称呼它，更没什么人为了电子或者电器大老远地跑一趟。它在上海人，尤其是在外省人的嘴里通常只是"大自鸣钟"。这几个字后来成了黑话切口，一度取代了"打口碟"、"盗版DVD"，成为某个群体文化消费的能指与所指。时至今日，这批人仍对大自鸣钟念兹在兹，如果到西康路与宜昌路的丁字路口，仿佛总能看见一栋并不高大的雄伟建筑，那建筑分为三层，二楼直通一座石桥，那桥架在苏州河上，对岸是光复西路。

有一点，我当年一直没搞明白。大自鸣钟的二楼是如此纯洁，在这个几乎没有空铺的楼面，怎么就遇不到一点离题呢？它真的就是电子电器市场，完全的，彻底的，而在它的楼上和楼下，完全就是两个音像世界。让我同样费解的，还有老陈的某些改变。我还记得我在一楼中庭见到他时的惊讶。他的藤椅不见了，取代的是一张枣红色的太师椅；他的无线电不见了，取代的是一套二手的发烧设备，循环播放老鹰乐队选自"冰封地狱"现场的那首《加州旅馆》。仿佛洗脑，我但凡路过，总会听到吉他的炫技，或者一个中年男子的沙哑演唱：

"欢迎来到加州旅馆，多么美好的地方，多么美好的脸庞……"

和加州旅馆一样，大自鸣钟也是四个字。这四个字陪我度过的那几年间，我对老陈的了解更为深入，尽管我们一如既往地蔑视交流。我从其他渠道对他的生平、家庭有了一些认知。他的独生子就读于艺术院校，学表演的，今后想当演员。他对这个宝贝儿子寄予厚望；还有他的老婆，身体不好，病退在家——这一条是三楼的老丁告诉我的，他和老陈是市场里吃"打口"饭的罕见的上海人。

大自鸣钟的早市是最热闹的，很像文庙的鬼市。去鬼市卖书的贩子开着驮了几个麻袋的助动车，停在哪里，哪里就引来一窝蜂的光线与哄抢。鬼市的这道风景独属于漆黑的凌晨，高潮集中在周六至周日的子夜。书贩的到来毫无规律，时机错过了，也就淘不到什么好东西。在大自鸣钟，好东西的切口是"尖货"，特别好的冠以"大尖"。大自鸣钟早上八点半营业，这之前，已经有好些碟友啃着早饭在候场，等着开头箱，抢尖货。那哄抢的场面是可以见血的，因为CD盒是塑料的，有些盒子破得不巧，仓皇下手，难免被扎伤。那混乱的场面无疑是失控的，碟贩只能东张西望，争取多生几只眼睛，而人又实在太多太杂，所以失窃是大概率事件。

有一次，我难得周六休息，赶早去大自鸣钟过把瘾，就撞见了这样一幕。那个小偷与我遭遇的时候，俨然已是一具尸体了，而受害者还扬着见红的拳头，武松打虎似的不依不饶。我正想冲过去制止，被老陈抢先了。"小四子，可以了，"老陈从后面抱住魁梧的受害者，使劲拽拉，"别打了，你再打要打出人命了。"

受害者指着小偷啐骂，都是极难听的粗口与诅咒。后来，他发现自己的拳头挂彩了，心疼地用拇指一抹，掉了一层皮。看来是下手太重，拳头与门牙正面冲突，撞破的。至于那几颗门牙，现在也不知道飞哪儿去了，它的主人正痛苦地捂着鲜血淋漓的缺口，挣扎着想要爬起。

"小许，看什么热闹啊，快拿餐巾纸。"

那个左眉上有一道刀疤的安徽人，老陈的邻铺，这时终于缓过神来，丢过来一包纸巾。有热心人从市场隔壁的可的便利店买了纱布和创可贴，还有矿泉水。老陈帮着做了简易的护理。小偷始终捂着脸。再后来，一根扫帚柄从柜台底下拨出满是灰尘、严重变形的眼镜，擦干净了，大约摸拗正，勉强戴好。谢了几声，小偷灰溜溜地从周遭的凝视之下消失了。

我始终忘不了那人离去时的背影，暗含了太多情绪。我把他的离去与大自鸣钟几年后的肃清联系到了一起。

北京奥运年的伊始，大自鸣钟成了一栋空的建筑。紧接着就是农历新春，本地的，外加一小撮没返乡的碟贩沿着上了封条的空建筑的外围做生意。这一段的宜昌路曾经有过露天菜场，历史悠久，现在，这景象倒让许多附近的居民念起了旧。春节嘛，原本就是抚今追昔的日子。我问贩子："下家找好了吗？"对方就悻悻然地答道："还在找，等过了元宵再说吧。"大过年的，谁都不愿意流露出内心的惴惴不安。

好像是三月的头上，结论定了。原本在大自鸣钟卖DVD的全搬进了叶家宅路的事久建材市场，卖"打口"的大部分去了西宫旁边的银宫商厦。老陈随大流。老丁则选择改行，这个老鬼三，我后来就只见过一次，是在亚新广场附近，他开着一辆新款的小型环卫车正在替长寿路作美容。

"怎么不做了啦？"我递上一支烟，打火机也凑过去，"不去'银宫'陪陪老陈啊？"

"这帮安徽人实在太辣手了，弄不过他们，再做下去就要当垃圾瘪三了，还不如现在好，扫扫垃圾，吃吃大锅饭，混日脚呀。"

"侬不去'银宫'嘛，现在市场里只剩老陈一个上海人了。"

"好像是的，"他思忖道，"老陈的压力比我大，为了他的宝货儿子，老婆嘛还生毛病，作孽啊。"

他这样一说，倒让我有点内疚，因为已经好久没在老陈手里消费了。我去"银宫"，统共也就只有两三回。作为一个唱片弹药库，"银宫"的历史太短暂。在这九个多月里，老陈的人生经历了两次重大变故，老婆没了，儿子出道了。

老陈的儿子主要是演话剧。当个话剧演员虽说发不了财，但起码有一份颇为安稳的收入，当然，这点数目寒薄得不足以对付他的开支。年轻人有年轻人的生活方式，更何况是一名演员，未来的明星。我在王龙宝的调剂商店，听他唧咕这些，不似客人，倒像是他的朋友。我也是公务繁忙，忙得不知道王龙宝也退出江湖了。

"这行难做啊，老客户该收的片子都收得差不多了，新的跟不上。现在一点小青年行的是听 mp3，连音响都不欢喜了，烧耳机倒是烧得起劲。买副耳机几千块，眼睛都不眨一下，叫他买张唱片，难啊。人家不欢喜，侬有啥办法呢！"他说的时候，手里的茶杯还往嘴边凑，情绪一激动，喝茶喝呛到了，咳得厉害。他预计自己还能混几年，眼下旧货调剂的买卖也很萧条，房租厉害，和楼市一样日涨夜涨。"赛过是帮房东在打工啦，"王龙宝说，"再混几年，再混几年，我大概也要歇脚了。"

老陈还在坚持。就我认识的上海人，还在实体经营"打口"的只剩下他了。"银宫"企图复制"大自鸣钟"的成功，它做到了，连结局都是拷贝不走样。撤出"银宫"，老陈大概也就看明白了，不能再这样随大流，跟难民灾民、流亡的军队一样，结伴一起逃。他们要搬去事久建材市场，从头开始，他不能再和这些人一起鬼混、死磕。他要过安生日子，就得脱离大部队。老陈最后选择回现代电子城，一个人。那里虽然没有消费音乐的气候，但毕竟很稳定。回到一个熟悉而相对漂亮的环境。他选了租金偏低的三楼角落，又和消防安全门当了邻居。

光靠唱片肯定是死路。老陈学习王龙宝，搞了一些旅行箱、不粘锅、机械表，所谓的外贸货色当陪衬。他是真的有心开疆拓土，而不是像事久建材市场的碟贩，在世博期间，拿丝袜、内裤当幌子，看到熟人的眼神透露出需求，放他们进来，矮了身子暗箱操作。

建材市场的唱片交易支撑到2012年年底，老陈比他们多卖了半年。现代电子城也要关了。一夜之间空降的命令。这个在某些人眼里乱哄哄、污糟糟的市场档次太低，配不上它所在的地段，扎在如此高尚的社区，简直就是一颗生锈的钉子。上有不满的领导，下有愤怒的租户，于是，物业就成了三夹板。他们也没办法，找了好些理由敷衍、安慰租户。

停业的前夕，市场内外的醒目位置贴满了告示：

  首先感谢各承租户及广大顾客长期以来对"现代电子城"的支持和厚爱！

  现经双方友好协商，我司已与全体承租户签订了《场地租赁提前终止补偿协议》，为此，我司对各承租户的大力配合予以衷心感谢！

  根据双方签订的《补偿协议》约定，全体承租户均同意提前终止双方租赁关系，并承诺于2013年6月30日搬离租赁场地……

  如同告示所言，租户们得了补偿。仿佛是一场持久战，几乎整个六月，关于补偿数额的协商与争执就没消停过。无非是多赔一点，再多赔一点，就像市政动迁，赔到不愿搬的能露出尴尬的笑颜。停业是租户无法面对的。他们得抱怨，得抗争，在相熟的客人面前发泄，透露一点协商的进度、赔偿的数额，引起舆论高压。自知一切都是徒劳，还要这样办。老陈早就想好了，独立的街面房子，他负担不起。有一户卖办公文具的，找老陈合计，就近找一个，平摊合租，可是一涉及具体的费用就没有下文了。老陈认了。这是老天爷让他退休。别说附近，就是在上海市区也很难找到现代电子城的替身。这样的综合性市场，大概也只有虬江路还有几家，老西门有一家，但是无不脏乱、破败。这座国际大都市已经容不下这样的景象了。

最后的交易日，多数租户和老陈怀了相近的心思，亏本甩卖，他们也不知道下一站在哪里，或许，就此歇业，或许改行。顾客都抱着捡漏的心态过来，另一方面，过来看看，算是对过去的美好有所交代。

东西早就收拾好了。老陈看起来颇为疲乏。他把贴在安全门上的告示撕下一半，烧了拿来点烟。我没有上去和他打招呼，只是多看了他几眼。如果我没有猜错，当时的他对未来并不悲观。他的儿子已经出道了，在一些电视上看不到的电视剧里客串，在一些话剧里担当重要的配角。

赔偿金，再加上个人积蓄，老陈给儿子在宝山与闸北的交界处买了一套三室两厅，留了房贷让儿子去还。老陈不再具备造血功能了。他能做的就是不给儿子找后妈,添麻烦，学着用微信节省话费,在群里组织当年一道上山下乡的插兄插妹,去农家乐度周末,打打牌,疯一疯。这样的太平日子,他只过了半年。

那是圣诞节的下午。老陈的儿子不光酒驾撞伤了执勤的交警,还在大白天上演警匪追逐的戏码。相关视频后来在电视台在网上热传,遇袭的交警面对镜头慷慨陈词:"我当时也不知道他是明星,当然,即便知道了也不会影响我秉公执法。我看他违规停车,就叫他赶紧把车子开走,他说女朋友去便利店买点东西,马上就走,他说的时候总感觉哪里不对,我就要求他出示驾照,然后他就支支吾吾的……"

就这样,老陈的儿子终于成了明星。各方努力,他被塑造成了一个颇有名望的明星,有他出镜的一些电视剧片段终于有机会在电视上亮相了。它们经过精心剪辑,汇同案犯、交警、目击群众的采访,作为娱乐新闻、社会新闻、法制新闻滚动播出。这不是他要的结果。他是有一些心虚,因为酒驾会给演艺事业留下污点,有污点的艺人是很被动的。他在警局的笔录里详细解释当时的动机。他很怕。他的朋友里就有一个名编剧,因为吸毒,日子过得非常狼狈。他说交警查他的驾照,他很怕。他想起团里新排的一个戏,他好不容易当了男一号。他就跟交警说,我还是把车开走吧,交警不准,他硬闯,于是,就有了七个月的刑期。出狱即是失业,没有剧组敢用他,谁都犯不着给自己惹麻烦。看着他在社会上浪荡,老陈干着急。

去年,老陈大病了一场,动了手术。儿子日夜守着,本质上,他是个好孩子。从鬼门关出来的老陈让一些朋友看不懂。当然,他的焦虑还是可以理解的。他的忙碌总是有道理的。他做什么选择都是有道理的。天知道这半年多以来,他都经历了什么。

我们可以调查,可以揣测,动用我们的资源。

为了一网打尽,我们一直没有动老陈。现在,我可以发布信号了,让那些暗中待命的同事们汇拢过来。这件案子交由我来负责其实不是太合适。追踪的这些日子,我几乎走遍了大半个上海市区,望着街面,我的心绪时常偏离。我会想起过往的许多事情,想起过往的许多唱片店。实体书店去了又回来,无论它是否纯粹,它在回潮,但是唱片店已经从上海,从这座国际大都市彻底消失了,无论它的货源是否合法。

如今的我早已不再淘碟。我曾经设想过很多种可能，我和老陈也许会在某个场合不期而遇。我们未必会畅谈过往，但是，最起码，我可以笑着向他递一支烟，我想，最好是一句屁话都没有，我就直接走到他的眼前，向他递一支烟，而不是像现在这样，像剧情即将推进的那样，举着手枪，警告他和他的同伙，不许动。

今年的夏天酷热难挡。七月底连日高温，好几天逼近摄氏四十度。这样辛苦的追查眼看着就要结束了。老陈今天是去接头的。届时，我们强闯民宅，难免会有一场冲突，预想之中，意料之外。

战马希恩

巫 昂

巫　昂　诗人、小说家。出版诗集《干脆，我来说》《生活不会限速》、长篇小说《星期一是礼拜几》《瓶中人》。

我住到这个马场已经第三天了,头两天紧着收拾。我的朋友赵萍夫妇把我扔在这里后,就回北京上班了,他们倒是很想留下来,但没有办法。我做好了在此久留的准备,带了过冬的所有的衣服:两件可以套穿的长短羽绒服、羽绒裤、羊毛帽子和手套、保暖内衣、UGG 的雪地靴,两只电热水袋,一大包暖宝宝,还有同仁堂感冒冲剂。

就算这样,屋里还是一天比一天冷。这个马场原先住人的有三间房,正中央比较大,兼做厨房客厅,左边是卧室,里面砌了土炕,右边是杂物间,现在也空着。马场已经很多年没人住了,十几个马厩空空荡荡,草料还堆在墙角里,但是一匹马也没有了,这是个弃用的马场。

采暖靠烧煤。赵萍夫妇走前帮我用皮卡拉了一车煤,堆在杂物间,她说够我一个冬天烧的了。我跑到这里,对他们来说完全是个额外的负担,但他们还是安排了一个男孩两三天给我送一次吃的。

"他叫哈斯,哈尔滨的哈,斯,斯人已逝的斯,我老公的亲侄子,小孩儿挺好的,会骑摩托。我已经把你的手机号告诉他了,放心,离这里五公里有联通的信号塔,你虽然上不了网,手机基本上是通的,但你最好还是把手机一直放在窗台上。"赵萍临走前嘱咐我。

赵萍的丈夫是个话不多的内蒙男人,他在北京做IT系统工程师,赵萍是个图书编辑,他们是我来到这里的缘由之一,先有一个熟人引道儿,这样才能找到合适的地方。

第三天一大早,屋外传来轰隆隆的摩托声,我正坐在烧得热乎乎的炕上打盹儿。炕是赵萍她老公临走前帮我点着的,他让我记着每天添三四次大煤块,保证总有燃料,我给手机定了闹钟来提醒自己,所幸一直没熄火。

摩托上坐着一个身材修长的男孩,手长脚长,脸也是细长溜的。他解下后座上的纸箱,抱进屋里,而后脱下蒙古大靴,坐到炕上,把纸箱打开,先提出一大罐农夫山泉塑料桶装的鲜牛奶。

"奶奶自己做的肉干,炒米奶豆腐,这一大块砖茶,给你煮奶茶用,血肠,奶皮子,留着慢慢吃。奶奶早上现烙的饼,她用棉袄包着,还是热的,你先尝尝,我这就去烧壶奶茶。哦,车上还有一大块羊肉,我帮你收拾好,做个清汤羊肉。"

哈斯跟个织布梭子一样,在屋子里来回穿梭。到屋外洗干净了另外一只烧水壶,放到火炕边的煤炉上,把牛奶倒进去,找出来两只搪瓷缸,待奶煮沸后,放进去掰下来一小块的砖茶，又滚了几滚，最后撒进去一小把盐。

热乎乎的奶茶，加上哈斯年轻人的身体气息，这个屋子顿时活了过来。我吃了一大张饼，喝了三搪瓷缸奶茶，吃了点肉干和炒米奶豆腐。

"我过来会不会打扰你创作啊？"

"不会，随时过来，不用打电话，我不出门的。"

实际上，三天以来，我连电脑都没从包里取出来，灵感这个鬼，还没空光临。

"离这里最近的镇子是哪个？"我问。

"杭锦旗，我们这里属于巴彦淖尔市，在黄河边，哪天您想去看看黄河，我可以来接您。"

我不想去看黄河，在郑州和陕西潼关分别看过两截黄河，乏善可陈。

"最近他们在河边挖一个古墓，我舅舅三天两头跑一趟，去收东西，让我也跟着学习学习，可惜我看不懂。"他摸出脖子上挂着的一个串儿："这是古墓里头出来的玉管，辽代的。"

"这么多根，一定很值钱。"

"你要不要，我分你一半儿，太长了。"哈斯说着就要解开穿玉管的棉绳，被我拦住了。

哈斯长着内蒙男孩特有的细长的眼睛，我太久没跟这个年龄段的男孩打交道，有点儿拿不准该聊些什么，他跳下炕去准备炖清汤羊肉，汤做好后，拿起扫把开始扫地。

我们又聊了几句天，他就走了，要接他舅舅去最近挖出墓的那个村子收几只碗，得趁天没黑到那地方，省得迷路，他像是要去南美。

如此，哈斯每三天给我一次吃的，很有规律，我需要什么东西，就写个小纸条，让他帮着到杭锦旗的小超市去买。我们越来越熟，渐渐地，盼着他来成了日常的期盼，托他买的东西，也有了洽洽瓜子、友友泡椒凤爪跟米老头等小零食。

这期间，赵萍来了两次电话，问我安顿得如何，习不习惯，还需要什么。妈妈也打来电话，断然不敢告诉她我独自一人在内蒙的荒郊野外居住，敷衍了几句，匆匆挂了电话。哈斯告诉过我，沙漠离这里只有五六十公里，北边，西边，都是，夜里的风裹挟着沙子，一层又一层细细的黄沙落在窗沿上。然后是傍晚的雾，雾笼罩了进入马场唯一的路。还有周边荒废的草地，露出干枯草根的旷野，没有一样事物是略微有点生气的。

哈斯到来的时间没有任何规律，取决于他去别的地方顺不顺路。他好像整天都骑着摩托跑来跑去，一刻不得闲，一会儿跟同学去喝酒，一会儿把一只生病的羔羊送到兽医那里。他帮我的手机下了几首蒙语歌，告诉我说，内蒙比腾格尔好的歌手有的是。

有一天晚饭后，雾气照常升起，我坐在炕上看窗外，这个屋子像是被裹在一整块棉花糖内，突然间，一辆摩托车冲了进来。马达声也许有，我戴着耳机，隔着窗听不到。哈斯来了，他能在浓雾中认出这条崎岖小路，已经够厉害的了。

他下了车，背上斜挎着只马头琴，很快挑开帘子，踉跄着进来了。

"我喝多了。"他把马头琴放在墙角，脱下靴子上炕，脸特别红，带着歉意。

我给他倒了杯我自己煮的茶，没有奶，纯砖茶，黑乎乎的，但也胜过喝白开水。他喝了一口，满嘴酒气，几乎是直视着我。

"你洗脸了吗？"

"没有。"我没告诉他水管冻住了，我一直在用存在水桶里的水。

他伸过来手，帮我抠掉了眼角上的眼屎，修长之极的手指，抠得又轻快又灵活，这个动作吓了我一跳。我没告诉过哈斯，有一天夜里一点多，我从睡梦中醒来，外边密布的浓雾里传来了一声惨叫，不深不浅，但清清楚楚。我起来，在窗台上摸到了手机，拨了哈斯的手机，但没等到拨号音出现就挂掉了。

我只能把脑袋紧紧地埋在被子里，戴上耳机，把音量调到最大。

像我，前天还是少女，上班，出差，昨天上午结了婚，下午一两点钟离了，有过的孩子统统夭折于胚胎期，没有一分钟是安宁的。今天醒得早，睁着眼睛看头顶的房梁和草席，终于感受到一口长长的气，从心肺深处缓缓发散出来，那是累积多年陈旧的烟。

哈斯随身还带着一壶喝剩的"闷倒驴"，把我的茶泼到地上，我们开始你一口我一口地喝。我本该拿出肉干来招待他，但是吃完了，奶皮子和干奶酪也都没了。我的食量惊人，吃了睡睡了吃，中间没有分界线。

喝到高兴的时候，哈斯跳下地去，拿起马头琴，但他给我拉了特别悲伤的一支曲子，唱得特别投入，他完全被那个曲子吸进去了,包括容貌,包括灵魂,他脸上幻化出三个年龄段的表情:孩子,少年和中年男人,那里面混合了纯真、无辜、丰富和痛苦,然后它们像沙漏一样统统消失了。

那曲子在我脑海中造就了一系列的幻觉:一个人形骨架从草甸子里抬起头来,他站起来后,看了看昏昏沉沉的太阳,又重重地躺回去,草甸子溅起高高的水花,水花洒向周围无边无际的沙漠,瞬间被吸收殆尽,草花从每一滴水落下处又长出来,一撮又一撮的沙棘,一直铺到地平线。远处有轰隆隆的雷声,闷闷响起,也许是战争在那片云底下进行,也许是地底的怪兽在积蓄能量。怪兽住在群山之下,尾巴长,脖子也长,脑袋特别小,有说不清道不明的恶棍气质。

那个曲子足足有十分钟,哈斯拉完站了起来,说自己要回家了。他背起马头琴,回到雾里去骑他的摩托。我目送他的背影离开,所谓背影其实只有一秒钟,随着他被雾吞掉,独处的凄怆猛然袭来。好在"闷倒驴"的后劲极大,我锁好门,便瘫倒在炕上睡着了。那一夜四周静寂无比,连风声都变小了,到这个地方后,我第一次进入深度睡眠,一直到天亮。

起床,在屋外刷牙,我采用了流动厕所掩埋法,一天用铁锹刨一个坑。上午的雾散了大半,阳光照着这大片空旷的所在。今天的坑还没刨，总是吃奶制品和肉，缺乏蔬菜水果，让我没法匀速地每天刨一个坑。

又在一块新鲜的地上刨了一个坑，蹲下，许久都没有成果，风刮着屁股跟脸蛋。正在跟自己生气，从马厩的方向传来奇怪的声响，那声音开始的时候偶然来一下，之后便持续不断，像是有谁在扑腾翅膀。马厩不在视线之内，只好提上裤子后，去往那里查看。

扑扇翅膀的声音来自马厩的其中一间，在那一整排马厩接近尽头的地方，一阵灰尘从那里扬起，如炊烟直上天空。

我战战兢兢地往前走，摸摸口袋，手机没带。我早几天就检查过，那些残留的草料当中，并没有流浪汉或别的什么活物，只有一两只冻死的过路的死鸟，身体早已经硬邦邦，天冷得太快，连腐烂的机会都没有。

背对着我的是一个浑身上下都裸着的陌生人，背上长着巨大的翅膀，一只翅膀已经支开，正努力扑扇另外一只，让它支棱起来，无奈那只翅膀好像受伤了，无论如何张不开。

"谁？"我冲他喊道。

他缓缓地转过身来，脑袋和五官是有的，但是不是一张人的脸，是马的。

大早上的看到这东西真是突兀极了。就算是马,也是很漂亮的,淡褐色的脸,沉静而不无忧伤的大眼睛。他看着我,这是个带翅膀的人马,由胯下那一坨看来,是个男孩儿。

他呼出来一口气,脸上结着厚厚的霜,赤裸的身体冻得瑟瑟发抖。

"你听得懂我的话?"我问。

他垂了一下头,算是默许。

"你从哪儿来的?"

"马头琴。"他居然说话了。

"马头琴?"

"我是马头琴的伴生物。"他回答说。

天气太冷了,我们在这里聊天实在不合适,我让他跟我一起回屋里去。他看起来比我高一个头,翅膀和他一样高。他把翅膀收起来,紧贴在背后,所以,翅膀不会阻碍他走进我的大屋。

我起床后,又给炕添了几块煤,现在屋里热极了,我挑开棉门帘让他先走,他犹豫了一下,又看了我一眼,才跨了进去。

我从我的被褥当中抽出一条灰色带暗红条纹的线毯,

递给他，让他裹上，看起来他身上并不太脏，没有多少灰，不像是长途跋涉而来。

他拿过毯子裹上，侧坐在炕沿上，低垂眼睑。我让他喝热水，他喝了几大口，我问他饿不饿，他点点头。家里还有昨天煮的两只土豆，我拿出来，放在碗里，端给他。他大口大口地吞下，连皮也不用剥，像是饿坏了。土豆的块头并不小，他两三口一个，露出了洁白整齐的两排马齿，他一边吃一边打了个喷嚏，鼻子里冒出热气。

吃完土豆，他看起来好多了。

我给自己煮了奶茶，掰开一块干饼泡着喝。哈斯昨晚并没给我带吃的来，当时我们光顾着喝酒，我也没顾上提及此事。然而平白无故多了一个人，或者说一匹马，口粮一下子就吃紧了。

"你躺下来要不要睡会儿？炕热乎乎的。"我问他。

"睡觉？我站着睡。"他看了我一眼，又有几分局促地低下头去。

"对，马是站着睡的，你叫什么？"

"希恩，我是战马希恩。"

"老家哪儿的，父母是谁？"白天刚刚开始，我们有大把的时间聊闲天。

"我说了,我是马头琴的伴生物,哈斯的马头琴。"

"你认识哈斯?"

他摇摇头,我还是无法理解伴生物这个名词,他是如何从一把琴发出的声音中,由抽象的声波转化成实有的物理存在?

我懒得搞明白。他长了个马头,还有两只眼下看起来没什么用处的翅膀,会说话,脾气感觉不算坏,这都不错了。屋里没有电视,没有收音机,我可以把他当成活的电视和活的收音机。

我不知道哈斯几时才会再送吃的给我,哦,我们,所以吃的就尽量省着吃。中午我拿出一点儿面粉,就着一只仅存的西红柿,煮疙瘩汤,只要还有面粉,可以做的东西就多了,而我还有半口袋面粉和近半桶菜籽油。

我做任何东西都笨手笨脚,做个疙瘩汤到处都洒满了面粉,但没人指责我,希恩把我当个英雄一样崇拜,因为我把加了一点水的面变成面疙瘩,再扔到沸腾的水里,加入揉碎了的西红柿,咕嘟咕嘟煮完后,出锅前加点盐就能喝了。他喝了两大碗,以及吃下一整块干饼,吃完饭他负责洗碗,还扫了地。

这一天外面没有风沙，也没有雾，阳光照在大半个炕上，屋里呈现了祥和安宁的气息，我午睡后把电脑打开，看着空荡荡的 word 发呆。打开一本 1980 年版本的电子书《辛格短篇小说集》，我把多年前读过的《傻瓜吉姆佩尔》又读了一遍，对我来说，吉姆佩尔才是世界上最伟大的英雄。

希恩裹着两条毯子去门外。他没有裤子，我让他裹上一条略薄的毯子，用我的一条围巾做裤带。再披上之前那条厚的线毯，把受伤的翅膀裹在里面养伤，露出半条胳膊，但他还是喜欢光着脚。

他说去把院子收拾一下，将乱七八糟的柴草堆重新堆放一遍，最后裹上塑料布，压上几根看起来重一点的木头。他在杂物间找到了钉子和锤子，把入门处的棉帘子重新加固了一下，省得被大风吹得几乎要掉下来。一个下午他都在院子里忙碌，接近傍晚的时候，风吹起了他头上的鬃毛，让他看起来略微有一点点沧桑。

他进屋喝水的时候我问他："你是怎么学会这些家务事儿的？"

"每次我从马头琴的声音里跑出来的时候啊。"

"每次？"

"次数不多，我是匹年轻的战马，经历得太少了。"

"为什么说你自己是战马？"

"我们本来就是战马，我们是为了打仗而存在的，然而很久都没有战争了，也没有地方愿意饲养一大群战马，我们只好变成马头琴的伴生物。"

"相当于战马的鬼魂？"

"胡说，我不是活得好好的吗？还有翅膀呢，虽然也没什么用，整天背在背上累得要死。"

他翅膀上的羽毛比起先前顺溜了一些，隐隐约约发散出一丝幽暗的光泽，那是久居深山、时不时还可以在水潭中洗洗羽毛的鸟，才能发散出来的光泽，不知道为什么，战马希恩的翅膀上也能有。

我留意到他的眼神也像水潭一样幽深，然而他不愿意跟我有任何眼神的接触。

我们一起住在用厚厚的土墙打起的老房子里，严冬特有的寒气跟我们只有一墙之隔。我再也没有哈斯的消息，给他打电话，总是不在服务区，我不得不联系赵萍，让她给哈斯家里打个电话。

没过会儿,赵萍的电话打了回来。

"哈斯一家快要疯了,乱成一锅粥,说是那孩子失踪了。"

"失踪了?"

"前天下午,他出去吃同学的喜酒,当天晚上就没回家,开头家里以为他喝多了住在同学家,昨天同学说,他吃完喜酒当天晚上就骑着摩托走了。"

"他来了我这里,是喝多了,还带着马头琴,但待了一会儿就走了。"

我一边打电话一边盯着希恩,不知道该不该告诉她哈斯给我拉了一曲马头琴才走的,第二天,马场里就莫名其妙地出现了战马希恩,他口中所谓的马头琴的伴生物。

"那他有可能在离开马场的路上出了什么事儿了,那条路不好走,他又喝了那么多酒,我赶紧再打电话给他家里沿着路去找找,说不定只是受了伤。"

赵萍匆匆忙忙挂了电话,我也没有机会说希恩的事,他一直低着头发呆。

"把你从马头琴里拉出来的那个小伙子出事儿了。"我说。

他没吭声。

我穿上我最厚的那件羽绒服，戴上围巾手套，套上雪地靴，打算出门去找哈斯，也许他出事的地点，就在离开马场的路上，我要赶在他的家人到来之前找到他。然而我不但没有摩托，也没有马，这匹号称战马的马，是没法骑的。

"我可以替你去找，"希恩走到我跟前说："我跑起来比你快。"

"我跟你一起去。"

"你去了也没什么用。"

"你能认出来他吗？"

"这四下里荒郊野外的，不会有第二个人躺在地上。"

"你还没去，怎么知道他躺在地上？"

"十之八九是这样的。"他说，然后掀开帘子往外走。

我跟着他出去，外边扑簌而强烈的风，像一排利剑迎面击来，睁不开眼睛，也看不清路，一张嘴，满嘴都是沙子。不远处模模糊糊的希恩的背影，一会儿有一会儿没有，很快也没有了。

走出马场不到五百米，我就迷路了，这才想起忘了带手机，充完电用没一会儿电池就空了的 iPhone 4s，也没什么用。

我往风沙里喊了几声:"希恩——希恩——"

没有任何回音。

站在灰蒙蒙的路上,四周空无一物,我只好回去,给赵萍又打了个电话,她说她也在等消息,让我别担心,说这个哈斯从小就是调皮捣蛋好野的男孩儿,说不定跑到哪个朋友那里继续喝几天酒,睡几天大觉。

我权当这是最好的结果,坐在炕上等任何好的和不好的消息。

下午过后,开来了两辆皮卡,一辆越野车,车上下来一大群男人,一个个风尘仆仆疲乏不堪。进屋后,为首的年长者跟我打招呼,说他们都是哈斯的家人,他是哈斯的舅舅,也就是那个到处下乡收文物的舅舅,长着两撇小胡子,身形像个门板一样。

他说家里从昨晚得到消息后,彻夜找他,沿着马场的路一路找,又分头到四处去,带来的手电筒电都耗空了,没有任何踪迹。

"你们在路上,有没有碰到一个长得像马的人?"我问。

"什么人长得像马?"哈斯他舅舅的神情突然紧张起来。

"他也去找哈斯了,上午从这里去的。"

"你见过他？"

"是的，他说他叫战马希恩。"

"完了，"哈斯他舅舅颓然坐下："完了，完了……"

"完了？"

他转头去跟其他人用蒙语说了几句，那些男人围拢上来，他们开始用蒙语激烈地讨论起来。屋外又一辆皮卡开来，下来三个年岁不等的男人，年纪最大的那个面容仿佛老年版的哈斯，也是身量修长，脸颊修长，舅舅上前跟他说话，不及说完，那老汉子竟情绪失控，放声痛哭。

"儿子没了，不难过才怪。"有人悄悄在我边上说。

"没了？"

"这个马头出现，肯定人就没了。"

"马头怪？"

"马头怪一来，肯定得有个人没了，不是第一次了。"

我心里大惊，战马希恩在他们眼里就是马头怪，是取人性命的怪物，我居然和他在一个屋檐下住过，他出门后至今没有回来。哈斯父亲的哭泣声停止后，哈斯的舅舅上前跟他又说了几句，随后舅舅便招呼众人驾车离去，外边灰尘滚滚，这些男人们在最短的时间内留下了海量的烟蒂和浓厚的体味。

他们走后，我才在墙角发现了一只塑料袋，里面有不知道是谁落下的吃的，一袋奶皮子和一袋外卖打包的羊肉烧麦。我将烧麦用筷子夹出来，用搪瓷碟子放在炉子上煎，羊油片刻便滋滋滋地冒出来，香气袭人，我接连吃了好几块，缺乏油水的胃得到了滋润，人也暖和了起来。

吃完东西，把门窗关好，准备睡觉，开着一盏灯，外面的风声比白天还要猛，窗玻璃上蒙着一层浓浓的雾气，几乎什么也看不清。临睡前，我又添了几大块煤，把炕烧热，羊肉烧麦从我的食道下行走到胃，羊肉渗到各个细胞，又在滚烫的炕上被煎出来，发出轻微的嗞嗞声，不认真听觉察不到。

在亮着灯的屋子里躺着，躺在被子里，听着各种各样的声音在耳边汇聚。

灯泡用的时间太久，大风在荒野中刮过电线，让电流极度不稳定，灯泡也发出不肯好好工作的杂音，我只好起来把灯关掉，周围笼罩在死一般的暗和黑里面。我迷迷糊糊快要睡着，突然被什么惊醒，是一束光，比探照灯还亮，将窗子上的玻璃照得透亮，连带照亮整个屋子。

我坐起来，向外看，光源几乎看不清楚，看得到正下着雪，有两个人正向这边走来，其中一个是长着马头的希恩，他走在前面。

他使劲捶门，我套上裤子外套，下炕去开门，他们裹挟着风和冰碴儿进入屋里，另外那个人是哈斯，他看起来跟我上次见到的他差别不大，除了眼睛周围有浓浓的黑眼圈。

"哈斯，哈斯回来了？"

"可算找回来了。"希恩跟我说，一边拍着身上的雪，他的鬃毛、眼睫毛和翅膀上也挂着雪花，走到炉子前烤手。

"什么事也没有，让你们白担心了一场。"哈斯带着歉意跟我说，不解为何，他的笑容跟以往有些不同。

既然哈斯没事，我当然也放松下来。

"你遇到你爸爸还有舅舅他们了吗？他们去找你了。"

"遇到了，我告诉他们，让他们先回家。"

"你也不回去看看奶奶。"

"奶奶？"他说："奶奶好着呢，我刚跟她通完电话。"

"那就好。"

他脱下鞋子，翻炕上，直接钻进我的被窝，大声嚷嚷："冻死了，冻死了。"

231

我过去抓起他的手,想帮他搓热,然而他的手冰得像零下十七八度的铸铁,搓了半天,不管用,我一边使劲搓,一边对着他傻笑,我有失而复得的欣喜,不知道在高兴什么。

"你在哪里找到他的?"我问站在那儿烤火、还把两只翅膀支楞起来弄得到处都是灰的希恩。

"他喝多了,倒在一个地方睡着了,幸好那底下是一眼温泉,边上的雪都化了,地也不冷,不然早冻死了。"希恩烧了一大锅水,并拿出不锈钢盆,将两大碗面粉放进去,加水加一点盐,开始和面。

哈斯紧挨着我,他把被子盖到我膝盖上,我们挤在一起,看着希恩在地上忙碌,和面,擀面,切成细条条。炉子上已经坐了一大锅水,他们回来之前,居然还去了杭锦旗,从镇上的农贸市场带回来一些羊肉和蔬菜。

我在被子里握着哈斯的手,他那死活都热乎不起来的手,但这有什么关系,哈斯好好的。

那锅开水沸腾,水蒸气热气腾腾,一直蒸发到棚顶,屋里顿时有了人的气息。跟两个年轻人呆在一起真是不错,我们很快吃上希恩做的撒上香菜的羊肉面,吃完饭,简单洗漱,我和哈斯挤在一起睡,希恩依旧站着睡。

他把晾干的翅膀收起来了，一根根羽毛捋得又顺溜又整洁。窗上的雾气无增无减，外边那一望无际的大荒地全然陷于静寂。

夜半醒来，有月光透过窗子，落在哈斯睡着的脸上。我半坐起来愣愣地盯着他的脸看，伸手摸了摸他冰块一样的脸额，他睡得又香又沉，像是很多很多年没有熟睡过一样。屋子那头站着的希恩发出连串咕噜咕噜的哼唧声，黑漆漆而又漫长的冬夜啊。

第二天一早，他们没有走的意思。我问哈斯马头琴哪里去了，他说喝醉了扔到什么地方去了，他们回来前也没有去找。这期间哈斯接到了他爸爸的电话，他犟了几句嘴，爷俩在电话里吵起来了。他们用蒙语吵，我听不懂，希恩悄悄跟我说："哈斯想去珠海打工，一个能看到海的地方，他觉得待在大草原，整天跟着舅舅跟盗墓的农民讨价还价很没意思。"

"他去珠海能干嘛？"

"那边有个他的堂兄去了好几年了，过去帮他看看卖内蒙特产的店子。"

"什么时候走？"

"不知道，我没问。"

然后两个年轻人兴高采烈地打算出去撵野兔子。大雪之后，他们打算从雪地上飞奔而过，把野兔从它们的窝巢里赶出来，这些天天只认旧路回家的傻兔子们一旦迷路，就只能乖乖就范。

"等着，我们今天吃烤兔肉。"哈斯朝我嘿嘿一笑，放下门帘走了，一夜深睡后，他的脸色并没有变得红润，一层灰依旧蒙着他。

我给赵萍打了个电话，手机有电。

"你说哈斯找到了？那就好了，我在地铁里，今天开年终总结，出版社头头脑脑都要来，烦死了。"赵萍的手机信号不太好，也许她坐的是二号线，出版社在朝阳门外大街。

挂上电话，我感觉这个手机格外地沉，壳子上有几道深浅不一的刮痕，闻一闻，还有淡淡的烈酒的余味。但通讯录是我的，每个APP都是我亲自下载的，诸如"去哪儿"或"微盘"，我调出微盘里的电子书档，读一读赵毅衡翻译的《美国现代诗选》：

把世界还给我，

让我去寻找冒险。

我见过那些结了婚的，

我见过那些体面地结了婚的，

安坐在火炉边，

真让人恶心。

一直到下午一点多，他们两个才拎着三只野兔回来了，两人累得气喘吁吁。

"那帮兔子太他妈蠢了，"哈斯说，"我们要是有七八个人，一窝都能给端了。"

希恩忙着剥皮和开肠破肚，哈斯在屋外点起了篝火，从马厩里找到了一条生锈的钢筋，将一头在磨刀石上磨得又尖又快，并用醋擦掉了铁锈。我一直蹲在那里看希恩杀兔子，他的手法娴熟极了，像是对几百只兔子下过手一样，兔子热乎乎的心脏在他手里，像是还在跳动，动脉静脉，清晰可见。

"你不是马吗？马不是食草动物吗？"我问。

"没错，但我也有人的一面，你看，我杀兔子，一会儿还要吃肉的。"

那边哈斯已经架出了一个简易的木头架子，将穿了只兔子的钢筋架在上面，连皮都不带的兔子，小了很多，火舌燎着它，没过多久，肉香便发散出来，我咽了口口水，进屋拿出先前喝剩的酒，每个人一个搪瓷缸子。哈斯在兔子外皮上撒上盐巴，别的什么也不加，撒了三遍之后，味道入透了，他龇牙咧嘴地咬了一口。

"好吃！快给我酒。"

希恩提着另外两只杀好的野兔过来了，他们继续烤野兔肉，哈斯将已经烤好的那只给我们吃，就着五十八度的酒。我喝了半茶缸脑袋便觉昏沉，兔肉是香但酒实在太烈。他们吃吃喝喝十分高兴。我吃了半只野兔，他们俩吃了两只半，吃得干干净净。

次日大早，我便听到外边有动静，起身擦擦窗户玻璃上的雾气，希恩一个人早起，在那里劈柴，他把柴草间内的树墩子拿出来，劈成可以烧的块块。哈斯还在睡觉，打着鼾。我们分头睡，被子不够，他身上盖了我和他自己的羽绒服。

炉子上坐着的水已经开了，炉子边上的碟子里，有几只馒头放在那里。这样的生活是不是我想要的？两个小伙儿整天无所事事，开玩笑，推推搡搡，昨晚喝了酒却开始干仗，他们内蒙人解决问题的方式，到屋外去打了一架，回来也不说什么，黑着脸去睡。我想独自住在这里的计划完全被扰乱了。我不知道哈斯为什么还不去珠海，而没有了马头琴，希恩还能去哪儿?

砍柴的希恩不知道吃了早饭没有。他全身挂着霜挂着雾,但今天不下雪,空气中有阿胶被燃着一样的气味。我穿好衣服出去给他送了杯热水,他接过水去喝了,然后继续干活,看起来他不太高兴,好像没有从昨晚的干仗中缓和过来。

"你们怎么了?"我问。

"没怎么。"

"一定是怎么了。"

"你们人,真是不可思议,要不是我救了他……他早死述了。"希恩小声嘀咕,风吹得他的鬓毛扬起,像莫西干头。

过了几天,我打算自己去趟杭锦旗,这是我住到马场之后第一次独自出门,哈斯说,只需要步行三公里,到了一个岔路口,那里就会有过路车可以搭,有时候还有载客的中巴车。果然如此。我在镇上冷清的街上转了一圈,去了趟超市,买了些日用,包括一大条雀巢速溶咖啡,咖啡摸起来已经有些板结,但好歹是。

午饭在家小馆子吃了鲜切羊肉的铜火锅,虽然是一个人吃,吃得不算少,下午我又转了转,昏昏沉沉想睡午觉,坐上中巴就睡着了,等我醒来,已经快到通往马场的那条岔路口了。三公里的土路，坑坑洼洼，还结着冰，漫长又难走，我手里提着买回来的东西，后悔买了那么多熏肉、火腿肠和土豆。已经是日暮黄昏。

远远地，我看到了黑烟，那是马场上空。我扔下手里的东西奔跑，呼哧呼哧地跑。黑烟底下是熊熊燃烧的火，希恩站在火堆边上，他的翅膀全然张起，在火堆边显得格外醒目，火光照亮了希恩的身形和翅膀。

我看到火堆里有个横着的人，被五花大绑在一根粗大的方钢上，方钢又架设在大木头架起来的巨型烤架上，他已经被烧成了一团煳。

是哈斯。

我飞奔过去，从背后狠狠地踢了希恩一脚，他木愣愣地转过身来，脖子上挂着哈斯的辽代玉管。

"你干嘛！你他妈到底在干嘛？"烈焰吞噬着哈斯，他已经快被烤熟了。

"他威胁我要找回马头琴，让我从哪儿来回哪儿去。"

浩渺无边的雾，顿时笼罩了这四周，雾不知道从哪里，怎么来的，很快地，雾让我连那堆火，以及希恩都快看不清了，整个世界，都消失于浓雾之中，何况马场，何况我自己。

山野故事二则

朱 岳

朱　岳　1977年生于北京。毕业后先做律师,后转行从事编辑。出版短篇小说集《蒙着眼睛的旅行者》《睡觉大师》《说部之乱》。爱好哲学,曾发表《哲学随想录》(大概只有朱岳本人能看懂)。

冬日留白

早上醒来,从窗口望去,下面的世界差不多已被白雪覆盖,只有我昨天走过的那条路线暴露出来,那是一道蜿蜒绵长的黑线。昨天这世上有很多人,而今天只剩下我自己。我可以把昨天的路线再走一遍,推开昨天推开过的门,进入昨天进入过的房间,那里不再有其他目光,我可以把需要的东西拿回这所房子,但只限今天享用,明天它们会如冰雪般融化。明天,是没有雪的日子,人群会再次出现,他们不知道自己曾消失过,因为没有对消失的记忆。我将走在他们中间,为明天的明天,留下另外一条路线。

真正的奇遇开始于我决定克制自己的想象力。

偶然翻看《说吧,记忆》,纳博科夫写了这样的话,"想象,是不朽和不成熟的人的极顶快乐,应该受到限制。为了能够享受生活,我们不应过多地享受想象的快乐。"这话不无道理,不过想象恐怕不能被简单地归结为一种快乐。

我是靠想象力写作的。有一个阶段,我除去睡眠,无时无刻不在想象、构思,试图穷尽所有可能性。但后来,我感到了一种难以形容的疲惫和空虚。我逐渐意识到,想象是一种付出，是对现实的付出，或者反过来看，是现实在向大脑索取，就像一块硕大无朋的海绵在大口大口吸食那点可怜的脑汁。想象力的精髓就这样注入了现实大大小小的窟窿里。这与那种从现实中汲取经验的写作是何其不同。里尔克在一封信里写过："诗并不像一般人所说的是情感（情感人们早就够了）——诗是经验。"我所说的正是此种意义上的"经验"。我也期望获得经验的滋养。然而想到这里，我又觉得从这种滋养中产生出来的东西倒像是某种霉。

反过来看，抽空所有想象以后，现实会是怎样一副千疮百孔、支离破碎的样子，却是"不可想象的"。想象并不是一种行为，它为各种行为提供背景，失去背景，就失去了出发点。而这也意味着，没有人能做到彻底断绝想象。我只能尽量取消那种主动性，就是说，不再主动奉献，而是将想象的输送维系在一个最低水平上。

这么做了之后，我感到自己像是忽然间陷入沉默，或是放弃了某种暴力，内心暂时得到一份索然无味的平静。

那么我是否要同时放弃写作呢？为此我曾犹豫不决。有一天，我随意翻看中平卓马的摄影集，被其中一幅照片吸引住了。画面中心是一棵高耸的龙柏，微微有点倾斜，也许是由于树顶没有收入取景框，树身便如从半空中喷吐而下的一道绿色火柱，而它又是如此明净、沉稳，仿佛整个盛夏的能量已凝缩于它的体内。我凝视良久，感受到了其中的叙事性。默然呈现的静物，一个凝固的瞬间，何以会给人以叙事感，我百思不得其解。

我忘记是谁讲的，大概意思是，所谓叙事就是将一种时间转换为另一种时间。那么摄影作品的叙事，或许就是将一段不可测度的时间转换成一个瞬间。或许，貌似单纯的瞬间才是深不可测的，隐藏着太多东西，而完整的时间历程却是最为表面化的，因为它已将一切都展露在外了。

我不懂摄影，但我那时很想尝试一下与之相似的静观式的叙事。可惜这种尝试还未开始，我的生活就被打乱了。

据说T.S.艾略特曾把《了不起的盖茨比》读过三遍。我和他一样，也读了三遍，只不过，我是为了编辑这本书的中文译稿才读的。在编完这份稿子之后，我就提出了辞职，告别了出版业这个同行口中的"夕阳产业"。我不打算再继续做文学编辑了。

我寄居于这座城市，孑然一身，了无牵挂。辞职后，我没有急于找新工作，实际上，除了做出版，我也不知道自己还能做什么。我的存款可以支撑一段时间，大概半年。那时已经过了中秋，我就想等到春节后再开始投送简历。想得很好，但失去工作还是令我有些惶惶不安。

我的日常开销很少，不抽烟、不喝酒，吃食方面瞎凑合，衣服几年也不买一件，本来喜欢购书，也慢慢戒掉了瘾头。我的钱主要用在了交房租上。虽然只是个一居室，但这房子不仅宽敞、安静，而且有其得天独厚之处。它占据着大楼顶层，三十三层，一个边角的位置，天气晴好时，从卧室的窗户向外远眺，可以看到大半个城市。

不得不承认，躲藏在家中悠闲度日令我精神萎靡，一天中多数时候我都躺在床上，缩在被窝里，三餐只吃些罐头食品。我蓄起了胡须，面颊渐渐消瘦下去，偶尔照镜子，像是变了一个人。内心的不安也在加剧，因为苦思冥想仍找不到出路，时间的推进仿佛在发起进攻，而我筑起的一道道防线正被轻易瓦解。

入冬以后，我强迫自己每日外出散步。下楼不多远，就有一座很美的街心公园。下午4点到6点这段时间我总在那里徘徊。有一天，我走累了，在一棵银杏树旁的长椅上坐下，看着飘落满地的金黄叶片发呆。这时候，有个黑人老头出现了，他身形魁梧，一头银发，扛着个硕大的旅行背包，简直像从电影中走出来的。更为梦幻的是，他开始对我讲话，他的中文说得非常流利。

他说很抱歉打扰我，他是一个到处旅行的灾难鉴赏家。他问我有没有听说过灾难美学。我说好像在哪儿听说过，但没什么深入了解。他点点头，然后向我解释什么是灾难鉴赏家。简单说，就是些对毁灭之美异常着迷的人，他们尽可能身临其境欣赏灾难。更离奇的是，他们对于灾难有一种特别的嗅觉，拥有预知能力。于是，哪里将要发生大的灾难，他们就会提前赶往那里。可想而知，他们很可能为此丢掉性命，但危险正是达成此种审美体验的必要因素。

为什么对我讲这些？我还是感到疑惑，当然也很警惕。他接着向我解释，说想租用我现在住的房子，为此愿意付给我五万块。此外，他建议我火速离开这座城市。

他给我两小时的考虑时间。

返回住处的路上，我冷静下来想了想，似乎没什么可顾虑的。我的行李很简单，几件衣服，一些杂物，最后挑了本厚实的书，《芥川龙之介全集 第2卷》。

我从黑人老头手中接过五沓崭新的百元钞票，随机抽出几张，都是真的。"这是钥匙。那……再见。"在我刚要转身走开时，老头忽然斩钉截铁地说了一句："必须保密。"

说实话，我想不出能把这件事告诉谁，我的父母亲人都在遥远的地方，而其他人，谁又会把我的话当真呢？

我走到路边，招手打了辆车。

"去哪儿？"

"火车站。"

这时出租车的广播中正在播放一则寻人启事："……十七岁，智力有问题，骑自行车离家出走，出走时穿一身蓝色运动服，白色旅游鞋，带了十卷卫生纸……一箱饮料和一把小刀。请见到此人的听众朋友与本台联系，家属必有重谢。"读到"十卷卫生纸"时，主持人略有迟疑，可能又确认了一下。

"想得还挺周全。"司机和我都笑了。但我的心里不太舒服。

到火车站后，我不假思索地买了发车时间最近的一趟列车的车票。

后来我才意识到，我选择的目的地是一座山城，一处避暑胜地，而此时正是冬季，去往那里的旅客寥寥无几。我所在的那节车厢里仅有我一个乘客。火车启动后，我从旅行包里取出那本已被翻得发黄的书，埋头读起来。

我对芥川龙之介晚期的作品很着迷，《悠悠庄》《海边》《海市蜃楼》《一个傻瓜的一生》《齿轮》……对于其最知名的作品《罗生门》《竹林中》则感觉一般。有人认为芥川龙之介晚期已然才思枯竭，作品常显出心力不支，我想这是一种很肤浅的批评。

据我观察，人有两种很强大的意志，一是求真的意志，也就是发现真相的冲动，另一则是拟真的意志，即制造假相、谎言的冲动。它们既相互协助，又彼此干扰，且各有各的诡计，引起无尽的怀疑和困惑。一个小说作者若还称得上是艺术家，则必将同时受到这两种意志的折磨。统一二者并超越之，需要奇诡的策略与极大付出。

晚期的芥川龙之介看似回归到了私小说的领域，像他的《海边》被认为模仿了志贺直哉的《篝火》，但我觉得他实际上已渐渐模糊了幻想小说与私小说的界线。这是凭借他本人内心的传奇化实现的，只是这传奇是一种地狱中的传奇，其结果是自杀。

川端康成曾说，芥川的《齿轮》是用命换回来的。吉本隆明谈到这些晚期作品时，则做了一个令人不适的比喻，他说，那就像一条蛇吞噬自身达到了尽头。

走下火车，我步入一片寒雾，很快被冻透了。但是不知出于何种心理，我还是走了将近四十分钟，在远离火车站的地方找了家小旅馆。这旅馆的前厅和走廊同样弥漫着一层薄雾。在淡季，房间价格很便宜，我可以在此处从容度过一段避难生活。

入住以后，我每天早上都打开电视，调到新闻频道，等待关于灾难的报道。日复一日，我逃离的那座城市依旧常常出现在新闻画面中，什么也没发生。看来那位灾难鉴赏家的预测并不准。但也可能他另有阴谋，什么毁灭之美、灾难鉴赏，这些荒诞不经的话，只是为了骗我把住所让给他。还有一种可能性——那家伙根本就是个疯子。

那是不是应该回去？我看着那座城市的影像，忽然觉得它的的确确已然是一片废墟了。我再也无法折返。

我急于谋划未来，只想在这山城中度过一段平静的日子。我请旅店服务生帮我买了件厚实的羽绒服。那以后，每天中午我都外出散步。这地方只在狂风呼啸的日子才会放晴，多数时候天空中总浮着一层薄薄的铅色的云。街市上十分冷清，许多店铺在淡季都关门了。我在一条较偏僻的小巷中发现一家不错的小餐馆，平时就到这里解决午餐，点一盘冬笋肉丝，一碗米饭，兴致来了，还会要一壶加热的黄酒。

然而好景不长，没过几天踏实日子，我开始被失眠困扰。夜里不但无法入眠，反而格外清醒，头脑中总会不可抑制地浮现出一块奇怪的金属表，银白色，表针被封闭在表壳下面，机械则暴露在外，一块内外翻转的表，一直在滴答滴答走着。

我读过齐奥朗的一篇文章，讲他对付失眠的办法——骑自行车骑到筋疲力竭，然后倒地就睡。在这山城骑自行很不方便，到处都是上上下下的台阶，不过有一项运动是很便利的，那就是爬山。西边就有一座高山。

于是有一天，我来到了山脚下。我先是走入了一座寺院，寺院内空荡荡的，一间大殿的门半开着。迈步进去，殿内幽静、寒冷，弥散着一股尘土味。古旧的佛像前，烛火摇曳，昏黑中只有那一团橘色的光在闪动。看守大殿的女人缩在棉大衣里，呼着白气，对我怒目而视。

我穿过这座大殿，绕到寺院的后园，这里有一条石径蜿蜒向上，通往后山。我开始奋力登山，我想求得疲倦和睡意，所以一点不惜力，就这样低头疾走了一个多小时，中途没怎么休息。

天色越来越阴沉，四外十分荒凉，溟濛之中，仿佛就只有我一个人。这或许就是让年轻时的屠格涅夫想到"自杀"的那种山巅景象，不见人群、屋舍，远离尘世、一片死寂。

但是没过多久，我就遇到一个旅伴，一个女孩，看样子似乎还不到二十岁。她说她刚拿到导游证，等到旺季的时候就要在这里当导游了，现在没事就来这山里转转，熟悉一下路线和景点。她说她今天准备去一处景点看看，是一座山洞，问我有没有兴趣一起去。我表示有兴趣。于是很自然地，她成了我的向导。

我们离开原先的路径，走上一条小岔道。穿过一片枯寂的树林，走过一座跨越山涧的铁桥——桥身锈迹斑驳，也不知是什么年代修造的——上了一段陡坡，又下了几段缓坡，绕进一座荒僻的山谷。山谷三面环绕着陡峭的岩壁。这时从雾霭中渗出零星的雪，空气更加寒冷了。

"下雪了！"

"这点雪算什么，你看那边，崖壁上有个洞，看到没？"她用手指着。

我向上望去，一面岩壁上赫然有个黑洞，洞口近乎规则的圆形，隔着雾气仍很醒目。

"以前这里有道瀑布，这底下是个大水潭，洞口被瀑布挡在后面，有些好奇心重的山里人和游客冒险钻进去过，出来后的说法都不一样。有人说这个洞通到一个像仙境一样的地方，也有人说通到一座破败的古塔下面。还有一些挺吓人的说法，说洞里堆满了骷髅，说是藏着一条巨蟒，偶尔还会从瀑布后面探出头来。"

"那实际上呢？"

"你跟我进去看看就知道了，现在水都干了，想进去并不难。"

"这么高。"

"有路的。"

她所说的路，是山崖上一道裂隙，侧身紧贴岩壁，勉强可以蹬上去。她走得挺轻松，我却提心吊胆，费了很大力气。

一走入洞口，我就发觉洞内空间远比预想的大。女孩从挎包内取出一支小手电，打开后投出一道光柱，照亮了一块区域，而后像是下意识地拽了拽我的羽绒服，往里走去。洞很深，起初异常开阔，仿佛一座没有座位、没有银幕的大电影院，但越往里走越局促，最后变成了一条狭长的甬道。洞内静谧极了，只能听到我们的脚步声和呼吸声。

甬道的尽头到了，她停住脚步，手电的光打在黑色石壁上。

"洞就通到这里。"她回过头望着我，昏暗中，我发觉她眼神中像是带有微妙的歉意。

我走上去，用手抚摸石壁，然后把前额顶在石壁上，坚硬、粗粝、寒彻骨髓。我在脑海中飞速搜寻着什么，却一无所获。"难以接受，还是难以接受。"

"你干吗呢？"她拽了我一把。

"想清醒清醒。"

"你刚才说，难以接受？是难以接受这里面什么也没有？"

"是啊。"

"可就是什么也没有。"

"嗯,不接受也不行。"

我们转身向洞外折返。走到开阔处的时候,手电忽然灭了。

"哎呀,没电了!"她轻呼一声。

我们停住了脚步,站在漆黑的空洞中,默然无声,仿佛被寂静摄住了心魄。此刻我突然想拥抱一下这个女人,没有邪念,只想拥抱一下。我抑制住了这种欲望,但马上又升起另外一种完全陌生的冲动——我想要放声吼叫。

过了良久,我们才开始摸索着朝前走,还好可以望见圆形洞口灰白色的光。在接近洞口时,我们再次停下来。

只见洞外大雪纷飞,恍如一片白鸟,交织成一幅冰冷的幻景。

野人生计

每个人大概都有过一些十分可怕的念头,我自己就是这样的,所以才会如此揣测。

有一段时间我的精神状态有些糟糕，常陷于迷离恍惚，后来发展为疑神疑鬼。说来也怪，当我对人谈起我的忧惧，对方就会给我讲鬼故事。结果雪上加霜，我听来一大堆鬼故事，开始觉得鬼就隐藏在鬼故事里，借这些故事，它们游荡、相聚、吓人。

一个阴沉的下午，我去一所大学旁听了一堂心灵哲学的讲座，结束后，我从学校出来，乘公交车回住处，车开出许多站，我才发觉坐错了车。而这路车正好能开到一个朋友家附近，于是我就给他打了个电话，问是否能去拜访。他表示很欢迎，还说家里正巧有个小聚会。

我到了，随便吃了两口东西，就与一群陌生人闲聊起来。不知怎么回事，大家的话题又渐渐转移到了鬼故事和灵异事件上。

一个年纪稍长的女人吸着烟，谈起她去一座海滨城市旅行的经历。她借宿在朋友家中。夜里，她独自躺在客房的床上，室内黑黢黢的，床下忽然传来呼吸的声音。她吓了一跳，但又怀疑是自己发出的声音，就一动不动，屏息细听。确实有另一个人在床下呼吸。但是她没有开灯看床下，也没有喊人，只是静静地躺着，听着那呼吸声，后来就睡着了。

第二天起来，对那家的主人只字未提。

这个故事勾起一个年轻女孩的回忆。几年前她租了一间公墓附近的老房子，这房子墙皮剥落、门窗生锈，散发着一股霉味。一天晚上，角落里的老式座机突然响了。真不知什么人会给这里打电话。她跑过去拿起听筒，没有声音。然后她又仔细看了一下，这电话机并未连线。

这么你讲一段，他说一段，气氛渐渐热烈起来。我忍不住讲起了自己的童年往事。那是我五六岁的时候，有个雪后的夜晚，父母带我去看电影，他们本以为是部科幻片，可以开发我的想象力，没想到却是恐怖片。故事讲的是，一艘船去百慕大三角洲考察，船员意外发现一个布娃娃漂浮在浑浊的海面上，他们把它捞起来交给了船上一个小女孩。接着，小女孩就开始向厨师要生肉，说是布娃娃想吃，人们以为是小女孩的幻想，而实际上，这个布娃娃是活的，很凶恶，后来便以船上的人为食，它的嘴唇上总是沾着鲜血。电影演到一半，我妈怕我被吓坏，就带我先回家了。我至今还记得，我被领着，在寒夜中快步行进，脚下是咯吱作响的残雪。我后来没在任何地方看到过关于这部影片的介绍。

接下来，像是做小结一样，我那位朋友说，他从来没觉得鬼有什么恐怖。而后,他指着靠近房门的两把椅子说:"那样的空椅子才恐怖。"我们都向那两把椅子看去,没什么特别。我无法理解他的意思。

"等我们都走了以后,留在这里的空椅子更恐怖。"那个年长的女人说,看来她心领神会。

天已经很晚了,大部分人谈兴正浓,我却有些疲倦,便告辞出来。站在电梯门前,按了下按钮,没有亮光、没有反应,看来电梯已经停止运行,或者有什么故障。这里是二十五层,我得走楼梯下去了。刚拉开通向楼道的铁门,身后有人喊:"等一会儿,我跟你一起下去。"我回过头,灯光下是一个文静、漂亮的女孩。我刚才就注意过她。

我们一起走进楼道,顺着楼梯向下走。

"我也看过你说的那部电影。"她突然说。

"是吗?"我略感惊讶。

"嗯,有一阵很迷恐怖悬疑,看过好多。"她笑了笑,样子很可爱。

接着她就给我讲起了电影的后半段——当船行驶到百慕大三角洲,科考队员们穿好潜水服,潜入深海,去探寻海底遗迹。小女孩抱着布娃娃站在甲板上,布娃娃的面孔渐渐变成了一个老太婆的样子,狂笑不止,小女孩把它抛入大海,顿时天昏地暗,暴雨倾盆,海底发生地震,科考队员都死了,最后只剩下那个小女孩,看着海里变成老太婆的布娃娃——楼道里的灯也有毛病,有些楼层亮着,有些楼层黑洞洞的,使劲踩脚也没用。

不知不觉间,我们错过了一楼的出口,走到了地下,摸黑来到一扇铁栅栏门前才醒悟过来。

"这环境还真适合讲鬼故事。"她说。

"还真是!"

我们转身返回一层,走出了大楼,不约而同深吸了一口气。之后,我们一起走到路边,我陪她等出租车,趁这机会很自然地交换了联系方式。

那以后我们开始约会了。

她每次都迟到,短则十分钟,长则一小时,我总是等得很焦躁,想责怪她,但当她出现时,我又会马上高兴起来。我们去公园、动物园、美术馆、博物馆之类的地方闲逛,像朋友一样,没有亲密的举动。并肩而行时,如果我过于靠近,她会有意识地拉开一点距离。当然，在此过程中，我也增加了对她的了解，她看上去文静，却是个十分机敏的人。

她在市法院的刑事庭做书记员，正在准备司法资格考试，要是能通过，就有机会成为法官。而我处在待业状态，还在找工作，所以我们的对话总是围绕着我想做点什么展开。不过，对这个问题，我给出的都是些不着边际的回答。

"嗯，想当海浪计数员，就是在海边统计海浪拍打海岸次数的人。一天之内，海浪一共拍击了海岸多少次，总得有人去数一数吧。荒芜的海滩上戳着一把旧帆布伞，我坐在下面的破藤椅上，手里拿着笔和本子，海浪每次冲刷过来，我就画上一道，就这样一道一道画下去。"

"有这种工作吗？"

"也许有吧……"

"不可能，从没听过。"

……

"我可以做嗅书员，我全身上下就嗅觉还算灵敏，在图书馆，根据书的气味给书分类，满足那些对书的味道有苛刻要求的读者。雨季过于潮湿，影响判断，就集体休假。质检员是一条训练有素的狗，边境牧羊犬，谁分类失误，它就扑上去咬谁。"

"你脑子里都在想什么？"

……

"过山车催眠师，在游乐园的过山车上为乘客催眠。我坐在第一排，过山车向上行进，极慢、极慢，钢轨发出隆隆的震动声。我听着身旁的乘客诉说苦恼，然后指指那个最高点，告诉他，过了那里一切都会好起来。我们看着天边涌起巨浪般的云，终于，那个高点到了，我们一同大喊：'会好起来！会好起来！'呼啸着俯冲下去。"

"不想听你说了。"

……

她的这种态度，让我以为她希望我找个好工作，之后我们会有进一步的发展。有一次，我们在一家咖啡厅靠窗的位置面对面坐着，她忽然问我会不会开车。

"会开，但技术不过硬，勉强能开。"

"我想请你帮我个忙。"

"什么忙？别客气，你说吧，只要我能做到。"

"我想请你帮我调查一下我男友的行踪。我可以给你报酬，正好你现在还没工作。"

听到"我男友"时,像有什么在我心上刺了一下,但我很快克制住了。

"别谈报酬,咱们是朋友,反正我也无所事事。可是你为什么要调查你男友啊?"

原来她的男友每个月都会消失一段时间,有时十天,有时半个月都不见踪影。他会与外界断绝一切联系。事后见到她时,也绝不做解释。她曾经威胁要离开他,但他只是笑笑,而后沉默不语,总之拿他没办法。所以,虽然已经交往很久了,她却对这个人的内心茫然无知。最后,她告诉我,她的男友是一位小说家,叫杜松,出过几本小说集。我对文学不感兴趣,自然从未听说过这个名字。我问她书名都是什么,她说了两个。

我们所在的小咖啡厅实际上是在一家书店中隔出来的一个区域,所以我立即站起身,说想找本他的小说来读读。

"在这儿找不到的,他的小说没什么人看,一般书店都没有。"

我不听她的,还是结了账,快步朝书店地下一层文学类图书区走去。

地下一层空荡荡的,别说顾客,连个店员的影子都见不到。我站在几排高大的书架前细细搜寻，真的找不到。我情绪有些不稳，需要转移一下注意力，便闭上眼睛，随手从书架上抽出一本书，翻到一页，心里想着"第四段，第二句话"，之后睁开眼睛。这一页第四段第二句话是这么写的——

他引用这位纳粹元首的唯一一句具有表现力的句子（多么具有表现力！）是他在1941年进攻俄国的前夜所说的句子："我觉得我将推开一间屋子的门，这间屋子幽暗，从未见过天日，而我不知道等待在门后的会是什么。"

"是没有吧？"

不知何时她已经站到我身后。我只得承认找不到。然后将手中的书合好，看了一下封面，《边读边写》，朱利安·格拉克著，顾元芬译。我买下了这本书。

分手时，她让我先把车准备好，等她通知，到时候会告诉我该怎么做。我说全听她的。

第二天，我在市立图书馆借到了三本杜松的短篇集。拿起最早出版的一册，翻开，书勒口上有作者的小幅照片，三十来岁，相貌俊朗，神情忧悒，头发斑白。再往下翻是题辞页，写着一段尼采的话："我是靠自己的信誉活着的，说我活着，这也许只是一种偏见吧？"

我坐在阅览室一个安静的角落里，一口气把三本书都读完了。杜松小说的特点是，全是以第一人称写成，故事皆缺少结尾，还都弥漫着一种说不清的诡异气氛。不管怎样，我对自己即将调查的人已经有了一个初步的了解。之后，我给一个朋友打电话借车，说是想带新交的女友出去玩。他家是做房地产生意的，有几辆车闲置着，很痛快就答应了。

晚上，我躺在床上，了无睡意，很奇怪，我并没有去想她和她的男友，而是回忆起将近两年前的冬天发生的一件事。

那一次，我带着自己炮制的一篇所谓的哲学论文去拜访一位哲学教授。教授很热情地在他新装修的房子里接见了我。我们漫无边际地聊着，后来话题渐渐集中在一个古老的哲学问题上——唯我论是否成立？我认为唯我论存在内在矛盾，而教授认为唯我论是自洽的，人们只是不愿意接受它，但并非不可以接受它。我们争了起来，教授说我的论证太跳跃了，后来我还很不明智地提到维特根斯坦的一个美国学生马尔考姆，教授说那简直是个完全不入流的学者。教授问我有没有读过维特根斯坦的原著，我说我只读过一部分中文的《维特根斯坦全集》，他说，那套全集每个字都译错了。

后来，我发现教授和我的哲学观就是对立的。教授认为许多问题没有唯一答案，只要你给出的解答能自圆其说就足够了，这些解答彼此矛盾也没办法。而我坚持总有一个需要被揭示的真相。

我们争论了一个多小时，谁也没说服谁，都有点累了。这时教授努力平静下来，问我是不是想考他的研究生，随后又说，很遗憾他已经不带研究生了，但他可以把我推荐给另外两位教授。

我说我不准备考研究生，我不太喜欢学习，我只是来找他讨论哲学的。教授陷入沉默，当他再次开口时，他请我离开，他说他身体不太好，需要休息。

从教授家出来，我一身轻松，但脑子里还在思索着唯我论的问题。外面冷极了，风一吹，脸都冻住了，但天空晴朗得可怕。我赶上了一辆很空的公交车，从教授家到我住的地方有一段漫长的路程要走。我坐在结着冰霜的车窗旁，仍在想着自己是对的，一定有一个真相存在，唯一的真相。这时，外面的阳光正猛烈地拍打在大玻璃上。

又过了几天，我还在吃早饭的时候，接到了她的电话，让我下午四点在某处待命，当然，要开车来。

在半路上，我想到反悔，不帮她这个忙，把车还给朋友，然后去看场电影，吃顿好的，以后不再跟她联络。但这个念头只是一闪而过。当我到达指定地点，发现她早已经在那儿了，我刚在路边停好车，她就打开车门钻进来，坐在副驾驶的位子上。

"再往前开一点，停在那个小区门口附近。"她指挥着。

我照她的吩咐做了。之后是漫长的等待。不知何故，我什么也不想说，什么也不想问，我的精神又有些恍惚，思绪开始飘远。

"看见前面那辆黑车了吗？跟上它！"她突然叫起来，吓了我一跳。

一辆黑色轿车正驶出小区，我等到它上路之后，慢慢跟了上去。但它很快就加速了，开得飞快，害得我手忙脚乱。还好，它并没拐几次弯，还不至于跟丢。不久之后，我们驶离了城区，向着西边的山区开去。阴沉的天空下，山影横亘在前方，远远望去，既幽暗又陌生。

我从上大学就来到这座山城，毕业后仍然淹留此地，却从未到过山区这边。自然有过好多次机会，但就像是有一道无形的障碍，机会都错过了。

前边的黑色轿车一旦转入山区公路，我的追踪就变得艰险了。它一点没减速，在狭窄的盘山道上飞驰。我不敢开得太快，那无异于玩命，还好，坐在身边的女孩也并未催促我。

"只要没有岔道就能追上。"她只说了这么一句。

没过多久，下雨了。起初是细小的雨点打在挡风玻璃上，不久雨点密集起来，我打开雨刷器，探头向前张望着。雨势越来越大，逐渐演变为滂沱大雨。雨刷器失去了作用，眼前的挡风玻璃已成了一道瀑布，视线模糊一片。我费了很大力气，将车拐上山道边的一处缓坡，刹住了。

"今天没法跟了，下回继续吧。"我说。

"不查了，以后也不查了。"她说，像是在赌气。

过了一会儿，她又说："我实在找不到可信的人，才请你帮忙，很抱歉把你卷进来。"说这话时，她并未看我，而是看着挡风玻璃上流淌的雨水。

那以后我们都没再说什么。雨水狂乱地扫过车身，发出啪啪啪的杂音。这场秋雨足以令山中万物陷入萧索。我忽而感到从未有过的倦怠，身心疲惫，于是伏在了方向盘上。她还在自言自语着什么，而我大概很快就睡着了，接下来的事，我搞不清是不是在做梦。我感觉有一只手在轻抚我的头发，十分温柔，我好像侧过脸去看，随后一个女人凑过来，和我接吻，长时间地亲吻。我完全陷入迷醉的状态，意识缓缓沉入晦暗的深渊。

醒来时，天黑了，暴雨已停息。她斜倚在旁边的座位上，闭着眼，像是睡着了。我降下车窗，山风随即灌进来，清新、寒冷。她感觉到了寒意，立即睁开眼。几乎与此同时，我听到一声极其怪异的吼叫从不远处传来，不禁心惊肉跳。紧接着又是一声，我的第一感觉是，那是什么野兽在狂啸。

"什么声儿？"她的脸色苍白。

"我去看看。"

"你别去！"

但我还是打开车门,钻了出去。吼声再次响起,这一次我又觉得那像是一个人发出的长啸。我循着声音朝前走了一段。这里已经很高了,但还未到半山腰,抬头看,一轮圆月悬于夜空,银光洒落山谷,斜上方的位置,有一栋小楼,亮着灯,格外醒目。我走到山道边缘向上眺望,可以看到楼体上有几个发光的字,像是旅店招牌。

突然,我身后的车喇叭响了,狂乱地响个不停。这是她在催促我回去,也是在向那个发出怪叫的东西示威。我只好转身折返。

回到住处我就病倒了,高烧不退。病中我做了一个奇怪的梦,醒后印象仍很清晰。

在梦中,我是一个侦探,正在着手调查一桩凶杀案。案发地点是一家医院。后来,我得到一个消息,有人知道凶手是谁,想告诉我,就在那家医院等我。于是我就坐到了医院一层候诊室的一把塑料座椅上。说是候诊室,不如说是一条昏暗的走廊。这时候,那个知情人出现了,是个矮小的男人,戴一顶渔夫帽,半张脸都被帽檐遮住了。他轻巧地坐在我身旁的座位上，说这家医院有不少秘密，然后他抬手指了指我们上方的天花板。我仰脸细看，天花板上画着许多古怪的符号。我不知道它们代表什么意思，跟案情有何关系，就问他："凶手到底是谁？"他咧嘴一笑，说："跟我来，我告诉你。"说完就站起身往医院大楼外走。我跟了上去。天是黑的，我们朝院内偏僻的地方走去，进入一条巷子。这时，我看着他的背影，突然想问："是不是你就是凶手？！"还没等我问出口，他似乎就感应到了，跑了起来。我在后面紧追，但转眼间他便不见了踪影。我进入一片荒地，这里可能是医院的后院。我看到前面靠着院墙有一座破败的黑屋子，院墙外斜立着一杆路灯，发出惨白的光。我猜测，那个矮个子就藏在黑屋里。脚下，有一条蛇形小径通向那边，两侧是枯萎的灌木丛。这时我迟疑了，感到恐惧，不敢靠近那黑屋，只想逃跑。后来就醒了。

生病这段时间，她不曾联系我，我也没再联系她，一段关系大概就这样结束了。但是，我又觉得有一个谜团还留在心里，挥之不去。

我没吃什么药，过了一周时间，烧自然就退了，但浑身上下仍然虚弱乏力。就这样拖拖拉拉，又过去一周，我忽然产生一种紧迫感，想让自己的生活进入正轨，不能总这么恍惚，于是振作精神，投出几份简历。后来也收到了面试通知，却又泄了气，没有去。

我意识到，西边的那片山正像磁铁一样吸引着我，要是不去了结某件事，不克服心里莫名的恐惧，我的生活将一直陷于停滞状态。于是，我做了些准备，又出发了。

这一次，我没再开车，而是搭乘旅游大巴来到山脚下，而后再坐缆车上山。一个月过去，天更冷了，山中一派肃杀之气，游客寥寥无几，山道上落满枯枝败叶。我借助一张山区地图才搞明白，上一次我们所走的那条路位于后山，距离景区还很远。我肩背行囊，在山里转了大半天的时间，直到天色暗下来，才发现那栋小楼，它的确是家旅店，楼体上的字是"山音旅舍"，到了夜晚，这些字会发出红色的光。

旅店里很冷清，散发着淡淡的霉味，在前台接待我的是一个满脸络腮胡子的中年男人。这人给我的印象是，极度颓废。

"一共三层楼，房间可以随便挑。"他嘟囔着，摇摇晃晃地走在前面，为我引路。

我选了二楼走廊尽头的房间，从窗口可以望见我们上次停车的缓坡。

"后山有野兽，还发生过凶杀案，夜里千万别出去瞎溜达。"在消失前，男人留下一句警告。

我锁上房间门，卸下背包，躺倒在床上，身体已经筋疲力尽，精神却处于亢奋状态。

晚餐是自带的三明治和咖啡。夜幕降临了，我拉上窗帘，打开灯，等待着。也许什么也等不到，但是我想，如果是那样，那么我还会一次次回到这里的。

我的注意力渐渐转移到窗扇侧面墙上挂着的一幅油画上。画中是两个男人的背影，其中一个把胳膊肘搭在另一个的肩膀上，他们正在山谷中观赏一弯新月，很奇怪，月亮不在他们上方，反而在下面，在他们身旁是极度倾斜的树与巨石。那树张牙舞爪，却几近枯萎，而巨石则仿佛一块无字的墓碑。

嚎叫声猛然袭来，完全是非人的声音。我感到窗玻璃都震颤了一下，仿佛从蛮荒走出的巨魔就站在窗外。我关了灯，猫着腰慢慢靠近窗口，撩开窗帘一角朝外看去，灯光照亮的地方,没有任何异常迹象。我拎起背包,走出房间,来到一楼。

令我惊讶的是,在旅店前台值夜的,不再是那个络腮胡子,而是一个很漂亮的女人,说漂亮还不够,应该说是美艳。

"你听到了吗?"我问她。

"听见了,是一种獾在叫,很可爱的小动物,就是叫声吓人。"她笑着说。

那笑容让我觉得她戴着一副面具。

"我出去走走。"

"后山有狼,很危险。"她说着,就要过来阻拦我。但我已经快步冲出了旅店大门。

转眼间,我来到了荒山野路上。又是一声长啸,让我掌握了大致方向。走了一段,前边出现一堵砖砌的高墙。月光明亮,墙壁上晃动着修长的草影。我顺着墙一直往前。吼声从墙的另一边传来,这一次声音减弱了。我继续向前走,盘算着怎么翻过这堵墙,忽然发现不远处的墙壁有一道裂口,正好可容一人侧身通过。

穿过墙,我从背包里取出手电,打开,照亮了前方的斜坡。踏着倒伏的荒草顺坡而下，便看到一座铁桥。我走到桥中心，等待那个声音的提示，但是过了许久，宁静未被打破。我只好凭着感觉过了桥，沿一条荒僻的山道前行。

山道起起伏伏，我像个孤魂野鬼一样走了很久，最后走入一座空谷，我觉得自己已经迷路了。正在茫然无措，又有声音响起来，不过这次不再像是野兽的吼叫，而像是一个人的哀嚎。那声音就来自我正对面的峭壁。我把手电光打过去，仔细看，那上面隐约有个洞口。我来到峭壁下，看出有一道罅隙可供人向上攀爬。此刻，是一种执念或一股蛮劲在推动着我，我紧了紧背包，把手电别在背带下，紧贴石壁，开始向上挪动脚步。

进入山洞后，我先定了定神，从背包里取出一把匕首，这是毕业时一个神经兮兮的同学送给我的礼物。我打着手电，握着匕首朝山洞深处走去。能听到里头有个人在喘息、呻吟。我慢慢靠近，手电的光把这人照亮了。那是一具血肉模糊的躯体，正剧烈地抽搐着。

这也是我失去意识前最后看到的景象。

醒来时，我发现自己斜倚在一张长沙发上。有个男人正坐在对面一把靠背椅上吸烟，阴暗的房间中烟雾弥漫。我头痛欲裂，一阵阵晕眩，勉强支撑着坐起身。

"醒了？"

"你是什么人？"

"我还想问你呢？"

这时我认出坐在我面前的正是杜松，只是比照片上要苍老一些。于是我说出了她的名字，说是来帮她调查男朋友行踪的。

杜松显出错愕的神情，说自己从没听说过这个人，而后他想了想，说那可能是他的一个女读者，出于好奇才这么做的。他还笑着对我说："看来你不太懂女人。"

"那昨晚是怎么回事，在山洞里……"

"既然你卷进来了，我不得不告诉你一些事，但说了大概你也不会信，因为太离奇了。"他把烟头扔在地上。

"还是想听听。"

他又点燃一支烟，浅浅地吸了一口，开始给我讲他的故事。

"你也许已经知道了，我是个写小说的，不过我并不是所谓的'作家',我不靠写作为生,写小说根本挣不到什么钱。我做生意,皮货生意。至于本钱,可说是天赐的。离奇之处也就在这里。

"我是个狼人。就是你在各种虚构作品里读到过的那种狼人,一到月圆之夜就化身为狼。老实说,我自己没读过这类书,也不想读,只是道听途说。我并不是生下来就这样,我是在精神成熟的那一刻才变成这样的。那以前,我只是个普通人。起初我为变成狼人苦恼,它让我彻底孤独,什么女朋友,那不是做梦吗?

"但是很快我就发现了这个变化的妙用。不知是机缘巧合,还是命中注定,我认识了一个很厉害的家伙,他后来成了我的合伙人。这人头脑精明,心狠手辣,我有一种直觉,他肯定杀过人。

"每次,在月圆之夜到来前,我就会去那个山洞,我脱下衣服,我的合伙人用铁链将我捆结实。然后我们一起等待。一等我化身为狼,他就动手剥我的皮。那是一层狼皮,剥掉它对我来说不会构成器质性损伤,不过剥皮是很疼的。有人说什么精神的痛苦要比肉体的痛苦可怕,那纯粹是胡扯。肉体的痛苦才是最极致的。我一点不想夸大,不信你可以剥下自己一小块皮试试。被剥皮的时候，我会有内外翻转的感觉，睁开眼睛，看见的是自己的脂肪、筋肉、血管、脏器、骨头、脊髓，闭上眼睛，却能看到山岭、树木、白云、城市、人群，只不过都是铅色的，闪着银白的光。

"更奇妙的是，当痛苦强烈到一定程度，就显得不那么真实了，就像快乐到极点的时候，你会怀疑是不是在做梦一样。现实感一旦削弱，无论是痛苦还是快乐也就相应减弱。现实感这东西，给痛苦和快乐都划定了极限。

"皮被剥下来之后，我的样子大概有点吓人，一大团鲜血淋淋的肉在那里不停抽搐。但不用管我，当朝阳初升，我就会渐渐好起来，恢复人的样貌，连伤痕都不会留下，只是很虚弱。

"让我们高兴的是，我的皮在黑市很紧俏，它当然不同于普通的狼皮，被视为珍稀的高档货，每张都能卖个大价钱。货一脱手，合伙人就会跟我五五分账。这笔钱数目可观。在山中修养两周后，我就返回城里的住处，在那儿，集中写作一段时间。这段时间对我来说很宝贵。然后我又要进山。就是这样。你还有什么问题吗？"

我不知说什么好，而且头比刚才更疼了，但不提问又感到不安，沉默片刻后，我问了一个自己也觉得莫名其妙的问题："你写的那些故事为什么都没有结尾？"

杜松愣了一下，随即露出笑容。

"原来你也是我的读者。这又是件怪事，你可能一样难以相信。"

"现在我好像已经失去信或不信的感觉了。"我说。

"这种状态不错。可以告诉你，那些故事并不是我想出来的，而是听来的，在这山上有个地方，站在那里闭目倾听，就会在风中听到絮絮低语，说的都是些没头没尾的小故事。我是在山道上散步的时候意外发现的。现在我送你下山，会经过那地方。"

我们来到室外，此时山中浓雾滚滚，就连眼前两三米的景物都看不真切。我们在雾海中穿行，杜松在我前面一点，脚下的草叶湿漉漉的，偶尔会有奇松怪石的暗影从白雾中浮现。

我被带到一处被木栅栏围起的地方，一块巨石立在那里，上面刻着字，但被雾包裹着，看不清楚。

杜松向前指了指，说："刚才讲的地方就是这儿，你可以过去亲耳听听。"

我向前走去，此处的雾气比方才经过的地方更为浓重，感觉像是走入了云层。

"什么也听不到。"我说。

"再往前走点，闭上眼睛仔细听。"杜松在我身后指点着。

我照他说的，又走出几步，之后合上双眼。湿冷的雾霭中有风在缓慢流动，的确有个声音，像是一个人在说话，近在咫尺，但过于细微，无从把捉。

他经历着常常不被理解的最好的事情

小说界文库 ❶

《小说界》编辑部 编

上海文艺出版社

目 录

跟神仙借房子　章　缘..........1

度　桥　张怡微........31

鸟　藏　老王子........67

越　野　薛　舒........91

风油精　赵　松........127

二月的素描与光　有　鹿........151

夹克男　沈大成........187

他经历着常常不被理解的最好的事情　王苏辛........219

跟神仙借房子

章 缘

章　缘　章缘，出生于台湾，旅美多年，现居上海，曾获台湾多项重要文学奖，已出版七部短篇合集、两部长篇及随笔，简体版则有长篇《蚊疫：纽约华人的中年情事》，短篇集《浮城纪》《春日天涯》。

不属于你的东西，你是无权给予他人的。他听老哈说过，只有在给予某样事物时，你才能证明你拥有它。所以，那些乐善好施的人，是不是拥有很多？而像他这样不曾让渡什么给人的，是不是一无所有？

姚睿，19岁，高中毕业，一无所有。

他在一张广告纸的背面，郑重写下这行字，几秒钟后又把高中毕业划掉。在学校没学到什么，学历也没能帮他找到任何工作。你这孩子不笨呀，就是不愿意学习。这是从小到大老师给的评语。上个星期他从老家来到上海普陀区小姨的家，大家都说上海的机会多。

上海人把租房子说成借房子，小姨的家当然也是借来的。每一年春节看到小姨，总要听她跟妈妈抱怨上海的房租涨得简直是不像话，她成了替房东打工了。如果早几年凑钱买个房子就好了，那时的房子才多少钱啊！买了的人都赚了，没有买的人只好替房东打工了。

小姨二十来岁到上海，做钟点工，一做二十年，手上几家多年老主顾，钱挣得很多。每年春节雇主们给丰厚的红包，让她过了元宵才返工，确保小姨不会跳槽。小姨回家总是风风光光，大包小包给他们带礼物。他的第一双气垫球鞋就是她给买的，穿到鞋底开口才扔。小姨在上海住了那么多年，整个人洋气许多，头发染成黄棕色束在脑后，穿尖头高跟鞋、窄脚裤、长至大腿的毛衣。讲话不像姑姨们大嗓门，遇到事也不一惊一乍的，像鞭炮一点就爆，而且竟然还能秀几句没人听得懂的沪语、英语和日语。

他最喜欢听小姨讲上海的故事，上海就像那双好牌子的气垫球鞋，踩着能跳得更高，跑得更快。穿上了来自上海的球鞋，他就像有了神仙法器，能够自如纵跃于摩天大楼之间，潜入都会最私密的犄角旮旯，上天入地无所不能。姚睿轻易可以看到自己衣带翻飞风姿飒爽，脚踏祥云瞬间万里，在狂追仙侠故事多年后，他善于想象和代入，尤其是对一个四海八荒的仰望之地、辉煌如仙宫的大上海。

妈妈做过几年小学老师，小姨去上海给人打扫卫生，她总说这个妹妹学习不上心，成绩太差，干不了别的事。但是，学习不好的妹妹挣钱多，却也是不争的事实。那年老家翻修，舅舅让大家拿钱，她说嫁出去的女儿没有拿钱给娘家修房的道理，何况自家的房子也早该翻整了，厨房渗水那么严重，泥地灰墙，当初盖房子钱不够，什么都只做了一半，另一半恐怕永远也做不了……结果小姨二话不说拿了一万块出来。妈妈和二姨妈因此背地里抱怨小姨，但是当面更巴结了。对有钱亲人的巴结，倒也不是真的为了日后沾光借贷，而是对财富一种普遍的敬畏。这道理连他都懂。在上海一住二十多年的小姨，可以说是修成正果，脱却凡人之身了。

离家时，妈妈皱着眉头让他带了一袋炒花生、腌萝卜干，还有特产香麻油。妈妈习惯性皱眉头，眉心早早刻下深沟，睡觉时眉头也不舒展，因为糟心的事太多。她主张姚睿去上海投靠小姨，小姨没生养，一直就特别疼他。她语重心长地交代：你好歹也读了这么多书，去上海不要给你小姨添麻烦，好好找份事做。他唔唔答应，没从手机抬头，妈妈提高嗓门又说，不敢想着你孝敬，你自己的手机费、吃饭钱，总要挣出来吧，别像在家里这么懒。

他又怎么懒了？指的是他不上学也不挣钱，成天就是四处闲晃，日子过得毫无意义？人很多时候都在做着别人看来毫无意义的事：妈妈对着镜子拔白头发，爸爸闻自己脱下的臭袜子，阿姨抱怨婆婆做饭难吃，小鸡以为自己是游戏世界里的一代妖姬，而他习惯在纸上描着仙人图，写几行警句隽语，没事跟老哈闲磕牙。

老哈是他的"忘年之交"。那时才读初中，下课后常去网吧，老哈那个小杂货店就在网吧对面，他跟朋友们在店里买饮料，熟了以后，老哈愿意让他赊欠，只愿意让他一个。老哈在昏暗的柜台后面，摆了个小台灯，一个高椅，没有客人时就在那里看书，什么书都看，最常看的是棋谱和武侠，他常说从棋盘和江湖学到了人世颠扑不破的真理。什么真理呢？老哈面露神秘微笑，两片焦干的厚唇咧开来，秀出参差的龅牙：你年纪太小，说了你也不懂。

跟老哈待在一起时，老哈翻书，他滑手机，但有时老哈会突然抬头说话，那些话没头没脑，例如那个什么给予和拥有的关系。你给出去，不就没有了吗？给的动作是在宣称拥有权，还是宣称不拥有呢？他永远没搞清过这些话是老哈自己悟出来的，还是书里写的，也从没问过，或是借老哈那些卷边脱页的书来看。但至少，他不会觉得老哈看书这件事是没有意义的，老哈看的书让他罩着一眼看不透的光晕，仙风道骨修为深啊！

他不时会到老哈店里去，几年过去了，那个店就跟老哈一样，一点都没变化，店里所有的商品都是灰扑扑地，饼干变软了，纸杯蛋糕变硬了，糖果全黏在一起，冰柜里的棒冰，融了又冻，每根都是变形的。老哈背有点驼了，戴上了老花眼镜，还是缩在柜台后看书。一年前，老哈终于把店关了，回家养老，从此跟老哈也变成网上见了。视频上傻呵呵永远慢半拍，微信上又没那么多话，他跟老哈从来不是靠语言。那爿小店就像他们的练功房，师傅带着徒弟，莫逆于心的情分，怎么在微信上说？他只能给老哈发一个两眼一瞪的呆表情，老哈回他一个嬉皮笑脸。

他跟老哈说他要去上海了。老哈说当心上海女人。怎么说？老哈说，全中国就两种女人，一种是上海女人，一种不是上海女人。你听过安徽女人？江西女人？没有，但是大家都知道什么是上海女人。上海女人又分两种，一种是上海人眼中的，一种是其他人眼中的……他都被绕晕了。

老哈其实不认识什么上海女人，他姚睿却认识。小鸡就是上海女人。他们在网上认识，聊了几个月，照片也看过了，眉清目秀挺可爱。他跟小鸡说好了，上海见！

他来了，借住在小姨的家。这是一栋老房子的顶层加盖，冬冷夏热，非常窄侧，天花板特别低，他一米七八的身高，直起身时觉得头皮就擦在天花板上。万一他还在长呢？他一直都在长，从十五岁开始，每年都要蹿高几分公，去年只长了一公分，但如果今年再长一公分，估计就碰头了。这个家摆了个餐桌，一组沙发，一个电视，角落里一个灶台是厨房，有个厕所可以冲澡，里头挤了台洗衣机。一进来，立刻觉得自己人高马大，走到哪里都碍手碍脚。

这房子的周围都是新式高楼，每一家有个阳台，晒着被单和衣服，在混着桂花香的秋风里舒坦地摇晃，而他的内衣裤只能晒在探出去的长竹竿上，不受待见。小姨担心这老房也会被卖掉铲平，盖起大楼。虽然平日常埋怨房租太高，房子太小，但是如果房东把房子收回，他们得往更北更偏的地区搬，到时候打工就更麻烦了。小姨打工的区域在苏州河以南，长宁古北一带，那里有很多境外人士和有钱人，住的小区高档气派，家家户户都请了阿姨钟点工，负责清洁和三餐，那里的男主人都是公司里的大老板，女主人都是十指不沾阳春水的贵太太，他们讲的不是普通话，是英语、日语、闽南语，养的狗是清水煮牛肉条和猪排骨伺候，打破一个杯子，一个月的工资都赔不起……听到这里他忍不住打岔，那是什么金碗银碗？小姨说，都是进口的瓷器，薄得像纸。

小姨坐在餐桌边，桌上一罐黄白乳膏，拿中指挖了一坨，抹到手心上，手心手背来回搓，直到乳膏全被皮肤吸收了。这么多年来，这还是头一回仔细打量小姨的手。小姨的脸，皮肤细嫩光滑，显得年轻，每一年她回老家，大家总是问她保养的秘方，说上海的水土养美女，把她滋养得越来越水润，不知情的人还以为她在上海当少奶奶呢！但是现在近距离看到小姨的手，指甲边厚厚的死皮倒刺，手心一个个黄白的茧，十指红肿，表皮脱裂像笋子般可以一层层剥下来。这哪里是少奶奶的手？小姨，你没有指纹啊？小姨打量自己的手，翻过来翻过去，好像从来没看过般，最后把手缩到腋下捂着，笑说这是不能碰水的富贵手，生的是富贵命，应该要当少奶奶的。

房间里全是油烟，门敞开着通风，他们聊着天等晚饭上桌。来到上海，姨丈也变成会烧饭的男人了，小姨说这里男人做家事是天经地义。但是妈妈早就告诉过他了，小姨挣的钱比姨丈多，姨丈在小区里当保安，一个月不到三千块钱。小姨在家里不但不烧饭，也不洗衣服不扫地，跟打扫卫生有关的事绝对不动手，唯一乐意做的就是给窗台上的朝天椒和蒜苗浇水。

小姨家很小，靠墙放了几口收纳箱，箱上有透明的塑料膜，可以看到里头摆的衣服棉被等，还有很多杂物散放四处，旧电器、裂开的镜子、掉了眼珠的布偶……小姨打工的东家，常把一些舍不得扔的旧衣物送给她，说是惜物环保，小姨用不上也舍不得丢，却没有下家可以施舍。这些东西像长了脚，从墙边到地上，再爬上了沙发和桌子，还有床。每天小姨要歪在床上时，就把床上一堆东西拿起来往什么地方一搁。她在床上划手机、看电视、闲磕牙，然后就睡了。小姨不让姨丈在家里吸烟，所以饭后和睡前，姨丈都要出去透口气吸个烟，回来进厕所去哗啦一阵也就关灯上床，只留下厨房一个插在墙上的小猫灯。这灯是不是像赶麻雀的稻草人？每次睡着前，总听到老鼠吱吱地叫。他把沙发上的东西移到椅子上，也躺倒了，在手机里看预先下好的仙侠片。没想到小姨的家这么小，竟然连个独立的房间都没有。

　　小姨家附近，有个门洞里高高低低摆了几篓蔬菜，还有豆腐鸡蛋什么的，天花板上垂下几枚灯泡，姨丈都在这里买菜，旁边有卖周黑鸭、葱油饼、清真牛肉汤面的，也算热闹。走了走，每样东西都比老家的贵上两三倍，走到第三趟，还是花了五块钱买了张饼，饼比巴掌还小，厚厚几圈。卖饼的阿姨面无表情接过他宝贵的十元钱钞票，找给他一堆油腻的铜板。上海人的一块钱不是纸钞是铜板，放在口袋里沉甸甸地碰撞着，好像身上钱很多。姨丈说，一出门就花钱，没个一两百块钱，别想出门。果然，他都还没走出小姨家这条路，就花了十二块钱。葱油饼和油墩子，再加一瓶冰红茶。擦身而过的人，很多讲的是似懂非懂的上海话，这里真的是上海了，但不是手机图片里看到的上海：男女穿着入时，住在高楼大厦和洋房里，吃的是西餐喝的是咖啡。那个上海在哪里？是不是就在小姨打工那里？

他给老哈发微信：上海有两个，一个在河的北边，一个在河的南边。

小鸡问他，上海怎么样？他答，人多车多，我们那里路上常有人站着不做什么，这里没有这种闲人。又说，他是来走亲戚的，四处走走看看，有些事要处理，有空就约。

这话特别像个男人，有事在等他处理。这也没撒谎。

不会一直赖在这里白吃白住吧？姨丈讲话的口气，是把他当大人了，男人。妈妈和姑姨们总是把他当小孩，语气很凶，但是口气里暗示着没关系，有什么事会替你扛。姨丈不。快递员和送外卖，先搞个电瓶车做做看？你到底有什么打算？

他能有什么打算？但既然来了，就有来的理由，该发生的就会发生，这是老哈说的。宿缘命定，故事里讲的。

果然不错，到了第五天，老天就委派了他一个重要的任务。那天小姨下工回来，给他带了包巧克力糖，包装上写着英文。小姨说，你不是想挣钱吗？机会来了。

送巧克力的雇主，家里老人急病，赶着今天回香港了，十天半个月，甚至更久，回不来。儿子在美国上大学，先生在深圳工作，有条金毛犬，是他们家的宝贝，托给了小姨，请她一天遛两次，喂两次，好生照顾。

一天一百块钱，就是遛狗，你做吗？小姨没等他回答，就从贴身腰包里取出一大串钥匙，圆头方头长长短短，一把把摸过去，解下一把头上缺角像苹果手机符号的递过来，钥匙的刻痕挺复杂，入手比一般的要沉。别搞丢了啊，丢了没地方配。小姨又给了一张门卡，小区大门和大楼进门都要刷卡，那里门禁森严。

姚睿脑海里浮现天宫景象，云气腾腾中巍峨的牌楼，天兵持戟看守。

小姨说，早上九点，傍晚五点，这是遛狗时间，大便要拿塑料袋捡起来扔垃圾桶。遛完了回来，给添上两大勺口粮，在厨房里，给换瓶矿泉水，有专用的饮水器。早上记得把客厅的窗打开通风，傍晚走前关上。狗绳什么的，都在那个阳台边。如果毛毛，这是那只狗的名字，在屋里大小便，它要是不开心会这么做的，拖把在厕所。还有，吃过晚餐后，要给它一根磨牙棒，在狗粮边上，自己找找，不给它会不开心的，然后，你懂的。

饮水器，磨牙棒？敢情大城市的狗，跟老家的不一样。

小姨一口气交代完，两只眼睛转转，又说，既然有他过去照顾毛毛，也开窗通风，这几天她就不过去打扫了，等女主人要回来时，她再好好打扫一遍。那么，记得屋里的植物三天给一次水，不要多不要少，要刚刚好。

这里果真是上海，遛狗都能挣一百块钱。但是挣这钱没有想象的那么容易。首先，那个地方在河的南边，日本人聚居区古北，要怎么过去呢？姨丈的电瓶车自从丢了后就没再买，每天，小姨骑电瓶车载姨丈过河到他打工的小区附近，然后她去给人打扫卫生，一天总有三四家，都在不同地方，跑来赶去。下了工，姨丈自己倒两趟公交车回家。他得自行解决交通问题。

从小姨家出发，800米后有公交，倒一班车，步行1.2公里可到。百度地图上这么指路。预估时间是一小时又十分钟。去返时间都是高峰，据说上海的公交车可以挤死人。生在大县城的小康之家，两个姑姨一个妈，他姚睿可能生性懒散，但是看在能挣钱，最重要的是，能理直气壮到河的南边去，进到一个上海的住家，这就够了。不花钱的星级景点。

他一大早就醒了。小姨给了一张蓝色的交通卡，他顺利摸上公交，还有座位。窗外，高楼大厦渐渐多起来了，挂着各种特价广告和装饰条幅的商场也出现了，人车熙来攘往，急匆匆往目的地奔去。等到车子上桥过河进入河的南边，街景又是一变，也是车子房子和大楼，但是每样事物都更密集，颜色更鲜丽，造型更多变，就像苹果手机拍出来的高像素照片，用了美图秀秀的一键美白，寻常姿色成了国色天香。九月的阳光照亮了大街，在大楼和大楼的缝隙间，远处的天际线那里出现一栋歪斜的大楼，然后，一栋裤衩式的大楼，一些匪夷所思形状的大楼……马路变宽了，四线、六线，好车多了，电瓶车少了，男男女女的打扮也不一样了，那些橱窗里的商品看起来像手机上的名品广告。路上有打绿伞的梧桐树，有的还缠着小灯泡。有的市街一楼是店面，二楼以上的住家晒着豆腐块的被单，小姨说上海人爱干净，有太阳的日子都要洗洗晒晒……第二班车差点挤不上去，一车的人前胸贴后背，大家穿着整齐，皮鞋锃亮，小心护着自己的提包，没有人讲话。

这一带的马路，路宽人少，路名都是以珠宝命名，什么玛瑙、蓝宝、黄金，姚睿跟着百度地图走，路边密密植着梧桐树，还有不知哪里飘来的桂花香。拐进一个禁止车行的徒步区，这里花木扶疏，有他从未见过的有机食品超市、葡萄酒庄和瑜伽养生中心。小孩滑轮板，大人牵着四脚修尖头顶一簇毛的贵宾狗，咖啡馆外撑开一把把帆布伞，摆了木头桌椅，地里的雏菊和太阳花被插进玻璃瓶，吃早餐的顾客坐在那里用一种遥远的眼神发呆。要去的小区就在步道尽处，那里林木更加葱密，四下安静，黑色宝马和红色敞篷车咻地从身边驰过。

小区大门分了车流人流两道闸口，人流那边一个警卫亭，里头两个人监控视频操作拦路杆，外头站了一个警卫，黑色制服，手臂上金黄的绣章，戴个船形帽，显得很神气。他看看自己，半新不旧的灰色连帽衫，牛仔裤，球鞋，崭新的黑色双肩包，压低的棒球帽。尽管口袋里有门卡，他还是忍不住心虚、心慌。

一个女士到闸口,包包往刷卡机一贴,闸口大开,他跟着进去了,却不知五号楼在哪里,也不敢问,只好先往右拐,一看到有条石头铺就的小径,便往里头钻。躲过大门警卫,眼前却是一栋栋灰白色大楼镶着一格格铝门窗,几十层高,危危耸立,仿佛一个个守殿怪兽,下一刻就要朝他碾压过来,他不由地闭上眼睛,双脚微抖。再睁开,眼前杵了个全身涂满煤灰的尊者罗汉,如假包换的黑人,跟好莱坞电影里的一个样!圆头颅上一块块短刺般的头发,又圆又凸的眼睛,厚厚的双唇咧开来白花花的牙,跟眼白相映成趣。这是他第一次见到外国人,而且是黑人!正慌着,黑人说了一串话,他还没听耳朵就自动关闭,英语这门课,从来就没搞通过。他摇头。黑人又重复说了一遍,嘴咧开笑得更大,这回听懂了,黑人说的是中文,荒腔走板但听得懂。你还好吧?有什么需要帮忙吗?

五号楼在哪里?你去五号,我在六号,跟我来!黑人把他带到了一栋大楼前,五号和六号双拼联栋,底楼是大厅,两边可出入。大厅里守着一个保安,看到他跟着黑人一起进来,对他俩点点头。他在七楼出了电梯,两梯三户,楼道是磨石子地，十分敞亮，掏出钥匙插入，转两圈，锁心清脆哒哒两声，门开了，一只大狗扑上来。

从进了这个小区开始，姚睿就感觉特别不真实，特别像在做梦，一直到毛毛扑过来时，他才意识到自己从来没跟狗打过交道，而且这金毛狗竟然如此巨大，两只爪子搭在他大腿上，可以感到那沉沉的重量，嘴里吐出一蓬蓬带腥味的热气。现在害怕也来不及了。

狗的眼睛贼亮，长嘴里尖牙混着口水，就像看到了食物。毛毛，毛毛！他大声吼，力图压住狗的吠叫。狗叫仿佛是一种质疑，质疑他踏进这屋子的资格，如果它认定他是闯入者，下一秒钟就会用利齿咬穿他的牛仔裤，噬进他的血肉。

不能让狗知道你害怕。他突然想起老哈说的。老哈少年时，有那么一两只野狗像霸凌人的恶少，总是拦在上工的路上，不怀好意地盯着他。老哈会捏紧拳头，仿佛里面有一块石头，两眼直视恶狗，用尽全力射出仇恨的眼光，步伐很大，双手用力摆动，从狗的面前大摇大摆走过。狗很精的，你一害怕，它就会攻击你，你要想着即使被咬也要踢它反击它，跟它决一生死，这个反抗的决心一下，整个人的精气神就不一样。狗是很识时务的。

金毛开始在他身上一阵狂嗅，他屏住气息，下意识护住胯下。终于，金毛安静了，坐下来，垂着长长的粉红舌头，不见眼白的棕黑色大眼睛看着他。他赶紧到狗笼那里拿狗项圈和拉绳，金毛兴奋地喘着气转圈。他的手有点抖，还好，金毛急着要出去，非常配合。这只狗不是村里的那种狗，如果有什么闪失，可不是打破一个薄如纸的杯子那么好办。也就个简单的套狗动作，他手心都出汗了。

这兽野性未驯啊！说是人遛狗，不如说是狗遛人。毛毛一路撒腿往前跑，找合意的地点便溺，走过楼旁的小路，穿过一个秋千架，经过一处开满黄色鸢尾花的小池塘，来到了一个大草坡。草坡上一些打扮跟小姨相近的阿姨推着宝宝车，她们长长的直发用个发圈束成一束，垂在脑后，穿着花花绿绿亮闪闪的薄毛衣，两袖勒高了，不时给宝宝递水擦汗。也看到一些女人走过，有的挎着提包，有的手里拿着网球拍，有的边走边讲手机，这些女人有的也把长长的直发束起来，但是不知道是角度上的什么讲究，却把乡气变成时髦。或许是因为她们的表情显得精明或不耐烦或空白，或者是她们的穿着挺括服色素淡，总之她们迈开的步子充满自信，显示这里是她们的属地。二者的区别就在于宫娥和娘娘吧？

毛毛本来在灌木丛里嗅着什么，突然间一跃过了树丛，撒腿狂奔，狗绳从手里脱开去，把他带得个狗吃屎，但是这些都顾不上了，最重要的是把这该死的东西抓回来……

"毛毛！"

"毛毛！"一个女人娇喝。毛毛往那女的身后窜去，他赶忙跑上前。只见一只博美狗，个头比毛毛的头大不了多少，圆圆的眼睛黄棕色的蓬毛，穿一件红色小马甲，模样十分逗人，毛毛卧在地上，任那小博美在头胸蹭来蹭去。

"毛毛……"

博美狗的女主人二十来岁，一字眉，娃娃头，发梢贴着腮帮子往上翘，眼睫毛刷子般长。"毛毛跟菲菲是老朋友了，对不对呀？"她笑眯眯地看着小狗跟大狗撒娇，流露出慈母般的眼神。"它们从小奶狗就在一起玩了，毛毛多乖呀，看到菲菲就马上趴下来。毛毛妈呢？"

"哦，她，她在香港，我，我是……"

"你是 Hans 的朋友吧……"女人打量他。汉斯是谁？

毛毛爪子一挥，小博美躺倒在地。"NO！毛毛！"女人说，"走吧，菲菲，妈妈要迟到了。"

被毛毛拉着跑了小区大半圈，他对这里有了点概念。小区外围是车道，几栋大楼呈环形错开林立，包围着中央的草坡，设备完善的儿童游乐区，大楼与大楼之间有花木扶疏的小径，供人憩息的长凳，石山小池，步移景换，不熟悉的人很容易迷路。

回到住处，一解开狗链，金毛便冲到阳台边，凑过嘴去舔饮水器上倒挂的水瓶，光亮的硬木地板上留下一个个小脚印。他这才注意到这个客厅有多宽敞，上至水晶吊灯下至雕花茶几，每样家具看着都像电视电影里的那么讲究。桌上一大盆不认得的花，五六株花枝，每枝都开满黄瓣红心的花。一台那种演奏会上的立式钢琴，在这个客厅里一点也不占空间。墙上糊着壁纸，红玫瑰绿藤蔓，白色的小天使鼓着金色翅膀，老哈说天堂是流着牛奶和蜜的地方，他的肠胃禁不起牛奶，花蜜糖水倒是可以喝一点……金毛盯住他，他不敢再多看，仿佛金毛的眼睛是个监控摄像头，会把他的一举一动记录下来，报告给主人知晓。他给舀了两勺狗粮，它立刻咔咔吃起来。他也觉得饿了，从背包里掏出三个大肉包和一瓶水，吃完，又吃了几块巧克力。才遛了一趟狗，全身酸痛，累到不行。"累得像条狗"，他模模糊糊想着，往金边扶手的白色真皮沙发上一倒。

这一觉睡得很沉,好像去到了另一次元。睁开眼时,毛毛正趴在跟前,大头靠在两只前脚上,也在呼呼大睡。毛毛把他当自己人了。一看手机,两点!一坐起,毛毛也醒了,对他摇尾巴。他伸个懒腰,决定参观一下这个有钱人的房子。

小姨把这里打扫得多么干净啊,所有的东西都摆放得整整齐齐。房间的门都关着,他一扇扇打开,一个有大书柜、办公桌、打印机、计算机和旋转椅的书房,一个摆了麻将桌的房间,可以走进去的衣橱和一台按摩床,一个很大的卧室带有卫浴,里头有安着许多金色龙头的大浴缸,四柱大床上极厚的床垫,许多抱枕,双人沙发,大电视,还有大飘窗,织锦厚窗帘布卷起,迎进明丽的阳光,又一个卫浴,他撒泡尿,洗了手,在那洁白的毛巾上擦干……

最后打开的一扇门,桌上和柜子上摆了很多机器人和飞机模型,墙漆成鹅黄色,天花板深蓝色,一点一点的亮光标出星座图。床上平铺着水蓝色床被,盖一块透明的防尘罩。他打开衣橱,里头挂满了男式夹克、外套、各种款式的衬衫、各种面料的长裤。一格抽屉是内衣内裤,叠得整整齐齐,一格是袜子,还有一格里头是手套围巾和帽子。衣橱里镶着一面穿衣镜，镜中的他身材挺拔，浓眉大眼，一张很有个性的方脸。他没有继续打开其他抽屉。

桌上有一摞英文书，旁边一张照片，一个男孩从里头望着他。汉斯？这是他的房间，这些东西都属于他？男孩穿着黑袍，头戴方帽，帽子下是一张三角脸，小小的眼睛，蒜头鼻，其貌不扬。他对太子殿下有点失望。

房子的许多角落摆了照片，展示着主人一家三口。他们在餐厅里举杯庆祝，在球场上开心互拥，在毕业典礼上手捧鲜花。汉斯从一个扶着妈妈站立的小宝宝，变成一个脸上长青春痘、下巴上几根须的男孩，这些照片被装在漂亮考究大大小小的相框里，仿佛早就预知他的到来，以此对他作自我介绍。如果他手头有照片，他会把其中一张照片换下来，当他们发现时，该有多么惊讶，这个闯入天宫的年轻人是谁？又或者，他们根本不会看到。没有人再去看这些照片了，它们是给像他这样的外来者看的。

走廊上一个九格墙橱里，有爸爸的高尔夫球比赛奖杯，儿子的钢琴比赛奖状，妈妈的花艺证书，还有木刻和玉雕，都是一些前所未见的物事。爸爸，妈妈，儿子，他们各有所爱却又相互支持，美轮美奂的房子里洋溢着幸福，快乐似神仙。

逛到厨房时,他把里头的大烤箱、洗碗机一个个打开来,当然还有双门冰箱。厨房柜子里有碗面、饼干、坚果、巧克力等各种零食,包装上很多是洋文。这么多吃的,要吃到猴牛马月?姚睿脑里突然跳出个疯狂的念头……毛毛笔直地坐在厨房地板上,水汪汪的大眼睛直直盯着他,好像可以读懂他的想法。或许它是头灵兽,或许它可以幻化成人形,而他,或许也不只是姚睿,也有变化的神通。

流理台上一个木头盘子,是一整块木头切割成梨形,上面摆了串黄亮的香蕉。主人十天半个月不回来,这香蕉黑了烂了,只能扔进垃圾桶。于是他伸手,取一根,慢慢剥皮,突然有什么扫过他的脚,他唬地一抖,却是毛毛在脚边。你要吃吗?他讨好地把香蕉凑近,毛毛闻一闻,走开。他三两口吃掉,又香又甜。

他回到客厅,打开电视,等到快五点,带毛毛再出去一趟。这回熟练多了,回来时保安微笑着对他点头。当钥匙再次哒哒转开门锁时,那个疯狂的念头显得不那么疯狂了。

你看这狗多黏人,晚上有人陪着就不寂寞了……省得每天跑两趟,省车钱省时间……所有吃了的东西,都可以买来还的……所有弄乱弄脏的地方，小姨都可以恢复原状的……

他决定睡在这个房子不走了。给小姨发了微信，小姨和姨丈乐得找回夫妻生活，要亲热要吵架，都不用避着他，于是给他卡里打了三百块钱，说，当心别弄坏了什么，也别让人知道。

他把窗帘密密拉上，听着楼上有时传来咚咚逃命似的跑步声，钢琴练习曲，一串音阶上去了，一串音阶下来了，拿不定主意是上去还是下来。毛毛看着他，他被这监视的眼光钉死在沙发上，安安静静大气不敢出。他早早熄灯躺倒，朦胧中有巨兽，湿漉漉带着腥气，他明明能飞却只能离地三尺，老哈在问，跟神仙借房子吗，借吗？

第二天早上醒来，这个房子不陌生了，毛毛更像是自己的狗。牵着毛毛在小区里走时，遇到那个黑人，坐在一棵木兰树下逗野猫。黑人招手让他过去，长手黑得不均匀，指节生着簇毛。他不会讲英语，但是黑人会说中文，虽然怪腔怪调。黑人不是从非洲来，从美国来，来中国学针灸，愿意跟他"语言交换"。黑人听不出他话里的漏洞，看不出他跟其他居民有什么不同。他喜欢跟黑人聊天。

他在房子里继续探险，深度文化之旅。打开一些抽屉，看一些没见过没触摸过的物事。一开始他很小心，把所有碰触过的物事一一归位，不留一点痕迹，但到后来就不管了，翻过后便任它去。他打开音响的所有开关，只听到大黑盒里发出奇怪的声响，却没有音乐。他摆弄汉斯的机器人，不小心扭下一只手臂，便扔在一旁。

他洗澡，用浴室里一种香喷喷的泡沫沐浴乳。从汉斯的衣柜里找了换洗衣服，竟然很合身。晚上，把防尘罩一掀，睡到了汉斯的床上，席梦思弹性极佳，一下子堕入梦乡，梦里他就是太子殿下。

每天醒来，他都更像这个房子的主人。就像选择了游戏里的一个角色，代入一点都不困难。每一天，他离汉斯更近一点，就离姚睿更远一点。他不再跟小姨、妈妈和老哈发微信，他正经历着不被理解的好事，不知如何跟他们解释。只有小鸡，小鸡跟他在同一个异次元里，她存在于网络上，跟他一样作角色扮演，只有她能理解，变成另一个人，拥有不曾拥有的能力和装备，是多么神奇。

他穿上汉斯的衣衫，穿衣镜里出现一个特别帅气的年轻人，于是发给小鸡一张自拍。小鸡热情邀约见面。他想到那个可以走进去的漂亮衣橱，那一小格一小格的文胸底裤，薄纱镂花黑色和紫色，隐约的一股幽香，便约她来这里见面。他从容离开这个房子，这个小区，在面包店买了从没尝过的羊角面包和柚子茶，坐在户外看来往行人。他感到自己是那么气场强大，这才了解，过去别人看他的眼光有多么轻蔑。

他在厨房发现一个冰柜里全是酒，白的红的，写着看不懂的洋文。有的瓶盖机关巧妙怎么也旋不开，但最后终于有一瓶红酒被旋开来，他对着嘴灌了一口，酸甜苦涩混杂的滋味，没有啤酒凉冽顺口。他拿了牛肉干，躺靠在沙发上，红酒佐牛肉干，看仙侠片，毛毛温顺地趴在跟前。

喝了大半瓶，感觉酒意有点上头了，毛毛突然呜呜哭了，冲到门口抓门，终是按捺不住汪汪叫了起来。门锁这时转动了，哒哒两声，门慢慢开了。

血液冲上脑门，嘴里的红酒喷出如血，滴滴洒在白沙发上。他紧握住酒瓶，准备奋力一击，不管来者是谁，都是不速之客都是闯入者，说好十天半个月的，他还没打算让这一切结束，他还要继续，谁也不准阻拦！

进来的是一个瘦高的男子，三角脸，蒜头鼻，小眼睛，跟他一样吃惊。"你是谁?"

"我,我是来照顾毛毛的。"

"我妈让你住这,陪毛毛?"毛毛拼命扑着小主人,尾巴摇得要断了。

"对,我,我就是陪它。"

"我妈还在香港?"汉斯看来松了口气,可是打量了他一眼,眉头又皱起来。

他的心险些从胸腔里跳出来,抖着手把酒瓶放回桌上,身上属于汉斯的T恤衫和短裤,勒得他呼吸困难。这个谎言太容易戳破,万一喊警察来呢?他想着是不是夺门而逃,马上回小姨家,不,小姨家也不能回去了,得回老家。

汉斯进他自己房间,一会儿又去了书房,再出来时,手上拿着几个厚厚的牛皮纸袋,还有一个软布包,都放在餐桌上。姚睿等着他来兴师问罪,他的床,他的机器人,他的衣服,他的家。汉斯瞪着眼睛四处巡看,突然看到沙发上姚睿的双肩包,不由分说便拿来把里面的半瓶水、半包巧克力,还有一些零碎小物事都倒进垃圾桶,然后把自己拿来的东西一样样摆进去,背上背包,便往门口走去。

真的太子殿下正在夺门而逃,姚睿看着,脑里一片混乱。

汉斯走到门口又回过头来，"你到底是谁？"

他一时答不出来。

"不管你是谁，见了我妈，不要告诉她，我回来过。"

"哦，你不是在美国读书……"

"你不说，我也不会说的。看来你很喜欢这里嘛，enjoy it！"汉斯轻蔑地看了这个家最后一眼，嘭地把门带上。

有大概三分钟的时间，或是更长，姚睿的脑袋里一片空白。危机来得那么突然，解除得那么迅速，说是酒后幻觉也有可能。他走进汉斯房间，没看出少了什么。他以为汉斯看到断手的机器人和被他睡乱的床铺会大怒，但是汉斯完全没注意，或者不在乎。这个在他眼里完美如天宫一般的家，小主人连多停留一分钟也不愿意。背着妈妈偷偷潜回家，他到底有没有在美国读书？照片里那和乐融融的一家三口……

小主人临走时那个轻蔑的眼神，就像一道天雷，劈碎这个家完美的假象，让它变成一个塞满华丽家具的摄影棚，没有灯光，没有演员，更没有观众。他和衣倒在床上，感到十分孤单，想念起老哈，想念起爸妈，想念起自己原来的生活，至少那是真实的。

第二天，姚睿还是如约跟小鸡见了面，就在步道区的那家面包店。小鸡穿着短裙高跟鞋，涂了厚粉，黑色的眼线和粉红色口红。一阵风来，吹开她密密的刘海，左边额头上一块紫黑色的胎记，在厚粉下隐隐可见。胎记像是封印妖孽的印记。小鸡可能是被封印了，法力在这一世无法施展，所以这样的盛装，对他却没有一丝吸引力。

他给小鸡买了杯咖啡，小鸡喝了一口嫌苦，加了两包糖。小鸡说她住得很远，比小姨家还要北边，来上海一年了，哪里都没去玩过。原来，他还是没见着真正的上海女人。

小鸡问可不可以去他家？好想参观哦！

他抱歉地摇头。不是不愿意，但那不是他的家，不属于他。后来他们拍了张合照，小鸡侧过脸去装小脸，他做出胜利的 V 字形。他知道这照片看起来很傻，但至少他穿的是自己的衣服，可以安心秀给老哈看。他迫不及待想告诉老哈，在神仙住的地方，他也领悟到人世颠扑不破的道理。

姚睿，19 岁，高中毕业，有过一个黑色双肩包。

度　桥

张怡微

张怡微 上海青年作家,出版有《樱桃青衣》《情关西游》《新腔》等,现任教于复旦大学中文系。

一

有一日我正在困意中打发漫长的下午，母亲突然推开了我的房门。她总是这样没有礼貌又心血来潮，手里还捧着几只大盒子。有蓝色的曲奇盒、红色的喜饼盒，还有一个起码有三十岁高龄的黑色八音盒。我一直梦想能有个巨大的工作台，最好能有裁缝用的那么大，使我不会被这三个突如其来的盒子占去百分之八十五的工作空间。母亲对我的陈年心愿置若罔闻，她经常在我拥塞的房间里落下一些匪夷所思的东西，譬方叫我的柏崎星奈趴在她过期的绵羊油上，或者让我的达斯维达剑指地上的哑铃……然后，再提醒我可以去打扫房间了。我发现了几次，但很快就习惯了。

这会儿母亲又自顾自在说，"从前你外婆做人做得好，她送我的东西呢，桩桩件件，都给我看过很多遍了，看过以后还不算，还要我背一遍出来，这样她往生以后，我就不会遗漏。家里头要是被盗了啊、着火了啊，也知道自己的损失到底是什么，不然警察问起来怎么办呢，你能说得清楚吗？现在我也要这么来教教你，你可不要嫌我烦啊……"

我知道，最近两年开始，母亲没再指望我这辈子能做成什么大事了，这真是令人惊讶，她居然是这一两年才将我当作普通人，而不是超人、天才、大学问家。另一方面，她也不再关心我到底在做些什么。她好像以前也曾关心过的，问我"你那个什么表情研究……国家真的会给你钱吗，妈妈为你骄傲，妈妈又深深为你担心"。总之，我做梦都能听到她痛心地抱怨我花了她那么多钱却天天在家里枯坐，这样下去我晚年会变卖家产以至于百年孤独。如今她倒是很少抱怨这方面的事了，仿佛是失望了，她的失望表现为一种彻底的"不提"，这对她而言不失为一种解脱，我觉得她开心了不少，至少表面上是这样。尤其是经过了那么多乱七八糟的事情以后，她还是该烫头烫头，该做衣服做衣服，挺好的。我一直懒得和她细讲我真正的想法，时间久了却变成真的无话可说。女人总是过于忧心忡忡，未雨绸缪，但我发现，大部分时候她的说法都是对的。女性擅长用直接的情感经验来强势地消灭男性从书上得来的二手知识，还总是在不经意间。

"我正在忙，妈妈。"

"谁不知道你在忙啊，你都忙了十好几年了，不都没什么像样的事可做，妈妈就抽出你忙碌的发呆时间，一会会儿，给你个机会好好当个乖儿子嘛。你小的时候不要太喜欢缠着我喔，妈妈长、妈妈短，一发育了就不行了，理都不理我。其实你是个很可爱的孩子，三十五岁了你看还是一样很有童心……"她这样开导我，又突然补了一枪，"对了，刚'运通'的小弟弟也问起你了，问你怎么老不上班。你看，你不要总是抱怨这个世界很冷漠，运通的、顺丰的、叮叮的……他们都很关心你的。"

我什么时候抱怨世界冷漠了。我心想。

"那你是怎么回答的呢？"我问。

"我怎么敢回答啦，那不是在你头上动土……喔，对了，其实你也可以关心一下植发的事情。我上次在电视里看到一个生发产品啊，真的很好的，有一个上海台很有名很有名的主持人，我平时也没有觉得他头发很多的样子，但是在那个节目里他头发真的很多的……就是因为你这个毛病，我看过很多顶假发，我的姐妹们也介绍我看假发，反正那个主持人那一顶要是真的是做出来的，也是做得蛮考究的，不晓得他是在哪里做的，我也想给你做一顶定制的……"

"妈，你要给我看什么？"我只好打断她。

"也没有什么，你认识这个盒子吗？"

那还是我父亲生前给母亲买的八音盒。我虽然不至于不认得，却也懒得去回答她认不认得。小八音盒拧上发条会有一个穿得很少的女孩子踮着脚旋转跳跃不停歇，现在弄坏了，就只是一个分了层的黑盒子，像飞机失事时候人家会找的那种东西。八音盒嘛，本来是年轻女孩子拿来存放发卡、牛奶糖的地方，大人用来储物实在显得笨重，但母亲似乎并不介意，她有时候很珍爱这个八音盒，那毕竟是她的前半生。但这种珍爱很不可靠，她时不时地又带着攻击性，这种攻击性令人怀疑她惯常扮演心平气和时的用心良苦。比如快递问起她："你先生呢？"她就响亮地说："死了。"快递又问："你儿子怎么老不工作？"她就问："你怎么那么年轻就工作？你几岁？"

"十四。"我听见，吓了一跳。

"你们那个苏北老板还真是黑心诶……多大的孩子都敢招来做工，旧社会哦，当心我举报他。"

那孩子就悻悻然走了，那种悻悻然的表情对我来说也是久违了，是少年的标志。他踩着电瓶车的声音很古典，让我想到大学里的自己，两只轮胎带一只热水瓶就能够风驰电掣的好日子，一逝不回。

十四岁的时候，我在干什么呢？真是很梦幻的年纪啊，斜阳里散乱的红领巾，饥肠辘辘的黄昏，潮唧唧的汗衫内裤，年轻的日子真是富裕得能拧出回南天捂噱的水汽来。我外婆过世十多年了，其实父亲也是。但我始终不觉得他们离开，因为母亲每天都会说起他们。说起他们的往事（主要都是些糟糕事），然后以"就这么死了"作结，残酷又匆忙，像他们真正离开时的样子。残酷的事被越说越寡淡，是母亲的一种生活智慧。而我知道时易世变，我和母亲的悲伤和埋怨逐渐真正变质，这却不是费尽心机来实现的。当下母亲更痛心的是，父亲的突然离去，令她的置产大业搁置了。房价暴涨，她的千万富翁之梦葬送于父亲的疾病中。她一定已经不像从前那么难过了，偶尔说起我们本来应该住在这里或者那里，也只是随口说一说。她甚至会提及父亲所葬的墓穴价格，已从两万暴涨到了二十八万。

"我本来不想跟他葬在一起的，你也知道的。"母亲说，"我是为了给你减轻负担呀。谁知道死得早也有这样的好处。我以后就算再嫁人，也要和你爸爸埋在一起，你知道不知道啊？当妈妈的心，总是最宝贝儿子的。"我就谢谢她，再抱抱她，她似乎很吃这一套，所以又说，"其实房子太大我也打扫不动，你又不打扫。"所以她惋惜的究竟是那个爱错的人,还是那段错过的机遇,还是我们可能拥有的另一种生活境况……这也很难说吧。

母亲把她手里那三件宝结结实实地塞在她的床底,突然又拿出来透透气,不知道是突然感应到了些什么。我猜那堆盒子里也无非就是一些存折簿、美金、手表之类的东西。家庭妇女热爱把最重要的东西放在袜子里、信封里、黑灰色圆筒的胶卷盒子里,存放的时候还要特为箍好橡皮筋、包上报纸,以为这样是最不显眼的,这真是奇怪,有谁会把垃圾包得如此严实呢?

"你很多事情都不懂的,我犹豫来犹豫去,还是把要到期的存折写了你的名字。你不要到时候傻,又白送给别人知道吗?那可是我的钱,我的钱!你赚过一分钱没?你自己心里有数噢。"我觉得她真的过于思虑。

但我并不讨厌我的母亲,因为她从来都是这样,乐观又充满苦衷、深情又爱撂狠话。她是个好母亲,手把手教我许多生活技能。尤其是我过了三十岁以后,她更加勤力地训练我择菜、洗衣服、清洁马桶、整理家务。有个大冬天,她特地买了荠菜摊在桌上叫我拣选,她则在一边幸灾乐祸地刷股票。我拣得死去活来,腿酸手凉,母亲就笑嘻嘻地说,"当妈不容易吧,以后可要长脑子,大冬天千万别买这种菜,去了黄叶吧,还要择头,择了头还有泥沙,冲泥沙的时候也不能用热水。妈妈看你这辈子也请不起保姆了,往后等妈妈死了,你一个人傻不溜秋天寒地冻买了难择的菜,越择越冷,越冷越想我……是不是,我们要杜绝这种傻事发生。记住,菠菜是小型的荠菜。对了,毛豆也别买。剥起来可烦人了,尤其是遇到瘪掉的毛豆,顶顶讨厌,吃起来没肉,丢掉又舍不得。我小时候最讨厌你外公叫我剥毛豆,最后一点点我都是放在口袋里拿出去丢掉的。"

"我不爱吃毛豆啊。"我回答。

"所以我没买啊,不然费老大劲让你剥完了谁吃?我又不是法西斯。总之谁上你家来要吃都别买,听到了吗?要吃出去吃!"

我只得吞下我的惊讶。

我猜想母亲正在把她的身后事,分配到日日夜夜、岁岁年年里叮嘱着我。这事虽然想起来很心酸,但真真切切发生着的时候,却又令人觉得还好。今年母亲六十六了,看起来像五十六,但我每次说她看起来哪有七十岁的时候,她都暴跳如雷。我第一次知道什么叫作向死而生、快乐地活着,就是从她身上看到的,她实在是我最喜欢的女人之一。她反反复复说"你有没有在听啊"的时候,我会想起我的前妻。她健康的时候,也是差不多的唠叨、戏剧化,又井井有条。

"你到底有没有在听啊?"母亲突然提高了声音,像是一种发病的前兆。

我于是关闭了浏览器,母亲则开始耐心地讲解她的收藏。有袁大头银元若干,黄金方戒三只,她自己的钻戒、项链、翡翠戒指、猫儿眼……总而言之没有一件是我感兴趣的。她导览着,忽然又停下来,打开一张夹在小包装袋里的小纸条,或者一封卷起来绑上橡皮筋的信件。那时候她就沉默了,眯着眼睛仔仔细细读完,又将它们恢复原状。我想这也许是父亲写的信,或者首饰的认证书之类。我的抽屉里也有一些这样的东西。有天我刚好找东西,看到夹在陈年笔记本里的一张小纸条,是父亲叫我写的保证书。"保证不再购买对学习无益的玩具,直到考上大学。"我那时不知道,那居然是我人生里最优渥的一段好日子。

我母亲那个三十多岁的八音盒里,从我十八岁以后就没添置过新东西,想起来真令人心酸。虽然我也曾犹豫过在写真集和首饰之间,选择一个更能令家庭幸福的东西当作给母亲的礼物。但最后,我还是买了一本逢泽莉娜。就是这样,许多事都没有理由,我也说不清楚究竟是什么样的力量令我做出这样的选择。我很爱我的母亲,但我选择买了写真。那本写真,我也只打开过一次。

"所以说,你记住了吗?"我母亲突然从她的次元问起,我恍如隔世。"以后妈妈不在了,这一家一当就是你管理了噢!"

我点点头,还拉了拉她的手。这是我所能想到的最好的绝招,省略用语言来表达我的情绪。母亲果然偃旗息鼓,她只是……摸了摸我的头,似乎是有些哽咽,又似乎只是流目油,转身就把这些东西抱回去了。她的背影看上去有一点奇怪,我很想把她拨正一点,她脊柱前倾,总像要摔倒。我曾经亲手拨过很多次女孩子,让她们看起来挺拔一些,或者诱人一些,但我实在不知道要怎么去拨一名母亲。

"对了,你音箱上的那个小姑娘,衣服总是掉下来,你是不是买了盗版的了?"母亲翩然而去,撂下一句狠话,带走了我的一个上午。

"我下午要出门噢!"我对她说。

"去哪儿?"

"去找阿平。"我回答。

二

我和阿平算是一个社区的邻居。小时候我们常常一起上学，一起放学。我们的履历像彼此抄袭，直至上了同一所大学，他念了计算机专业，我则念了社会学。大学里我们经年累月坐在教室的最后一排打游戏，上课打完了，就回宿舍继续打，没日没夜的。阿平照顾我，会帮我早起刷晨跑卡，打发军理课点卯，或替我做高数作业。有几门考试，我完全靠他给我准备的小抄才得以过关，他脑子比我好，只是没有从事学术研究，大学一毕业就工作了，所以境况要远远好于我。我有时通宵打游戏，睡到下午才起床，起身到水房刷牙，看到镜子里面他的背影，会冷不防以为是看到了自己。毕竟我们的身高一样，又在一起买衣服，一起买鞋，一起打篮球、喝酒、买玩具、买写真集。我去他家，他来我家，从没有想象中的障碍，直到他结婚，我们才略微疏淡些……我觉得像阿平这样的人是不可能结婚的，虽然我也结过，所以才知道他大概不应该。这样照镜子般的好日子一去不返，人生是单打独斗，住得再近也无法同舟共济。

　　阿平对我的好还远不止这些。我父亲刚过世的时候，阿平就一直在我身边陪伴我。接到噩耗，我俩正窝在一起打游戏。那会儿我还年纪小，因为太年轻而显得过于冷静，我并不知道未来迎接我的会是什么命运。我很惊讶地看到阿平也在一边抹眼泪，隔着厚厚的眼镜镜片，我不知他在难过些什么。他第一次正正经经地见到我的父亲时，我父亲就是半具尸体。阿平也许是被吓到了，像我一样恐惧。我母亲在一边哭，一边骂我父亲，一边还拽着我，母亲似乎想要我做些什么合适的举动，让父亲最后能看上一眼，这实在令我尴尬。我是不是该马上保证考上名牌大学，还是娶一位四个字名字的漂亮女明星？我的脑子很乱，在当时，我反而更期待医生护士们围着父亲忙碌起来，这样我能更加自在些。

　　凌晨父亲过身后，我对母亲说："爸爸好像没穿袜子。"母亲一愣，说："那你快去买啊！"我逃脱般地下了楼，到处找杂货店。找不到杂货店，我奔跑着穿了两条马路，周遭一片漆黑，像未来一样缄默。红绿灯晶莹透亮，像一种启迪，又像警示，我这才觉得鼻头有点酸。远远地，我看到了阿平的身影。他应该是追着我跑了出来，却没有跑到我的跟前。

他像一个影子一样紧跟着我的失魂落魄，战战兢兢不敢跟我说什么要紧的话。

"回家拿吧。"他后来对我说……

现如今，关于父亲的事，我的记忆都越来越模糊，但那一小时买袜子的事却历历在目。除此之外，我很难跳脱"命运"这个词来单纯地看待父亲的离开。父亲裹挟着关于我人生的种种更美好的可能性，消失在这个宇宙深处，至少在我母亲看来，我们本不该过眼下这种生活。而这一切都是父亲害的。

丧礼那天，阿平围着像北方人一样很厚的围巾，显得头特别小，只需要一点点黏土就能固定住。灵车开走的时候，下起了一点小雨，于是车子被人拦住了一小会儿，后又开走。这个停顿像一种微弱的召唤，或者犹豫，让我有时间的余裕，很仔细地记住父亲庞大的身体最终被裹成那么小一条。我记得海量的花瓣、扇子、劣质的纸所做的各种假的东西，把父亲装点成一个花痴般的模样，他干瘪的躯干轻轻沉到了棺木底部，身上则盖着颜色缤纷的废物。母亲在一旁焦心地催促我，快去跟父亲道别、永别。在她哭哭啼啼的劝阻下，我兢兢地把双手插进了口袋。我当时若已成年，或者可以出去抽一根烟，打发焦躁。但我肢体僵硬，只是把双手插进口袋，什么话也说不出来。阿平在距离我一拳的地方，做了和我一样的动作。我和父亲的缘分不过短短十六年，如今我们分别的时间已经超过了我们相处的日子。我和阿平认识的时间反而比较长了。总之，那之后，阿平就对我更好了，他像一个女孩子一样，会牢牢记得我的生日，也会送我礼物，还都是我想要的东西。我想这大概是因为我们喜欢的东西都差不多吧。他只要送自己喜欢的东西，我大概就会很喜欢了。

我考上博士的那一年，阿平来我家玩，那会儿我有了女朋友，真正的。我只要看到她的笑容，就会很高兴。虽然她常常吃饭吃了一半，突然吃起我碗里的东西。阿平第一次见状，还故意不看我们，我觉得他是不好意思，其实我也被七七吓到，只是佯装自然，我们也并不算是故意要把亲昵做给他看。但七七做的怪事呢，总是那么小，小到不值一提，只有在回想起来的时候才略感惊心。

我和七七，我们在打游戏的时候认识，在线下见过几次，见面的时候，也都在打游戏。她第一次来我家，送我的见面礼是一瓶花生酱，最后她还吃得比我多。我则送了她一个威风凛凛的艾伦·耶格尔，有三套表情：通常表情、愤怒表情、哑然表情。她可喜欢愤怒表情了。然后她龇牙咧嘴着对我说，"你就尽管来找我吧！"

那个样子吧，超美的……

阿平显然对我的女朋友十分好奇，像对我的其他玩物一样好奇。我记得他看七七时眼神中的光芒，这令我有点不知所措。那是我记忆中他话最多的一次来访，他问长问短又问得很不具体，我也马马虎虎回答着。我觉得七七的领口开得有点低，她又大大咧咧，这不太好。这也是我第一次觉得，我在保护我爱人的同时，在悄悄推开阿平的介入。尽管他后来成了我的伴郎，名正言顺，婚礼当天还替我喝了不少酒。就连他离开我们新房时的背影我都还记得清清楚楚，他难免显得有点落寞，可能是因为他的头太小的关系，需要很多黏土，才能固定成一个稳固的样子。

"有事叫我。"他最后对我们说。

我有些想念这句话，因为在那之前，的确还没有发生过任何事。

我当时觉得很好笑，新婚之夜还能有什么事，难道是甜蜜得疯掉……

没想到还真有这回事。七七在半夜把我的手臂都快要咬断了。在剧烈的疼痛中，我几近飙泪，差一点就要打电话让阿平帮忙。我内心呼喊的话是："阿平，救我！"但我最终什么也没有说，我像一个真正的硬汉一样吞下了那个晚上全部匪夷所思的遭遇，还佯装平静地继续生活了一段日子。在一场断断续续的欢愉过后，我美丽的太太突然开始抽搐，她紧咬牙关、面目狰狞，五官都失态了。她让我拼命在新婚伊始就想给我们的生命按个暂停，我不敢相信这一切是真实的。在慌乱中，我报了警，我们辖区的片警还给我做了笔录，问我："你对她做了什么？"我不知道该怎么回答。他又问，"结婚之前你不知道她的病史吗？"我也不知道该怎么回答。警察说，"那你以后打算怎么办？……"我第一次觉得我需要一种与表情有关的支援。

如今我手臂上的疤痕，提醒着我过往荒唐的婚史，也提醒着我的青春已经彻底离开了。这在我心里留下了一个恐怖的阴影，来自于我母亲后来凝视我的眼神，来自于我再度打量七七时的复杂心绪。据我所知，母亲没少为这事掉眼泪，但现在她对我提也不提。最要命的那些事，她一个字都没有跟我讲过。她杜撰一些事实，对我们的快递或者邻居说，我被一个女孩子骗了婚，现在只能是一个离过婚的男人了，非常可惜。"好端端一个男孩子",我记得母亲描述我的语词,但在我面前,她什么也不说。我们对这件事的认知完全不同。我并没有离婚,七七本人也没有骗我什么。我早就不再能算是"好端端"。我们短暂又凄凉的夫妻生活,本身并不值得遗憾,也不值得留恋。遗憾的是,我不知道是不是因为那件事才令七七发病。这令我无法面对许多人的眼神,包括阿平,七七的父母,邻居,快递,我母亲,我在天有灵的父亲。我觉得我被误解了,但我再也没法澄清这些原委。这也像我的父亲。

新婚之后还有一回,也是相似的过程。我们像普通夫妻一样洗澡、亲吻、做爱,而后她突然发病,我没有再报警,而是送她去了医院。我们也再没有发生过男女之事。七七醒来以后就哭,哭了很久很久,一旁的护士问我,"你对她做了什么?"我不知道该怎么回答。我心里很难过,我又想找阿平喝一杯。

阿平结婚以后,即使我们住家的距离依然只有十分钟的路程,我却一年才能见他一次了。我们偶尔在网上遇见,刹那间像回到从前,又不真的像,时光如电。我还在用"猫"上网的时代,每次逃学回家看到他的QQ头像是亮的,心里总是很高兴。但现在我看到他在线上,好像看到一个熟悉的陌生人,令我怀念起曾经并不知道珍惜的微小快乐。我想谈恋爱的感觉就应该是这样的,充满了无言的喜悦,说不出的、不能说的、不必去说的。虽然我真的恋爱时,又似乎不尽然是这样,匆忙多了。我和阿平,我们都很确凿地喜欢着女人,但阿平又让我知道,有些事如果不那么确凿,反而会活得比较轻松。在这个世界上,再确凿的感情也会褪色,褪色为一种深深的"知道",或者说,不用再解释的"信任"。譬如我们之间,即使早已丧失了百分之九十的寒暄和鼓励,他依然是以前的他,我也是以前的那个无论是不是"好端端"的我。"好端端"这件事,对我母亲比较重要,对阿平来说,无所谓。我们什么都不用说,说了也不会影响我们之间的一切。

今年我过生日时,阿平寄给我一本渡边麻友。我们两家那么近的距离,居然都通过了快递,这是两个令人费解的女人送给我们友情的礼物。我收到写真之后,忘记跟阿平说声谢谢。我只问他:"空吗?"他说:"不。"这样便又匆匆过了半年。但这依然是一种深深的"知道",我知道他,他也知道我,我们都过成一种难以启齿的样子,想要吐槽生活,也不需要语言。这样的朋友,我的人生里只有他一个。

我没有打开那本写真书,但封面真不错。我喜欢人体的线条甚过于人体本身。所以我喜欢女生的头发,我是个发控,这很讽刺。我愿意用手指去拨开她们的每一根头发,这能让我心情舒畅。头发对女人而言可能象征感情,对男人而言则象征力量,所以头发用"掉的"就不那么美好了。我好像还深深地喜欢着那些长头发的女孩子,尽管也领略到美丽背后的潜在威胁。打开她们和凝望她们会令我感到负疚,这是如今的我与小时候最大的区别。我只能把她们放在离我最近的手边,和罗兰·巴特或者……库尔德利一起,心生敬畏。她们这样陪伴我、观看我、折磨我,已经足够了。

三

去阿平家过马路的时候,我又看见了那个女生。那个拦住我父亲灵车的女生。

她比小时候显得更壮大了。我总觉得她不像是个真人,而像个卡通片里才有的那种体型颀长的女性。她头上戴着大盖帽,袖口上别着指挥标志,一双长腿被灯笼一样的裤腿遮住,站在路口,吹着凄厉的口哨指挥来往交通。"侬!过来!

侬！停牢！侬！侬！死开！"她在新村里兢兢业业管理交通二十年，不知道的人还以为她真的是协管员，她所积累的年资都差不多可以退休了。这一生，她是一名高级的、敬业的、鞠躬尽瘁的交通协管员。大家都这么认为，就仿佛真有那么回事了，真真切切流逝的光阴可以作证。

其实我很想念她小的时候，扎着马尾辫，跑起步来胸脯震颤的模样。我和阿平透过她指挥时甩起的袖口，可以看到她半个乳房。这曾经是我们俩的秘密，后来变成了默契，再后来，则成为了可见可不见的布景。她像一个真实世界的手办，狭长、丰满、偶尔衣冠不整，没有童年，也不会长大。而我和阿平的另一个秘密是，我们要比很多人都早知道，她并不是一个真的交通协管员。

她倒是冷冷地观看着我们慢慢长大，目击我小的时候是个胖子，后来我因为打游戏戴起了眼镜，后来我瘦了，再后来我有了肚子，少了头发。我失去了父亲，母亲一个人将我带大，她有过几次约会，后来都无疾而终。我考了两年博士，毕业又失业，踌躇了一小段日子决定去做博士后。我从事各种表情包和网络用语研究，吊儿郎当又煞有其事，苦心孤诣钻研着人类社会的现在和未来，这样的人在社会上都前途茫茫。

她也冷冷看着阿平,被父亲卷走了工作五年的存款,买了失败的理财产品,据说那些钱被荒废在一个不知名的矿场上,荒荒凉凉再也难以还魂、重返人间。阿平整个家族历经这场洗劫,受尽了同情,最后终于又用一笔巨款装修了一个小小的三十四平方米的小房子,供阿平草草结婚。阿平心平气和地得到了一面墙的玻璃柜子,仿佛是作为补偿,也仿佛水到渠成。他也得到了一个热爱房本的、永远不太高兴的太太,磕磕碰碰共度余生。阿平至少还有一只老猫,还有我。

他有时在网吧出现的次数多了,我会担心起他的婚姻生活。但我这样的人还有什么资格担心别人呢?所以我问也不问,他不想讲就不用讲。

"求官方删了风行者这个英雄!"我看到论坛上飘过一行字,也会想到那个女人。

无论发生多少事,她则依然、永远,在那个路口指挥着交通,面无表情。无论我学习了多少研究工具,我想我永远不会懂得她。她在她自己的次元,头发剪成刘胡兰的样子,脸上的坚毅依然。在这个世界上,没有一个协管员的表情能比她更加视死如归。她是我和阿平的青春计时器,又或者是世事变迁的度量尺，可无论我怎么样不将她当作人类，我都不得不承认，就连她——一个失能者，都无可挽回地衰老了。她到底认识我吗？其实二十年来我都不太知道。她在自己的路途上远征，燃烧，远征……Sin' dorei。

要不是我们小时候看过她光着半个身体躺在地上咬母亲的胳膊，我怎么会在那个可怕的夜晚，紧急地把我的胳膊放到七七的齿间。我在那一个瞬间体会到了母亲的爱，那显然与疼痛密切相关，是一种盛大的忍耐与牺牲。七七的牙齿爆发出生命的能量吞噬着我的惊讶，反而没有让我想要离开。难免的，有时七七也会让我想起她。

听母亲说，这些年"协管员"姐姐连续发过几次毛病，身体更差了。关于癫痫与精神病，科技频道倒是做过一个节目，关于二者之间神秘的关系，以及部队医院开颅的新技术。但我不是为她看的，只是看到她的那一刻，我又想起了那个新手术。我想如果她做了手术，不再疯疯癫癫，对她而言未必是一件十全十美的事，我和阿平家路口的交通也许会变很差。我以为我应该告诉母亲这一则偶得的医疗讯息，但在我想开口的时候，母亲却絮絮叨叨说起她的母亲反而问起我要不要去相亲。于是我简单说了句"不用"就仓促地终结了对话。母亲不知道我心中经过的千里江陵，也不知道我瞬间就可以当作我什么也没想到过。

"人家都很关心你的"，是母亲一直以来都信奉的口信。但我不知道这句话的后面到底是接着"婚姻"，还是"死活"，反正说了一半的话都让我感觉到不自由。我已经不再擅长鼓起勇气，或者说，坚持到底。

阿平给我开了门，我进到他那一间富丽堂皇的家。不知道为什么，如今新村里经常有装修花费了四十万、六十万的一室户，不止是阿平，后来我听过好几个认识的人都是这么结婚的。那么小的房子花那么多的钱，完全可以打造一个新的次元。所以阿平做到了。他一共只有四面墙，却打了一整面墙的玻璃柜。许多原来我在他书堆和键盘抽屉里才看到过的好东西，现在都有了博物馆一样冷峻的灯光。这些漂亮的女孩子真的被摆出来以后，像青春进入了历史橱窗，并不能让人兴奋起来。相反是伤感，扑面而来的伤感。看到她们再看到自己，看到她们正看着自己，很难过的。

阿平的太太，见到我却并没有跟我说话。他们俩是相亲认识的，她的脸上写着她彻头彻尾就是这样的人。阿平有天对我说，"有个人想嫁给我。"我就"哈哈哈"一通乱笑，我可不知道那个女人会那么不喜欢我。总之她看到我来，就起身去上厕所。紧跟在她身后的，是阿平的猫，一只健美的白腹老狸花，它不怕我，因为我是看着它长大的。我也想念我的猫，可惜它被我太太放在微波炉里杀死了。那真是很糟的一天，七七也撕了我不少东西，每一件都让我心碎。我很想平静地和她分手，但我没有分过手，不知道原来那么难。

在马桶抽水的声音里，我匆匆问阿平"你好伐？"他说，"我换了工作，更忙了。"我看到他鬓角白了，但只是几根。他又问我，"七七呢？你去看过她吗？"

我点点头。

但没什么事能够来得及细讲。

我最近一次见七七，是她母亲特地告诉我，七七出院回家住了。只要按时吃药，她早晚还能去上个班，这是她母亲的期盼，却不是我的。我对七七没有要求，我好像有点对不起她。七七看到我的时候很激动，拉着我一起剥毛豆。这些毛豆并不好剥，瘪瘪的，抠得我指甲疼。她家里阴冷无比，我简直能够感受到寒意从我的脚底心一直上升到膝盖。而后七七对我唱了一首歌，《常回家看看》，还非要我录成视频，这个视频如今像一具尸体一样躺在我的手机里，每次存储空间不足,我都会想起七七,想起她霸道地盘踞在我的记忆中,寸土不让。她发病的时候常常往外跑,几天不回家,回来的时候又衣冠不整,袜子一长一短,衣服脏乱不堪。面对这些事,她母亲时而崩溃、时而又冷静得吓人,还对我说,"她要是来找你,你不要害怕。她就是死在侬那边,我也不好怪侬的。我都能接受的。"

坦白说,我也收到过她母亲所唱《常回家看看》的视频。七七银铃般的笑声穿插其中,对我大声说,"老公我回家啦!我妈可以证明!"那一段,我也没有删。我想等 iPhone 出到 8 的时候,就把这台手机彻底锁起来,像块铁一样,包好壳,绑上橡皮筋,放在母亲的八音盒里,仿佛是我对我们这个被诅咒的家族唯一的贡献。算是我舍不得扔。

那一回我去看她,其实心情很不好,我的论文没有过审,博士后却出站在即,前途茫茫。初冬的屋子墙壁上有白色的剥落的墙灰,特别像一个先锋的舞台。方桌上绿茵茵的毛豆,缝纫机小抽屉的拉环,斜插在热水瓶与红富士苹果之间的 CT 胶片……都因为看起来孤冷而令人印象深刻。因为七七的关系,这个家有了顽固的、病恹恹的颜色。七七像是一种液体,能让整个家族都晕染上消毒棉花的气息。

她流淌到哪儿，哪儿就完蛋。这个家也曾是温暖的橘红色，像煮熟的大闸蟹一样带有幸福的颜色和气味。可惜那些好日子一去不返。七七应该有一个大招，叫作"好景不长"，足以碾压我。

在我眼里，七七依然有点美，领口开得很低，她简直没有领口高的衣服。我喜欢她的胸，尤其是那隐蔽的、纷繁的乳腺，像具有力量的武器打击她肋骨的想象空间，会使我感到兴奋。所有的衣服在七七身上都像病号服，她却依然是一名可爱的病号，她就是有本事能让衣服看起来不重要。如果她是一个玩具，一定会成为我最喜欢的那些，我如我母亲所想象的那样变卖家产，都会把她好好地带回家，让她看着我吃面、打字，趴在我的纸巾盒或者Q10药瓶盖子上。我还想带她出去拍照，趴在别人的汽车上，小树干上，或者小池塘边。她可以不那么暴露，我可以给她买能够出门的衣服，让她不至于看起来像一个高仿货。但眼前的她显然有一些过于朴素，裹着紫色的棉袄，笑起来眼角堆满皱纹。她比我心中的样子苍白了许多，我很难想象她作为我妻子的一小段曾经。我很想念她，即使她就在我眼前，其实也说不上发生了多大的变化。

而我放不下她的原因，是她最后一次发病入院之前，曾经失去过一个孩子。当时我还沉浸在她杀害我的猫的悲痛中，我打了她，她后来显然不记得这些原委，对我像平常一样友善、温馨。开始吃药以后，七七的记忆就十分混乱，她有时会叫我其他人的名字。我猜想那一定是对她挺重要的男孩子。从她灿烂的微笑与闪烁的碎片般的言辞中，我大致知道她曾经的男朋友是学校乐团的乐手、大学肄业又出国去的学生……他们中的一个曾在一个雪天逛过北外滩，又在香港跨过年，在跨年的那一天他们在一个天台的什么树旁发生过关系，这些事与她结婚前我都一无所知。我喜欢她眼神里确凿的、晶莹的光芒，我误以为那是天真和爱，我不知道这还有一种可能，就是疾病。

我后来有些理解，为什么七七的父母在一开始会那么热情地招待我这样一个一事无成的废柴，催我们结婚，为我们提供一切方便。他们对我们曾失去过一个孩子这件事，也表现得异常平淡。其实到现在为止，七七的父母依然算对我很不错，嘘寒问暖，无论我是否理睬他们，或突然出现，或问候，或离开，或不回答他们的问题，或又突然问起他们很多问题，他们都热情待我。七七母亲有意无意会说起，七七依然穿着我给她买的衣服，在我之后，她就没添置过什么新衣服。我看了七七一眼，可能是如此吧，她的脖子上还戴着我送她的哆啦A梦项链，她的彩色袜子也是我们一起在优衣库买的。嗯，我还真是常常给别人买袜子。我很想念那些晚餐后散步的小时光，那可能是我这一生中最开心的日子。

我有时觉得七七是我的前妻，因为她已经彻底离开了我的生活。有时又深切地知道，其实我们并没有真正切割干净。从法理上我们并没有离婚，七七也始终在我心里。可能我一直就喜欢她的痴和癫，她时而定泱泱又突然堆满笑容的样子，那就是我喜欢的女孩子。我们最好的日子短暂又温馨，她陪我打游戏，给我煮面，我觉得婚姻就该是这样的。尽管我新婚之夜就进了警察局与医院，而后我不断说服自己一切会好起来，又努力重新跟她生活过好几次。包括此时此刻……我都努力和她吃着药的现状认真生活在一起。我最近一次离开她时，她冲过来揪着我的衣领说，"你死不死啊？"我说，"不死。"她就幽幽然走了，她的屁股上有一朵血渍，这让我实在难以忘记我们曾经的孩子。那天晚上，她发了一百多条朋友圈，有她在唱吧唱的歌，也有和我的合影，甚至有我睡着的照片，暴露了我半个光头。我不知道她什么时候拍的。但就连这种失控的出卖,我都已经习惯了。

对了,七七应该被我们所有的好友都屏蔽了。曾有不怎么熟悉的师弟在谢师宴上感谢我,说我的太太帮助了他们戒除了朋友圈,功德无量。我知道他们是在讽刺我。我想往他们的脸上丢一百张歇斯底里的表情包。但在现实生活里,我还是面瘫着给他们一一道歉。我说:"对不起对不起,大家可以屏蔽的,可以屏蔽的。"我觉得自己很丑陋,在旁人眼里是个衰爆的博士后。我未来会做什么工作只有鬼才知道,招聘上只要提一句"35岁以下"我就能早早地阵亡。更何况,我还有一个这样的太太。我没有父亲。我也没剩下多少头发。

我和阿平都不适合结婚,这算是马后炮,像一种诅咒。我知道阿平不会屏蔽七七,不然他怎么知道最近七七回来了。阿平的太太应该对此很不高兴,因为阿平因为七七的关系而看不到她的朋友圈了。她讨厌我,讨厌我们夫妇,所以我一来她就走,给我脸色,女人都这样,明明不认识都能互相为敌。今次我来问阿平借西装,参加下个月的出站报告。阿平将衣服拿给我以后,我拍了拍阿平的肩膀,转头离开了他的家。

四

在我看来,人世间所有的表情都无疑为各种与"尴尬"搏斗的形式。生活中的"尴尬"是永恒的,这点大家都能感受到(我母亲该如何面对我不忠的父亲在别人家里突然倒下、我又该如何面对我的妻子可能因性生活而爆发陈年隐疾?),"表情包"则能稀释社交"尴尬"中极为沉重和苦涩的部分。"表情包"也启示我们对情绪的感知,我们通过"表情包"来建构新的情绪,这些新情绪有些是初次相逢,原来我们并不知道情绪可以这样表达,所以我们通过"表情包"来展开学习;有些则呈现为一种无言的疗愈。

字与图,为我们复杂的情绪做了精准的定锚。在网络生活中各种各样夸张表情的出现,使人们得以在私密环境中持续不断地释放压力。而不像传统社交中,我们只能通过面面相觑、不断地说话、饮食、碰杯、聆听梦想破碎的声音来搪塞大大小小常见的尴尬。成年人熟练地运用沉默或者"哈哈哈哈哈"来打发一整个下午的相处策略,显然已经太老派。杯盏交错与初音未来,到底哪个更适合人类的精神生活,已经越来越难以精确地判定。反正如果可以投票,我显然会投给初音未来。

我们显然需要一些可以发散、浓缩的物什,来更为细腻地瓦解日常生活的重大压力。我认为,所有依赖真人的行为而实现的心灵慰藉,总有一天会被各种生动的符码所替代。这种符码也许存在实体,也许只是一种想象。同一次元的人能够促进这种符号不断繁殖、淘汰、自我净化。不同次元的人,也能通过新的"连接"符号友善地沟通。我们会被不断演变的符号所启迪、所奴役,更重要的是,这些符号能消耗我们生产过剩的爱与欲望,心酸与同情,使我们的"动情"更为节制。

不需要真人,这并不是一件令人失望的事,相反应该令人感到敬畏。人真是麻烦,人与人,则是集麻烦之大成。面对婚姻中的欺骗、意外甚至是……赌博,人类的表情早就不够用了。譬如我又应该如何运用合适的表情来面对眼下这种毫无出路的局面呢?就我目前的研究成果而言,国家显然不应该出钱来资助我的研究。但比我更绝望的废柴大有人在。我有个朋友研究弹幕,他常常收到被污染的银幕截图,别人会对他说,"你也不批评批评你家弹幕。"可弹幕不是他们家的,弹幕和表情包一样,是民间的游戏。我们玩耍一切,以便使得自己被命运玩耍这件事不会那么不可理喻。一切的工具，以搪塞，实际是搏斗，与性、与孤独、与爱，厮磨与缠斗。

"他们不想跟两年前的陌生人对话吗？"这位师兄问。在他看来，他与这个世界最温暖的链接就是跑动略过视网膜前的三个小字——"有人吗？"紧跟其后，来自宇宙深处被折叠的时光里，会发出又一个微弱的声音——"小白龙！"（电影《推手》）

你是不是不知道他在说什么？其实没人知道，这不重要。重要的是，"有人"对此作出了回答。两个对话者可能互相并不知情，隔着时差，也隔着时差中所不断发生的数不清的往事。这种互不知情的相遇，令我们的观看创造了全知的优越感。这很浪漫，不是吗？我们完全可以和这个局面暧昧地相处下去，而这些看不见的人和我们一起，正经历着不被理解的最好的事情。

我还有个朋友在研究网络谩骂，嗯……他最近有点想彻底改行。因为谩骂总是在一个次元，拿出小粉笔画线，泾渭分明。然而和我们相比，他那个游戏有点小，有些过于直接而丧失诗性和偶然性，美感也就随之消失了。

偶然的爆发也不总是唯美的。譬如七七的病例很坦诚地告诉我，在结婚前她的确有过十几年的正常生活了。她认认真真上了大学，进入一家小公司当行政文员，喜欢吃零食和打游戏，直到我们相识。她满脸写着贪玩是没错，但她并没有表现得特别出格。关于这一点，没有一个人欺骗我。他们的筹码是，万一她好了呢？我显然也希望如此。没有人比我更希望七七能好起来，或者说……从来都没有不好过。我甚至扪心自问，万一她真的好起来了，我会不会与她分开。在我心里，等她好起来之后与她分开总要比此刻与她切割显得更为高尚一点。我的确没有为她考虑，我全是为了我自己的感受。我冥冥中感觉到，这场婚姻仿佛是阴谋。在婚姻生活途中，七七开始发病，这令她发病的缘起，毫无意外地与我有关，关于这一点，警员的笔录中都详实地记载了下来，我无法篡改。我成了一个潜在的"罪人"，这令我十分……尴尬。我需要一个庞大的"表情包"来应对我的爱人，七七却是一个接受无能的人。这很残酷，像极了尴尬本身。

偶然的爆发也不总是美的。我当然知道这个道理。

做完报告的那个傍晚，我回家前在"全家"吃了一个新出的草莓冰淇淋，买了一瓶酒，坐在路边轻松地喝了起来。

我背后的小餐馆，玻璃门上写着"不要碰头"四个字，我总觉得是个什么隐喻。有趣的是，这里市口不好，或者说，风水不好。从我父亲过世那年开始，餐馆开了倒、倒了又开，像植物一样有着自己的兴衰和节奏，已经不知道几个轮回。餐馆的隔壁，有一家洗衣店。我母亲一直很想有一家洗衣店，她恨不得把家里所有的东西都一洗再洗。但近来，这家洗衣店突然开始卖起红酒，在进门处，生生开辟出了一个新的世界，一个突兀的酒柜，一块小黑板，上面用红色绿色的粉笔写了些洋名，不知道什么意思，又象征着什么生计。洗衣店的旁边，是一家极小的宠物医院，有两只奄奄一息的布偶猫正在挂水，受制于人类的意志延续生命，看起来远远不如那些常年躲在车底的小东西来得自由。宠物店旁边，是一家理发店，名叫"维娅丝"。每天早晨十点，店里的五个员工会出来跳操，这也是有段日子的风气了，房产中介、理发店的员工会跳舞来振作士气。"维娅丝"东施效颦，五个员工个个看起来都面露难色，如果天色不佳，这种荒腔走板的舞蹈会看上去有些凄凉。七八年前，在"维娅丝"还叫"艾伦"的时候，他们家的玻璃是粉红色的。远远看过去，会看到很多女人的腿，在粉红玻璃的滤镜下看起来很诱人。世博以后，她们就消失了，不知道去了哪儿，也许是嫁人了，或者改行了。世事如棋，总能走出下一步，总能找出新办法。

这些店我看来看去地又看上了一遍，我以为不会有什么新的意外。突然间，我看到了一个熟悉的身影在夕阳下。她的背影看上去有一点奇怪，我很想把她拨正一点，她脊柱前倾，总像要摔倒。我曾经亲手拨过很多次女孩子，让她们看起来挺拔一些，或者诱人一些，但我实在不知道要怎么去拨一名母亲。

她的身后还有一个男人，正帮她提着袋子，两人看起来没有说话，却像两棵种植在一起的老树一样熟悉。斜阳映照着的男人的头发特别茂盛，红褐的颜色却让人不胜唏嘘，我猜那一顶一定是私人订制，不便宜。而后我想到母亲手捧的那三个盒子，满桌的荠菜，想到她在经年累月里对我说过的旋风般的叮咛……

远远的，我好像听到有人在喊，"侬！过来！侬！停牢！侬！侬！死开！……"有人在唱《常回家看看》。我有点想念阿平下次一定会问起我的"你好伐？"我要怎么回答。

而后母亲微笑着转过身来，她也看到了坐在路边的我。

鸟　藏

老王子

老王子 原名王梓。小说家、诗人。因发表于《独唱团》的短篇小说《合唱》被读者熟悉。已出版短篇小说集《合唱》《鸟藏》,长篇小说《上海滩的贾斯汀·比伯》。

香山实在太远了，他站在火车南站感叹。打开地图琢磨路线，能看到香山是北京西北角上的一片绿。他没来由地想，要能把这片绿搬进市区应该放哪儿？要放在天安门，他就能在天黑前赶到，要是放在牛街，估计只要二十分钟，放在陶然亭，他就可以走过去……但是没有，不论他怎么拨拉地图，香山始终坚硬地守在原地。这么大一座山，城里确实也放不下。他替香山着想，动身往前走去。

上海没有大山。佘山更像个土坡，上面住着打高尔夫球的富人。他们过着一种他不能理解的生活。仿佛他们生来就是为了打高尔夫球的，然后他们来到了佘山，把自己的照片放在高档别墅的广告牌上，从西边对着整个城市微笑。他住在松江，下班路上经常能看到这些斑斓的牌子。有时他觉得这是城市生活的福利，起码老家看不到这个，不是吗？有朋友告诉他，这里面还有游艇俱乐部。他震惊了，作为一个从小在山区长大的人。山上怎么开游艇呢？朋友没有回答，脸上露出神秘的微笑，很为他的反应得意。这些别墅的广告都在告诉他一个意思，如果今生能住在佘山，不但死后可以上天堂，子子孙孙也都将在此地拥有一种幸福的生活。但那都是与他无关的事物。他想起自己冰冷的一居室，网上抽奖抽来的自行车停在门背后，他用了三年的台式机发出嗡嗡的读盘声……每个月的开销发票他都用皮筋扎好了放在冰箱顶上，期待着也许偶尔有报销的可能。剩下的钱他这次都取出来带在身上了，放在贴身衬衫的口袋里，然后他突然想起昨晚吃剩的葱油拌面外卖还丢在垃圾桶里忘了扔出去。回去的时候应该要馊掉了，不过因为是冬天，上海的房间里也没有暖气，应该不至于引来蚂蚁。他寄希望于房东太太不要在他不在的这几天里去开门找什么东西。

如果住在香山呢？他这么想着。香山也是很伟大的吧？毕竟这里是北京。香山，红叶……然后呢？他发现除此之外他对香山一无所知。他没有在北方生活过，他毕业后就去了上海，对北方城市的生活缺乏认识。暖气究竟是怎么送进千家万户的？冬天的菜市场真的只有大白菜和萝卜吗？北京人周末都会去香山玩吗？如果他离开上海，住到北京这样一个城市，会怎么样呢？不受欢迎大约是肯定的，天下没有不欺生的老百姓……可起码吃的方面会习惯些吧？早年有两个朋友倒是真的离开上海在北京工作了几年，但他们最后都又回到了上海，并对在北京的经历绝口不提。他不知道在这里会发生什么。有时他觉得城市都是一样的，一样无聊，巨大，冷漠。人们在地铁里挤成一片，但心中的距离远隔重洋，不爆发剧烈的冲突就是万幸了。想到这一点，他打量了一番周围，这里仍旧和他刚上来时一样，冰冷，拥挤，嘈杂。他用腿紧紧夹着放在地板上的包，人吊在拉环上，随着车辆的前进晃晃荡荡。坐在他身前椅子上的中年人戴着一个简易的3M口罩，乃是为了防止雾霾。据说雾霾已经侵占了整个北方。那种口罩，不管有没有用，他包里也有一个，他想了想，也拿出来扣在了脸上。呼出的热气在眼镜上变成一团雾气，又瞬间被寒冷吞噬。地铁到站在离香山还有十几公里的地方，无法再向前。他从地底下上来，发现天已经全黑，寒风猛烈地朝他扑过来。

地铁站外面是个巨大的公交车站，一辆辆公交车从车流中挣扎出来，在这里停下，又轰鸣着绝尘而去，像怪兽。他小心翼翼地奔走，查看它们的去向。这些公交车都是两截的，大概是为了把更多的人从这偏远的所在，带去更偏远的所在。发现公交车要坐十三站之后，他试图在这里叫一辆出租车，但失败了，风越来越大，天越来越黑，完全没有小汽车在这里靠边。他又在巨大的公交车站来回走了几圈，最后放弃。此刻，那副口罩完全变成了累赘，已经勒得他无法呼吸，他懊丧地把口罩扯下来，冲进了一辆即将离开的公交车。

医院在一条小路上，小路上全是土。他看到父亲在路边站着，穿着棉袄跟他挥手。棉袄是土黄色的，他想起这件衣服父亲至少已经穿了六年。雾霾把整条路都遮住了，只能看到近处有几个人，黑衣服的男人，粉红袄子的女人，他们叫嚷着，招呼来往的人住宿。但他们背后没有巍峨的酒店大堂，只是些低矮的平房，门口写着"住宿，60元一晚"。

来了？父亲远远地跟他叫道。来了。老远就看到你了。他说。我在这里等你半天了。他看到父亲跺了跺脚。我妈在哪间病房？他着急地问。很近，跟我走。他父亲转身走去。医院的楼房都不高，被楼道旁边栽种的树木遮掩。树木让这里变得幽深，安静，他平心静气，跟着父亲拐弯，又拐弯，最后进入其中一幢。这时，脚踩在实地上的坚硬感才顺着膝盖传上来。

母亲剃了光头坐在病床上，看到他，张张口没说话，又扭头附身下去，趴在枕头上哭泣。他走过去安慰她，又拥抱了她。她说，我难看死了。他说，不难看，像是要演尼姑的大明星。她忍不住又笑。接着她开口要抱怨，为什么我要生这个病呢？我本来不会生病的，要不是……好了好了我们都知道。他打断了母亲的话，拉住她的手。

关于母亲生病的原因，所有人都知道，并且已经听了很多遍，大家都不想再听了。旁边的父亲看起来也像是松了一口气，他丢下儿子和妻子寒暄，走到阳台上望着黑乎乎的远处，突然大声说，这里白天应该可以看到香山，等你妈病好了，我们带她去香山。好，好，一定要去的，一定会去的。

到了去香山的时候，病就好了吧。他这样想着，木然在病床边的椅子上坐下，详细询问着母亲病情以及检查的进展、手术时间。但母亲语焉不详，很明显大家都对她有所隐瞒。于是他问，医生还在吗？不，不在了，他已经回家休息了。但是有值班医生，你要不要和他聊聊？母亲说。也行，那就去和值班医生聊聊。他站起身来。让你爸带你去吧，我要休息一会儿，值班医生的办公室就在对面，不远的。说完母亲躺倒下去，他看着她闭上了眼睛。

医院走廊的灯光总是过于刺眼，他低着头，跟父亲走。医生办公室里只有一名医生了，他从最里面站起身来，大声说，你就是九床病人的家属吧？是她儿子？对，是她儿子。好，您坐，她的情况明天主刀的大夫已经跟我详细说过了，我来跟您解释一下。医生把CT片子一张张放在灯前。他走过来坐下。

病人的情况我想大家都看到了。这个……异物，我们暂且称之为异物，在她的脑部已经长了十几年，现在我们要把它拿掉，目前论证下来，拿掉的唯一办法就是开颅。我们不再考虑其他治疗方案。手术的部位，你看这一张，这一张比较清晰……一般就是我们称为大脑中动脉M1段的位置。M1的位置非常关键，稍有不慎，人就会出现肢体瘫痪、语言等行为能力丧失的症状，所以手术非常危险。但是不手术呢，就更危险。你们看，这个异物，我们经过分析，认为它确实是有生命的，并且它还在不断地生长，目前它已经直径……你们注意我的卡尺，已经有4CM了。现在，在它的外面尚有一层壳，但这个壳目前已经出现裂缝了，我们拿今天照的片子和之前你们在地方医院照的片子相比，发现这条裂缝就是在这一个月才出现的，这证明里面的生命体就要破壳而出了，一旦它破壳而出，病人的性命就会不保，所以我们必须马上手术，手术时间就是明天……

医生，手术的同意书，我还需要再签吗？

不用了，你父亲下午签过了，他就可以了。

所以现在就是等待手术是吗？

是的，等手术就好了。

手术……会成功吗？

这……叫我怎么说，我们会尽力的，但手术有风险，这个你必须明白，风险还是很大的，毕竟它，这个异物，是个活体。

在他母亲脑袋里的，乃是一只鸟。二十五年前，母亲尚年轻，是个美丽温和的中年妇人，白皙，高挑，身躯细软，说话轻柔。他的家乡是大山深处的盆地，父亲母亲并不常出山，工作之余，不过打打麻将，或在山水间徜徉。但他那时尚且年幼，对这些生活知之不多。少年人期望父母的关注，但并不在意父母是如何生活的。原因应该还是打麻将造成的——母亲陪父亲去山中看望远亲，于远亲家院中树下摆开龙门阵，一打就是一个下午。傍晚歇息之时，母亲趴在桌子上小憩，被异物滴入耳朵的感觉惊醒。母亲说，那种感觉非常奇怪，像是水，但又比水要浓稠，有一股甜甜的腥味。但亲戚们都报之以哂笑，你是做梦了吧？这种小憩不可能睡得很死，而且那种感觉是如此的真实，所以母亲试图争辩，并伸手轻掏左耳，但耳中竟空无一物，那滴入耳中的东西仿佛从未存在过。此事被当作一个笑谈，从此轻轻被放过。但母亲的性情却从那时渐渐发生了改变。原先的她不喜欢与人争执，遇到别人诘难，只会涨红了脸，从那天以后，她竟能毫无来由地从口中爆出连珠炮般的语句，吵得对方哑口无言。她的脾气也开始变得急躁、暴烈，不再温柔如水。那一年，他不过刚上初中，但记忆中挨的第一顿打便是在那之后。后来，母亲的面相也随之略有些变化，原本丰腴的下巴变成干瘪，本来淡淡的法令纹变得深刻，白皙的肤色渐渐暗黄……虽然还是个美人，却开始让人觉得不能亲近。这种变化是缓慢的，却又不容置疑，之前的那个母亲仿佛消失了。事到如今他去回想，能想起来的都是母亲跳着脚在邻居门口大骂的场景：她手叉在腰间，短短的头发束在脑后，穿着一件碎花的罩衫，嘴唇翻飞，声音尖细……而邻居家则关门闭户，鸦雀无声。母亲那副样子，怎么说，确实像一只愤怒而疯狂的鸟。

另一个变化是她不再吃鸡了。用她自己的话说，她不吃两条腿的动物了。噢，还要再加上鸡蛋。这个变化也是令人瞩目的。西红柿炒鸡蛋，或者是韭黄炒鸡蛋本是家中常见的菜类，起先他和父亲发觉，这些菜开始总是剩下一小份，然后他们看到母亲在洗手台前干呕，说感觉鸡蛋坏掉了，吃下去恶心。后来家中就不再能看到蛋类了。又有一天，他发现母亲不再给他买烧鸡吃，于是去问母亲，母亲想了想说，你喜欢吃猪蹄吗？五香牛肉也可以。他欢欣鼓舞地选了五香牛肉，从此遗忘了再也没有在家里出现过的禽类。山城偏僻，穷苦，他家本就不是讲究的那一类，从此便接受了这种改变。他现在回想，父亲和母亲之间也许就此谈过，也许没有，但那也于事无补了。

有一年，应该是他高考前夕，北山里下来一个亲戚，说老家院子里的樱桃结得特别好，特地带了一些来给他们吃。母亲接过樱桃，笑靥如花，边吃边和亲戚聊天，那种小小的野樱桃，母亲轻巧的用舌头一卷，便能将肉与核分离，樱桃核和樱桃梗连在一起，被准确地丢进垃圾桶，肉被喂进他嘴里。不过半小时的光景，樱桃被他们二人一扫而空，留下瞠目结舌的亲戚大人："没想到你们这么喜欢吃，明年我多带些来。"母亲嘻嘻笑着，不再说话，他只顾品味樱桃的美味，对其中的蹊跷一无所察。

第一次晕倒发生在十年前，据父亲说，那是一个夏天的傍晚，天色很好，星星月亮才升起来，难得天气也不闷热，还有微微的细风掠过堂屋，堂屋里摆着切好的青瓜，散出淡淡的甜香。吃过晚饭，父亲提议去河边散步，但母亲表示晚饭吃多了，要先喝点水。母亲坐在院子里喝水的时候，父亲将将出门走了五十步，然后她轻轻歪倒在椅子上，椅子失去了平衡，翻倒在地，她继而跟着倒在地上。椅子敲击在院子里的石板地上，发出清脆的响声，父亲扭头看到了这一幕。倘若椅子是放在土地上，或是母亲没有能够将椅子压倒，那么父亲便有可能径自向河边走去。在这样一个美好的夜晚，谁能想到会发生这样的事情？母亲便可能性命不保。所以，此次灾厄过去以后，尽管母亲的脾气已经变得非常之差，差得让人觉得她六亲不认，但她仍旧常常会提起"我男人曾救了我一命"。

十年前的检查，是在他老家山城的医院进行，那里条件一般，只能模糊地查出"脑中有一个小小的圆形的阴影，应该是肿瘤"，然而即使去了南阳，去了郑州，医院也不建议手术，因为那个位置实在要命，"如果能不动，就尽量先不动"。就这么又过了十年。这十年里，居然晕倒再未发生，直到那个小东西试图破壳而出。

初次晕倒之时，他在外读书工作，一无所知。之后的十年里，父亲和母亲将此事对他守口如瓶。母亲会打来一些电话，说一些道理给他听。类似，"你不要怕苦怕累，没有人是累死的，只有懒死的"，"你是我的儿子我当然了解你"，"你要重视血缘和家族超过你自己"，"你要早早结婚生子，不可浪荡"……凡此种种，在他听来，都是陈词滥调。他不知道别家父母是否如此啰嗦，只是在电话中赔笑，虚与委蛇。他觉得自己不同于自己的母亲。他喜欢吃鸡肉，广东餐馆卖的烧鸭和烧鹅他也颇为中意。倘若摘去蛋黄的话，他一气能吃四个鸡蛋。他有一种要把幼年欠的美味全部补上的决心。不过他过得并不好，在上海这样一个地方，过得不好十之八九就是指穷。像他这样大学毕业混迹此地的青年多如牛毛，没有出众的才华，没有显赫的家世，他挣扎腾挪在一间间奇怪的公司，三十多岁，如朝不保夕的浮萍。一只水鸟掠过湖面，仿佛触到了水面，又仿佛没有。他在此地的生活像是真实存在的，又像不是，这些年，他反反复复确认着，从城市的西边搬到东边，又从东边搬回西边。他意识到人生如同循环往复，毫无意义，随时可能休止。

遵照母命向生活进军的历程不是没有过，比如他有过一段糟糕的爱情。如果那能称之为爱情的话。对方是年轻、有活力的城市女同事，大概是误将他的沉默寡言当成了神秘，主动示好。两人约在公司不远处的茶社，单独共进午餐，餐后两人对坐闲聊，他突然发现对方没有穿文胸。一道美好的弧线在他面前伸展着，带给他某种生命中没有出现过的、向上的气息。女同事自然是脸色绯红地用目光指责他的贪婪，然而他在这种情况下反而变得坦然而安静。事后二人都将这段经历视作感情的开始——如果一段感情修成了正果，这便是美好的童话，如果没有，人们会说"这真不是什么好事儿"。是的，这真不是什么好事儿。

姑娘在激情时的叫喊总会让他觉得不适，在这之前，他只对妓女有经验，妓女们会发出大胆、直接的叫声，他悦纳于此，觉得仿佛在人生中抓住了某种确定的东西。但她的叫声常常让他弄不清楚她是舒服还是痛苦，或者有时候他觉得她快要断气了，就停下来询问，她会停下那种嘶哑的呻吟，小声说"没事儿"。她那种像蛇吐信子般，或者是倒抽冷气的"咝咝咝咝……"，常常让他腰后发凉，觉得自己是被某种冷血动物擒获。他习以为常的冷漠肯定也令对方不适了，姑娘的热切很快就过去，然后"神秘感背后果然空无一物"这一事实也令姑娘更加厌倦，他们很快便不再来往，而他居然也对她毫无眷恋。他母亲知道这段关系，常常打电话过来询问进展，期望可以抱上孙子。最后他说"分手了"。母亲在电话那边沉默良久，最后说起了他几个表亲的近况。之后一段时间，她不再催促他恋爱结婚，她知道他经济状况不好，常常寄钱寄物，他把东西都留下，钱攒下来，然后在过年的时候包成红包还给她。

关于自己儿子在上海混得不好这件事，她应该已经默默认命了，也或者她根本没有指望过他多么有出息。后来她来电话，只是反复跟他讲，我那年去山里，就是后面红草沟，红草沟你知道吗？不知道也没有关系，就是你父亲的老家了。我去跟你几个伯父伯母，以及他们的儿子媳妇打牌，也可能是打麻将吧。打了一下午，我赢钱了，我开心啊，然后打到天快黑的时候，他们都起来走了，不跟我玩儿了。我估计他们就是因为我赢太多啦。然后他们说晚上烧鸡汤，我指望他们把鸡汤烧上了接着回来打，就也没有去厨房帮忙，坐了一会儿，我就趴在牌桌上睡着了。睡着睡着，我就觉得有个东西钻进了我的耳朵里。我一下子就醒过来了。醒过来那个东西就不见了，我跟你爸说，他不信，我跟你几个伯父说，他们也不信，说是我做梦……那你掏耳朵了吗？他问道。掏了啊，但就是什么也没有掏出来……他听出来她在电话那边有点不好意思。没有掏出来就说明什么也没有。他冷冷地说，并打算如果她没有什么更多要说的，他一会儿就把电话挂掉。但她并没有停下来，而是接着说，那个感觉真是太清楚了，这些些年了，我还记得，就像是水，或者奶，滴进耳朵的感觉，或者是蜂蜜，就是那么一种感觉，我觉得还挺多的……

后来这个故事，她反复和他说了有不下十次，每一次都不尽相同，他心情好的时候，也会偶尔陪她回忆前前后后的细节，比如"那天到底打的是牌还是麻将？""都有谁在打？中间有没有换过人？""谁输得最多？""是谁最先提出要喝鸡汤的？""鸡汤最后你到底有没有喝？你就是从那天以后不吃鸡肉的吧？""第二天你们什么时候走的？还是你们是当晚走的？"……我觉得那次鸡汤我好像喝了挺多的。她在电话里喃喃地说，难得来一次，又是农村的柴鸡汤……我看你大哥跟你二哥，一人拎着一把刀，追着那只鸡满地跑啊，最后那只鸡一直上到树顶上，怎么也不下来。到底还是你二哥家那个小家伙麻利,他慢慢爬到树上,从背后一把捏住了鸡脖子。嗨,我觉得主要还是那个鸡顺着树枝走到绝路上了,不然他们抓不住它的……

他是两个月前知道她非动手术不可的。她再次在家中昏倒了,不过这次是在床头,晚上她正看着电视,开始呕吐,然后不省人事,父亲将她送去山城医院,医院的设备水平已经进步了,他们从影像上看到那个"肿瘤"已经有4CM大小,建议她转去南阳的医院。他从上海飞回南阳,和医生做详细沟通。医生第一次告诉他,你母亲的脑袋里,有一枚鸟类的蛋。经过十年,现在这枚鸟蛋可能要孵化了。一旦蛋壳破碎,你母亲就有生命危险。

人的脑袋里怎么会有鸟蛋呢?他不知道该如何理解这件事。

但它就是在那里了,医生说,我们现在还看不出这是哪种鸟类的蛋。一开始,我们以为是纤维瘤,后来觉得是脑膜瘤,但都排除了。有北京的医生说是动脉瘤,我觉得也不像。我们跟我们有联系的,北京上海的,最好的专家都会诊了,把片子发给他们看了,最终都支持我们的诊断结果,就是那是一只鸟蛋。它所处的位置叫 M1，这里好比大脑中的十字路口，血管非常密集，而且管着人的肢体、语言等关键能力，本来能不动刀最好不动刀……不是这里，是这里，这里（医生迅速伸手用手指比画了一下他左边的脑袋）……但拖了这么多年，它越长越大，不断挤压脑组织，现在又出现了要孵化的迹象，如果不尽快开颅，等它孵化出来，人就没了。而且现在我们这里还没有条件动这个手术。这个手术难度非常高，世界上没有人动过，我们现在最担心的就是在开颅的过程中引起鸟蛋的破碎。目前全国能动这个手术的医院，都在北京，跟我们有合作关系的，在北京香山，按照我们的推测，这枚鸟蛋可能还需要三个月才能孵化，所以手术必须在三个月之内完成。

父亲带着母亲先来了香山，接着是他。现在一家三口，聚集在香山脚下。他和父亲回到 60 元一晚的农家，佝偻着睡下。睡到一半，他咬咬牙将父亲叫起来，说，走，我们去住酒店。父亲没有拒绝，他们顺着地图找到最近的一家，安顿下来，但也不再睡觉，而是坐下来试图就母亲的病情做一些交流。

父亲告诉了他十年前发病的经过，他则分享了吃樱桃的事儿。父亲听了不禁笑了起来，说，她越来越瘦，也确实越来越像一只鸟。你觉得她像哪一种鸟呢？他嘴边有一个词呼之欲出，但是忍住了。他父亲自顾自地说下去，我觉得她像麻雀，就是我们土话说的"小虫儿"。她后来跟人吵架，一直蹦蹦跶跶的。然后我带她去玩乒乓球，她也蹦蹦跳跳的，因为瘦，有一次徐坤，就是你徐叔说，她怎么越来越像只小虫儿了。你妈后来说话也快，一旦开口别人一句也插不进去，附近都闻名了，都知道她厉害，会吵架。

她不吃鸡蛋和鸡肉的时候，我就觉得她奇怪了。但你们不说，我也不知道。我那时小，有次拿零花钱在路边买了一根鸡肉肠，她回家看到，还抢了一半去吃，前后也不过几个月的时间吧，她突然就不碰这些东西了。他说着开始用眼睛打量自己的父亲。父亲讪讪坐着，并不抬头看他。

我没有想那么多，不吃就不吃吧，我也没有多喜欢吃鸡肉……还有个事情没跟你说呢，后来有一段时间，她一直说你不好，说你外出读书工作以后，人变得冷漠，对谁都不热情，好像在上海跟人处得也不好，不知道你为什么变成了这样。尤其你有了一个女朋友，但后来又分手了，她好像很喜欢那个女孩子，但最终你们也没有成，她对此很失望。因此她想去外面再抱养一个孩子。说得最多的时候，我带她去接触过几个亲戚家的小孩儿，但最后她还是没有抱。

他脑袋一紧，一时不知道说什么好，只好起身去浴室洗澡，并在浴室门口说，明早还要去陪她手术，你也早些睡吧。他听到父亲应了一声。待洗完澡出来，他发现父亲已经睡着了，他和衣躺在床边上，被子胡乱压在身下，发出响亮的鼾声。他试图帮他盖盖好，但没有做到，只好把空调开到最高。

第二天一早，他们被医院的电话叫醒，七点钟。半个小时后，母亲就要进手术室了。他不知道自己什么时候睡着的，父亲的鼾声太响，他一直被吵醒，现在感到自己头痛欲裂。站在家属等待区，麻醉确认书从一个小窗口里递出来。他父亲有点哆嗦地拿着笔，定在那里。他说，没关系的，签吧。他父亲一声不吭，过了一会儿，说，我看不懂。他拿起来，但觉得那些字像是扭曲的蚯蚓，不禁一阵晕眩，问那个遮紧口鼻只露出一对眼睛的麻醉师，我可以签吗？不行，昨天手术确认书谁签的，就得谁签。昨天都签了，不差这个了。他盯着父亲说。父亲颤抖着写下了自己的名字，字很好。

鸟蛋会被敲碎吗？到底要如何取出？取出来的鸟，还能活吗？它会不会是一只会飞的、真正的麻雀？如果不是，它到底是什么？听说取出的东西会交给病员家属确认，是真的吗？母亲会顺利醒来吗？她还能认出我来吗？凡此种种，他都不知道。手术的时间是如此漫长，单调，他和父亲再也没有什么可以交谈的。下午昏黄的天气像一场热病，氤氲在每个人身上，却冷得彻骨。

手术室里的人一个个推出来，但没有母亲。最后天黑了，黑得又像是从来没有亮过那样。香山再也看不见了，它躲在暗中，不知道是否仍旧巨大如昔。外面医院的马路空空荡荡，通向不知道什么地方。不时地，会有病人躺在床上，从楼里被推上马路，绕了几圈送去别的地方检查，又推回来。小小的输液瓶撞击着不锈钢输液杆，发出叮当叮当的声音。叮当叮当地来了，叮当叮当地去了，就像千里之外上海的生活，此刻更加模糊了。他已经想不起自己为什么会在那里，而此刻为什么又在这里。他觉得假如生活在这一刻就此停止的话，似乎也没有什么不好。对于上海，他也许就是那只易碎的、应该被摘除的鸟蛋。他是有害的。一旦他认识到这一点，他就觉得自己开始理解自己的生活。佘山上的那些人才是真实的,有问题的、不踏实的、无法停顿和存在下去的人——是他。

后来,在母亲应该要推出手术室之前的某一刻,医院进口处的马路上传来嘈杂的声音,一直传到了他站立的窗口。别的病人家属都走了,他带着无聊的父亲下楼去看热闹,顺便吃东西。这里实在太冷,太安静了。

他们顺着楼梯下去,边跺脚边往前走,转过弯,看到一大票人堵在医院门口,远远地听到有人说,出车祸了。他还在犹豫要不要凑上去的时候,父亲已经冲到了最前面。接着他看到一辆农用皮卡停在路当中,分开人群层层的包围圈,一头驴喘着粗气躺在地上,驴旁边是一辆翻倒的大车,大车上是收废品收来的纸盒子。收废品的人抚摸着自己的驴正在抽泣。车把驴撞死了。边上有人解说着。人没事吧?人没事儿。

人们围着,不愿意散去。他看到父亲站在驴前面仔细打量,他过去拉他,别看了,我们去吃饭吧。好,好。他父亲答应着。估计手术还得一会儿,他说。

他们顺着香山脚下一直走着,最后走到了一片像度假区的地方。这里有不少大饭店,但因为不是旅游季节,多数都没有开门。他们走完了一条街，又绕到另一条街，才找到几家开着门儿的小店。其中一间挂着四个大字"驴肉火烧"，他看看父亲，父亲看看他，两人一起走了进去。

热腾腾的驴肉汤端上来的时候，他看到父亲的眼睛红红的。吃了半晌，他开口说，我过得也不好。他看到父亲点点头。他又说，我觉得我妈不会有事儿的。他父亲低头喝着汤，又点点头。他说，我想了想，我不走了，我以后也不回上海了。等这个鸟，从我妈的脑袋里取出来，我们一家人哪里不能去？也算是鬼门关上走过一遭了。就算是在这里，在北京，在香山，咱也可以住下来。等我把上海的房子、工作退了，咱们在这边开个像这样的驴肉火烧店也行。我想这里的房租总还不至于贵。这里多偏啊，上海像这么偏的地方都很便宜了。我想这里应该更便宜了。你觉得怎么样，你觉得好不好？他父亲低着头，说，好。也不知道那头驴死了没有？他父亲又说。就在医院门口，肯定死不了，他说。可医院是治人的，驴得去兽医院吧？他父亲又问。他不知道该怎么回答。他父亲也不再问下去。那一瞬间，他觉得自己和父亲心灵相通——尽管少小离家，疏于交流，但在这一瞬间他突然觉得他知道父亲在想什么。他觉得他们都想起了那只鸟，那只躲在他母亲脑袋里的鸟。那只鸟飞行在北山深处,红草沟的上空。红草沟的土地是红色的,母亲白皙的皮肤在傍晚的斜阳下闪着银光,那天下午她麻将赢了二十二圈,笑容堆在她美丽的脸上,桑树下的牌局结束了,她趴在石台面上假寐,那只鸟,那只小而轻盈的飞禽,从天上盘旋而下,落进了她的左耳。那一定是母亲经历过的、不被理解的,最好的事情。他知道一定是这样,所以她才会那么执着地相信,还一再提起。

越 野

薛 舒

薛　舒　中国作家协会全国委员会委员，上海市作家协会副主席。曾获《人民文学》中篇小说奖，《人民文学》短篇小说奖，《上海文学》奖等。出版小说集《寻找雅葛布》《天亮就走人》《飞越云之南》《婚纱照》《隐声街》《香鼻头》，长篇小说《残镇》《问鬼》，长篇非虚构《远去的人》等。部分小说被译为英文、波兰文出版。

一

明天开始我坐地铁上下班,不想开车了。结婚两周年纪念日的晚餐桌上,我对方圆说。

方圆把目光从酥烤牛小排的盘子里提起来,眼神亮了一亮,胖圆脸渐渐舒展开,厚而软的下巴内浮出第二轮肉圈:"为什么?"

方圆是理科生,物理学硕士,在我们这个著名的"金融"大都市里,他那些《量子力学》《声光电学》和《原子物理学》并无用武之地,他只能去做一名中学物理老师。但他的思维方式保持着显著的经典物理逻辑,在他眼里,我的任何决定必须要有一个现实的理由。

我说我就是不想开车,没感觉了。

别告诉我"感觉","感觉"是不可靠的。

我相信感觉,就像现在,我感觉……想吃冰激凌。

那是你体内缺糖分,内火重,身体通过某种信号传达给你指令,要你摄入甜的和凉的。

我愕然,无言以对,方圆更来劲了:感觉不是因,感觉只是果。当然,有车不开要坐地铁上下班,那也一定有原因,心血来潮、突发奇想的背后，都是有原因的。

我喝了一口红酒，说：为了减少排放，锻炼身体。

方圆眯起眼睛想了想：这勉强算原因。说完低头继续对付他的牛排。其实我没告诉他，我只是不想让他坐地铁上下班，不愿意看他一天两次挤在众多年轻的小白领中，前胸贴后背，闻着别人的口气，塑造一个站在落魄与失败边缘的中年男人形象。

在这之前，我并没有想过要把车让给方圆开。我们家的车，从买回来的第一天开始就是我的专用座驾。可是经历了两年的开车生活，我终于体会到了某种即将应验的趋势：长期在一线城市开车上下班，你不发疯致死，也会颓废致死。

试想一下，当你开着一辆越野车行进在龟速移动的城市高架路上时，你从起初的兴奋，到不久后必然加入"路怒"一族，慢慢地，你就开始颓废。除了颓废，我想象不出我的血管、肌肉、骨骼里还能滋生出别的什么积极的东西来。

是的，作为一个城市人，我拥有一辆毫无必要的越野车，方圆花钱给我买的，他明知道我不可能开车去越野，可他还是指着4S店里那辆几乎撑满整个展示大厅的白色汽车说：我要给你买这辆"牧马人"，想想，你开着它穿越可可西里、登上帕米尔高原、深入三江源……汽车戛然停下，你打开车门，你下车了，草帽、墨镜、波西米亚长裙、流苏大披肩、长发飘飘……这些话不像是方圆的原创，但我还是被他的描述打动了，那画面，就像最新一期《国家地理》杂志封二的汽车广告图片。忘了汽车的牌子、型号，只记得从车里跨出的那个美女，正如方圆所说，草帽、墨镜、波西米亚长裙、流苏大披肩、长发飘飘，仙气逼人。

"汽车和美女总要相得益彰，尤其是越野车，必须要你这样的女人配。"方圆补了一句。他简直换了一个人，很难想象一个把逻辑看得比情趣重要得多的理科生嘴里能吐出这样的话。可我还是内心羞涩外表豪爽地点点头：行，就买这辆吧。

我没在方圆面前说过为什么要订一本《国家地理》杂志，我只是喜欢看那些漂亮到无懈可击的图片，山高水远的景致总是比城市更养眼。也并非唯独它值得我花钱订阅，而是，我供职于一家与出版有关的参公事业单位，最大的福利就是免费阅读各种出版物，这导致我总是没机会报销书报费。恰好，《国家地理》不在免费阅读范围内，于是订了这本昂贵的休闲类杂志。

事实上，穿越可可西里、登上帕米尔高原、深入三江源，这些都是我每个月收到《国家地理》后的视觉盛宴，我通过阅读一本色彩炫丽装帧精致的杂志来完成旅行的意淫，我想象自己到达了那些地方，用眼睛以及大脑。至于我的身体是否去过那里，这重要吗？

一个星期后，我嫁给了方圆，"牧马人"是他娶我的聘礼，花尽了他所有的积蓄。事实上，嫁给方圆的理由并非一辆"牧马人"，我看上的是他的智商，物理学硕士的大脑使我不能理解却又充满好奇，他可以拉高我们孩子的智商，当然是在未来。其实方圆的情商也不低，就在买车的那天，我看出来了。他用一辆越野车告诉他的未婚妻，有些梦想是可以拥有的。于是我拥有了一辆"牧马人"，虽然我从没有开车去越野的梦想，但从这会儿开始，我可以试着想想了。

我住进了方圆租的房子，他和我约定，暂且不要孩子，等我们开着"牧马人"走遍《国家地理》杂志上出现过的那些地方，我们再考虑下一步做什么，比如，买个房子、生个孩子……这是你想要的生活，我知道，方圆说，可是你更应该知道，这只是过日子，过日子而已。

方圆这么说的时候，我觉得他像一个外星人。可是外星人有外星人的优点,他不会和你计较柴米油盐,他也不会干涉你的自由,他自信,从不怀疑自己的追求,虽然他有限的薪水不足以让我们轻松买下大都市的房子,但他对我从不抠门……这些,都是我欣赏的男人模样。所以,尽管他不怎么浪漫,也不会说甜言蜜语哄人,但我还是嫁给了他。

二

据说地铁十号线是著名的文明线路,全上海十七八条地铁,十号线的让座率最高,大多数站点的乘客都能遵守"先下后上"和自动扶梯"左行右站"的规矩。这是我在微信朋友圈里看到的一条转帖,此帖让我颇觉骄傲,因为现在,我就是地铁十号线每日光顾的常客,并且,我也时刻做好了让座的准备,有"老弱病残孕"上车,只要让我看见,我是一定会站起来的。

那日,一对貌似闺密的少妇站在我跟前,两人各自拉着一根吊环聊天,抑或小声嬉笑。少妇,自然是不需要让座的,我坐着心安理得,间或接收到一两条从头顶上方下达的信息,对周末加班的抱怨,对某位女明星是否整过容的猜测,或者关于LV包包日渐庸俗以后该选什么品牌的忧虑。我在看一本书,诺贝尔文学奖得主帕特里克·莫迪亚诺的小长篇,书名叫《青春咖啡馆》。我不能断言我与她们有什么不同,但可以确定,地铁车厢是一种包容度极大的容器,我们都是其中的"物质",如此而已。

为了防止坐过站,我通常在用眼睛阅读的同时用耳朵倾听站名播报,于是不可避免地听见了乘客的交谈、吵架、讲电话。一如此刻,那对窃窃私语的女人在我头顶声情并茂地聊天,使我停留在《青春咖啡馆》第109页,那里有一行字:我更愿意在一个春天的夜晚信步走到香榭丽舍大街上。

我身处的城市被人们叫做"东方巴黎",这里有著名的南京路和淮海路,却没有香榭丽舍大街,此刻我是在上班的途中,拥挤的地铁里,好在我有座位。我低着头,眼睛盯着书页,头顶上的声音轻盈得像两只蝴蝶,有时忽闪而过,有时直扑耳鼓。我听见其中的"豆沙嗓"说一句,"噢哟,又踢我……"与此同时,我的眼角余光里闪过一轮蓝影,坐在右侧的乘客站了起来。应该,他是一个年轻男人,有纯正但轻弱的男声:你坐吧。

只有年轻男人才会有这么干净的嗓音，没有痰气，没有烟气。并且，只有年轻男人才会用这么轻弱的声音给别人让座，女人会用干脆、尖锐、热情四射或者嗲里嗲气的声音叫唤，女人是不需要分年轻还是年老的，女人与女人，没多大区别。至于中年男人——我就从未见过中年男人在地铁里让座。

曾经，我智慧的同事小燕说过，但凡到了中年还要挤地铁的男人，大多不会让座。我当即搜索了几遍脑库，记忆中，的确很少见到挤地铁的中年男人，更少见到中年男人让座。小燕说，最愿意让座的人有两种，一种是纯洁而又体力充沛的小伙子，另一种是善于将心比心的年轻妇女。你想想，智商、品质、境界都够高的男人，哪有到了中年还没买车的？挤地铁的大叔，多半事业不太成功、经济不够宽裕，这种人，容易迁怒社会，不愿意向陌生人表达友善……

这是小燕怀孕期间每天坐地铁总结出来的经验，后来她生完宝宝，他们家就买了一辆车，两口子商量好，车归小燕开，等她老公满四十岁，算小中年吧，车就给他开。不过，她说:他很要赖的，老缠着我要开车。有一次他起了个大早，很献媚地给我做了早餐，然后上班去了，等我吃完早餐准备出门，才发现停车位是空的。晚上他回家，一进门就自己抱块搓衣板跑来问我，要不要跪上去？

我说，我们家方圆倒从不抢车开。话一出口，我忽然意识到，方圆已过四十，眨眼就要进入中年，他给我买了一辆越野车，自己却要挤地铁上班，会不会，他给人的印象，就是一个事业不太成功，经济不够宽裕，抑或智商、品质、境界都不够高的、买不起车的男人？就在那天，我决定要坐地铁上下班，把车让给方圆开。

其实坐地铁上下班也没什么不妥，一个月了，我每天过着平凡而又接地气的生活，我不必担心堵车导致上班迟到，最关键的是，我还可以在地铁上看书。这一个月，我已经在地铁上读完了一本书，现在我正在读第二本，帕特里克·莫迪亚诺的《青春咖啡馆》，第109页。然后，我眼角的余光瞥见坐在右侧的蓝色身影站起来，他说了三个字：你坐吧。清澈的嗓音，没有烟气和痰气。是的，我断定那是一个年轻男人，我的耳朵很敏感，大多时候我能记住听过的声音，还能辨认出这个声音的年龄。

我头顶上的"豆沙嗓"发出一串豆沙还原成众多小豆子滚来滚去的"咯咯"笑声，她没有说"谢谢"，她坐下来，紧挨着我。我始终低着头，后背却已泌出一阵微汗，车厢里太热，我摘掉脖子里的小丝巾，手肘不小心碰到右侧的胳膊。迅速缩回手臂："对不起。"同时，我看见右边一抹丘陵般微隆的腹部，草绿底色白圆点图案覆盖，仿佛小山坡上开满白色雏菊。

地铁停靠南京东路站，忽然很想下车，不想听"豆沙嗓"的"咯咯"笑声，也不想听头顶上蓝色身影的清澈声音，尽管他们没有再说话，我也不想与他们跻身于同一节车厢。匆忙站起身，挤过人群，跨出地铁。车门闭拢，列车呼啸而去，绿色山坡上开满雏菊的微隆腹部闪电般消失在铁轨尽头。我站在原地，等候下一列地铁。

两线交汇的中转站，身后迅速排起长龙，又一班地铁呼啸而来，随着人流挤进车厢。没有座位，我松了口气，不必担心一个颤颤巍巍的老人抑或一个挺着孕肚的女人站在你面前，而你正埋头看书或者闭眼瞌睡，你没有让座……在地铁里，没有座位的人通常占据道德高点，他们有资格指责不让座的人。

地铁启动，举手抓吊环时，忽然发现，适才一直捏在手里的《青春咖啡馆》已然不见。

三

方圆成为我丈夫的时间有多久,"牧马人"作为我座驾的历史就有多久,到目前为止,总共两年。事实上,过去的两年中,这辆身躯庞大骨骼坚硬的白色越野车从未行使过越野的功能,我只是每天开着它上下班。它像一个羞涩的大男人,在一群叫做甲壳虫、MINI COOPER、或者 SMART 的小女生中左顾右盼、小心翼翼,就怕一不小心踩到人家的脚指头,搞得人家骨折了,擦破皮肤了,拉伤肌肉了。它在小女生群中时停时歇、气喘如牛,仿佛一个高原大汉忽然来到零海拔地区,不可避免地遭遇醉氧。更可怕的是,每次把它开进我们那有着"花园单位"荣誉称号的局级小院,那就是一次驾照考核。当它四仰八叉地停泊在亭台楼阁、小巧玲珑的围墙内,就像姚明坐在七个小矮人的迷你城堡里那样不合时宜。两年来,我的驾驶技术有了飞速的长进,尤其是侧方移位和倒车停车,直逼当年把我训得狗血喷头的驾校教练。当然,我从没有戴着草帽和墨镜、穿着波西米亚长裙和流苏大披肩开车,虽然我长发飘飘,但我常常把头发绑成一个丸子顶在头上,这样干净利索,头发不会挡住视线……到目前为止,"牧马人"的行驶记录总共是一万四千五百公里,最远去过绍兴和无锡,剩下的就是从住地到单位,每天一个来回。算起来,我的"牧马人"大约以平均10公里的时速行驶,这是常态。作为一辆越野车,它差不多可以领残疾证了。

方圆常常用幽怨的目光看着他给我买的车,眼神里流露出"暴殄天物"的哀叹。而我,也愈发慵懒和颓废,一辆需要强大的行动力去发掘其能量的汽车,让我这样一个朝九晚五的小公务员感到无可奈何。

结婚两周年,"王品台塑牛排",很轻的背景音乐,帕格尼尼随想曲,我喜欢的小提琴。脑中出现一条湿漉漉的石板路,两边有尖顶的教堂耸立,少年的背影正急切逃离画面。我小声问方圆:你,有没有结婚前的梦想,到现在还没放弃的……

方圆垂着眼皮努力切一块酥烤小牛排:什么?放弃什么?

我深吸一口气,放大音量:我放弃开车,从明天开始坐地铁,车你开吧。

方圆终于抬起眼皮,脸上缓缓流出几缕窃喜。在情感表达上,他总是迟钝木讷,他说:为什么在结婚纪念日告诉我？炒我鱿鱼？并不擅长开玩笑的男人，说完自己率先嘿嘿笑起来。

我断定，他一直等着我放弃开车，物理学硕士的严密逻辑告诉他，"牧马人"的法律所属人是我，尽管是他花钱买的，可他必须得到我的赠予才能驾驶它，要不就得"借"。向自己的老婆借车开，多没面子！还记得那两次长假，去绍兴和无锡，全程都是他开车，当然是在我的要求下。看得出，方圆很兴奋，就像一个把玩具送人之后不好意思讨回来的孩子，人家忽然给他玩两天，这孩子，就像要把本钱玩回来，玩得废寝忘食，玩得夜以继日。他在高速公路上把时速飙到180公里，他还故意开错路，恨不得把100公里的国道开出200公里的实际里程。

然而，从无锡和绍兴回来，越野车又驮着我淹没在了每天的堵车大潮中，方圆用目光抚摸"牧马人"时重又饱含幽怨。直到结婚两周年的餐桌上，王品台塑牛排店的卡座里，帕格尼尼炫技般轻而快速的弓弦声中，我宣布我不开车了。

方圆不愧是理科生，当晚就替我规划好了三种可抵达我工作单位的交通方式，并在每一种交通方式下标识若干提示和注意事项，诸如"下车左拐步行五百米"之类。其实他根本不用替我规划，我早就想好了，坐十号线，虽然出地铁口还要步行一公里才能到单位，但我是起点站上车，有座位，可以安心看40分钟书。

也许怕我反悔，临睡前方圆又问了多遍：真的要坐地铁？不再开车了？你确定？

确定。我斩钉截铁地回答，说完闭上了眼睛。十秒钟后，耳畔传来隆重的鼾声，方圆终于放心睡熟，他足足等了两年，终于要成为"牧马人"的主人了。也许，有可能，事实上，这辆"牧马人"，压根他就是为自己买的，我使用了两年才明白过来。

从现在开始，我不再需要对越野车负责了，也不用去想什么草帽、墨镜、波西米亚长裙、流苏大披肩，更不用想哪年哪月才能走完《国家地理》杂志上那些我从未抵达过的地方，这么一想，我如释重负。

四

《青春咖啡馆》被我弄丢了，这是我在地铁上阅读的第二本书，帕特里克·莫迪亚诺写的，我正读到第109页，最后一眼看见的书页上的那行字是：我更愿意在一个春天的夜晚信步走到香榭丽舍大街上。我还记得它前面一句是这样的，"我甚至在想，那些街道是否还存在，是否已经被那些黑暗物质永远吸走了？"当时我被两个聊天的女声打断了阅读，接着，坐在右侧的乘客站起来给孕妇让座，再接着，地铁停靠南京东路站，我匆匆下车，几分钟后，发现书丢了。

我只能换一本书，这回带的是霍金的《时间简史》，刚结婚时方圆推荐给我的。这本书他也推荐给了他的那些中学生们，他希望通过此书达到科普的目的。可是它在我们家的书柜里静躺了一年多，我从未打开它哪怕认真读过一页，直到今天。

地铁里的阅读让我有种安全感，虽然依旧需要时刻关注周遭，但凡有"老弱病残孕"上车，我还是要站起来让座，当然，不能排除我没看见，埋头苦读或者闭眼瞌睡并非特例，错过让座的机会肯定有，但我并非故意，所以，我的偶尔没让座，不至于拉低十号线的整体素质，我试图这么想。

地铁启动时，我已翻开《时间简史》，扉页上有一行水笔手写字，显然是方圆的笔迹：所有的科学不是物理学，就是集邮——卢瑟福 Ernest Rutherford（1871—1937）

我不认识卢瑟福，不知道他是哪国人，想必他是一个自负的人，他看不起物理学以外的所有学科。方圆大有步其后尘的迹象，虽然他从未说过看不起我，但他常常对我那份需要加班加点的工作表示不屑。这没有任何意义，他说，管理的目的是要让工作有效率地、良性循环地完成，你们的工作，完全是"避简就繁"。方圆刚开车一个月，一个月还不够他体验什么是真正的避简就繁，不久的将来，也许他会发现，在城市里，越野车的功能就是避简就繁，它对滋养血液中的颓废元素效果奇佳。

地铁停靠南京东路站，更多客人上车，我一直低着头看书，耳朵里还插着耳机，新下载的"帕格尼尼"使我的地铁之旅一路轻快急切。这回脑中不再是湿漉漉的石板路，也没有逃离的少年，而是一种弥漫的气味，比如薰衣草，风吹过，"扑啦啦"地飘来，抑或巴黎圣母院，穿布裙的女人赤脚攀爬简陋的钟楼，动作敏捷，一脸轻快。让自己保持活力的最好办法就是，读书、听音乐、挤地铁，同时进行，当然，不能忘记倾听站点播报，还有四站，我将下车。忽然，一只手从人群中伸出，直逼我眼前，头顶上方同时传下声音，从"帕格尼尼"的缝隙里钻入：你的书，还给你。

轻弱的嗓音，没有痰气，没有烟气，音质干净。那只手上果然有一本书，淡蓝封面，掉了封套，半旧，《青春咖啡馆》，没错，是我的书。

我说过，我的耳朵太过灵敏，我能记得听过的声音，我还能听出这个声音当属一个年轻人，那个给"豆沙嗓"让座的人：你坐吧。是的，就是他。

慌忙拔下耳机，抬起头，矗立在眼前的却是一个中年男人。他说：总算找到你了。还是轻弱、干净的声音，与他眼角的皱纹和青色的腮帮子不般配。

可他的确是个中年男人，挤地铁的中年男人。他一手抓吊环，一手持书本，没有任何表情。我接过书，说"谢谢"，心里却狐疑，他是怎么找到我的？传说中的跟踪狂？

也许我的表情暴露了内心疑虑，他不问自答：

五天前，你在南京东路站下车，上午八点十五分，你把书忘在座位上，我捡到了。

你下车时拎着一个花布包便当盒，我猜你是上班族，应该会在每天同一时刻坐地铁。

我也坐这班地铁，五天了，希望可以巧遇书的主人。

我没指望真能遇见你，正打算侵吞这本书，却发现了你。

南京东路站过了，你没下……

我听着他轻描淡写而又流畅的叙述，不断脑补着发生在五天前地铁上的一幕：身侧开满白色雏菊的小山丘让我决定提前下车，南京东路站到达的瞬间，我站起来，低头挤出人群，然后，给孕妇让座的男人发现了我掉在座位上的书，他捡起书，却来不及叫住我。车门关闭的刹那间，他在车厢里看着屏蔽门外的我，他记住了我这副嘴脸……

脑中闪过小燕关于中年男人挤地铁不让座的理论，忍不住仰头打量眼前的男人。我不记得他的长相，可我记得他的声音，出乎意料，他不年轻，鬓角处有几缕白发，鱼尾纹浓密而厚实，棕色的脸部皮肤并非日晒的效果，而是，岁月的沉淀。

忽然生出些许抱歉，不由脱口而出：对不起。却不明白究竟是对天下所有中年男人抱歉，还是仅对眼前的男人。便主动解释：我坐这班地铁上班，不过不是南京东路站下，我要到陕西南路。

男人"呵呵"一笑：我也有过，坐过站，或者下早了，都有。

我抬起脸，再次说"谢谢"。他看了我一眼，说：不必。然后，他就这么站在我面前，一手抓着吊环，身躯摇晃着，轻柔而干净的声音从我头顶不断飘下：

"其实应该我谢你，书我读完了，《青春咖啡馆》。"

"我到交通大学站下，每天这时候总是最拥挤。"

"所以我建议，'老弱病残孕'出门要错开早晚高峰。"他几乎是在自言自语，可这句话却突兀，心里顿时溅起点滴恼羞成怒的火星，脱口而出：你判断一个女人怀孕的依据是什么？有的人只是有点胖。

他一愣，随即笑了笑，没有回答我。我开始后悔自己口无遮拦，这样只会暴露我虚弱的内心，可是，我又何必为没给一个微胖的貌似孕妇的女人让座而觉羞愧？

陕西南路站到了，我礼貌地招呼了一声：谢谢你，再见！

地铁停下的当口，他跟着挤到我身后。我有一种被窥探到隐私的羞怒，浑身紧绷着，就等车门一开箭步飞出。却听他说：三个月内，还是少去人多的公共场所为好。

一阵毛骨悚然，想到发生在巴黎的"暴恐"事件，低头，《青春咖啡馆》安然无恙地捏在手里。就是书里写的那个巴黎，闹市街头，人头攒动，一个被人遗落的双肩背包忽然爆炸……我像一粒蹦出罐头的青豆一样跳出车厢，踏上地面那一刻，我扭过头。车门内，笔挺的白色立领衬衣，中年男人特有的棕色的脸，眼角的皱纹是岁月的标志，青色的下巴表示这里已经被剃须刀耕耘过至少二十年以上。

看起来沉稳、深刻，不露声色的中年男人，没有背双肩包。交通大学还有两站，他跟着我挤到门口是为方便下车？

五

方圆"离家出走"了，在他拥有"牧马人"之后的第二个月，也许是早已计划好的，或者是有了工具，自由就成了抬腿间的事儿。他给我留了一张字条，贴在冰箱上："牧马人"需要到野地里去练练，我会安全回家的。

我并不担心方圆的安全，也不认为这是他不负责任的表现，他的行事风格素来线条清晰而少有啰嗦，忽然出行这样的事，并非不在我的预想中，他一定有他的理由。翻看日历，才发现已是7月1日，中学放暑假的第一天，于他而言，这就是最直接的原因，也不知道他是独自一人还是呼朋唤友一起上路的。以往他靠给学生补课来打发寒暑假时间，我们因此会获得一笔不菲的收入。可是这个暑假，他有了"牧马人",于是他就去越野了,俗套得如同网上说的那样,来一场说走就走的旅行。

我搜索了一遍我们那套由一个卧室、一个客厅以及狭小的厨房和卫生间组成的出租屋,他的笔记本电脑不在书桌上,微单相机也不见了,打开衣橱,缺了好几套他的内衣,外套倒是没少,大概是穿了上个礼拜他自己在淘宝上买的打折冲锋衣,据说是"北脸"牌……他早就等着这一天了,这两个月,他兴高采烈地开车出门,喜气洋洋地开车回家,目光里全然没有了以往的幽怨。他还在卫生间里长时间翻阅《国家地理》,有一次,他把一本新到的杂志撕成了散片。我问他要干嘛?他说:去芜存真,一半多广告,没几页可看,不方便随身带。

我想问他要带到哪里去,还没说出口,却见地上一大堆被撕下来的广告中,有一页,正是我们那辆白色"牧马人"。高大帅气的汽车停在沙漠中,烈日照耀下,车身烁烁发光,车门敞开着,一个脸上架着墨镜、头上扣着宽檐草帽、肩上搭着流苏大披肩、腰间系着波西米亚长裙的女人,正迎着阳光跨出车门。

同一则广告在多期杂志上反复出现是司空见惯的事,

那个越野美女不是我,买"牧马人"的时候,方圆给我的理由,大概只是为了说服他自己,我想。

我没问他要把去掉广告的《国家地理》带去哪里,只是把撕下来的废页扔进了垃圾桶。现在,方圆终于去越野了,他不是未成年人,我没有权利阻止他出行,我们的薪水从没有合并过,我也无法通过他带走多少钱来分析他会离开多久。当然,我更不可能把他追回来,这有失我的尊严。还有,我必须去上班,数不清的文件、表格、审批书、合同协议、费用预算等着我提交上级部门、请领导签字、发下属单位,数不清的会议等着我做议程、发嘉宾请柬、做会务准备,我请不出假,一年5天的公休只够我飞一趟日本或者泰国,买上著名的马桶盖电饭煲眼药水然后飞回来,可我对这些没兴趣……不知道方圆现在驾车到了何地,他的目的地又是何方,可可西里?帕米尔高原?三江源?我想象着这些并非我的梦想的名字,心里生出些许并非我预料中的失落。

方圆"离家出走"了,可我还是要去上班,坐地铁,每天。《青春咖啡馆》找回来了,我把它扔在家里,没想过要从109页继续读下去。《时间简史》不厚,却艰涩难读,可我还是带着它。"下一站,陕西南路,请到站的乘客提前准备下车",广播清晰播报,地铁吭然停下。出地铁口,步行一公里,途中总会遇到若干孕妇。这世界,总要有人忙于应付工作,有人恣意生活,有人实现梦想,还有人,为人类的繁衍作出贡献。

我没有给方圆打电话的欲望,一丝都没有,除非他打电话给我。可我知道,想要接到他的电话,除非出事了。这是他一贯"无事勿扰"的做派,缺乏人情味,却不得不承认,极其有原则。做了两年夫妻,我对他熟知而了解。我没想过要改变他什么,他也没有,我们彼此尊重,谦让而和睦。他给我买车,严格遵守使用权和所有权高度统一的原则,我认为,那是他对我的诚意。可是现在,我有些怀疑,世上的恩爱夫妻是不是都像我们这样?

是啊,我们怎么就从来没有彼此耍过一次赖?就像小燕的老公偷偷把车开出去,回家主动要求跪搓衣板。我的老公从不抢我的车开,可我的老公却在获得我放弃的"牧马人"后独自去越野了,他永远不会在我面前主动要求跪搓衣板,不可能。甚至,没事打电话也被他认为多余。相处不累,才能长久,他一直这么说。

下班坐地铁回家,照例是没有座位的,中转站换乘地铁永远人满为患，我却在车厢里用目光默默搜寻周遭乘客，但凡腹部微隆的女人，我都要打量一番，然后循着她站立的位置，看向离她最近的那个坐着的乘客。我没有座位，别人是否让座与我无关。拿出《时间简史》，"帕格尼尼"在耳朵里强行演奏，像一部链条哒哒转动的自行车，在满地飞舞的落叶中踏行。我抓住吊环，开始阅读：

为何我们从未看到碎杯子集合起来，离开地面并跳回到桌子上？通常的解释是，这违背了热力学第二定律所表述的在任何闭合系统中的无序度或熵总是随时间而增加。换言之，它是穆菲定律的一种形式：事情总是趋向于越变越糟。也就是说，人们很容易从早先桌子上的杯子变成后来地面上的碎杯子，而不是相反。

霍金的话令我难以理解，但我记住了这句话：事情总是趋向于越变越糟。自行车链条在耳中"咔嗒"断掉，落叶旋转着趴在地上，路依然没完没了，看不见尽头。强烈的不安突然袭来，拿出手机，犹豫又犹豫，然后，给方圆发出一条短信：一切都好吗？

我希望杯子保持完整，即便已经有裂痕，一旦掉在地上摔碎，再不可能跳回桌上复合。方圆很快回来短信：每时每刻，我们看到的一切，都是它的过去。

无法确定他这句话应该从物理学角度还是哲学角度去理解，更无法判断他的具体所指，却又莫名恐慌，感觉自己正在失去支撑，失去某种保住自尊的优势，哪怕只是一辆车的驾驶权。于是追了一条短信给方圆，是一个最普通的妻子该说的话：什么时候回家？

方圆没有回复。地铁到终点站，剧烈饥饿，直接进了小区门口的"麻辣香锅"，野心勃勃地点了一份五十元的餐。铁锅端到面前，开始大口吞吃五颜六色的牛百叶、午餐肉、笋尖和魔芋。自从坐地铁上下班，我的胃口变得越来越大，我甚至感觉自己正在向微胖界发展。方圆就是一个微胖男，这样下去，我和他，我们会越来越有夫妻相的，可我们也许已经开始了南辕北辙的疏离，我担心。

吃完麻辣香锅，结完账，方圆的短信来了，是一张彩信图片。似是高原上溪流纵横的草场，远处好像有雪山，只是暮色已临，一切都显得黯淡无光，白色"牧马人"亦是一身斑驳污泥，停泊得委顿而凄凉。

这不是《国家地理》杂志上漂亮的图片，没有文字说明，也没有方圆的身影。他不喜欢用手机拍照，发来图片已是勉为其难。还有，他像老年人一样拒绝使用微信，这使他的行踪无法通过互联网随时向他人播报。为什么要随时播报行踪呢？他狡辩：当你收到我在喝水的信息时，我已经放下了杯子，这有意义吗？

感觉有些反胃，大概是麻辣香锅吃多了。这一夜，我起来三次，呕吐，喝水，再呕吐，再喝水。听说呕吐容易使人脱水，喝水不能治病，喝水只是希望事情不至于趋向越来越糟。

六

地铁车厢里，我低着头，耳孔里照旧插着耳机，"帕格尼尼"可激发的活力已乏善可陈，可我依然读书、听音乐、挤地铁，同时进行。《时间简史》，第五章，地铁上的阅读已然进入我完全不能理解的桥段：

……任何粒子都会有和它相湮灭的反粒子，这就有可能存在由反粒子构成的整个反世界和反人。然而，如果你遇到了反你，注意不要握手！否则，你们两人都会在一个巨大的闪光中消失殆尽……

感觉一抹正在靠近我的阴影，也许是我的影子，或者是"反我"。想到这里我笑了，抬起头，阴影也在笑，笑着说：又遇见你了，你好！清澈的嗓音，没有烟气，没有痰气，从"帕格尼尼"的夹缝中柔软侵入。

我摘掉耳机，情不自禁地伸出手：你好！

如果这世上存在一个"反我"，那我们握手的同时会不会彼此引爆，瞬间消解？

他青色的腮帮子上稍稍流露出犹豫，一秒钟后，伸出手。两只手相握的瞬间，我没有消失，他也没有。

我们已经有三面之交，可我仅仅知道他要在交通大学站下车，别的一无所知。他很自然，问我看的什么书。我合上翻开的书页，把黑色封面烫金标题的《时间简史》递给他，他接过去，随意翻看。我仰头看站着的他，比前一次更大胆，更仔细。

干净的寸头，鬓角修得很高，没有发胖的身材使他看起来健朗挺拔，但眼角有密布的鱼尾纹，额头上的皱纹亦是显然，棕色的脸颊……好吧，中年男人，挤地铁的中年男人。

他感觉到我在看他，也看了我一眼，毫无慌乱的坦然的目光，然后把书还给我，说：今天我也到陕西南路站。

我保持着并非亲密友人之间不期而遇的客套：是吗？好巧。

他看了一眼手机：我要去长乐路……长乐路与陕西南路交错，每天我都在步行去单位的途中经过。我没有接他的话茬，插上耳机，低头继续看书。

陕西南路站到了，我站起来，他侧身，让我先过。出站时，我指着"全家"便利店对他说：买点东西，有机会再见啦！

他点点头：再见。却又叫住我，补了一句：尽量少去人多的公共场所，尤其是这几个月。说完扭头向出口走去。

心脏狂跳着在"全家"磨蹭了十分钟，看面包的价格，看三明治什么夹心，看关东煮的丸子有几种，然后，什么都没买，想象中年男人已经走远，我才出了站。

沿着陕西南路走向我那花园单位，始终处于忐忑中。一个衣冠楚楚需要挤地铁的中年男人，终归令人疑惑，他让座给孕妇，他为了把一本小说还给失主连续五天在地铁上找我，他有理有节并且告诫我少去公共场所……低头，《时间简史》还捏在手里。

找到人行道上离我最近的垃圾桶，黑色封面烫金标题的书被我扔进去，发出"噗通"一声，环卫工人很勤快，刚收拾过，垃圾桶里还很空。扔完书我快步离开，一公里步行路程，我想象着黑色的《时间简史》在垃圾桶里发热、冒烟，明知不可能，却竖起耳朵倾听身后，倘若发出一声爆炸的巨响，倘若那是一个以书的形式伪装的炸弹，倘若那本书里藏着一个"反我"……我不再如同往日那样一心埋头赶路，过长乐路时，我更是左顾右盼、东张西望，我不想遇到那个将熟未熟的中年男人。

我没有遇见中年男人，我看见陆陆续续开门营业的母婴用品商店，还有，转角口的墙上，一枚并不太过显眼的箭头形指示牌，上面写着：妇婴保健医院，长乐路XXX号。

从未注意过，这里竟坐落着著名的妇婴保健医院，怪不得总会在地铁口到单位的一公里路途中看见孕妇出没。我扫视了一圈周围的路人，立即发现三个孕妇，两个身边有男人护驾，一个由年老妇女陪同。

过横道线时，行人绿灯只剩下五秒，前面有一位正缓慢行走的胖大女人，按以往的习惯，我会绕开她快走几步，在红灯跳出前过完马路。可是现在，我看见她肥硕的臀部以及挺胸昂首的走姿，以及小心搀扶着她的细瘦男人，便跟在距离她一米之外的身后，同样缓慢地行走在横道线上。红灯已然亮起，十字路口正待启动的汽车里，司机用急不可耐的目光瞪我，可我心安理得。

是的，今天我才发现，这是一条孕妇街，每天都有络绎不绝的孕妇去妇婴保健医院例行体检，或者从医院检查完出来，她们让这条街充满幸福，同时危机四伏。跨上街对面的人行道时，我忽然想明白，那一回，我在南京东路站提前下车，并不是因为没给孕妇让座而觉羞愧，而是，别人让座了，这让我无法心安理得。

我有点想念开着"牧马人"在城市高速路上堵成狗的日子，尽管无法去真正的原野飞驰，可是至少，在一辆车的空间里，我是自由的。

七

终于重新拾起读到 109 页的《青春咖啡馆》：我更愿意

在一个春天的夜晚信步走到香榭丽舍大街上。如今，真正意义上的香榭丽舍已经不复存在，不过，到了晚上，它们还能给人造成一种假象。也许，走在香榭丽舍大街上，我依然能听见你唤我名字的声音……

可是，捧着失而复得的书，视线停留在109页，我却无法做到在地铁里安心读书，任何一个站在我面前的乘客，我都要留意他们是否年老，是否体弱，是否面带病貌，是否身有残疾，或者，是否怀孕……

从地铁口走向单位，经过那只曾经装过《时间简史》的垃圾桶，我总要多看它一眼。它安然无恙地站立在原地，日复一日。

暑假还没过去，方圆还没有回来。读书、听音乐、挤地铁，这些同时进行的活动并未洗涤我日渐慵懒的血液，帕格尼尼随想曲的节奏根本无法带动我，原以为在大都市里开车让我变得颓废，现在我不再开车，可我连偶尔的愠怒都不再有。并且，有一件事令我疑虑重重，月事逾期不来，我有种预感，这让我喜忧交加。

小燕说，去医院看看吧，我在办公室留守，放心。

下午溜班去妇婴保健医院，排队挂号，排队候诊，排队付费……到处排队，被身前身后众多排队的孕妇包围，没有谁给谁让座的规矩，谁都挺着大肚子，我羽量级的身材和腰围甚至让我尴尬和羞愧。这让我不禁产生错觉，好像，世上所有的孕妇都聚集到了这里。

排队取尿检单时，隐约听见远远的，一个颇具辨识度的声音穿透嘈杂人声传至我耳中，没有烟气，没有痰气，当属年轻人。循着声音看向人群，白大褂男医生领着一群实习生从走廊那头走来，越走越近，然后，在我面前鱼贯而过。中年男医生显然是导师的样子，他对学生说的那些词汇，在我听来极其陌生，"器官功能"、"内分泌系统"、"微创精准度"、"整复治疗"……他有棕色的脸部皮肤，鱼尾纹密集，青色的腮帮子刮得很干净，却刮不尽年岁的痕迹。

拿着妊娠三个月的诊断单走出医院时，我回头看了一眼挂在大门上的标牌，"交通大学医学院附属"的字样，让我想通一个陌生男人两次提醒我"最近几个月少去公共场所"的理由，我也终于相信，这世上的确有人能区分什么是微胖，什么是怀孕。并且，下次我还想和小燕探讨一下关于"中年男人坐地铁不让座"的理论，尽管我们都有可能犯下以偏概全的错误，但我们的确不能证明，实践与理论之间的关系究竟有多复杂。

回家的地铁上，我拿出手机，这回没有丝毫犹豫，给方圆发了四个字：我怀孕了。

晚上，方圆主动给我打电话，十分难得。他气喘吁吁的声音从遥远的青藏高原传来：我到那曲了，在这里，走每一步路，说每一句话，都要用全身心的精力，要不你就会窒息，你会死掉……

顾不上说怀孕的事，我急着问他：你是不是缺氧了？是不是透不过气来？

我问我的，他说他的：青藏路一马平川，开着"牧马人"一路向西，就好像要开到天上去，这里的天很蓝很蓝，云很低很低……

这不像方圆说的话，可电话里的声音就是他：方圆你带氧气罐了吗？那曲的海拔是多少？你得吸氧。

他停顿了一小会儿，然后，我听见他喘着粗气，大声喊道：在这里，你必须用力活着，才能活下去……

电话断了，我的耳朵还贴在手机上，眼睛忽然一热，不知道为什么，眼泪居然涌出来。有些时候，理智并没有发现一切已改变，可是感觉不会骗人。

我找出被方圆拆得支离破碎的《国家地理》页片，我想再看一眼那张广告图，白色"牧马人"停在沙漠中的样子高大威猛，烈日照得车身烁烁发光，车门敞开着，一个脸上架着墨镜、头上扣着宽檐草帽、肩上搭着流苏大披肩、腰间系着波西米亚长裙的女人，正迎着阳光跨出车门……可是没有，找不到了，但凡广告页，都被剪下来扔掉了。

我开始怀疑，是不是，决定把车让给方圆开，本来就是错的？于是拿出手机，给方圆再次发去一条短信，我说：等你完成了梦想，我就要过我的日子了。发完短信，已觉手瘫脚软、筋疲力尽。

直到午夜，方圆才回复短信，大概挣扎了许久，他说：回去后，车还是你开，怀孕挤地铁不安全。

方圆真是个聪明人，他完全领会了我的意思，我希望腹中的孩子能遗传到他的智商，这是我嫁给他最初的原因，也是最"物理"的原因。现在，"牧马人"正载着他在越野的途中，也许他会比计划提前回家，我想。

我再次告诉自己：越野不是我的梦想，从来不是。方圆买下"牧马人"的时候，应该早就知道。

风油精

....

赵　松

赵 松 作家、文学和艺术评论家。1972 年生于辽宁抚顺，现居上海。已出版《空隙》《抚顺故事集》《积木书》《最好的旅行》《被夺走了时间的蚂蚁》《隐》《伊春》《灵魂应是可以随时飞起的鸟》等小说与评论随笔集。

一

1996年夏天，封游清飞去布拉格的时候，不知博得了我们多少同情的眼神。她离婚了。那个叫她"风油精女士"的男人，在携款潜逃的途中被警方捕获，这倒没什么，令她无法接受的是，他竟然还带了个有夫有子并不算貌美的女人。这真是狗血淋头啊，她几乎是一字一顿地对我们说道。身材高挑的她穿着黑丝衬衫、黑纱长裤，蹬着九厘米高跟的皮鞋，戴着墨镜钻进她哥的那辆奥迪A8后座时，厂门口那些旁观者都觉得她像是要去参加一场葬礼。

我们都喜欢她。她每天上班时都会换上不同款式的衣服、首饰和墨镜。她从不穿裙子，只穿长裤。她的颧骨有些高，肤色略黑，但还是能看得出颧骨上的雀斑，当然这丝毫不影响她在我们心中的飘逸形象。我们经常会开玩笑，她老公怎么受得了这种风情而又强悍的女人啊，可是没说多久，他就逃了。这位采购处的新晋主管，白面书生，真是出乎所有人的意料。我们都记得，消息传来后，她站在办公室走廊尽头，抽了半包烟。

布拉格什么样啊？从她寄回来的几张明信片来看，它陈旧而又阴郁。但在长途电话里,她却欢快地对我们说,这里人气很旺,到处都是阳光啊。捷克斯洛伐克的首都啊,人人都有汽车,无所事事,悠闲懒散。不是分了吗?分成了捷克和斯洛伐克?我们问。1993年啊。我管不着这个,她笑道。我找到了好生意才是真的。没等我们细问,电话就断了。

1997年春节前,她回来了。在欢迎晚宴上,她自豪地宣布,姐姐我这回真发了。布拉格,一百多万人,有20万男人穿上了她贩卖过去的大裤头。这是什么概念啊?她抽着烟,摇头叹息,你们真的没法儿想象,这有多么的简单。她从沈阳五爱市场,每条5块钱批发,每次发货2万条,到了布拉格,再批发给当地人,5美金一条,三个月卖了20万条……你们算算吧。说到这里,她深呼吸,然后抽完了那支烟,摁灭在满是烟蒂的烟缸里。确实,我们都被深深地震惊了。我们宁愿相信是她疯了,而不是真做成了这生意。我们用心计算着,把美金换算成人民币。这数字,对于月薪六七百块的我们,实是天文数字,令人虚无。这件事随即变成了不断发酵的传闻。跟我们一样,很多人都不信。但接下来发生的事,让我们不得不信了。她把她姐一家人都派到了布拉格,因为她在那里开了个饺子馆,她姐姐姐夫,外加一个邻居大妈，在那里包饺子，每人月薪1500美金。

从那时起，只要谈起她，我们就都叫她"风油精"了，就好像人人都是那个傻乎乎地逃跑的小白脸。可是，她为什么不去布拉格定居呢？我们百思不得其解。她的回答每次都有所不同。最后大家终于明白了，她是想在这边再找个男人，真正爱她的。香港都他娘的回归了，她恨恨道。我难不成还找不到个像样的男人？我们都点头，心里暗想，悬。想想她那一米七二的个头，那种傲慢，气势迫人，那副老烟枪的派头，还有那双尖锐的高跟皮鞋……我们都觉得能罩得住她的男人，至少在我们单位这几万人中是没有的。整个城市里想来也不会有了。残酷的现实。

没文化的，她是看不上的。没有男人气概的，她更是看不上。那些混在面儿上的油腔滑调、蝇营狗苟之徒，就更不用说了。可是没人能想到，她会喜欢上厂办副主任老瞿。不过细一琢磨，老瞿跟她至少有两个共同点，身材高大和傲慢。这位老兄年方四十，虽副职坐穿，但依旧目中无人，永远眯着眼睛看人，不给个正眼，不知得罪了多少人。他仕途不顺，是因为他超生，有了个儿子。他最拿手的事儿，是写报告。一万多字的年度工作报告，他一个通宵就搞定。无人能及。党委书记曾有一句名言，要在机关混，要么能办事，要么能办文，至少占一头，否则就赶紧挪窝。他是能办文的笔杆子。

风油精对老瞿这支笔，是半点兴趣都没有，称其为废话大师。她说每次年终大会上，听着领导念那一万多字的报告，她都想笑，因为想到老瞿被虐成了狗，才写出这漫漫长文，再通过领导的嘴，把大家虐成狗。所以吧，她笑道，我们大家其实都是狗男女。说这话时，她正跟我们在一个酒桌上，半杯半杯地喝白酒。她的酒量是家传的，喝一瓶52度的白酒，在她只是基本量。那些酒场老将，对她也是敬畏三分。要让她喝醉，很难，除非她成心想醉。

老瞿的酒量，跟她般配。有一回总公司搞活动，在本地最豪华的夜总会。有舞台，有乐队，有歌手，装饰奢侈华丽，灯光旋转，令人目眩。他们把一桌人都喝趴了。老瞿兴致不减，几个大步跳上舞台。他抓过麦克风，对乐队致意，说要唱几首歌给在座的朋友们，人生何处不相逢，相逢何必曾相识？大家热烈鼓掌。他唱了一组《小白杨》之类的歌曲，震惊四座。原来，他早年在公司文工团待过，系统学过美声和民族唱法，唱起歌来字正腔圆、底气十足，手眼身法步，无不到位。最后一首，唱的是《月亮代表我的心》。他始终朝着一个方向。当然，风油精正侧着身子，在那叼着烟，歪着头，似笑非笑地拍着巴掌。歌声落下，全场掌声中，她披上大衣，冲他竖了竖大拇指，转身走了。

他十六岁时就演过样板戏。多年前的唱词，他仍能一字不落地唱出来。但他最爱的，是话剧。在市总工会的职工业余剧社里，他演过《雷雨》。导演是外行，他演得再好，也没用。他的理想，是有朝一日能进京，跟人艺的飙场《茶馆》。人都笑他，他却说燕雀安知鸿鹄之志。风油精说这事儿没准真能成，出钱托几层关系，搞定人艺领导，让你演一次！他沉默不语。后来他承认，自己被感动了，人生得一知己足矣，斯世当以同怀视之。于是风油精就投入了他的怀抱。他们经常约会，晚上开着单位领导的那辆凯迪拉克，围着这座城市转。他喜欢边开车边唱歌给她听，她说她始终都不习惯这种方式，妈的听他这么近唱歌，浑身不自在，起鸡皮疙瘩。据说他有时还会跟她朗诵诗，比如郭小川的《祝酒歌》，每次都听得她笑岔气儿。太夸张了，她说，简直。不过她喜欢他。就是他了。

他的人生充满了阴差阳错。比如他想成为作家，却成了写报告的；他想演戏，却成了领导的走卒；他想找个浪漫的爱人，却娶了个贤妻良母；他想遇到一个灵魂伴侣，却偏偏碰上风油精。他把"风"字改成了"疯"。有次喝酒，他低声对我说，真的，你不知道她有多疯狂。每次深夜里，他想回家时，她都会大闹一场，逼他当场写封情书才可以走。每次他因故不能赶到她那时，都要给她写封悔过书，忏悔自己的无能。有一次他拒绝再写这种东西，她就拿烟头在左臂上烫了朵梅花。真的，他说，我气哭了。

他们折腾了半年多。在年中会后的晚宴上，她喝多了，当众宣布，她要跟他在一起。领导拉住他，低声为他指明出路，我给你放个长假，你不是想进京么？去吧，去人艺体验一个月，算你出差。他给领导鞠了一躬，转身就走了。风油精找不到他，大病了一场，在医院里住了一个多月，其间还用脑袋撞碎了病房的窗玻璃，额头留了道疤痕。后来她又去了布拉格。她想卖了那个饺子馆，然后周游世界，至少去美国看看。她姐姐拒绝了。布拉格是个鬼待的地方，她说，处处让人透不过气来。她走遍了那里的所有酒馆，喝遍了所有洋酒，认识了好多酒鬼，都是些可怜人。后来她认识了个朋友，此人滴酒不沾，是个准备移民美国的汉学家。她那天晚上喝多了，坐在马路边上差点吐死。这人开车经过，就问她需不需要帮助。她就上了车，然后不省人事。这位汉学家不会说中文，却能看懂古汉语，能写半文半白的中文。他最喜欢中国的《诗经》。她醒了之后，才发现是在他家里。她喝了杯浓咖啡。他想借助拼音给她读《诗经》里的第一首诗。她说，NO。他家有好几个房间，她睡的是顶楼那间有天窗的。她躺着看星星，直到天明。

回国后没多久，她收到了他写来的信。她也听说了老瞿的一些事，比如在北京认识了几个攒电视剧的，回来后就开始张罗一部四十集电视连续剧，写剧本。双方约定，一旦开拍，他演男二号，说他的样子像个解放军团长。他请了三个月病假，完成了初稿，还找到了赞助。那几个人收了他的钱，就没了踪影，当时他已找好了所有群众演员。这事儿黄了，他在单位的位置也丢了，成了个闲职人员，整天灰头土脸的，躲在办公室里不见人。

这时风油精的前夫也保外就医出来了，靠倒卖汽柴油，很快发了家。然后也没跟那个女的在一起，而是找了个中学英语教师，住在河东新城。她才不在乎这些破事儿呢，在她眼里，他们都是随时可进五院（精神病院）的浮云。她忙着学英语，每晚都去夜校。还经常跑到友谊宾馆那里，找老外练对话。老外都喜欢她，说她有语言天赋，其中有个老头儿还夸她的英文有美国东部口音。她把这事都写在了信里，用磕磕绊绊的英语，写给远在美国的那个汉学家。每封信都不长，都要等很长时间才能抵达纽约，过了很长时间才能收到回信。她觉得这样的节奏最好。她每天上班都是想来就来，想走就走，因为她哥哥已升任单位领导副手了。

有一回，她在市政府办事，在大厅里忽然碰到了老瞿。操，她忍不住骂道，见鬼了这是。老瞿一脸茫然万分委屈。两人四目相对，无语半天。最后还是她先开了口，你怎么混成了这副德性？他说你能听我解释么？不能。临走时，她问他是不是女儿住院了？他说是。还挺严重的？他说是。要花很多钱？他说是。你有个屁钱啊？他不言语了。"You are hopeless！"她咬牙切齿地说道。他当然没听懂。她出去到银行取了十万块钱，交给了傻站在外面的他，这是给孩子治病的。我还不起，他低头道。她说，欠着！

半年后，她办好了签证，去了美国，跟那个汉学家结了婚。婚后他们去了芝加哥。她在那里开了家饺子馆，汉学家则在大学里教汉学。他是个犹太人，有虔诚的信仰，每天都会祷告。在电话里她告诉我，她胖了。你想想看，她说，就我这个骨架，胖起来会有多吓人，完全像个美国女人了。她觉得汉学家老公有很多招人烦的地方，比如他那半吊子中文，以及一些生活习惯，难以忍受……可是，他爱她，哪怕是她拒绝生孩子，他也还是深深地爱着她，就像爱中文那样，甚至爱她变成了一个无可救药的大胖子。

二

上面的这个故事发表没多久，我就收到了一封厚厚的信。是走邮局来的。看到信封上的字迹，我立即就知道写信的人是谁了。他就是故事里的老瞿的原型。十几页的信，是用钢笔写的。字体一如我记忆中的，不好看，但整齐有力，有些地方把纸都快要划破了。纸用的是单位的便笺，上面印有单位的抬头，绿字，没有格子，底下的印制日期还是2003年11月。这封信显然是打过底稿后再抄上来的，因为从头到尾没有一处涂抹的，也没有笔误，甚至连标点符号都没有用错的地方。这位老笔杆子出身的老哥至今还保有当年严谨的公文习惯，着实让我有点意外。我至今还记着当初他坐在那里准备动笔写年度报告时的样子，点上一根香烟，泡上一杯好茶，抖了抖右肩，眯起眼睛，深呼吸，动笔。他喜欢一气呵成，不喜欢拖拖拉拉去写。他喜欢边写边念念有词，仿佛是先讲出来的，然后才写下的。把稿子交给打字员的时候，肯定是干干净净的成稿。打字员开始打字了，他也不马上离开，会在那里站上一会儿，甚至会小声哼唱几句。然后他还会跑到窗台那边，拿起喷壶给那些花浇水，有时候还会找把剪子剪枝。有一天他对我说，办公室要是能养猫就好了，没事儿放在腿上摸一摸，会比较惬意。我说那你可以在家里养嘛。他摇摇头，你嫂子最讨厌猫了，她觉得猫这种动物有种妖气，怎么用心养它都不会有感情的。他老婆出身望族，虽相貌平平，但知书识礼，待人接物都很得体，就是身体一直不大好，生了个女儿之后就更不好了。女儿生下来就听不到声音，后来他们就托关系要了个二胎指标，又生了个儿子。他特爱这个儿子，说这孩子长得像爷爷。

爷爷当年在部队里是团政委，转业到地方后当了中学校长，没多久就被下放农村，落实政策没多久就去世了。谈起父亲，他总是肃然起敬而又颇为自豪的神情。他说老爷子当年是部队里为数不多有文化的，因为参军时已经读完高小了，写得一手好字，还能写古体诗，平时不管行军打仗走到哪里，随身行李里总带着那套《鲁迅全集》和《资本论》。老爷子当年的老部下，解放后好多都当了师长、团长。其中一位还成了我们单位第一任厂长，非常正直能干，是个人物，只可惜后来被打成了反革命，在被押解进京途中，跳车身亡。老爷子是唯一敢去死者家中吊唁的，当然没多久也因此受了牵连。老爷子膝下三子两女，他是最小的，也是最聪明的。老爷子对他有很高的期望。可事与愿违，他喜欢的事，老爷子都不喜欢，反之亦然。希望他将来当老师，要么就进部队，他却喜欢各种乐器和唱歌，还喜欢写小说。他十三四岁时，好说歹说，进了少年宫的合唱团，老爷子就此下了结论，这小子，将来注定是诸事无成啊。他少年时的偶像，据说是演员赵丹。电影《哈姆雷特》里丹麦王子的那些台词，他都能倒背如流。老爷子下放农村时，一家人都跟着去了，他当然也不例外。好在下放的村子山清水秀，物产丰富，村长还是当年老爷子手下的连长，对他们一家多有照顾，才没受什么苦。可老爷子蒙冤心苦，天天借酒消愁，那时有粮吃就不错了，哪里还有酒给他天天喝？酒瘾发作时，老爷子连煤油都喝过，虽说没喝死，可身体却垮了。在他那里，这段下放日子留下的，却多是美好的记忆，什么上山采榛子、野果、蘑菇，下河摸鱼、捉虾之类的，少年不认愁滋味，又不用上学，天天悠哉游哉的，也没人管，快活得不得了。苦日子是回城后开始的。老爷子病故了，两个哥哥都还没上班，家里六口人全靠老妈一人工资养活。整整苦了四年多。直到两个哥哥先后上了班，日子才开始好过起来。他没考上大学，上了中专。毕业后进厂没多久，就因文笔好，直接被调到了厂办室当秘书，当时才二十岁，前景一片光明。他跟老婆谈恋爱时，岳父还在位。结婚不到一年,岳父就退二线了。用他的话讲，就是一点力都没能借上，这就是命。

三

××兄：

说来话长。看到你发来的这个故事，或者说小说吧，我其实是有点恍惚的。你写的那个老瞿，显然就是我了，这个没什么可怀疑的。不少细节，我都记不得了，还有些细节，我可以断定不是我的，不过也没什么，故事嘛，总归就是这么出来的。毕竟是二十年前的事了。很多事儿，我也得想想，再想想，才能想起来当时的情形究竟是怎么样的。想得多了，心里就觉着像堆起来很多旧物，自己像个仓库似的，被塞得满满的。本想打个电话给你说说的，可转念一想，倒不如动笔写下来好。能写多少算多少。要是电话里说呢，可能就有点像为自己辩解了，我不喜欢这样，估计你也还能记着我的脾气，向来不喜欢为自己的所作所为辩解什么。

有些事情，我要是不说，别人是不会知道的。你写出这么个故事，我一点都不奇怪，因为你知道的有限，怪不得你。而且你写故事嘛，本来就不是要写什么真相，只要你觉得有意思，你就写了，我明白这个，你哥我多少也算是写过东西的。说实话我还是挺喜欢这个故事的。我甚至挺喜欢里面的那个封游清。要是当初我遇到的是这个人物，那我敢肯定地讲，后面的故事就不是那个结果了。可惜，她不是我认识的那个女人。在很大程度上，也不是你认识的那个。她是你想象出来的一个人。我喜欢你的这种写法，能让一个不存在的人活现眼前。这活儿你干得不错，那接下来我要写的，就是你我都认识的那个女人，写写她的那些事儿，我不说你就不会知道的，还有些你可能曾经知道的，但现在估计也记不得的。

我认识她，是因为她哥是我老同学的朋友。有个喝酒的局，是我老同学张罗的，她哥、她、我，都在。当时她还没结婚呢，也没后来那么张扬，还是个不怎么喜欢说话、也不喝酒的小姑娘。当时我对她的印象，就是人高马大、眼大无神，说话不张嘴，哼哼唧唧的。再见面，已是五年后了。就是你写的那个年会上，但有一点你写错了，我不是唱给她的，而是唱完之后，才看到她的。当时我并没有马上就认出她来，因为她的穿着打扮什么的都变了样，完全是个成熟女人了。我跟她也没坐一桌，而是隔了好几桌。我唱完歌，经过她身旁时，她叫了我一声瞿哥，我才发现她。当时也只是简单聊了几句，知道她已调到我们单位了。她给我的印象，跟以前完全不一样，已经是个眼神热辣、性情开朗、举止大方的漂亮女人了。我跟她哥倒是一直都有来往，虽说谈不上深交，但也算得上关系不错。我知道她一年前就结婚了，老公就在我们单位的销售处，是个小白脸。我当时还逗了她一句，怎么就跟他了呢？她笑道，好看呗。后来我才知道，这是实话，而不是说着玩儿的。

后来，是她先找的我。她想学开车。我们办公室管车，司机我都熟，随便用哪台车都可以。差不多有一个多月左右，我们每到周末就到附近中学的操场上练车。她并不是那种大脑小脑都发达的人，开起车来笨笨的，学得很慢，但胆不小，喜欢乱开一气，故意对我露出她幼稚的那一面。我承认，我确实是在那段时间里渐渐喜欢上她的。练完车，我们也不马上就离开操场，而是坐在车里，闲聊天，天南地北的，人情来往的，什么都聊。她是个话多的人，喜欢一句赶一句地讲，连珠炮似的，都不给你匀空儿。后来，不知道从哪天起，她忽然又变得话少了。没话说，两个人也没怎么觉得尴尬。我们就放音乐，抽烟。她说她是结婚那天开始抽烟的。她喜欢把音乐声开到最大，对音乐本身倒是不挑剔，听什么都行，主要是喜欢车子在重低音里轻微晃动的感觉。有一天临送她回家时，我想对她说点什么。她淡定地问我，你了解我么？我说应该算是吧。她笑了笑，我自己都不了解我自己呢。其实，这也是实话。

我算是被她这种很屌的调子迷住了。这是我比较幼稚的地方。我总是会不由自主地喜欢上那些莫名反常的东西。她拿到驾照的当天晚上，就开车带我出去了。她什么都没说，直接就把车开上了高速公路，去了五十公里外的省城。说实话，车子停在市中心那家最豪华的大酒店门外时，我还有点恍惚。她早就订好了房间。那天晚上,我们几乎都没怎么睡。她像头野兽似的,在我身上咬出了很多牙印儿,有的都渗出了血丝。有那么一会儿,我觉得我们都疯了。天蒙蒙亮时,我在窗前站了一会儿,心里有种古怪的感觉,就是觉得从此以后,再也没什么事情是有意义的了。我站在洗手间的镜子前,看着自己一身的牙印儿,感觉每个都在隐隐作痛。她忽然出现在我的背后,诡异地笑道,这是礼物。什么礼物?我没明白。不是给你的,她说。是给嫂子的。你疯了吧?我忍住了火气。没错,她说。你不想跟我一样么?我沉默了片刻,不想。那我会让你想的,她说。

确实,有那么一段时间,好像我体内的某种东西被她激活了似的,我变得跟她一样疯狂了。现在想想,都觉得不可思议得可怕。但我知道,这事儿,快要到头了。那时候,我已经发现,她实际上是个特别爱说谎的人,十句话里总有七八句是假的。就拿你写到的那件事儿来说吧,布拉格的那段,就是她把别人的事装在了自己身上。卖大裤头的,开饺子馆的,是一个男人,而不是她。她是跟他去的布拉格,但在那里没待几天,两个人就翻脸了。据说是因为她不相信他对自己的感情是发自内心的,而他呢,也根本无法忍受她的喜怒无常。那个老外，那个所谓的犹太汉学家，倒确实是在布拉格认识的，但是在机场里。后来她到美国后才知道，这个根本不是什么汉学家，更不是什么大学教授，只是个中文爱好者，在芝加哥有个不大的农场。当然这都是后话了。

这么多年了，我很少会想到她。你可能想知道，我会不会恨她？一点都没有。我已经有点想不起来她的样子了，与其说她是我记忆里的一个人，倒不如说是个影子，像个幻觉留下来的痕迹。接下来我只要忘了她就可以了。当然这也需要一个过程。我现在活得多舒服，什么麻烦事儿都没有，每天只要往办公室里一坐，泡杯茶，看看报，翻翻书，也就过去了。那些离退休老干部也就这样了。我小儿子都高二了。我女儿现在是个剪纸艺术家。等哪天我发给你看看她的剪纸，相当不错。我对自己的生活，对这个世界，一点意见都没有，非常的满意。因为我是过来人了。看透了。

不过说句实在话，她对不起我。当年我对她，是真的用心了。她生病住院那阵子，我天天那么忙，可晚上还是会去陪她，经常到后半夜才眯一会儿，第二天一早照样上班，跟没事儿人一样，别人都看不出来我整个晚上几乎没怎么睡。可她怎么对我的呢？她给我的都是谎话。你能想象得到么，她暗地里交的，都是些什么人？我也是后来才知道的。当时我已经看透了她这个人了，一个没心没肺的非常自私的充满占有欲的女人。你知道她怎么放话么？她说我想要的东西，要是得不到，我宁愿砸坏它也不会留给别人。我决心跟她断绝来往之后，她到处讲我坏话，说我引诱她，占她便宜，玩够了就想拍拍屁股一走了之。她就是想让我名声扫地。是，她做到了。有一天我在厂门口的那个广场上偶尔碰到了她，我就对她鼓掌，你赢了，恭喜你，我输了，我认输。她上来就给了我一个嘴巴，然后又一拳打在了我脸上，把我鼻子都打出血了。我没动。回办公室洗把脸，我继续上班，跟没事儿一样。我没什么可怕的了。领导找我谈话，我就谈，把这事儿从头到尾原原本本讲一遍。人家一听是这样，也就不说什么了。不管几个领导找我，我都是这样。我不怕烦，也不怕丢人，我是君子坦荡荡。

再后来，她就去了布拉格。其实这是她为了掩人耳目。因为她头脚走，后脚就有一帮人闯进了我家。看得出，这些人都是黑道上混的。他们每天吃在我家，睡在我家，就在那个客厅里，抽烟，喝酒，打牌。我的孩子们都不敢出房间。要不是我老婆是见过大世面的人，还不知道会有什么样的后果呢。她每天照样买菜做饭做家务，就当他们不存在。后来，我一黑道上的兄弟看不过去了，就带人过来，跟他们摊牌，到底想要怎样？最后，他们开出了条件，要我拿十万块钱，算是补偿。我老婆当天晚上就回娘家凑足了钱，给了他们，这事儿才算了了。然后没几天，她也从布拉格飞回来了，跟没事儿人似的，还到处讲自己的旅行。有人跟她提到我家里这出戏，她还装糊涂，说跟她半毛钱关系都没有，是我坏事干多了，自找的麻烦，说我睡了黑道大哥的老婆，不然人家怎么会那么兴师动众找上门来，还住家里？就凭我，她反问道，我有这魅力么？！愣是说得听者差不多都信以为真了。她真是个天生的演员。

我跟你说这些，不是要给自己当年的愚蠢导致的后果做什么辩解。有人说我之所以会跟她这种女人好上，不外乎两个原因，一是想借她哥的光，二是变态的欲望。听得我都想笑了。怎么着我也算是半个文人吧？她呢，有什么？她就是毒药。谁沾上她，都没好下场，只有死路一条。她睡过多少男人，可能她自己都算不清楚。对，我是什么都没有了，但我还有个幸福的家庭，有爱我的老婆，有两个好孩子，她有什么呢？她一无所有。她赢得了谁呢？她每赢一次，就剥去她一层皮，最后剥下她的整张画皮的，不是别人，就是她自己。我闷了这么些年，没说过她一句不好的话。她还跟人说我诅咒她，说我找人下了诅咒符在她家里，让她事事不顺，不断地走霉运。真是天大的笑话。她真该去写写电视连续剧的剧本，好好施展一下她编瞎话的天赋。她临去美国之前，还把我写给她的那些信贴在了厂区公告栏里。我根本不在乎这些，谁爱看就看去吧，好好看看我都写了些什么？它们是这个城市里的人所能写出来的最美好的文字。它们只能证明我是个天真而又浪漫的人，当然，也是个愚蠢到极点的人，因为我选错了对象，写给了一个魔鬼。有人劝我去把它们撕掉，我拒绝了。我甚至希望它们永远都在那里，不要被撕掉，也不要被别的公告盖掉。至少，让大家看看，我是怎么表达我对真爱的执着追求的。我不怕变成一个笑话。我本来就是个笑话。谁又不是个笑话呢？她不是么？你不是么？大家都是。早晚而已。不要介意我的激动，其实我很平静。我相信我的日子，会比她长久。我就在这儿看着。

你哥哥，老×

201×年12月12日

四

封游清到美国后,除了那个电话,就再没有音信。又过了一年左右,春天里,她寄的两张明信片到了。一张是旧金山的金门大桥,后面写了密密的小字:"这里有很多华人,是个到处都是坡的城市,我住在一个朋友家里,每天出门都是上坡下坡。我发现黑人也挺多的。那座桥,据说是自杀胜地。站在桥上,看着风景,吹着风,还是多少能理解那些人为什么要跳下去的。那是一种美好的眩晕感,尤其是对于那些活得苦逼兮兮的人来说,这种感觉太奢侈了,就留在这儿好了,就跳了。估计也就是这么回事儿。我买了几本红色日记本,准备没事儿写点什么。但我发现,实际上好多事儿都不记得了。想想这个,我就顿时轻松了起来。还好,我长这么大,没做过什么对不起别人的事儿。吃得下,睡得香。我记着你说过,能这样,人就大有可为。谢谢。"

另一张明信片上的邮戳日期,是半个月后的。以色列的海法街景。后面仍旧是很多字:"我跟他到以色列了。这里据说是他的亲戚最多的地方。他父母也住在这里,都八十几岁了,真能活,整天笑眯眯地看着我。他想从美国迁回到这里，跟亲人们在一起生活，然后也可以继续他的汉学研究，说是这里的一个大学里也开了这个专业，负责人是他的同门师兄。这里人不多，街上白天里也见不到几个人影。我是不喜欢这种地方的，除了适合养老，等死，我实在想不出还有什么好处。后来我跟他说，要是你想留在这里，我不反对，可我得回芝加哥。我还有我的那个饺子馆呢。另外，我还要买个农场，在那里养鸡养鸭养猪养羊。他说他要想想。那就慢慢想好了。我明天就飞回去了。"字都是用钢笔写的，真称得上是蝇头小字。

二月的素描与光

有　鹿

有 鹿 建筑师,青年作者,偶尔也画画。已出版小说集《我二十九岁的夏天》,书里的插图就是自己画的。还养了几只胖猫。

"窗帘找到了，确实在壁柜里。可是你看这个样子，还能再用吗？！"

紧接着这句话之后，传过来的是曾挂在旧居阳台窗前的银灰色塑料窗帘的照片，连着两张，不同角度。一张范围大些，整个窗帘被摊开，可以看到窗帘中部有些斑点；随后镜头拉近，青灰色的霉点嵌在粗糙的纹路里，纹丝不动的样子像已经长在那儿一万年了。雷夏可以想象前房东在已经有些发黄的床垫上方抖开窗帘，然后后退一大步，怒气冲冲地掏出手机拍了第一张照片，又上前两步，找到霉点最密集的地方，用力按下第二张。

"可能下雨发霉了，那买个新的给你们吧。不好意思。"她回复。

旧居是顶楼的老公房，阳台前的塑料雨篷不知道装了多少年，篷面老化破碎，只剩下一点残片还贴在金属骨架上。忘记关窗的下雨天，雨总是会飘进阳台。窗下的墙因为受潮起皮脱落，墙面斑驳不堪，窗帘也长了霉斑。有一天她看到猫吊在窗帘下晃悠悠地抓来抓去，感到忍无可忍，终于搬来小客厅里的椅子踩上去，把窗帘拆下来塞到了壁橱里。

"算了。这些都算了。灯坏了、厨房水槽下水管坏了等等，家里到处都是毛，算了，算了！但我爱人说，沙发是全新的，现在被抓成这个样子，这个总不能算吧！"

她把右手上正在收拾的一叠杂志丢开，两只手捧着手机，拇指飞快地打字。

"这个房子很老了，家里所有的东西都是旧的，本来就很容易坏的。灯去年过年前就坏了，当时想让你们来修的，也给你们打过电话，那日光灯我自己也修不了，是你们没来。客厅灯坏了，我晚上都用不了，我也不乐意吧？再说房子租了两年了，总有些东西会坏掉的吧？"

"沙发坏了是我的问题，可以赔你们的。"努力让自己缓了一口气，她接着补充。

"那就赔一个沙发吧！"

"那个沙发多少钱？"

客厅里有一张暗红色双人沙发。海绵坐垫，银色金属脚部，完全摊开时可以成为一张单人床。猫在上面撒过一次尿，之后不以为意地继续盘成一团睡在上面。雷夏只好也不以为意，和陈彦吵架的日子里晚上也睡上面。

"没记错的话，大概 1500 到 1600 元吧！"

"那赔你们 1600 元吧。抱歉，家里猫管不住。"

"算了，养猫也没错，但应该收拾得干净些。"

"不好意思。"

明明在交房之前，已经认认真真地打扫了一天。吸尘器吸过三遍，跪在地上再用抹布擦了一遍地板，确保每个角落都打扫到。她害怕生活里那些看似无足轻重的细节暴露在半生不熟的人面前。然而即便如此，那些难堪的灰尘与过往，那些悬浮于空中的毛发，大概还是在她离开之后，缓慢地、坚定地覆盖在了她想清除一切痕迹的地板上。

"那我就从押金里扣除 1600 块，剩下的转给你。"

"可以的。如果之后还有遗漏的需要我付钱的地方，可以联系我，我会付的。"

"不用了，就算结清了！"

"好的，那谢谢你们了。"

猫走过来跳进面前打开的纸箱里，肥胖的身体在狭窄的箱子里艰难地转了一圈，之后它躺下一动不动。她伸出手挠挠它的下巴，再次拿起地上刚刚丢下的杂志收拾起来。

雷夏带着簇新的热情整理着自己的新房间，像刚开学的小学生——放学后会把《语文》往后看好几课，再试着解开《数学》第一节的课后习题。早上第一个快递送来了置物架，接着是两张北欧风的装饰画。第三个包裹是一个小鹿形状的夜灯，在黑暗里会亮起一只小小的驯鹿剪影。她在网上东逛西逛了好久，买了一堆这种完全算不上是生活必需的东西。

她把装好的置物架四处比划了一下，还是预先设想的和边柜垂直的位置最好。边柜也是她买的。齐腰高，白橡实木，并不便宜。那些住过的出租屋里无一例外地总是塞满了房东们不准丢弃的旧家具。上一个出租房也是这样。暗红色大床与沙发，冰冷的茶色玻璃茶几，刷了薄荷绿的衣柜大概已经用了十几年，颜色变得暗淡柔和，是房间里唯一顺眼的家具。好不容易租到现在这样一个几乎空无一物的房间，她感到雀跃，于是带着一点挥霍的心情来珍惜这份自由。

置物架刚放好，猫就跳上去，又用爪子去够放在边柜顶上的透明胶带。边柜上放了一些她收集的落叶和花瓶，早上到的画挂在花瓶后头。玻璃花瓶里是中午她去花鸟市场买来的蕾丝花和南天竹。白绿色的伞状花球挤在南天竹发红的绿叶中。猫跳上来，端坐在花瓶旁边，脸侧过来蹭一蹭叶子，粉红色的耳朵对着叶尖，白色的皮毛晕染着一层光。

她屈腿，上半身尽量保持不动去够茶几上的手机，怕惊动猫让它离开现在的位置。终于拍到了猫和花的合影。她在APP里加了个滤镜，随后在朋友圈发了出去，"猫还算喜欢新家的样子。"

几秒钟之后，照片下多出了第一个红色桃心以及一条留言，是舒锐。

"亲爱的，房间好棒。"

"才收拾了一个角落而已，骗人的啦。"她回复。

"我前几天听小晴说你们那边都结束了？没事了啊？"舒锐发消息过来。

"上周开始就没上班了。去年12月刊已经是最后一期嘛，之后那些杂事又拖到现在。"

"没人留下来？"

"想留也没法留的。遣散费还不知道哪天才能到手呢。"

"遣散"这种词，哪怕是组合在"遣散费"里，看起来也毫不客气。杂志社在去年夏天有消息出来，说12月刊之后全新改版。全新改版，说得好像充满希望似的，但对于她这样的老员工而言，一切无疑都结束了。主编会离职，而新主编会带新团队来接手杂志。消息出来没两个月，领导找所有人单独谈话，没有人可以留下，离开后会发一笔遣散费。

"那接下来打算干吗？先休息一阵子还是接着工作？"

"不知道呢。想暂时先休息下，连着上了好几年的班，好累。"

"那闲着的话，给我们写个稿子？"

"啊？"她一愣。

"公众号呀！你又有美感文字又好，可以给我们写一期的！"

"我不行的吧。"她想起舒锐在朋友圈转发的那些他们公众号的内容，无法确信自己可以写出那些几乎像是口号一样欣欣向荣的话来。

猫已经跳下柜子，百无聊赖地在地上打了个滚之后四脚朝天地躺下，肥胖的肚子松软地耷拉下来。舒锐发了一条长长的语音过来。随后又一条。

每个字的发音都饱含着过分的热情，以及随之附加的伶俐感。雷夏想起曾经共事的日子里，她就坐在自己对面，用着这种类似热带水果的声音打着电话。

"你不要还没看要写什么就觉得自己写不了嘛。主题是'最好的生活'，写一篇吧，你会收拾，照片也拍得好看，生活美学对你来说太容易啦！北欧风那种，日本那种也行，你之前不还有时干美编的活吗，是不是特适合你？我刚看你房间好多植物，就很切题啊！两千字，给你我们这边最高的稿酬，两千块哦宝贝！

"然后我们这边有合作品牌的几个家居产品需要推广的，都是沙发呀、茶几呀，还有吊灯这种，特别棒特别适合北欧风那种的，图片我发你看看，到时候你给恰当地写进去就行。是不是超简单？就是虽然说是软文，但是特别清新特别适合你的，一点都不硬，超级软了！我就特别喜欢你写的东西，和别人不一样！我们这边现在很缺高质量的稿子的，你以后也可以帮我们写下的！别的内容也很需要！"

不是没有写过类似的。先后在一家少女杂志和这家城市杂志待了五年，到底写过多少稿子，她也记不清了。每期都要写采访稿，对方是不太出名的几线明星，有时候是文字采访，雷夏拟好题目发过去，等待对方的回答。有时候是当面采访，出门之前她不得不也把自己收拾得光鲜一点。一边做着笔记一边录音，回来之后再在漫长臃肿的语音中提取一些词语与句子，将它们重组，再会，以期获得不存在的意义。也给相识的作者所供职的杂志写稿。有些晚上她坐在客厅的电脑前，用一切可能想到的其他的事情来拖延写稿，逛淘宝，看书，刷网页。陈彦在房间里打《三国志》，门开着，桌子上一堆打开的零食袋子。这些年他的体重增长了三十来斤，穿衣服已经需要掩饰一下才能不被发现凸出来的肚子。原本那个纤瘦的年轻人好像被他藏在身体内部了，连同其他的一些，一并消失了。

"好吧。我试试。"她应承下来，"什么时候要？"

舒锐又发了语音过来。雷夏把手机放在桌子上打开语音，让声音远一点儿。

"一周之后没问题的吧？时间很宽裕的！"

"亲爱的你能帮我写太好啦，啊，还是你最好啦！"

两千字，她知道舒锐想要些什么——说一些"生活观"，再讲讲怎么布置才能获得这样的生活，获得并不难，有很多产品可以帮助你获得你想要的真正的生活。图片一定要和文字一样可以打动人。要让读者产生一种幻觉，使用了这样的商品，就会获得另外一种生活，另外一种身份。就连她自己，也不能很好地辨认自己买那些家具，到底是出于实际需要还是只是被消费主义的浪潮击倒。

为什么会答应？因为刚才为沙发付出的1600元吧。她把猫抱起来坐到桌子前。

是四年前的事了吧？雷夏记不太清了。微信公众号红到全民兴盛，杂志社也开了一个，那时候还没有聘请专门负责公众号的媒体专员，编辑们每隔几天轮流负责更新一次内容。每个人每个月按时催稿、收稿、出片，还要更新一次杂志社的公众号。公众号的后台极其难操作，排版也不好看，每次都煞费苦心，后来才知道有别的插件可以排版。舒锐还没离职，很快就上手这件事，有排版插件也是她最先发现的。中午大家一起吃饭，都没有什么话可说，一边等菜一边各自低头玩手机。最常去的川菜馆当时还没关门，摆在桌上的面巾纸印着美元和人民币的图案。舒锐的手机放在美元上，一直在打字。那个时候她刚开通了自己的个人公众号，一开始放自己之前写给杂志的一些文章，三五天更新一次，每次更新完再在朋友圈发一条链接。看的人不多，阅读量不过两三百。存稿快用完写新的，去哪都捧着手机写。同事们偶尔点进去看一篇，回复一两句，出于熟人的关系不好意思似的转发一下。所有人都没把这当回事。除了舒锐自己。有一次实在没内容可写，但是又不想不更新，每周她都会更新一次——不更新对读者意味着失约、不可期待，虽然可能也并没有什么人期待着她的更新。她总结了最近看的一部日剧里关于女性的话题，截了很多带着聪明台词的剧照，还有几个女主角优雅的穿着和妆容，再加了一些结论性的文字，标题就是"三十岁的人生，要活成这样才是美丽的"。本以为是无奈的推送，一天之内却创下了五千的阅读量，是过往十几篇内容的点击率总和。她惊讶，高兴，感觉到自己终于被那束光给照到了。

事情就是在那个时候改变了，她找到了方向。年末杂志社举办活动，邀请了一些作者和读者来，舒锐是女主持人。那天很冷，舒锐在白色小高领打底衫外穿了吊带厚丝绒长裙，蓝得几近黑色，举手投足的那些热情都转译为丝绒灿烂的反光。雷夏看着她向几个知名作者介绍自己的公众号，"专为城市女性的时尚号"，她打开手机，"外在美和内在美都兼顾的，主要是教大家如何获得更好的生活的方法。现在阅读量已经基本稳定在每篇都接近一万啦，老师的那个公众号我也一直在追的，很喜欢！以后有机会我们能不能互推一下？"

雷夏确信，如同是羊群里的一只羊一般，很多人都在寻找可以指引自己方向的信号。而站在那群人里的舒锐则终于建成了属于自己的信号塔。

之后舒锐离职，一个实习生也跟着她走了。她很快成立了自己的新媒体工作室，又雇了两个实习生。去年春天舒锐的网店上线，卖一些家居、女性养颜产品，雷夏在那买过一个抱枕，给陈彦靠在椅子上用。

陈彦好像还挺喜欢那个抱枕的，搬走的时候也带走了。

二月初房租到期。在那里住了两年，家里似乎一切能坏的都坏掉了。厨房的灯坏了，抽油烟机的灯也坏掉了，天黑之后厨房便不再看得见。催过陈彦几次，过了几个月他终于把吸顶灯盖打开，发现里面的线路乱七八糟，根本不止是换个灯泡的事情。厨房水槽的下水管道也坏掉了，稍不注意就会漏水，渗水到楼下住户的天花两次。她放了一盏台灯在厨房，大约有大半年没有再做饭。客厅的日光灯也坏掉了，吊灯换过三次灯泡，还剩下唯一一个能亮的灯泡苦苦支撑着。卧室的门锁坏掉了，锁上了就开不了，于是只好把锁拆了，在门上留下一个空洞。白猫有时候会趴在门上站立起来，整个身子拉得很长，一只爪子伸到洞里好奇地掏来掏去。卫生间的防水也坏了，洗澡水没有及时排下去的时候，水会慢慢渗到外墙，墙外就是楼道，几个月的时间下来，整堵墙都因为受潮而脱皮发霉，楼梯边缘堆满掉落的粉屑。再三要求之下，房东重做了淋浴间，才算解决了这个问题。

一切都有条不紊地、缓慢地崩坏下去。如果一直住下去的话，大概所有的东西都可以坏掉。好像生活就是有这样的魔力。

陈彦搬走之后雷夏也开始收拾东西。房租到期还有一个多月，时间还充裕，她一天收拾一点。最早打包的是衣物，只留下几件，其他的全装进了纸箱。接着给书架上的书打包，每本书都要翻翻，有时还读一段。书里夹着很多早已经遗忘的东西，最多的是落叶和花瓣。也翻到八年前她写给陈彦的明信片。

"新年快乐，考试顺利。2009.12.31"，只有这八个字和一个日期。

字迹工整、娟秀，她特意去学校外的文具店，买到 0.3 mm 极细黑色中性笔写下的。她觉得自己用细笔写的字更好看些。翻过来，正面图案是青灰色布满水珠的一片玻璃，雷夏觉得这夏日阵雨的意象像自己的名字，一眼看中。这句话像熟人之间的没头没尾，然而当时陈彦只是一个每天在图书馆坐她附近看书的沉默的陌生人而已。她写好卡片，准备第二天偷偷放进他书里。第二天就是元旦，走到图书馆门口雷夏才发现门口竖着牌子写着"今日闭馆"。于是这张卡片最终还是留在了她这里。

大部分东西打包好之后她开始彻底清洁房子。冰箱老旧，不知道用了多少年。制冷管在冷冻室的抽屉下方，结了很厚的冰霜，抽屉已经无法打开。雷夏拔掉了电源插头打开柜门让它化冻。化冻后的抽屉终于可以拉开，融化的冰水里泡着几瓶陈彦从舟山旅行时带回来的始终也没有吃的蟹糊。上面的冷藏室很久没有打开过，雷夏以为是空的，打开时才发现里面有吃剩下一半的生日蛋糕，还有几根已经脱水到无形的蔬菜。十月末陈彦给自己买的生日蛋糕，没吃完就放在了冰箱里，不知道已经腐坏了多久。还有一瓶自己夏天时做的青梅露，白色的泡沫浮在液体表面，看起来也已经坏了。

冰箱里的气味令人作呕，她捧出已经长出黑斑的蛋糕，眼泪都快要流出来。

一个人究竟有没有放弃生活，看看她的冰箱就知道了啊。

琐碎的生活里累积的废物比想象中要多得多。七楼没有电梯的老房子，雷夏一趟一趟地下楼扔垃圾。猫爬架也拆了扔掉了。冬天的寒冷被劳动驱走，玻璃幕墙反射的阳光照进楼梯间，窗台上的芦荟一半在阳光里一半在灰暗里。她停下来喘气，看着呼出的白色水汽在那束阳光里消散。她不停地丢东西，也有一些陈彦的旧东西不舍得丢。分手是什么呢，大概就是在无意义中发现存在的意义，在不重要中发现重要。房子一天天空荡起来。最后一天下午，行李已经全部搬走，雷夏带着猫箱子回来拿猫。白猫躺在只剩下几个衣架的衣柜里等她，四腿朝天地睡着了。一切都安静得很，一些遥远的置身事外的人们的说话声和汽车声隐隐传来。午后的光已有黄昏之色，最后晾晒的几件衣物挂在阳台上，风带着腊梅的馨香，将它们吹得团团转。一个过分温暖的冬日午后。雷夏躺在床垫上，感觉到自己的生活和风里打转的衣物没什么两样。

软弱、摇摆、抑郁。

能感受到风，却感受不到自己的流动。

她羡慕那些确凿无误的人。

"有人说，在最好的书籍之后，在最漂亮的女人之后，在从未见过的最美丽的沙漠之后,便开始了生活的剩余部分。事实上,其他事情正在发生——另一本书,另一个女人,另一片沙漠——生活的剩余部分又成为生活本身。

"这仅仅是结束的幻觉。人们希望有一条最终的地平线,去标示那不可改变的品质之前的事物——即使这不大可能。"

雷夏在键盘上敲下让·波德里亚的句子。然而这些句子明显太过文艺,舒锐的读者恐怕根本搞不清楚她这样的开头想要说些什么。光标删到第一个字符的位置,停在那里闪烁着,没法再动弹。显示器亮着光呆立在书桌上,像放完电影的大屏幕。已经中午了,一个字都还没写出来。

书桌是两年前买的。"想写小说,"她对陈彦说,"想买个好点的桌子,好好写。""那就买啊。"在网上挑了很久,她选了这款并不便宜的,接近四千块。陈彦付了钱,算是对她的支持。等了一个月,桌子总算送到了。一层一层包裹着桌面板的珍珠棉被完全打开时她略有一些失望——樱桃木有点红,并不如卖家照片上淡淡的焦黄色那样好看。然而她还是很快地接受了这个现实,拿出装在透明包装袋中的五金件,将四条桌腿逐一装上,再用力抓住两条桌腿将之翻过来,推到空无一物的墙边。一米五长、近一米宽，在小小的客厅里显得这样大而稳固的一张桌子，确实在当时是投射了某些她的希冀于其上的。

她已经很久没有写正经东西。第一本书出版已经过去了两年，那些无聊做作的爱情故事她一个字也不想再写。舒锐的成功显然刺激了同事们，虽然没有人明说，但事实上办公室里每个人都在那之后开设了自己的个人公众号，一边惋惜着错过了最容易发展的时期，一边也还是期待着某一天也能有什么特别的事情发生。

雷夏有别的野心。然而上班这件事似乎就已经耗尽了她全部的能量。前半个月通常不忙，定选题，找作者，约稿，等着收稿子。一到快出片前，就忙得不行。每天下班回家后，她都觉得疲倦，需要一种别的力量来阻断这种疲惫的延伸。大多数时候她饭也不吃，缩在沙发上就可以睡着，醒来之后已经是夜里十点，陈彦还没有回来。她洗了澡，坐在桌子前想写点什么。然而也写不出像样的东西来。很多事情断在开头。一旦需要向外输出的时候，便不能继续下去。她失去表达欲很久了。对于生活她只想沉默不语。

身体状况一直不好。最初是坐着的时间太长，然后腰部很疼，以至于晚上什么睡姿都睡不着，雷夏整夜整夜地失眠。失眠又导致心脏不舒服，心脏不舒服更加睡不着，如此恶性循环。实在无计可施的夜里，雷夏爬起来开始写脑海里那个夏天的故事。二十九岁的女性，在南方夏天如期而至的台风，梦中横亘着无法跨越的大海与骑行的象，但也没有什么特别的事情发生。没什么关系，生活就是没什么特别的事情发生不是吗。雷夏不知道如何有效组织文本结构，人物语言又不想显得日常化，日常化往往会失去抽象性，她想让现实在语言的陌生化中抽象起来。她写得有些艰难，断断续续，一天几百字，写到清晨六点，勉强睡两三个小时，之后再去上班。最后她还是缓慢地完成了它。完成之后她很高兴，然而短暂的雀跃之后，她就变得毫无勇气，连再看一眼都不敢。

焦虑和沮丧在那些夜晚从来没有离开过，她为自己的平庸迟钝而倍感绝望。秋天的夜晚有点凉，雷夏穿着T恤坐在桌子前面艰难地一点一点地写。猫躺在手边睡觉，下巴倒过来，嘴角像一个小小的Y，爪子搭在她的胳膊上。也有高兴的时候，往往是终于写完了某一段落，松一口气。然而这种感觉十分短暂，很快她就会又怀疑起自己已经写出的东西根本不值得再看一眼。曾经一起出书的朋友寄来的他们的新书就在旁边书架的最里面。脸谱化的人物，为了制造戏剧冲突故意设置的矛盾；也有的不写小说了，开始贩卖温情脉脉的人生经验，三十年的人生好像全是宝贵的金矿。这一切都令人厌倦。然而，就是这些毫无才华的人，孜孜不倦地写了一本又一本。

雷夏下楼来，快出小区的时候看到陈彦在小区门口等她。一条边境牧羊犬被绳子拴在铁门上，主人在一旁买菜。陈彦摸摸它的头，它高兴地伸长舌头拼命舔他的手。他刚结束长达一个月的旅行，才回来。今天过来拿搬家时落下的毕业证书。

她看着他和狗玩了好一会才走过去。问他："毛毛还好？"

"挺好的，在我爸妈那，乐不思蜀。"他把手缩回来。

"那就好。去哪吃饭？"

"不知道，随便看看？"

"嗯。"

这里和之前住的小区只隔了两条街，他们偶尔也会过来吃饭，一切并不陌生。他走在前面，雷夏跟在一旁，都没有说话。春天大概是来了。花坛里深红色的月季在阳光下闪耀着绸缎一般的光泽,一棵河津樱开了一半,还没有到极盛的时候。石榴树依旧光秃秃的,最高的树梢上还挂着几个果子。

"你看有石榴裂开了。"雷夏找了一句话。

"土耳其到处都是。"

"真的?你吃过吗?"

"吃过。"

"那是甜的还是酸的?"

"都有。"

她问不出其他的来。她不知道土耳其还有什么,也不是那么想知道。

她甚至忘了有几年了。不记得从哪一年开始,无论清明、端午,还是国庆、元旦,几乎每个国家法定假期,她都是一个人度过。陈彦总是在外出旅行。去的并不是什么热门旅游景点。他对佛教建筑感兴趣,沿着丝绸之路慢慢一路往下跑,去看各地的寺庙和残存的古迹。那些地方对她而言陌生遥远,她也提不起兴趣去了解更多。有时候一天他要跑好几个城市,晚上睡火车卧铺,这样才能在短促的假期中跑到足够远。她也跟着他出去过一次，坐着黑车穿越北方冬日干燥的田野，去一个空无一人的寺庙看壁画。之后再赶回火车站，去另一个城市。这样的旅行几乎没有办法与人同行。更何况她本身对旅行就没什么兴趣，她对外面的世界有一种倦怠的冷漠。这冷漠让陈彦失望。

更多的时候她一个人留在家。毛毛和猫都在家，需要人照顾。毛毛原本是陈彦前同事的狗，一条浅色金毛，好看，温顺，活泼。后来同事怀孕，婆婆过来照顾，容不下狗。同事找到陈彦，一开始说帮忙养一阵子，等说服了婆婆就接回去，渐渐地就没了下文。毛毛顺理成章地被原主人遗忘，并留了下来。再后来陈彦也换了公司，转眼已是五年。

这五年伴随着每一个住处里无处不在的毛发。一只猫一只狗，两个不爱打扫的人。外套，浴巾，床单被套，所有的织物全部沾满浅色的毛，猫和狗的一起。开着窗的时候屋子里有风，一天不吸尘就能看到成撮的毛发在地板上翻滚。每天下班之后到家，必然是满地的碎纸片，被翻倒的垃圾桶，叼到床上的拖鞋。毛毛的眼神委屈万分。确实是一条非常寂寞的狗。因此而吵架的时候，她绝望地让陈彦至少在上班的白天将毛毛放进笼子，那样回到家不会每天都面对一场噩梦。吵完架陈彦当然什么也没做，而她也不见得真的忍心将一条寂寞的狗关进笼子。毛毛总是会在天亮之前焦虑地走来走去，爪子咯哒咯哒地敲击着木地板。猫也起来，弓一下身子，跳下床，在黑暗里湿答答地喝水，再和毛毛打成一团。雷夏醒在这些声音里，再也无法入睡。躺在床上，还未起床，她已经感觉到自己疲惫不堪，无法动弹。她一再忍受着这些，连解决的聪明与勇气都没有，很久之后她才知道有隔音耳塞这种东西。默默忍耐是她唯一的解决方式。那些日常生活对她的损耗，像是季风塑造一棵树的姿态。

后来她终于决定去检查一下持续疼痛的腰部。不想请假，雷夏预约了周末去做核磁共振，就在家旁边的医院，走路过去不到二十分钟。

"换衣服。"接待的医生给她扔过来一套蓝色条纹的病号服。

"啊？要换衣服？"

"对，身上不能有任何金属。手机项链什么的全部放柜子里。没做过心脏手术吧？"医生递给她一个储物柜的号码牌。

"没。"

"换好了进去,躺在那上面。"

医生在一旁等着她。她来不及和陈彦说一声自己暂时不在手机旁,又想着应该没什么问题,就这样走进检查室躺在小床上。医生调整了一下她的位置,把床抬高,走了出去,并把门锁上了。门上只有一扇小小的玻璃窗。机器轰鸣起来,她发现躺着的自己正在被送到一个圆筒状的机器里。

什么也看不到了。只有眼睛能看到筒状物端部。她被卡在这里,动弹不得。这幽闭的感觉让她恐慌起来。

机器一直轰鸣着,不知道过去了多久。时间无尽漫长。她忘记问医生这个检查会持续多久。三五分钟?一刻钟?应该不会更久了吧。医生会不会把她给忘记了?全世界现在也只有这个看起来心不在焉的男医生知道她被锁在这样一个小小的检查室里啊。她一边克制着这些恐慌的念头,一边紧紧闭上眼睛。她后悔进来之前没有和陈彦说一声,那样至少还多一个人知道。

他应该还在电脑前打游戏吧。出门的时候他就坐在那里。

机器终于停止的时候她松了口气。医生没有忘记她。她换回自己的衣服,慢慢地走回家。恐慌退却之后她好像觉得一切也没什么大不了。什么时候开始他们不再参与到另一方的事务中，同居的日常生活已经紧紧地将他们缠在一起，除此之外，他们抛却了对方，几乎不再有任何联系。

头发似乎有点油腻，乌黑，直，僵硬，仿佛没洗干净似的。是洗发水不对吗？雷夏看着对面的陈彦，他头低着，吃刚从火锅里捞出来的鹅肠。头顶居然有一点透出头皮，因为头发太黑了，头皮更加明显起来。明明当初是那样浓密、会令理发师头疼的头发啊。

"小晴她们说明天去公司，问下遣散费的事情，你说我去不去？"

"她们都去吗？"

"嗯，遣散费本来不是说春节前就发的吗，到现在也没发下来。她们觉得不能太软了，不然只会被拖更久。好像打算明天都去的。还有的说要带老公。"

"关系这么紧张了？"

"也不算。就是钱确实拖得有点久了，都不高兴。我还剩下几本书在那，太重了上次没搬完，要是过去也算是去把东西都拿走。"

"那你就去一下，不要说什么话。看她们就行了。真不想去不去也没事的，就说猫突然生病了要去医院什么的。"

"好的。"

"没事，钱肯定能拿到的。"

"嗯，没在担心这个。"她吃一口牛肉，"你看你要不要换个洗发水，感觉头发好像不是特别干净。"

"哦，你要有合适的牌子可以告诉我。"

分手之后，他们之间好像变得融洽起来，甚至比之前要更关心对方一些。已经很久了，两个人一起吃一顿饭，时间都显得漫长而难以忍受，需要手机的帮助各自才能安心度过。今天他们居然都没有看手机。

"你今天这样穿挺好看的。"陈彦对她说。

"是吗。"

"嗯，你穿黑色的好看。"

"你好像晒黑了。"

"是吧？"陈彦摸摸自己的脸颊，"一直在外面跑了一个月。"

"好像也瘦了点。"

研究生毕业接着工作之后，陈彦似乎逐年放弃了自己的外形，渐渐地胖了一些，但他原本很瘦，所以仍然算是个标准体重的人。肚子却要命地也鼓了起来。衬衫皱巴巴的，好在混在一堆格子衬衫的程序员里面也并不突兀。与此相反，雷夏比学校时期要好看得多。她似乎找到了自己的穿衣风格，衣物宽松，黑色为主，有时候看起来过于性冷淡，然而配上口红又显得有些美艳。毕竟是在女性为主的编辑部工作，同事之间会互相分享购物车和心得，有所进步是非常自然的事情。

然而好像还是因为新来的美编。刚毕业的男生，年轻，清秀，沉默。像很多年前的陈彦。他偶尔和雷夏说起写小说的事情，他也写。还有零星的诗句。还好他没有发自己写的小说给雷夏看，她松了一口气。大概是那种沉默吸引了她，她觉得自己有点喜欢他。这一切并没有持续太久，在雷夏发现对方的性格不过是自己幻想出来的之后。但她不确定是不是因为这样的原因导致她对陈彦的生活忽略了更多。

她总是心不在焉。

很早以前，雷夏甚至还会偶尔偷偷看陈彦的手机，如果有什么疑惑之处，之后的言谈之中，她总会找到机会闪闪烁烁地问几句,想寻找一个安心的答案。从前男友那里遗留下来的恶劣的习惯。

那天他的手机放在桌子上,对话框打开在那里。雷夏恰好坐到那里,拿起来看一眼,应该是他发给女同事的消息,"我明天不去加班。"

她有点不解和怀疑。手机拿在手上,转过头问他:"为什么你不去加班要特意告诉别人?"

"一个项目组的,有合作。"

"哦。"她放下手机,没有再多问,也没好意思将对话框再上滑多看几句。

当然不只是因为有合作。原本是隔壁项目组的女生,只是偶尔在饮水机前打个照面。夏天她穿着短裙,露出细长一截腿。雷夏很少有这么短的裙子,陈彦不由得多看两眼。后来项目组重组,他被调去做手机 APP 开发,女同事负责这个项目的测试,顺理成章地熟悉了起来。从她朋友圈里拼凑出一个形象来。喜欢旅游,挺文艺的,单身。他不自觉每条内容几乎都会回复。女同事对自己的热情大概有所察觉,大多数时候冷冷的,而自己为什么会特意发那样的消息,陈彦也不清楚,大概就是想和她多说一句话而已。

他觉得自己孤零零的。每个月大概有一半的时间雷夏忙工作忙得鸡飞狗跳，根本顾不上他。自己下班更晚，经常到家已经是夜里十一点钟，还得遛狗。拿出狗绳，毛毛围着自己打转着跳来跳去，高兴万分。狗就是这样，他喜欢它们很容易满足和高兴的样子。陈彦通常也只是带它到楼下撒个尿，再让它在停满车子的小区路上跑一圈就回来，从出门到回来也不过十分钟。早上更短，五分钟。雷夏对狗的热情比不上对猫的十分之一。有时候他期待雷夏和他一起下楼，她下去之后会陪着毛毛一起在路上多跑几趟。但大多数时候她会流露出不想动的表情，她总是坐在书桌前，有时候在绞尽脑汁地写着拖到最后的稿子，有时候看书。

他不自觉注意起自己的打扮来。凭着雷夏给自己买的衣服上的商标，他去 ZARA 买了几件新外套和针织衫回来，裤子也买了两条，想着怎样搭配才能好看些。后来他终于下定决心，和雷夏提了分手，没有任何解释。问得急了，说，总觉得我应该可以有更好的生活吧。要先分手再去追别的女生，他觉得自己道德感上过得去了。

过了三个月，还是和雷夏复合了，大部分朋友应该不知道他们分手过。一切说不清楚，但显然雷夏终于也知道发生了什么。可笑的是，他们竟然都会因为同样的原因去在意自己的穿着打扮。

好像就是从那个时候开始，在某个重要的节点上，他们愈加偏离了队伍。恋爱五年，年近三十，却没有结婚生子。他们含糊不清但又未完全放弃抵抗命运似的搬到了新的住处。大概就是从那之后，雷夏再也不看他的手机了。他不清楚是因为他改了手机密码来捍卫自己的隐私，还是因为她好像不再关心他手机里的任何内容，甚至也不再关心他整个人。她全部的力量都用来抵抗生活本身了。

七八个人同时出现在办公室，领导当然明白是为什么。"这个钱肯定少不了你们的，我也是为了你们着想的，就是集团程序没走完，我也没有办法。""只是过来拿东西顺便探探而已啦，一起过来刚好能吃个饭。"大家维持着表面的客气。

相比隔壁编辑部的热闹，这边办公室里所有的桌子都空空荡荡，书架上以往堆满的乱七八糟的杂志和书，已经整理得整整齐齐，估计是保洁打扫过。新员工似乎还没有入职。雷夏走到公司外的木平台上。天气特别晴朗，一朵云也没有。

麻雀在落光叶子的水杉树林里叽叽喳喳地蹦来蹦去。保洁阿姨在泡沫箱子里种的大蒜一片碧绿,几棵宝盖草夹杂其中,开了蓝紫色的小花。大风吹断水杉的细枝和果实,落了一地。一只野猫躺在地上,太阳已经移到了它身后,而它还没有醒来。一切缓慢、欢快而又仁慈。

"陈彦呢?没和你一起来?"小晴也走出来。

"哦,他也要上班呢。就没让他来了。"雷夏对她笑了一下。

没有办法和这些人说分手的事情。对方收入不错,人也过得去,谈了七年的恋爱,自己也三十岁的人了。这个时候的分手,无论如何,三言两语很难让人理解。

"也是哦。我不上班这几天以为全世界都不上班了。整个人都懒了。"

"听说你去新媒体了?"她就着上班的话题说下去。

"是啊,三月就去,好日子没几天了。"

江边的风大,和开车来的同事道了别,她沿着空无一人的马路走向远处的地铁站。两个彩色风筝像被施了咒语一样定在天空里。行道树的枝干还是光秃秃的,干枯的落叶刮过马路,留下断续的摩擦声。路边的建筑尚未投入使用,她走进建筑立面的一个凹缝里,这里没有风,白墙晒得发烫,她站在里面,在阳光里闭起眼睛。

在她的脑海中,一些事件正在被叙述。飞机穿越云层,百合落下的花粉染黄白猫的脖子,泡沫涌起在树枝之后,以及雾气在黄昏时笼罩田野,而人们收拾东西轻声道别。如此这些,步履不停。

"已经写完了,再改一下就好。你们下班前一定交。放心。"

雷夏在回复的句子末尾加了一个小小的笑脸。

小区的外墙更新工程已经持续了很多天,脚手架就搭在窗外。密密麻麻的毛竹将建筑围起来,光也挡了一大半。室内渐渐变得幽暗起来,百合在桌子上落了三瓣。她起身,站到窗前,太阳已经落到建筑背后,有鸟飞过对面的水杉树林。新刷的肉色外墙涂料看起来和旧的没什么区别。上一次政府搞建筑立面更新是什么时候?好像是世博会那年。她和陈彦刚在一起没多久,大概还不到一个月,那天他们一起走在他家所在的小区里面,穿过丛林一般的脚手架。有的楼栋已经刷完外墙涂料,脚手架上捆绑的铁丝被绞断,竹子做的垫板从最顶层递下,下一层的人接住,再趁着四下无人直接向地面丢下去。他们走走停停,畏畏缩缩躲着种种可能的坠落物,一起去小区门口一家理发店。工人用听不懂的方言互相大声喊话,混杂在粗毛竹乒乓滚动的声音里。陈彦已经很长时间没有剪发,头发长过耳根,侧面看起来像个清秀的姑娘。快过年了,陈彦的妈妈催他剪一下。

"我还挺喜欢你头发这样长长的,不过也可以稍微剪一下。"

"我平时都是在家门口那个理发店剪的,好多年了。我想你陪我去,可以吗?"

"好啊。"像是得到某种肯定一样,雷夏有些高兴。

就这样来到了他家所在的小区,他顺便带她去看了看那棵他小时候种在楼下的柚子树,已经长得很高了。

与所有在小区里开了十来年的理发店一样,门面很小,陈旧的玻璃弹簧门上贴着"理发烫发"的大红色黑体字样。狭长的店面很深,墙上的镜子一直向里延伸,各色不一样的椅子随意横在镜子前。里面几个女人在烫头发,染发膏焦枯的气味弥漫,一条咖啡色的小贵宾犬在女客脚边跳来跳去。女老板看见陈彦进门,热络地招呼他,来剪头发啦?

"嗯。"

陈彦在门口的位置坐下，洗发，剪头。雷夏坐在一旁，偶尔站起来，在他身后绕一圈，手搭在他肩膀上，对着镜子里没戴眼镜的陈彦笑一下。"你这个头发，剪一个要顶别人剪三个！"理发师一层一层地绞着发尾。地上落满了头发，踩一下，脏兮兮的。陈彦和雷夏互相看了一眼，抱歉似的笑了一下。

终于剪完了，女理发师试了试手上的吹风机，不响，她换了个插孔，还是没反应。她走到里面去找别的吹风机。

"我妈。"陈彦忽然转过头对她说，非常小声。

"啊？你妈怎么了？"她问。

"我妈，在这。"

"哪儿？"她看向玻璃门外，外面是一条热闹的巷子，人们走来走去。

"最里面，在烫头发那个。"

雷夏把头转回来，看向理发店深处。店里光线不足，最里面的座位上坐了个中年女人，罩在半圆形的加热器下烫头。女人穿着粉红色睡裤，看不出胖瘦，满头卷发夹，理发店的条纹毛巾裹着她的脖子。从他们进来的时候起，她就应该已经在那了。

"啊,你怎么不早说?那怎么办?"雷夏紧张起来。

"我也才看到。没事,你不用管她,假装没看到好了。"

理发师终于找来了吹风机,给陈彦吹起头发来。玻璃门外面就是菜市场入口,春节就快到了,卖年货的摊位挤满了整条巷子。最外面铺子的老板娘将一大块冻羊肉熟练地刨成肉卷,旁边高高地堆了十几袋已经刨好的。春联摊开在烟花爆竹前头,炒货店的机器不停旋转,她可以想象瓜子翻滚的浪潮声。人们穿得鼓鼓囊囊,手上拎满东西,走几步又在下一个摊位前停下,彼此挡住对方的去路。她站在陈彦面前的镜子旁,有点想靠隔壁的椅子把自己藏起来,但也知道这只是徒劳。陈彦的头发似乎连吹干都要比别人花费更长的时间,而那道玻璃门像是全世界寂静与嘈杂的分界线。陈彦从理发围布下伸出手来握住她的,像是想要给她一点勇气。

夹克男

沈大成

沈大成 在《萌芽》杂志开设有短篇小说专栏"奇怪的人"。著有短篇小说集《屡次想起的人》《小行星掉在下午》《迷路员》。

我参加了一个聚会,是散漫的那种,先是一个人叫了三四个人,三四个人中有人单独来了,有人带来别的朋友,别的朋友又带来若干名朋友,由此发展出一个目的性弱的中等规模的活动,内容包含吃饭和聊天。

晚饭吃了一会儿,我注意到在长桌子的另一端,有两个男人叠在一起,我原先以为那是一个比较胖因而占了很大位置的人,没有意识到是对难分难舍的好朋友。两个男人中的一个歪着坐,把上半身贴到另一个背上,一条手臂绕过对方脖子悬挂下来,锁死了对方做大动作的可能,他腾出另一只自由的手,不时从餐桌上撩取食物,由于头也搁在对方肩上,食物总像是要喂给对方,不过叉子划过一条弧线,他还是把吃的放到自己嘴里。另一个男人,也即在亲密关系中受到禁锢的那个,向前埋低肩膀和头,无怨尤地承受前者的身体。他们且吃且谈笑,看起来非常要好。

围桌而坐的人们,由类似部落之间传递信号的原始方式召唤而来,属于一张交错的朋友网,彼此不是比较亲近,就是有点认识,信号从不会失手传递给圈外人,可我一时想不出,我认识或知道的人中间谁的举止会那样昭彰,不由经常看看他们。他们仍在亲昵地吃饭、闲谈。许久,底下的人动了动，双肩外展，双手后伸，把盖在身上的人提起来，那动作像是把穿着的夹克披到别人肩上去，他把身上的人小心地转移到近旁另一人的背上，于是他自己的身体摆脱重负了，他站起来绕过桌子，朝着大概是洗手间的方向走去，从我的视线中淡出了。

像夹克似的男人，在别人的背上待下来。我继续留意他，心里有些责怪他对前任不忠诚，他和新伙伴关系更好，他们贴得更紧、谈话更密。这晚剩下的时间，夹克似的男人轮流挂在人们身上，假如底下的人要去洗手间、去桌子另一头加入某个话题，或是到餐厅外打电话，下一个人便甘愿接手。他看来和谁都熟，和谁都亲密无间，无论男女，没人拒绝他。当主菜吃完，大家开始吃苹果金橘味的甜点时，他已经沿逆时针方向被传了大半张桌子，再等一会儿，脏盘子撤下去，餐后酒端上来时，他来到我附近，大约再传两三次，就要轮到我了。我和对面的人聊着天，同时分心想，假如等会儿旁边的人不由分说地把他披到我身上，那感觉会是如何，我该说什么、做什么好呢？情势紧急，我优先担忧起该如何处理，而非思考这到底是怎么回事。正在此时，饭局突然解散，所有人把酒杯一放，移动椅子站起来，全体走到餐厅外面。

我们在路口告别。血液中充入酒精，腹腔里装进饱满的胃袋，咀嚼着交换来的轶闻，朋友们接连遁进神秘的夜色。不久，目光所及，路灯下几乎仅剩一双影子，其远去的速度非常之慢，那是夹克似的男人，和散场时凑巧在他底下的一位在我看来十分不幸的朋友。夹克似的男人把一颗头歪着，搁在底下朋友的背上，屁股高高撅起，他用双臂熊抱住人家的上半身，双腿弯曲，盘住人家的下半身，靠着上下箍了两道，牢牢攀在上面不掉落下来。底下的朋友在挣扎，犹如和一场只袭击他一个人的暴风雪作战，他猫下腰，双臂前后摇摆，驮着夹克似的男人艰难地往前挪动。

"你好像不认得他了？"一位朋友蓦然出现在身边，和我一道目送他们。当感觉再看下去也没什么意思时，我们同时转过身，离开了路口。这时他说出了夹克男的名字。没有错，我也认识夹克男，他确实是我的朋友之一。我暗暗吃惊于当晚的他离平素印象太远。

"他怎么了？"我问。

"类似……生了一种病。"

"这病不常见是吗？"

"可能是的，但我们已经习惯了。过去这些年，他发作了好几次，假如你不是喜欢躲着我们，而是常常接受邀请参加这种聚会，以前就会看到了。不过没关系，这不是要紧事，不是恶性疾病，也不会传染给别人，大家已经习惯了。我们往这边走走好吗？"

我们折向商业街后面一条毛细血管一样的小路，一边是老式住宅，一边是临街商店和餐厅的后门。住宅里的灯光在照耀过房子里的生活后，用剩的、废弃的光被住宅赠送给了外面，光所照到的路之角落，有一个店员正把大袋垃圾拎出来，排列在屋檐下，而后站在旁边抽烟，当我们路过时，双方不动声色地相互审视，都像看着在自己梦里出现的配角。"这条路还和以前一样好。"我说，"感觉一样好。"

我们走着，谈了些各自知道的人的近况，稍后，又谈到了夹克男。我向他承认，吃饭时曾经不住地担心，因为对这种亲密程度，一时还没做足思想准备。"不过，看到大家整个晚上把他挪来挪去，都不嫌麻烦，也无所谓的样子，我又想，万一你们真的把他放过来，我也会假装这是非常正常的事。只要把我们的朋友想象成一条爱扑人的热腾腾的大狗就好了嘛，接受下来，然后尽快脱手给别人。"

"你的风格如此。"他听了，像以前一样诚实地、不掩饰地责备我,"你没有我的这股热情,我对朋友有非常明显的爱意,愿大家能常在一起。而你总是这样的,不想真正地理解谁,也不大惊小怪。看起来很绅士,是正派人。但换句话说,你对大家无动于衷,你是个无情的朋友。"

这话击中了我,我只好草草辩解,胡乱打了一些人生即迷宫,我们进入得越深,越不应该对见到的事情大惊小怪之类的比拟。心里却认为他说得对。他在夜色中亲切地"哼"地一笑,接下来,向我讲述夹克男的事情。

我们的朋友,夹克似的男人,在某天早上还是一个举止潇洒的人,他到达约会地点,去见一个策展团队,在场的还有一位年轻艺术家。年轻艺术家最近获得一笔商业资助,要用于举办展览。而夹克男作为经验丰富又知名的艺术界活动家,愿意给年轻艺术家以及熟悉的策展人朋友们出出主意,有可能的话,在未来举办的展览中,他还可以担当某个角色,例如"特别支持",或是"友情策划",对他个人来说也是在圈子中一次不错的间接露面。这是他们所有人当天聚在一起的原因。这种会议一般不安排在上午,绝大多数艺术界人士喜欢在那时睡觉,但由于复杂的协调问题,他们在早晨刚过一点的时候见面了。

这天天气很好，天色湛蓝，云白又轻，适合高谈阔论。夹克男落落大方地走进餐厅，和每个人握手，和年轻艺术家握手并拍了拍他的肩膀。他们一边吃早午餐，一边从务虚开始，渐渐谈到实际的内容，进行着清爽、愉快又有效率的会面。

但有一刻，正和其他人说着话，夹克男突然放下水杯，把身体从餐桌那面扭开，往空的地方弯下腰。"等一等，"他对关心地凑过来的人们说，表示有一点儿程度不厉害的不舒服，"不知道，感觉不太对头。现在好了，现在好了，没事了，多数是早晨起得太早。"说罢，他坐直身体，靠到椅背上。那阵古怪的感觉过去了，他从滞重的状态中恢复过来，又能如常说笑。

到了恰当的时刻，策展团队、年轻艺术家、夹克男，三方都认为谈完了。第一次开会嘛，要使彼此感觉在一起做事不讨厌，认同大致方向，不需要谈得太过具体，时间还长，变数很多，尤其是，对夹克男来说，他对于此次展览的责任又不重大。他们离开餐厅来到阳光下，他再次伸手与年轻艺术家一握，准备告别。此前他就注意到年轻艺术家的手又瘦又粗糙，代表手的主人过的是一种吃得随意、不讲究保养的生活，这双手日常一定是在反复实验奇怪的材料，勤于探索，努力工作。我曾经也有这种手，即使现在，它们还在，只是被一层肉裹住了，深藏在身体里层，他不无遗憾地想。他从年轻艺术家身上看到了过去的自己，同时公平地向年轻艺术家展示其可能的未来。

古怪的感觉就在握手时二度攻击了他，并找到了具体出口。夹克男维持握手姿势，瞳孔剧烈收缩，从对方的手一直看到对方的脸，惊讶渐渐升起：糟糕，我的手……它松不开了。年轻艺术家被紧紧拉着手，试探性地在普通的摇动次数上又上下多摇了几次，然后等待前辈松手，但前辈仍拒绝松开。而在我们的朋友那方面，并非没有接收到年轻艺术家的请求，他对自己的手无能为力，唯一想到的办法是困惑地连声说"再见，再见"，希望通过道别的咒语，解开分泌出胶水的右手。年轻艺术家也回应道："……再见。"他们用语言道别了好几个会合，却一直握着手，然后又握了更长时间，期间错愕地往彼此眼睛深处注视。年轻艺术家的嘴唇嚅动几番，终于没能说出什么。策展人全都无奈地立在原地。阳光洒落在大家身上。

以上就是我们的朋友夹克男第一次发病的状况。

"我想象不了，"我说，"那天后来应该怎么收场？"

"怎么收场？"从刚才开始，一路上独自连说带演的朋友重复我的话。

为了说与听夹克男的事，我俩已经走了好一会儿，来到了我不熟悉的地方。我们匀速穿行在夜间小路上，说不好经过哪个标志物后，路变宽了，两边建筑物的类型被打乱，商铺混杂住宅，偶尔有小事务所、小彩票站的门面出现，路边时粗时细的绿化树显然栽种于不同时期并从此疏于管理，这里到处呈现多样化的风格，显示我们已从原先老派的区走进了一个新兴、热闹而又穷的区。但我们仍然走在最热闹处的内侧。

"那天的策展团队中，大多数是年轻人，按我们的看法，是一些像人工智能一样的很新奇的、思想和行为都难以预测的小孩子，但是带领他们的、做决定的那个人……"他在这里说了那位女士的名字，"你知道她吧，她也和大家认识了好久，是我们的老熟人。她发现情况异常，机灵地走到我们的朋友身边，把手放到他肩上，呼唤他……"

说到这里，他停下脚步，我也只好跟着停下，我们正站在某个打烊的小商店门口，他把手放到我肩上，说道，"……

他们就像我们现在这样,靠在一起。此时,我们的朋友突然长呼一口气,因为他发觉能够松开手了,连忙像丢垃圾似的甩脱年轻艺术家,用力太大,以至于叫年轻艺术家的手飞到了半空。我们的朋友转而握起那位策展人朋友的手……"

在路灯下,他不容置疑地紧握我的手,他的手心又冷又干燥。他继续说,"接着,我们的朋友把头伸过去,伸到策展人朋友的肩上,用只有他们两人可以听到的音量,对策展人朋友耳语……"与此同时,他那还未完全消散香水味道的身体也整个靠近我,嘴巴贴住我耳朵,一股热气窜到我的脖子后面,他复述夹克男在恐惧中发出的恳求,"快带我离开这儿。"

我们可能静止了三十秒,也可能静止的时间稍微再短点,我转动眼珠,听着从这排建筑物外侧的大街上传过来的车流声和人声。之后,他的手终于放开我的手,脸退回到阴影中,继而把手收进外衣口袋,朝前走去,我急忙跟上他的脚步,又听他说下去,"就这样,策展人朋友牵着他告别大家,为他解了围。我们的朋友此后时不时地犯病。'肢体依赖症',后来有位医生这么称呼这毛病。发作比较轻微时,就像第一次那样,他只需要有人握住手。发作比较厉害时,就像今天晚上那样，他需要和人进行表面积很大很大的接触。一般性的发作，处理办法介于两者中间。听上去是不是很麻烦，但是，在所有发作中，只有第一次他逃开了，以后他就克服了不便，照常工作和娱乐。关于我们的朋友，全部事情就是如此。"

"啊，肢体依赖症。"我消化着他的话，喃喃自语。

他再次发出嘲笑我的笑声，同时轻轻摇着头，像是大表演家轻视别人，他有点否认我这位唯一的观众，否认我的理解力或是同情心。

我们这样说着，走着，接近一个越来越大的光圈，嘈杂的声音也从那里涌向我们。原来，我们走光了这条路，来到它的尽头。

我们一跨进光圈，眼前豁然开朗，我发现站在了一条宽阔的大街上，人来车往，霓虹闪烁。我的朋友戏剧化地大喊一声：出租车！一辆车应声急停，他匆匆钻进去，道别一声便抛下我离去。

聚会后一连好几天，我经常想起夹克男，既想他的病又想他的人，心思飘忽不定。

我想起他从前就喜欢帮人忙，他的帮忙不能说是圣洁无私的，因为他要靠着支持别人创作，依附于别人的作品发出自己的声音，毕竟属于他个人的作品少之又少，几乎可以说是没有的。他讨大家喜欢的，不是作品多、才华横溢，或具有神圣感，而是乐观爱分享的性情。他对别人帮着帮着，往往觉得这事有意思、值得做，连计划以外的部分也帮上了忙，最后像宣传自己的作品那样卖力宣传。在作品发表前后，假如说，创作者本人会向公众提及作品五十次，那么，他将至少提及作品七十五到八十次，有时教圈外人误以为他才是创作者。他是如此友善助人，坚持做了很多年后，活动能力与亲切合作的面貌都受到了最大的肯定。谁都欢迎他，至少不厌烦他，谁都需要这样的朋友，连我以前也得到过他的帮助不是吗？而如今，这样的人病了，听说在病中还坚持工作，是有点令人感慨的，那天晚上大家这样对待他也就不足为奇。他人缘好。

我绝非朋友说的无动于衷，我听说后心里当然也不快乐。某一晚，我想也许和妻子讲一讲会好些，刚说了开头，正翻看低层次画报做消遣的妻子就打断道：

"是绝症吗？不奇怪，你们其中一个人带头生病、去世，只要一开头，就停不下来，其他人排好队跟上去，逐渐地，一个一个地患上了绝症、去世。一开始，你们见面时会花五分钟讨论谁不在了，其余时间还谈艺术，后来你们见面的全部时间都花在讨论生病和去世上面，不谈艺术了，艺术生命比真生命更早死去了。你们到了那个年龄。"

"没有。"我恼火地说。

我尽量耐心地向她解释夹克男的病，强调不是马上会致死的毛病，似乎想通过说明身体不会立即死亡，表示我们大家的艺术生命也还将长存。

我又向她埋怨在夜里一起散步并把消息告诉我的那位朋友，那位教戏剧表演的大学老师，我说，"我们就算他是个好人吧，不错，他关心大家，希望大家能团结在一起，因为有他这样的角色，我们才聚得起来。但他实在讨嫌。他自己太空，赖在小圈子里从不挪窝，从而感觉像是有资格管一切事情的常务委员似的，传播新闻，还喜欢议论别人，他批评我不热情。"

我问妻子，在你们女性朋友的圈子里也有这种人吧？妻子回答她们总在一起，全是常务委员。她又多余地指出，我确实对朋友不热情。

"因为我需要时间搞创作呀。"

"明白了，需要独立的时间写书，搞创作。"她说，"等到创作搞好了，就需要又加入大家，靠大家帮自己搞宣传。"

"不是这样的，你老是把我说得很虚伪似的。"我断然否认。以前当过文化记者的妻子，在脱离媒体工作后，总以黑化知识分子为乐，我认为不能够对她提供更多素材了，话就到这里为止吧。我再也不和她讲这些引火自焚的事了。

就是在被妻子奚落后没多久，我翻过身背对着她，看到放在台灯旁的手机正一闪一闪，接起来一听，不料电话正好是夹克男打来的。

他的声音一点儿也不像在生病，反而朝气蓬勃，像是成功地办完某事后传递来喜讯。寒暄过后，他邀请我明天去他家一趟，不等他把原因说得很详细，我就大声回答他："好极了，请把住址发来。我们很久没有畅谈，那天晚上什么都来不及说。我当然应该去看看你！"

我一边说，一边转身对妻子打眼色。结束通话后，我有点生气地通知她，她的丈夫明天就要去探病了，他是一个既有创作力又富有人情味的人，明天就要任由老朋友趴在自己背上，不许看不起知识分子的友谊。她不屑一顾，继续倚在枕头上翻看那本印满男明星的破画报,说,随便我,但既然去了就代她问声好。后来她比较温柔地在另半边床上说,"我不希望他死。"我向她保证,这一代人谁也不会死的,时候还未到。

第二天,我在百货公司的食品部转了转,流连在五花八门的巧克力、糖果和蛋糕前。为健康,我戒烟了,意外变得很爱吃甜食,这使我想到我在当前的年龄、在当前的处境下并不能真正摆脱什么,只能用一样东西置换另一样,而它们很可能是同等价值的东西,使我的人生没差别。我看甜食的目的,也许是为拖延时间,最后一样也没有买。我走到酒品部,拿起一瓶都兰白葡萄酒结了账,带着它去了夹克男的家。

夹克男的家在一个不错的地方,你可以从附近停着的车、绿化、人们的衣着和年轻父母推的童车的品牌看出,住在这里的人早就完成了相当程度的财富与名誉的积累,他们既不像真正的富有阶层过着高不可攀和花销离奇的生活,也不像消费水准比较低的人对世界满腹牢骚,他们追逐的目标基本达到了,他们在自己拼装好的安乐椅上,正舒适地坐着。

夹克男从自己那把安乐椅上站起来，亲自应门。他说欢迎欢迎，接着把门对我敞开。

时隔许久，我再一次好好地正面观察他。一面墙上挂着男女主人的衣服、帽子、包袋，在它们对面摆着一只宽大的抽屉柜，柜子表面放满诸如相框、小钟、钥匙盘子、花瓶与花等小东西，柜子上方的墙上安装着一面他刚才定是习惯性地照过了才来开门的镜子。夹克男站在衣帽架和带镜子的门柜之间，他今天穿一件淡色衬衫、薄的羊毛开衫，下面是翻边的九分西装裤、浅口鞋，一副眼镜挂在衬衫领口，表示他之前或许在工作。夹克男的脸比我印象中大了一些，因为如我一样，他的毛发也正在逐渐稀疏，暴露出更多的脸部面积，脸上的两样东西尤其被放大了：额头更皱更大，鼻子也在这段岁月中发生了变化，似乎变得松软，膨胀开来，在脸部中心的存在感得到加强。与此同时，他本来就有点下垂的眼角更加柔和地下垂，呼应同样下垂的嘴角，但当他笑起来时，嘴和眼的延伸线却交汇了。整体而言，他略略地老了，显得宽容有智慧，时髦又精神，他的样子，在类似我们这种见面中，是很拿得出手的。好在他没有像我以为的那样扑过来，他独立地站在门里，利用我看他的那一秒钟，他也高效率地打量我，然后他轻拍一下我的手肘，那么愉快地笑着，招呼我进门。

他先走，我跟着他走进去，"真高兴你康复了。"我说。

"快好了，接近康复。这种病像少年的爱，来得快也去得快。"

我们立刻就从拥挤的通道走到了他的大客厅，在这里有了腾挪空间，他回转身体再次面对我，"那天我对他们说，'快点把我传过去，快点，我想和他聊聊。'但他们动作不够快，没等把我传到你旁边，大家就散掉了。"他说起那天晚上的事，我说抱歉没想到那是你。他把我手里的东西接过去，"你给我带了些什么？一瓶'长相思'。还有呢，别的呢？"

我犹豫了一下，下决心说"好吧"，把出门后一直拿在手里、直到刚才为止都以酒瓶做掩护的牛皮纸信封也递了过去。里面装着我的新书，十分新，再过一两个星期它才会出现在书店里。我说，"还只有最先出来的几本样书。本来想等出版社送过来更多的书，再一本一本地送给大家，请大家指教。现在带过来，我太太会认为我太着急，争分夺秒地挟持朋友吹捧自己……但我还是带来了。"

"对的，这才是我在等的！大家都知道这段时间你藏起来了，专心写它。记得吗，我从来都是你新书的第一批读者，我很想立刻开始看。"他说着，正面反面地看那本书，抚摸封面，"我们马上来谈谈它好吗。但是现在，让我先把一点点小事情结束掉。"他拿着书，带我从这间四通八达的客厅到了隔壁他的书房。他不是独自在家，有个小时工等他等得快睡着了。

夹克男架起眼镜，坐到一张拥挤不堪的大桌子前，招呼小时工过去。我之所以能认出那人是小时工，因为她年纪轻轻，脸颊红彤彤的，四肢粗壮，坐在哪儿站在哪儿都怪怪的，她既不是夹克男的女儿也不是他的第二任年轻太太。我能认出她，当然更因为她一目了然地穿一件印着家政公司字样的围裙。听到雇主的召唤，小时工胸口鼓胀起来，又迅速恢复原状，说明她暗中叹了一口气。她不情愿地走到我朋友的身边，在临时摆好的凳子上坐下，把右手交出去。我的朋友伸出左手，与她十指交握。

他举起他们纠缠在一起的手给我看。

"瞧，我还没有完全好。不过病情大为缓和，不像那天那么麻烦了。我雇了个人，每个小时里有一会儿得这样，非得这样，现在就得这样，否则不行。这让我时不时只好用一只手打字，比较慢，因此没能在你来之前写完这篇评论，编辑正在等它。你自便，去找些吃的喝的，在房子里随便什么地方休息一会儿。我就要写好了。"

小时工临时舍弃自己的手似的无奈地任由他牵着，耷拉着两只肩膀，一语不发，只以倦怠的眼神看着我，似乎在说，你这朋友有毛病。我心里回答，你说对了。我想起夹克男刚才对病的比喻，嘱咐他好好享受"少年之爱"，随后退回客厅，留他继续工作。

夹克男的房子起码有五间房间，连接在中央广场般的客厅周围，客厅是房子整体风格的集中体现。这里到处堆满书、画册、杂志、报纸。一些书完全没有翻阅过，另一些正相反，从书页的三面拖出层层叠叠的彩色便利贴。剪贴簿全是大开本，本本里面夹满剪报和便签，厚到令封面关不拢。各种尺寸的笔记本。邀请函和信件散布在若干文件托盘中。墙上只要有容得下一幅画的面积必然挂着一幅画，或两张照片，要么就固定一座立体的艺术品，摆不下的画和艺术品靠墙放在地上，或是立在家具上，它们出自不同画家、摄影师、雕塑家、装置艺术家之手，多数由创作者本人赠送给夹克男，作为一种文艺圈情谊的体现，少数由他买下收藏。沙发、扶手椅、边桌、落地灯、长绒地毯等，能够提供舒适的东西，则是见缝插针地放在以上所有物品的空当中。

一位访客在这里或许会感到压抑，感到不好走路，或感到被画像和照片上的众多双眼睛监视以至于浑身刺痒，但绝不会无聊。我为自己调制了简单的酒精饮料，而后一边喝，一边走来走去地参观，偶尔听到电话铃响起，然后传来朋友沉闷的应答声。从书、绘画、照片和小雕塑上，我认出了很多熟人，他们现在被我分为了三类。第一类创作者永远停留在第一线，作品好坏不论，产量很高。另一些人每隔一段时间，就从文艺圈深海的底部浮到最表面，同时把新作像湿漉漉的初生婴儿一般托举到众人面前，索要夸奖。最后一些人，他们消失了，旅行作家消失在我们所知道的最后一次旅行中，小说家如今的生活主要依靠以往小说的版税，画家正努力经营某个艺术空间，而且，除了以上仅仅是身份上的消失，房间使我颇为吃惊地承认，妻子的担忧不无道理——确实有些真正去世的朋友，我们之中早已有了几个人不小心死了，原来我们竟到了这个年纪。最后的这一大类人，他们都已不再写，不再创作，但以往的作品也好端端地留在夹克男的客厅里,因此走进这儿,恰似走进了专吃文艺圈朋友的一条大鲸的胃里,我见到四面全是文人的遗骸。

在众多双注视我的眼睛中,墙上有一双眼神格外热辣,无论我移动到哪里,它都直盯着我。我看了回去,原来是那幅有名的肖像照,一幅旧日的照片。即使到了二十年后的现在,每每有人炮制出一篇回顾我们年轻时代文艺盛景的文章时,作者也好,编辑也好,都爱用它做配图。照片的拍摄者是我们之中最为风流的一位作家,在某次颁奖后的酒会上,他举起相机拍下了这位民谣歌手兼诗人,后者并不是美艳女子,也没有特别为照相做准备,她只是向着镜头一看,绽放出一束如在欢笑、如在倾诉的目光。况且她不是独自一人,她身旁还有其他朋友,他们虽在构图上处于次要位置,陪衬女诗人,但均不失色,因为个个年轻着,意气飞扬着,正像没有入镜的我们其他人,我们当时要是被镜头捕捉下来,一定也是那样好看。总之,这张照片使人一看就领会了我们年轻时候的精神,我们的心灵,和我们在创作上的伟大志向。它富有经久燃烧的热情,谁能不喜欢它呢?

我正与肖像照对视,心想如今不论风流作家还是女诗人，都成了第三类人，不知所终了。夹克男完成工作，牵着小时工一前一后地从书房走了出来，走到我身边，也驻足在照片前。我、夹克男、小时工，三人安静地面向镜框中的女诗人，而女诗人携同她附近的绘画和照片上的其他人从墙上回望我们。我听见自己轻轻感慨："时间过去得多快呀。"一丝怅惘的情绪自此抓住了我。

"她很漂亮，是不是？"夹克男晃荡一下他们共握的手，征询小时工的意见。小时工勉为其难地清了一下嗓子。

后来我们坐了下来，三人沙发正好装下我们。我们两个聊起天，聊过去，从消失的女诗人聊到她旁边的配角们，聊现在，尤其是那天餐桌上的朋友们——当晚给我演了戏的大学表演系老师以及别的人，也聊没有出现在餐桌上的朋友们。我们谈起人们的最新动向，哪部新作值得看一看，哪部作品正在创作中未来值得看一看，也谈谁似乎正在转变风格，谁的作品要不是进行大量注解就无法读。负面的评论，说得有所保留，几乎不用语言冷嘲热讽，那是很低级的行为，但是我们还有眼神、表情和动作，少许使用一点，就能向对方传达真正的态度。另外，在许多事上我们似乎看法一致，之后仔细一想，它们多是些空泛的话，也就是说，有时候我们也会没话找话。他说得多，我说得少。就这样，又说到了我的新书。

"我们隔一阵总是会说到你，认为这次一定是颇有分量的作品，不说其他，因为我们大家都到了这个年纪嘛，见解和在意的事情与以前不一样了。你自己怎么看它呢？"夹克男说。

我想，啊来了，要和我谈这个了。于是把心里总是想着的一套说辞流利地说了出来。

我们这种人时常在心里自问自答，追问干这活的意义，因此在小说还没写完前，就积攒了许许多多的话，这时却假装是一边正在思考一边说了出来。我谈了谈为什么要写这部小说，我现在的趣味，认同什么，怀疑什么。我说的时候，感觉大家都在看我，女诗人、绘画和照片上的其他人用目光看我，没有以脸出席的人，则派出他们的书籍、艺术品，或寄给夹克男的一张活动请柬作代表，以另一种方式也看着我，在客厅中所有人的围观下我滔滔不绝地演讲了不算短的时间。夹克男凝神细听，不时点点头。小时工也……我感觉……就连她偶尔也听进了几句，特别是在我讲起家庭生活对于写作的影响时，她以一种不同于知识分子的、孕育自民间的高涨的兴趣，从沙发上抬起半个身体，偏着头研究我，她嘴巴一动，我看她就快开口和我闲聊了，但颤抖了两下嘴唇，终于忍住了。

"对的，对的。"在我用一个俏皮的句子做结尾，缓缓停下演讲后，夹克男满足地说，"我多喜欢听这些，书后面的事，创作中的事，它们完全不亚于真的读一本书。这种乐趣，就像去月球背面晒太阳。"

我赞同他，说偶尔谈一下对我也很好，我和你绕到作品后面，我像是坐在你隔壁的一张躺椅上，也在晒太阳一样，得到了享受。

夹克男笑了，眼角和嘴角的延伸线交汇了，紧跟着他，首先是女诗人，接着其他观众受女诗人带领，从我们四周纷纷发出若有若无的轻笑，在这间客厅里，出现了所有人齐齐赞同某件事的活跃的社交氛围。

在笑声中，夹克男挪近我这边，和小时工的距离拉远了，左手别扭地拖在那一边，他的膨松的鼻子对着我，以一种倾注了过多感情的口吻说，"我特别高兴的，也是最羡慕的，是你力能胜任。从你刚才的话中，不是吗，你还像从前那样。从前我们做一件事不惜体力，一句话都可能触犯我们的心灵，由此引发我们写大段文章去回应，也可能不是文章，是电影、绘画，或别的什么，总之一点点事情就叫我们变出很多戏法。但不知从什么时候开始，由于我的工作如此，总是要关注大家，我发觉我们这批人不再那样了，受到自然的催促，好像正在变得软弱、茫然，或是冷漠……"

"你是说，老了？"我试探道。

"是的，"他说，"你明白我，朋友。就拿我刚才在写的书评来打比方，那位作家这次就令我很难下笔。该不该褒奖他坚持创作同类题材、并深掘其中的意义呢？我犹豫了又犹豫。"

"就是说，他重复并退步？"

"是的。但是，因为大家都正在经历一些变故嘛，这又是可以谅解的。再比如我自己，我也在经历变故。"他又一次谈到自己的病，"'肢体依赖症'，你听别人提起过吗？好的，但他们大概只对你谈了病的表现。至于病因，我看过许多医学专家，他们各执一词，其中有一位医生的观点比较有趣，他认为，发病原因来自心理，是心理问题的躯体化。真正的原因可能是忧愁。"

"什么？"

"忧愁的意思，苦闷、发愁、忧虑、惆怅……"

"为老了而忧愁，是吧？"

"恐怕是的。心有忧愁，害怕从现在开始走下坡路了，并且每一天都会继续往下走，走到……非常不想去的地方。你呢，平时你会不会想，'时间过去得多快呀！'你会的，你刚才站在那里不就说了出来吗？也许你偶尔才想一想。这句话如今在我们许多人的心里流淌，不管好它，它就会自动冒出来。'时间过去得多快呀，我们还能创作出好作品吗？''时间过去得多快呀，别人还会认为我们是多姿多彩的人吗？''我们还能站立在正站立的地方，仍然占据一席之地吗？''我们做错了什么事呢，为什么时间过去得那么快？'可能因为我这样想了，反复想得太多，所以病了，结果要像小宝宝紧紧抓住伸过来的手指头似的，紧紧抓住，一直紧紧抓住什么人，从中找到安全感。"

夹克男的语气真使我想分担他的忧愁，我叹了一口气。围绕着我们的观众，以女诗人为代表的画像和照片上的人似乎也全轻轻叹着气，混乱的气流翻动了若干本书，过了一会儿才平息下来。"不好意思。"这时候有人说。我和夹克男都往女诗人那儿瞧，又见她使人留恋的年轻面庞，那双如在欢笑的眼睛跨越光阴注视着我们。"不好意思。"那声音彷彷徨徨地又说,我们恍然大悟,把头转到小时工的方向,原来是她在说话,她冲我们亮一亮自由之手上戴的一块手表,表示收工时间到了,她得走了。

小时工收好装了两张钞票的信封,摘下围裙大致叠了叠,趁夹克男没注意时,往上面擦擦手,她再一次看看我们俩,又以善良的目光单独地看看我,走掉了。

我知道小时工的担忧,因为不久以后夹克男就开始坐立不安,一会儿把手放在沙发坐垫上,一会儿放在大腿上,一会儿抚摸开衫袖子。我说,你愿意的话可以握着我。他说,那么握一会儿吧。便伸手与我一握。他问,这样可以吗,会让你不舒服?我说,很舒服。我们继续聊东聊西,却不再把刚才对中年的抒情无节制地铺展开来,这样直到他太太回家,我把我的朋友交还给那位漂亮的艺术家太太,谢绝留下用晚餐的邀请,随后结束探访也回了自己家。

我吃了一些芝士味的手指形状的起酥小点心,时间是在晚餐后,临近睡觉前。边吃边和妻子讲了讲今天在夹克男家的情况。妻子在做脸部保养,无止尽地把水啊乳啊倒在脸上，收拾告一段落后，她又在手机上看男明星的脸，她现在已经不再掩饰对年轻男子的兴趣了，她的思想经常有一半活跃在另一个平行时空，假想与喜欢的男明星保持着十分亲密的关系。

"那么，他是因为心情不好而生病喽？"妻子总算听进去了一点我的话，随便问道。

"也不完全是心情不好。'忧愁'是特别的，是一种可以一边心情好，一边产生的情绪。"我说。

"我希望，他直到最后都不要太痛苦。"

"得的不是绝症呀，昨天我就说过了。"

"那他喜欢你的书吗？"妻子毫不在意，另起话题。

"他马上就会读的，读了以后会喜欢，或者表示喜欢。他答应过的事会做到，不像你。"

我并非抱怨现在，不过有的时候我会想起从前，想起她曾崇拜过我，作为记者出现在我面前，完成采访后，还叫我在书的扉页上签名。但是，早在很多年前，她就把那本标记着我们起点的书弄丢了，而且浑不在意，也不找找。我预感，她这次不会把新书看完了，因为距离翻开第一页已经过去了好久。现在，妻子可能把我当成家庭成员还喜欢我，但不再欣赏我的其他身份，不再关心我的写作了，对我不够好。

"我会读完的。"妻子听出了责备之意，再一次保证。她又强词夺理说，"虽然我在看这个，现在看，告诉你，以后我也要看的，但其实我看这个没有妨碍读你的书，看它就和吃饭呼吸一样，我呼吸好了，才能看书。"

"哼。"我冷笑一声。由于终于察觉到自己的话是违背情理的，妻子在手机后面也笑了，却继续沉迷在追星的情趣中。

当天夜里一睡下去，我立刻做了一个短梦。后来，我蹬了一下腿，同时急喘一口气，醒了过来，看看床头的钟，分针相比入睡时只移动了一点点距离。妻子躺在我身后，兴许想着英俊但肤浅的某个男青年，正沉入梦中。我看向卧室的尽头，月之刃在窗帘上割开一道缝隙，有条白光一半照在地板上，一半已经爬上了我们的床。刚才那个急切袭来的短梦，我想就是由月光从遥远的地方递送到枕头上来的。

在梦中，我又回到了不久前聚会的夜晚。

满桌依然是相熟的朋友，女诗人也在座，独有她是年轻的，餐厅里没有灯光，靠她持续不灭带笑的面容，照亮了正在老去的我们。我坐在长桌子的一角被人频频问起近况，我愉悦地回答着,从人们的反应来看,我说得很好,我说几句就看看女诗人,见她以目光鼓舞我,于是我又说下去。我感到了和同类人永生永世聚在一起一般的快乐,还有无穷尽的心意想倾吐给大家。这时,邻座的朋友突然把一件重物披到我身上,那重量使我朝着餐桌压低了身体,更靠近白盘子上的苹果金橘味甜点了。由于我已经真实地经历过那晚,所以在梦中并不吃惊,知道是夹克男来了。夹克男温热的胸口紧贴住我的背,头搁在我肩膀上,这位对过去有着一片痴情的人,开始轻轻感叹。奇妙的是,当他一开口说话,我的嘴巴受到一种力量的控制,也说了起来,因此我们异口同声地,温柔地说道:时间过去得多快呀!我们在梦中融为了一体。

他经历着常常不被理解的最好的事情

王苏辛

王苏辛　1991年生于河南，曾获"西湖·中国新锐文学奖"、紫金·人民文学之星短篇小说佳作奖、首届燧石文学奖短篇小说奖，已出版小说集《象人渡》《在平原》《白夜照相馆》，长篇小说《他们不是虹城人》。

北京风沙大起来的时候，齐彭住在望京小区某个高层顶楼，夏天没空调，冬天没暖气。有一天，他揣着压扁的面包，穿过几条马路、一群韩国人，在 SC 美术馆西门入口处瑟缩了一下，继续驼着背大步流星迈进去。那里正展览宋子义和高扬的画，还有一个展厅放着没来得及撤下的伦勃朗和提香。美术馆曾对学生免费开放，不过现在不行了。过去仅有三个展厅，如今扩大到六个。最中心的一个，是艺术家做讲座的地方。有一段时间，每周都有艺术家来，但这半年，它陆续挂着几个青年画家的群展，不肯撤下——有时恰逢经典作品巡展，这些画被堵在中间，显得非常可疑。不过那次齐彭要去看的，是宋子义、高扬逝世 50 年后第一次在国内的个展，SC 美术馆腾出了所有展厅。走进去时，他觉得美术馆前所未有的平静。

首先看见高扬 30 岁画的《剧院女工》，也是他最有名的作品——几个刚从台上下来休息的女芭蕾舞演员，其中一个跷着脚、抽着雪茄；另一个扶着墙、一只脚在地板上转动；还有一个背贴墙的矮瘦少女，双臂保持着舞台上的线条感，一条腿呈尖钩状挨着另一条腿站着，唯一稍显松懈的，是直立的那条腿。这幅画被当成高扬三角构图系列的典范之作，要说问题，或许是抽雪茄的女性表情激烈、手势娴熟，看画的时候总让人觉得她不合时宜。不过齐彭对此没什么感觉，反正这幅画画得怎么样，他都不感兴趣。

《剧院女工》背面的墙挂着宋子义的《奔月》，如果从美术馆另一个门进来，首先看见的是《奔月》。给这样两两齐名的艺术家做展，委屈了任何一个都不妥。齐彭看见《奔月》，不自觉笑了笑，双手交叉放在身前，左腿轻轻晃动，很快又并拢。接着，再次不自觉地摇摆起来。宋子义喜欢从神话中取材，构图和场景布置皆有气势。高扬的画多使用细小的曲线，所述情感幽深细腻，他的画对齐彭是关闭的。然，宋的这幅，齐彭也只是有好感，至少他不能坦然地说自己喜欢。

这两人的名字多年来不曾并列出现，一定要追溯，仅上海图画美术院的第一次毕业展上，两人的画曾同时出现。当时，他们中间隔着徐夕的《牧场》，只是多年后，关于徐夕的作品评论渐渐变少，倒是两边的宋子义和高扬，一次次被提起，在拍卖市场的价格也越来越高。可外界反复提起的那些画，齐彭不以为然——什么《教徒》（宋子义1930年作品）《平原》（宋子义1936年作品）《寂静的少女》（高扬

1927年作品)《在迈阿密》(高扬1937年作品)等等。但看完一个展厅，一路全是这些，齐彭有些没耐心。他的球鞋摩擦着展馆的木地板，发出刺啦刺啦的声响，仿佛在故意引起注意来掩盖内心的急躁。他从画渐渐看到展馆中的观众，直到发现这些人的面目更平淡，才又将视线投向墙上的油画。

宋这次搬来的画并不多，但多是大画，且他鲜艳的色彩让人印象深刻。高扬的画很多，不过除了前面几幅，多是小画，看起来密密麻麻，又总觉得作品没有宋的多。高扬上世纪20年代去了美国留学，一开始生活潦倒，画过不少商业作品，后来很多人说高扬就是这样败坏了自己的声名，但宋子义不这样认为。后来高扬渐渐在国外有些名气，生活也好了点，一度邀请宋远离国内的环境，但他拒绝了。1920—1928年前后，宋子义被限制人身自由，只能画静物和女性，以至后来有不少人说，那是宋和高创作主题十分相近的时期。也是那段时间，高扬画了《剧院女工》，宋子义画了《八骏图》。齐彭在B展厅看到《八骏图》，想想这些女人的原型都是妓女，心里觉得很讽刺。不过隔壁高扬的一排风景让他又平静下来，只是这平静来得有些突然，他皱起眉。

这组画是高扬20岁前后在美术学院画的，和他在美国的那些风景小画不太一样，笔触相对刚硬、莽撞，少了后期的流畅与柔和，但组合在一起又有怪异的风采。色彩呈现出隐约明亮的灰色质地，花园深处有片片芳草点染，他心痒痒的，仿佛最好眼前就是一个画架，而他可以马上坐下画画。

不过，尽管如此，他期待看到的惊艳转折、起落瞬间，这画中没有。宋子义的画尽管看起来更有气象，但那更深一层的东西似乎又和时代靠得太近，他觉得无法进入。这二人在自己老师口中，都是天才似的人物，可他觉得并没有那么杰出。直到又一转身到C厅的时候，才有些发颤。

那是一幅巨大的大卫素描全身像。在《图画美术院50年》纪念画册上，他看见过这幅画。不像后来无数翻版的大卫像讲求肌肉和线条，这幅素描把大卫画得很像现实生活中的人，且画出了雕像的质感，空间感十足。一层真实感和一层时间感链接起来，气息浑然，又带着隐隐迟疑，某种莫名的光芒在雕像上流淌，却不知流淌到哪里，让他为之一振。

有人说它是宋高二人在美术学院学习期间所画，也有人说是高扬去美国之后画的大卫，最多的说法是——宋子义十八岁时画过这样一幅画，后来遗失，高扬为纪念他，补画了一幅。直到现在提起大卫像，很多老师还是会从教学资料中拿出这幅画的照片放给学生看,在某些艺术网站上,还有这幅画的解说视频。齐彭曾在教学片中看过原画,但都不如此刻震撼。尽管纸张泛黄,很多细节模糊不清,但他清楚这画自己画不出来,这样一想,他有些沮丧。

不过,尽管这画有英姿,可出现在展览上,还是显得不合时宜,仿佛出于主办方的特殊喜好,非要在几个展厅的交叉位置摆放它。齐彭在地面上滑行了一下,绕到这幅画背面。他喜欢它,但他很快知道看不出更多了,只好移开视线。

最后一个展厅摆放着二人同窗期间的画,和他们后期的作品不同,保存得不是很完好,唯高扬的《女同学》保存得不错,这是被高当时的老师徐在湘激赏的作品。只是现在看来,关键处有些过于用力,加上人物看起来不特别,齐彭只扫一眼就转移了目光。《女同学》旁边是宋子义的《码头》,技术上显然比高扬流畅。他读过徐在湘晚年的《新年杂忆》,徐当时说这幅画"各自有头脸,却泯然众人矣",宋当时不服气,徐又说"多处用力,实则不用力",年少的宋子义当时不以为然。倒是高扬的画被徐当着宋的面表扬,说他"硬朗又清晰"。在教过的学生中,徐只说高扬准确,即使宋逝世之后在欧美名声大噪,他也未曾表扬他半分。当然据说他还表扬过很多人，但那些人都被遗忘了，于是当年的表扬也没人追究了。

齐彭看《码头》，只觉宋子义画得好，但或许又只是画得好了。这后面一个念头让他心中一惊，仿佛看出了自己多日来的感受又不敢说。他伸了伸脊梁骨，觉得自己是关键处绵软，不重要的地方倒纠结过多，因而显得轻飘飘，不强壮。这想法在他心中闪着闪着，他不禁着急想回画室画画，可迎面一个亮晃晃的银漆皮速写夹让他突然清醒。

来SC美术馆画画并不稀奇，最开始的时候齐彭也经常来这里临摹。但即使是很多被自己判断为不够出色的作品，再仔细跟自己的画对比时，他仍深觉挫败。它们有的整饬他没有，而他想画的，又总画不清朗，以至他后来很少来这里临摹，即使被好画勾起心思，也憋着回画室。这么想，拿着速写夹画画的短发女生倒显得特殊起来。她个子高，看起来是个大骨架，如不细看，红色粗框眼镜后面还真雌雄莫辨。只是她双腿并拢，透露出一丝不易察觉的精致，让他不敢轻易搭讪，只悄悄绕到女生后面想看一眼——只是他没想到女生画的是自己。

"别人来美术馆都临摹馆藏，你怎么画起路人了。"齐彭脸有些红，右手手指在掌心摩擦着。

"路人不是美术馆的一部分？"女生用中指扶了扶眼镜框，"每个美术馆的路人都不一样。"

这话齐彭记了很久。即使现在，每当回想起2007年，他还是会记得SC美术馆的那一天。

之后，他考上南方一所美术学院，头两年还顺利，到大三，他发现自己始终无法进入真正的艺术创作。毕业头一年他在中学当老师，业余在高考培训中心挣快钱。偶尔和北京画室的同学还会联系，谈起当年的风沙，对方说："现在都说雾霾了，谁还关心风沙？"

"那北京现在还有风沙吗？"他追问着，而对方的头像已经黑下去。

转折发生在一年前。齐彭觉得还是要画画，于是从学校辞职，在西北地区一路逗留。遇上天气好的时候就在户外写生，天气不好就拍照回到住所画。他认为，只要再经过一段写生的过渡，他可以找到自己的创作语感。可不管怎么画，他好像都被拒之门外。越没信心，又越希望能画好。仿佛为缓解压力，他开始在写生的时候搞无数心思，并把其中一幅投给新青年艺术展，没想到拿了银奖。颁奖晚宴上，满场英文流利又笑容夸张的青年，简单交换了微信号，就不知道还能和他们说什么，只好再逃。

先跟着一个艺术项目去阿姆斯特丹待了一段时间，又去美国的多赛设计学院参与在那里留学的同学许恒的创作计划，一路下来，他内心全是沮丧。直到临近回国的晚上，许恒问他要不要去SC美术馆的短期课程当老师。

"又当老师？我刚从学校出来。"

"是SC美术馆啊。我记得你以前老去那画画。"许恒说，"课程有点无聊，主要针对素人画家。好处是能看到很多外面看不到的画。"

"外面看不到？"

"你不知道吗？SC美术馆把很多散落在海外和民间的中国画家的画搜集过来，每三个月内部展出，只面向VIP会员。哦，偶尔也有不常见的国外名画。"

齐彭当然知道SC美术馆VIP会员的分量，但还是说："又有什么特别？难不成比'欧罗巴三杰'还好？"

"'三杰'好，可你在'三杰'身上看到了什么好？"许恒继续说，"我只是觉得说不定这些有破绽的画真能让你有点感觉。虽然我一直觉得你不是没感觉。"

"你意思我明白，可我试过，没什么用。"

"我记得你大学时喜欢高扬和宋子义啊。"许恒说，"不过对外你总说自己喜欢巴图那。但除了《无名画家》，我也没觉得你真关心巴图那啊。"许恒狡黠一笑，"反正这次你就去发现一下呗，说不定有更值得'虚构'的'高级'。"

"你这是赶我走了。"齐彭道，一边想着自己已经买了明天的机票，可许恒不知道。

正式去SC美术馆的时候赶上北京立秋。天气说冷不算冷，但因为有风，齐彭觉得冷。他穿着绿色大衣，背着白色双肩包，手中还提着画箱。再加上地铁站汹涌的人群，他几乎觉得自己又回到了艺考的时候。不过，真到了美术馆，他才意识到自己要教的根本就是一些没有多少艺术鉴赏力的富太太。她们大概只想画几幅精致的油画挂在自家客厅。直到第一堂课结束，走进许恒口中只有少数人才能进去的展馆时，他才稍稍有些振奋。但他振奋不只是因为确实发现了一些少见之作，而是他看到了下节课的老师——画出了《正北方》的张卿。

尽管齐彭没觉得《正北方》有多好，但他知道无论它好不好，他现在都画不出，加之画者和自己同龄，他多少更关注些。展馆窗帘拉着，光线有些暗，他觉得贸然走过去拉窗帘不太对，于是又想开灯。

"关上。"

这声音把齐彭吓了一跳——这分明是个女声，可他一直以为张卿是男人。他慢了半拍似的道："你看了那么久，是看谁的画？"

"高扬。"张卿道，"不过也可能是徐在湘的。"

"我只知道他和宋子义一起画过，没想到还和徐在湘一起画。"

"徐在湘晚年很多画委托给了高扬，据说后来都被高扬改过。"

"有这事儿？难不成包括《丁酉组画》？"

"哦？看过《丁酉组画》的人不多的。"

"就是这个展厅，2009年展出过，看的人很多。"

"我的意思是，看的人很多，看过的人不多。"张卿说着，转过身走了出来。

她的口气让齐彭有些不悦，心想画《正北方》的人居然是这样的。不过他还是坐在最后一排，想听听张卿会讲什么。

只是她又看向他:"那个,你,还是出去吧。"

"我不能在这儿?"

"你存在感太强了,我注意力分散,讲不好课。"

齐彭哭笑不得,只好转身进了刚关好门的隐秘展厅。许恒确实没说谎,仔细一看,这些作品张张有看点,这让他对选画人有些好奇。如果把这些画公开,甚至这些人的艺术地位都可能要重新掂量。他绕着它们走了一圈。美院毕业后,他就很少看画展了。大部分时候他躲在画室里写生,因为画不出自己的创作,这是唯一能安慰他的方式。时常学生放学,他的时间才开始。

齐彭注意到四面墙壁交接处各挂着一幅一模一样的作品,走近一看,发现是巴图那的《无名者》,它和《无名画家》创作于同一年,是巴图那"陌生人系列"第一批组画的第一幅。画中一个穿长袍的长发僧人赤脚走过茫茫戈壁滩。画这一系列的时候巴图那刚刚三十岁,组画完成后他回到故乡,中间经历了几次时代动荡,一直不肯从故乡出来。到晚年,他执迷于画风景,一片荒地或者平原伸出去,一个人都没有。大学的最后一年他很迷巴图那,有一段时间,他觉得自己或许也可以这样创作。许多晚上，他悄悄走进画室，开着灯，或临摹巴图那的作品，或自己画，夜晚很安静，可他找不到自己那一束声音。

四幅《无名者》形貌看似一样，其实仅一幅形象更为准确，齐彭觉得它们应该创作于不同时期。也或者，只有一幅巴图那的作品，其余皆仿作。可这些画怎么齐整整挂在展厅里的？他很好奇。

从蓝玉、徐在湘、江滔，一路看到巴图那、高扬、宋子义、乌蒙、徐夕……图画美术院和北平艺专的学生占了大半，还穿插上世纪欧洲自由派和日本感觉派的作品。多是近些年逐渐被重视的画家。摆放的方式看起来漫不经心，实则心思细密。比如蓝玉的画更多和自由派挂在一起，徐在湘除了最出名的几幅，基本都和高扬的挂在一起。唯一让他不平静的，是很多第一次得见的画作，让他仿佛看到一缕逐渐闪耀又慢慢暗淡的光芒。

"齐老师也对这些感兴趣？"是张卿的声音，齐彭这才发现她其实很矮，加之五官线条柔和，此时的她仿佛比刚刚女性化许多。

"哦，我还想这么问你。"齐彭道。

"这里有几幅普斯，我想看看。"张卿说。

"我看过您的《正北方》，背景中那一片海景是对普斯《海岸》的致敬吗？"

"你可以跟网上一样说'抄袭'。"她自嘲着，"不过，要说致敬，其实致的是罗德。"

齐彭大抵听过这些议论，而她话中隐隐的自负和自信，让他接着话茬道："罗德和普斯还是不太一样吧。"

"普斯的《海岸》有一半就仿照的罗德《林荫路》。"

"哦。这我不知道。《林荫路》倒看过，罗德的细节做得准确，那画也是细节堆叠出来的。"齐彭故意道，"不过光普斯1/4的《独立日》就把罗德甩下去了。"

"普斯一直在挑战自己的局限。和他相比，罗德强调完成度。"张卿道，"所以西多菲说，'罗德和普斯相比是小画家'，但他也说了，'普斯的画虽然豪阔，但他呈现的世界自己也不确定是否准确，罗德虽然在一小块地上耕耘，但始终保持着属于他的清晰和准确'。"

"属于他的。"齐彭重复道，"不过普斯的准确就在他确认准确的过程中。"

"如果这么说当然没错。"张卿看了他一眼,很快走向另外几幅画。而齐彭不觉看向挂在展厅最高一排的《中国街》,半身赤裸的画家打开出租屋的窗,外面街上从卖各种小食的,到仆人装扮的黄种人,每一个人脸上的表情都不一样,但他们却似乎交织出同一种东西。这是高扬四十二岁画的,齐彭花很长时间临摹过。当时的老师说:"高扬把许多声音幻化入一条声音,你是把一条声音拆解成很多声音。"这话他记得深,但始终没想到怎么解决,也就耿耿于怀至今。

他站在椅子上近距离看这幅画。从前他临摹的是照片,这次看见原画,只觉得这当然是一种声音,因为画家看出去的眼神就是这一切的底色。

"刚才说罗德,我倒突然想起高扬了。不过他还要更打得开一些。"

张卿扭头看了他一眼,脸上肌肉微微抖动了一下:"我想起巴图那说的'每个人最熟悉的语言都来自童年',高扬画《中国街》的时候已经离家近二十年,可那画上的人,和他早年画的老家其实没太大区别。"

"《中国街》上的人看起来还是高扬以前画里面的人,可高扬自己变了。"齐彭说着,渐渐少了些紧张。他把手放进口袋,接着又拿出来,然后他双手交叉在前胸。

"他是变了,可画的还是他自己。还是那一个市声。"

"很多声音也可以复合到一种声音。"齐彭说,"《中国街》之后,高扬画了《白海豚》。"

"我喜欢《白海豚》。"张卿微笑起来,"不过那画得不像海豚,像鲸。"

"有可能本来就照着鲸画的。"二人说罢,都停了下来。

齐彭站在普斯《沐浴中的母亲》前看了一会儿,坐下来的瞬间,他发现旁边的画就是罗德的《家庭教师》,还有高扬的《东区》。

"这是普斯'瞬间'艺术展上的一幅,没想到这边还有。"张卿道。

"还好,毕竟我也没带画板。"齐彭微微有些僵硬,"有阵子想临这个,不过感觉画得怪怪的,就停了。"

"我很少临摹。"张卿说着,试图让语调慢下来,"不过我临摹过巴图那的。"

"巴图那哪个?"

"他上图画美术学院时期的《马路》。"张卿道。

"那幅干净。"齐彭说。

"不过巴图那后面所有的组画系列几乎都是对当年那放眼一望的世界的变形和深入。"张卿道。

"深入确实有,不过我没觉得是变形。巴图那说过'每个人最熟悉的语言都来自童年',但还有后半句:'每一个童年的真正确立,是这个人最后站的位置。'现在说巴图那的画跟那时候有关,不还是从《无名者》开始,他真的画出了自己的准确。"齐彭说。

"高扬批评他重复自己,宋子义认为不是。不过还是蓝玉说得更准。他说巴图那虽然不懂招式,但因为心里有东西,所以画得厚。"

"是厚,但厚得又有浮光感。我以前喜欢《无名画家》,只是刚才又看了看,他画得其实还是想象的。不过,据说八十年代末他在纽约展出过一幅《最后的蒙古人》,听说很棒,你看过吗。"

"我一开始以为那幅会在这儿出现,不过我想多了。"张卿道,"但刚才在里间小展厅看见了《最后的蒙古人》的草稿图,画得很精神。"

二人越说越快,齐彭不自觉朝前紧走几步——他看见了那幅草稿图。

他想起在自己喜欢说热爱巴图那的青春期，也试图把他所有的画拿来写生，可他发现完全无法进入。巴图那画中景物之少，从一开始的懵懂感逐渐到后来的专注，甚至看似残酷——他只对人所站的位置感兴趣，或者说只对自己所站的位置感兴趣，只是他不知道，他摆准了自己的位置，于是所有东西都在他画中有了位置。他画中景物越来越少，恰是他自己的位置终于越来越准的体现。这么想着，齐彭觉得内心有隐隐约约的激荡涌出，这想法让他觉得羞耻。一瞬间，他想巴图那青年时或许也是这般，所以那时候的《无名者》隐隐有些急切，而眼前的《最后的蒙古人》，完全是一片盛世的模样——即使是最后，即使是一个人，但整个人仿佛是天地精华的收集者。唯一让他不安的，是这幅画中所画的盛世，仍然有摇摆感。他突然觉得，巴图那可能到最后也没有抵达他看到的那个世界，更可能，他始终站在世界的边缘。可他此刻不也就站在自己看到的那个世界的边缘吗。他喜欢说自己喜欢巴图那，或许也是因为巴图那也只会一招，不像宋子义和高扬那样变化多端，始终在换血。他小心翼翼地处理自己的画自己的题材，用勤奋沉默等待（或许有）天眼为自己而开。这样想着，齐彭突然觉得脚下生风，却又愈发沉重起来。

"我想起巴图那上学的时候画的那条街,还是徐在湘继蓝玉之后第一个看出了好来,他编辑 50 年纪念画册的时候,特地把那幅画放第一位。蓝玉很高兴。"张卿说。

"徐不是说巴图那画得踏实,才是学生该有的样子嘛。他那话肯定是对宋子义说的,估摸着也不是严肃的评价。"齐彭道。

"听说徐晚年觉得当年对巴图那的评价不够高,想补偿他。"张卿道,"这点,还是高扬看得清楚,说他们所有图画美术院的学生,都在给宋当'榜样',可见徐是真偏心。"

"这段故事蛮好玩的。现在来看,宋的画也是好往高了走,内在却少了一层提炼。"齐彭说,"高扬说他要是多一层对细节的准确,他早就是大师了。"

"高扬一直不比宋子义差,但他一直在藏。蓝玉和巴图那更愿意跟他亲近,因为他的作品随时在传递能量,宋子义作品的能量到他自己那里可能就终止了。"

"你说得准。不过你看过他画的大卫?"齐彭突然指着展厅一角,"还有那边,是他逝世前一年画的《奔月》,和以前展出的那幅不同。"

张卿看过去,这幅画比宋之前那幅更缺乏细节,但仅有的轮廓线都用到了关键处。

"这幅有神气,但上一幅更见野心。"她说。

"上一幅他什么都想画,这幅收敛了,他知道自己关心的就那一个点,把所有力量聚拢在了一处。"齐彭说着,脸有些微微发热。

"我很久没关注他和高扬了,现在脑子里还是以前他们展览上的《剧院女工》和《平原》。不过……"

她接着说:"现在看过去,这里面他们的几幅比以前那些好太多了。"

"是啊。尤其是这幅《公园西路》。应该是高扬晚年画的。"齐彭说,"我以前喜欢过他的风景,很节制。可这幅,虽然节制,但画中的情绪又不可抑止地往外冲。"

"他是一直压着画,直到压不住。"张卿道,"蓝玉说高扬的'压'反而保护了他,让他到后来也画了那么多好东西。"

"蓝玉一直喜欢巴图那和高扬,也是好玩。他更喜欢的这两个人,都更听徐在湘的,倒是宋子义时不时喜欢去蓝玉那里碰一鼻子灰,不过当时的图画美术院,老师们都喜欢打击宋子义。"

"宋在我印象中总是那一路瘦高个子,他画画不计精神成本,仿佛画一次就要把力量用尽。所以蓝玉觉得他四十岁之后画不下去画。"张卿说,"只是宋居然就死在那一年。"

"高扬也没好到哪去。宋子义去世没几年,他也得病不能画画。不过,倒是他整理了徐在湘的很多作品。"

"徐的很多作品因为他得以保存下来。但整理工作做得最好的,还是徐夕吧。他画得最好的,就是这批人的肖像。"张卿道。

"是啊。徐夕还资助了他们很多人呢,不管是高扬刚去美国,还是宋子义被限制自由的几年,更不用说巴图那晚年的画展还是靠着徐夕留下的艺术资金。"齐彭说,"宋子义和高扬被打击严重的那几年,是徐夕一直提醒他们要沉得住气。高扬后来说,当时不觉得这话重要,直到后来才逐渐体会到其用处。直到'不知不觉间画面上出现了霞光'。"齐彭说,"虽然要说锐利谁都比不上宋,但他的锐利是自己拔出来的,高扬后面的那层锐利是不经意间的,所以让人过目不忘。"

"是他前期的努力让他终于有了那状态。"张卿说,"这里面展出的高扬的画，倒多是晚年的一些，之前没见过，凭这些，他甚至应该比宋子义更好。"

"他一直没比他差。"齐彭说着，脸上的肌肉微微抖动了下，"但宋子义找到自己那一条路之后，把青年时期画的很多题材重新画了一遍，以至于现在看，真不知道哪个才是他年轻时候画的。"

"宋一直在试验自己该走哪条路，在这点上，他比高扬晚开窍，但这也是宋的画面始终有旺盛生命力的原因，你永远觉得这个人还能往前走，因为他始终在试验，始终有新的可能。"

"他的准确也在试验过程中，只是没高扬稳定，显得不准确。"说完，两人都停了下来。齐彭觉得自己仿佛用对话的形式又把这些画过了一遍。很多画不在眼前，但他似乎看得更清楚了。那些第一次见的画，也因为前面这一层清楚，他对它们也有了亲切感。

两人一起走到小展厅。张卿指着一幅巴图那的小幅肖像道："这次他的四幅《无名者》据说是四个阶段画的。"

"也可能有三幅是仿作。"齐彭道。

"不可能有仿作。这些画就是巴图那的孙女选的。"

"孙女？"齐彭惊讶了一下，"他的后人不是死于前些年乌盟的226号火灾了吗？"

"火灾只是烧去了巴图那艺术馆三分之一的创作，他住在馆内的家人还活着，只是不露面。"张卿说，"他孙女你应该也认识，就是你们学校造型学院的副院长果旭娜。"

"这真没想到。只知道果老师的姓不是母家的，没想到她还是巴图那的后人。"齐彭突然说，"难道这四幅画里面有三幅是她画的？"

"我确定北边那幅应该是她画的。其他两幅就不知道了。"张卿道，"你看那幅，戈壁滩上有个牧马女牵着一匹马。如果是巴图那，他不会出现那匹马，因为他会觉得整个戈壁滩就已经有马的痕迹，为什么要牵一匹？"

"这个判断我同意。"齐彭说，"不过另外两幅，会不会是仿作呢？"

"如果是仿作，果老师不会摆在这里，但如果不是仿作，巴图那到底为什么画三幅一模一样的景象倒很神奇。"

"我明白了。"齐彭走近了看道，"这三幅画每一幅都比前面一幅少了点东西。第二幅比第一幅少了几块石头，第三幅比第二幅少了几朵云。我觉得第三幅是晚年画的，而且这幅画里面他画的不是僧人,就是普通人。"

"画普通人这个很重要。"张卿突然说,"一开始的僧人原本就是普通人的感觉,只是我们看装束知道是僧人,现在这个看装束是普通人,但侧面的神态和前行的动作,明明是个修行人啊。"

"正是这样,所以这幅画可能更晚画——神性发生在僧侣身上并不稀奇,但发生在普通人身上,才正是修行者或者传道者的能量所在。日常本就是修行。他的《无名画家》画的就是一个在路上一边给外族君王画画又要一边向心中本民族的神灵叩头谢罪的画家,就这样一直叩到自己国家的国界,神灵突然现身'赦免'了他。也是那一刻,画家才发现自己是神灵的使者。"

"是在那路上成为了使者。或者说,那就是他成为使者的必经之路,在那一刻,外族君王也不重要了。"

"不过像巴图那这样的,他看什么人都只能看得出自己想看的那部分,这点,他和宋子义一样。"齐彭说。

"宋子义早就看到了更多的东西,他只是不愿意画。"张卿道,"他画妓女都画出了民族危亡感,难道不是吗?"

"那时候的民族危亡感是整体性的吧,所有人都不自已,在那样的夜幕之下。"齐彭道。

"不过他还是在赋予，这太明显了，现在看《八骏图》感觉是讽刺画。"

"他那时候需要用表情的张扬突出自己那一层不能明说的东西，这也是他后来越画，人物表情越模糊不清的原因。"张卿道。

"他想把所有人的表情容纳进去，反映到画面中，就是漩涡一样的人脸。那些脸始终在晃动或者振动，也多是一瞬间的，观众随时可以按照自己的理解去填充那意思。他是把那些年看到的无数人的表情叠加进去了。"齐彭说。

"所以震撼。哪怕他没有那层所谓的细节的准确。"张卿说，"这是他离我们比巴图那离我们近的原因。"

"这个近恰是宋子义对'细节的准确'的把握。"

"你说得好。"张卿道，"普斯的准确恰也在这里。"

"宋和巴图那对准确的把握都来自自己，这点蓝玉和高扬都不够知道，但徐在湘一直看得清。"

"但徐自己的画，却离高扬更近。"

"应该说高扬离他更近。"齐彭说，"他的《在迈阿密》和《丁酉组画》的最后一张用了同一个构图，甚至人物也接近。"

"不过。"张卿说,"这次看见了高扬几幅新的画,确定他不比宋差,但可能明显比徐在湘更高。"

"我还是觉得徐在湘更硬朗。"齐彭说,"他从不在同样的位置表现同一种迟疑。"

"可高扬的迟疑就是他获得准确的方式啊。"张卿突然说。

"如果没有这样反反复复,前前后后,高扬怎么知道自己在异国他乡的小花园里照样可以搞创作。"齐彭接着说,"但这么看,巴图那不也是吗?蓝玉更是迟疑到九十岁吧。"

"每一个都是,普斯和罗德,甚至'三杰'也都是。"张卿说,"迟疑本身就是底色,哪怕宋子义这种喜欢拒绝迟疑的,最终还是在犹豫不决中看清了自己的方向。"

"不能说犹豫不决吧。应该说,是不断检查。"

"现在可以说他们是在审视自己,可当时呢?当时他们也都是毛头小子,没身份没地位,也没有进入艺术竞争的序列。"

"是他们后来做出来成绩了,前面的那些犹豫才能称得上是审视。"齐彭尴尬道,"这话听起来倒跟自己有关了。"

"自己是通道和方式。"张卿突然说。

"用自己去认识世界,自己变了,世界随之打开。"齐彭说,"不过自己和世界本不就是一体的吗?"

他说完,自己也有些发愣。仿佛今天说了这些话的人不是他,或者不是那个他以为的他。而张卿张了张嘴,突然发现了自己刚才的紧张。

他们俩一路从展厅的左侧转到了右侧,终于停止了讲话,二人并排朝前走,又过了一会儿,齐彭朝相反的方向走去。直到走出展厅了,他突然意识到展厅其实不大。只是墙上密密麻麻摆满的画作,让整个空间有了密度。他感觉好像重新看了一遍近代中外美术史课本中的小字部分——那些小字,曾经都被认为是不重要的东西,此刻被他重新认识,也像对自己记忆中这些人作品的更新。像摇摇晃晃走在一条独木桥或铁索上,而今终于走到一片大陆——张卿脑子里终于不再想自己的画,而他终于想到了自己的画。

在平地上有一次等候

小说界文库 ❶

《小说界》编辑部 编

上海文艺出版社

目 录

农场故事 韩松落..........1

杨花曲 沈书枝........25

水泥广场 林培源........75

这个世界有鬼 郑在欢........103

赤鱲角之夜 btr........139

如果蘑菇过了夜 周洁茹........171

农场故事

韩松落

韩松落 作家。著有《故事是这个世界的解药》《我口袋里的星辰如沙砾》《窃美记》《为了报仇看电影》《怒河春醒》,出版有个人专辑《靠记忆过冬的鸟》。

草　香

每到割过草以后的那些日子，我们就会闻到浓浓的草香，说是香似乎也不恰当，因为它带些苦味，还有些凉意，然而在我们看来，再没有比草更香的东西了。

草割过了，原先被遮掩着的地方是一览无余了，闪着亮的水泊、树桩，藏在草丛里的一棵开着白花的野栗子树，还有那些枯草盘成的鸟窝，它们的主人在割草的时候就惊叫着拍着翅膀飞走了，现在留下它们孤零零的，有些凄凉。但那草香是无处不在的啊，它让这一切都显得生气勃勃，让人心醉神迷。我任性地整天开着窗子，就是晚上也不例外，那草香就会被凉风送进来，闻着闻着，我也就睡着了。然而第二天醒来，我就会发现窗子是关着的，那就等于是说，小舅夜里来过了，他替我关了窗子，或许还捡起了掉在地上的皮大衣，重新盖在我的被子上，或许还俯身长久地注视着我，而这些我全不知道。

然而这草香会留存许多天，那些天里我就把整天的光阴耗在窗子前和草地里。我会捡起一截枯树枝或小石子往草丛里乱丢，被打到的地方有时会飞起鸟儿来。我也会一遍遍地去抚弄那些草茬，手心被它们刷得痒酥酥的，草汁也会把我的手掌染得绿绿的，手纹也会清晰起来，像一些横七竖八的乱草，多乱呀！

晚上，我带着我的绿手掌睡到床上去，并且长久地不肯入睡。挟着草味的凉风从窗子里吹进来，小舅要来了！我预备等小舅去关窗子时，就大声喊："我没睡！"然后用被子蒙上脸，只露出眼睛，月亮那时正在我窗外，月光照到床头，我的眼睛里有月光，亮晶晶的。这样，小舅就不会走，坐在我的床边等我要求他讲些什么奇异的事，带草味的风吹进来，墙上映出一个模糊的影子，小舅要来啦！

第二天我们见面了，谁也不提头一天晚上的事。小舅会说："走路的时候不要东张西望！""你真是笨得要命！"或者："羊栏该修了，黑耳朵老是踢卷毛，该把它单另关着。"我总是满怀兴味地听着他的每一句话，而他总是不动声色。

只有在夜里，草味的风越来越浓，小舅进来关窗子的时候，我才会大声喊："我没睡！"然后我用被子蒙住脸，只露出一双亮晶晶的眼睛，准备听些奇异的故事。我们一天天重复着这样的游戏，并且乐此不疲。

比　喻

　　看到小舅挑着水走到门口了，我就从窗前翻起身来去开门。因为跑得太快，门打开了，我还喘着气，小舅是弯着腰的，他眉毛底下的眼睛瞪着我说："跟土鲁昆一样。"土鲁昆可是街上的野孩子啊，常给人追着跑，喘着气。

　　小舅就是这样来比喻一个人的，总是说"跟谁谁谁一样"。当他从你身上发现了某种他不喜欢的、不够从容和体面的东西，他就会说你"跟谁谁谁一样"。他总是能找出一个与你有着相似之点的人，而听的人也会知道这些相似之点是什么。他总是这样眼光敏锐，而所作的比喻也总是令人发笑。尽管他每次都不改变这个句式，只是改变里面的人名，也依旧令人发笑。

　　如果你说话太多，小舅就会说你"跟王二喜的妈一样"。王二喜的妈在这里是多嘴的老太婆的代表，农场的人很少有人像她那样成天无事可做的。如果你穿着不够整洁，小舅就会说"跟边卖丽一样"——那可是个疯女人啊，头上扎着五颜六色的毛线，手里举着一支木棒，在垃圾里翻来翻去。

　　人们总是引诱小舅来作出他的比喻，因为那是多么令人发笑啊。在灯下，在炉火旁，那是我们经常的娱乐。可是小舅若是发现了你是有意在引导他拿出这项绝活来，他就会躲闪着，看你心急。小舅是多么机敏啊。

有时候我会跟着他到涝坝边去，看他挑水，回去的时候，手里举着一大把在涝坝边采的灯笼草跟在他后面。到了门前，我依然喘着气跑去为他开门，他眉毛底下的眼睛瞪着我说："跟阿番江一样。"阿番江也是街上的野孩子啊！可是我一点也不生气，我不能想象若是没有我开门，挑水回来的小舅会是多么费力……也是多么孤单！就像是菜园的篱笆上，少了缠啊缠的牵牛花。

古堡幽灵

又是在看露天电影的时候，我睡着了。

电影叫作《古堡幽灵》，讲的是一个大楼里住了好多鬼，后来人们要把楼拆掉，楼拆掉鬼可就没地方住啦！所以鬼就一个个地出来了，盆子罐子就在半空中飞，床自个儿动来动去。

我还是睡着了。

再醒来的时候，已经在家里了，小舅正把我往床上放。

我睁开眼睛，知道电影已经演完了，急得不得了："《古堡幽灵》最后咋了？"

小舅觉得很可笑，也不回答，故意学我："《古堡幽灵》最后咋了？"

我缠着他要他讲后面的故事，仿佛那些我没看到的部分就特别的精彩。

讲着讲着，我就又睡着了。

第二天发觉还是没听到最后的结局呢，就又问："《古堡幽灵》最后咋了？"

小舅又笑了，又学我一遍。随后，他把我看电影睡着的事，还有我的问话，一次次地学给姥姥、姥爷、小姨、隔壁姗姗家。要不了多久，农场的人都知道我看电影睡着了，还问傻话。姥姥就说他："不许再学大刚！"可他再学的时候，姥姥还是一样地笑着。

可恶的小舅！都过了好多天了，他也不肯忘了，时不时问我一句："《古堡幽灵》最后咋了？"在饭桌上、菜园子里、早晨有雾的小路上，他会猛地想起这句话来，看起来是把脸朝着别人笑着，说的却是："《古堡幽灵》最后咋了？"这一句话快说完的时候，他又猛地把头调过来，看着我，笑着说完。我追着打他，他跑得快，也不给人打。

再不就是在葡萄架子下，摘黄瓜的时候，或者晚上数鸽子的时候，他冷不丁地就说出这一句来，周围的人就全笑了。

金盏花

有一些情景注定是要我反复咀嚼，并且久久之后才能消化得掉的。我知道它其中有些什么含义是现在的我所不能了解的。就像现在，呵，那么多的云缓缓地向天边移过去，好像在天和地交接的那里，有一种不可抗拒的力量把它们吸过去了。然而一只鸟从它们要去的方向飞回来了，昂着头，高挺着胸，紧闭着嘴，它在这汹涌的、无一例外地前进着的云的队伍里，像一个叛逆者。它终于尖厉地叫了一声，振翅飞得更高些，就不见了。这天空、这云为什么走得这样快，难道它们不怕终有一天它们全都在我窗前展现过吗？或许不多久，我又会重复地看到刚才那朵像是一匹奔马形状的云啦！

这是早晨。我躺在床上，对自己说："我要把这些全部记住！"然后我又倾听着一切响动，准备等小舅一走过来，我就重新闭上眼睛。然而一阵嚓嚓的声响过去了，那是树叶子在摇，不是小舅在穿衣服，一阵沉稳的脚步声过去了，那是在窗子外头。

我光着脚从青砖地上直跑过去，像一阵穿堂风，看到在小舅床上躺着的人，我才想起来，小舅出去啦，他叫这个人照管我。

我看着他躺在小舅躺过的床单上，我看着他盖着小舅盖的被子，我看着他的头在枕头上压出的窝，那么深的一个窝！都可以种树了！

我把椅子拉得吱吱响，我又去把窗子打开，再关上，再打开。

他伸着两条胳膊两条腿，那么大的床，都不够他睡的。

他动也不动。

"小马！"我大声喊，我听小舅这么叫他。

"小马！"我又喊。

"小马！"他还是躺成"大"字，睁开一只眼睛说："你叫我什么？小马？"

我一点也不怕他，我还问他："那我叫你什么？"

他用两只手撑着，一点点地把上身立起来靠在床架子上，拖着两条腿，就好像两条腿不听使唤了，没有知觉了，瘫了，或者是用另外的什么东西做的。然后他穿衬衣，扣子一个一个地扣好了，这才向前一倾身子，让后背离开床架，把衬衣的后襟拉展。

我看着他一件一件地穿衣服，我只知道我穿衣服的时候，要是有人在旁边看着，我会很难堪，所以我故意看着他穿衣服。可他一点也不在乎。

一条发了白的工装裤，一件浅蓝的衬衣，胸前的两个扣子不扣，敞着，长脸，长鼻子，要不是眉毛的缘故，还算长得好看，可是他的眉毛是倒八字的。这叫我很高兴，好像那眉毛是听了我的话长坏的。

他系着裤子，拖拖拉拉地走到窗子前去，皱着眉头往外看。

他用手一撑，坐到窗台上，懒洋洋地把两条腿收上去，再转了身，就从窗子上跳下去，跳到外面去了——从窗子里跳出去了！这还不算，他就从那些香菜，那些开着白花的香菜丛中走过去了——踩着开着白花的香菜走过去了！

"走哇！"——是对我说的吗？他也不管，自顾自就走了。

到了路上我就更不怕他了，我给他指着看麦子地里飞起来的一只蓝蝴蝶，自顾自地跟他打赌说那种蝴蝶的翅膀会闪光呢！又说那些麦子地割过以后我就去拾麦穗，拾了一大筐呢！

"都是你拾的吗？"

我一下泄了气，是啊，我比划出的筐子也太大了！不过我马上就又找到话说了，我说小舅跟人比赛割麦子，割得很快，一下子把那个人吓坏了——"吓坏了！"我这样说。

"你小舅就是跟我比赛的嘛！"这个小马说。

"你输了你还说呀，要是我跟别人比赛输了我就谁也不说！"我自以为说得很聪明了。

"可是我就是输了嘛！"

"嗯，还有一次——"我搜肠刮肚地找新鲜事。

"你看，那个水闸，我和你小舅在那里守过一夜的水闸。"

这个我可不知道了，我嫉妒得不得了。我就喊他："小马。"

他歪歪地低着头看着我。

"你怎么喊你小舅？"

"我就把小舅喊小铁。"

啧——他吃惊得不行。

"只有我才这么叫他。"我很骄傲地补上一句。

"我不也叫他小铁吗？"

"你叫他和我叫他不一样。"

我想等他问我怎么个不一样法，我早想好了一些话。不过这一次他不问了，脸往前看着，一点表情也没有。

我还忘了说，小马走路像个老头一样，而且还是个穿着拖鞋的老头。他每往前走一步都像是被拖着，他的脚好像不是他自己的，拖着鞋，一点也不心疼脚，好像生怕脚用不坏似的。吃——吃——就这样，听着可难受了。所以一看见锯木厂的大门，我就撒着欢先跑进去了。

再看见小马的时候，我手里捡了一根大树枝转得跟风车似的。

"你听着，那个有转轮子的机器跟前不许去，听见了没有？"

"我——听——见——了！"

他也不多说话，转身就走了，一会儿和人搬木头，一会儿拉大锯。

怪啊，现在他也不驼着背垂着手走路了，也不拖着脚往前蹭了，他腰杆挺得笔直，脚踩在地上，还用力地往后一蹬，小腿肚子往后一挺。

我一个人在锯木厂里乱跑，堆得很高的一堆大圆木头我也爬到顶了，一个锁着的小木房子我也凑在门缝上往里面看过了，金黄的锯末子给我扬得满天满地。

"呔！你是谁带来的？干什么呢！"

喊得太凶了，我转过去一看，一个三十多岁的男人冲我叫呐，脸上的肉这么一喊，好半天还回不到原样。大热的天，还穿着有四个口袋的衣服，灰灰的，捂着里面的胖身子，脑门上的头发都像是热得烧死了。

"小马。"我大胆地把小马的名字说出来了，心想小马那么高，那么壮，才不会怕他呢！

这个人笑了一下，呀，笑得太难受了，把一个嘴角往上提了一提罢了。

又笑了一下，说："好嘛！"

我见过的人都没有这样笑的，也没有这样阴阳怪气说话的，我有些怕他了。

这人又笑了一下，就走进一个红砖的小院子里去，把门"砰"地一合。

里面的屋子是两层的小楼，第二层的窗子开着，窗台上摆着一盆花。

那花我认得，小舅说那叫金盏花。

我见过的金盏花全是一大片一大片的，那盆子里只种了一棵，真可怜。

再见着小马我就大叫："小马！"

他们好多人在那里休息呐，听见一个小孩子这么样叫人，都抬头看我。

我一点都没有不好意思，赖到小马旁边就坐下了。

"砍下来的树都死了，怎么上面还长着枝子、叶子，还是绿的。"

"树的心还没有死啊，树心里还有水。"

"树心里的水用完了呢？"

"天上还下雨呐！"

"天上不下雨呐？"我在无穷无尽的提问里发觉一种乐趣，所以缠着往下问。

"天上下一点点雨就够树苗子活上好一阵子的。"

"天上好久不下雨呢？要是再来了一只羊呢？"我存心不让那树苗子活下去。

"没见过你这样的小孩呢，心这么狠。"

我生着气了，听过有人说我调皮的，还没听过人说我心狠的，我知道心狠不是好事情，像农场的条条，对他妈不好，老大声大气的，还老动手呢。别的老太太凑在一起，一说起他们家，就说："啧啧，狠心白眼狼。"

"心狠的人是因为没人对他好，像你，你小舅对你这么好，你怎么也这么心狠，嗯？"

我一下就不说话了，闷了半天，才说了："怎么样就不心狠？"

"对别人好啊！"

"那我对别人可都好着呢，小舅一劈柴，我就想啊，我快长到小舅那么大，那也就可以劈柴了啊！"

"这还差不多，不过，对别人好，光心里想着，没有用的。"

"那怎么办啊？"我又不能劈柴，眼看就只能是狠心白眼狼了。

小马想了一下，笑了一下，低声像告诉我一个秘密似的说："比如，在窗台上摆一盆花。"

我一下就糊涂了，条条家窗台上也摆着花呐！我就赶快把我想到的这一点说出来了。

"那可不一样啊，你要摆一盆最好看的花，对谁好，就告诉谁，花是给他摆的，摆一天就是说你们还好一天。"

"那我要告诉的人可多了，多多，姗姗，对了，还有篮子，我有一次把她家的葵花头掐掉了看看长不长得出两个头，她都不生气。"

"嗯，不能告诉这么多人，只能告诉一个人，和你最好的一个人。"

"一个人啊？"

"最好的一个人。"

"对了，小舅。"

小马笑起来了。

回到家里我就往后园子里跑，花园的一个角里有好多瓦片的花盆，我找了一个最好的，又到地里去挖土，最后我想起来了，种一棵什么花呢？八瓣梅，牵牛花，羊角奶，波斯菊，这些都是开着花的，满园子都是，哪一棵最好呢？

"现在是秋天啦，要种就种棵耐冷的花。"

我快快地把那些花都想了一遍，那些花我都没见过它们开得过秋天的。

"种一棵金盏花吧!"

这个主意是他想出来的,那种金盏花准没错。我跑到园子里去,一会儿就挖了一棵栽到盆子里了。

一会儿我又觉得金盏花不好了,又把那棵金盏花给提出来,种了一棵矮矮细细的葵花进去了。葵花很丧气的样子垂着头,我就把它搬到太阳底下去,直到太阳落山了,葵花的头也没有抬起来,我就又去折了一枝红柳插到葵花旁边,把它的头用绳子拴在红柳枝上。

一个黄昏我就在干这样的事情。

第二天我又跟着小马到锯木厂去,这一次我乖多了。我在一堆圆木上坐着,一会儿我就发现了新的游戏,我数那圆木断面上的圈纹。

"一,二,三……十四。"

"一,二,三……二十。"

刚数了一个有二十圈的,我就听见有人大喊大叫的。

天塌了?地裂了?房子着火了?我赶紧往人喊的地方跑。

密密的一圈人,围在中间的是小马。

小马坐在地上,裤腿卷上去,腿上流着血,从腿上流到地上,流到土里,土就成了紫的,流到锯末上,锯末就成了橘红的。小马痛得龇牙咧嘴的,一绺头发沾着汗,贴到脑门上。

一个男人蹲在地上,拿着纱布往小马腿上裹。

我把脸转到一边去,不敢看那血,可是脑子里还是红红的一片,我都恶心起来,赶紧把头抬起来。

木头堆,红砖小楼房,天空,在我眼睛前头摇晃而过。我只模糊地记得小楼房窗子后面一张苍白的脸孔,惊慌失措又痛苦的一张脸,一闪而过。苍白的脸,幽暗的屋子,就像是月亮和天空。

唉,月亮,你让光弥漫,照到这,照到那儿,干草垛,木头牛栏,晾着一双忘记收回的鞋的窗台,你都照到了;结着白痕的涝坝边的盐碱地,白花花的芦苇地,牛栏里刚饿醒的小牛,你也不曾忘记。月光啊,大片大片,洒上平屋顶,洒上不冒烟的烟囱,月亮,你让人流泪。

你也照到刚流完泪的人脸上,刚从疼痛中睡去的人脸上,你把人照得脸色幽蓝或者青紫,像死了的人一样。你也想摄去熟睡的人的灵魂吧,像太阳在白天收去地上的水汽一样吧，那你就做吧，你尽管去做，不声不响地。

你照到小马的脸上，把他照得也跟死了一样，多好多好，月亮你尽管去做吧。

我快快地回到自己的床上去，只有当我脸上最后一点因残留的思想带来的生气也消失了，月亮才肯将她的光芒施加到我脸上，把我的脸庞照得幽蓝或者青紫，那是她给死去的人的特别的恩宠。

天快亮的时候我给一阵东西被打翻的声音惊醒了，我光着脚跑到发出声响的地方去，小马恼怒地扶着床边的桌子，地上是打翻的椅子。

"你要去哪里？"

"还能去哪里？锯木头啊！"

"我不扶你！"

"你！"

"不。"

我安安静静地盯着他。

小马笑起来。

"那你替我去锯木厂吧！"

我当他是拿我开心呢，气鼓鼓地我就说了："我又不会

19

拉大锯！"

小马赶紧说了："不是的，不是的。"然后想一想："你去给我看一盆花。"

我一下子很聪明了："金盏花。"

小马不好意思啦，说："不要给别人说啊。"

我很得意，马上就出门了。一路上我都很得意。

快到锯木厂时我就寻思开了，难怪小马天天要到锯木厂去，因为那金盏花啊。那屋子里住的不是那凶男人吗？所以我就想好了，一定要看看摆那花的是谁。

花还在窗台上。

这可好了，我在窗户下等着，看看会有谁来摆弄那盆花。

花后面是屋子，什么都看不见，再看仔细点，就只能看见花后面的桌子上立着一面圆镜子。

我就凑到院墙的木板缝子前往里看。

一个女人打了一盆水在院子当中洗头发，头发墨黑墨黑的，一双又细又白的手把头发搓来搓去的，手指头细细的，好像一点力气都没有，好像连头发都穿不过去。头发下面的脖子是白白的，像一截芦苇根一样。

身上穿的是白的衬衣，黑的裤子。

头发洗了半天，女人拿了一块大布把头发上的水吸一吸，一拢头发，就站起来了。

脸白得像没见过太阳一样，眉毛淡得像婴儿的一样，眼睛细细长长的。

嘴唇没有什么血色，紧抿着。

顺手摘了木板墙角的一朵金盏花往耳朵边一别。

手指头上可能染上花梗子上的绿汁了，她就往水盆里浸一下，又划了几下。

坐了一会儿，把水盆里的水一泼，就进屋去了。

白颜色的衣角一闪，就不见了。

直到她再也没有出来，我才快快地跑回去。

小马在院子里坐着。

我就在他面前跑来跑去。抽屉里的粗麻纸给翻出一叠来，裁成小块，一串葡萄上包一张，这样子防鸟吃，也防蜜蜂叮。

小马说话了："那串没包紧。"

我就把那一串包紧。

小马又说话了："那几颗烂掉的不摘掉，坏水掉下来，把其他的也糟掉了。"

我就把那几颗摘掉。

小马又说了："哎——"

我故意当没听见。

小马犹豫一下，又开口了："大刚——"

我嘻嘻一笑，笑着笑着就变成大声笑了，收也收不住，我就跑掉了。

我听见小马在我背后也笑了。

第二天我自己跑到锯木厂去。

是不是花叫鸟吃了？鸟不吃金盏花呢。是不是花干死了？那院子里开着那么多呐，不会再栽上一棵？反正金盏花是没摆出来。

回到家里我不声不响地跑到自己的屋子里去。

"大刚，大刚。"小马在那边喊。

我不回答。

"大刚，我知道你回来了啊。"

我不应声。

那边就不喊了。

晚上月亮出来的时候，小马在那边屋子里唱歌。

"在那高高的山冈上，紫花地丁啊盛开了，紫花地丁凋谢了，落在高高的山冈上。"

翻来覆去就这么四句。

"紫花地丁凋谢了，落在高高的山冈上。"

远处走夜路的人也学会了，远远地像回声似的跟着唱了起来："落在高高的山冈上。"

夜凉了，月亮又在找着那最像死人的熟睡者了，就像那些鬼故事里的吸血鬼找那些血最鲜美又最疏忽大意的人一样。

夜凉了，又是谁的魂魄给月亮摄走了，摄去做她的燃料了。远远的走远的人像回声似的唱着："山冈上——"

金盏花再没有摆出来，这"山冈上"就唱了好多天。

后来也就不唱了。

倒是那些老走夜路的，放水的，赶羊的，全都学会了，半夜就听见远远的星空下有人在那里唱着："落在高高的山冈上。"

这一天，有人唱着"落在高高的山冈上"进来了。

是小舅。

我就忙开了，又把我栽的花往外搬，又给他看我写的字、画的画。

小马就悄悄走了。

当天晚上他又来了。

"要走了。"小马说。

"先坐场部的汽车,再坐火车。"小马说。

"汽车坐三天,火车再一天。"小马说。

"那边可有认识的人?"小舅说。

"没有。"小马说。

"男人嘛,一个人怎么也都过了。"小马说。

"自己又不怕对不起自己。"小马说。

"走了啊。"小马说。

"好好的啊!"小舅说。

小马没有说话,用力点头。

就走了。

"汽车坐三天,火车再一天是什么地方?"我问。

"远着呐!"

月亮升上来了。没有小马唱歌了。远处也没有人唱歌。

我就自己唱:"落在高高的山冈上。"

杨花曲

沈书枝

沈书枝 1984年生,安徽南陵人。出版有散文集《燕子最后飞去了哪里》《八九十枝花》《拔蒲歌》。正在练习写小说。

一

第一次，张云珊终于克服自己的懒惰和对陌生地的畏怯去兰苑，是因为杨澍的带领。那时候新学期已开始两个多月，她和室友选修了学校的昆曲课，每周五晚上都去教学楼二楼的一间教室学唱昆曲。教昆曲的女老师温柔美丽，只比她们略大几岁，第一次上课，她穿一件鹅黄色镶草绿边的线衫，PPT第一页上写着"携手向花间"，这是第一节课要教的《长生殿·小宴》第一支《泣颜回》的第一句，老师轻轻启了嗓子，把这一句先唱给他们听。虽然因为一个暑假没有唱曲，声音略有些喑哑，却仍然获得了全班热切的掌声。昆曲课的公共邮箱是"haojiejie"——"好姐姐"，《牡丹亭》里一支曲牌的拼音——以后每学完一支曲子，都可以去邮箱里下载老师放进去的名家唱曲来听。这群研一的学生，见到这样一种陌生的缱绻作风，都高兴极了。不时有穿过走廊去接水的学生，经过教室门口，好奇地伸头看看他们。教室里人非常多，所有的座位都挤满了人，最后面甚至还有几个人站着。大多是女生，间或点缀几个男生，当他们跟着老师齐声清唱起来时，这几个略显低沉的男声就分外明显。大约他们也为这声音感到很不好意思，没有几节课，就都消失不见了。女生也走掉了一些，教室里恢复了一个寻常课堂应有的样子：人不多也不少，来的人差不多每次都来，都只是平平常常地学曲子。

她们一节课学一支曲，起初是看着简谱学唱，三四节课后，便逐渐对照工尺谱来学。如果一定要说昆曲老师有什么缺点的话，那就是她教得太快了。除非课下勤于练习，一星期学一支长长的新曲子，委实有些过于困难，尤其是对本来不认识简谱、又过于疏懒的同学，比如云珊。好在和她同宿舍的室友性格勤朴，虽然对昆曲的兴趣不大，却觉得既然选修了这门课，总归要好好学一学，拿到学分再说。云珊因此和她相互陪伴着，每个周五晚上，不曾空缺地去上课。并且因为来得早，总是坐在第一排，认真将这一节课要学的曲词和工尺抄在笔记本上。在下课的间隙去走廊尽头的开水器旁接水，仍不时接到偶尔从教室门外经过的陌生同学艳羡的目光。

课上老师自然会讲起兰苑，如今的省昆。老师说那里每周六和周日都有昆剧演出，有兴趣的同学不妨去看一看。云珊听了颇为向往，却也很明白自己不会去——很久以后，她才意识到，这大约是她性格中无法克服的缺点，她虽然常常喜欢一样东西，却很少有热情为之付出足够的努力，对于陌生的地方和人事，又常常怀着过于畏惧的心情。从前在苏州念大学时，昆剧和评弹博物馆离学校不远，云珊也曾和同学一起去看过一两次。春天地砖缝中青草簇生，天井里一株高大的二乔玉兰，花开时从高处倾覆，放眼极明，使人不敢高声语。空阔而黯淡的厅堂里，有一个小戏台，台下摆满椅子，据说晚上有演出。而那时一个人也没有，只有旁边一丛假山上流水活活。她不敢找人探听，连问一声演出门票价钱的勇气都没有，只想着一定很贵吧，看一看假山池子里几条红鱼，就悄悄踅走了。全然不知那时候青春版《牡丹亭》风头刚刚劲起，昆剧演出仍十分寥落，有人去看戏，是很受欢迎的。如今她对兰苑怀着同样小心而疏离的向往，连只是去那里看一看的勇气都没有，直到认识杨澍。

云珊一年多前在网站上认识杨澍，彼此间除了互相关注那天说过几句话，就再也没说过别的什么。事情完全出于巧合，有一天她忽然收到杨澍的邮件，说看了她的日志，才隐约察觉到她和他竟然在同一个学校读书，而且应该是一个系的！他说，我是古代文学的博士，今年博二。出于客气，云珊回复说她才刚入学不久，是现当代文学的研究生，他之前不知道他们在同一个学校，全属自然。彼此交换了联系方式后，说过几回话，杨澍便问她平时在哪里自习。云珊说多在图书馆的样本室。这是学校存放样本书的地方，因为不予外借，只能当时查看，又在图书馆四楼最偏僻的角落，因此少有人知，座位空得很多，不像二楼和三楼的自习室那样人满为患。不足之处是每天中午都要休息，不能占座，晚上和周末也不开放。他果然表示惊诧，说在学校一年多，竟然不知道图书馆有这样一个地方，嘱托她下回去上自习的时候，一定要记得叫上他，一起去看看。

几天过后，有一天下午云珊在样本室看书，疲乏时抬头看窗外。已是十月末，爬山虎的叶子还没有红，细小的根须蜷曲，贴在窗框上，下脚处有如吸盘一样圆圆的黑点。太阳亮得晃眼，风吹动爬山虎叶，连同影子也一起绰绰，对面座位是空的，她鬼使神差地掏出手机，给杨澍发短信，告诉他她在样本室，要是他想自习的话，可以过来。

过了一会杨澍回短信，说刚刚午睡才醒，马上过来。大约半小时后，他过来了，轻手轻脚在对面坐下。云珊听见动静，抬起头，不好意思地对他笑了一下，算是打招呼。他长什么样子，那一瞬是看不清的，只是觉得面目很平淡罢了。后来才渐渐注意到他穿着一件微微起球的墨蓝色拉链毛线外衣，瘦瘦的，拎一只学校纪念品商店里卖的印着学校名字的蓝色无纺布包，发际线已略呈向后稀疏的趋势。云珊缓缓有些失望，却也就低头看书。头略一偏，看见杨澍在看的绿壳子书，是《三国志》里的某一册。

看了一会书，杨澍在一本书店拿回来的出版社书目小册子上写了几句话，和一册小书一起从桌面上递给她。好在这桌子虽然宽大，却只是两人座的，并不会打扰别人。云珊打开一看，原来是要送她一本叶灵凤的《草木虫鱼》。她不好意思告诉他，这本书她已经在学校外边的旧书店里买过了，因为只花了两块钱，知道他必也是在那个旧书店买的，便收下书，在他的话下写了感谢的话，把小册子还给他。这样又来回写了几番感叹这样凑巧认识以及对样本室夸奖的话，临走时他约云珊第二天自习时仍叫上他，云珊脱口而出："明天上午我有课。"

他说："那你下午来的时候叫上我。"

云珊暗暗后悔自己不会撒谎，这时候也不好意思再补一句"下午也有课"了。第二天下午，云珊有些担心他也会去样本室，特意去教学楼找了一个位子坐着。过了一会，却忽然接到杨澍的电话，原来是照例午睡醒来，问她在哪里上自习。

听说她在教学楼，杨澍便嘱她帮他占一个位子，他马上过来。云珊往前面一排的空位上放一本书，算是替他占了。很快杨澍便来了，各自看书，到将吃晚饭时，又一起客客气气去食堂吃饭。她有些焦躁，却也不得不保持柔和，不知如何拒绝这种一起好好学习的要求，因为并没有收到什么过分的表现。又自觉如他这样面目模糊的人，大约不会有喜欢上的危险，于是此后除却上课，杨澍常常找她一同在样本室或教室上自习。有时候说话，就在那本书目上写字。他抄一些看到的觉得有意思或好的诗或笔记给她看，有时也谈谈各自喜欢的文学史上的作家。他虽是古代文学专业，对现代文学却也相当了解，大约此前读过不少著作，对那些他们共同喜欢的作家，了解得并不比她这个现当代文学专业的少。在这种愉悦的兴味里，那本小册子很快便被写完了，下一回自习，杨澍又带了一本新的过来，两人便接着用两种颜色不同的笔，在那小册子的空白间隙里写上对话。

很快云珊便发现杨澍是一个生活极有规律的人，他第一次回她短信时所说的午睡，的确是实话。每天早晨八点十分，杨澍起床，洗漱完毕，吃过早饭，假如不用上课，就去找个地方上自习。中午十一点半去食堂吃午饭，吃完回寝室上一会网，到一点钟即午睡。下午两点钟起床，略作收拾，继续去上自习。五点半去吃晚饭，饭后再回寝室休息一会，六点半再去自习，九点半回寝室，上网，十一点半写一下今天的日记，然后便洗漱上床。日复一日，几乎无有不同。仅有的调节是有时去学校周边的旧书店逛一逛，每周去操场跑步两次，或者周末偶尔去外面玩一玩。云珊惊叹他是她认识的生活得最有规律的人，他一面自嘲，说自己从大学时期起便过着这样刻板乏味的生活，一面却也不免略有得意，因为身边同学如他这样刻苦坚持的人，也的确很少见了。

而云珊不是。她散漫，疏懒，缺乏自制力，生活中极少规律地作息。在睡觉这件事情上，能拖多晚就拖多晚。在寝室里，室友们都睡得很晚，大家若能在十二点半爬上床，就属幸事。常常是过了十二点半，才有人想起来自己还没有洗脸洗脚，去洗手间一阵喧哗。到了要做报告或是交作业的晚上，更是常常熬到凌晨三四点。一旦放假在家，房间里只有云珊一个，不到实在困得没有办法，决计不能让她舍得去睡觉。她的情感丰沛，却又任意随之，喜欢的事情一味耽溺，不喜欢的，则只知厌弃和逃避。而这些，当时的杨澍当然都不知道，他所见的，大概只是一个学文学的、动不动就笑、看起来很温柔的小个子姑娘。人们往往对矮个子的女孩有所误会，将她们与可爱、温柔这样的字眼联系在一起，然而实际上不用说，这种不加分辨的懒惰几乎总是一厢情愿的想象。

有一天下自习的路上，云珊跟杨澍说起在上的昆曲课，向他夸陈老师的温柔，说私下里她们都称她为"好姐姐"。杨澍说，去年整整一年，每个周末，他都要到兰苑去看一场戏。因为那一年的剧场都被一个爱好昆剧的有钱人包下来了，免费请大家看戏！只要想看，早一点去就可以。只是今年包场结束，于是竟没有去过了。云珊惋惜自己没有赶上这样的好事，他便说："哪天请你去兰苑看戏吧，钱振荣扮相很帅的。"她估计他只是随口说说，于是唯唯应着，便过去了。不久后一天晚上他们一起去上自习，在楼前的宣传栏前恰恰看见钱振荣和他一贯的搭档龚隐雷当晚在不远处另一个学校出演新编戏《梁祝》的海报，于是他停下来说："要不去那边看戏吧。"

云珊看了一眼钱振荣的扮相,脸有些胖胖的,想起他曾说"钱振荣扮相很帅的",便说:"算了吧,天都黑了,过去也许人都满了吧。"

于是仍一起去自习。但这一回的事大约提醒了杨澍,过了两三天,他果然说要去买周末的戏票。那天晚自习云珊因为有事到得很晚,刚刚在他后面的桌子前坐下来,就见他把写话的小册子递给她,打开一看,里面是两张戏票。他写:"晚上等你等了很久,你一直不来,七点的时候不来,七点半的时候不来,八点的时候,你还是没有来。我想起古人的闲敲棋子落灯花,还有那样的诗情,而我心里全是焦急,好像你此后不会来了。下午我去买了周六的戏票,星期六一起去看戏吧!你会很喜欢的。"

她感到一些切实的感动和不安,于是很快乐地答应了周末一起去看戏。

二

去看戏的那天,杨澍带云珊去坐公交车,她才发现原来昆剧院离学校并不远,只有几站路。下车过马路,绕过朝天宫一面朱红的宫墙，上书"壁立千仞"四个大字，便到了昆剧院门口。一排青桐在黑蓝天色中默默伫立，已是十一月底，叶子凋零大半，露出满头干枯的梧桐子。门口一小片空地上，一群中老年人聚在一起，拿着漏音的麦克风唱上世纪八九十年代的流行歌曲。待跨进大门，才发现只是很小一个院落，中庭一方草地，被两条十字形的石板路分成一样大小的四块。四面是旧式的廊沿与房屋，房前草地上，点缀着一棵大石榴树、几株桂树、几丛南天竺和腊梅。沿着廊沿往里走，经过演员们练功的房门前，此时房里没有人，墙上钉着些初学的毛笔字，土黄的元书纸上，乌漆墨黑地抹些"勤奋不懈""金声玉振"字样。直走到最里，转进去，才看见演出的剧场，上挂着"兰苑"的牌子。云珊一下子明白了昆剧院又称作"兰苑"的原因，原来是演出的剧场名叫"兰苑"。

　　是一个很小的剧场。大约只有七排座位，每排十来个人。看戏的门票也很便宜，杨澍买的票在第六排，门票三十，而学生半价，只要十五块钱便可以。因为太便宜，使人不禁怀了一种不可置信的满足感。待灯光熄灭，红色的丝绒大幕拉开，露出明亮的一方戏台，以及戏台后垂挂着的轻薄纱幕，"嗒、嗒"两声板响，丝竹齐奏，着大红披风的莺莺从帘幕后款款行出，云珊极容易便被那秾艳的色彩感动了。这一出是《西厢记·佳期》，主要是看红娘的戏，莺莺与张生不过是略略露露头面，作红娘的道具而已。第二出时剧《借靴》，是丑角的插科打诨，自取其辱，虽是好笑，也便看过去了。那天晚上使云珊记忆最深刻的，是最后一出《玉簪记·偷诗》。

那时候昆曲课上老师已经在教《偷诗》前面《琴挑》一出的两支《懒画眉》，云珊于是大略知道这戏演的是书生潘必正下第羞归，寄居在姑母庵中，结识此间道姑陈妙常，一见倾心的故事，却并没有特意找过视频来看。也因此，得到一种全然新鲜的餍足。戏很热闹，芳心暗许而犹自掩抑的陈妙常，因为写了心事的情词被潘必正偷去，追索不得，又羞又急。这羞急连同书生偷到诗后的得意，抢诗时的俏皮，时时使台下看戏的人忍不住发出几声轻笑。然而云珊终于见她那么微怨悠长地念一声，"啊呀，天哪——"，接着唱"输情输意，鸳鸯已入牢笼计，恩情怕逐杨花起。相看又恐相抛弃。等闲忘却情容易，也不管人憔悴"时，于欢喜里竟忽然大大伤起心来，鼻头一酸，眼泪已经涌出。这眼泪并非出于感动，却好像是猛然意识到人之为人那一种彻底的孤独，即便是爱情，也不能使之幸免。转眼间台上人已托付了终生，盟香跪誓，而云珊坐在黑暗中，害怕身边的杨澍发现自己在流泪，也远没有熟悉到可以让他看见她竟为一出才子佳人戏流泪的程度，不敢伸手去擦，只有在泪眼婆娑中看完剩下的戏。明黄射灯下，妙常头上的簪钗熠耀生辉，直到戏结束，散场的人纷纷走出，她才终于找到一个机会擦了下眼睛。

出得门来，已九点半。夜气清寒，天上一大片鳞云，因为光污染的缘故，显出一种奇怪的昏黄。唱流行歌的中年人还未散去，云珊和杨澍往公交站走，沉默片刻，很快他提起话头，问："怎么样？"声音里带着笑意。

这一晚演出《偷诗》的正是钱振荣与龚隐雷。云珊收回之前对钱振荣的偏见，说："很好看！很喜欢！龚隐雷唱得真好！又婉转又明亮，对陈妙常的情感把握得也非常好，不冷不热，欢喜里好像又有一点隐忧——我不懂戏啊，只是说一点自己肤浅的感受——钱振荣也很好，他身上好像有一种很赤诚的东西，所以完全没有一般演书生时容易流露的猥琐或轻浮气。"

杨澍说："你说得很对，钱振荣和龚隐雷也是我觉得这里最好的一对搭档，很多人都喜欢看他们一起演戏的。"

这时他们已经走到马路上，眼睁睁看着一辆开往学校的公交从车站开走了。他们笑着跑过去,看了看站牌,说:"刚刚那辆是最后一班了。""那就走回去吧,也只有几站路。"

路上杨澍请云珊唱支曲子给他听。云珊推辞了一下,禁不住他的再次请求和虚荣心的驱使,唱了一支《牡丹亭·学堂·一江风》。这是春香的出场曲,是云珊到那时为止唯一可以脱离同学合唱和笛子伴奏,自己单独唱出来的曲子。"小春香,一种在人奴上,画阁里,从娇养,侍娘行。弄粉调朱,贴翠拈花,惯向妆台傍。陪他理秀床,陪他烧夜香,小苗条吃的是夫人杖。"很细涩地唱,一面因为紧张,声音有些发抖。云珊心里不免有些遗憾,知道自己可以唱得浏亮一些,因为上课坐第一排,声音会被老师听见,有一天曾得过那样的夸奖。虽然而后老师也提出批评,因为跟着笛子学唱,有些地方被笛子带出了很多花腔,"不如老老实实唱"。老师不知道云珊不识简谱,工尺谱也够呛,根本不知道哪些是原声,哪些是笛子加上去的花腔。而此时云珊唱到音声曼长的"从娇养,侍娘行",忍不住把感觉是"花腔"的那部分又唱了出来——这样好听一些吧。

唱完了,云珊感觉糟糕,心里很是后悔,然而也便过去了。很快他们走到学校,杨澍坚持送她到宿舍楼下。在楼前悬铃木的树影下遇到打开水的同班同学，云珊很不好意思，杨澍笑说："上去吧，明天见。"刚上去没一会儿，八卦的同学就来打听："刚刚下面那人是你男朋友吗？"她赶忙否认："不是的，是一个读博的师兄，和我们一个专业的。"

往后他们仍旧常常一起自习，白天在样本室，晚上在教学楼。杨澍有时带一本薄的小书来给她看，多是在旧书店买的，《东京梦华录》《洛阳名园记》之类的，她稍稍翻几页作消遣，下自习时就还他。渐渐有一些肢体接触。一次云珊新剪了头发，上自习的路上杨澍摸摸她的头，如蜻蜓点水般的，立刻又缩回去，问："剪头发了？"她吃了一惊，然而还是保持着镇定，说："嗯。不好看。"他说："我觉得挺好看的。"她个子矮，他做着这样的事，倒是显得很自然。有时是接水，天气越来越冷，晚上教室寒气逼人，云珊用一只塑料瓶子接开水暖手。他起身去接水，有时便顺便把她的水也换了，极轻地碰一下她的手背，说："你的手很冷，我帮你把水换掉吧。"说罢拿起她的瓶子走了。这小动作使她不安，然而等他回来，若无其事地把装满开水的瓶子还给她，她又不好意思说什么，显得倒好像是她在大惊小怪了。

有一天晚自习杨澍来得晚，照例发短信让云珊帮他占位子。而教室空空荡荡，除云珊之外，只有一两个人，根本不必占位，她便没有把书放到前面的位子上去。他来时见前面座位没书，竟径自在她身边坐下了。云珊大为紧张，此前他们一直保持着一前一后的位置，且都是云珊坐在后面，就是恐怕他自习时会在后面看她。而此刻杨澍一声不吭坐到云珊身边，把她挤在靠墙的位置上，动弹不得。她只有像平常一样看书，心思却不在书页上。她把手撑到椅子上，忽然发现杨澍的手就在她手边，靠得极近。

"不会牵我的手吧？"

这样荒唐地想着，脸热了起来。她把手搁回桌子，过了一会，却仍旧放到椅子边上去。"牵一下是什么感觉呢？"心里感到更荒唐了。杨澍的手意外地生得很好看，十分纤细、修长，指甲剪得很干净。这是云珊第一次在样本室就发现了的。《孔雀东南飞》里说"指如削葱根"，杨澍的手当得上那样的秀美。彼时她的心里竟起了贾宝玉之叹，这样好看的一双手，要是生在别个身上，或者也可以摸一摸的。

正这样胡思乱想的时候，手被捉住了。

温暖的、陌生的、男性的手啊。

云珊紧张得不敢说话，却并没有把自己的手抽出来。

杨澍也不作声，只轻轻握着她的手，并不松开。两人各自看着书，好像什么都没有发生，又好像早已是一对在一起的恋人，牵手是再平常不过的事。过了一会，云珊感到心终于安定了些，反而看得下书了。就这样一直坐到九点半下自习，彼此都未起身，好像害怕一抽出手，就会有什么变化发生似的。

一到下自习的路上，担心被彼此的同学瞧见，两人就又恢复了略有一点客气的态度。然而似乎又有一点不同——一种小心翼翼，或心照不宣的默契和维护——说的话更多、更随意了一点。到第二天晚自习时，杨澍果然又坐到云珊身边，不作声地握住她的手。

就这样又过了两天。第四天下自习时，因为认真看了一晚上书，云珊心情满足，想走一条好看的较偏僻的小路回去。夜气蓊潮，校园渐次金黄的银杏林笼罩在淡薄的白雾之中。路的一段两边种满水杉，这时叶子已凋尽了。走到一棵梧桐树下，满地落叶，云珊心里喜欢，跑去捡起一片，举给杨澍看：

"你看，好大的梧桐叶子！"

杨澍笑着点点头："是梧桐叶子？"

"是的。古诗词里面那个梧桐,也叫青桐,不是俗称法国梧桐的悬铃木。"

转瞬间杨澍伸手揽住她,双手将她抱在怀里。他低声说,声音略有些哑:"珊珊,你做我的女朋友吧,我会对你很好的。"

云珊直直站着,就那样由他抱着,因此显得很乖的样子。她感到自己无法拒绝,就好像之前无法从他手中轻轻抽出自己的手一样。很久没有这样被人抱过,没有被一个人请求爱他了。可是答应么?云珊清楚明白,但这时不愿去想,此时只想轻轻被抱一会儿。皮肤在衣衫下战栗,微弱的电流从心间穿过,云珊感觉得到它的热度与叹息。清醒过来时,仰头看见已零落将尽的梧桐枝干。杨澍低下头想吻她,她微微挣脱开了,说:"好。"

三

那之前的一年多时间,云珊陷在一场遥远无望的暗恋中,无法自拔。所喜欢的,正是在考研过程中给予她极大帮助的人。指点复习与备考,柔和坚定地鼓励,说来犹属平常,不同的是，正是那个人，使那时几乎不会读书的云珊有了要系统深入地阅读原典的概念，以及真正想要好好读书的决心。这暗恋刚滋生出汁液肥嫩的藤蔓，便随着对方猝然的结婚戛然而止。新生的、柔嫩的、卷曲的触手伸出去，得到的只是绝望的虚空，到后来对方也隐约觉察出她的情感，为使她快些走出这阴影，遂断绝了和她所有的联系。云珊的自尊心也不允许她再去找他，然而情感并不能随之消失，那些时日她因此常常流泪，伤心如同六月的大雨，随时就滂沱一阵。然而云珊所能做的，不过是在大雪后无人的角落，用竹枝偷偷在积雪上写下对方的名字，等不到太阳出来，便随雪水一起湿淋淋融化；在开始读研以后，将对方从前和她说过的书，一一找过来读。

此刻这脱口而出的"好"字将云珊自己也吓了一跳。其后她心里默默想着反悔，然而这岂是反悔得了的？杨澍的步子温柔而紧逼，没过多久，同学就都知道了她有了一个本校古代文学专业的博士男朋友。云珊想到从前喜欢的人，"那么，至少在可以讨论专业问题上，大概是差不多的吧。"心里几乎是察觉不到地叹息一声，就此败下阵来，丢兵卸甲。

那以后他们的恋爱生活也没有太大变化。托杨澍极其规律的生活习惯的福,云珊这一年除了上课和每周去图书馆勤工俭学两次以外,绝大多数的白天和晚上都在自习中度过了。只是她始终做不到像杨澍那样每天一到夜里十一点半就准时上床睡觉,夜里又常常失眠,因此时常头疼、疲倦。第一次吵架很快来临,云珊忘记是为了什么,只记得前一天夜里起的争执,第二天早晨杨澍还在生气,让云珊在食堂等了他二十分钟。云珊心里觉得委屈,忍不住流了点泪,等杨澍来了,只是低头喝豆浆。见她这样子,杨澍也觉得愧疚起来,伸手帮她理一下刘海。吃了饭,杨澍说不想看书,找个有太阳的地方念诗去吧。带了一册《唐诗三百首》,实际也不曾念,只是坐在那里说话。杨澍说:"我对自己的感情没有信心,还是慎重一些吧。"云珊听了,只"嗯"一声,心里凉了半截——就在不久前,说要小心翼翼追求她的人也是他。然而她的沉默,多半也不是软弱,只是因为恋爱刚刚开始,觉得彼此还不熟悉,还下意识保持着那份客气罢了。

也有过不少称得上温柔的时光。云珊喜欢花木,春天时他们常在学校散步,一同去附近公园看花。春天山坡上盛开着洁白的大岛樱,与新发的绿叶相映,极其娟丽而清远,穿着春衣的女孩子站在花下拍照。暮春时木绣球白色的不孕花瓣飘落一地，花树尽头的小路上，一只大白猫站在落花碧草中回身望向他们，模样秀美。杨澍有一辆蓝绿色二手自行车，轻便好骑，是他心头的宝物，常常载了云珊，骑着到各处游荡。有一回是杨澍生日，云珊想去给他买一个小蛋糕，杨澍却早另有打算，骑车带她去离学校有点距离的一个公园。园子颇大，并不要门票，然而大概因为较远的缘故，人并不多。云珊喜欢它是一个真正的小丘，里面长满杂草，不像别的小公园里总是修剪得平整一致。杨澍带一本钱穆的《八十忆双亲师友杂忆》给她，自己也带一本喜欢的书，两人就坐在一条石凳上，背靠背看了一上午书。光影照耀，四下鸟鸣，一只乌鸫在小路上细脚伶仃地跳着，一跳跳不见了，过了一会，又在旁边一棵树上出现了。林中新笋抽条，地上开满野芝麻细碎的白色小花。等到下午吃完饭从外面回来，天气忽然热起来，好像一下子跳到了夏天，路边栅栏上蔷薇也已在高处盛开，风把它们醺和的香气送得很远。

杨澍极爱逛书店，新书店与旧书店相比，又更爱旧书店一些。大概他的专业，有用的书还是出版年份较早的为多。在书架前站立多时，一册一册浏览过去，翻翻这本，翻翻那本，遇到想要的书打折较多，就兴冲冲地买下，其间所获得的兴味，云珊大概能理解一部分，虽然她并不是个经常买书的人。学校附近颇有几家旧书店，每隔几天，在下午下自习之后或是晚上上自习之前，杨澍就会提议："怎么样，到书店逛逛？"于是一起去。其实书与上次来时并无多少变化，杨澍这里看看，那里看看，想买的书总是太贵而舍不得买，空手又不甘心，最后往往是挑一两本几块钱的小书满足一下。有时他会让云珊挑一本喜欢的书，买来送她——是那时唯一经常送她的东西。此外送过：指甲剪、笔记本，喝酒剩下的小瓶子，送给她作小花瓶。云珊觉察到他在金钱方面的敏感，自己也很注意起来，平常一起出去，自己所需的都自己买，偶尔让他付钱，必不超过二十块。唯一一件贵的东西，是云珊生日时，杨澍说要给她买一件衣服，她不好意思让他多花钱，自己去小店买了件两百多块钱的大衣，回来让杨澍给了她两百块钱。

云珊觉得杨澍性格最可爱的时候，乃是在他稍稍喝了些酒，变得微醺以后。杨澍爱喝酒，且爱喝白酒，在学生中大约算得上是异数了。平常他们多在食堂吃饭，各自打各自的饭菜，杨澍想喝酒，就在食堂的小卖部买一瓶小二锅头，分作两餐喝掉。有时候也到学校外小饭馆吃饭，点两个菜、要一小瓶酒。云珊不喝白酒，也不爱啤酒的味道，便总是看他喝。酒过几杯，杨澍的脸微微发红，开始笑嘻嘻说一些趣话，要到这时候，他平时身上笼罩的一层她说不清的冷硬的东西才开始涣解、消失，带上孩子气，变得可爱可亲起来。她因此很爱看他喝酒，很为平时被遮蔽了的那个他而感到可惜。同时注意着，假如上一次是杨澍请她吃饭，那么下一次就她回请。学校每月有补贴，硕士生五百块，博士生一千一，云珊觉得自己已经这么大，不好意思再花父母的钱，除开偶尔大的开销找他们要一点，平常生活费只靠补贴和在图书馆打工所得的钱，不用说常常过得左支右绌。杨澍的钱也不多，大概正因为如此，她更注意起不让他多付一点钱，以维护自己在这关系中的独立性。

他们渐渐不再在自习时在小册子上给对方写话。没有什么话是不能等到下自习后再说的。偶尔有事情要说，找一张纸写几句也就罢了。不知从什么时候开始，云珊也习惯了独自一人去看戏。挑喜欢的演员与场次，每月去两次。不知为何，独自去看戏并不使云珊感到孤独或凄凉，实际上，她感觉自由。她实在很容易在看戏时流下泪来，被人看见只是徒增难为情。有时看完戏，她一边听着曲子一边走回去，心里鼓荡着新鲜的激动，她珍惜这样的时刻，虽然那时候，她已经逃了很久的昆曲课了。事情是这样的：到了第二学期，大家才知道原来这门课需要修满两个学期才能拿到三个学分，下学期后半段还会换一个新的男老师来教。许多同学迅速放弃了这门需要唱曲考试的课，选择了其他交论文的课。那时云珊觉得自己毫无疑问是要接着学下去的，结果随着室友的不再选修，她才发现自己竟然连课都懒得去上。缺了几次，就更没有勇气去了。等到开学两个月后，她终于鼓足勇气去了一次，才发现班上的人数已少得可怜，总共只有十个人，而十人中又有四人是学校曲会的曲友（她曾经去过一两次曲会，最终还是退了出来），已经会自己照着工尺谱拍曲，云珊混迹其中，早已成了滥竽充数的那个了。

之后老师换成了学校另一个资历更深、年纪更大的男老师。去了的同学说，新老师喜欢叫人一个一个起来唱，这真是齐宣王换成齐湣王，南郭处士逃了。一直到考试前最后两次课，云珊想着不去不行了，总不能连老师的面都没见过，还厚着脸皮去参加考试，才提心吊胆去了。等去了才发现，原来老师十分和气，而且教得更慢、更细致一些，学起来也就容易一些。云珊后悔没有早些来，然而课程也就结束了。到考试那天,全班只剩下四个人,老师不以为愠,只用心听每个人唱一支曲子,即使是细弱得不成调子的,也不断鼓励:"已经不错了。"云珊唱一支柳梦梅的《拾画·锦缠道》,那是她临时抱佛脚练了一个星期学来的,老师也鼓励道:"已经很好了。我觉得作为一个老师,一年下来能把学生教成这个样子,应该感到很欣慰了。"云珊听了,心里羞愧不已,在小小的快乐里,埋藏着深深的不曾努力的自责与后悔。

那个暑假云珊应邀往杨澍家小住,去见他的父母。在这之前,云珊已带着杨澍短暂地回了一次家,见过她的父母。云珊妈妈不见得满意女儿这个男朋友,但也只是说:"你喜欢就谈,以后遇到更好的也有可能。"在他们临走的时候,烧了一盒红烧鸭翅、一盒红烧带鱼、一盒茭白炒肉丝,给他们带到学校,让杨澍下酒吃。云珊去杨澍家,待的时间要稍长一些。正值暑假,他正在读大学的弟弟也回到了家,家里除了他父母之外,就是杨澍、他弟弟、云珊。长日无事,云珊常常待在楼上看书,偶尔下楼陪杨澍妈妈说一会话,用自己曾经在语言学课上学到的那点一知半解的知识,努力去理解她唧快的方言的意思,竟然也能听懂三四分。杨澍爸爸则很少说话,脸上也看不出什么表情,只有每天吃饭的时候,才和他们打个照面,由杨澍陪他一起喝几杯酒。云珊怕麻烦,也不主动和他说话,只是奋力吃饭——杨澍妈妈做的菜很好吃,虽然很辣,云珊忍不住一边吃饭一边喝水,也要比平常多吃一碗。每天,杨澍妈妈要做一家人三餐的饭食,打扫卫生,早晨还要在后门口用一只大澡盆搓洗全家的衣服。她一面搓衣服,一面对对面的云珊说:"他爸爸就是话不多,人是个好人呐!"云珊不禁觉得,在这个剩下的成员全是男性的沉默的家庭里,她大概很孤独。丈夫与儿子接受着唯一的女性成员的奉献,并将一切视为理所当然。云珊仿佛忽然明白了杨澍身上那层外壳的所来由自,那就是他所出生的这个家庭,在他身上所留下的印记。

黄昏时杨澍带她和妈妈一起出门散步,县城不大,稍微走一走,就能看到附近农田的区域。杨澍指着农田外不远一个刚刚浇好水泥的广场告诉云珊:"那里就是我从前的家,有一个很可爱的小水塘。拆迁那一天我弟弟给我打电话,说看到房子被推倒,忍不住哭了出来。我也很伤心,再也不会有那个池塘了。"云珊轻轻握住他的手。后来他们常常在散步时经过这里。杨澍也带她到附近的同学家玩过一次,六个人,三个女同学开玩笑地夸着他有眼光,她觉得不自在,仿佛隐约被隔离在一种无间的熟稔之外。后来有一天，杨澍和他爸爸出门办事，云珊一人在楼上，对着他留在家里的一大排书柜里的书看着，想挑一本喜欢的来看，忽然发现书柜最下一层放着杨澍从前的日记本。一共十本，一模一样的黑色硬皮壳封面，直到那时，他还继续用着这样的本子写日记。云珊也曾取笑过他，年年用一模一样的本子写日记，竟然不觉得厌烦吗？我一本本子用了一年还没用掉，就已经开始不耐烦了。杨澍笑自己就是这样古董的人，喜欢整齐划一的美！这时云珊觉得好奇，心里斗争了一会，还是打开书柜，抽出最中间的那本来看。不料随手一翻，便看见那三个女同学的名字——原来那时杨澍同时喜欢上她们三个，觉得都好，斟酌一番之后，最后决定挑出最好的那个来喜欢。再往后翻一点，便是他和从前女友的事情。云珊曾听他说过几句，却没料到眼下的字眼里翻滚着这样的热情，顿时觉得无味起来，把本子合上，重新插回原先的位置。

她想起和杨澍在一起不久时，她也征得过他勉强的同意看过一次他的日记，不料看到他所记的一个女生而生气起来。内容如今早已忘记了，她只是那时忽然醒悟原来有一次他和她一起在外面吃饭，给他打电话聊天的人即是那个女生,在杨澍的QQ空间里每一条记录下(杨澍还用着QQ空间)都和他来来回回调笑戏谑十几条的人也是那个女生。问杨澍是谁,便说是以前认识的朋友,已经有男朋友了的,纯粹的友谊!吵过两次,杨澍并无退让的意思,自那以后,云珊就很少再去他的QQ空间看了(每次去,都还是能看到他们热火朝天的留言),杨澍也再没有把日记本拿到教室里,在她的身边写过一次日记。

那个下午云珊坐在书柜前,想到自己何尝不是如此呢?从前喜欢的那个人,其实哪一天曾真正忘却过呢?只是沉默地压在心底,不去看,不去想,不去听罢了。然而,每当做错什么事情,她一个人觉得羞愧,或是后悔时,总是不由自主便念出那个人的名字,仿佛只要那个人在面前,必能原谅她的愚蠢,施予援手似的。倘若杨澍知道她心里有着这样愁肠百结的秘密,一定也会气得暴跳如雷吧。另一面,虽总是在恩爱、吵架、绝望与和好的循环中往复,云珊却是真的曾认真考虑过结婚这件事,也想过等毕业了就先和杨澍结婚的。

时间带给人的变化真是惊人。

四

暑假尚未结束，杨澍提前回校，开始准备毕业论文。开学他将博三，他要在明年五月前写完论文，找到工作，并顺利答辩毕业。论文所需的材料，在博二时他已经差不多读过一遍，做了笔记，如今只待复习、补充，再一章一章组织成文。云珊也提前从家里返回学校，陪着他写论文。作为一个井井有条的人，杨澍把一切都安排得很好：论文一共六章，他每个月写一章，写到明年二月，初稿即能完成，再花一个月从头到尾修订一遍。每写完一章，就发给导师审读，按导师的意见再作修改、确定。每个月前半月复习旧材料、补充新材料，后半月一边写一边继续查遗漏的材料。每周一到周五写论文，周六周日休息，跑步两次，以锻炼身体，支撑写作。作为陪同，云珊观摩了他写论文的全过程，确实严格按照这计划执行，几乎无有打乱的时候，心里也不得不佩服他的毅力，感慨要是自己期末写作业时有这样的决心，要少熬多少个通宵达旦的夜。

不消说，这是她绝对做不到的。陪杨澍写论文时，云珊自己写一篇开学后要交的课程论文。拖延许久，仍然只写了不到两千字。暑期溽热，宿舍只有一只小塑料风扇，搅起来风都是热的。夜里云珊躺在床上，背上沁一层细汗，感觉浑身每一个毛孔都滋生出热气。竹席把腿印出一根一根直直的纹路来，翻一个身，"嘶——"，是粘答答的皮肤撕离竹席的声音。这燠热使她辗转反侧，总要到凌晨三四点，才能倦极睡去。白日里渴睡疲倦，有时就不去自习，自己在宿舍补眠，或无所事事上网。杨澍一开始是提醒她要看书，要认真写作业，到后来动了气，一天傍晚吃饭时，忍不住责备她的懒惰、拖沓与把时间浪费在网上，说不喜欢她的这些性格。云珊听到这些话，不免又羞愧又伤心，又觉得她的性格就是如此，杨澍既然连她整个人的基础都否定了，又怎么能和她在一起呢？于是冷战起来。杨澍也不理她，一直过了好几天，两个人才又慢慢和好了。

那之后没几天，他们爆发过一次更剧烈的争吵。那个周末下午，杨澍休息，两人商量好一起去外面玩，杨澍便站在校园门口，等云珊回寝室收拾东西。待云珊匆匆洗好一些水果、买了两瓶水出来，杨澍绷着脸说：

"我站在这里等你十五分钟，走过去二十七个女生，就没有一个像你一样是穿拖鞋的！"

云珊莫名其妙，整个夏天她都穿着这双人字拖，在校园里散漫地走来走去，又不是第一次穿，怎么忽然就爆发了呢？再说她穿什么鞋子，关他什么事呢？这不是她个人的自由吗？

"我穿拖鞋怎么了？夏天穿人字拖不是很正常的事吗？我觉得人字拖穿起来舒服啊！"

"别的女生怎么都能好好地穿凉鞋，就你不能穿？每天这么邋遢，你就不能打扮一下吗？"杨澍也愤然起来，大约这不满埋藏在心里也已经很久了。

"我平足弓，穿有跟的凉鞋脚会痛你不知道吗？再说了，就是不痛，我不喜欢穿不行吗？我穿什么鞋不是我自己的事吗？更何况我们现在只是出去玩，又不是去开会！"

上一次他们因为云珊的衣着吵架，还是春天的时候。那时云珊穿了一件灰色针织衫，因为洗过之后没有仔细平摊晾晒，拉得有些变了形，扣在身上，皱褶很多。杨澍嫌她邋遢，要她把扣子解开，而云珊向来不习惯敞着衣服扣子，于是争执起来。生了一回闷气，最后还是随便她。云珊以为他会就此懂得尊重她个人的意志，没想到这时候竟然管起她该穿什么鞋子了。

等云珊上了自行车后座，杨澍还在说她，云珊禁不住恼了，说："这么小的事，你至于讲到现在吗？"

杨澍忽然便更激动起来，说："你永远都是对的！你从来不会错！"

说罢把车停下，把放在车篮里的云珊的包塞进她怀里，怒气冲冲地说："回去吧！"竟把她赶下来，自己骑着车扬长而去了。

云珊气得发抖，回到宿舍后，却还是给他发短信，试图耐心说。杨澍反反复复仍只有那一句："你永远都是对的！"云珊感到绝望，乃至于愤恨，默默坐着流了一点泪，不再和他说话，心里只觉疲累。第二天本来下定决心，若杨澍不联系她，无论如何也不联系他，谁料中午去外面拎了一份凉皮回来，走到寝室门口，才发现钥匙忘在门里了。室友们都还在家里过暑假，没有回来，云珊只好给杨澍打电话，让他把她之前放在他那里的备份钥匙送来。于是杨澍从图书馆过来了，开了门问她怎么把钥匙忘在屋里了。云珊只是淡淡答他，自己坐到床边拿一本书看起来。杨澍不即走，也从她桌上抽一本书出来看。两个人都不说话。

过了一会，云珊却心软起来，想着他或许在等她先示弱吧，于是放了书，又把他的书也拿下，轻轻抱了他一下。他趁势便躺到她怀里，低疾地说：

"对不起。"

说罢竟然极轻地抽泣了几下，又用手去抚眼。云珊问他怎么了，他不肯说，再三问了，才说："昨天晚上思来想去，觉得自己和你性格诸方面都不合，但是却又舍不得你，中午一个人在食堂吃饭，眼泪扑簌下来了。"

是有什么不同的东西逐渐显露出来了。像重新上过漆的旧箱子，慢慢剥落出里面陈旧的底子，掩盖不住。这东西是什么，云珊那时还不清楚，只是感觉到两个人争吵的频率、程度，都比以前高得多，每次争吵过后，杨澍的反应也比从前冷漠而坦然得多。夏去秋来，经冬复春，时间往复循环，杨澍写完了论文初稿，工作也初见眉目：南方某重点高校的教职，是他梦寐以求的工作。杨澍先是带着导师的推荐信去面试，试讲了一轮，感觉颇有几分把握，便等着进一步的通知。论文写完后，他将后记给云珊看，在循例的感谢中，在老师与家人之后，竟赫然有云珊的名字，云珊见了不能不说是讶异的。他的QQ空间里有一个专门的相册，放满了他自己和家人的照片，然而连亲戚家的表弟表妹们的照片都放上了，唯独没有一张云珊的。云珊原本不稀罕要出现在里面，然而许多杨澍的照片还是和她一起出去玩的时候她替他拍的，他唯独将自己的照片挑出来放进去，却视她如不见，难免要惹她生气。她为此和他吵过两次，他说，那里面都是他家人的照片——云珊当然还不能算是"家人"，她气极灰心，不再理会他这些事。如今他竟然主动在后记里感谢她，难道是悔悟了吗？

云珊淡淡一笑，也不多说什么。杨澍沉浸在刚刚写完论文的喜悦里，不能自已，接着给她写一张纸条："为陪我写论文，你原本可以去更温暖的研究室上自习，却因为我要带许多书查资料，总是陪我在教室里忍寒受冻。我见你在教室冻得跺脚，心里未尝不心疼，珊珊你受苦了。"云珊这时才感到一点感动，没想到他原来还在乎过这件事。她研一下学期分了导师以后，有一间专门的研究室，同门平常看书写论文都去那里，但云珊为了和杨澍在一起，除了见导师，平常几乎没有去过。此外她其实并没有为他的论文做出过什么贡献，除了其中一章，剩下的都没有看过。那是杨澍开始写论文之后不久，有一天写完一章，大约感到很满意，就打印出来给云珊看，说要让她做第一读者，请她提出意见，而实际是更想收到崇拜的赞美或其他。云珊会错了意，当真拿一支红笔认真读起来，将她觉得用词不准，或论据不足、逻辑不顺、不能推导出那样结论的地方，一一标注出来，再还给杨澍。杨澍接到这样一篇写了许多红色批注的稿子，十分生气，和她吵了一架，后来就再也不给她看他的论文了。云珊指出来的她觉得不够顺的地方，也一个不改，保留原样——大概是觉得，一个现当代文学的硕士，居然还对他写的论文指手画脚，罪不可恕！云珊也识趣地不再问他要论文看，只是隔一阵子，问他写到第几章了而已。

时间已是三月，离杨澍答辩还有两个多月，杨澍忙着对论文做一些小的修修补补，事情实际也并不多，很快就闲了下来。这时他终于放松下来，可以比平常过得逸豫一些。有一天又因为很小的事和云珊吵起来，要和她分手。云珊负气答应，他竟然就真的再也不和她联系。时近毕业季，图书馆二楼三楼的自习室被写论文的人占满，一位难求，教室又总是要换来换去让上课的学生，大家就都还是去样本室上自习。杨澍来得晚一些，看见云珊坐在那里，竟然当作不认识一般，径自找自己的位子坐下来。这样过了一个星期，云珊震惊而怒极，一天中午直接把他堵在图书馆门口："你到底是什么意思?"

杨澍不说话，云珊让他一起去外面吃饭，也显得很不情愿的样子。待出去喝了点酒，才松弛下来，眼睛红红地开始吐露实情。原来杨澍父亲从看见云珊第一眼开始就不满意，嫌她的个子太矮，不同意他们在一起。云珊这才恍然大悟，想起自己在杨家时，他父亲每天一大早便出门，只有吃饭的时候和他们在一起，从未和她说过一句话，就连她喊他，也都似有似无地答应一声。那时她只是单纯地以为是语言不通，所以他不说话，却从没有往原来是嫌弃她的方向想去。她惊叹于自己的迟钝，又松了一口气——从小到大，她从没有为自己一米五的身高自卑过，很喜欢自己看起来小小的，就连上公交车都比别人灵活——何况，杨澍的身高也不过一米七二！挑剔别人家的女儿之前，竟然不想一下自己儿子是什么样吗？而杨澍怎么竟然真的会因为这样荒谬的原因就要和她分手？

她把他教育一顿，讲了一番在她看来再简单不过的大道理。个子矮算什么缺点？我从来都没有嫌自己矮过。不是喜欢才是最重要的事吗？你爸爸让你分手你就分吗？你不会慢慢劝服他吗？就算他不同意，只要你坚持和我在一起，他能把你怎么样?

他不耐地说:"我一直在劝他,以为他会慢慢同意,谁想他还是坚决反对。"

话虽如此,矛盾还是暂时缓和下来,他们又开始像平常一样在一起。云珊以为事情会就此过去,这时她的毕业论文也已经要准备开写,不得不抓紧时间读资料、查论文、做笔记,忙成一团。杨澍答辩时她去旁听,为他们拍照,那一场有三个人,杨澍答辩了一个多小时,还算顺利,最后得了本场的优秀论文,很令人高兴。晚上他便带她去参加同门聚会,却又隐约和她保持着距离。夜里去操场散步时,两人便又争执起来,却也就和好了。

临毕业前,杨澍决定把他的父母和弟弟接来学校玩一趟。毕竟在这里读了三年博士,如今毕业,以后重来不知什么时候,好歹要让父母看看他生活过的地方。他开玩笑地对云珊说:"在家那边,念一个博士说起来好像很了不起,等他们到了这边,就会发现到处都是博士!"

杨澍要求云珊在他父母来的那几天穿跟高一点的鞋。她心里虽不舒服,到底原谅了他的苦心,在宿舍床下找出一双以前买来就一直没怎么穿过的中跟凉鞋来。那两日白天她就穿着这双凉鞋,陪他一家人逛了城里有名的几个景点。杨澍爸爸照例不和她说话,这回她心里知道了原因,自然不能毫无情绪,脚也很快痛起来,他们彼此说的话她又听不懂,因此也不接话,任由心绪渐渐沉沦下去,脸上却还保持着平静,只是有机会的时候,独自找个地方坐下来,发一会呆。给他们拍全家照,拍过之后,只有杨澍妈妈和弟弟,硬叫她过来,也一起合照一张。她推辞了一下,到底就走过去,由杨澍妈妈紧紧揽着,让路过的游客拍了一张。第三天他们一大早要坐火车回去,云珊倦极,晚上买了西瓜、枇杷、杏子诸物送到旅馆,便提前告别。回来时,心里充满落寞,自料以后恐怕也很难有什么结果。

六月末杨澍毕业典礼,月底工作落实,那边学校希望他提前去报到,以便预先办理手续,开学时就可以上课。杨澍慌得立刻就准备收拾东西离校。在学校小卖部买了几十个空纸箱子,打包书本杂物。云珊去他宿舍陪着一起收拾,把书一箱一箱打包,装了五六十箱,然后便是杂物。一把黑色的长柄雨伞,杨澍犹豫要不要带走,因为太大了,箱子里放不下。云珊说:"随便你带不带,不带走的话,就留给我用也行。"他把桌上和床上的两只台灯拿下来,又从角落里搜出一只，试了试，是坏的。云珊床上正缺一只台灯，他把两只好的装进箱子，留下坏的那只，递到云珊面前说："这个台灯给你——其实是好的，换个灯泡就能用了。"云珊心下愕然，也不多说什么，只接下来放在一边，回到宿舍后，直接扔进了衣柜最里面。走的时候看那把雨伞，到底被他塞进最大的那只书箱里去了。不过杨澍还是给她留下了一个大件，就是他宝爱的那辆蓝绿色自行车，叮嘱她要好好爱惜它。

纸箱子全部用物流寄走，杨澍走的那天，只拎了一只箱子、一只背包。他的室友和云珊一起去火车站送他，到的时候车已经快开了，杨澍来不及多说，只匆匆告别，便跑进候车室里。隔着玻璃窗，云珊看见他在里面抹眼泪，忍不住也伤了心，一边走一边就哭起来，拿出手机给他打电话："你先去那边找好房子，等我放暑假了，就马上过去看你！"

五

云珊料不到的是，只一个星期过后，杨澍就又重提分手的话题。这次他又将他父亲搬了出来，说上次父亲来了以后，还是极力反对他们在一起，要他早些分手。云珊把从前那一番道理重新讲给他听，杨澍无力反驳，于是增加一个新的难题："我爸说，我妈妈就是个子矮，从前生我的时候，受了很多危险，差一点没生出来。他担心你个子太矮，以后不好生孩子。"

云珊震惊了，想不到杨澍会说出这样赤裸裸的话，而不以为是对她的不尊重。她说："现在医疗条件这么发达，早就跟你妈妈生你的时候不一样了，生不出来小孩可以剖腹产，这些你爸爸不懂，你难道也不懂吗？你难道不会跟他说吗？"

他说："我爸辛苦一辈子，年轻的时候自己想要出人头地，却不能实现，好不容易把我培养成博士，我不能辜负他。"

云珊气问："和我在一起对你爸爸到底算是哪种辜负？我是会对他不利还是怎么吗？你自己个子就不高，以后就保证能找个个子高的女孩子吗？又能保证生出来的孩子个子就高吗？你们就这么肯定以后生的会是男孩吗？这种事情只要你坚持，他根本就不能拿你怎样，以后也终究会改变想法。"

杨澍只冷冷回一句："或许迟痛不如早痛。"就再没了音信。

这一夜云珊无法入睡，等宿舍熄了灯，黑暗里默默躺在枕头上流泪。直到窗外发白，鸟也在树上叫起来，才倦极睡了一小会。白天却还是挣扎着起来，去研究室做导师前两天分配的一些录入旧书报的任务。一边录入，一边眼泪滚滚下来，滴到打字的键盘上。中午同门叫她一起吃饭，她也不去，只是喝一点水。外面却下起雨来，云珊想起杨澍的车还停在楼下桂花树下，于是下去把车推到屋檐下，终于忍不住又大哭起来。黄昏时云珊独自去操场散步，沿着红色跑道一圈一圈走。操场边沿一棵国槐，这时候开满了豆绿色的花，被雨水打落到下面的跑道上，积了厚厚一层，一股子青腥气。三三两两跑步的人从她身后跑过，云珊忽然想起之前杨澍每个星期就是在这里跑步，顿时眼泪又下来了。

　　这一天她的心里翻滚过无数念头，想到他的冷漠而无担当，委屈、愤恨、失望、伤心，各种情绪一齐涌上心来，无法停歇。第二天云珊的状态稍好一些，虽仍是动不动就流下泪来，至少做事的速度快了许多。只是要百般压抑，才能忍住想立刻跑到杨澍那里去看他的心。第三天同门怕她伤心，约她一起去看荷花。湖边树木蓊郁，梅雨季的水汽迷蒙，同门不知该说些什么来安慰，只有默默陪她在石头上一起坐着。有的地方浮萍很厚，绿生生一层，云珊伏在高处桥的栏杆上往下看，忽然想："如果掉一滴眼泪下去，就会把浮萍打开的吧。"却是没有泪，只是心里堵堵的。后来下起雷雨，两人便匆匆赶回去。晚上云珊看见杨澍的QQ在线，到底忍不住叫了他一声。这回杨澍竟然有了回音，说准备给她写信。云珊问他，准备写什么呢？他说，想告诉你很难，很复杂。

于是云珊满怀希望去睡觉。谁料接下来两天杨澍也没有再找她说话，夜里云珊到底沉不住气，问他到底要如何，两天没有音信，所谓要写给她的信不写也罢。杨澍说："我写信也只是为了告诉你为什么会这样，以及我不得不这样。"云珊不由得一阵气血翻涌，说："那你不要写了，反正你的意思就是叫我不要抱希望，反正都是分手，我不想看。"

杨澍说她根本不是好好谈事情的态度，问她三个问题：他父亲反对怎么办；两家父母以后如何相处；她还要读博，难道叫他在异地等她四年才结婚不成？

云珊要到这时才慢慢醒悟过来，原来事情的关键其实还并不在于她的身高，而是她还要读博这件事。她是要读博的，这件事，在她准备考研的时候其实就已经决定好了，杨澍也早就知道，之前也都表示积极支持，没想到他自己的工作一定下来,立刻就开始反对了。

她极力忍耐着,慢慢地一点一点给他回复。"你爸爸的事情,我已经说过很多遍了,只要你坚持,事情根本就没有什么。假如我们到了结婚的程度,他也不会对我的父母不客气,何况两家父母根本没有多少见面的机会,谈不上什么相处。婚可以早一点结,但读博我是一定要读的,你自己就是个博士,读博对你而言的意义,难道还需要我跟你说吗?"

过了两天,上午云珊在研究室,看见杨澍忽然发了一条短信过来,打开一看,原来却是首歪诗,"与君相交垂二载,及今一念倍伤神""他年望断碧天云"什么的。云珊还在回他的信息,杨澍就又发了一遍过来,仔细一看,原来却是觉得写得不够工稳,改了两个字。

云珊气不打一处来:"你既然不顾惜我,我也没什么好说的,只是你要记着,是你放弃我的,以后我不会再回头,也会忘掉你。你自然也会忘掉我。至于'他年望断碧天云'之类的话,委实可以不说,你现在不愿付出情感,一心要离开我,却幻想出个'他年'来让自己感动,你以为我看了也会感动吗?我只觉得心寒。"

杨澍却不管不顾，过了几分钟，又发一遍过来。这回云珊一看是又改了两个地方，于是彻底被激怒了。她回的短信他不会好好看吗？不能好好说话吗？难道她是巫山神女，他风流过了，反正是要抛弃，还要写首歪诗来意淫一下自己如何深情、如何不舍么？云珊讨厌极了这股酸才子气，说："你如果有点真实感情的话，就不会拿首诗来打发一段感情了。你能不能好好说话？"

过了一个小时，杨澍才回一条短信说："刚刚喝酒去了，呵呵，谢谢你。"

"你谢我什么呢？"

"谢谢你骂我。"

"连分手的话都不肯好好说，发一首歪诗过来做什么呢？也许在你看来这是你的'深情'，然而在我看来，就是你根本不顾和我交流，只是沉浸在自己写的诗里自我感动罢了。你仔细看过我说的话吗？你有给我回一条诚恳的信息吗？"

然而杨澍只是说他要睡了。云珊气得睡不着，翻来覆去到凌晨三点，还是拿起手机来给他又发一条短信："不管是所谓你爸爸的反对，还是以后有一段时间要分隔两地，其实都是借口。你如果真的想和我在一起,是不会离开我的。现在你要走,只是因为你不想而已。我也不是要责备你什么,只是想和你说清楚,免得以后你想起当初分手,还自怜自爱地以为是出于不得已。"

很快杨澍回了一条信息过来:"你能不读博了吗?"

果然最在意的是这个事啊。触及底线的事。

云珊说:"不能。我说过的,你早就知道,这是我现在最想做的事。三年时间那么难熬吗?我说过我可以经常去你那边,寒暑假也都会过去的。"

"我爸爸现在怀疑你找不到工作,读博以后,形势更差,也未必能找到。"

云珊看见这样的话,已经很生气了,然而还是忍耐着说:"他担心得非常多,你可以和他说,确实形势不好,但这真的是我非常热爱的事情,我来读研究生,就是为了以后能做学术,如果现在直接放弃,会后悔一辈子。我不能光靠一个能挣钱的工作就能快乐地生活下去,就像你也不能一样。我以后也会努力在本专业做到优秀,这样以后找工作会好找一点儿。"

"等你读完博士出来,再生育已经是大龄产妇了,你以为你是男人吗？别拿其他人的情况说事，我家观念根本不同。"杨澍又开辟了一个新的战场，"你如果现在跟我在一个城市，有稳定工作，而且马上可以结婚生孩子，我爸爸肯定不会这么反对。而你现在，哪一点都不行，他也是为我着想。"

云珊猜他大概永远也不会醒悟到，他对她说出这样的话，是多么粗暴无礼，多么不尊重。也想不到他现在为了分手，居然连这样猥琐的想法也都毫不掩饰地表露出来了。"我不是你家生孩子的机器。"云珊说，"你家观念不同我就要屈从你家的观念吗？你家的观念比我的观念高贵些？孩子是我自己怀胎十月生下来，我竟然连决定什么时候生的权力都没有吗？我真不想说你什么了，你稍微去一去你身上带来的你家那股蛮横专制气吧。还有，为什么不能拿其他人的情况说事？我认识许多三十多岁生孩子也一样健康的人，我读完博二十七八岁算什么大龄产妇？而且你自己想想，如果马上要你当爸爸，你就做好心理准备了吗？"

然而杨澍只是气汹汹地回复："我已经摊牌了，你去追求你的理想和事业吧！我祝福你，但愿你以后不要后悔。"

云珊气得发抖，她是家中的独女，从小在经济还算发达的小镇长大，得尽父母竭其所能的宠爱，什么时候受过这样的屈辱，见过这样自私可笑的话？

"这真的不是封建社会，你们家父亲的专制和遗传在你身上的专制，还真是深入骨髓啊。我没什么好后悔的，你这样不尊重我，我后悔什么？如果跟你在一起就是要以牺牲我的理想为代价，我为什么要和你在一起？念了这么多年书，你脑子里的专制和大男子主义竟然这么深，你醒醒吧！"

"你去找不专制不大男子主义的人吧！"

"起码我会找一个懂得什么叫尊重我的人。"

云珊最后一次和杨澍联系，是几个月后收到杂志社寄给她的发表着他的论文的样刊和稿费，于是将它们转寄给他。那是他毕业前不确定以后的地址，遂委托杂志社寄给她转寄的。云珊翻开那本业内颇有名气的刊物看了下，发现正是他毕业论文里从前给她看过的那一章。她曾指出的那个逻辑不够通顺的地方，自然还是没有改。

一年后秋天，云珊照例去兰苑看戏。那时她已经开始在本校读博的生涯，随同大批其他院系的同学一起，搬离了原先的校区，去到郊区的新校区生活。因为离得远，很早就出门，到时才是傍晚，云珊便在庭中徘徊，等着开戏。桂花正是开的时候，满庭香气，左边一棵石榴树上，结了满树石榴，被太阳晒出红晕，也没有人摘，跌了许多熟透的在地上。云珊见四下无人，便去捡一个跌破的来吃，却想不到很甜，吃了几粒，连手都被汁水染得黏黏的。她吃着吃着，忽然想起自己最后一次和杨澍一起来看戏，就是前一年五月，榴花正开的时候。那时候杨澍早已不陪她来看戏，因为是钱振荣的专场，所以她特地帮他买了张票。杨澍很喜欢照相，而云珊照相很不自在，那天她给他拍了两张照片后，他也要给她拍，她勉强不过，就站在石榴树前照了一张。那时榴花千重似束，花下的她却很勉强地笑着，身上穿的，正是被杨澍批评过的那件旧线衫。

　　云珊想起这些，要到这时候，已经完全从那段感情中脱离出来，她才能看清楚，那段感情里所没有的，恰恰是最重要的爱。她曾因为寂寞，就和那时完全没有感情的杨澍稀里糊涂在了一起，相处日久之后，又因为情感的惯性依赖，不敢想象没有他以后的生活。然而那些都不是爱。只是一个不成熟的人，不知该如何处置独自生活的孤独与恐惧罢了。至于杨澍，就更不用说，杨澍父亲的一部分，其实就是他，他父亲所不满的部分，也正是他所不满的。云珊有些痛苦地想起自己曾那样软弱而低微地请他不要离开,她要感谢那时杨澍坚定的自私与冷漠,最终才能使他们分了手——不在那时候分开,也会在以后分开。这一点,其实那时候她就明白了的,只是仍然做不到决绝罢了。

接近开戏,院子里人渐渐多起来。云珊站起来,走进剧场,在明亮的灯光里坐下来,终于忍不住长舒一口气。很快灯光熄灭,红色的丝绒大幕缓缓拉开,露出后面明亮的戏台,檀板轻击,丝竹齐奏,着淡白裙衫的杜丽娘,从帘幕边款款行了出来。

水泥广场

林培源

林培源 1987年生，广东澄海人，清华大学文学博士、美国杜克大学东亚系访问学者（2017—2018），曾获第二届《钟山》之星年度青年佳作奖、第四届"紫金·人民文学之星短篇小说佳作奖"，作品入选《2019短篇小说》《2019年中国短篇小说20家》等。出版小说集《神童与录音机》《小镇生活指南》等。《小镇生活指南》获选《亚洲周刊》2020年十大小说。

慕云又出去了。天还未完全暗下来。她望了一眼门口的池塘，一到热月，池塘里的水浮莲疯长，层层叠叠的，不见一丝水光。这种野蛮的水生植物长着蓝色的凤眼花，在晚霞映照下，看起来黑黢黢的。儿子把缝纫机当书桌，趴在上面写作业，一笔一画，写得很认真。

慕云只有这么一个儿子，她盼着儿子长大，读中学，再考大学，毕业了出来工作，这样她的压力会小很多。慕云总拿儿子跟邻居家的哥哥做比较。去年夏天，他高考结束，骑着自行车从考场回来。慕云在铺里赶货，缝纫机咔哒咔哒响着，窗帘布一寸一寸往前，她听见隔壁隐约传来说话声，思绪跟着游走。那时慕云定制窗帘的店铺刚开张不久，天气也如现在这般溽热。夏天结束后，邻居家的哥哥就到中山去上大学了，读的哪个学校慕云并不知道。只见他第一年早早放了寒假，回来热情地和慕云打招呼。慕云发现他赶上了城市里的时髦，穿衣打扮和往日不同：剪了个港台明星那样短短的发型，鬓角剃得光净，露出青色的头皮。有天傍晚，他抱着笔记本电脑坐在天台上网，慕云在自家天台上晾衣服，隔着一道矮墙，她瞥见电脑屏幕上闪出一张女孩子的照片。那阵子慕云儿子经常到邻居家串门，看这位邻居哥哥玩电脑，回家后，他和慕云说，我也想有台电脑。慕云答应了。赶完手头这批窗帘，她就能攒些钱买一台。今年热月，电脑终于买回来了，家里拉上了宽带，儿子高兴得手舞足蹈。慕云看着他剃得圆溜溜的头，心里一阵发酸。再过个几年，儿子也会跟邻居哥哥一样，身高往上长。很快，慕云就得仰着头跟他说话了。

慕云的目光收回来，顺手关了铺门。她跟儿子彼此达成了默契，晚饭后到入睡前，是他们各自活动的时段。儿子做作业，或者看电视，她骑电摩到镇上广场跳舞。她跳广场舞有小半年时间了，说不上是真心喜欢，不过时间久了，慢慢成了习惯。有时跳得累了，她就坐在广场边的长椅上休息，看别人跳。网上都管她们这个群体叫广场舞大妈。慕云觉得这个称呼挺生动，全中国有多少广场，就有多少广场舞大妈。不过她这个年纪，不上不下，说什么也够不上大妈，顶多是个广场舞大姐。慕云跳舞的地方，是镇上的文化广场，粗糙的水泥地，大概有两个篮球场大小，挨着尘土飞扬的公路，被低矮的建筑、健身器材和稀疏的树木包围其中。她们跳的都是满大街熟悉的旋律，一台音箱搁在地上，指挥她们前进后退、挥手抬腿。空气被一阵粗粝的音响震颤着，小镇的夜随着舞步，也生出些喧腾的气息。比起爬山或者其他运动，广场舞明显是一项更适合夜间的活动，人多，整齐划一，富有集体感，也更叫人觉得安全。领舞的人叫周姨，只要不遇到刮大风下大雨，每晚她都会准时出现在文化广场。她身材微胖，人挺高大，喜欢穿一身黑色衣服，扭动起来，远远看着像一只肥硕的乌鸦。

周姨年轻时经营一家幼儿园，退休后，幼儿园交给女儿打理，从此过上了老年生活。慕云儿子以前在周姨家读幼儿园。送儿子上学的第一天起，她就和周姨认识了。周姨是镇上出了名的热心分子，年轻时在宣传队待过，练就了一身搞文艺的本领。每年乡里办潮剧比赛，她都会登台献演。慕云看过周姨排练，对着一台电视机，反反复复模仿里面的唱腔和姿势。她唱得最好的，是潮剧《陈三五娘》里的选段。那盒DVD是从旧录影带翻录下来的，画面模糊，但音质完好，姚璇秋扮演的黄五娘，唱腔清亮，举手投足都叫人喜欢。那天慕云把刚做好的窗帘送过去，周姨见到她，满脸带笑地请慕云看她唱几段。周姨说：我家老头嫌我唱得难听，你来了刚好，做我观众，我练一练，找找感觉。说着，周姨摆好姿势，跟着字幕唱起来。慕云不是很懂，又不好意思拒绝，好在那天没有其他活要做，周姨自顾自地唱着，她便坐到沙发上泡茶，看身段鼓鼓的六旬老人沉浸在才子佳人的世界里。说实在的，周姨嗓子不错，慕云听她唱，也不禁对着字幕轻声哼起来。周姨眼底有澄澈的东西在流转，举手投足，一点也不像这个年纪的老人。

一曲终了，周姨唱得一身汗，慕云递了杯茶给她。周姨问，我唱得怎样？慕云笑笑说，去比赛的话稳准第一。周姨满意地咧开嘴，露出了两颗大门牙。那天帮周姨挂好窗帘后，慕云就回家了。儿子躺在沙发上午睡，胳膊伸直垂落，眼睫毛长长地阖上。她把儿子的手臂抬上来，轻轻搁在胸脯上。

慕云之所以会去跳广场舞，和周姨有莫大的关系。那时慕云离了婚，整日愁眉苦脸，很长一段时间，她无法接受这个结果。出门时，总感觉有人在背后看着她，对她指指点点。她不曾想到，自己的婚姻会过得这样糟糕，糟糕得像一袭用旧了的窗帘，表面上完好无损，其实内里积着一层灰。在乡里，不管夫妻间谁先犯了错，离婚总是件丑闻，传出去叫人看笑话。发现阿炜和别的女人有染时，她起初并不相信，后来有意无意间，她发觉厝边头尾的人看她的眼神不对劲。

尽管阿炜口口声声说，他们只是牌友，根本不是慕云想的那样。慕云忍无可忍，气得直咬牙，牌友？哪有和牌友像你们这样摸来摸去的？

慕云也没有找到证据，但直觉告诉她，事情没有想象中那般简单。她偷偷跟在阿炜身后，并没有发现异常，直到有一天，她收到一条陌生的短信。她压着怒火赶到那户人家，隔着一道铁门，就听到了阿炜和女人说话的声音。之后的一切变得不堪入目，用"鸡飞狗跳"来形容，一点也不夸张。

从闹离婚，到最后签订协议书，慕云整个人瘦了一大圈。这期间，儿子也跟着她遭了不少罪。阿炜起初态度强硬，拒不认错，也不答应，慕云就和他闹，死活要把这个婚给离了。她觉得，阿炜有了第一次，就会有下一次和无数次。她见惯了乡里男女之间那些偷鸡摸狗的事，不想睁只眼闭只眼。

离婚的念头一旦冒出来，就像喷闪的火星，怎么都浇不灭。慕云不是没想过息事宁人，和阿炜好好过日子，但她跨不过心里那道坎。这事从头到尾，闹了将近一年，到最后，慕云已经折腾得没了脾气。她身体有块东西被掰开了揉碎了，走到哪里，都感到周遭的目光针一样扎在身上。母亲劝她说算了吧，我们老辈人再怎么斗争，吵吵闹闹就过来了，你呢，离了婚怎么办？孩子呢？你得为他考虑。慕云含着泪说，我辛辛苦苦为这个家，伺候他吃穿，但他眼里没有这个家，我不能这样过下去了，我有手有脚，饿不死，这个家有他无我，有我无他，你不用再讲了。母亲抬手擦了擦眼泪，再也没说话。儿子本来是要判给阿炜的，经过协商，慕云争取到了孩子的抚养权。从精神上，慕云感到欣慰，但从物质上，她并不感到轻松，独身一人养孩子，就如同掉进了深渊。

办完离婚手续那天，慕云回家，躲到厕所里哭。活到现在，她从未这样落魄过。结婚近十年，她尽心尽力带孩子，操持家务，怎么也没想到，和阿炜会以这样的结局草草收场。阿炜早年开了个小工厂，做不锈钢厨具，后来因为经营不善，货款收不回，欠的贷款又还不上，很快工厂歇业倒闭。自从赔了钱，阿炜意志消沉，原本好好的一个人，变得懒散，辗转做过其他事，但没一样能做好，大钱赚不起，小钱不屑赚，日子稍稍过得不称心，便拿慕云出气。慕云从早忙到晚，挣钱养家，阿炜却整日窝在家里，看手机，玩游戏，也不出去找工作。后来他被人拉去赌钱，试图从赌桌上翻个身。那段时间他经常不着家，没钱了就伸手找慕云要。慕云不给，被他痛骂，甚至打。这样过了很长一段时间。不管慕云怎么劝阻,阿炜都无动于衷。亲戚朋友看不下去,过来做思想工作,也都被他打发回去。慕云想到自己受过那么多的委屈,愈加难过。伤心事一件接着一件,从心底涌上来,决了堤一般。儿子隔着厕所门问,妈妈,你好了没有,我肚子痛。听到儿子的声音,慕云止住哭,匆匆洗了脸,从厕所出来了。儿子仰着头,那双眼清澈如水,慕云的心一阵绞痛。她捂住眼,不知脸上落的究竟是水还是泪。

按照离婚签的协议,阿炜每月要给孩子抚养费,直到他十八岁。不过大部分时候,阿炜并不遵守规定,他忙着收拾烂摊子,躲债、还债,后来又勾搭上别的女人,离婚没多久,便搬到隔壁镇去了,从而将抚养费的事躲得一干二净。慕云打电话去催,俩人还没谈正事就开始吵架,像他们还未离婚那样。不过现在,阿炜没法动手打人了。慕云身上还留着一些旧伤,有的淡有的深,有的成了永久性的疤痕,丑陋得像是受难的标记。慕云很后悔,那时她太年轻了,和阿炜谈没几天恋爱,一时头脑发昏就去领了证。阿炜自幼喜欢打架闹事,没少给家人添麻烦,但慕云那时并不这么看,她眼里的阿炜是个精明人,脑子活,会做点小生意,跟着他肯定不会过苦日子。慕云清楚记得坐月子时发生的一件事。那天阿炜和一帮朋友外出喝酒，大半夜回来发酒疯，拿起装茶渣水的塑料桶，不由分说就往她身上泼。孩子被惊醒，吓得哇哇大哭。慕云被阿炜淋得满头满脸，咬着牙安抚好孩子后，她起身到厕所擦干身子，换了衣服。厕所的玻璃窗关不牢，冷得像座冰窟，她冻得浑身发抖。病根子好像就是从那时落下的，后来一吹冷风，关节就痛。现在回想起这些，她简直追悔莫及。为什么那时不趁阿炜醉倒了给他一刀，砍不死他，也要让他长个教训。

周姨的儿子预计今年结婚。家里装修，换了一套门窗，旧的窗帘款式不好看，周姨便找慕云定制新窗帘。慕云给周姨推荐了一款金黄色的布料，压了牡丹花纹，看起来舒朗大气，周姨很是喜欢。周姨的儿子大学毕业不久，回乡待业期间常去幼儿园帮忙，一来二去，就跟幼儿园新聘的幼师好上了。周姨的女儿对这位新来的老师印象不错，但周姨死活不同意，儿子是个正经大学生，娶个幼师，说出去不光彩，脸面挂不住。后来实在拗不过儿子，周姨才硬着头皮答应下来。

后面的事就顺理成章了，房子重新装修，择了吉日准备摆酒。

慕云给周姨挂窗帘，周姨帮她扶梯子，向她抱怨。讲到最后，慕云劝周姨说：后生人有自己的想法，你顺着他们也好，不过别像我，眼睛糊了屎，给人几句好话就骗过去了，现在自己带孩子，事事难办。周姨说，你说的不错，我也不是老古板，后生人自己喜欢，我也不能再做坏人了。挂好了窗帘，周姨说：慕云啊，你别怪我多嘴，你这么年轻，听我一句，离婚不是什么大事，你闲了就来广场跳舞，人一运动，筋骨活络，就无烦恼了。

慕云听了，默默地点头。

起先慕云只是到文化广场去转转，看似散心，实则观望，偷偷揣摩别人的舞步和节奏。入夜后的水泥广场还散着微热的暑气，跳舞的人来自镇上不同区域，夜幕降临，他们从不同的角落冒出来，相约聚在了一起。往常，慕云很少在这里驻足。从那些上了年纪的和还没上年纪的女人身上，她看到了一些新鲜的东西。广场上稀稀疏疏的一群人，有的做了婆婆，有的看起来年纪和她差不多。这些人平日都被家务事缠身，跳起舞来就像换了个人，脸上露出富足和活泛的表情。广场像是生活漩涡里辟出来的一口避风塘，她们来这里躲躲人生的琐屑，找找活着的乐趣。慕云以前很是纳闷，这种看起来没什么营养的运动，为什么会这么受欢迎？说舞蹈不像舞蹈，说是健美操，又缺乏健美操的韵律和动感。直到亲身参与进来，慕云才真正领略到其中的乐趣。在人群的包围中，沿着固定的舞步跳动，可以暂时地忘掉烦恼、忘掉自己。她想起读书那阵也加入过舞蹈队，毕了业出社会，工作没多久，又嫁人生子，忙于生计，那些跳舞的经验其实早忘光了。这样观摩过几次之后，慕云开始加入大部队，跟着大家跳。起先并不熟悉，身体僵硬，施展不开，没多久，身体里那些沉睡的经验就逐渐苏醒了。跳《荷塘月色》的时候，有小孩子加进来跟着跳。三两个排着队，学得有模有样。

慕云对自己的身材还是挺满意的，除了剖腹产留下的疤和眼角的鱼尾纹，她身上并无多少衰老的痕迹。站在一群女人中央，伸展腰肢，下巴高高抬起，音乐震天响，她任凭自己沉浸在高亢悠扬的旋律中。夏夜的风吹过来，高矮胖瘦的身影落在地上，影影绰绰的，月亮悬在半空，衬着广场上的灯光，亮得有些不真实。

那天跳完舞，大家收拾东西各自散去。慕云上前帮周姨拎起地上的小音箱。周姨掏出手绢抹了抹额头的汗水。慕云，我看你跳得挺好的，我就说啊，人活着应该有寄托，我做姿娘仔就喜欢唱歌跳舞，现在老了，也照样快乐。慕云接过话，是啊，跳一跳，轻松多了。周姨觉得很欣慰。两人搭了些不咸不淡的话。周姨说，你一个人带孩子很辛苦，不打算再找个人过日子？慕云面露尴尬，摇了摇头。在这里谈这些，未免显得不合时宜。周姨笑嘻嘻说，反正免着急，你还年轻，大好人生还没开始哩。慕云想，再聊下去，指不定周姨要列个名单开始介绍了。她收拾好东西，借口要回去给儿子煮消夜吃，三两步走到路边，骑着电摩离开了。

回家路上，慕云心神不宁。她是个老实人，一说谎就心虚。她仔细地估量目前的情况，离过婚，还带着儿子，想再结婚怕是不大可能了。周姨说的那些有一定道理，她并非没有考虑过。但那些念头一闪而过，很快就被她压下去了。如今她有一门小生意可做，够养活自己和孩子，婚姻的浑水，这辈子再也不想蹚了。

半路上电摩突然间熄火，慕云下车捣鼓了一番，不见动静，只好推着回家。

这天晚上，慕云做了个梦。她站在空旷的广场上，一辆重型卡车失控了，朝着她疾驰而来，车灯晃得她睁不开眼，身边是四下溃散的人群,慕云想逃跑,但双脚定住了,死活也挪不开。她吓得清醒了过来,一摸额头,全是冷汗。

这个梦来得蹊跷,随后几天,慕云总有些不安。入夜后的广场上灯火通明,旁边挨着派出所,正对面是加油站,再过去,是和国道相交的一段新修的公路。车来车往,喇叭和刹车声不断。跳舞的人群是广场上一道抢眼的风景,慕云的眼光一扫,就看到蹲在北面舞台上抽烟的男人,他们的脸躲在灯光照不到的暗影里,占据了一个天然的好位置,瞟来瞟去,肆无忌惮。慕云的加入,无疑给这群参差错落的舞者添了些新鲜色调。她扎起了头发,露出一段光洁的脖颈,跳起来又有板有眼,一眼望去,总是出挑的。慕云并不在意那些恣意的甚至有些猥琐的目光。她跳她的,他们看他们的,互不干扰。

水泥广场和公路中间有一大块土埝,是镇上客运站的停车场。白天土埝灰尘飞舞,热闹喧嚣,入夜后,固定时间,固定的地点,开货车和长途客车的司机们,喜欢在卖粿条和猪脚饭的摊子吃晚饭,吃完,他们三三两两踱到广场上散步、抽烟。中间休息时,慕云掠过人群,从那些陌生的面孔中,她看到了一个人。那个留半长头发的男人看起来眼熟,穿人字拖，背起手，像个老头那样走动。烟抽了一根，马上又续起来。他们在广场边上高声谈话，随地吐痰，开玩笑，讲些荤段子。只有那个半长头发的沉默着，看起来心事重重。他来回走动的频率有些大，老在眼前晃来晃去，慕云便留心起来。后来，她越看越觉得，那个人似曾相识。

慕云认出来了。那人名叫老六，和阿炜是旧交。慕云嫁给阿炜的时候，阿炜不过二十出头，还是个贪耍的后生，在乡里结交了一般狐朋狗友。阿炜成家后，那帮人还像以前那样经常串门。慕云那时新嫁过来，阿炜的那帮朋友她看不惯，但还是热忱相待。他们喝酒，慕云就给大家煮鱿鱼粥当夜宵。老六通常是最晚走的那个。他们这群人，那时候都没什么钱，又好面子，爱吹牛，聚在一起总是吵吵嚷嚷，常讲些荒唐话，逗得慕云哭笑不得。老六话不多，喝醉了酒，也只是涨红脸坐在椅子上，眼神放空，像座木讷的雕像。待到大家散伙，他还会帮慕云收拾碗筷。慕云摆摆手，让他回去。他咧咧嘴，欲言又止，顺从了。现在想起老六，慕云的眼前，都是那时候的片段。记忆从黑沉沉的角落里跳出来。慕云听见头顶的淋浴喷头水流洒落，哗啦啦盖过了她哼出的歌声。他们当时还在阿炜家的老厝暂住，厕所兼浴室设在屋后，一扇小窗对着暗巷。有天夜里,慕云在浴室冲澡,浴室狭窄阴暗,一盏瓦数很低的灯,照得鬼魅丛生。慕云哼着小曲,猛得抬头,撞见暗中有双眼乜斜着,贴在窗棂上,像狡黠的狐狸。慕云吓得腿软,忘了喊救命,只从喉咙底下发出嘶嘶声。她从挂钩上扯下浴巾裹住身体,背贴着墙不敢说话。随着"咔嗒"一声,那双眼隐没了。慕云蓦地睁眼,窗外一无所有,路灯透进来昏黄的光,她的心怦怦直跳。远处传来几声犬吠。

从厕所出来后,慕云身子还在发抖。阿炜在看电视,儿子躺在摇篮里熟睡。一切如常,什么也没有改变,可她的世界就此动荡,像一摊搅浑了的水。她暗示自己,刚才发生的那些都是幻觉,只要不去想,就什么事也没有。她用力掐住虎口,掐得那里嵌下深深的指甲印。过了很久,她才慢慢平复了心情。她抱起孩子喂奶,没等头发吹干便爬上床睡觉。阿炜关了电视,进卧室躺下。他伸手搂住慕云,嘴巴凑过来。慕云条件反射地用手抵住他。阿炜闷闷不乐,吃错药啦?慕云压低声音厌恶地说,来月经了,睡吧。阿炜的手只好在她身上摸来摸去,揉了几下,自觉无趣,翻身睡过去了。

慕云怎么也睡不着。眼睛一闭上,就撞见了老六的脸。他的额头有一颗肉痣,刘海盖下来是看不见的。不知为什么,在黑漆漆的夜里，在凌乱的意识中，连同他的眼，和额头这颗肉痣，都看得一清二楚。好不容易捱到凌晨四五点，慕云才沉沉地睡过去。一俟入梦，就看到有人张开双臂朝她扑来，那是一团影子，模模糊糊的，爪牙尖利，似乎要将她生吞活剥。她惊醒过来，一看外面天已经亮了。摇篮里儿子发出低低的呼吸声，阿炜睡在身边，手脚摊开呼呼大睡。世界对他们来说并没有什么不同。

这事如同噩梦一场，慕云谁也没有说，打算将它烂在肚子里。

后来，老六再也没来过他们家。她听阿炜那群朋友讲，老六到广州帮亲戚做水果生意了，在天平架那边看档口，一个月能挣不少钱。那年春节，老六没有像以前那样来拜年。老六应该再也不会出现在她的世界里了。慕云心里的石头落了下来。阿炜却时常念叨他，说他有钱了，就不记得兄弟们。慕云附和道，你管他做什么？有空多管管这个家吧。阿炜拿根牙签剔牙，把慕云的话当耳边风。他觉得这群朋友中，老六最老实本分，不会无缘无故不来往。慕云怕阿炜再追问下去会发现什么蛛丝马迹——倒像是她做错了什么似的。她知道，只要一捅破，最后损失的还是自己，所以再委屈，都要咬碎了牙咽进肚子里。可她又不甘心，想到自己要为一个偷窥者保守秘密，就觉得无比耻辱。再后来，她偶尔听人讲起老六的近况。有人说，老六不在亲戚那里打工了，租了档口改做海鲜，生意慢慢地有了起色，还在广州安了家。日子过去很久，阿炜的那些朋友都娶妻生子了，慕云和阿炜喝了一场又一场喜酒，他们的儿子也渐渐长大了。那群朋友，自从担上家庭的负累，日渐疏于往来。时长日久，老六这个人慢慢地从慕云的记忆中被抹去了。她和阿炜一起养家，带孩子，后来闹得不可开交，这才离了婚。她怎么也没想到，老六这个人，会再度出现。

旧日的梦魇席卷过来，慕云觉着浑身不舒服。

那晚回家，她把电摩推进去，关紧铺门，不放心，又反复检查了好几遍。按理说，她没有必要如此惊慌。或许是她认错了？那人根本不是老六，不过长得像而已。然而慕云没法不当一回事。她的眼前一晃而过的，还是老六那双眼。好多年过去了，那双眼贴在窗棂，暴露着贪婪、粗鄙和说不清的欲望。那些杂乱的情绪和念头，如同贴在身后的影子，怎么甩也甩不去。

新的一天又开始了。慕云清早起来给儿子做饭，载他去学校，又到菜市场买菜，回到家已经累得一身汗。她进浴室冲澡，开了灯，把百叶窗帘放下来。外面日头很大，百叶窗帘透进来的光洒在瓷砖上，细细碎碎的。午睡起来后，她又忙着干活。不知不觉一下午过去，儿子放学了，她煮了一碗牛肉丸粿条给他垫肚子。虽然离真正吃晚饭还有段时间，但儿子正在长身体，她不敢怠慢。儿子饿坏了，热气腾腾的粿条汤端上来，他用筷子插了一颗牛肉丸，放在嘴边呼呼吹，张嘴咬了一口，烫得龇牙咧嘴。她摸着他的头，叫他吃慢点。

天黑了。慕云坐在缝纫机前发呆，饭菜还在肠胃里消化，她脑袋昏沉沉的。儿子问她，妈，今晚不去跳舞吗？慕云愣了一下。儿子的提醒让她回过神来。她意识到，属于自己的休闲时段到了，她"应该"在这时到外面去。再等等吧，晚点去。话音刚落，慕云就开始坐立难安。这个时段跳广场舞，已经成了雷打不动的习惯，然而今天，情况有些变化。她呆坐在缝纫机前，拿出手机看了看。忙了一个白昼，入夜后慕云根本无心干活。她望着缝纫机和堆摞在地板上的窗帘布出神，那些繁复的花纹在眼皮底下忽远忽近，它们绕啊绕，一时是牡丹，一时是藤蔓，看得人晕眩。

手机在这时候响起来。慕云条件反射地按了接听，耳边传来周姨的大嗓门。周姨向来心直口快，说起话来像开机关枪。慕云只听见"下聘"和一句"晚上来领舞"。慕云还未答应，电话就挂断了。她心中不是滋味，站起来在屋子里走来走去，太阳穴突突地跳着。周姨的话来得不早不晚，慕云去也不是，不去也不是。后来她还是决心收拾收拾出门。广场上人那么多，众目睽睽，就算再碰见老六，他也不敢做什么出格的事，何况旁边就是派出所呢。

慕云到的时候，其他人已经开始跳起来了。水泥广场上除了消夏和跳舞的人，并没有其他可疑人物，周姨那台小小的音箱依旧屹立在前方的空地上。广场上没有周姨的身影，但所有人，就像有人带领一样，动作整齐，和平时没有什么两样。慕云心想，周姨高估了自己的江湖地位。走过去，迅速蹿进了队伍。她从未像现在这般有归属感。这群乡下妇女组成的方阵，像是瞬间有了磁力，将她从日常琐事中吸附过来，将她抛进一个由身体、舞步和歌声组成的舞台。

不知为何，慕云跳得比以往都要卖力。几条曲目跳完，她从散开的队伍中走出来，满头大汗地喘着气。她警惕地望了望四周，路灯看起来比平日更明亮，遥远的天边垂挂着的星星，也看得更为清楚。公路上往来的车辆，车胎轧过路面，喇叭声和广场舞的音乐交织在一起。慕云来到广场边的长椅坐下，拧开水杯喝起来。她的视线在广场上来回逡巡，没发现什么异样，这让她觉得放心。一切不过是虚惊一场，哪有什么老六？这么想着，冷不丁的，慕云感到有人从背后拍了她肩头。她吓了一跳，杯子的水溢出来，将胸前的半片衣襟淋湿了。她从长椅上弹跳开来，转过身，和老六结结实实地打了个照面。

慕云看得很真切，眼前这个男人，半长的头发，刘海梳到一边，露出额头那颗肉痣，脸看起来像被咸海水浸泡了很久，再腌过一遍。这么多年不见，老六从里到外换了一副躯壳。他比以前胖了不少，穿件黑色短袖衬衫，露出鼓鼓的肚腩。他看起来好像很久没洗过澡，浑身上下脏得像个流浪汉。慕云呆立在原地，觉得从前那个干瘪、寡言的老六，经过岁月的揉搓，胀开了，穿过时间的密林，来到她面前。

老六喊她，阿嫂。

慕云站着，一言不发。

老六说，阿嫂，是我，老六啊。

慕云往后退了一步，内心极度不适，可她还是强装出一副镇定的样子。

你来这里做什么？

老六挤出一个干巴巴的笑来。阿嫂，好久不见，我现在做司机，跑运输，昨晚看到你，不敢和你打招呼……

老六和她隔了一张长椅，保持着不远不近的距离。眼前这个老六，老了，他站在那里，欲言又止，看起来畏畏缩缩，一点不像曾经阔气过的人。慕云想赶紧离开，但不知道为什么，她犹豫了半天，也没有挪动半步。老六说，阿嫂你别怕，我没有别的意思。慕云说，好，如果没有其他事，我就先走了。老六一脸焦急，阿嫂请等一下，我有件事想请你帮忙。慕云狐疑地望了他一眼。老六紧张兮兮地看了看四周，小心地从裤兜掏出一只黑色薄膜袋套着的包。

这包东西，麻烦你带给我妈。

慕云犹豫起来。老六的母亲她是认识的，老人家自己种地，平时就在市场摆菜摊。面对老六的恳求，慕云着实不知如何回应。她说，你还是找别人吧。老六压低声音说，阿嫂，你别生气，我以前做了对不住你的事，是我的错，这次算我求你了，一定要帮我，我……我欠了钱，在跑路，现在不敢回家。

慕云还想问些什么，来不及开口，老六已经把那只鼓鼓的包塞进她手中了。

这人一定是疯了。慕云愣在那里。老六说，我马上得走了。

慕云握住那只黑色的包，头也不回地往水泥广场的中央走去。

老六叫她，声音不高不低，在嘈杂的广场上，像颗石头落进了慕云的心底。

慕云清清楚楚地听见背后传来一句"多谢阿嫂"。

慕云走到停电摩的地方，掏出钥匙启动了车，离开时，她的心沉重得很。老六已经离开了，水泥广场上没了他的身影。他就如同幽灵，突然出现，又突然消失。老六说的那些话在她耳畔绕着。那么多年不见，老六怎么会在这里找到她？还有，他给的这包东西装了什么，为什么偏偏找她帮忙？慕云越想越糊涂。她看老六那样子，肯定没干好事，要是拿了他的赃物，警察找上门的话怎么办？骑到水利渠的石桥边上，她突然冒出一个疯狂的念头，干脆把这包东西扔水里算了……

最终,慕云什么也没有做。她望向水利渠,月光照着一片水浮莲,草丛里有蟋蟀鸣叫。这个夜晚诡异极了。

那只黑色的包裹跟着慕云回了家。她甚至有股冲动,想趁现在就寻去老六家,把东西交给他母亲。可是转念一想,事情要真的这么好办,老六肯定不会请她帮忙。说不定追债的人现在就堵在老六家门口,只要老六敢冒出头,就会被他们捉住。乡里赌钱欠债、借高利贷的,都是这么跑路的,要么找个偏僻的地方躲着,要么找人把事情摆平。像老六这样狼狈的,已是走投无路了。

慕云思来想去,决定明天再作打算。

临睡前,慕云在台灯下仔细地研究那只包裹。

儿子问她手里拿的是什么。慕云编了个谎说,没什么,是妈妈明天要寄的快递。儿子没了兴趣,他闭着眼,背了几段明天课堂上要检查的课文,很快就睡着了。

现在,慕云不怎么害怕了。老六交给他的包裹用胶带缠住,胶带上沾了灰尘和几根头发丝。她用力掰开,胶带发出一声脆响。

　　慕云把包裹拿在手里掂量。是钱。她暗暗吃了一惊，这里面少说也有好几万块。慕云没有接触过那么多的现金。她从床头柜的抽屉取出一把剪刀，想铰断胶带，印证自己的猜想。剪刀握在手中，她迟迟也落不了手。万一这事要是败露，让老六发现了，她承担不起任何后果。慕云心想，老六不知道跑了多远的路，才把这包东西带回来。他自称跑运输，可他那那样子一点也不像卡车司机——在慕云印象中，卡车司机应该是壮硕的、干练的，而不是老六这般鼠头鼠脑。他搭别人的货运车，不敢坐高铁和长途大巴，说不定就藏身在货柜里，如同隐形人。

　　按理说，老六的生意应该做得顺风顺水，为什么会落到这个地步？他跑了路，老婆和孩子怎么办？一个又一个的困惑冒出来，然而所有的问题，慕云都无从解答。对慕云而言，老六已然是个陌生人，他们之间没有任何关联。想到老六当年对她做的事，她甚至动起了将钱独吞的私心，就当作是迟到的补偿吧。如果当年老六没有动邪念，说不定不会外出打工，如果不外出打工，就不会犯下今天的事，如果……慕云的心中一团乱麻。她起身到厨房取了一只干净的塑料袋,把包裹装好,捆起来,置于枕头底下。

她躺下身,望着黑漆漆的房间,觉得自己枕的不是钱,而是一段压抑沉重的过往。

隔天,慕云吃过早饭,送孩子上学后,便骑着电摩到市场去。谨慎起见,慕云将那只包裹和手提袋一起塞在了车头篮筐里,又把篮筐的铁丝罩子盖上。路上,她特地绕去老六家探个究竟。

老六家的老厝在儿子学校附近,挨着一座天后宫,天后宫门口有棵大榕树,慕云把车停在那里,探过头往老厝里张望。门楼里没有人,一切如常,慕云本想将东西放在他家门口,等老六母亲回来取,但很快她就取消了这个愚蠢的计划。她决定到菜市场找老六的母亲,亲自把东西交给老人家。那年乡里的菜市场还未拆掉重建,慕云自从嫁过来,这个菜市场就成了她经常光顾的地方,闭着眼,她也能记得每个摊档的位置。老六母亲的菜摊在西南角,慕云看到老人家蹲坐在木凳上,手里摇着一把蒲扇。她在菜市场摆摊卖菜有些年头了,靠着这个小小的菜摊养活了一家人。慕云上前跟她打招呼,她抬起头来看了一眼。慕云这才发现,老六的母亲已经那么老了,脸上皱巴巴的,牙齿没了,腮帮陷进去,身上穿着一件老旧的白衬衫。日头穿过头顶沥青棚的缝隙照下来，慕云看到码得齐整的蔬菜，上面还沾着水珠。慕云弯下腰跟她说话。听到老六的名字，老人家像被什么给击中了，掩面痛哭起来。周边摆摊的、买东西的人，不明所以地看着她们。老人家哭得那么伤心，周遭的目光都聚集在她们身上。慕云的脸颊一阵热辣，她什么话也没有说，将包裹塞进老人家怀中，低着头，转身离开了。

半个月后，慕云和儿子去喝周姨家的喜酒。按照乡里习俗，他们的酒席设在祠堂里。新郎新娘站在祠堂门口迎宾，新郎穿着笔挺的衬衫和西裤，新娘穿了身龙凤裥嫁衣，周姨老两口在胸前戴了朵大红花，喜气洋洋的。宾客陆陆续续来到，慕云跟儿子站在门口和新人合了影。天气热得像蒸笼。慕云给过红包，打了招呼，就和儿子进祠堂落座。儿子第一次喝喜酒，很是兴奋，看什么都觉得新鲜。周姨这一族，在乡里有头有脸，来了很多宾客，祠堂正厅和中间天井也摆满了桌子，人声鼎沸，好不热闹。天井上头挂了遮阳布，厨娘们托着老式的木制托盘出入祠堂内外。做喜宴的"厨房"是临时搭建的,就在祠堂边上,煤气炉、大鼎、砧板刀具,一应俱全,掌勺的、洗菜的、上菜的,井然有序,十来个人,撑起了一场地道的乡间喜宴。

慕云和一桌陌生人坐一起,孩子们在酒席间窜来窜去,不时从装满冰块的水桶里捞出冰镇饮料。中间慕云出来接了个电话,有人要赶制一批窗帘。慕云挂完电话,看到祠堂门口来了个挑担子的老妇人,佝偻着背,竹筐里装满新鲜的蔬菜。慕云认出来,那人正是老六的母亲。她听见老人家和厨师在烈日下讨价还价。她背对着慕云,戴一顶草帽,看起来那么瘦小。

看到老人家,慕云忍不住想起那天的情形。

从菜市场离开后,慕云并没有如释重负。她眼前浮现出老六的脸。比起年轻时候犯下的过错,她觉得如今的老六,太过可怜。她已经在心底原谅他了。她也突然明白,老人家那天为何哭得这样伤心。接到包裹的那一瞬间,真相就明明白白地摆在那里:老六再也不会回来看她了。想到这些,慕云的心冷下来。身后的酒席安静了,所有的热闹消失不见。她看到水泥埕反着灼灼的日光,老人家站在那片光亮中,像个斑点,越缩越小。

这个世界有鬼

郑在欢

郑在欢 1990 年生于河南驻马店,现居北京。著有短篇小说集《驻马店伤心故事集》。

A

逍遥网吧是李清水最喜欢的地方，就像他小时候喜欢家乡那条奔流不息的大河一样。如今，那条河已经不像从前那样激荡不羁，沿岸建了很多水坝，那些浅灰色建筑像镣铐般紧箍着水流。放眼望去，一切都是静止的，就像他身处的城市一样。

街上仅存的几盏路灯像往常一样亮起来时，他知道自己又在网吧浸泡了一整天。网上铺天盖地的讯息像毒蛇一样舐舐着他的神经，他浏览着和自己毫无关联的一切。一页一页，感到头昏脑涨。

他看了看聊天列表里那些灰色的头像，他知道，自己若没有和她们见过面的话，它们也许会一直闪烁下去。张辉的头像动了，他在计算机被迫关闭之前点击了那只黑白相间的小鸟。张辉的话是一行粗黑的大字：你决定了没有？

决定了，他回答，老地方见吧。

张辉答：好。

他关闭了窗口，在自己的空间里看了最后一眼苍井空的生活照，然后改了自己的个性签名：如果这号再上线的话，那一定是这个世界上有鬼……

计算机终于因为余额不足而自动关机。他站起来扭了扭脖子,僵硬的骨节"嘎巴嘎巴"响了起来。他出门的时候看了一眼网吧的收银员小多,她今天没有穿裙子。他看不见她的腿。

在门口他遇到了刘毅,他正拿着一个面包边吃边往屋里走。他叫住了他,说:我和张辉决定去自杀,你去不去?

刘毅咽了口面包,愣了愣神之后终于反应过来,他不满地说,你们两个人就决定了,怎么不叫上我?今天要不碰上是不是就没有我的份了?你们倒好,两个人一起死不害怕。我呢,你们要死了就剩我自己了,叫我自己怎么死?

李清水怕刘毅惊动了网吧里的人,把他拉到路边,我们怎么会不叫你呢?就是张辉不叫你,我也得叫你呀,我这不是正在叫你吗?

刘毅说,那你们商量的时候怎么不叫上我?商量那么大的事你们都不叫我参加,太不够意思了吧。在老家的时候我家杀猪我还叫你去看呢?

李清水向他表示歉意,下次商量的时候一定叫上你。

刘毅摆摆手,算了,反正就要死了,不和你们计较了。

你们准备什么时候行动？

今天晚上，在老地方，张辉已经去了。

好。去之前我先看看小多。

别看了，李清水拉住刘毅，她今天没有穿裙子。

我又不是去看她的裙子。你在这儿等等我。

李清水答应了他。他让李清水帮他拿着面包，朝逍遥网吧走去。刚踏上网吧的台阶他又折返回来，不好意思地冲李清水笑笑，我的外套脏了，把你的借给我穿一下。

李清水把自己身上那件冒牌的 Kappa 脱下来，递给他。刘毅兴奋地接过来。他一直想买这么一件名牌衣服，他妈嫌贵，死活不答应。她骂他说：你个小兔崽子不好好找工作，还想穿名牌，我卖多少个猪头才能给你买个名牌呀。李清水看着刘毅兴奋的神情，不由地责备起自己来，要是早点告诉刘毅这是在虾猛街 50 块钱买的冒牌货，他也许早就穿上了。

刘毅信心满满地走向网吧。他走到门口的时候停了一下，对着门上的玻璃理了理头发。他的头发很长，染了红和黄两种颜色，烫得蓬松凌乱。

小多站在收银台后面，面无表情地看着匍匐在计算机前的少年们。她的头发也是黄的，黄得耀眼，黄得可爱，比外国人还黄（刘毅的原话）。

今天下班怎么那么早？小多看见刘毅，随口问道。

今天是星期天，刘毅说，不加班。

开几个小时？

今天不开，我还有事呢？

那你来干什么？

我想和你说句话。

什么话？

刘毅看着小多，憋红了脸，一句话也说不出来。

小多：说吧，没事。

刘毅反复搓着双手，鼓足了勇气说：你真漂亮。

小多：你说过了，每次来你都说。

刘毅：那就再说这么一次吧。

小多笑了，她问他：你今天有什么事情？

刘毅：很重要的事。

小多"哦"了一声，没有再问下去。她说：其实我也想和你说一句话。

刘毅：说吧。

小多：等你下次来的时候再告诉你吧。

刘毅:你现在说吧。

小多俏皮地眨了眨眼睛,手指有节奏地敲打着柜台——她最近在学吉他。

小多:我现在非不说。

哦,好吧。刘毅探起身看了看柜台后面小多被牛仔裤紧紧包裹着的双腿,转身走了出去。

B

在死了人之后的几天里,滨河公园大花坛旁边的草坪很少有人涉足,连那些常常在这里拉屎撒尿的狗也很少来了。在死人之前,这里同样很少有人来,只有那些狗常常在这里拉屎撒尿。

这片草坪因为有狗的粪便滋润,变得异常肥沃,草也长得比其他地方要快,这给园林工人添了不少麻烦,他们需要时常过来修剪,才不至于让这片草坪上的草异于其他地方。

那天傍晚,这片草坪像往常一样拼命地汲取养分,不动声色地生长。它们丝毫没有觉察到即将有人来到这里,踩着它们的身躯死去。这对它们来说是个非常坏的事情。那三个少年在这里成功死去之后,它们将遭遇一连串的问题。首先人们会对这里产生很坏的印象,不愿意再带着狗到这里来。它们失去了狗的粪便之后,渐渐会变得和其他草坪上的草一样中规中矩,它们的表面渐渐清洁,越来越多的人在它们身上肆意践踏。而在这之前,只有三个少年肯来这里——在深夜的时候。

他们在这里说一些话,做一些事。草不懂。呵呵,它们才懒得注意呢!草怎么会懂人的事情呢?就像人不会注意它们一样。

A

李清水和刘毅走到滨河公园,张辉已经等在那里了。他站在那片满是狗屎的草坪上,看着李清水和刘毅朝他走来。他神情茫然,空空地看着远处,似乎犹在梦中。他丢了工作和丹玉之后就变成了这样。他一直想攒钱和丹玉开一个饭馆,现在他钱还没有攒够就丢了工作和丹玉,开饭馆的想法变得不切实际且毫无意义。他笔直地站在那里,身后的大花坛里没有一朵花开放。花坛的石阶上散落着果皮和纸屑，几只苍蝇在他周围飞来飞去。

他们找了一块干净的地方坐下来。这时候天已经完全黑了下来，他们只能借助于路灯的光才能看清楚彼此的脸。

张辉看着公园外的广告牌，那是一幅巨大的电影海报，上面是几个露着大腿的女星。张辉曾经说过，他最大的愿望就是睡睡这些明星。他把这句话反复说了很久，李清水和刘毅两个处男很是鄙视，说他有丹玉了还想女明星。现在，他不再提这个美好的愿景，对二人说，咱们得商量商量怎么死。

张辉的话让刘毅高兴起来，他没有想到自己在错过了商量决定死的机会之后还能和他们一起商量怎么死。他说，好哇好哇，咱们商量商量。

张辉说，我想了好几个方法，我觉得咱们最好跳楼去，现在就流行这个。听说广州那个富士康现在都已经十连跳了，轰动全国。可不管几连跳他们也都是一个一个跳的，咱们三个人一起跳，不比他们牛×？

刘毅表示同意：就是，说不定咱们还能上报纸呢。要是这样咱们可得死得好看一点，清水，你这衣服就让我穿着吧。

李清水抠着指甲里的灰，头也不抬地说，你穿着吧。

刘毅如获至宝，他把手伸进上衣口袋，充分享受拥有名牌的快乐。他感觉到口袋里好像有什么东西。是一沓零钱。他掏出来边数边对李清水说：你口袋里怎么还有钱？还有四十多呢？

李清水：偷我爸的。

张辉：我觉得咱们得把钱花完再死，我这还有八十多块呢。

刘毅：就是，不能白白浪费。我也有十块，准备上网用的。

张辉：去虾猛街买点东西吃吧，有点饿了，买点猪头肉。

刘毅：别买猪头肉，我看见猪头肉就烦。

李清水：那就买烧鸡吧，不买猪头肉。

李清水知道刘毅最讨厌猪头肉，他家就是卖猪头肉的。他继父在家把猪头肉做好，他妈拿到集市上去卖。他们家的出租屋里长年弥漫着一股猪头肉的油腻味道。刘毅不愿意与猪头肉为伍。他中学辍学之后从老家来到这里，继父给他找了好几个工作，他都干不下去。为此继父常常揍他，骂他不好好干活。后来他和李清水一起到豪丝美发厅当了洗头工，但没过多久他又辞了工作。在他看来，帮人洗头还不如给猪头拔毛呢，人的头脏了吧唧，动来动去，还是猪头比较老实。

现在他每天帮继父收拾那些猪头，那些毛茸茸的猪头大小不一，形态各异，有的睁着眼睛，有的闭着眼睛，有的没有眼睛。他刚刚接触这些死于非命的眼神时，总感觉它们或睁或闭的眼睛里充满悲愤与不甘。他不敢直视那些冷冽的眼神。他卧室的柜子里放着那些煮熟了的猪头，透过朦胧的玻璃他看不清楚它们，却总感觉它们能把他看得一清二楚。有时候他会做一些不明所以的梦，梦里有他喜欢的女孩，有他面目不清的爸爸和面无表情的妈妈，还有他那个始终面目可憎的继父，以及那些猪头。后来他渐渐习惯并接受了这些猪头，虽然他仍旧希望远离它们。他也不再刻意回避它们的眼睛，相反的，他开始喜欢与那些灰白的眼睛对视，时常一看就是很久。他继父在一旁骂他：傻种——他知道他之所以这么骂他是因为他不是他的种，但他不为所动。他默默地看着那些猪的眼睛，他觉得他渐渐明白了它们。他从它们的眼神中再也看不见痛苦，他看到了一些类似于幸福之类的东西。后来他把这些东西称之为解脱。

"没有谁愿意像猪一样活着，更何况是这些猪呢？"他在自己的QQ空间里这么写道。他喜欢在空间里写些东西，因为小多总是给他点赞。

B

在"三少年相约自杀事件"发生后的最初几天,虾猛街来了不少手持相机的记者。这或许可以算作虾猛街的一大幸事,要知道,在以往,月收入超过三千的人都不会来虾猛街。这是一条属于民工的街道。街上人声嘈杂,来往的都是一身汗臭的民工。他们结束了一天的疲惫工作之后,又不知疲倦地来到这条街上。他们喜欢这样的氛围,四处喧闹鲜活的人群让他们感到自在。他们在街上逛来逛去,即使什么都不买。

虾猛街上最受欢迎的是两个地方,一个是青少年们的乐园——逍遥网吧;一个是青壮年们的天堂——梦缘发廊。它们的存在让每一个常客"痛并快乐着"。每个人在走进去的时候都好像是一次重生,每一次重生之后又是无限的悔意和惆怅。可隔天醒来,又会隐隐期待着下一次。

街尾一个卖猪头肉的小摊在那几天里备受关注——以往关注这里的只有那些吃不起肉的民工和乞丐。小摊是用一个黑色的长桌支起来的,上面放着些残缺不全的猪头和几样凉菜。摊主是一个壮硕的中年男人,一脸铁青色的胡茬子,其面目就像是那些还没有拔干净毛的猪头。他是自杀少年刘毅的继父。刘毅没死几天他就又摆上了摊子,他对记者说:死了人谁不难受呢?可生意不能不做啊。这猪头不卖就坏了,这不都可惜了吗?记者问他:儿子死了你伤心吗?他没敢像往常一样骂人,他不知道骂了这些有文化懂得多的人会有什么后果,他只是在心里骂了句傻种,就像从前骂刘毅一样。他说:能不伤心吗?养那么大个孩子死了谁不伤心呀?伤心就不做生意了吗?伤心能当饭吃吗?记者从他的话里挑出了刺,问他:你说养那么大个孩子死了才伤心,是不是小孩子死了你就不伤心?他又在心里骂了句"傻×货",并不再回答这个傻×的问题。他不知道现在流行这个,玩文字游戏,说俏皮话,是这帮人的特长,也是这年月的新宠。

处于虾猛街黄金地段的豪丝美发厅是记者们关注的另一个地方。这是自杀未遂的李清水曾经工作过的地方。看到手持相机的记者,美发厅的造型师和洗头工都刻意整了整头发,正了正衣领。他们面带微笑、诚惶诚恐地看着镜头和掌控镜头的人们。一个貌似老板的中年妇女警惕地看着记者,用手挡着他们的镜头说:你们来这拍什么,我们这还没死人呢,我这可不是血汗黑作坊——我们连作坊都不是。你问问他们，我可没亏待他们。他们在这不但能挣钱还能学手艺呢。

记者们连忙安抚反应过激的老板娘，告诉她来这里采访丝毫没有"揭秘""披露"的意思，只是对最近的新闻人物李清水生活过的地方进行一些大致的了解。老板娘仍旧戒心不除，她可知道记者们的厉害，说是了解，谁知道他们要了解什么呢？况且他们的了解总是那么出其不意，有时候压根没有的事情他们也能了解出来。

记者问老板娘：李清水在这里做什么工作？

老板娘答：给客人洗头。

记者问：他在出事之前有什么不同于往常的地方吗？

老板娘答：没什么。就是洗头的时候有点慢，一个头洗半个小时，把客人都洗睡着了。

记者问：他说这里每天得洗上百个头，三个洗头工，每个人要分摊三十多个头是这样吗？

老板娘答：是呀，生意好我能怎么办？快过年了，人都想理个精神的头回家。再说，洗头也不让他们白洗，我这是计件工作，多劳多得。洗一个头给八毛钱呢。

记者问：洗那么多头，不怕他们反感吗？他们都说感觉到一个头，两个大。

老板娘巡视了一圈问：谁说的？什么叫"一个头两个大"？什么意思？

一个洗头工说，没人觉得一个头两个大，我们现在都感觉到一个头两个小。

记者好奇地问：一个头两个小？什么意思？

洗头工：现在洗一个头只能赚五毛钱，洗两个头才能抵上原来的一个头。

A

他们带着最后一点儿人民币走进了虾猛街的夜晚。

晚上八点，灯火辉煌，虾猛街开始了它一天中最具活力的时刻。青年们廉价的夜生活是这里的主旋律，他们打桌球、喝啤酒、吃烤串、骂脏话、蹲在街角看姑娘。李清水看着这些曾经熟悉的场景，突然间觉得距离自己十分遥远。他们一路走过逍遥网吧，走过梦缘发廊，走过豪丝美发厅，走过刘毅家的猪头肉小摊——刘毅他妈已经收了摊，只留下那张暗黑的桌案在昏黄的路灯下，一条铁链把它和路旁的铁栏杆紧紧相连。

他们走在初夜的虾猛街上，周围人声鼎沸，和从前没有什么两样。没有人愿意多看他们一眼，他们不知道他们今夜即将死去，他们觉得他们只不过是他们之中的一部分而已，他们不像那些穿着暴露的妞，他们不值得他们一顾。他们看着他们，突然觉得他们和他们截然不同。今夜，他们将干一件他们永远都不敢干的事情。

刘毅问张辉：咱们到谁家去买烧鸡？他这么问是因为虾猛街有两家卖烧鸡的人家，一个是武汉烤鸭店的吴光，一个是刘伟熟食店的刘伟。刘伟曾因为五块钱假钱和张辉大打出手，还扬言要报警，举报张辉花假钱。但张辉一直声称自己是被冤枉的，他说那五块钱是刘伟找给他的零钱，他拿着这五块钱去找刘伟的时候刘伟却没有承认，反而打了他一顿。那时候张辉还没有到饭馆打工，为了追丹玉他节衣缩食，变得瘦骨嶙峋，根本不是刘伟的对手，被打得鼻青脸肿，一身污泥。

张辉问：谁家近呀？

刘毅说，刘伟熟食店近啊，就在前边。

李清水知道张辉和刘伟的过节，算了，咱们还是到吴光那买吧。

张辉说，就到刘伟熟食店，放着近的不去干吗非要走远路。

李清水扭头看了看张辉，路灯下的张辉面目模糊，你是想……报仇？

刘毅不知道这些事情，他好奇地问：报什么仇？

张辉笑了笑，他摆摆手，走吧。

刘伟熟食店的四周弥漫着一股浓烈的香味，步入这片区域，刘毅恍然觉得正身处于那个放满熟烂猪头的狭小卧室。他看着橘黄色灯光下刘伟那张满是胡茬的脸，突然一阵战栗。

刘伟见外面站着的是张辉和李清水，愣了愣神，但随即就恢复了正常，像看着所有顾客一样看着他们。为了让自己看起来更加镇定，他点了一支烟，深深地吸了一口。

李清水看着眼前的这对冤家，不由地攥紧了拳头。他不知道接下来会发生什么，但他刚刚已经拿定了主意，无论发生什么，他都会站在张辉这一边。

要两只烧鸡。张辉说。

哦。刘伟在心里长舒了一口气，他在电子秤上秤完了之后用塑料袋把鸡装起来，递到窗外：三十五块八。

张辉给了他四十块，他少收了八毛，找了张辉五块。张辉接过钱，没有马上放入口袋。他举起钱对着昏黄的灯光仔细观察起来，李清水和刘伟屏住呼吸看着他缓慢的动作，像正在看一出惊险的戏剧。

刘伟，张辉看了好一会才把手放下，他问他：那五块钱假钱的事你还记得不？

刘伟的脸变了颜色，把手放在立在砧板上的刀柄上。

张辉像没有看见一样，仍旧倚在窗口把玩着手中的五块钱纸币，继续说道：那五块钱假钱——让咱们俩打起来的那五块钱假钱，其实是我的。谢谢你没有报警，现在我把这钱还给你。

那张满是油腻的纸币落在了一只没有头的烧鸡上。这只鸡原本是有头的，但不知道为何就没有了头，刘伟忘了他什么时候砍掉了这只鸡的头。他和他的刀每天要做的事情太多了，他不可能每一件事都记得清清楚楚。他拿起那张纸币追到门外，他们已经走远了。他对着他们的背影大喊：拿回你们的钱。他们仿佛没有听见，没有人回头。他们在虾猛街或明或暗的路灯下一直往前走去，在他们的前方，是四方酒馆。

B（四方酒馆和张辉的梦想）

四方酒馆曾经毁灭了张辉的梦想，后来又给了他一个新的梦想，但后来的后来，让他永远失去了梦想。那天晚上他大嚼着烧鸡说：梦想他妈的就是个球，还是漏气的那种。

还没有到四方酒馆的时候张辉什么都缺，就是不缺梦想。那时候他还在农村上学，对外面的世界一无所知，对未来的生活充满幻想。去城里买火车票的时候他满脑子都是梦想，他不知道该选择哪一个为之奋斗。当他来到浮城之后才知道自己并没有选择的权利，只有被别人选择的义务。在选择工作的时候很多工作都不选择他，最后，四方酒馆接纳了他。他终于成了一个有工作的人——简称工人。

他每天的工作是端盘子洗碗抹桌子，有时候还要给老板捶捶背。老板名叫鲁胖子，但看上去一点都不胖，这一点让他和个体商户有了本质的区别。就是鲁胖子让张辉又重新确定了自己的梦想。在刚来四方酒馆的日子里他一直处于一个没有理想的状态，每天繁琐无味的工作和生活磨平了他各种奇怪的想法，他开始嘲笑曾经的自己，那个不知天高地厚的家伙，那些可笑之极的幻想，那种蠢蠢欲动的豪气。他每天老老实实地端盘子抹桌子，听他妈的话，干活、攒钱、娶媳妇。在这些工作当中他最喜欢的是给鲁胖子捶背。生意不忙的时候，鲁胖子搬一张竹椅，斜靠在椅背上，任他在他身上捶捶打打。这是少有的员工可以打老板的机会。

张辉在鲁胖子身上施展拳脚的时候，鲁胖子有时会讲讲他的奋斗史。这些故事他反复对张辉讲了很多遍。据他说，他是一个孤儿，三岁的时候他爸死在了煤矿里，到现在都还没有挖出来。张辉有时候会插嘴问：那你怎么不挖呀？鲁胖子说：挖个屁，那时候我才三岁，怎么挖？那是黑煤矿，没人挖。张辉"哦"了一声，不再作声。鲁胖子继续讲述，五岁的时候他妈跟人家跑了。张辉又忍不住问：那你怎么不去追呀？鲁胖子说：追个屁，那时候我才五岁，怎么追？张辉"哦"了一声，闭上了嘴巴。这之后的讲述张辉没再提出什么疑问，鲁胖子为接下来的故事铺陈了凄凉的前奏之后开始讲述自己的奋斗史。

"我十四岁出来打工，干的活和你现在一样，端盘子抹桌子。那时候我勤奋好学，每天干完活还不下班，一有空闲就到厨房给厨师们帮忙，他们都很喜欢我，有时候会教我两手。老板看我好学，把我分到了厨房当学徒。短短一年多的时间我就把所有师傅的手艺学到了家。我还上了夜校，拿了证书。十八岁那一年，我用所有的积蓄开了四方酒馆，那时候它还很小，不及现在的四分之一。但在我的精心操持下，它变得越来越大……"

鲁胖子不算传奇甚至有些乏味的创业故事反复撞击着张辉，终于撞出了火花。就在那时候，张辉确立了自己新的梦想，他决定以鲁胖子为榜样，攒钱开饭馆。确立这个目标的时候他并没有想太多，比如鲁胖子十多年前打工的时候工资是七八百块，他打工的工资也没有高出多少；比如鲁胖子开饭馆的时候租个铺子是三千多块，而现在租个铺子需要三万多块；比如鲁胖子打工的时候鸡蛋一毛钱一个，而现在的鸡蛋是一块钱一个——当然，有时候一块钱也能买两个。

那时候，鲁胖子讲完自己的老故事之后总会这么说：好好干年轻人，只要肯努力，有的是机会。等再招到人就把你调厨房里去，让你学学手艺。

鲁胖子的话让张辉信心大增。那一天，在滨河公园的草坪上，他兴奋地告诉李清水和刘毅：我知道自己该干什么了，哈哈，鲁胖子说了，努力就能成功。

他们不明所以地看着他，不知道鲁胖子的一句话为何会有那么大的力量，让整天长吁短叹垂头丧气的他突然又有了活力。

张辉仍旧停留在亢奋状态，他对着乌黑的天空大喊：我知道自己该干什么了，我要开饭馆，我要开饭馆……

他们看着他忘乎所以的样子，由衷为他高兴。那年冬天的风冷得不近人情，在那个没有星光的夜里他们没有回家。他们看着广告牌上那些袒胸露背的明星们，缩着脖子充满了向往。那几盏彻夜不眠的路灯不知疲倦地照在他们身上。他们彻夜不眠，高谈阔论，渐渐忘记了寒冷，失去了知觉。

A

路过四方酒馆的时候张辉没有扭头，他目不斜视地走了过去。几天前他向鲁胖子辞了职，鲁胖子并没有挽留他。那天他找到丹玉，在一个拉面馆里向她大倒苦水，那个该死的鲁胖子，我都在这里干了两年了，他总是承诺等招到新人就让我到厨房里跟大师傅学手艺。可前两天那个新来的来了就进厨房了，我还在继续打杂，就因为那小子是鲁胖子的一个远房侄子……

丹玉听了他的讲述，没有像往常一样和他一起骂鲁胖子。她呆呆地坐在他面前，神情恍惚，只是轻轻地"嗯"了一声。

张辉问她，你怎么了？

她想开口笑一下，却怎么也笑不出来，我姐知道我和你在一起了，她让我离开你，她要把我送回老家去。

张辉最终没有留住丹玉，因为一时的软弱他永远失去了她，甚至在她走的那一天他都没敢去送她。李清水在接受采访的时候说：丹玉她姐是道上混的，没人敢惹他们。她不想让丹玉找个外地人，她把丹玉送回老家相亲去了。末了他又宽容地说：其实混也没有什么，都是被逼的。

他们在四方酒馆前面的商店里买了白酒和啤酒，又回到了滨河公园的草坪上。坐下来之后，他们开始吃喝。这是他们的最后一顿晚餐，有酒有肉，是每一个农民向往的生活。在很小的时候他们都曾因为得到一块肉而欣喜若狂，他们的父母在厨房里有肉的时候总是一脸满足。做好饭之后，他们会刻意到人多的地方去吃，以便让大家知道，他们在吃"好哩"。

"好哩"——不是说吃就能吃到的，也不是所有人都舍得吃的。

这会儿，他们吃着"好哩"。

张辉把白酒倒进从商店要来的纸杯里，递给刘毅和李清水。刘毅接过来一饮而尽，辣得直伸舌头。李清水把酒杯放在手里，迟迟不往嘴里送，他从不喝白酒，连啤酒都很少喝。

喝吧，张辉说，男人不喝酒还叫男人吗，都快死了，再不喝就永远也喝不上了。

李清水说，我真不喜欢喝，我不喜欢酒精的味道，更怕被它麻醉的感觉，我们已经活得够混沌的了。

张辉骂了句，妈的，算了，就你懂得多，整天还感觉感觉的，要什么感觉呀？来，刘毅，咱们喝。

他又给自己和刘毅倒了一杯，刘毅毫不犹豫地端起杯子，再次一饮而尽。他被辣得眯起了眼睛，不住地咂着嘴。刘毅也不喜欢酒精，但他喜欢喝酒，他觉得这很男人。他继父从不让他喝酒，他也不敢在外面偷喝。现在，他在酒精的刺激下有一种胜利的喜悦，尽管感觉不太舒服。他又给自己倒了一杯，端着酒杯，他提议道，就快要死了，咱们说说各自喜欢的人吧。

张辉说，我谁也不喜欢，就喜欢丹玉。

刘毅说，知道你喜欢丹玉，问的是你心目中最喜欢谁，你最想和谁上床。

张辉说，我就是心目中最喜欢丹玉呀，我最想上床的也是丹玉。那些明星，我也就是说说而已，她们看起来就一副很好上床的样子。

大家抬头看着广告牌。

你呢？你最想和谁上床？张辉不服气地问刘毅。

刘毅好像早就准备好了答案，就等人来问他了，他一脸憧憬地说：我最喜欢小多，也最想和她上床。你看她穿短裙的时候，你肯定没有见过像她那么漂亮的女孩——不过你已经见过她了。她的头发染得像外国人一样，虽然我不知道到底像哪国人，但我觉得，那肯定是一个美丽的国家，那个国家的人都有这么一头美丽的头发，他们谁也不会嘲笑谁，谁也不会欺负谁。因为，他们的头发是一样的。

张辉说：净说废话，咱们国家也是一样的头发呢！

可是……可是，咱们有好多人染头发呢！你看看我。刘毅指着自己的头，认真地辩解道。

张辉没有再追究下去，他问李清水：你呢？

李清水一时间不知该如何回答，他原本想说小多的，被刘毅抢了先。他想起曾经喜欢过的女孩，在中学的时候倒是有一个，但他早已经不喜欢她了，甚至他想起自己曾盲目地喜欢过这样一个女孩就觉得一阵羞愧。在他认识夏夏之后，更是如此。他想不到世界上竟还有这样的女孩，她说的每一句话都让他惊叹不已。她知道的那么多那么多，相比之下，他就像一只井底之蛙。那段时间，他一有时间就泡在网吧，在网上一点一点地增加对她的爱慕。后来，他们约定见面。在一家咖啡馆里，他见到了她。那天他穿上了自己最满意的行头（那件冒牌 Kappa 和一条黑色牛仔裤）。这是他第一次到这种地方来，他黑色的旅游鞋踩在咖啡馆白色的地板上，地面上晃动着他的影子——一个局促不安的少年。她站起来向他挥手，含齿轻笑。她白色的运动服让她看起来像是一个纯洁的高中生，随后他了解到，她确实是一个高中生。她为他点了一杯卡布奇诺，他在略带苦涩的氛围中初识咖啡和姑娘的味道。那次约会之后，他不顾一切地说爱她。她对他的纠缠烦不胜烦，和他断绝了联系，甚至把他的 QQ 列入了黑名单。

　　那是他第一次遭遇这种事情。

她们对他说的最多的话是：我们不适合。

他知道，这个"不适合"其实就是地域上的不适合——地域上的不适合否决了所有的适合，让一切都变得不适合。

他是城市的客人，而她们，是主人。

刘毅还在追问，你最喜欢谁呀，清水。

蒙娜丽莎。

蒙娜丽莎是谁？

是一幅画，张辉说。他看着电影海报上的女人，又喝了一口酒。

在他们喝酒的时候，李清水对着漆黑的天空哼起了歌，他唱歌时的嗓音粗哑浑浊，像一只深陷泥潭无法自拔的野鸭子。刘毅听着这段陌生的旋律，问他：这什么歌，怎么没听过？

李清水说：我也不知道，随便哼哼的。

刘毅说：随便哼哼有什么意思呀，周杰伦又出新专辑了，你应该唱唱他的歌。

李清水笑了笑，他没有听从刘毅的建议，继续唱着自己无名的歌曲。类似的话有很多人对他说过。在网吧上网的时候，所有的人都在玩游戏，只有他一个人看着那些网页，打开一个又关掉一个。小多看着他反复如此,像是永远也干不完这种事情,觉得百无聊赖。她对他说:你应该像他们一样玩玩游戏,这样时间会过得很快。

他同样没有听她的话,仍旧固执地进行着对这个世界的认识,虽然每多一些认识他就多一些惆怅。有时候他也不禁怀疑自己:也许你真该像他们一样,唱总是在变的流行歌曲,玩无穷尽的游戏,停止思考。

好像有人说过,不思考,是所有事物的幸运。他想了好久,也记不起究竟哪位圣贤说过。

他又少了一个劝慰自己的理由。

"啦啦啦啦啦……"

他欢快地唱着,死亡前的阴霾被一扫而空。张辉喝完最后一杯酒,看了最后一眼海报上的女郎,对他们说:唱完这首歌,咱们就死吧。

刘毅问:到哪死?

张辉指着虾猛街外的龙城超市说:那儿。

李清水的歌声大了起来,刘毅突然觉得这种低沉的音调异常熟悉,只是他怎么也和不上来。

B

龙城超市仍旧如往常一样,没有记者光顾。大家并不知道龙城超市和死者的关系,他们在这里没有死成。

龙城超市是这座城市连锁店最多的超市,几乎有街区的地方就有龙城超市。虽然虾猛街一带住的都是进不起超市的人家,但在虾猛街外的大道旁仍有这么一家,可以想见,超市的投资人的资金是多么雄厚。

虾猛街外的龙城超市楼高五层,所以张辉才把跳楼地点定在这里。凭直觉判断,他认为五层楼才足以把人摔死。上楼的时候是晚上十点钟,超市已经要打烊了。他们拿着一截绳子从楼梯往天台上走。绳子的作用张辉告诉过李清水和刘毅,是为了把他们的腿绑在一起,以便实现他们"同年同月同日死"的愿望。上楼之前张辉说:咱们今天一起死了,投胎的时候还能一起投,到时候我们还能做兄弟。到那时候,哥开一个饭馆,你们饿的时候可以到我这免费吃饭;清水你开一个理发店,我和丹玉头发长了到你那免费理发;刘毅开个熟食店,咱们可以合作,你给我的饭馆送猪头肉。

刘毅抗议道:我不想卤猪头,我想当孩子他爹。

李清水并没有告诉他们其实自己也不想开理发店，他只是提醒张辉，丹玉可不和我们一起死，到咱们投胎成人的时候她都可以当咱妈了。

张辉申辩道：妈怎么了，妈就不理发了？

他们从楼梯上小心翼翼地往天台进发，生怕惊动了超市里的工作人员。他们很少来这个超市，来了也不怎么买东西，每当他们拿着一瓶矿泉水站在那些推着满满一车子商品的人们身后排队时都觉得自己出现在这里是如何的不合时宜。现在，他们即将借助这栋楼的天台死去，李清水手抚着楼梯上的栏杆，向这栋楼的建造者表示由衷的谢意，他知道，都是老乡建的。楼道灯光明亮，他们却看不到自己的影子，四处闪耀着白色的光点，周围的世界看起来一片圣洁。

遗憾的是他们最终没能如愿，这栋楼不适合他们生存，同样不接纳他们的死亡。他们在走上五楼的时候发现通往天台的门被锁死了。张辉叹了口气说，我们来晚了。李清水说，他们下班后都会把这门锁住的。刘毅懊恼不已，他在空气中挥舞着拳头说，我们要是早点来就好了，妈的，怎么连死都那么难呢？

A

他们又回到了滨河公园的草坪上，地上又新添了几摊狗屎，他们踮着脚走回刚刚的位置。喝空的酒瓶和纸杯仍在，临走前扔的半只烧鸡已经被狗叼走。李清水猜测叼走烧鸡的一定是条野狗，那些狗主人才不会让自己的狗吃捡来的东西呢。

张辉说，算了，明天早点去吧。

李清水点了点头，应了声"嗯"。

刘毅有些急了，他嚷道：就这么算了，咱们好不容易下定决心要死的。

张辉说，那怎么办？总不能到你家跳吧？你家的平房也摔不死人呀。

刘毅说，要不然咱们喝药吧，我家里有药。

张辉同意了他的提议，好吧，既然要死就别挑死法了。再说，喝药死虽然慢一点，但也比跳楼死得好看啊！就喝药死吧，你去拿药，我们在这等你。

嗯，好的。刘毅高兴地往他家跑去。在回家的路上他很有成就感，觉得自己在这次自杀行动中起到了决定性的作用。回到租住的平房时妈妈和继父正在看电视，看见他回来他们没有说话，甚至连头都没有抬一下。他径直走进自己的小屋，从那个放满猪头的柜子里取出一只装有白色颗粒物的小瓶子，放进了上衣口袋。

出门时继父看了他一眼，问他，这么晚了你还准备去哪？

他原想大声反驳一句"关你什么事"，但话到嘴边却怎么也说不出来，只是喏喏地说：去上个厕所。

嗯，去吧。

刘毅如获大赦，一路飞奔回滨河公园。他把瓶子交给张辉，说，用水冲一下就可以喝了。

张辉接过来摇了摇，那些白色的颗粒在瓶子里肆意跳跃。这些小东西叫亚硝酸钠，是刘毅家用来做猪头肉的。张辉从地上捡起一只空酒瓶说：我去那边公厕里接些水，你们等我一会儿。他把那只小瓶子里的颗粒倒进酒瓶，向不远处的公厕走去。

十点钟之后的夜晚凉意袭人，晚风送来一阵奇怪的味道。李清水站起来，看着身后的花坛想，再过些时候就该有花开了，也许那时的空气会好闻一些。张辉已经把药冲开了，他拿着酒瓶对他们说，我是哥，我先喝下去了。兄弟们，咱们死的时候手拉着手，投胎的时候也一定会手拉着手投的。

刘毅说，拉着手投胎太难了吧，三胞胎也不好养呀。

李清水笑了起来，张辉没有理会这个玩笑。他说，哥先喝了。他仰起头把液体灌进胸腔。刘毅紧张地张大了嘴巴看着他，说，别，别喝了，你都喝完了。

张辉停下来，看看瓶子里剩下的药水说：没喝完，还有一大半呢，给你。

李清水从张辉手里接过酒瓶，他没有犹豫，把瓶口放进嘴里。略带咸味的液体涌进腹腔，带来了独属于死亡的味道，他还没有细细品味，就被刘毅抢去了瓶子。刘毅抱着瓶子说，都要被你们喝完了，我喝什么？你们都死了，就剩下我自己怎么办？

李清水说，我还没喝多少呢。

刘毅不和他争辩，仰起头喝了起来。滑腻的液体顺着他的喉咙一路向下，发出欢快的嚎叫。咕咚，咕咚。仿佛潮水淹没了天空。

喝完了所有的毒液之后他们并排躺在草坪上，静静地等待死亡。刘毅说死这回事人一辈子只能经历一次，咱们可得好好体会。他双手枕在脑后，看着漆黑一团的天空，心想今天没有星星可真遗憾，天空多一点亮光总归好看一点。

李清水看了看两旁的张辉和刘毅，他决定死之前什么都不想，只想死这一件事。但当神智渐渐模糊的时候，他还是想起了他的QQ账号，和那些没有见过面的女孩。张辉和刘毅已经开始抽搐，他们呼吸急促，在地上来回翻滚。他们胡乱挥舞着手臂，似乎想说什么，却说不出完整的句子。看着他们痛苦的样子，李清水的呼吸也越来越困难，在尚有一丝清醒的时候，他拿出手机拨打了120。

B

李清水在医院醒来的时候，看见了一个天使，她对着他微笑，他也笑。这是他第一次进这么大的医院。他躺在柔软的床上，掐了下大腿，真切地感觉到了自己的存在。然后他知道了一个消息，那个天使告诉他的，他猛然惊觉，原来天使带来的并不一定都是好消息。

她说：另外两个没有抢救过来。

他哭了。

李清水从医院出来之后受到了各方关注，许多记者堵在他的出租屋里，反复问他同样的问题。他只用一句"活得太累"来敷衍他们。他们给他请了心理医生，面对那个慈眉善目的老头，他只能说自己"喜欢活着"。清静下来之后他去了一次刘毅家，他想再看看刘毅。张辉的骨灰已经被送回家乡，刘毅的骨灰被放在他们的出租屋里，他继父说过年的时候再把它带回去。李清水在那个放猪头肉的柜子里看到了盛放刘毅的骨灰盒，他不顾刘毅继父的反对硬是把骨灰盒从柜子里拿出来。刘毅说过，他最讨厌猪头肉。李清水在那个狭小的屋子里转了好久，也没有找到一个合适的地方放下骨灰。最后，他只得把它放在了床底下。他想刘毅会理解他的，属于他们的地方太小了，他们没得选择。

李清水辞去了豪丝美发厅的工作。他很少再到网吧去，有一次他鬼使神差地坐到了电脑前，准备登录QQ的时候他停了下来，他想起自己最后一条签名。他决定永远不再登录这个账号。他不想让人们认为这世上有鬼。

C

逍遥网吧是我最喜欢的地方，就像小时候喜欢家乡那条奔流不息的大河一样。后来，那条河沿岸建了很多水坝，现在，连水也没有了。当街上仅存的几盏路灯像往常一样亮起来的时候，我知道自己又在网吧泡了一天。手指因为打字有些酸痛，我把那篇居心不良的文档保存下来，关掉所有网页，在电脑因为余额不足关闭之前站起来。

我转过头，僵硬的脖子"嘎巴嘎巴"发出响声。旁边的两个家伙还在游戏里浴血奋战。

"辉哥，刘毅，我们去吃饭吧。"

"吃什么？"

"猪头肉。"

我率先走出门，刘毅不情愿地跟出来。

"小多今天的裙子挺漂亮。"他眨巴着眼对我说。

我没有停下来，也没想折回去看一看。我们走进虾猛街的夜晚，瞬间被热浪淹没。

赤鱲角之夜

btr

btr 生活在上海的作家、译者及文化评论人。出版有超短篇集《迷走·神经》《迷你》《意思意思》等。译有保罗·奥斯特《孤独及其所创造的》及《冬日笔记》等。

鳡鱼，体长四寸左右，侧扁，背部灰暗，两侧银白色，雄鱼带红色，有黑色斑纹，生殖季节色彩鲜艳。生活在淡水中。也叫桃花鱼。

——《现代汉语词典》

（商务印书馆 1996 年 7 月修订第三版）

巨兽同时张开它的三十张嘴。吐出一些人又吞进另一些。满满的三十口。但它仍然不满足地张着嘴。一个男人在下行的钢铁传送带上奔跑，抢在巨兽的大嘴合拢前冲了进去。警报声以更快的节奏鸣响，密集的点状声音几乎要连成一根线。

看见那个男人的脸。是我。

闯入巨兽腹中的前三秒，我感觉所有声音都消失了。就像纵身跃入海里。巨兽向地下深处游去，双眼射出锐利的光，在漆黑的土壤层辟出一条通道。游经之后，土壤再纷纷愈合，像一切不曾发生。

我在巨兽腹中。

巨兽腹中灯火通明，上演着一场永不落幕的派对。内壁的矩形屏幕上循环播放着一幅幅抽象画：亮黄底色上，黑色箭头指向各种各样的方向。有点像罗伯特·劳森伯格的 *Grand Black Tie Sperm Glut*，也可能是在显示巨兽游动的路径——因为，当我注意到其中一个箭头是这样的（<——>）时，头顶的内壁似乎低了好几公分，就好像巨兽正拉长自己的身躯。进行重力测试的青年熟练地用拇指将手里的彩色纸片捻向空中，观察它们落向下壁的速度。硬币收集二人组像阿基里斯和乌龟一样亦步亦趋：不怕被踩的乌龟在前面开路，阿基里斯则拿着星巴克纸杯，踩着乌龟的脚后跟紧紧跟着。旁座的一对男女在分享芝诺披萨，芝士像承诺一样把他们连在一起。他们好恩爱。注视着这对男女的金发小伙刚刚萌发这样的想法，他的鼻子就变长了，戳到身前少女的后背上。少女厌恶地往前挪了几十厘米，在手机里吐了一通匹诺槽。

手机信号很快就消失了。巨兽潜入了江底。

这是最难熬的时刻。手机信号消失就等于我们不再存在。乘客们掏出包里的书读起来，努力与存在的世界继续保持联系。我从第 50 页起继续读："要是没有他，我的思维、我的感觉，恐怕永远也就局限在平庸的细碎小事中了，局限在养家糊口的俗事中——根本就没什么要紧的。至于什么才是至高无上的美，至高无上的善，至高无上的真，我真是无法企及，我也知道自己根本不配……"我身旁的女人读出了声："一个鬼魂经常出没在这栋房子里，老人解释道。接着是一段短暂的沉默。什么鬼魂？她问道。就是你，老人说完轻轻关上了门。"

巨兽的腹语在这一刻传来，盖过其他所有声音。"下一站，尖沙咀……请小心月台空隙……Please mind the gap。"

我没有像往常一样思考"mind the gap"里暗指的东西，因为"尖沙咀"三个字让我吃了一惊。我像背诵乘法口诀表一样在心中默念了一遍巨兽的线路图：静安寺—南京西路—人民广场—南京东路—陆家嘴。明明应该是陆家嘴啊，怎么变成了尖沙咀？

Side A

Y惊醒时以为自己睡了很久，然而机场快线才刚刚驶离九龙站。他看了眼双层车窗玻璃映射出的两个恍惚的自己，抽出一张纸巾擦去嘴角淌出的口水。他机械地、本能地打开手提电脑，继续敲打那篇尚未完成的代笔作文。

"未来的媒体趋势可以归纳为六个T。"他写道。

他还没有想好究竟是哪六个T，但他知道老板们都喜欢六个T之类的东西。"1.Teppanyaki（铁板烧）"。大概是饿了，Y不由自主地随手打出一行字，再努力自圆其说，"二十一世纪的新闻像铁板烧一样热气腾腾，但技术含量其实不高，主要依靠材料本身的质量。"

"2.Tactile（可触的）：以触屏为主要媒介。"他很快想出了第二个。

"3.Teeming（暴雨如注的）：充满海量资讯。"Y觉得再写什么Teamwork（团队协作）实在既陈词滥调又讽刺，因为现在他所谓的团队只剩下了他一个——三位同事在去年报社结构重组时被重组掉了，剩下的两个一个辞职一个得了抑郁症。如今办公室里只剩下一位实习生每天六点像发射火箭一样准点发送微信公号。

"4.Tomography（断层扫描术）：像断层扫描一样，通过任何可穿透的波，对物体进行分段成像。"加入一两个深奥的科学词语作为隐喻是必须的，Y谙熟这类技巧。

"5.Tracking（跟踪）：未来的媒体做不到第一眼就真相大白，需要不断跟踪调查。"

轰鸣的雷声打断了Y的思路。虽然只是下午四点，窗外的天色已像夜晚。远处闪电不断，如同一次次接踵而来的顿悟。Y打开手机，发现列车正行驶在青马大桥上。手机地图上的蓝色圆点平滑地移动着。

雨越来越大。雨点在飞驰的列车车窗上划出近乎水平的线条。只要保持一定速度，便足以抵抗重力；正是这些线条的斜率使速度变得可见。Y用手机拍了起来。所谓媒体，就应该展示这些线条吧，他思忖道。

到了赤鱲角香港国际机场站，两边车门同时打开，人群像新年烟花一样从车厢里喷涌而出。Y左转下车，来到一号客运大楼。他已在中环预办登机手续并托运了行李，现在仅随身背着一只也可以拎的电脑包。他迈开大步，步履轻快地朝"离港"口走去。他看了看手机（离预定的登机时间还有足足一个小时），又望了一眼显示屏（KA872航班登机口：待定），他像驾驶F1赛车般灵巧地穿过人流有些密集的出发大堂（无印良品门口的短发女人有点面熟），抵达了安检口（一位中年男子端着相机站在脚凳上，旁侧的少女们举着不知写了什么的标语牌安静地等候着谁）。像进入一个已经启动的程序，他带着某种游戏感（表演性）继续执行这套仪式：把瓶里的水转移到肚子里；走七段方向完全相反的折线；把藏青色小本子递给坐在半透明方块里的机器人并在它注视你时回以"我也是机器人"的眼神；脱下外套；把背包里的电脑、充电宝和裤袋里的手机平放在塑料筐里，并孤身（Y一直在构思一篇名为《离开电子产品的孤独》的论文，因此他敏感地觉察到这段即使只有几秒钟的分离）穿过一扇人类经过时会鸣叫的门；在黑色传送带的尽头与电脑、充电宝、手机重逢（短暂分离后的重逢，即使完全在意料之中，也在意识深处埋下"可能再次分离"的不安的种子）。最后，踏进候机楼。

踏进一个悬空的微缩世界。人们在其中进食、购物、排泄、等待。尤其是等待。理论上，他们已经离开了出发地（有通行证上的章为证），却还没有开始朝向各自目的地的旅程。他们既在、也不在赤鱲角上：原先的赤鱲角村已经迁移至东涌，此地独有的卢文氏树蛙也搬去了南丫岛栖息。如今作为香港国际机场而存在的赤鱲角更像一个虚构的地方，或按照法国人类学家马克·欧杰的说法，一个"非地方"（non-place）。"如果地方的定义是归属感，包含人际关系且拥有历史性，那么一个不具归属感，没有人际关系亦非历史性的空间，便可以定义为'非地方'。"马克·欧杰写道。在他看来，带来"超载"性的"旅人的空间"已不限于机场，而是当代日常生活的常态。

Y一边在大家乐摊位前排队一边思考着这些读过的深奥理论，但他很快用幽默感替代了枯燥的理论。"吃腊角"——他将想象的字幕叠加到现实图景上（"鱲"字按国语应读[lie]，但在粤语里读[laap]）。他本想点H1香浓咖喱牛腩饭，但当柜台前的阿姨问他"食咩呀"时，却报出了B3叉烧油鸡饭。这是他抵抗"选择的幻觉"的方法。在Y看来，无论H1还是B3都可以证明赤鱲角机场最大的好处：可以平价吃到具有一定水准的餐食（哪怕只提供一次性餐具）。

叉烧肥瘦相宜，油鸡香浓入味，右手一筷接一筷，左手刷动着手机屏幕。一个坏消息——Y后来认定的一连串坏消息中的第一个——在某次刷新中诞生了。这是社交媒体时代新闻诞生的标准姿势。"香港天文台发出红色暴雨警告，雷暴警告同时亦生效，有效时间为下午5时15分起。香港广泛地区已录得或预料会有每小时雨量超过50毫米的大雨，且雨势可能持续。有需要外出的人士应小心考虑天气及道路的情况及注意安全措施。"

在香港机场候机楼聚集着免税店和餐厅的全然封闭的

三角形区域里很难看清外面的天色。需要走到从20/21号登机口起一路向前延展的Y形登机区域,才能透过巨大的落地玻璃窗看见停机坪、跑道、远处的大屿山和海。Y快步朝那个区域走去,顺道瞥见了巨大的显示屏上一整列红色的"DELAY"(延误)字样。虽然登机时间与所有其他航班一样待定,但KA872的登机口信息此时已经显示了出来(511号)。几乎在看见511三个数字的同一时刻,Y凝固一般停下了脚步——他发现:就在大显示屏右侧后方,星巴克绿色招牌的字母"B"上,停着一只白色的鸽子。

Y本能地朝鸽子方向迈动了几步,他感觉鸽子也在看他。一种俯视的、甚至略带轻蔑的眼神。机场里怎么可能有鸽子呢?Y记得读过一篇文章,文中科普了飞鸟乃至任何动物对机场可能造成的安全隐患。他还清晰记得文中提及美国有个机场里闯进一只鹅、结果被吸入发动机造成整个发动机报废的故事。机场一般都有专门的驱鸟队,把鸟类赶出同样致力于飞翔的沉重的庞然大物们占据的区域。然而在这里,在赤鱲角机场的候机楼里,竟有一只鸽子。

Y本该更快地掏出手机,拍下这不可思议的一幕。拍下这位意外的闯入者,作为证据,就像拍下其他任何令人惊奇的事物一样。他本该将"机场里是否可能有一只鸽子"的思考暂且搁置,甚至不必靠得那样近,以确认他原本已经看清的东西。他本可以在向机场工作人员报告那只鸽子时同时出示照片,以证明这一切并非自己的幻觉。然而现在,他只能面对着一张表情介于"你是不是疯了"和"WTF"之间的脸,默默擦去这位彬彬有礼的工作人员自信地发出"Impossible"的爆破音时不慎喷在他右臂上的口水。

Y不甘心。他走回星巴克,但白鸽全无踪影。他侦探似的低头搜寻:连一根鸽毛也没有。排队买咖啡的队伍很长,但他还是决定站到队尾。他打算问问店员是不是在这儿看见过一只白鸽,但他不想直截了当地跑过去问(太过突兀),而是打算在点单之后(通常会有的社交时段里)貌似漫不经心地探查一番。毕竟,消费是在这地方迅速构建人际关系(无论多快就会过期)的最快、最自然、最有效的方法。于是,在点了杯大杯本日咖啡后,Y用看来随意的聊天式的口吻(也就是店员用来问"要不要搭配一个巧克力麦芬"的口吻)用英文问道,"对了,刚才你有没有在这儿看见一只鸽子?"店员没有像Y预料的那样露出意外的表情,相反,他的回答倒出乎了Y的意料。"Not my pigeon."他用《2001

漫游太空》里的计算机 HAL9000 的语调说道。随后，目光像光标一样朝后迅速跳过一格，如提示符般激活了 Y 身后一直在默默刷手机（二十一世纪的爱因斯坦由此发现了相对论）的顾客。

词语真是让人迷惑，语言可能是一切误解的起源，Y 想（他曾经写过一篇名为《光是光就让人很头疼了》的文章，详细分析了"上帝说，要有光，于是就有了光"这段话背后蕴藏的悖论。在空虚混沌、渊面黑暗的世纪之始，上帝怎么知道后来出现的那种他确信是"光"的东西就是他此前所说"要有"时的那种"光"呢？他要么不知道，要么"光"是早就有了的，早就被一个叫"光"的词指着了的。后来这篇文章收录在一本名叫《不光是光让人头疼》的杂文集里，报社老板最初把他招进来，或许就是看中了他不怕头疼地在词语的迷宫里如堂吉诃德般战斗的乐观主义精神，相信他每周代笔的专栏文章一定能够为他的成功企业家形象增添些许文化的灵光）。Y 拿着热烫的纸杯，坐到落地玻璃窗前此刻唯一还空着的小桌子前。他还没有来得及进一步思考咖啡店员那三个简洁却意味深长的单词（"Not my pigeon"事实上是一个双关语：可以按字面意义理解为"不是我的鸽子"，暗示店员可能看见过那只鸽子,但鸽子不是他的;同时这也是一个非常老派的英文俗语,意思是"不是我的责任"或者"我可管不着",暗指他正忙于工作,不想理会职责范围之外的事。无论作何解释,都仍然没能回答那个最表层、最字面的问题,即那只鸽子是否真的出现过、是否真的存在。如果说词语让人迷惑的话,双关语简直就是双倍的迷惑啊,Y后来这么想),裤袋里的手机就震动了起来。震动迅速在他脑海里激活了两种可能性,而这一次,两种都成了现实。其一是实习生发来的微信催稿通知。离六点火箭发射升空时间只有17分钟了,代笔的专栏文章却还无影踪。其二是香港天文台更新的预警通知,暴雨红色警报已升至黑色,"香港广泛地区已录得或预料会有每小时雨量超过70毫米的豪雨,且雨势可能持续"。Y觉得任何可以量化的东西(比如暴雨警报里的降雨量)都教人心安,哪怕这意味着航班起飞仍遥遥无期。也好,他打开手提电脑:只差最后一个T了。

"6.TMD。"Y的脸上泛出坏笑。"(Truly, Madly, Deeply。真诚地、疯狂地、深刻地)未来受欢迎的媒体必定是既真诚又疯狂又深刻。还充满了其他可能。TMD也可以是:Theoretical Maximum Density(具有最高的密度)、Transport de Matières Dangereuses（转移危险材料）、Too Much Drama（充满戏剧性）、The Merciless Dead（像这支英国重金属乐队一样有力）、Tagged Material Detector（标签材料侦查器）……"你够了。只剩 7 分钟了。Y 按下"保存文档"的图标（Y 惊讶于这个保存图标竟然是三点五寸软盘的样子，简直可以入选"大英博物馆 100 件文物中的世界史"了），用 AirDrop 扔到自己的手机上，用微信打开，搜索"本哑名"（那位实习生的 ID）。"Send to: 本哑名，[File] 未来媒体的七个特征 .docx，"按下发送按钮。正好 5:56PM。

然而文件始终显示"发送中"。就像《黑客帝国》里射出子弹的刹那（或者麦兜动画片里那座只有一根指针、一千年才转 360 度的慢钟），时间开始以一种更细微的方式划分。当然也可能是网络出了错，Y 将思维从哲学面向导回现实层面。他确认手机的网络连接正常（已连接到机场 Wi-Fi），但试图打开网页时却总显示"404 Not Found"。他在地址栏里更换了好几个网页，无一例外无法打开。应该是机场网络与外界通信出了问题，Y 想，可能是因为暴雨？他试着断开 Wi-Fi，用 4G 数据连接，同样什么都打不开。

直到此时，直到把注意力从六个 T、白色鸽子、暴雨警报和无法连接的网络上移开，Y才注意到他身处其中的空间已经发生了变化。这种变化里同时包含着几个彼此冲突的元素。首先是人更密集了。所有航班无法起飞，机场里聚集起越来越多的人。座椅早就被占满，窗台边、墙边，乃至任何可以部分支撑疲惫身躯的角落都铺满了人。然而这更浓稠的空间内部却正以一种加速度运行：星巴克里的食物销售一空，其他餐厅也渐渐只剩下饮料，连出售酒类和巧克力的免税店柜台前都排起了长队。显示电子设备电量不足的奔拉声此起彼伏。一些旅客为争夺充电插口争吵起来。还不会说话的孩子们嗅到了这非同寻常的空气，以哭闹声加入这场尚难定义的交响乐。某几个登机口前，人们自发排起长队，仿佛试图通过某种仪式来达成超现实的影响力。另几个登机口前，身穿制服的青年被人们团团围住，他们无辜地、一遍遍地解释着天文台的预警，却无法说出网络失联的原因或航班预计起飞的准确时间。更多人选择观望：有人看书，有人补妆，有人打游戏，有人挖鼻屎，有人开始扔三只苹果表演杂技，人数足够的开始打牌消磨时间，独自一人的打起了瞌睡……还有两个背着吉他的年轻人唱起歌来。他们一人一句，仿佛在对话，又仿佛在自言自语："依我看来，这并不太难。万事开头难。必须作出决定。没错。帮我一个忙。我在寻找呢。当我们寻找时,我们听见。这就妨碍了寻找。这就妨碍了思索。照样可以思索。哦不,不可能。我们不必冒险思索了。"接下去的一连串事件以更快的速度发生(尽管叙述有先后,但它们更接近同时发生)。首先是一群穿着统一制服、疑似乘务人员的欧洲人拖着拉杆箱快步朝Y形候机楼的右侧顶端走去(应该是68-71号登机口中的某一个),他们之所以引人注目,很可能是因为他们的步行速度大大超过了这一空间里此刻的平均速度(毕竟,所有航班都延误,还有什么事那么紧急呢?难道他们能飞?),也可能是因为他们脸上的表情(某种统一的、抹杀了个体性的无表情),或兼而有之。接着,有几个人开始朝反方向奔跑,同时,有一声闷响从远处传来(无法判断声音的具体来源,但响声很大,且一定发生在某个密闭空间里,像在门窗紧闭的夏夜听见来自远处的闷雷),更多人仅仅因为看见有人奔跑而开始奔跑起来。起初还是默默地跑,夹杂了一些疑惑(诸如"怎么了?""不知道。"之类的对话声);渐渐地,惊慌的萌芽像感冒一样迅速传播、生长,有尖叫声,有催促声,一些人摔倒,一些人从原先的座椅上弹起,躲到座椅下方。Y所在的星巴克片区前此时已空出一大块区域,而不明就里的Y随着一位抱着婴儿的母亲躲进了柜台内侧。Y朝婴儿微笑了一下,婴儿哭了起来。很快,一群同样穿着统一制服的人(看起来不像乘务人员,制服上也没有"POLICE"字样)踏着整齐的步伐赶来。他们四处查看,可能在寻找着谁或寻找着什么,又很快兵分两路,朝Y型候机楼的两个尖端走去("走"或许不是一个准确的词,他们移动的速度比我们通常认为的"走"要快一些,但又否定了任何"追逐"的意思。照Y事后的说法,他们的步伐里有某种冰冷的东西,某种程序性)。几十分钟后,这阵突如其来的扰攘才渐渐平息。惊魂半定的人们开始在这块先前空出的区域重新分布,像下起另一盘围棋。

若带着某种后见之明,我们或许可以说这几十分钟是整夜最激动人心、最接近愉悦,甚至最富有意义的时刻;尽管在发生那一切的当时,几乎没有人这样认为。只有当夜更深(几乎没有人预见到,当天深夜机场的整个电力系统崩溃,只有极少数人还能用电子设备里残存的电力照明或获知时间),当精疲力尽的人们不再期待获得来自航空公司的正式解释或准确预报时(最初获知延迟时的愤怒、不安的猜测、后来的无奈此刻都被某种接近认命的情绪所取代,"先睡一觉吧,先喝点酒吧",人们彼此安慰),只有当人们终于不得不将等待作为眼前困境的唯一解药时(事实上,这种类似不可抗力的等待促使人们从更广阔的维度把握生活,比如Y就不再担心本哑名有没有收到他的文章,更何况他就要——虽然他两年前就萌发了这个想法甚至常常因此而做噩梦,但据他所知,人们从萌发这个想法到将之付诸实施平均需要三年,更多人将这一想法作为维护这一想法所抵抗的东西的一部分、因而加大了付诸实施的难度——辞职),对于先前这几十分钟的回忆才成为了某种可以抓住、值得重估并一再依靠的东西,哪怕这样的回忆里不可避免地掺杂了想象和虚构的成分、或多或少只是所谓现实的歪歪斜斜的投影。黑暗里的人们将乐于回忆或谈论——假如他们还有力气回忆或谈论的话——那不远的过去的几十分钟里那些弥足珍贵的东西:彼时尚存的、对周围发生之事的敏锐感受力,仍然试图弄清因果、在不断袭来的各个事件中构建联系并努力在充满各种猜测的迷雾中找到线团另一头的决心,哪怕有些盲目地奔跑着、努力逃离那些尚不确切的未知威胁时反而显得更真切的"我正活着"的存在感,哪怕有些盲目地奔跑和逃离时与那些同样在奔跑和逃离的人之间形成的默契、团结和同志情谊。然而现在，只剩下一片近乎静默的漆黑。外面的风雨似乎正渐渐平息，但电力仍然没有恢复。几位戴着夜光机械表的人声称已接近凌晨三点。Y望着落地玻璃窗外，觉得远处的山上似乎有一点光。

"明天会是新的一天。"黑暗里有个声音传来。

"但也有可能更糟。"另一个声音回应道。

B Side

> 这道半煎蒸双鱲鱼，一面煎至金黄香脆，另一面则蒸至嫩滑清淡……
>
> ——《苹果日报》（2010年5月12日）

"所以那晚真的停电了吗？"小说家问。

"你不是说过'人是不能在小说里说谎的'吗？"我反问。

他笑了笑，像对上某种接头暗号般接道，"但……"

"但小说里的真实不同于现实里的真实。"我抢过他的台词。这是我们之间经常做的游戏——作为编辑的我与小说家之间的排演。

我告诉他那一夜发生的事。红色暴雨、白色鸽子、偶遇的Y、延迟的航班和突如其来的奔跑引发的一场小骚动。"事实上,在机场的那几个表演远比主会场上那些作品有趣,会展中心简直就是个卖场啊。而且,要不是有这些表演,那段误机的时间该有多难熬……"

"所以小说里写的那几个场景都来自AIA单元吧。"小说家问道,语气却用了肯定句式。

小说家不务正业已经很久。自从那本意外畅销的小说《过马路要走对角线》后,他已经整整三年没有出版过任何作品。这几年里,他只是每年为我们报纸的夏季小说专号贡献一个短篇,更像某种为彼此友谊的进贡。一些评论家认为他的才华被高估了,甚至发明出奇奇怪怪的术语来揶揄他,什么"畅销书后漫长的宿醉期"、"斜边作家"、"沉默小说家"……如此种种。但他不以为然,甚至把社交账号的个人介绍干脆改成了"沉默小说家"。"我没有写作的焦虑,"他一次次告诉记者,"在我看来,如今只有一件事比写小说更有意思:那就是不写。"有时还补上一句,"沉默是这个时代真正的美德。"

但他没有真的沉默。小说家开始对当代艺术感兴趣。他换用了一个只有少数人知道的笔名,开始创作当代艺术评论。他的评论经常以千字小小说的形式出现,通常只在艺术圈的小范围内引起关注。一位葡语艺术媒体评论人将他的这类文体命名为"创意评论",他觉得还算准确。年初,他写了一篇关于英国艺术家安东尼·葛姆雷香港个展的文章,引发了艺术家本人的兴趣。在安东尼·葛姆雷的"视界香港"项目中,有三十一座以葛姆雷本人为模型、一比一等比例铁制或玻璃纤维制的雕塑出现在香港中西区:其中四座在地面,另外二十七座藏匿于维多利亚港与太平山间密集矗立的高楼上。其中最显眼的一座,位于中环香港大会堂公共图书馆天台东南角的边缘处——离开干诺道中的文华东方酒店及遮打大厦不足 50 米。从和平纪念碑或皇后像广场的地面仰望,很容易引发"有人要跳楼"的联想——尤其当人们的记忆档案里包括这两桩事件时:(1)2003 年 4 月 1 日,张国荣从中环干诺道中 5 号文华东方酒店 24 楼纵身跃下;(2)2014 年 1 月,摩根大通的前外汇销售员、33 岁的李俊杰带着大量信用卡和欠条从干诺道中 8 号的遮打大厦跳楼身亡。当地新闻称,真有不少香港市民发现雕塑后打去报警电话。在小说家再创作的版本里，安东尼·葛姆雷在展览最后一天穿上银灰色的紧身衣登上天台，替代了那个等比例的雕塑。当市民们又一次拨打报警电话时，他们被告知"不用担心，那只是一个雕塑，只是艺术"。"但是他在动啊。""那也只是艺术。"据说葛姆雷本人对这篇《只是艺术》颇为赞赏，打算在下次展览时将之付诸实施。在给小说家的电邮里，他这样写道，"我想通过这些艺术装置提醒人们去思考人与世界的关系，令观众在寻找和发现的过程中，反思我们自身于这个世界上的存在状态。而你的小说将艺术本身引入这一过程，艺术不仅成为了人与世界之间的介入者，而且在这虚与实的镜厅里完成了对自身的思考。"

所以我怀疑这一次，他是早有预谋的。早在我出发去香港采访这个艺术展会前，他就曾半开玩笑地说，若到时他无法按时写完小说约稿，"你也可以自己杜撰一篇"。他甚至半真半假地表扬了一通我为老板代笔的专栏，认为其中几篇"既可以在最表层成立，又有更深刻的东西"。我一度怀疑他试图让我代笔小说只是因为偷懒或为了愚弄一下那些怀有恶意的评论家；但后来渐渐发现，他的确想做某种写作实验。"作者总是试图与叙事者保持距离，"有一次他这样向我解释，"以为叙事者可以完全抛弃作者的束缚，自由自在地创造一个仿佛只属于叙事者'自己'的世界；但我渐渐发现那是不可能的，那个世界总会带有作者的痕迹，哪怕多么隐晦。所以我在想，如果我把叙事权完全交给你会怎么样。你要考虑我过往的写作风格，我的小说你都看过，当然你也可以完全把自己交给潜意识。但总之，你写的时候要明确意识到自己是叙事者，是我的叙事者。"截稿日前两天，当我在香港向他催稿时，他又进一步鼓励我尝试一下"小说代笔"。他需要一个共谋者。他提醒我，"在机场的 AIA（Art in Airport，艺术在机场）单元可能会给你启发。"

他是对的。AIA 单元的那几件作品，不但拯救了我在赤鱲角机场等待起飞的漫漫长夜（直到凌晨三点，才终于开始登机），更给予了我灵感，令我写出了那篇后来被小说家称为"仿佛是我的 Alter-Ego 执笔的小说"（我听从了小说家的建议，将之取名为《赤鱲角之夜》）。

我开始向他讲述 AIA 的每件作品。首先是"地下室的马戏团"小组的《房间里的大象》（Elephant in the Room）。艺术家用一根细得几乎不可见的长绳将一只白色鸽子拴在星巴克招牌上，吸引注意到的人们拍摄，并在社交媒体上根据地理位置寻回人们上传的鸽子图像，将之重新拼贴成大象的样子。第二件作品是韩国艺术家朴扑的《失联》（Disconnect），机场的Wi-Fi服务器与外网的链接被中断了五分钟，艺术家试图捕捉人们由此产生的焦虑反应。引起最大骚动和争议的（毕竟不是每位乘客都仔细阅读了安检入口提供的那份中英双语《当代艺术出没注意书》）当属来自伦敦的艺术团体"躲"（Hidden）的《恐慌袭击》（Panic Attack），四个打扮成旅客的演员在机场里开始奔跑叫喊，以揭示恐慌情绪是如何在某种特定语境下被放大、传递给更多人的。当晚唯一轻快的作品，是香港本地艺术团体"我的小香肠"（My Little Sausage）的《是如何》（Comment C'est），一对男女弹唱着一些有时似有隐晦呼应，有时却又全无意义，甚至显得荒诞的歌词。正像小说家推荐时所说，在美术馆外发生的表演艺术（Performance Art）作品更加能够在"激发观众真实体验的同时，不断提出关于'什么是艺术'、'何时或在哪儿才能成为艺术'的元命题"。"这些问题也可以向小说提出。"小说家当时曾这么说。

"所以小说什么时候才成为小说？"我顺着未出声的思绪有些突兀地问道。

"当它声明自己是小说的时候?"小说家用疑问句不置可否地答道。他顿了一下,反击似的朝我抛出了另一个问题。"小说里为什么没有写到你的艳遇?虽然……"

"虽然什么?"我追问。

"虽然不写是正确的选择。"他补充说。

他消息真灵通。Y其实正是我遇见的那个女孩的名字。那名字颇为中性,我便用来命名我小说里的那位男性编辑。过境前,我曾在机场的无印良品门口瞥见过她,当时觉得有几分眼熟。但直到在第20号登机口旁的星巴克再次遇见她,我才顿悟般想起此前与她的所有偶遇。她是参加艺术展会的其中一个画廊的公关,我们在会场里曾有过短暂交谈。她的表情谈吐与人们刻板印象里的公关形象相去甚远:她充满了一种后来我将之命名为"少女力"的东西。没有公关通常的熟练和妥帖,反而直率、对好恶(哪怕是自己供职的画廊的作品)毫不掩饰,笑起来就像重新发明了光一样。但在展会主会场里(有无数张面孔掠过眼前),我并未完全意识到这些。第二次见到她,是在士丹利街的"一乐烧鹅"。她坐在我斜对面,一个人啃着一盘烧鹅腿饭。有些脸盲的我当时并没有立刻认出她,只是对她满脸洋溢的"真好吃"表情记忆深刻。赤鱲角那足足九个小时的误机等待没有显得太过漫长，的确主要归功于与她的偶然再遇。

"那是另一个小说了，"我说道，"就好像……在这篇小说边境线的另一边。"

"你现在是真正的小说家了！"小说家有些夸张地调侃道，却也没有放弃追问八卦，"那你和Y现在如何了？"

"现在，她成了……我的实习生。"

"原先的那个呢？"

"被老板炒掉了。""

她不是和……？"

"老板公私很分明的！"

我们同时笑了起来。傍晚的阳光此刻恰好通过对街的玻璃窗折射进咖啡馆，咖啡上像涂了一层金箔。

"所以你真的是一开始就想好要来培养我做小说家的？你其实一个字也没写？"轮到我来追问了。这是我们之间对话的常态。就好像有一种默契，让我们交替站上问与答的高地。

"那怎么会。"

"所以你写了点什么？"

他笑嘻嘻地刷了几下手机，给我看他的另一个社交账号——一个我以为他早已弃置不用的网络废墟。那是一连串没有配图的、接近于"金句"（有些是段子）的句子——

不说明不会懂的事，是说明了也不会懂的。

如果要有证据才肯相信，那还是相信吗？

瑜伽的境界是两只手都用来剥大闸蟹时还可以用腿来挠后背的痒。

瞎猫撞到死老鼠，也是它的业绩。

再不睡觉，就要来不及失眠了。

弱台风"彩虹"已于今天凌晨2时20分前后在海南省文昌市龙楼镇沿海登陆，登陆时中心附近吹翻了一碟文昌鸡。

陈冠希为什么头发那么多？

文化冲突：他们讨论出海的时候，我们讨论出梅。

只要你定力强、有毅力，就一定能制服诱惑。

我们变了的时候一切看上去都变了。

猫发出"喵"为什么是"象"声词？

我来了。我看见。我忘了。

……

发布时间一律在凌晨。

"你现在怎么写得像 btr 啦?"我嘲他。我知道小说家看不上 btr，他说过那"不过就是些小聪明和抖机灵。"

"我可写得好多了!"果然，小说家音量有点大，周围几桌的人吓了一跳，转过头来。他喝了口咖啡，另起一段似的说道，"其实可以说，我写了小说。"他露出惯有的、表示"这可能是真的、但也可能只是逗你玩"的表情，朝我使了个眼色。我有点惊讶他用了"可以说"这个最近被滥用的流行语——他不是一直对任何时下的流行语避之不及的吗？——另外，小说没写就是没写，写了就是写了，什么叫"可以说"呢？

但我相信他。小说家比他看上去的样子勤奋。他总不见得每天熬夜就为了构思那么寥寥几行字吧。

"不给我看看吗？"我直截了当地要求。

"还要再等一等。"他确定地说。

"还没有写完吗？"

"可以说写完了，但还要再等一等。"他用同样的措辞重复了一遍，仿佛暗示他的表达是经过深思熟虑的，是"正式的"。

"是等待恰当的时机发表吗？"我问。

"不是，是等待它被活出来。"

"活出来？"我追问。

"对，就这么说吧，等待它在现实世界里发生。"他说。

"所以你写了一个预言？"

"倒也不是。"小说家转而解释起他的理论。他认为大部分小说都在写过去已经发生的事，而科幻小说在写未来可能发生的事，至于现在发生的事，人们就写在社交媒体上，时过境迁后有些成为了小说的素材，有些则被迅速遗忘。总而言之，人们除了可以在现实生活中阅读小说，作为某种让人从现实里分心的手段外，"小说和现实就好像属于两个完全不同的世界"，哪怕一个是另一个的投影、镜子，甚至寓言，都无法改变被二分法隔离开来的宿命。所以他想做一个尝试。他的计划是这样的：根据现实中的真实人设来写一个小说，再把小说交给那个人，让他把小说"活出来"。

"你知道苏菲·卡尔吗？"小说家问我。

"听说过。"不久前读到一则新闻，这位法国艺术家在纽约布鲁克林的一处墓地里竖了一块方尖墓碑，人们可以把自己的秘密或者忏悔写在纸上，投进碑内。就好像把那句英文俗语"把秘密带进坟墓"（carry a secret to the grave）具象化了。

"苏菲·卡尔曾向美国作家保罗·奥斯特提议，"小说家说道，"请他写一本关于她的小说，构想她未来一年的生活，只要不是杀人放火什么的就好，而她允诺将他的小说活出来。"

"奥斯特答应了吗？"

"没有。事实上，早在保罗·奥斯特1992年的小说《巨兽》（Leviathan）里，就出现过一个叫玛丽亚的人物，她的故事部分取材于苏菲·卡尔的真实生活，但奥斯特也夹入了一些私货。随后，苏菲·卡尔用小说里提及的想法做了一系列新作品。这一次，就好像苏菲·卡尔干脆想让奥斯特为自己的生活撰写剧本。奥斯特之所以婉拒了这个新提议，照他自己的说法，是无法对苏菲·卡尔'活出'他的'剧本'时可能发生的事负责。所以奥斯特写了一篇《对SC如何提升在纽约的生活的个人指南（因为她要求……）》的文章作为替代。后来，苏菲·卡尔根据这篇个人指南创作了一个名叫'高谭手册'（Gotham Handbook）的项目，贝浩登画廊也将之译为'纽约手札'，并将整个过程记录在一本叫《双重游戏》（Doubles-jeux）的书里。一切到这里还没有结束。保罗·奥斯特的好友、西班牙小说家恩里克·比拉-马塔斯得知整个事件后，又写了一本名叫《因为她从没有要求》的小说……"

看我露出迷惑的表情，小说家继续道，"总之，你不觉得这是一个很好的想法吗？"

我沉默了一会儿。需要时间仔细思考一番。我试图设想这个构想里最积极的一面：人们貌似可以掌控自己的生活，有所谓的"自由意志"，但更多时候，难道不是巨大的惯性在推动人们温和地走进下一天吗？这种自主选择的自由会不会只是幻象？而按着别人的小说、按照某种事先写好的剧本来活，有点类似在现实世界里演出为自己度身定做的剧本，说不定会开拓出什么新的人生可能性呢？

"但真有人会答应你的这个要求吗？"我反问。

"其实不必答应的，"小说家解释道，"你可以更形而上地理解我的这个计划。我只需要确定对于某个人的构想，那好比就是我的小说，然后再通过某种更婉转、更巧妙、更不引人注意的方式影响他的现实生活……"

也太扯了吧，我心中默想，说了半天小说还是没有写！

一定是这样。

"所以刚才你说'可以说'小说写好了，就是指你已经有了这个构想，已经想好了那个人咯？"我决定拆穿他。

"对。"他简洁而坚定地说。

"所以那个人是谁？"我本能地追问。

几乎在同一个瞬间，我意识到了答案。小说家一定也从我的表情变化里看出了这一点。

一段默契的沉默。要等待先前的那些词语如尘埃般落下。

"昨天冒雨爬山，真是累死了。"小说家打破沉默，没头没脑地。

"下雨天爬什么山……"

"爬到一半下雨了啊。"

又一阵沉默。

"哎，我们还走不走呢？"小说家说。

"我们走吧。"

他们坐着不动。

如果蘑菇过了夜

周洁茹

周洁茹 江苏常州人,出版小说集《我们干点什么吧》《你疼吗》等。

我还是想跟你过一夜，他说。

我觉得没有必要，她说。

一夜，他说。

她不说话，她重新画了一遍唇，一点点橘色的红，衬得她的脸色不那么难看。

我先走了，她说。

车刚开出去，他的短信来了，爱你。

她看了一眼后视镜，手指划了一下，删除了。

停了车，上了楼，面包放到桌上，小孩的校车也到了。她站在门口迎接，就像迎接她的丈夫。

大房子，可是没有工人，丈夫说的，这是你的工作，家务和小孩，你只管这个。她反驳不了。小孩刚刚出生的时候提过家里要个工人，就像邻居们那样，丈夫暴怒，你吃我的用我的还不满足？她再也没有提过。

小孩校车下来，书包交到她的手上，进了门。小时候还会叫妈妈，升了七年级，再也没有叫过她，像他的父亲，回来和出去，都是直来直去的，没有一声招呼。丈夫出去上班前，她不能出现在他的视界，她只待在厨房，或者洗衣房，丈夫说的，早上看到什么都烦。听到大门锁上的声音，她才出来，从小孩出生开始，也有十五年了。

怀孕期间，丈夫出了轨。可是不离婚，丈夫不离婚，她也不离婚，离了婚，她就活不下去了，丈夫也知道，所以轨继续出着，可是不离婚。

我是可怜你，丈夫是这么说的。

她笑了一笑，她竟然笑了一笑。

她从来没有工作过，二十一岁怀孕结婚生小孩。婚姻和生育就是工作，要是被解雇，她确实活不下去了。

今天是披萨之夜，小孩看了一眼客厅桌上的面包，说。小孩上国际学校，在家也只讲英文，她想过跟小孩说中文，几句也好，丈夫说讲英文，看电视都是英文，你跟安德鲁讲中文？你学英语的讲中文？她收了声。

要不要吃？她说，今天去到面包店，看到安德鲁最喜欢的小茴香籽面包刚出炉，就买了，要不要吃。

今天是星期五，披萨之夜。安德鲁说，叫披萨，请。

她说是的，星期五和披萨，我等会儿就叫。

一个七种起司披萨，一个辣肉肠披萨，普通尺寸，她在网站上下单，每个星期五都是这样，但是她看到了一个推广，红洋葱蘑菇披萨，她就多订了一个这样的披萨。红洋葱和蘑菇，她也不知道她为什么要点，她只接受不了披萨上面放菠萝，其他什么都可以放。

邻居家的戴维会在晚饭的时候过来找安德鲁玩，打电玩，吃披萨，披萨之夜，其实是两个七年级男生的电玩之夜。

戴维过来的时候披萨还没有到，可能是下雨，所以迟了。

门铃响的时候天都快黑了，真的迟了，她匆匆忙忙找了钱包，开门，二十块钱小费。

嘿，要给小费的吗？戴维说，我妈妈就从来不给。

她不说什么，接过了披萨盒子，同时说谢谢。她高中的时候就在咖啡店打零工，一点点小费都会让她和同事觉得幸福。她后来总会给小费，送披萨的，送寿司的，对她来说已经不要紧的几十块钱，对他们来说也许是很重要的，而且还下雨。

男孩们吃了披萨就去了房间，也没有打游戏，这个周末。

有个报告要写。安德鲁是这么说的，要找数据。

她点头，开始收拾桌子，家里没有工人，她就是工人。

蘑菇披萨都剩下了，甚至都没有被咬一口，男孩们连试都不想试。

她把披萨和果汁放进冰箱。取出一碗隔夜米饭，烧了一锅开水，给自己做了一碗泡饭。配泡饭的，只是一碟玫瑰腐乳。对她来说也够了。丈夫从来不回家吃晚饭的，她不知道他在哪儿吃晚饭。她习惯了丈夫不回家吃晚饭，她也只要一碗泡饭的自由。

她不看电视，看看书，有时候跟同学崔西通几句微信。

我只能把书放在车里。崔西是这么说的，趁塞车的时候翻几页。

她说是啊，你好忙啊。

只要找到机会我就看书，崔西说，红绿灯我都能看两行。

崔西已经离了婚。有一个白人男朋友，一早送了戒指，可是她不肯再结婚。

除非我哪天吃了药，我们就开车去拉斯维加斯结婚，崔西是这么说的。

崔西算是熬过来了。最坏的时候，两个女孩在电话里哭，她说她怀孕了只好结婚，她去不了美国了，崔西说你还是不要来美国的好，英语专业的到了美国就是没专业，直接失业。

她结了婚，崔西也结了婚。崔西的 ABC 丈夫把崔西关在家里，真的是，关在家里，用一根锁链铐住的那种，只会发生在电影里。崔西熬了过来，建立了新的人生。崔西的人生，她想都不能够去想。离得艰难的婚，报了警，申请了限制令的那种，仍然一无所有，从头开始。但是至少崔西做出了一个决定，她还不知道她什么时候会做决定，什么样的决定。

安德鲁小学三年级，她才有空，上午九点到下午三点，这六个小时，做完了一切家事，买完了一切东西，多出来的时间，足够做一场爱。

所以她出轨的时间，比丈夫迟了十年，一个小孩从出生到小学三年级的时间，加上怀孕的那十个月。

她注册了一个一夜情网站，出了轨和想要出轨的男女那么多，超出了她的想象。

她一般两三次就换人，安全，也是厌倦。

只到他，他会说，一夜。

她停顿了一下，删除了他，他还会发那样的微信，爱你。太危险了。

他从后面抱住她。她看着窗外，蓝天白云的窗外。

她不用去想他是什么样的，很多时候她会搞混他们。每一个男人，好像都没有什么差别。没有一个男人能给她高潮，她也不用假装，他们又不养她。她也没有想过包养小男人，她知道那些女人，她有时候也去她们的牌局，她打牌始终不怎么行，又不能不去，彻底不去她就被彻底地排挤在了外面。

她在约会前做护理，给她做护理的女孩总是絮絮叨叨，她不挑剔，也不要求换人，美容院就总给她派那个说话说不停的女孩。

姐姐，我跟你说哦，我以前好漂亮哒，我的每一个男朋友都好爱我。

她说你现在也很漂亮。实际上她从来不看任何人的脸，她也不记得任何人的脸。

姐姐，我现在的老公也很爱我呢。

她说哦。

姐姐，我第一个男朋友和第二个男朋友还为了我打了一架呢。

她说哦。

姐姐，我现在的老公就是第一眼就很喜欢啊，他的条件算是最差的，可是我就要跟他。

你叫什么名字？她说。

樱桃，姐，我叫樱桃。

樱桃，你不要再擦那颗痣了，对，眼角下面那滴，小小的，那是一颗痣。

对不起，姐。

她说没关系。

做完护理，她只画一下口红，就去约会。

她要做完了再洗澡，连带着妆面都洗掉。

她看着窗外，蓝天白云的窗外。

她不动，如果她动一下，他就会硬，做一下。她没有什么期待，如果做一下，或者没有做一下，好像也没有什么分别。

她枕着他的右手，左手放在他的手心。她总喜欢朝着右边，他们说心在左边，朝右睡就不会压到心，她不知道她的心长在哪边，因为每一次心痛都在右边，她还是喜欢朝着右边。

窗外什么都没有。

她在他的手心画了一个小小的圈，无意识的，他就醒了。他扳过她的脸，开始吻她。她睁着眼睛。甚至有点茫然，呼吸都忘了。他又开始吻她的耳垂，脖子，又回到嘴唇。她有点喘不过气，好像太重了，又太疼了。她只好去想象他是把她当作糖，他的啜吸也甜了，但她还是糖，只是一颗糖。

他又吻了她的脸颊，吻了头发，她只好闭上眼睛。有的人很喜欢亲吻，有的人很喜欢抱抱，有的人就是做，三个小时，不停地做。都是有病的人。

他开始揉搓她的胸，她软了，变作蓓蕾。蓓蕾？樱桃？cherry？她竟然想到了美容院的那个女孩，她说她叫樱桃。姐姐只有一个男朋友太亏了吧。那个樱桃是这么说的，每个男朋友都不一样哒。他含住她，她湿了。脑子里却去想，不一样？有什么不一样的？不都一样。

他翻身把她压在身下，并不粗暴，呼吸平缓，就像是在吃一餐饭，每天都要吃的饭。手滑下去，把她托上来一点，就进入了她。抽插也是平缓的，平静到像吃饭。

他之前的他就不太克制，没有什么能够控制他，他还是一个海关官员。实际上她不太去管他们是做什么的，上了床，差不多是一样的。

他会把她的手都推过头顶,一只手按住她的手腕,身体压下来,像是吞没了她,又不着急吃掉她;他的另一只手盖住她的下面,抚摸和抚摸,她不知道他用哪个手指,也许是拇指和食指。她身下的床单都湿了。

想要?他会说,声调都没有变,甚至凝视她。

她不说话。

想要求我啊,他说。

她摇头。也不想笑,笑不出来。

他的手指进入她,应该是中指,即使是手指的速度和深度,她都有点承受不住。

她喘不过来,头发遮住了半边脸。

求你。她说,求你停。他的手指停留在探索的通道。

我不要。她又说,别再弄我了。

他进入她,狠狠地,她只能让自己更柔软一点,去承受他的撞击,一下又一下,喷射都是滚烫的。她去淋浴的时候就把他删除了。

他用网站的联系器不停地发讯息给她,她把自己设置成了不在线。三天以后他再也没有出现,他的头像也成为了永远的不在线。

她想过过关的时候会不会碰到他？这样的概率。她仍然低了头，每次过海关。如果我只是要一个高潮，我用振动棒好了。她对自己说，处理起来也方便。她低着头，凝视海关的手，他们都戴着手套，看不到真的手，戴着手套的手把她的证件推了出来。下一位，他们说。

戴维妈妈传短信给她，下周学校的旅行是去印度尼西亚的营地，你家安德鲁去不去？

她回复给她，为什么不去？学校安排的活动，怎么可以不去？

印度尼西亚那种地方，戴维妈妈说。

最好去，不管是哪里，她说，都算是上课。

好吧。戴维妈妈说，那我们家长要不要聚下？孩子们不在家三天两夜呢。

她回复过去一个笑脸。

她想的只是不用做饭，披萨也不用叫，丈夫下周也出差。丈夫经常出差，她不知道他去哪里，她的存在或者不存在，对他来说好像都没有什么差别。

她睡的工人房。

工人房没有窗,终日要开灯,一张单人床,一个转身都困难的洗手间,床下面床旁边都是柜子,塞满了东西,丈夫的旧物,孩子的旧物。这样的房间,印度尼西亚的工人菲律宾的工人都是满意的,有的工人只能睡在客厅,或者跟主人的孩子睡,戴维家的工人,工人房堆满杂物,当作储物室,工人睡在厨房的地上,忙完就在厨房铺床睡觉,到了早上再把床铺卷起来收好。

安德鲁三岁前,她跟安德鲁睡,半夜要起来喂奶,三次四次,安德鲁直到三岁才睡整觉,她已经不能睡整觉,不用喂奶,仍然一晚要起床三次,去看看安德鲁睡得怎样。她不去大房间,房门是关着的。

我总是半夜醒,会吵到你。她自己说的,我去睡工人房。她的丈夫不说什么,她就去睡工人房了,她自愿的。

她宁愿睡工人房,一个可以买好包包好衣服但是睡工人房的太太。

她仍然睡得很轻。一个睡工人房的太太,时时刻刻担着心,丈夫和孩子,随时随地地召唤。

丈夫要是要什么东西,即使是凌晨三点,也会把她叫起来找的，如果找不到，就找到天亮，总会找到。

每天临睡前，她都不知道会发生什么事，这一夜会找什么东西。

比找东西更不能预料的是丈夫，有时候他还是会要她。

即使她睡着了，真的睡着了，他直接进入她。真的可以痛醒的。她捂住自己的嘴，不出声，单薄工人房，撞击的声音，特别响，她不出声，怕安德鲁听到，安德鲁当然听不到。她仍然捂住自己的嘴。

她很快湿了，身体像是会自动应答强暴，竟然还能高潮，她的丈夫能给到她高潮。愤怒，羞耻，痛哭，大笑，尖叫，麻木，合理的强暴，合法的强暴，各种强大的情绪撕裂了她，高潮迭起，她甚至去想了一下婚内强奸或者性虐待那些字眼，可是给到多重高潮的被迫性交，算不算强奸？

崔西不服从，真的被撕裂，反抗太激烈，ABC把她关在地下室。只要你服从，你就可以回去上面，继续过你的好日子。他还引诱她，你想想，你刚刚到美国时候的好日子。

崔西说你这个婊子养的。

他强暴不了她，如果她宁愿去死。

崔西没有提告他，她说崔西你有悲悯的心，崔西说拉倒吧我都后悔了，恶人永远是恶人。

她做了一个梦。

她在铁丝网的里面走，脚下的路又窄又弯，一只怪兽蹲在网外，怪兽长得像豹，又不完全像豹，眼睛是绿的，舌头是红的，它的身体紧紧靠着铁丝网，长毛从网的空隙钻进来。它的眼睛定定地盯牢她，似乎在笑。她因为有了铁丝做的安全网，停止了发抖，继续往前走。她拐了个弯，来到一处空旷的地方，她发现再也没有铁丝的网做保护了，原本就没有安全的，再也没有安全了，走到最后，总要暴露身体。那只似豹非豹的怪物知道，于是它早就在安排好了的地方等待。她想哭。那只怪兽没有直接冲撞过来，它像人类一样温柔地靠近了她，伸出猩红的舌头舔她，舌头很温暖，柔软，没有任何恶意。它缓慢地，温柔地，咬下了她的胳膊，安静地咀嚼，咽了下去，然后是腿，再是其他。她看着它，却感觉不到丝毫疼痛，一点也不痛，只是悲伤，悲伤的眼泪落在怪兽裹满厚厚长毛的身体上。怪兽抬头看了她一眼，温和地一笑，和着她的眼泪又吃下了她的另一只胳膊。像是世界上最幸福的事情。

她醒了以后去接了水，吃避孕药。她的丈夫绝不用套，她要吃药，她不想生第二胎，她的丈夫也不想，没有人想。

她站在客厅，药卡在喉咙里，她又喝了一口水。她的丈夫从房间里走出来，去上班，她来不及退回厨房，只好站在原处，不动。她的丈夫没有看她一眼，径直走向大门，顺手关了灯。门关上了，她站在瞬间的黑暗里。

第一个晚上，安德鲁在马来西亚的晚上，她看了一夜书，客厅的沙发也比工人房的单人床舒服得多，只要丈夫出差，她都会蜷曲在沙发上，直到睡着。客厅也比工人房暖和，睡在工人房，从头到脚都是冰冷的，不是睡到半夜冷醒了想去死的那种冰冷，是睡到半夜冷醒了于是确定自己已经死了的那种冰冷。

她蜷曲在沙发上，甚至给自己倒了一杯红酒。她倒是很少喝酒，也不吃什么东西，如果安德鲁晚上去同学家，或者因为有活动在学校吃了饭，她也不吃饭了，她的午饭往往是三块亚麻籽饼干，也是晚饭。

他是唯一一个问过她有没有吃饭的男人。

"爱你"两个字是用新增联系人的方法发过来的,她删除了他,他仍然可以发来信息,即使她没有让他通过验证。

每一个傍晚,他持续地发来一个新增朋友要求,自我介绍里持续的只有两个字,爱你。

一口酒,她通过了他的验证。

一夜。她说,明天晚上,你要的过夜。

为什么一定要坚持过个夜?她当然不会去问他。

没有办法给到婚姻,长长久久。

他自己说的,一夜也好,当是夫妻了一场。

她笑不出来,一夜情也可以当一出戏演的,他肯定也经历了很多女人,都要演这么一场?

做护理的一个半小时,樱桃把她的故事来回说了好多遍。

她躺着,脸上敷着膜。

第一个男朋友好帅好爱我啊,什么都给我买,可是我厌烦了啊,我就找了第二个男朋友,也长得很帅的。第一个男朋友就半夜打电话给我妈妈哭哦,可是我真的不爱他了嘛，他都把我的人生安排好了，他自己是在华侨城做事，要我也去念个书，以后安排到公司，可是我后来不爱他了嘛。后来我也不爱我的第二个男朋友了，我就找了第三个男朋友，他也好帅哒。第二个男朋友和第三个男朋友还是互相认识的，我有点不知道怎么选择啊，我就干脆，两个都不要了。我就遇到了现在的这个老公，我就知道是他，我就知道我要嫁给他，他不是条件最好的，但我就是要他，他也最爱我啊，他把我放在第一位，女儿都放在我后面，然后再是他妈。

你有女儿？她忍不住问。

有啊，樱桃说，两个，大的都上小学了呢，但是我老公还是最爱我，情人节非要带我去买衣服，我说我要给女儿们买，他都不高兴了呢，我都说我不缺衣服了。

结婚七年了？

八年了姐姐，我老公还是好爱我，他挣的钱全交给我，自己一分钱都不留。

你为什么还要工作？她问。

我工作挣的钱就是我自己的啊。樱桃说，姐姐啊女人就要给自己存点钱，老公爱不爱都要给自己存点钱，常识来的。

她说哦。

她想起来给她做指甲的女孩,最多只有二十岁,一边做一边跟她旁边的同事说,轰轰烈烈的爱情只会在年轻的时候发生一次。她看了她一眼,真的好年轻,可能二十岁都没有。谈恋爱就是发神经病。"二十岁不到"又说,全部的爱情都是发花痴。

小妹妹,她忍不住说,指甲油涂出来了。

对不起,姐。"二十岁不到"赶紧说,对不起。

没关系,她说。

在柜台签完字,等着电梯,她又折了回去,跟店长说,以后不要再派樱桃给我了,请。

店长说王太太不好意思啊,我也知道樱桃太多话了。她说你知道你还派给我?我在你手里买了这么多套票,她直接地说。店长的脸白了,对不起王太太,是这样的,我也教过她,真是教了多少遍了,客人也都投诉她,不要她做,真是没办法啊,单亲妈妈,很苦的。店长看着她的脸色,王太太你最善心了,从来也没有投诉过,你要是也投诉,店里就真的要辞退她了,她也不好找工作,申请了七年公屋都没申请到,算是我代她求个情吧。

她看着店长，没有什么表情。

可怜的，她以前的那个老公天天打她，店长又说一句。

她说算了，当我没提过。

进了电梯，崔西的微信发过来，我结婚了！然后是一张照片，她挽着比她高了两个头的白男朋友，小教堂的前面，崔西只穿了一件小礼服，平底凉鞋，头上一个小小的鲜花花环。

她回删掉"你吃了药了？"这六个字，只发出一个词：祝贺。

做完，她很快睡着了，皇后尺寸的大床，她蜷缩在最边，一个角落，也是习惯了的。他揽她过来抱在怀里，她竖横不自在，挣脱了他，又睡到最边去了，他揽了她第二遍，就把她弄醒了。只好再做一次。到第三次的时候她已经神志不清，他是爱她还是爱做她，她也分辨不出来，她的身体也不是她的了，随便了，她想的只是，就让我睡吧。

半夜三点，她醒了，同床的这个男人，她不认识，她贴近了看他的脸，还是不认识。这个睡着了的男人，睡在床的另一边，最边，保持了一个笔直的姿势，像一条咸鱼。她知道他有太太，可是这个熟睡的姿势，也像是一个人睡惯了的。

她从来不看韩剧，像她认识的那些太太们那样，她们活在韩剧里，相爱的男女，抱在一起。她跟住笑，心里想的全是，傻。

她想起来第三次做完，他应该是搂她在怀里的，两个人都睡着以后，自动地分开了，他去一边，她去另一边，中间一道巨大的空隙。这样的过夜。

她起了床，去淋浴，水冲刷掉一切，一切都没有发生。浴巾包住自己，站在镜前，崔西的电话来了。她的血涌上头，她这边的半夜，而且是国际电话，发抖的手按下通话键，崔西哭的声音，他打了我。她说报警。崔西哭得不能停，一切回到那一年，两个女孩在电话里哭。最坏的时候？她只觉得现在才是最坏的时候，跟现在比起来，21岁真算是美好的了，她的怀孕崔西的被铁链锁住，也好过现在。生无可恋。生不如死。

崔西，她说，你离开他，现在。只要有第一次，就有第二次，你知道的，你比我还知道。

我要回国，崔西说。

回，她说。

回国干吗，崔西说，你看看我，我还回得去吗。

她沉默。她知道她回不去了，她也回不去，她们都回不去了。

可是为什么？她说，新婚，他打你。

我太累了，我就想休息一下。崔西说，他非要做。

他强奸我。我咬了他。他打了我。崔西说。

她的眼泪涌出来。她从来没有为她自己流过一滴眼泪，可是她的眼泪涌出来。

突然想起来那只蘑菇披萨，扔了可惜，她只吃饼干当午饭的，仍然把披萨热了一下吃，只咬一口就全吐出来，蘑菇披萨坏了，只过了一夜，蘑菇就有了毒，只能扔掉。

只要想起一生中后悔的事

小说界文库 ❶

《小说界》编辑部 编

上海文艺出版社

目 录

缓　刑　弋　舟..........1

海　错　殳　俏........29

举手之劳　邓安庆........57

暗处有什么　方　慧........93

忘　川　陈思安........119

天的子　周李立........149

单词斩　鲁　敏........187

缓　刑

弋　舟

弋　舟　当代小说家，历获第七届鲁迅文学奖等奖项。

漂亮的小女孩按下了遥控器的发射键。机械战警举起右臂发射，超能激光炮的弹头击中了她爸爸的小腿。她爸爸压根没注意到这次袭击。超能激光炮的弹头不过是软塑材质做成的，打在人身上的确不会造成任何痛感，可能连隔靴搔痒都算不上。倒是弹头前端的吸盘如果击中玻璃或者瓷砖，便可以吸附在上面，给人带来命中了靶心的快感。

射击后的机械战警洋洋得意地嚷嚷着：

"我的超能激光炮，可以轻易地摧毁敌人！"

然而"敌人"却没有被轻易摧毁，照样忙着自己的事儿——她的爸爸妈妈正在心无旁骛地吵架。

也许就在一分钟前，他们的意见还是一致的，在共同抱怨着航空公司。

"真是过分，已经延误四个多小时了，"她爸爸对她妈妈说，"前序航班还没起飞！要么干脆通知取消算了，这样半个小时通知一次，半个小时通知一次，没完没了地推迟，完全是给人判了遥遥无期的缓刑，还不如来个痛快的！"

"没错，长痛不如短痛，这也太磨人了。"她妈妈对她爸爸说，"——就像我们的婚姻一样！"老天有眼，也许这时她妈妈并没有挑衅的意思，只是想更加充分地附和她爸爸，不过是随口举了个硬邦邦的例子而已。

于是，跟往常一样，说吵就吵了起来。

"我没想磨你，从来没有，"她爸爸不满地说，"是你提出来的，全家最后旅行一次，然后各分东西。这是你的意思，没错吧？你不觉得我这是在迁就你的想法吗？海南岛？八月份！只有疯子才会挑这样的时候往一口沸水锅里跳。"

"沸水锅？只有疯子才会这样污蔑海南岛！"她妈妈轻蔑地说，但气愤得都有些结巴了，"只有一个疯子才会把这个季节去海南度假的人看作疯子，而你就是这样一个疯子。你有点儿常识好不好，现在的海南岛可是旅游旺季。你总是这样，总这么自以为是，认为全世界的人都是傻瓜，只有你把一切都看明白了。"

"好吧，"她爸爸控制了一下情绪，报以同样冷淡而轻蔑的语调，"我是自以为是，不像你，天生就是一个盲从的女人，全世界的人都涌向一个破岛，于是你也得冲上去。这就是你的白痴逻辑，要活得跟别人一样，要向所有人看齐，哪怕去跟着别人吃屎。"

"我这辈子最大的盲从就是盲从了你！"她妈妈叫道，"别说什么缓刑了，嫁给你的第一天我就被判了缓刑！这是我一生最后悔的事！"

候机楼里应该是凉爽的，但外面盛夏的重力似乎能够挤压进来，空气中的凉爽都显得沉甸甸的，所以她妈妈给自己披上了一条披肩。

漂亮的小女孩走到她爸爸身边，弯腰捡起跌落在地上的超能激光弹头。她爸爸穿着短裤，裸露的小腿上密布着黑黢黢的腿毛，难怪弹头不能吸在上面。这台机械战警是刚进候机楼时买的。三个小时前，漂亮的小女孩没有选择她妈妈推荐的芭比娃娃，她爸爸还试图说服她，那时候，他们的立场还是一致的，认为既然所有的小女孩都应该选择一个芭比娃娃，那么，他们的女儿也应该"盲从"着来一个。

"这个我们倒是没有分歧了，"她爸爸说，"最后悔的事，嗯，我也认为我们倒是在这件事上成功地合作了一回——'一生最后悔的事'！你瞧，这件事让我们共同给办成了！"他发现了蹲在自己腿边的女儿，烦躁地揉了揉小女孩的头顶，继续说：

"有时候我都后悔干吗生出小囡，真是造孽！"

"造孽？"她妈妈气得发抖了，从座椅上站起来大声质问，"是你造孽还是我造孽？这种事情，不是你们男人在

'造'吗？"

"这家伙可真威风啊，"她爸爸低头看看那台穿着白色铠甲的机械战警，对小女孩说，"让它去摸摸情况，看看我们的飞机几点钟起飞。"

"好，我想它一定可以完成任务。"漂亮的小女孩蹲着，温柔地说。

"当然，没问题，据说它还可以跟人对话，你试试吧。"她爸爸笑着说，并且再一次揉了揉她的脑袋。

"好的爸爸，放心吧。"漂亮的小女孩站起来躲闪着，她怕被搞乱了头发。出门前她妈妈特意为她卷了刘海，并且给她系了根粉色的发带。

"他没什么不放心的，"她妈妈突然插话道，"他当你是个孽种，他后悔造出了你。"

她爸爸站起来，一把揪在她妈妈的肩膀上，使劲扳动着，好像让她妈妈换一个方向，就能扭转了自己此刻的怒火。

她妈妈背转过去，但小女孩能猜出她妈妈哭了。

"去吧，"她爸爸做着鼓励的手势，"别走远，机械战警完成了任务就立刻带它回来。"

也许，回来的时候他们就和好了吧？漂亮的小女孩一边遥控着机械战警转向,一边想,没准,他们又会共同商议着再买一个礼物给她。他们总是这样,每次争吵之后,都会变着法儿地想要讨她的欢心,踊跃地比赛着谁更能打动女儿。对此,漂亮的小女孩早已经习惯了。

"和你结婚是我一生最后悔的事!"她听到她妈妈在身后呜咽着喊。她想自己还是走远一点吧。

机械战警滑行着前进。它大约有30多厘米高,个头差不多超过了小女孩的屁股。它跑得太快了,干劲儿十足的架势。漂亮的小女孩还没学会熟练地控制它,被它的速度带动,跟随的脚步不免显得有些狼狈。不知道按下了遥控器上的哪个键,它开始一边跑一边跳起舞来,并且发出动感十足的音乐。漂亮的小女孩想要阻止它不体面的行为。候机厅里人来人往,这让漂亮的小女孩觉得有些难堪。但是它我行我素地得瑟着,还回头大声问她:

"长官,我的机械舞还不赖吧!"

"嘿!"一个背着小黄人双肩书包的男孩斜刺里杀出来,嚷嚷着:"这家伙,跟我的一模一样哇!"

看到自己的玩具被人从地上拎了起来,漂亮的小女孩才注意到这个跟自己年纪差不多的男孩。

"放下它,你要等我关了按钮才能去碰它。"她向男孩指出正确的操作规程,那是售货员当时告知过她的,她说,"否则可能会有危险,没准它能弄伤你。"

"没事儿,别大惊小怪的,我对它熟着呢。"男孩仍然把机械战警举在手里。看起来他的确挺在行,只抓牢了机械战警的一条腿,并且和自己的脸保持着一定的距离,任由机械战警徒劳地扭动着,他说:

"我在家经常这么玩儿它。"

这个男孩也穿着短裤,令人吃惊的是,他的小腿居然也长着黑乎乎的腿毛。这让他看上去完全是个小孩中的实干派。

"你还是放下它吧……"漂亮的小女孩憋不出什么更有效的话。她试图用遥控器停止机械战警的运行,但是她一下子按不准停止键。她感到了沮丧,因为刚刚在她心目中还是很威武的机械战警,此刻无助地被一个长着腿毛的小男孩轻松地俘虏了。她叹了口气,说:

"我们还要去执行任务。"

"什么任务?"男孩立刻兴奋起来。

"我们要去摸摸情况,看看飞机几点钟起飞。"漂亮的小女孩郑重地说。

"OK！"男孩竟爽快地答应了。他放下了机械战警，过来不由分说从小女孩的手里拿走了遥控器，自告奋勇地说：

"我来和你们协同作战！"

直到男孩指挥着机械战警走出很远后，漂亮的小女孩才茫然地跟了上去。她远远地看着自己的机械战警随着男孩来到了一个问询台前，看着男孩向一位地勤人员煞有介事地说着什么。她站在远处，感觉自己只能做一个旁观者，感觉自己正在被一件重大的事情排除在了外面。

男孩掉头向她走回来了。机械战警先男孩一步来到了她的脚下。她也很想弯腰把滑动着的机械战警抱起来，但她有些犹豫，她牢记着售货员叮嘱过的操作规程。好在男孩让机械战警停了下来。停下之前，男孩还卖弄地遥控着机械战警绕着她转了一圈，然后，又驱动着机械战警在自己的腿边转了一圈。

漂亮的小女孩失措地站在原地，眼睛跟随着机械战警"8"字形的运动轨迹，感到更加无助了。

"报告，任务完成。"男孩努力想要表现出自己的某种优势，脸上刻意地做出了一些和自己实力并不相符的讥讽的表情，"敌机预计将无限期延误，不是天气原因，是因为空中管制！"也许是因为说出了自己并不能理解的术语，男孩忘记了扮酷，气哼哼地强调道：

"这跟我爸说的差不多。"

"你爸说什么了？"漂亮的小女孩问道。她想，另一个爸爸的结论，也许能够完美地用来完成她爸爸布置给她的任务。

"我爸说，"男孩皱起了眉头，试图准确地还原他记着的话。过了会儿，那句原本在他听来是一句耳旁风的话终于被他想起来了，于是，他拿腔拿调地复述道：

"嗯，我们这会儿是一群被判了缓刑的家伙。"

漂亮的小女孩有些吃惊，觉得有什么记忆被唤醒了。好像自己的耳旁也曾经刮过同样的一阵风。这让她有些恍惚。

"可是，你并不知道我们要坐哪一班飞机呀？"漂亮的小女孩发现了问题的症结。

"都一样，"男孩不耐烦地说，"所有的敌机都一样，没一个准时的，都被管制啦！"

他重新启动了机械战警,娴熟地操控着,可能已经产生了错觉,认为自己此刻就是在操控着属于自己的玩具。

"噢,好吧。"漂亮的小女孩只好接受了他的解释。

起初他们跟着机械战警漫无目的地行进了一段,然后又折回来。当机械战警撞上了一位旅客的腿时,漂亮的小女孩负责地向对方道了歉。她跟在男孩身后,渐渐似乎也接受了这样的局面——他拥有着绝对的支配权,而她不过是游戏的观众,或者顶多是一个负责善后的助手。

男孩玩得熟练极了。机械战警在他的指挥下做出许多令小女孩惊讶的动作。它的眼睛是两组 LED 灯,漂亮的小女孩想不到随着这两组灯的变化,机械战警的脸部竟然可以做出许多不同的表情。更加令人惊奇的是,它还能感应人的手势,男孩把自己的手靠近它的脸部,做出前进或者后退的指令,它就真的能照做不误。漂亮的小女孩看得着迷,她好像已经忘记了自己才是这台机械战警真正的主人。

"想要全部开发出它的功能,你得先开发自己脑子的功能。"男孩对她说。他演示给她看,让机械战警试着匍匐前进,但是他失败了。

"可怜虫。"她说。

"你是在说我吗？"男孩瞪着她问。

"不。"她指指趴在地上做着瑜伽姿势一样的机械战警。

男孩气不打一处来，勒令机械战警爬起来，一口气打光了五颗超能激光炮。

当男孩遥控着机械战警随着一支队伍鱼贯消失在某个登机口时，漂亮的小女孩依依不舍地挥手向他道别。她远远地看着，登机口两边巨大的玻璃幕墙涌进的白光，令她仿佛站在一个不属于自己的世界之外，或者，像宇航员在太空上望着人类孤独的星球。她觉得男孩和机械战警是融化进了那片弥漫的白色之中了。

候机厅很嘈杂，被判了缓刑的人们发出烦躁的嗡嗡声，不时还有航班起降或者被取消的消息回荡在头顶。然而，从这一刻起，一种奇怪的寂静笼罩了漂亮的小女孩。她突然不再能够感知环境的喧哗，像是只身来到了一个空旷的广场。她想起了她爸爸布置给她的任务，但她觉得这个任务现在不需要马上回去交差了，因为问题的答案似乎他爸爸早就掌握了。

几位穿着制服的空姐拉着行李箱从眼前走过，她们很有纪律地排着队，无形中仿佛形成了某种向心力，令小女孩不由自主地就跟在她们后面走了一截。随后,回过点儿神的小女孩下意识地为自己选择了一个方向。她记得,那里是她爸爸妈妈给她买机械战警的地方。

候机楼太大了,不过她觉得自己能找到。

果然被她找到了,那个店门前旋转着好几个机械战警的地方,就跟几小时前她和爸爸妈妈到来时一样。漂亮的小女孩觉得时间被推倒重来了一次,此刻她的爸爸妈妈就在她的身边,他们一家三口刚刚过了安检,她妈妈正在埋怨安检员搞乱了自己的行李,而她爸爸为了转移不良情绪,弯腰替她系了系鞋带后,提议买一件礼物送给她。

漂亮的小女孩远远地观望着。她忘记了自己到这儿来的初衷,或者,她走向这个地方原本就没有什么明确的意图。那几台机械战警流畅地在地面上滑动着,看上去有些表演性质的人来疯。它们有的闪烁着炫亮的激光,有的鸣响着劲爆的音乐,彼此找事,相互炫耀,看久了,这股轻浮的热闹劲儿令她感到有点头晕。

她想要喝水。但是当她走向一台自动饮水机的时候,却被旁边的贵宾休息室吸引了。一眼望去,那里面的餐台上摆满了饮料和水果。漂亮的小女孩觉得喝点饮料比喝点水更能满足自己此刻的需要。她没有受到阻拦,因为她是一个漂亮的小女孩。

漂亮的小女孩在贵宾休息室里为自己倒了杯芒果汁,找了张沙发坐进去。沙发很深,坐进去,她的双腿就离开了地面。她没忘了整理一下自己的裙边。她的裙子是粉色的,连鞋子和袜子都是粉色的。她妈妈把她打扮成了一个粉色的漂亮小女孩。

隔着一张茶几,她的对面是一个正在翻看画报的男人。小女孩不太能确定这个男人的年纪,看上去,他应该和她爸爸差不多大。事实上,如果没有特别大的出入,在小女孩的眼里,所有成年男性都和她爸爸差不多。但这个男人留着的胡子让小女孩没有了把握。

他的下颌有一撮修剪得非常齐整的、灰白色的胡子,但他的脸却并不是小女孩心目中那种老人的脸。他的鼻梁呈现出被太阳暴晒后的紫色,但他穿着的亚麻西装又让他不像是一个总在户外活动的人。他看起来富有教养,很深沉。

男人发现了观察着自己的小女孩。他侧脸看了看身边,似乎是要确认小女孩就是在看着他。

"嗨。"男人向小女孩打了声招呼。

"嗨。"漂亮的小女孩回应男人。

男人低头继续翻看画报,不时摸一把自己的胡子。当他再次抬起头,看到漂亮的小女孩依然在盯着他时,好像感到了一点局促。他不禁又一次看了看四周。

"你是一个人吗?"他问,"爸爸妈妈呢?"

"他们被判了缓刑。"漂亮的小女孩很老成地说,一边用吸管吮着芒果汁。

"噢,小姐……"男人想了一下,应该是领悟了她的意思,扬着眉毛说,"您说得对极了,今天真糟糕,所有人都被航空公司判了缓刑。"

男人说完双手合十顶在鼻尖下,摆出要认真交谈一番的样子。

"不是天气的原因,"漂亮的小女孩努力回想那个准确的术语,后来她想起来了,坚定地说,"是空中管制。"

"嚯!"男人感叹了一声,"对,空中管制,空中有个什么东西把我们管制起来了,或者我们在空中被什么东西给管制起来了,管他的呢,不管怎么说,反正我们现在只能坐在这儿吃水果。"他面前的确有一小碟水果,几瓣橙子,两牙西瓜,一枚切成了两半的奇异果。

男人拿起了半个奇异果递给小女孩,说:"吃一点儿吧,既然已经被判了缓刑。"

漂亮的小女孩将奇异果接在了手里,用他又递来的一把小勺舀着果肉吃。这枚果子很甜,是那种人工的甜,都没有水果的味道了。

"请问小姐,您这是要去哪儿呢?"男人问道。

他这么问,让小女孩想起过安检时的安检员。尽管安检员没这么问话,但他们都给人一种例行公事的可靠感。

"海南岛。"漂亮的小女孩觉得自己轻松起来了,急迫地说,"只有疯子才会挑这样的时候往一口沸水锅里跳。"

她对自己很满意,觉得自己此刻是在跟一个留着胡子的成年男人交谈,对方像一个安检员般具有某种权威性,但此时她和他之间有一根平等的纽带——不是吗?这很棒。

她的语风再一次令这个男人感到了惊讶。他像是遇到了一个棘手的问题,不禁用手揉了揉自己的鼻子。他的鼻子蛮大的。

"海南岛……沸水锅……"男人念叨着,将面前的画报向小女孩推了推,手指点着翻开的画报,沉吟着说,"你瞧,也许没那么糟糕吧?"

画报打开的那一页恰好是张旅游广告，海浪，沙滩，花花绿绿的遮阳伞，穿着比基尼的惹火女郎。

漂亮的小女孩看了一眼那幅画面，轻蔑地评价道："很糟糕。"

同时，她想起了自己的泳装。出门前她妈妈给她也买了几件泳装，其中有一件分体的，粉色，有三种不同的穿法，吊带式，露肩式，斜肩式，小女孩在她妈妈的指导下分别尝试了这三种穿法，她妈妈由衷地赞叹，"真漂亮啊，宝贝，你真是一个漂亮的小女孩。"这样的话小女孩听得多了，她很早就确立了这样的意识：自己是一个漂亮的小女孩。没人说得准这究竟好还是不好。这会儿，她心里对自己的那件分体泳衣厌恶起来，认为穿上那件泳衣，自己也会变得和画报上的惹火女郎一样，都是往沸水锅里跳的疯子。

"好吧，是很糟糕。"男人尴尬地拽回了画报，继续说，"小姐，冒昧地问一下，您多大了？"

"八岁。"漂亮的小女孩回答，她不由自主就虚报了自己的年龄，同时她再一次整理了一下自己的裙边，"你呢？你多大？"她问。

本来她对男人的年龄是没有兴趣的，但这个男人下颌上灰白色的胡子给她造成了观念上的混乱，让她觉得自己该求证一下。

"我九岁。"男人抱着肩膀向后仰了仰身子，然后重新将身子附过来，眼睛离得很近地看着小女孩。他的嘴角挂着笑，眼神却显得有些干涩。

这个答案让小女孩很满意，好像在她心里，除了这个答案以外，任何回答都将是乏味的。

"你真是一个漂亮的小女孩。"男人伸手拍了拍她放在桌面上的左手，缩回手后，又再一次迟疑地伸出来，将她的左手捂在掌心里摩挲了一下。同时，他又下意识地看了看四周。他看起来有些不安。

"你也是一个漂亮的小男孩。"小女孩心不在焉地说。她想起了那个消失了的男孩，也想起了自己的机械战警。

"你玩儿过机械战警吗？"她向男人问道。

"机械战警？"男人认真地看着她。

"对，智能遥控的，"漂亮的小女孩打着手势说，"有旋转机械手，可以用英语对话，还会说机器语。"

"机器语？"男人认真地问。

"呜哇哇啦呼，呜哇哇啦呼，就像这样，"漂亮的小女孩胡乱地发着音,"我们听不懂,但机器人能听懂,这是他们的语言,就像是一门外语,但我想,可能没外语那么简单。"

"一定没外语那么简单!"男人很专注地附和道,伸出一根指头在空中摇晃,"反正我只见过英语词典、德语词典什么的,没见过一本机器语词典。"

"它还能讲故事,当然,讲故事的时候不用机器语。"漂亮的小女孩意味深长地看了他一眼,她觉得眼前的这个男人有点幼稚,那根摇晃着的指头,让他比她见过的成年男人都要显得愚昧一点。"它还可以发射飞弹,超能激光炮,一共五颗,"她用手指绕着自己肩上的头发继续说,"它的战斗力超强。"

"哦……"男人喟叹了一声,说,"真的是太棒了,多迷人!"

"不,不是迷人,"漂亮的小女孩纠正道,"迷人是用来说女孩子的,对机械战警你应该说'威武'。"

"威武,嗯,威武。"男人服从地应承。他的胳膊拄在桌面上,两只手紧紧地握在一起,痛苦地互相捏着指关节,发出咔吧咔吧的声音。

"你想见识一下吗?"漂亮的小女孩问男人,有个愿望忽然在她心里出现了,她说,"没准你该去看看,哪怕就看一眼。"

其实她心里忽然出现的愿望是:没准,能让眼前的这个看上去有些傻的男人给她重新买一台一模一样的机械战警。这时候漂亮的小女孩才明确地意识到自己遗失了那台玩具。她噘起嘴唇,冲着男人浮出甜美的微笑。这几乎是每一个漂亮的小女孩想要达成什么目的时都会露出的表情,这是她们与生俱来的神秘天赋,完全用不着人来教,她们无师自通。

"当然!"男人有些激动地说,"我当然想去看看,它在哪儿?"

"离得不远。"漂亮的小女孩在心里盘算着距离。她开始歪着头啃自己的指甲,这是她想问题时的习惯动作。她知道自己不会被拒绝。两绺秀发垂在她的胸前,和领口的蕾丝花边完美地贴合着。

她说:"让我想一下。"

男人紧张地看着小女孩,就像是焦急地等待着一个谜底的揭晓。

"噢……"过了一会儿,漂亮的小女孩叹了口气,她努力打消着自己心里的念头,说道:"还是算了吧,我不能这么做。"

"怎么了?"男人关切地询问,他伸长胳膊,手搭在了小女孩的左肩上。

"你知道,嗯……"漂亮的小女孩扭动着肩膀,却并没能摆脱掉他的手,也许是她表达得还不够坚决。她不知该怎样回答他,因为她自己也说不清楚。她只是明确地意识到自己不应该接受一个陌生人的馈赠,她爸爸这么教导过她,她妈妈也说过类似的话,在这个观点上,她的爸爸妈妈是一致的。

"也许,你一见到它就会想要买下它,"她为难地说,"可是也许你其实并不需要它。"

"我肯定会买下它,"男人温和地说,轻轻捏了捏她的肩膀,"就算我并不需要它,但我可以送给你啊。"

漂亮的小女孩受到了空前的诱惑。他就像是知道她的心思一样,自己说出了她难以启齿的话。这种心愿得逞了的成就感太令人兴奋了,以至于漂亮的小女孩在一瞬间感觉都喘不上气了。她的心跳得快极了。

"噢不,我看还是算了吧,"她既像是在跟男人说,又像是在跟自己说,"还是不要了。"她很紧张,努力保持着迷人的微笑。"我想我得走了。"说着她跳下了沙发,慌乱地向外跑去,好像要竭力挣脱什么。

她感觉自己是在跟什么东西赛跑,如果跑得稍微慢一些,就会被一把抓牢。

跑出了贵宾休息室,漂亮的小女孩跑上了一条步行扶梯。她隐约记得进入候机楼后,她和爸爸妈妈走过很多条这样的扶梯。但此刻爸爸妈妈并不是她的方向,至少,不是她全部的方向。她只是下意识地想要去往一个"远一些"的地方,和某个令人纠结的念头拉开距离,好像只要自己跑开了,那个念头就会留在原地,不再能困扰她。

拿过奇异果的手沾着果汁,黏黏的,她一边跑一边举着手,好像要把这种黏腻的手感奉献给谁一样。她内心的竞赛激烈地进行着。她从来没有被这样丰沛的情绪笼罩过。她感到了害怕,感到了渴望和失望交织在一起,还有一点点的伤心难过。

步行扶梯上的人大多数都站立不动,任凭扶梯自动地运送着他们。漂亮的小女孩却奔跑着,从大人们的腿边跑过去。运行着的扶梯作用在她的脚下,给她造成了一种错觉。她从未感到过自己能跑得这么轻松和自如。

她跑得太远了，其间好像还下到了另外的楼层。

途中她看到了一个贴着柱子做倒立的女人，T恤垂在胸口，露出一截肌肉分明的小腹，那姿势好像她拥有某项特权，表明在这个巨大的屋檐下，在被判了缓刑的人群中，只有她获得了赦免似的。出于一个小女孩必然会有的好奇心，漂亮的小女孩在女人身边停了片刻，并且歪下头向空中看，尝试着体验这个女人翻转的视域。她看到候机厅高耸的穹顶就像是一根根粗大的鲸鱼肋骨。还有几次，开着电瓶车的机场保安从她身边经过，她都摊着手，装作若无其事地看向了一边。她似乎意识到了点儿什么，似乎也感觉到了，作为一个漂亮的小女孩，独自在这座巨型建筑里四处游荡，有那么一点点的不妥。

身边熙熙攘攘的旅客渐渐变得零零落落。这座巨型建筑大得如同整个世界。气压还是很低，空气依然沉甸甸的。

她已经忘记了机械战警。其实她的心里并不是特别期待再得到一台这样的玩具。她不过是身陷在某个自己也无从把握的势头里了，身不由己地行动着。

在一个偏僻的角落，眼前没有了路，像是来到了时间的终点。走投无路的小女孩随机推开了一扇门。这可能是间杂物间。

漂亮的小女孩并不知道自己为什么要来到这里,并不知道自己为什么要推开这扇门。她感到了泄气,情绪被一种极度的委屈所覆盖。没错,漂亮的小女孩现在只感到了极度的委屈。其他所有的情绪都没有了。她的心里因为委屈都有些生气了。因为生气,她还用脚踢了那扇门一下。

杂物间很小,透过整面的玻璃幕墙,可以看到停机坪上模型一样的飞机。不时会有飞机起落,但看上去就像是一场游戏。远处有隐隐约约的山峦。天空阳光和云影交错,把变化的光线投射进来。一只很大的平板拖把挤占了本来就很狭窄的空间,漂亮的小女孩只能和这只拖把依偎在一起,她扶着它的塑料杆,出神地望着玻璃幕墙外无声的世界。

后来她疲惫地坐了下来,抱着自己的双腿,下巴支在膝盖上,粉色的裙子铺向四面八方。她无聊地拽着自己的鞋带,赌气地将鞋带拉成死结。她脱下一只脚上的鞋子,想试试不解开鞋带能不能再穿进去,可是很费力气,于是她干脆就赤着那只脚了,将脱下的鞋子贴着玻璃幕墙摆好。由于透视的缘故,那只鞋子看起来比窗外所有的飞机都要大得多。她摘下了自己粉色的发带,在小腿上缠绕,将小腿绑成受伤后打上绷带的那种样子。她隐约听到了播放着自己名字的广播。那个空洞的声音一遍又一遍地叫着她，请她马上回到父母的身边，或者就近靠拢任何一位看到的机场工作人员。但她并不想马上响应这个声音。因为她不是很能确定这一切真的与她有关。广播里的声音在她听来，仿佛是不知所云的"机器语"。而且，在这个特殊的空间，好像没有足够的空气送走声音，它会留在头顶，比平时多萦绕一会儿，以至于都不是很像具有实际内容的那种声音了，只是一种类似背景声的动静而已。

再后来，玻璃幕墙外的白光变成了红色的霞光，远处山峦的轮廓反而变得更清晰了，有一道灼亮的光，沿着山峦的轮廓将赤色的天空和黑色的山体醒目地间隔开。夕阳潮汐一般涌上了窗口，仿佛还一浪高过一浪地具有动感地拍打着玻璃。

这一切都让漂亮的小女孩觉得自己是蜷缩在一颗红色的水晶球里，或者，是被凝固在了一颗柠檬色的琥珀里。

她有那样一颗红色的水晶球，是她妈妈送给她的，里面是穿着白色纱裙的公主，还有泡沫做成的雪花，稍微晃动一下，穿着白色纱裙的公主就会旋转，泡沫做成的雪花就会飞舞；她也有那样一颗柠檬色的琥珀，是她爸爸送给她的，里面是只张着翅膀的不知名的昆虫，昆虫的翅膀比它的身体更抢人眼球，既显得脆弱，又显得张扬，让人觉得，翅膀才是令这只昆虫具有了价值的唯一理由。

漂亮的小女孩收到过她爸爸妈妈许多的礼物。有一回，她爸爸还给她抱回来过一只沉默的羔羊，那可是一只真的沉默的羔羊。

而她妈妈送给她的最奇特的礼物，是一只可以几年都一动不动的海龟，你以为它死了，其实它并没死，在一个夜里，她曾经看到过这只善于装死的海龟伸长着脖子，对着阳台外的月亮翘首以盼，那是这只海龟最彰显它生命力的一个瞬间。小女孩常常会做噩梦，然后在噩梦中惊醒。所以她能看到这深夜里的一幕。

现在，漂亮的小女孩被疲惫感催生出了一个蒙眬的念头：她也要送一件礼物给她的爸爸妈妈。

没错，她希望让他们感到"后悔"——既然他们总是信誓旦旦，总是对"后悔"的拥有权进行着不遗余力的争夺，对各自"后悔"的强度争高争低，以"后悔"的名义苦闷地相互倾轧，好像那是个无限美妙的礼物——那么好吧，她将让他们感到"一生最后悔的事"此刻正在发生，然后，在这件"一生最后悔的事"面前，他们争吵时竞相开列的那些玩意儿都将被一笔勾销，变得苍白和滑稽，不值一提。

在这个与世隔绝、完全密闭的空间里，漂亮的小女孩就这么想着想着睡着了。

一颗超能激光炮惊醒了她。"啪"的一声，她张开眼睛，看到眼前的玻璃幕墙上吸着一颗蓝色的弹头。它前端的吸盘牢牢地把住了玻璃，蓝色的塑料柄因为冲力兀自微微地震颤，给人一种正中靶心的隐秘的快感。

窗外是黑色的夜空，跑道上的信号灯忽明忽暗地闪烁着，她的影子的轮廓映在玻璃上，身后的影子叠加在上面；有一队乘客正从摆渡车上下来，没有谁命令他们，但他们却自觉地走出了某种秩序，在一道车灯的照射下，宛如一队正在服着缓刑的囚徒。

身后机械战警熟悉的声音还是那么洋洋得意：

"我的超能激光炮，可以轻易地摧毁敌人！"

漂亮的小女孩回过头去，首先看到的是那撮修剪得非常齐整的、灰白色的胡子。

海 错

殳 俏

殳 俏 作家、编剧。出版有小说集《料理小说俱乐部》,散文集《饿童时代》《胖子之城》等。小说《双食记》《甜蜜之家》被改编为电影。

"分手了。"

她正对着夕阳,拨弄了一下手上的戒指,对坐在对面的女朋友说。

"哎呀呀,怎么会,这么一个相貌英俊的好青年。"

女朋友感叹道,她微笑,觉得其实女朋友不以为然。因为类似的话题,在她们之间,比"新得了一轮融资"频率高,比"最近不错的那单"频率低,次数基本跟"某得力高层另谋新就"持平。

分手是什么呢?就是一开始,那个人的名字会在你心中砸下一大圈波澜,过一阵子,那个名字会在你心中引起小小的涟漪,到最后,是温柔恬静的傍晚,感觉有礼貌不可抗的外人对你随便地说了句,那只船在岸边碍事了,你去把它推开。于是你走过去,推了一把,在淡金色的斜阳下看它懵懂无知地慢慢离岸,压出一点湖面平静的水纹,你竟然还能欣赏它的美。至于它被你这一推,要去向哪里,会何时停下,你是已经不关心了。直到这时候,你才能对你的朋友说出那三个字。

"分手了。"

后来又聊了些什么,气氛变得热烈又慢慢趋于家常,

她站起来说:

"下次再找时间聚吧,我今天约了个按摩。"

女朋友照例笑容灿烂又言不由衷地回答:

"好的,好的,下次约,下次带新男朋友出来。"

出门,司机给她开车门,她上车,去熟悉的美容院,换了让她有点嫌弃的淡绿色袍子,好在躺平的床边有墨绿色的蜡烛,燃烧着她觉得怡人的味道,相熟又不多话的技师走进来,开始沉默地移动双手,若有若无的音乐让她进入安心的睡眠。

又回到小时候。

课桌椅排得不大整齐,她和他坐在第四排。其实她矮,应该坐到第一第二排去的,但她偏不愿意,理由是什么也很清楚,她不愿意跟他分开。

"张海错,你个臭大头。"

她有时得意洋洋地拿硬面抄本子砸他,他会假装躲一下,但最后就是结结实实挨了打。

张海错确实有个大大的脑袋,却有张窄窄的脸,但她最喜欢他的侧影，因为他有一只挺拔又带点鹰钩的鼻子。

"我的鼻子不好，以后会是渣男的。"12岁的他这样对她说。

"屁咧，谁说的？"她脸色一变。

"我爸爸说的，他懂面相。"

她撇撇嘴，想起了那个接过他两三次的长相鄙俗的男人，一脸包，油腻腻的，头发他倒是随了他爸爸，有点硬的卷发，永远梳不通的倔。他爸爸戴着金链子，任那头发长到了肩膀上，想到这里，她打了一个寒战，又看看他。

他的卷发剃到只剩一寸，干干净净的，有时候她会捋一下他的脑袋，他就自觉地低下来，小卷发剃成寸头跟那些直发男生剃的刺刺的寸头很不一样，有种奇异的温柔在触感中。

她看着他，是放心的，只要她在他身边，坐在他旁边的小椅子上，哪怕课桌上画着一条三八线，上课的时候，他们的手肘依然贴在一起，他的少年感跟她的小少女的心也依然贴在一起，不会变。

初中预备班开学第一天,他和她就被分到同一张桌子坐,当时她没在意他,只是一眼看到小学时代的闺密远远坐在第一排,心里开始打主意要让老师换到她附近去。但她对着闺密方向看了足足三四分钟,那两条香蕉辫子竟然也就热烈地跟隔壁新同桌说着话,并没有对她回过头一下。

他主动跟她说话了:

"嗳,我叫张海错。"

她看了他一眼,他的眼睛正往天花板上看,所以这个角度,正好能看到他是内双,长睫毛,翻白眼或是皱眉头的时候,两撇浓眉也不会倒挂下来。

他转过头平视她,这时候眼睛又变单眼皮了,她觉得似曾相识。

"嗳,我们长得有点像。"

他又补了一句,忽然侵犯到她的自尊心:

"放屁。"她故作粗鲁地说,转过头去不理他。

结果他还是不罢休,打开了自己的塑料铅笔盒子,里面竟然有一面小玻璃镜子,他把它推到她面前:

"你看呀,看呀,我们就是长得有点像。"

"客人,您的电话。"女技师声音平淡无奇地忽然打断了她的好眠。

她接过来看号码,是刚刚分手的前男友。拿起来听,无非是些无关紧要的小事,剩在他家的一些半值钱不值钱的东西要寄回给她,对方想凭借着这些,把已经碎裂的形象稍微再打包得好一点而已。

不懂事。她想着,这技师好在话不多,怎么就非得让她接电话了呢。

大概因为来电显示上有名有姓有照片头像,技师判断,那是个熟人。

挂电话的一瞬间,她看了眼照片,有点像。

大家都说,她跟前男友长得有点像。

岂止这个。她想,自从她真正喜欢上张海错之后,她的每一段恋爱,都会找一个跟她有点像的男人。

因为他对她说的第一句话就是:

"嗳,我们长得有点像。"

张海错的家离她家很近,认识的第一天他们就互相问

了地址。那一天本来她想把位子换到小闺密近处的,但最后班主任来问谁要换位置的时候,他清脆爽利掷地有声地说:

"不用换。"

而她似乎也被他的果断影响了,对老师说:

"哦哦,这样可以。"

等老师走向下一排的时候,张海错神气地转过头来对她说:

"我们坐在一起,下课可以一起玩,放学可以一起走,你刚刚也说了,你家就在我家楼上。"

她没有表示出很赞同,但是耸耸肩,又点点头。

但之后的三年,张海错天天早上在她家楼下推着自行车等她一起上学,放学又把她驮回家。

从预备班到初二,张海错的破自行车被偷了又换,坏掉了也换,换了大概有十几辆,但是每天都很准时地在楼下等着,她先是无感,后来变成每天都兴高采烈下去,每天都兴高采烈等着放学。再过一段时间,连这兴高采烈都变成习惯了,两个人就找些看似无聊的新话题,过一段时间就刻意变化一下。比如她会评价:

"张海错,你最近腰上这么多肉。"

"张海错，你好像瘦一点了。"

"张海错，你今天打了几场篮球，好臭哦。"

那个时候，她自然而然地抱住他的腰，贴近他的身体。有时候到家了，她不愿意立刻上楼去，就跟他在他家的小阁楼里聊天。小阁楼是张海错睡觉的地方，从他家的小院子走进去，是一间有点简陋的屋子，里面堆了太多的东西，吃饭、做作业、看电视，都在那一间，他妈妈做饭只能在外面。他爸爸妈妈的卧室也就是阁楼下面小小的一区，所以张海错只能睡在更小更小的阁楼上。

但是小就很像探险，小也可以有很多亲密。他的床铺上堆满了磁带和漫画书，脑袋上方有块搁板，放着一只录音机，放出音乐的时候，是轰然的，感觉 high 得走不出去。而他俩在小阁楼上秘密聊天，看漫画，因为腿都没法伸直，她就把腿横着搁在他膝盖上，头自然靠在他肩膀上。有时候他回家会赶快冲一个澡，锁骨处就散发出好闻的肥皂味道，如果不洗澡，就传来他的小动物一样的汗臭。

而最后她回家的时候，都是依依不舍的。

张海错的妈妈会亲热地招呼她：

"不留着吃晚饭了吗？"

"不了。"她假装客气地匆匆上楼,回到自己干净、整洁、大到有点空旷的家,在阳台上摆一只小桌子,寂寞地望着楼下种满了牵牛花的小院子。

"又去张海错家疯,"祖母会揭穿她,"今天晚饭也帮你摆在阳台上吃吗?"

"嗯。"她点头,依然望着那个院子。

"下次叫男小囡到我们家来做作业来玩,顺便一起吃饭,他们家破破烂烂转都转不开。"

她聚精会神地看着夕阳西下,楼下的小院沾染上金色,张海错妈妈在晾衣服,她心里倒数十秒,就那么一瞬间,张海错也会搬张骨牌凳当桌子,到小院子里她看得到的地方,跟她一起吃。

很多年以后,她想起这样俗套的桥段,都会想到"永远"。然后她会自己笑自己,终究是自己长大了就俗套了,完全不会想到那两个字的时候,觉得跟永远毫无关系的时候,才是永远呢。

关于喜欢不喜欢这件事,就跟永远不永远一样,完全不会想到的时候，那是最安全的时候。

初二下半学期的时候，大家开始不时地谈论下这个严肃的话题。跟小学时代的"谁谁谁喜欢谁谁谁"不一样，这种讨论貌似不能见光，要压低了声音在一群固定的人中间谈，而她察觉到这一切的原因，竟然是，从来没有一群固定的人找她聊这个话题。

暑假来临之前，班上那些文艺积极分子，顶着期末考试压力山大的气氛，依然每天放学之后滞留在教室里讨论要开个夏季舞会，因为"明年就要升初三了"。

有一天她刚准备找了在操场上打篮球的张海错一起回家，班里的文艺委员叫住她，说要商量点事。她看了看集聚在窗边的"一群固定的人"，竟然觉得有点莫名的兴奋感。

"我们想求你两件事，一个是，你家里有一个高级的音响，可不可以拿到学校来借舞会用一用？"

哈哈，她心里冷笑了一下，果然，还是要找她办事，任何"一群固定的人"都不会跟她提男情女爱的八卦，好像这是一语成谶了，因为什么理由？是不是因为她太高冷，学习太好呢？

"还有一件事，"文艺委员瞟了坐在窗边的一个大眼睛女生一下,"就是你要跟张海错说啊,如果舞会上他准备邀请王丽卿跳舞,那就请他把自己弄弄干净,穿件好看一点的衬衫什么的,不要总是像在打篮球一样,身上臭,脚上臭,运动的样子,他喜欢人家不喜欢。"

什么?

她感觉心里被人扔了一块小石子,但并没有起波澜,因为小石子扔在平地上了,是砸了一下。

什么?

什么?

就是这么粗粝的小石子,她朝她扔过来,几乎没带任何思索。

"为什么我跟他说?"

"因为你们关系好,你们不是邻居吗?"

文艺委员望向了大眼睛的王丽卿,她温婉而无辜地点了点头,补充说:

"他说他是你的司机。"

什么?

什么?

她心里有点愤怒地呐喊道,对那块不起眼的小石子。

但她最后"哦"了一声,还是去操场上找张海错了。

从那天开始,坐自行车后座回家,她没再搂过张海错的腰。

"喂喂喂,前面有个坡,你抱抱好。"

她愤而回了一句:

"谁要抱你。"

前面真的有个坡,过了之后,张海错闷闷地问:

"你怎么了?"

"王丽卿说,你说你是我的司机。"

"哈哈哈,她跟你说了啊,那我就是啊。"

她抓紧了后座上的横杠,感觉自己被这哈哈哈伤害了。这爽朗的笑声一直回荡在她心中,就如同他俩在小阁楼上放的MJ的舞曲一样轰然而挥之不去。甚至在舞会上,她守着自家的音响,当着兼职DJ,放着一首首或轻盈或狂热的音乐时,这哈哈哈仍穿插在每一处,让她如同是一个出了错的操作工,迟钝而无力地没法修复这手中掌控的一切,但,众生又充满宽容和怜悯地看着她,笑着说"没关系"。尤其是他,搂着王丽卿跳了三四首曲子，然后转到她身边问：

"你干吗那么无聊，下来跳一个？"

"跟你？"

她眼神炯炯地望着他，他顿时缩掉了半头。

"这个，随便你。"

"我喜欢放音乐，我不跳。"

她的答案如此果断，把他生生地吓回了舞池，跟王丽卿跳了整晚。

而她整晚看着他的有点鹰钩的鼻子，几乎要贴到王丽卿面孔上去。她淡淡地想着：

渣男。

"这位客人，我们做完了。"技师柔柔地叫醒了她，把她缓缓扶起。

侧边有一面镜子，她看着镜中的自己，头发散乱，形神憔悴，但赤裸的身体尚曲线姣好，涂满了油的皮肤有浅麦色光泽，闪闪如丝绒。

那么多年了，她心中涌起这样的句子，那么多年了，我竟比小时候好看多了。

她觉得自己小时候不好看。

她讨厌照镜子，有时候在家洗完澡，不得不面对那一面超级大的黄铜框架的镜子的时候，她只敢略略看几眼自己的眼。

眉毛倒是不淡，也不散。

鼻子很高，挺拔而笔直，但略显男相了。

最要命眼睛是内双，必须用力往上看，才会让人看出来。平视别人的时候，就是单眼皮而已。

那时候不流行这样的外貌，可能现在也不流行。从古到今，大家都称赞和喜爱大眼睛的女孩，无辜而楚楚。

那时候她跟他长得很像，而他喜欢的则是跟他长得不像的女孩。

她出门，上了车，司机敏锐地察觉出她的疲惫，问：

"现在回家吗？"

她摇摇手：

"今天有点想喝一杯，去上次那个威士忌酒吧。"

"好的。"

她没忍住,叫了那个男孩出来。

男孩还很年轻,高个,圆头圆脑,鼻梁挺直,有一双看着是单眼皮的细长的内双眼睛,笑起来很没心没肺。

他对她有点好奇,有点向往,喜欢的成分现在还不及探索的欲望多,但是没关系,她如果主动一点,他就可能是她下一任男朋友。

"哇,你是 Q 大的,留学又去了 M 大读到了博士?"他对她发出啧啧赞叹。

"你怎么做到这么优秀的?"

"因为读书的时候不谈恋爱。"她半真半假地戏弄他,"你也是 M 大的,算我学弟吧,不也是很优秀嘛。"

"我跟你有点像。"

男孩认真地说,然后开始讲自己的故事。

她却又走神地想到了张海错,那个使她错过了中学时代所有恋爱的人,自从那次舞会之后,就跟王丽卿陷入了恋爱 – 分手 – 恋爱 – 分手之类狗血关系的张海错。其实现在回想起来，他没错，所有十几岁小孩子的恋爱，可不就是这样。但在那几年，她觉得他就是毁了她一生的人。

她借口越来越近视，把位子换到了第二排，也不再坐在他自行车后座上上学放学了。她父亲从欧洲回来探亲，问她想要什么，她答：

"我想要一辆自行车。"

过了两个月，一辆簇新的自行车从德国寄来。是啊，不在身边的父母，总是给她最好的。

她默默地骑着车上学放学，塞着耳机听 MJ 的歌。

张海错有时大大咧咧地驮着王丽卿追上来，大声地在她旁边说：

"你尾灯好像有点坏掉，等一下我帮你看一看。"

她都会凝神一会儿，再拿下耳机，冷漠地回答：

"你说什么，我听不见。"

她拿着装威士忌的刻花玻璃杯，听那男孩滔滔不绝，心里想着，要不要走呢。

她人生大概有两次比较重要的落荒而逃，都跟张海错有关。

第一次是初三的时候，面临考高中。父亲在这个关键时刻，又一次回了国，想说服她跟他去欧洲读书，之后她的人生轨迹，可能是会发生比较大的变化，但绝对是越变越好。

她想了想，同意了。于是父亲为她请了个私人家教补习德语，那人上门来，她看了就乐了，其实是个没比她大几岁的德国男孩，问了一下，他在柏林刚刚读到大二，跟当外交官的父母来中国住一段时间，父母希望他多修修中文，于是他暂停了在柏林的大学课程，也在这边做家教赚点外快。

"还可以这样的吗？"

"可以，你要自己掌握人生的节奏。"

男孩拿出一只绒布做的刺猬，作为第一次见面的礼物。刺猬龇着牙，肚子上写着"Ich liebe dich"。

她接过来，看了一眼男孩的牙，觉得很像刺猬的。从那天开始，她就给他起了个名字叫"刺猬"。就这样补了三个月的德语课，有一天家里电话响了，她拎起来听，是张海错气急败坏的声音：

"你不要跟你那个刺猬家教在一起了，他对你没有好心思。"

"为什么？"她冷静地问道。

"他骑自行车到你楼下，上楼的时候包包里掉了个避孕套出来。"

她往外看了一眼天，很严肃的夕阳，她却想笑出来：

"张海错，我家里一直有大人在的。他就算带着这个东西，也只能说明他有点喜欢我，德国人是绅士，不会动手动脚的。"

"我不跟你多说了，要打篮球去了，总之你当心点。"

他挂电话的一瞬间，她却有点揪心。

他是怎么知道世界上有避孕套这回事的？

那一天，刺猬给她做了一小时的文法训练，她统统都没做对，只是看着他发呆，因为她脑子里仍在回荡那个问题。远处是夕阳，夕阳下面是张海错家的小院子，他妈妈今天出来晾衣服了吗，还是上中班去了？近处则是刺猬长长的金色睫毛，略带俏皮的尖鼻子，日耳曼民族冷峻而精致的薄嘴唇。

他转动了一下他蓝灰色的眼珠：

"你怎么了？"

"我在想……嗯……你包里竟然还藏着避孕套。"

她不知道自己为什么要问他这句话。

刺猬疑惑地看着她，忽然就亲吻了上来。她没抗拒，但头脑却忽然一片冰凉。是的，跟她想象中的一样，德国人是绅士的，就连一个亲吻都克制而绅士，距离感中透着悲悯，炽热中却又有些不易察觉的粗鲁。

刺猬吻完后用手捋了一下她的头发，亲切地说：

"那个，不是为你准备的。但这跟你喜欢我，也是不矛盾的。"

她顿时哑然失笑。

那天下课后，她像往常一样有礼有节地目送刺猬骑着自行车离去，转身就进了张海错家的小院，心却怦怦地跳得厉害。

"张海错！张海错！"

她呼唤他的名字，心里想的却是，如果王丽卿在的话，最好这时候他听见了，能松开他吻住她的嘴。

结果张海错闷闷地在阁楼上发出一声：

"在。"

她探头看着那个曾经熟悉的小小空间，她很久很久没跟他依偎在那里过了。

"我可以上来吗？"

"来啊！"

她一鼓作气地爬上去，跟他聊了很多。尽是关于读书、选课、中考以及要不要去德国念书的。他侧着脸表情茫然地听着，最后给了她一个令她失望的答案：

"我现在读书没有跟你坐在一起的时候好了，你是优等生，我觉得我给不了你建议了。"

是的，她看着他依然俊秀的侧影，心脏忽然停跳了半拍。

自他陷入跟王丽卿的恋爱之后，成绩便起起伏伏，从刚进初中的前十名掉到了中不溜秋，最近甚至还有点往中下游走的意思。有些事情竟然能如此影响一个人的心绪，她不知该遗憾，还是该嫉妒。

"我来给你讲个故事吧，"他说，"我爸爸以前跟我说的。"

张海错的爸爸曾经是个远洋轮的海员，水性好，泳技佳，因为经常去一些普通人难以去到的海域，一有机会就喜欢到那些地方用船上的器材潜水。

有一次在南美，他潜到某处的时候，第一次在一片珊瑚礁和鱼群之间发现了一具人的骸骨。

张海错的爸爸先是大惊,而后移动向骸骨近处观看,发现经年累月,骸骨几乎已经跟珊瑚礁混为一体,累累白骨上长满了深海的藻类,长长的海草温柔地环抱着骨盆,深不可测的眼底开出奇异的深海花朵,齿缝之间住进了恍若会呼吸橙色云朵的水母,肋骨中大大小小的鱼儿游进游出,海星和贝类安静地停在手骨上,稍有动静便睿智地倏忽不见。

"我爸爸接连几天都去看这具骸骨,还给他起了个名字叫海错,对啦,后来就变成我的名字了。"

"你爸爸太奇怪了,给你跟尸体取同一个名字。"

"不,他觉得那不是尸体,应该是在深海里很久很久的一个灵魂,它在那里,不悲惨也不恐怖,竟然还很美,吸引他每天都要潜下去看一看。最后他就动了心思,把这件事情跟船长说了,问要不要打捞上来。"

"当然不要啦,如果打捞上来,那就是一具尸体了。"

"你看,你多聪明。"他理所当然地摸摸她的头发说,"但是我爸爸那时候还年轻,就鬼迷心窍地一定想把它捞上来。他试着去移动它,拖拽它,但奇怪的是,骸骨确实就像长在那里一样,一定是有什么东西卡住了,就是弄不动。他着了魔一样地搞了好几天,最后船长看不下去了,跟他说,还是让它留在那片海里吧。有些东西，你让它在那个环境里，长着很多植物，有很多好的风景正好在它旁边，那它也就是一件美的事情；如果你硬把它捞上来，那性质就变了，它只是一具尸体，甚至还会引发一起凶案，或者是别人不愿意回想的事情。"

"所以你爸爸就让它留在那里了？"

"嗯。"

"所以他为了怀念它，就给你起名字叫张海错？这么不吉利！"

"对呀，但他觉得不是不吉利，他觉得一生见过的最美的东西，就是这个海错。"

她眼前又浮现出他爸爸那张油腻腻的脸和粘到颈部的及肩卷发，心想，大概每个人生命中都还是会有一段浪漫的时间的。

"那么张海错，"她叹了口气，"你又是为了什么要给我讲这个故事呢？"

"我想说。"他忽然又把眼睛看向了天花板，露出了内双。

"我想说，有些东西，不变反而最好。你不要去德国吧。"

"哎，你以为你这么说，我就会听进去吗？"

"会啊,因为我是你的司机啊,你去了德国就没人给你当司机了。"

"所以,"眼皮内双的男孩又加了杯威士忌,"你是直升的 Q 大,但你中学竟然是 L 中的,这个中学可不怎么样。"

他的话太多,她用手指轻轻拨弄刻花玻璃杯的边沿,已经有点想撤退。

"嗯,我最后没去德国,因为有人让我留下来。"

她为了张海错留在了那所并不怎样的中学里,其实当时,她的成绩好到可以考任何一所重点高中的。但这又有什么呢?最后她还不是直升了 Q 大。张海错无意中给到她的一种能力就是,无论身处何种人群,她最后还是会成为最优秀的那个。

就好像现在,她想撩哪个男人,都底气十足。除了大一上学期的那一次,她人生中另外一次的落荒而逃。

那是她人生第一次交了正儿八经的男朋友,两个人看了电影,十指紧扣,男生手心出了汗,依然带她去了大学附近的小旅馆,开了房间。她怔怔坐在床上想,是时候了。

男生来脱她衣服,把手放进她胸罩中时,她战栗着身体配合他,不由地把脸凑近了他的锁骨,她闭上眼睛,寻找的竟然是另一种味道。

不不不。

她终究是做不到。

回到寝室的时候,她给他打电话,灯火依然通明的走廊上有人还在自习,她压低了自己的声音:

"张海错,你来救救我。"

"啊?救你什么?"

"没什么,就是救救我。"

她嘤嘤地哭出来。当然,他救不了她,甚至,他都做不到骑个自行车就跑来她的大学宿舍看她。

考大学的时候,她跟他已经不是不坐一张课桌的问题了,她是优等生,而他是挣扎在及格线上的那几个,从尖子的一班到吊车尾的四班,中间隔着没多少米的走廊,却像隔了一个世界。高考毕,他去了另一个市的技工学校,她则根本没参加高考,直升了本市最好的大学。

"所以，你最近怎么会分手的？"

男孩继续不识趣地问着。她心想，还是因为太年轻，太小，没城府，嘴上没把门。但这些，也许也都是可以原谅的。

"我男朋友啊，他背着我跟别的女人在一起了，"她坦然地说道，"比我年轻，温顺，大眼睛双眼皮，对他的要求没这么多，况且嘛事情也兜不住了，那个女孩子已经怀了他的小孩，得让人家赶快结婚，有个交代。"

"哦……"男孩略显尴尬地回应道。

"其实都没什么，"她安慰他说，"人总是要跟自己真正觉得在一起舒服的对象在一起，他觉得那样子比较自在，说明我们本来也不可能永远在一起。"

"说得对。"男孩点点头，"那我送你回去，今天也别喝太多了。"

"不用，车在外面等着，我有司机。"

男孩关车门的一刻犹豫了一下，但她并没有邀他一起上车的念头。

司机敏捷又识大体地立即发动车子向前方驶去。

在车上摇摇晃晃，喝了六七杯又晕乎乎，她看了一眼前面的后视镜，声音忽然放松下来：

"海错，你跟着我几年了？"

"要从小时候算起吗？那好像是……28年了吧。"

她露出了一点苦笑：

"你孩子多大了？"

"嗯……已经初二了吧。"司机的语气懒洋洋的。

"哎，都已经过了我们认识的年龄了啊，海错。"

司机把头略微回过来一点点，说着"是啊是啊"唯唯诺诺地微笑着，就着微弱不停变化的路灯投入车内的光，侧影倒依然是挺直的鼻梁，卷发留到脖颈及肩，皮肤有点油腻腻的。

是什么时候开始不连名带姓叫他"张海错"，而只叫他"海错"的呢？

她已经忘了，也懒得再去想了。

只是有时候她还会总结一下她那些个奇奇怪怪的人生道理，对自己苦笑着说，只有当你想不起永远这事的时候，永远才会如影随形。

举手之劳

邓安庆

邓安庆 1984年生,湖北武穴人。已出版《纸上王国》《柔软的距离》《山中的糖果》《我认识了一个索马里海盗》《望花》《天边一星子》《永隔一江水》等书,有部分作品曾被翻译成英、意、西、丹麦等多国语言。

一

刚来公司的第一天，正好就碰上了每周一次的例会。外联部、营销部、财务室等各个部门，二十来号人，都在会议室里坐好了。李总还没来，大家坐在那里低着头，或是看自己的笔记本，或是刷手机，但没有一个人说话，静默的空气像是要凝固了一般压在每一个人的头上。

时间过去了十几分钟，李总还是没有来，大家依旧没有说一句话。我因为是个新人，所以选坐在最角落的位置。等到这个时候，我不免有点儿坐立不安，抬头看窗外，对面富力大厦的玻璃墙上反射着早晨鲜亮的阳光，一只胖胖的喜鹊立在栾树的树梢上，偏偏头像是想起了什么，扑楞着翅膀飞走了……办公室的沉默感觉更深了一层，大家的头埋得更低，脚步声由远及近急急地逼迫着人的耳膜，门来不及吱嘎，一个人已经大步走来，也不坐，把手上的文件往椭圆会议桌上一扔，"不好意思，我迟到了。开会。"

李总看样子三十多岁，一米八的个子，站在那里，大家都矮了一截似的。他把西装外套脱了，立马有人起身想要接住，他利索地挥挥手，"不用。"说着把衣服搭在椅背上，里面的白色衬衣紧绷，显露出经常在健身房锻炼的那种身材。他往会议室环顾了一番，"嗯"的一声坐下，"外联部先开始。"外联部的王泉经理开始汇报这一周来的工作进展，李总不知道有没有在听，他翻看手头的文件，拿手机回复别人的信息，有时候又拿笔在本子上记上几笔，忽然间他抬起头看向王泉，"李爽这个人为什么没有拿下来？"王经理的声音小了下来，"她想考虑一下。"李总脸色不是很好看，"下周搞定她。"王泉顿了一下，"她说……"李总抬手止住，"理由我不要听，你下周给我成果。营销部说吧。"

前面几个部门汇报完毕后，轮到了采购部，站起来的是一个长着娃娃脸的小伙子，看样子不到二十岁。褐黄色夹克衫，套在他瘦高的身子上显得过于大了，还显得老气。他说起话来声音小小的，李总一边埋头在笔记本上写着什么，一边厉声说："大点儿声音，听不见！"小伙子脸越发白了，他清清嗓子，声音大了一点儿，"那批货下周三到我们仓库……"李总立马问："下周三几点钟？在哪个仓库？是哪几个人来？"小伙子答不上来，拿起自己的本子翻看。李总抬起头，"啪"的一声拍了一下桌子，大家都吓了一跳，"你怎么搞的？这些都是最基本的情况，你怎么还搞不清楚？你都来了三个月了，怎么还是没长进？"小伙子没有说话。李总瞪了他片刻，又低头在本子上写，"你接着说。"小伙子又细声细气地说，"打印纸方面，我们进了一批，三号会到公司……"李总摆摆手，"你不用说话了，待会儿到我办公室里来。财务室的说一下。"

开完会，正好到了吃饭时间。我所在的外联部同事邀请我跟他们一起出去吃个饭。我们出了大楼，去到马路对面的小饭店，点好菜后，便开始了吐槽。"你不知道那个李爽有多难搞！李总总是让我们拿下，我们费了九牛二虎之力，根本就没用好不好？！"王泉一坐下就开始吐苦水，"下周怎么交成果？！我一点法子也没有。"另外几位同事也纷纷开始说起各自手头上的客户有多难弄，新开拓的客户又不知道拿什么来维护。其中一个同事正在说的时候，王泉突然打断，"这个菜上得太慢了吧！不催不行了！"被打断的同事愣了一下，被另外一个同事碰了一下胳膊，他回头看了一下，忙说，"李经理好啊！"我随之看过去，那个小伙子正好走了过来，他跟我们点点头，"你们也在这里吃啊？"大家都"啊啊啊"地应和着，王泉说："要不要跟我们一起吃？"这个被大家称为李经理的人摇摇手，"不用了，你们慢吃。"大家也没有挽留,胡乱说好。他一个人坐在角落,叫服务员过来点餐。

刚才大家还说得热热闹闹的,此时都小声说话,也不谈工作,就扯一些八卦新闻之类的。我抬眼看李经理,他要的菜已经端了上来,是青椒肉丝。他端着一碗米饭,一小口一小口地吃。我不由地感慨了一声,"他被批得好狠啊!"王泉问:"你说谁?"我头往那边抬了抬,他转头看了一眼,又立马回转过来,小声地说,"嗨,你说他呀!他不一样。"我问:"是因为太年轻?他看样子都不到二十岁。"王泉声音压得更低,"他是李总的弟弟。"我"哦"了一声,另外一个同事又补充道,"他高中毕业,没考上什么好的大学,他哥,也就是李总,就让他到自己公司来做事。现在采购部归他管。"王泉啧啧嘴,"采购部当然要给自己家人,这一块油水多大啊,给了外人多吃亏。"我又问:"他年纪这么小,采购的事情他搞得定吗?"王泉想了想,"你还别说,他做得还不错。你别看李总在会上骂他骂得最狠,实际上是在锻炼他。他干的这段时间,没出什么纰漏。"

正说着菜已经上来了,大家一边开吃一边闲聊。李经理走了过来,"你们慢吃。"说着勉力笑了笑,我们又一次胡乱地回应他。我感觉到他一时间不知道是走好还是不走好，终于下了决心，他挥了一下手，又一次笑笑，"你们慢吃。"说完匆匆走开了。

吃完饭，王泉给我安排好了工位，靠近公司的大门口，也就是说这是一个最危险的位置。公司的领导出出进进，我的一举一动，他们只要一抬头就能看到。不过李总向来不会抬头，他经常是急急忙忙地拿着文件从门口一阵风似的呼啸而来，又一阵风似的呼啸而去。反倒是他弟弟李经理，我经常能看到他。电梯门一开，李经理拿出两堆杂志挡住电梯门，防止它关上，接着他开始从电梯里把余下的杂志搬出来，看样子有几十摞。天气热了，他换上了白色短袖衫，黑色西装裤，一双球鞋。他默默地搬运，没有叫其他同事来帮忙。大家都各自忙得热火朝天，也没有人往外面看一眼。杂志都从电梯里搬出来后，他又开始把它们往我们办公区的储物间搬运。因为刚来，我手头没有多少需要做的工作，便起身过去帮他。他从储物间出来时，在门口正好碰到搬了几包杂志的我，连忙摇手，"呀呀呀，你不用帮忙的，我一个人就够了，你快去忙吧。"我说："没事儿的，我正好这个时候也是闲着的。"他没有再说什么。我们陆陆续续把杂志都搬到了储物间，我见汗水已经濡湿了他的短袖衫，额头上也都是汗。搬完后，他谢过我，又出去忙着采购。

二

下班后，我又一次去了马路对面那家饭馆。等菜时，正无聊刷手机，忽然听到一个声音，"你也在这里啊？"一抬头是李经理，我忙笑着说："是啊。你也来吃饭啊？"他"嗯"了一声，"你一个人吗？"我说是的，他便坐到我的对面，"你菜点好了吗？"我说点了一个西红柿炒鸡蛋，他说："晚饭也要吃好嘛。"他叫来服务员，点了毛血旺、酸菜炖鱼、东坡豆腐，我说："你点这么多，吃得完吗？"他看了我一眼，"我们一起吃。"我忙说："不用不用，我一个菜够了。"他说："不用客气。都是同事。"我还要说什么，他忙抢着说，"主要是想感谢你中午的帮忙。"我说："这个有什么，举手之劳嘛。"他笑着摇摇头，"就让我请你一次吧。"我便不好再推辞了。菜上好后，又要了几罐冰镇啤酒，对喝了起来。溽热的暑气被阻挡在空调的冷气之外，马路上大堵车，喇叭声此起彼伏。

几杯啤酒下肚，原本无话可说的气氛松软了下来，我们的话也逐渐多了。我叫他李经理，他忙让我别这么叫，叫他李东阳的本名就好。我问他多大年纪，他说自己二十一岁。我感慨了一下，"二十一岁我还在读大二。"说完我忽然想起王泉说李东阳没有读过大学的事情，感觉自己说话太冒失，但他并不介意，"我也就读完了高中。实在是读不进去，课业太难了。我哥——"他说到这里，迟疑了一下，"可能你们也听说了李总就是我哥的事情，是吧？"见我点头说是，他"嗯"了一声接着说，"我哥给我转了几个重点高中，我都没有读进去。这一点，我挺对不起他的。"他转头看窗外，嘴里"吧嗒"了一下，又给自己倒了一杯，"我爸妈离婚得早，我哥哥谁都不跟，靠自己打工，考上了重点大学，读大三的时候就开始创业，现在你们也看到了——"他把手摊开，"公司被他做得越来越大。我呢——"他拍拍自己胸口，"连他一根手指头都抵不上。"

他已经喝完四罐啤酒了，又叫服务员加了几罐。他喝酒上脸，从耳朵到眼睛再到脖子都泛了红。我让他别多喝，他摇摇头，"我哥说，酒量呢，一定要练出来。以后生意场上不会喝酒，就不用做什么生意了。这点酒，不算什么！"

他又给自己满上了一杯,"你随意。"虽然他这么说,我还是陪他喝了下去。"爸妈离婚时,我才读小学。先是跟我妈,后来又跟我爸,他们呢,都各自结婚生了孩子,所以我在他们两个人的家,都显得好多余。"他突然把脸凑了过来,"你懂那种感觉么?就是你到哪里都是个外人,跟那个油跟水一样。我就是那个油,跟水怎么也融不到一块儿去。我读得好不好,他们也都不管,钱倒是从来不缺的,"他"呵呵"地笑了起来,"我就拿钱去玩啊,各种玩,玩得昏天黑地的。我哥——"他有些醉意了,手拍着自己的脸,"有一回我在游戏厅里玩得正 high,我哥突然就出现在我面前,劈头就给了我一巴掌,打得我都懵了。那一巴掌,"他撇撇嘴,"非常疼。你不知道有多疼!我从小对我哥,怎么说呢?又害怕他,又依赖他。他要是对我失望了,我会特别害怕的。"

他突然捂住自己的脸,久久没有说话。我也不敢说话。上来的菜都有些凉了,空调的冷风压在头上,像是捂着一个冰盖子。我终于鼓足勇气说,"别喝了,吃菜吧。"他揉搓了几下脸,放下手,"的确是喝得有点儿多,跟你说了这么多废话。"我忙说没有。他捏着酒杯,拿起来,又放下,忍不住笑了起来,"那一次吃饭,我知道你们在说我。"我问哪一次，他说上次我们聚餐的那回，"我一进来，你们就不怎么说话了。"我觉得有些尴尬，待要辩解几句，他摇摇手，"不用解释的，我能理解。我以前在别的公司上班，也跟同事们说老板这个那个的不是，太正常了。"我问："你还在其他地方上过班啊？"他哈哈两声，"是啊，我哥哥这家公司是我的第三份工作。我做过服务员，还在工厂打过工。你可能会问我为什么不直接来我哥哥的公司。"见我点头，他接着说，"我不想跟我哥待在一起。他对自己要求特别高，对别人要求也高，这个——"他冲我一笑，我也心领神会地一笑，"你们也亲身体会到了。你们还好，我是被骂得最惨的。你做什么都是错的，做什么都不能达到他的要求。像他这么聪明的人，恐怕很难理解我这样的笨弟弟吧。"他说完，又喝完了一罐啤酒。

我还是没忍住问他，"那你为什么还是来了呢？"他手指刮着自己的下巴，"是啊，我为什么就来了呢？"他沉思了半晌，"过年的时候，我不知道到谁家过年。哪一家的热闹，都不会有你的。我哥也打电话给我，让我去他那里。我也不愿意。毕竟他也结婚了，有自己的家。我本来就想自己一个人在广东过自己的就算了。腊月二十八那天我在屋里睡觉,我哥把我从床上拉了起来,不带商量地塞到他的车子里,让我跟他走。"他嘴里"呜呜"了几声,"他把我的飞机票都给买好了,直接带我去了他家。他就是这样的人,从来不跟你商量,不管你怎么想的,一定要按照他的来。"他眼神放空地看着前面的一个点,"他要我来他的公司,给他做帮手。他一个人扛起来太累太累。"他模仿李总的说话口吻,"你在那工厂打工能有什么出息?!你非得跟我犟!你是我弟,你要成为我未来的左膀右臂才是。"他略带嘲讽地笑了一下,"所以我就来了。嗯,我太笨了,帮不上他什么忙,只会让他失望。"他顿了一下,"嗯,失望。"

三

第二天上班,我们在过道上打了个照面。他略显尴尬地向我点点头,又急忙往门口走去。我想他是不是因为昨天晚上跟我说了太多自己的私事,觉得不自在。这样一想,我也觉得自己像是贸贸然闯进了人家卧室的路人,虽然不是故意的,却也未免知道太多了。不管怎么说,李东阳也是李总的弟弟,是我的上级领导。我心里开始有些忐忑,坐在工位上也没有心思工作。

中午吃饭时,我们部门的同事又开始了吐槽模式,李总这个奇葩做的那些事情有多离谱,又跟公司那个刘秘书眉来眼去,总之在我听来匪夷所思难辨真假,这时同事刘韬突然说了一句,"李经理人小胆子却不小嘛。"我听完心里跳了一下,大家都纷纷问刘韬怎么回事,刘韬说:"他啊,跟刘秘书也不干净!"大家"哇"的一声,"真的假的啊?刘秘书不是李总的菜么?这么说,兄弟要相争,看来好戏要上场了!"我忽然觉得这些同事面目可憎,忍不住质问了一句,"你有什么证据呢?"刘韬奇怪地瞟了我一眼,"证据嘛,谁也没法亲眼见到。我是听吴倩说的。"我又逼问一句,"吴倩又是怎么知道的呢?"刘韬被我噎住了,场面一时间尴尬了起来,王泉忙说:"大家吃菜!吃菜!"

吃完饭,大家慢慢往公司的大楼走去。同事们一边溜达一边闲扯,唯独没有人跟我说话,这让我非常后悔和紧张。我那一番质问,恐怕是得罪了他们。而我还在试用期,这份工作得来不易,要是他们都讨厌我,我接下来该怎么办?这一连串的想法,让我特别懊恼:大家吐槽本来就是放松一下,我何苦为了李东阳这个其实跟我无关的人得罪他们呢?我真是傻到家了。现在李东阳肯定对我有了顾忌，而同事们也会来孤立我，两边我都不讨好。我沮丧地回到自己的工位上，连打了几个客户电话，对方没等我说完就挂了，还有一个骂我"傻逼"，我真想找一个地方大哭一场。门口的电梯又一次开了，李东阳又开始挡住电梯门，往走廊上搬运东西。这一次我低下头，装作什么都没看见。

例会又要来了，王泉明显紧张了起来。我们把本周拓展的客户汇总报给王泉看，他在我们的工作群里说了一句："完蛋了。"大家都没敢回复。我每天打一百多个电话，手头上一个开拓成功的客户都没有。哪怕是刘韬这样的老手，也是在吃过去的老本，新拓展的客户也是零蛋。至于李总一再要求我们争取的李爽，干脆都不接我们电话了。例会上，李总自然痛批了我们一顿，我们大气都不敢出。轮到李东阳汇报，他这次换了一身西装，做了发型，看起来年轻帅气，才过了短短一周，他就大变样了。这次汇报他的声音响亮而有力，有数据，有结论，有分析，还有下周的计划，听起来非常专业。李总这次没有在笔记本上写东西，而是略感惊讶地问："这些……都是自己弄的？"见李东阳"嗯"了一声，他难得地露出了笑意，"这次的确还可以。其他部门的负责人，要向他学习一下。尤其是你，王泉——"他手指了一下，"你听到没有？！"王泉忙回答，"听到了。"

例会结束后，部门同事照例聚餐。王泉一落座就气哼哼地说："学个鸡巴毛！气死我了！"大家都附和他的话，"是啊是啊，咱们外联的工作太难太难了！李总就知道要结果，结果哪里这么容易有哦？让他一天打几百个电话试试看。"王泉又说："李东阳那小毛孩，有什么好学的？！要不是仗着他哥哥，他算个屁啊！"这番话听起来特别刺耳，但我忍住没有说，大家一起说李东阳的种种不是，我也没有参与。我觉得跟他们越隔越开，他们渐渐也不怎么搭理我。我抬眼看窗外，马路对面一排香樟树下，李东阳正往西边去。在这个暑天，他一身西装，看起来分外刺眼。他手插在口袋里，走路渐渐像他哥那样，矫健有力。走到一个停车处，他进了他自己的那辆三菱车，沿着春华路开走了。

四

一个月后，王泉辞职，紧接着刘韬辞职，那几天连带着其他几位同事也辞了，部门走得只剩下我和吴会龙两个人。我是因为还没有找到其他合适的工作,手上也没有积蓄;吴会龙比我后来,跟我一样的情况,暂时没有更好的出路。李总在例会上说起王泉和这些辞职的人,"没本事,自己走人也挺好。成天浑浑噩噩能有什么业绩?我最不喜欢的就是这种成事不足败事有余的人!他们呐,到其他公司,也会一样失败的。你们等着看。"他敲着桌子,"不要让工作迁就人,而是要让工作成就人。连这个道理都不懂,枉费我一手栽培他们。"我作为部门仅存的两个人之一,听得特别不是滋味。余光中能看到坐在我对面的李东阳,像是陷入了沉思。他侧着头,手在本子上勾勾画画。李总又说其他的,我没有心思听。而李东阳,好像也没有在听,他在本子上画人脸,被我看到了。那是个侧脸,尖下巴,鼻梁略高,嘴巴微噘,刘海蓬松,看起来很是眼熟,但一时间又想不起是谁。

例会结束后,回到工位上,离职的同事移交给我的那一摞厚厚的通讯录让我压力倍增。李总又一次风风火火地走到门口,刘秘书一路跑过来叫住他,让他给几份文件签字。我脑子里忽然"啪"的一下打通了:站在我不远处的刘秘书那侧面,不就是李东阳画的那个侧脸吗?这简直是个天大的发现,我一时间兴奋了起来,想找个人说一下,一看王泉、刘韬他们空荡荡的座位，我又一次觉得失落起来。原来刘韬说的是真的，李东阳的确跟刘秘书有牵连。李总签完字后，又对刘秘书说了一些话，刘秘书连连点头。交代完毕后，李总转身快速离开，刘秘书也去到了自己的工位上。我再看过去，李东阳的工位就在刘秘书的斜对面。

例会开完的第二天，李总宣布外联部的新任负责人是李东阳，采购部的事情也还是归他管。他搬到了王泉的工位上，就在我的对面。他把他的办公用品搬了过来，我抬头，正好碰到了他的目光。他冲我微微一笑，我也胡乱笑了一下，低下头继续打我的电话。想想一个小我六岁的人当我的领导，而且我还知道他那么多事情，这简直是要了我的命。中午吃饭，我跟吴会龙去了小饭店，各自点了一个菜。我们都很沮丧，也没有多说话。想想过去王泉刘韬他们在时，大家中午一起吃饭吐槽，是多热闹和解气的事情啊。可惜那时候我不懂，只嫌弃他们太过负能量。现在对着比我还晚来、年龄还大我三岁的吴会龙，我连安慰的话都说不出来。沉默了半晌，吴会龙说："我在考虑找下一家。我觉得我们未来的日子不会太好过的。你看这个李东阳，分明就要成为一个小李总嘛。"我没有多说话。

下午，李东阳通知我和吴会龙开个小会。我们走到会议室，关上门，平日每回开会，都是全公司的人，现在只有我们三个，空间显得大得过分。大家各自拉开椅子时，椅脚划拉地面，发出刺耳的声音。坐下后，李东阳说："你们是我的前辈，我有很多不懂的，都需要向你们请教。"我们喏喏地说哪里哪里，他语气一转，"我看了一下之前的客户清单，离李总要求的还很远，所以我们的任务也非常重，希望大家一起努力。"我们说好。说完，就没有多余的话了。一时间，沉默像是癌细胞一样，在这个空大的会议室里蔓延。李东阳用笔敲打着本子，说："你们有什么需要我协助的，尽管跟我说。"我们说现在没有。又一次沉默了。李东阳突然起身，"那，就，散会吧。"

李东阳开始给我们分配任务：我负责在网络上的各大媒体平台搜刮信息，并整理出一个清单来，并且还需要建公司的主页和公众号；吴会龙负责盘点老客户，目前还有多少是活跃的，还有多少是半年以上没有联络的，有多少是选择离开的，为何要离开……以前我们的工作就是拿着现存的清单打打电话，拓展、联络、维护、跟进就可以了，现在我们还要分析我们过去和现在的数据，每天都要开小会，每个人汇报各自的进展,而李东阳会非常认真地盘问每一个细节。我们从未如此忙碌过,过去从未加班,现在加班却是家常便饭,连饭都忙得没有时间出去吃,都是点的外卖。而李东阳自己,也并没有比我们少干活,他经常跑出去直接找客户,第一周他就搞定了李爽,紧接着他又拉了好几单大客户,这着实让我们刮目相看。

例会上,他做了一个PPT,这在公司还是头一回。平日大家都是在念,现在他通过投影仪展示他做出来的各种分析图,亮点在哪里,盲点在哪里,如何找到卖点……李总又一次惊讶地问:"这是你自己弄的?"李东阳淡淡地回了一句,"是啊。"李总"嗯"了一声,接着又环顾了会议室一周,像是告诉我们他没有看错一个人。我再一次看李东阳,跟第一次简直像是脱胎换骨了一般。还是娃娃脸,可是脱去了稚气,显出了沉稳的气度来。他总穿着贴身西服,每天上班都是如此,带动了整个公司的同事都纷纷穿起职业装来。他的言语举止,还真如吴会龙所说,越来越像他哥。他会每天问我们今天进度如何,完成多少,没有完成的原因何在。我们汇报时,他年轻的脸孔上面无表情,看不出来是高兴还是生气。可是一旦我们哪里说得不到位,他一下子就能揪出来指给我们看。所以，我们丝毫不敢怠慢。

开完会后，他被李总叫到办公室里去。我跟吴会龙回到各自的工位上，相互苦笑了一下。他回来后，我们从他冷峻的脸上就能看出我们又有新的任务了。果不其然，他在工作群里跟我们说这一周要新攻克几个难啃的客户。这几个客户，过去两个月都让我们头疼不已。现在，我们要做的就是全面地挖掘这几个客户的需求，电话不行的话，就上门拜访，请客吃饭，甚至用上不了台面的招数都可以，只要能把他们拿下，我们今年的奖金就会翻倍。虽然有这个奖励机制，我们依旧提不起兴致。因为如果拿不下，我们的奖金将会扣半，而这个可能性更大。李东阳没有提及后一点，但我作为部门的老人，清楚地看到我们疲于奔命的悲惨结局。群里跳出一行问话"大家有没有信心？"我跟吴会龙非常有默契地没有回复一个字，李东阳也没有再问。

李东阳没坐多久，便出门拜访我们要攻克的一个客户去了。其他几个，我和吴会龙要想办法。有什么办法可想呢？我们都是不会跟人打交道的，打打电话忽悠人家还可以，真正在现实中见到客户，一说话就会露馅儿。但李东阳跟我们完全不同。我们陪李东阳出去过几次。饭局之上，他跟这个总裁那个董事长的，谈笑风生，白酒干完了红酒上场，喝到最后依旧没有醉倒，还能拍着对方的肩膀称兄道弟。有时候，也去 KTV 唱歌，也会去桑拿房，只要客户想要的，他都痛痛快快地陪同。吴会龙私下跟我说："他毕竟是很早出来混社会的，还是比我们放得开。他才二十一岁，看起来就是个三四十岁的老江湖了。"

既然领导都出去了，我们也没必要吃外卖了。出了大门，又一次去那家饭店，点了几个菜，要了几瓶啤酒。这一段时间，我跟吴会龙渐渐有一种难兄难弟的感觉。巨大的压力之下，我们也只能向对方吐吐槽了。这次我们负责的客户要怎么去拿下，还没有什么头绪可言。吃了几口菜，喝了几口酒，我们相对无言。门外大街上人来人往，每一个都是一座大山，凭我们怎么搬，也无法搬到我们的客户清单里去。人行道上一个人慢慢走近，是个女人，撑着柠檬黄的太阳伞，穿着黑白波点裙，从饭店的门前走过。我推推吴会龙，"喏，刘秘书。"他瞥了一眼，"她好神秘，我几乎没跟她说过话。"我笑笑，"她不是我们能说得上话的人嘛。"我一时兴起，跟他提及她跟李总的关系，又提及李东阳在一次例会上画她的侧脸。吴会龙听完撇撇嘴，"好乱噢，搞不懂他们！"我说："这些都是八卦而已，未必能当真的。当然李东阳画人家，这个是我亲眼所见。"吴会龙点点头，"那说明就是有咯，要不然他干嘛不画王珊，不画君澜？"

饭还没吃完，便接到李东阳的电话，问我们在哪里。我说我们在外面吃饭，他的口气听起来是生气的，"你们赶紧回来。"我跟吴会龙立马结完账赶了回去。李东阳满脸通红，显然是喝了酒的，估计是攒了个饭局。我们一到，他就拿本子拍着桌子，"你们怎么不急？！怎么不急？！"他的声音大得整个办公室里的人都听得见，"这周的任务有多重，你们不是不知道！你们怎么还这么悠闲？我在外面跑来跑去，你们就坐在这里吹空调喝茶水，业绩怎么来？！怎么来？！你们说——"他抬眼瞪着我们。吴会龙咕哝了一句，"我们也在做，刚才只是出去吃个饭而已。"李东阳站起来说，"你们做了什么？拿给我看！"他手指着我们，"拿啊！你们做什么了？"我们没有拿，冷冷地站在那里，心里的火气也被惹了上来。李东阳又一次坐下，"你们什么也没做。什么也没做。"一边说一边摇头，不一会儿就趴在桌子上睡着了。

我们坐在各自的工位上，吴会龙跟我发消息，"老子要辞职！气死我了！"我回他，"我也是！"我们一个电话也没打，也不翻看清单，坐在那里相互在对话框里轮番抱怨。李东阳那头传来呼噜声，还有零星的胡话，"我……我……哥……哥……呜呜……"忽然听到他的呜咽声，让我们很吃惊。办公室其他部门的人想必也听到了——他们都往我们这边看。虽然对李东阳有不少抱怨，但这个时候我还是起身走到他的工位边。他头趴在桌子上，双肩抖动，呜咽声像是一个孩子发出来的。我拍拍他，"你没事吧？"他抬头看我，眼神懵懂，眼泪从脸颊处滚落，从眼神里看出他已经很醉了。这个场合，还是把他带到其他地方去比较好。

我把他搀扶到会客厅，让他在沙发上睡下，又给他泡了一杯浓茶。他躺在那里，手捂着眼睛，任凭眼泪流出，之后又缩起身子睡着了。见他没什么事情，我就回工位上工作去了。半个小时后，我再去会客厅，他身上不知道是谁给盖了一条毯子。他呼吸声细细的，西服已经被揉得不成样子，领带也是半解开的。我正准备离开，刘秘书推门进来了。见我在，她略显尴尬，简单地打过招呼后，她把手上的茶叶盒子放在桌子上，"这个比较解酒。"说完，她转身要离开之时，李东阳忽然叫了一声，"刘姐，别走！"他眼睛没有睁开，手却向门口这边招动。刘秘书走了过来，"你好好休息，别说话了。"说着给他掖了一下毯子。李东阳忽然抓住她的手,"你别走!别走!"刘秘书想把手抽出来,怎奈何李东阳的手劲儿太大,怎么也抽不出来。我不敢多逗留,很想立马往门口走,但这样一来感觉会暴露出我知道他们关系似的,可是不走又更尴尬——谁知道李东阳还会说出什么话来。刘秘书冲我干笑了一下,"他喝醉了……"我说:"是啊。"一边说一边往门口那边慢慢走。李东阳忽然喊道:"我……我……没醉!刘姐……刘姐……"刘秘书使了很大的劲,抽出了手,站起身,"他喝太多了!"说完,脸色镇定地出了门。

五

晚上加完班,已经夜里十一点了。出门一看街上空空荡荡,我没有赶上最后一班102路车,只能打的。风一丝也没有,刚从有空调的办公室出来,暑气嚯的一下把人裹在溽热之中。站在马路沿儿上,半天也没见一辆的士过来,我只好往前一边走一边看,烧烤摊沿路一个个冒出来,也许是太热了,摊位上都没有什么顾客,老板无精打采地抽烟。我也想抽烟,可手上并没有,只好继续往前走。走到了华城路,一辆车忽然在我边上停住,车窗摇下,原来是李东阳。他冲我招招手,"我说怎么这么眼熟,还真是你!你怎么还没回家?"我说正准备打的,他说:"别打的了,我送你回去吧。"我忙摇手,"不用不用,我家在西北边,你家在东南边,不顺路,又隔得太远。"他说:"没事儿!我本来就是出来透透气的,正好顺路就把你送回去了。"

车里的冷气开得很足,一坐进去,感觉呼吸都顺畅了。车子沿着华城路往西奔,上了环城高速。路灯一串串地从我们眼前掠过,沿路居民楼的灯光隔着杉木林透出一点微弱的光芒。一时间我们不知道说什么好,李东阳打开收音机,正好是"点歌台",一个女人的歌声沉沉地流淌了出来。这是首老歌,我妈妈一直以来都很喜欢,连带我也会哼唱,"夜色茫茫罩四周,天边新月如钩。回忆往事恍如梦,重寻梦境何处求……"李东阳瞥了我一眼,笑问道:"挺好听的,是什么歌?"我说:"《明月千里寄相思》。"他透过车窗往外看了一眼,"今天没有月亮,看来相思也是没办法寄了。"我们都笑了起来。

从环城高速下来,到了阜新路,等红绿灯时,他忽然说了一声,"谢谢你啊。"我疑惑了一下,"谢我?"他看我一眼,"对啊。今天醉得不成样子,肯定对你们也说了不少过分的话。"我说:"没有没有。"他笑了笑,"你总是很宽容,要是我们的客户跟你这样就好了。"他手指叩着方向盘,"你总是帮我。"我说:"哪里有什么帮,都是举手之劳。"他说:"这对你是举手之劳,对我来说都会记在心里。小时候我去亲戚家做客,我爸我妈都不知道跑哪里玩去了,我一个人无聊,倒在沙发上休息。我记得我快要睡着的时候,有人把我抱了起来送到床上去睡。我很后悔那时候没有睁开眼看一下是谁抱的我,但这件事情我记到现在,每回想起来都很感动,当然,"他顿了一下,"也有些难过。那时候没人管我,别人对我的一点好,我都记得。"

快到我家时,"有一个事情,也要请你帮一下忙。"他郑重地说,见我在听,继续道:"今天刘姐那件事情,你别跟我哥说,也别跟别人说,可以吗?"我顿时尴尬起来,"啊……这个……好好好……"他继续往前开,"我大概知道你们的传言,其实并不是这样的。我跟刘姐,其实更像姐弟。她就是我大姐,我工作上弄不明白的,都是她教我的。比如之前在会上那些,都是她一手教的。"我嗯嗯几声,有点坐立不安,感觉自己又不小心知道了一些我不该知道的事情。

"她跟我哥什么关系,我不知道。但我跟她之间,我问心无愧。从来没有一个女人这样对我好。怎么说呢,我妈,我嫂子,对我当然都很好,但那都是不贴心的那种好。你懂那个感受吗?"他一只手拍拍心口,"刘姐不一样,她了解我的性格,知道我喜欢什么不喜欢什么。而我哥,只会让我按照他的意志办事。"

车子到了我家小区门口,我下车后谢了他。他挥挥手,从小区的夹道上开走了。开始有一点点风在搅动周遭的热气,白蜡树的叶子迟疑地动弹了几下。等我回到家洗漱完毕,一场暴雨忽然而至。雨水沿着玻璃窗蜿蜒而下,划出一道道雨痕。关灯躺在床上,闪电时不时照亮房间,很快雷声轰隆隆炸响。李东阳的话,不断在心里翻搅。工作时的他,雷厉风行,精明能干;不工作时的他,却又脆弱敏感,情感丰富。这叫我真不知道怎么面对他。尤其是想到明天还要再见到他,还要听他分派各种任务,要做到公私分明,也不是那么容易的事情。

第二天,我有一种预感:有些事情正在发生改变。表面上看,这一天跟之前的任何一天都没有什么两样,我同样是整理清单、维护公号、发布软文;吴会龙依旧还是给那个叫刘浩申的客户打电话,这个客户是我们这周必须要拿下的;而李东阳在迟到了两个小时后,坐在工位上,漫不经心地看我给他整理的资料……但空气中有隐隐的躁动,我有点儿口干舌燥,抬眼看李东阳,他像是立马感知到了,抬头看了我一眼,我连忙低下头。过了一刻钟,李东阳叫我们两人去会议室开个小会。我跟吴会龙的任务分配有所改变:我不再负责开拓客户这一块,手上正在做的转交给吴会龙,以后公司在各个网络平台的宣传由我来负责,吴会龙专门负责开拓新客户。

小会开完,吴会龙没有好气色,也不像平时那样等我一起,便径直走到自己的工位上。李东阳这样安排,我也颇感意外,毕竟之前他没有跟我沟通过。表面上看,还是我们平日做的工作,只是侧重点有了改动,宣传方面我本来就在做,现在不用开拓客户了,我暗暗松了一口气,正好这个月还没有什么新客户,现在也不用管它了。倒是吴会龙身上的担子一下子沉了很多,那些难啃的客户再也没有人跟他平摊风险了。不过,李东阳没有谈薪资这一块有无变化。倘若是工资加提成,开拓客户还是挣得多,而单做宣传工作只是死工资而已。到了下午,刘秘书单独在网上找我谈话,她告知我从下个月开始，我的工资将在现在的基础上涨百分之二十。真是件又意外又兴奋的事情！刘秘书下线前，嘱咐了我一句，"关于提薪的事情，你自己知道就可以了。"我偷眼看了一下吴会龙，他正在跟一个客户通电话，没注意到我这边。我回复道："没问题。"

兴奋过后，我不禁冒出一个想法：为什么突然之间会这样？近期的工作，我并无什么特别突出的业绩，何以青睐于我？我想不通。我总感觉这件好事背后还有其他的缘由。正胡乱想着，李东阳站起来，递给我一份文件，"这个你整理出一篇适合发公号的文章来吧。"我接过文件后，他又坐了下来。我忽然明白：这一切应该是他促成的！把我调到清闲的岗位，又给我加薪水，背后都是他的主意。他图什么呢？我又想起昨晚他说的话，逐渐理出一个逻辑线来：他是不是怕他跟刘秘书的事情被我泄露给他哥哥，所以才如此做？想到此，我内心深感不安：整件事情就像是一笔交易似的，而我就是那个攥着秘密的人，虽然并非我本意。一开始的兴奋也渐渐被不安感所代替，可是这种感觉只能隐藏在自己心底——毕竟没有人挑破这层意思。

整件事情只有吴会龙还蒙在鼓里。中午吃饭时，刚在饭馆里坐下,见边上没有人,他便开始气哼哼地说李东阳的各种不是,"他什么意思?让我一个人扛这么多活,是诚心让我走?"我说:"他不是说了么,多开拓一个客户,奖金就会多吗?"他不屑地摇摇头,"那也就是画个饼!谁不知道现在客户有多难找?!哎——"他忽然凑近我,"他怎么不让你开拓客户了?"我莫名地心虚起来,只是含糊地说,"我也不是很清楚,他可能觉得我开拓能力不行吧。"他点点头,"我看他可能也是这个意思吧。当然我没有说你不行的意思,"他迅速补了一句,"他把你安排到这个清闲的岗位,估计也是把你先晾起来,收入没有提成的话,也很惨啊。"我说:"是啊,也不问问我!"吴会龙一副"你我懂的"的熟悉神情,"人家就是小李总,说一不二。呵呵。"

涨薪水的事情我没跟吴会龙说一个字,我对他有一种莫名的愧疚心,感觉自己也在欺骗他。我们曾经"患难与共",现在我抛弃了他,成了他眼中李东阳的人。李东阳每一次在小会中问吴会龙的工作进度,我都替吴会龙捏一把汗。他埋着头,笔紧紧地攥在手中,像是随时要发射出去,可是又极力地忍住。每回会后,吴会龙跟我吐槽李东阳,我也随时附和他,甚至有过之而无不及。吴会龙一直有离开的计划,也偷偷出去面试了一轮,并没有找到比现在更好的工作机会,再加上还有房贷和孩子,更不敢轻易提辞职。有时候我们一起喝点酒,他喝着喝着,摸着日益稀少的头发感叹:"真是窝火!被一个小屁孩天天拿着鞭子撵着,真他妈的难受。"我则端起酒杯,"喝酒喝酒。"喝完酒回到公司,他会又一次拿起座机,声音轻柔地说:"王总,您好。不知道您考虑得怎样了?需要我去拜访一下您吗?"

马上要到年终盘点了,李东阳越发地忙碌起来,经常不见他在工位上,有时候来也是醉醺醺的。李总在例会上一再强调各个部门必须加大力度,完成年度任务。我们部门的任务量完成了百分之七十五,年底一个月必须要加把劲才能达标。吴会龙也难得在工位上,他一天会跑四五个客户,有时候回来后连口水都来不及喝,拿起资料又一次出门。我们的小会上,李东阳看了一下客户清单,问吴会龙,"城东的刘经理,我前几天去联系了一次,他那时候说得好好的,今天怎么变卦了?"吴会龙拿起手机,"我打了几次电话给他,他都挂了。"李东阳说:"那去他公司呢?"吴会龙摇摇头,"他们的保安都不让我进去。"李东阳看着他,"你是有多年工作经验的人,怎么就这么笨?保安说不让你进你为什么不去……"话还没说完，吴会龙猛拍桌子站起来，"你说谁笨？！"我们都吓了一大跳，李东阳还未来得及说话，吴会龙已经气得脸色通红、浑身发抖，"你一个小屁孩，轮得到你来教训我？你算哪根葱啊？你没有你哥，你算什么？你屁都不是！"李东阳愣了片刻，语气平淡地说，"刚才是我说话的方式不对，向你道歉。现在我们回到工作上，这个李端丽，我昨天跟她联系了……"吴会龙转身就走，门砰的一声甩打到墙上。会议室里，只剩下我和李东阳两个人了。片刻的沉默后，我抬眼看李东阳，他的脸上没有任何表情，拿着本子说："我们继续。"

六

吴会龙辞职时，我们在湘菜馆吃了一顿饭。他烟一支接一支地抽，虽然饭馆里是不允许抽烟的，但他也不管了；酒也是，过去上班因为要赶回去带孩子，所以基本上不碰酒，现在一口气四五瓶下了肚。"我媳妇把我骂惨了，"他搓着自己的脸，"的确是太过冲动，现在下家还没有着落……今年奖金也拿不到了……可是当时你说我能忍吗？老子……老子恨不得当时一巴掌扇过去……去你大爷的……兄弟啊,找准机会赶紧走吧……走走走……你不走,他会想法子把你挤兑走……你等着瞧吧……"我没有多说话,只是让他少喝点儿。他手一挥,"去他大爷的,我想喝就喝!谁能管我?……喝!喝!喝!"他拍着桌子,大声地对我叫,"赶紧走!兄弟啊,别在这里受罪。"

吃完饭,吴会龙已经醉得走不动路了,我打的送他回家。我们坐在车厢后面,车窗外零零星星下了点儿小雨,空气溽热难耐。吴会龙突然靠在我肩头嚎啕大哭,我让他哭个痛快。哭完后,我递纸巾给他。快到他家那头时,他渐渐清醒过来,向我要了口香糖,怕回去后一身酒气,又惹来一场架吵。到了他家小区门口,他让我别送了,自己下了车,几步走下去,跟跟跄跄,我问:"你没事吧?"他摆摆手说:"没事。"看着他歪歪斜斜进了小区,我请师傅转头继续往我的住处开去。

早晨去上班,办公室里的人并没有像往常那样各自坐在自己的工位上,而是三三两两聚集在一起兴奋地说着什么事情。我跟隔壁策划部门的阿晓打招呼,他冲我点点头,"你快打开邮件看一下,有大新闻!"我有一种不好的预感。打开邮箱,收件箱里最新的一个文件是一封公开信,点开后是一个加红加粗的大标题：李东阳连自己哥哥女人都敢抢！标题往下写李东阳跟刘秘书眉来眼去，早有奸情……我没有往下看，抬头看发件人，是一个陌生的用户名，发送的对象是全体员工，并特别抄送李总和李东阳，再看发送时间，正好是我送吴会龙回去后的一个小时。肯定是他发的！我可以确认，我有一种被他出卖的感觉。我赶紧走到走廊上，给吴会龙打电话，他接了后说："是我发的没错。我要让李东阳尝点儿苦头。"我一听急了，"可是你这样做，把我暴露了啊。这个事情是我告诉你的。"他哦哦了两声，"我都忘了这一茬。对不起啊兄弟。不过也没事了，他对你也不好嘛。你要是有好的工作，赶紧撤吧。"此时，我看到李东阳从电梯里走出来，冲我笑着招了一下手，就进去了。他还不知道发生了什么事情。

他一进去，办公室一下子安静了。大家回到各自的工位上，我也挂了吴会龙的电话。在工位上坐下后，李东阳递给我一个大芒果，"刚从深圳那边带过来的，你吃一个，很甜。"我接过来后，他又笑笑，坐下来翻看手头的文件。芒果拿在手上，沉沉的，冰冰的，我突然有一种想哭出来的冲动。整个办公室静得出奇，连平日吱嘎作响的传真机都有默契似的没有发出声音,他开电脑了,那一刻我紧张得胃疼,立马起身往卫生间跑去。坐在马桶上,我的耳朵听着外面的动静,但是什么也没听到。我捂着自己的脸,心跳怎么也慢不下来。此刻我既恨吴会龙,也恨自己逞口舌之快。我打着自己的嘴巴,"叫你瞎说!叫你瞎说!"

在卫生间拖延了十五分钟,再待下去,我觉得自己会没有勇气走出来。到了工位上,李东阳已经不在了。再看李总的办公室,房门紧闭,而刘秘书的工位上也没有人了。今天早上没看到李总和刘秘书来,我不知道现在他们是不是都在李总的办公室。半个小时后,李总办公室房门打开了,李东阳气冲冲地走了出来,随后李总跟着出来,"你现在给我回去!听到没有?!"李东阳扭头吼了一声,"我要你管!我受够了!"李总还想说什么,又忍住了,他环顾了一下办公室,又看了一眼刘秘书空空的工位,努努嘴,转身回到办公室,关上了门。李东阳过来了,他拿起背包,我能感觉到他的目光投向我这边,足足有半分钟之久,而我不敢抬头,一直埋头看自己的手。他的脚步声越来越远,出了大门,到了电梯口,电梯总也不上来,他从边上的楼梯口下去了。

第二天,他没来。第三天,他也没来。一周后,他依旧没来。我给他发短信和微信道歉，他都没有回复，电话是不敢打了，我害怕跟他直接说话；与此同时，刘秘书也没来。李总照旧每天过来。我们外联的工作又一次落到了我的头上，每天任务繁重，我有点儿吃不消。正好王泉跟刘韬搞了个工作室，问我有没有兴趣去，我想也没想就答应了。跟李总提了辞职，他也没留我。几乎没有什么可收拾的，把几个本子和书塞到背包里就算完事了。我之前相熟的同事都已经离开了，所以也没有什么人来送我。临走时，打开抽屉看有没有什么遗漏的，刚一打开，那个芒果还在那里。我背上背包，拿着芒果，走到电梯口，回头再看公司一眼，其他部门的同事都在忙碌地打电话、写文案，唯独我们外联的三个位置是空着的。手中的芒果有些软烂了，等电梯门打开时，我迟疑了一下，还是把它扔进了垃圾桶。毕竟，它已经不能吃了。

暗处有什么

方　慧

方　慧　作家，编剧。出版小说集《手机里的男朋友》。

一

每天晚上，在王佳佳睡得最香的时候，她妈跷起一只脚尖将她顶醒。她妈的脚趾头常年像发硬的石灰块，趾甲又厚又黑，隔着衣服抵在皮肉上也能感觉到那层疼痛的粗糙。

"嗯。"王佳佳哼哼，还不愿意把自己从糊嗒嗒的梦里面拉出来。

"煎药去。"她妈加大力一戳。

王佳佳一抖，醒了大半，强行睁开眼睛坐起来，就着窗外钻进来的月光找到鞋子，用脚勾过来穿上，再找到墙上的开灯按钮，然后，她在灯亮起来的间隙里给自己三五秒钟时间站稳。站稳了她也是一棵摇摇欲坠的稻草，无助，这是她一天中最痛苦的时候。但她时时不忘用一个常识安慰自己：起床的痛苦只在刚离开被窝的那几秒钟，随后就好了。

中药的气味很快灌满了整个房间，自从一年级那年她妈生病开始，她的童年就在这种气味的浸泡下迅速漂白发胀。她皱着眉咀嚼这份发苦的重复，摇扇子的右手很快就麻了，她打个哈欠换成左手，一只老鼠在角落里啃东西，咯吱咯吱正 high。她妈俯身捡起一只拖鞋砸过去，道："还是要养个猫。"翻了个身，肥胖的背部软塌塌地对着王佳佳，动弹一下，肉就抖几下。王佳佳有些嫌恶地把目光移开，只想快点弄好药，给妈灌下去就能去睡了，她困得像一张憔悴的薄纸。

需要硬着头皮挺过去的还有天亮以后，那些明晃晃的大早上。记忆中王佳佳很少上过完整的早读课，太阳升到最猛的时候，晒得人头皮昏痛，她总是跑在这昏痛之中。昆山小学门前有个大坡，早读课开始后所有的老师都搬把椅子坐在办公室门前端杯茶晒太阳，掸掸裤腿上的灰，讨论自己班上最喜欢的学生和最讨厌的学生，带着感情，表情丰富。这个时候，他们会看见，一个扎着两根黄毛辫子的头慢慢从面前的坡边露出来，再是脸，晒得猪肝红的脸，再是整个身子，瘦，旧，像一个玩脏了的布娃娃。

"你是哪个班的？"一老师问。

"能是哪个班的哦，不就是张秀平老师班的。昨天也是她吧。"另一老师答。

"天天都是她啊。"

"张老师，就是你们班那个迟到大王吧？"

王佳佳不做声，脚步快得要飞起来了，头往下低，往下低,恨不得把脸贴到地上往前滑行。但走到张老师那一块,余光还是一眼就筛出了细细长长的张老师。

"嗯。但我们班别的同学都不迟到的。"她的张老师,蚊子一样嘤嘤呀呀的声音,看也不看她一眼。"我们班那个宋志锐,经常出国,能跟外国人流畅交流!"

"怎么会,真的假的。"

"他妈在英国工作啊,所以他从小就有一帮英国发小,上次我去家访,那些小孩都在,个个漂亮得像电影里的小孩!"

"这小孩是个人才。"

"是啊,平时特别皮,没想到不简单得很。"

王佳佳想,要是现在有一个人看她一眼,她就去死。她的脚步更快,眼看就要到他们班门口了,眼看要到了,就要到了,就快到了,接着,下课铃响了。

她咬咬牙,顶着值班的任课老师的目光直冲到座位上。一天中可怕的事都过去了,她把第一堂课的书打开摊好,趴在上面,枕着劫难过后的安宁小眯一会儿。

"王佳佳,你在干什么?"

鸡蛋清一样的浓稠柔软,被碰破了一个大口子,她惊慌醒来，数学老师生日蛋糕一样的脸就凑在她面前，因为太大，她只能看清一只多肉的鼻子。

"我没睡着，我在看这个。"她指向书页最底下一排注释，为了证明自己，她特意再去看那段小字，脸仰着，眼睛极力往下瞥，真的像睡着了一样，但是又是留了一条缝的。她等待数学老师来发现这条缝，便证明了她的清白，但数学老师的声音突然在教室另一端的讲台上出现了。数学老师说，"我们继续我们的。"她于是一整堂课都保留着那一条缝，眼珠绷得酸疼。

二

三年级的教室后面是一个斜坡，干硬的黄土，上面稀稀拉拉一层枯草，被人的屁股坐成一团一团的漩涡。中午吃完饭后的午休时间特别长，两个多小时，细细长长的女老师，扬着细细长长的竹棍说，在教室就得老老实实趴在桌子上睡觉，不准发出声音，不然就到外面玩去，别影响别的同学休息。于是每天中午都有那么些人，缩在教室屁股后面那一小块太阳晒不到的草坡上，讲鬼故事。

王佳佳这个时候倒一点也不困,她只是上课的时候困,像这种漫长得发霉的午休时间,她反而怎么也没办法按捺住自己坐在座位上。

他们当中张露的鬼故事最多,张露是奶奶带大的,她奶奶别的没有,就是积累了一辈子的鬼故事。

"你们知道冬瓜鬼吗?有很多冬瓜都是鬼娃娃变的,那些死了投不了胎的婴儿,就跑到别人家院子里,变成一个个冬瓜。你如果去菜园里跟它说话,它就会一滚,滚到你脚下。我奶奶说她看见过。"

一只只眼睛瞪得圆圆的,身体和身体挤得越来越紧,如果突然谁拍了一下另一个人的肩膀,立刻就会"啊"地叫成一片。

细细长长的教鞭伸过来,抵住叫得最大声的一个的背,戳下去,"不要发出声音听到没有?"张秀平老师说。于是老实一阵,过一会儿又会涌起新的高潮。

鬼的种类很多,白天不露面,晚上到处都是。厕所里飞来飞去的红马甲,递草纸的毛手,床底下皮球一样弹动的人头,窗外女人的哭声,路边没有脚的收垃圾人……有人问,"张露,那你见到过鬼吗?"张露有时候说没见过,有时候又神秘地把手罩在嘴边说,其实是见过的,不要告诉别人。说见过的时候,她有时说是晚上上厕所的时候看见院子里站了个死人的魂,但是下次再问她,就变成了听到床底下有人敲床脚,而对前一次的内容记不清楚了。她记不清别人却记得清,因此有人怀疑她是没见过的。

"那你讲,鬼的脸是什么颜色的?"宋志锐掐着几条草根说。

"青青的。"

"青~青~的~"宋志锐瘪起嘴学张露,把草挂到张露刘海上后跑开。

张露追上去拽起宋志锐衣角的松紧带,一拉老长,然后松手一弹,一转头又被挂上一条新的草根,迎风招摆,活像录像带里僵尸脸上贴的符。

王佳佳没有鬼故事。王佳佳吃过晚饭从妈妈手上接过一只篮子,给躺在后屋不能动的爷爷送晚饭,把饭碗端出来重重剁在茶几上,"你怎么就没见过鬼!"

爷爷冲她笑,"佳佳。"

"你见过鬼吗?"

爷爷继续笑,"佳佳。"

"我，说，你，见，过，鬼，吗？"王佳佳牵起爷爷一只耳朵，那只耳朵内侧覆满漆黑的秽物，像是几十年没洗过，王佳佳说到一半手便弹开。

爷爷这才感觉到孙女的不满，就跟她的声音一样洪亮。爷爷伸出一只手掌，左右摆，"没有，佳佳，没有鬼。"

"但是张露的奶奶跟她讲了那么多鬼故事，你不能给我讲一个吗？"

爷爷的手掌又左右摆，眼睛瞥向一旁用碟子盖着的饭碗，王佳佳放弃了。

"白活这么老。"

也问过妈妈。

高脚板凳，高脚桌子，她和她妈一个在这边，一个在那边，只有嚼菜的声音，蹦咚蹦咚，咔嚓咔嚓。她说，"妈。"她妈抬头，她说，"我今天洗澡。"她妈说，"自己烧水。"

"哦。"

过了一会，她又说，"妈。"她妈抬头，她说，"等会看电视吗？"她妈说你要看就看，有什么好问的。

"哦。"

现在，她鼓足劲，决定不再让话自己选内容。她说，"妈你见过鬼吗?"

半天没回答,蹦咚蹦咚,咔嚓咔嚓,只有牙齿和菜摩擦的声音。话在空中飘了一会又回来了,她于是接过来和着菜咽下去。

三

王佳佳说,"Good morning!"

来强嘿嘿嘿地笑,所有的牙齿都露出来了。

王佳佳弯起指头往来强头上敲了几个咚咚响的"板栗"。来强的笑刷地一下收起来,嘴唇因为刚才咧嘴笑时用力过猛,现在便显出一竖条一竖条的干纹。来强伸手去摸头上被打了的地方,嘴里咕哝着。

王佳佳说,"Good evening!"

来强不敢再笑,身体往后微微倾,伸出鼠一样警惕的目光。

王佳佳又扬起"板栗",来强往后一弹,王佳佳便收回了"板栗",笑了,笑着笑着又叹起气来。"来强啊,你怎么搞哦。这都是最基本的,你都接不上来。"

来强的妈这时放下一桶豆腐花,湿手往围裙上一抹,凑来拧了一把来强的耳朵,来强像狗一样嚎了一下。来强的妈说,"这个蠢货,是该打,佳佳你帮大妈多教教他。"便又提起桶出去了。来强朝他妈的背影丢去不耐烦的一瞥,转身讨好地帮王佳佳磨豆腐。

王佳佳把磨推得风生水起,推一段停一会,给来强比划外国人的头发,"前面一卷,后面一卷。"比划到一半看到来强又龇开嘴来,一滴口水就要落下来,王佳佳避开道:"算了,你有一天看到就知道了。"

来强说,"你看到过外国人吗?"

王佳佳说,"那有什么。"

来强说,"我也看了,昨天晚上电视上放的。"

王佳佳气晕,说,"电视上放的也算看过吗?"又说,"我爸爸工作的那个人家的小孩有外国小伙伴,我跟他说过话,是朋友。"

来强倒吸一口气,说,"你爸爸打工的地方有外国人啊。"

王佳佳纠正道,"是工作的地方。"又推起了石磨,推到一半猛然撒手,蹦出一句英文,"Welcome to China!"

"他先对我说 Hello,然后我就对他说了这句话。"王佳佳说，脸上闪着光。

来强不敢问意思，半生不熟地学着。

四

王佳佳她妈的面目在这个夏天一下子可憎起来，原因在于，当王佳佳跟她开口说六一儿童节要买一条红裙子表演节目时，她那习惯性的沉默便让人欲哭无泪。

张秀平扬着竹棍点人头，1，2，3，4，5……16个女生，下个星期一一人带一条红裙子来，连衣裙，我们跳《北京的金山上》。星期一迫在眉睫，王佳佳把高脚板凳坐穿，饭粒一颗一颗数着吃，吃冷了，她妈也不问她一句，只顾低头吃自己的，吃完伸伸身子歪到床上。王佳佳终于说，"我还是怪想要裙子的。"她妈起身，去柴火堆折一段细竹丝，返回床上，掐头掐尾，剔牙。王佳佳鼓足劲说，"别人的都是好的，棉的，我就要最便宜的，的确良的。请问可以吗？"礼貌到滑稽的用句，她妈明显也感觉到了，终于开口，"你当我不舍得啊，我少把钱给你花啦？"接着剔牙，完了又接着道："又是蹦又是跳，扭头扭腰的，我是讲对学生没好处。"王佳佳便知道没戏，泄了劲，火气却涌上来。晚上倒洗脚水时顺手倒进了院角的小铁盆里，热气腾的一下浮起来，盆里漾着的几尾河里逮来的小鱼，扭摆几下便僵硬了。

半夜里王佳佳煎药时她妈看出她拨弄纸袋的响声有些情绪，一脚顶过来，"仔细点，别弄错了把你妈毒死。"王佳佳被顶了好些年都没觉得痛，这下却觉出痛了，"搞笑，你天天喝的药还能把你毒死"。"怎么的，你想试试？硫磺放多了本来就要毒死人的。"她妈跳下床。她感觉不对，伸手护住头嘤嘤哭起来，那哭没有泪水出来，但声音之无助可怜足够浇熄冲突，她妈又好声好气地堆起笑容，"人家跳舞那是没名堂，一点意思也没得。你别老想了。"王佳佳心一软便觉得自己有个好妈妈，说的大概也都是对的。

她想起，早些年村里有名的一只手闲人，歪坐在摩托车上跟她讲，"你爸不回来了，你想要新爸爸吗？""不想。""新爸爸会给你买好东西吃。你喜欢吃什么？""果冻。""好，给你买喜之郎CC。你妈长得像林嘉欣，你知道吗？我做你新爸爸好不好？"这时来强妈便会扯起嗓门骂走闲人。来强妈耳朵尖，嗓门大，和王佳佳她妈一起做豆腐，王佳佳喊她大妈。

王佳佳知道林嘉欣长什么样子时，已经无从对证和她妈像不像了，她妈病成了床上一摊肥肉。这天晚上王佳佳在黑暗里，恍惚间以为林嘉欣回来了，若有若无的感动也出现了。但星期一的到来却像个巴掌扇醒王佳佳，让她清楚地回到原先的担忧里。体育课，全班女生从厕所钻出来，哄闹着，涌进健美操室，按个子高低排好队，清一色的红裙子，只她一人穿着黄色旧运动服。张秀平老师识出这扎眼的不同，棍尖挑起王佳佳的衣领，把她挑出了队伍。

"没有红裙子就不用来排练了。"

王佳佳又干哭起来。张秀平果真中招，开始放下姿态说话，"你是一位有集体荣誉感的同学，对吗？"王佳佳被这话新鲜了一把，猛点头。"那么你在影响队伍美观的时候，果断退出来，这叫作激流勇退，是一种很崇高的行为。"王佳佳又新鲜了一把，缓缓开始明白这是拒绝的意思，退了出去，真有泪水晃了出来。

昆山小学每个小学生都有个五年级的梦。五年级的儿童节是最后一个儿童节，表演的节目是要被校长那去大城市念大学回来的儿子拿稀奇的摄像机拍下来的。会动的。电视一样。

王佳佳站在外面，被挤上窗台朝里面看热闹的男同学撞来撞去。已经有人阴阳怪气地模仿了，接着走廊便排满跷着兰花指眨着媚眼的男同学。眼尖的女生砸出几块黑板擦来，弹起几层灰，男生呛了几口散开，一会儿又聚过来接着模仿。

王佳佳杵在那里，一时竟不知道往哪里站。

五

爷爷有一天吃完饭突然眼神无比清晰，定定地看着王佳佳的脸。"佳佳，我看到你奶奶了。"王佳佳索然，低头把小碗放进大碗，筷子横跨中间。"爷爷，你是做梦。"便打算转身走。但爷爷说，"不是做梦，就是昨天晚上。"

"那你还讲没有鬼。"

"你奶奶不是鬼。"

"你怎么能证明不是做梦呢。"佳佳凑近他的耳朵。

爷爷指着塑料天花板上用来固定的几排大头钉，钉子是隔着花花绿绿的烟盒纸钉上去的，因此醒目。爷爷说，"你数数看，几个？"

佳佳便数起来，歪歪扭扭一共二十一个，正要开口，爷爷张着掉光了牙齿的嘴抢了先，"二十一！"佳佳问爷爷什么意思，爷爷还沉浸在这只有他一人懂的成就感里，佳佳问了半天他才开始解释。他是看到奶奶时数钉子的，数完深深记住这个数字第二天核对，倘若确是二十一个，那便不是做梦。

王佳佳来了兴趣，放下碗筷坐了下来，"样子吓人吗？和活着的时候一样吗？来干什么？和你说话了吗？有脚吗？你怕吗？"

爷爷似乎没听进去，目光停留在空气中的某一处，渐渐又呆滞起来。任凭王佳佳怎么追问，爷爷也回不过神来。

王佳佳想，爷爷不知道从哪天开始，成了半个人，或者说，四分之一个人，八分之一个人。比方说，你在和一个走神的人聊天，就可定义为你在和半个人聊天，你在和一个醉酒的人说话，就可定义为你在和八分之一个人聊天，而现在王佳佳和一个渐渐痴呆的老年人说话。王佳佳细细回想，上一次清楚地和爷爷说话的情景。那时王佳佳刚开始学加减乘除，一道题目不会做，就跑去问爷爷。以往爷爷都会红光满面地告诉王佳佳他年轻时多么擅长打算盘，号称算盘铁手指。爷爷说，你念题目，王佳佳就巴拉巴拉地念起来。但那天，爷爷听完以后叫王佳佳再念一遍，王佳佳就再念一遍，念完爷爷又说再念一遍，王佳佳又再念一遍，念完就听到藤椅里爷爷的打呼噜声。从此后爷爷就再没出过藤椅。

王佳佳隔天中午告诉张露，"我也见过鬼，是我奶奶的魂。"张露正在斜着眼瞪宋志锐，宋志锐从右边跑到左边，从左边跑到右边，张露的眼睛便左左右右扫，腾不开注意力，王佳佳追上几句，"就在我爷爷家堂屋。没有脚，脸黑黑的，跟我说话，听不清。"宋志锐的手迅速飞来掏了张露一把，张露跳起来。王佳佳便转身对别的同学说，不料别的同学不知道是讨论到《北京的金山上》里的哪个动作了，也都腾地站起来，像模像样地跳起了舞。

王佳佳蹲在一边瞅了瞅，觉得活像一群母鸡在下蛋。

六

六一儿童节那天，来强破天荒地来到学校。

张秀平嗤笑道，"一个学期不来，一有吃的就来了。傻子也不傻！"来强知道被夸，羞答答地，咬紧嘴唇内侧忍住骄傲，双手摊上来，张秀平打开糖果袋，"来，随便抓。"来强立刻整个身子都凑进去，哗哗把糖果往口袋里掏，好几颗掉到地上，被旁边的同学捡去。

"张老师对傻子偏心，给他那么多，我们每个人就二十个。"

"而且他还会专门挑'徐福记'的。"

"傻子应该一个都不给。"

来强是班上最角落里一截无人理睬的板凳腿，是垫在垃圾桶下的那一块霉迹遍布的废砖，是黑板报边缘翻起的掉色的纸屑。

张秀平一走，便有男同学过来推来强，打算敲诈几颗"徐福记"，来强护住上下左右四个口袋，护住这两个，漏掉那两个，护住那两个，漏掉这两个，急得呼声震天，眼睛凸出来，像牛。男同学便对准他的屁股给他两脚，散开了。

他们去看节目了。

那一天，操场上所有人都看到，昆山小学五年级，有十五个穿着红裙子的女生，眼皮涂得金灿灿，眨起来像孙悟空，嘴唇通红，眉尖还有一点红。她们在红毯褪了色显出一块白一块红的舞台上，在她们班主任张秀平老师的含笑注视下，把"嘿巴扎嘿"喊到村里家家户户的饭桌上，就连来强回家也会对他妈比划,两手往头上一举,"啪"地一拍,"嘿巴扎嘿!"

操场这边的教学区,寂静得像片墓园。

一个女生弯腰忙碌着,两根黄毛辫子左右摆,瘦小的身体在讲台边,几乎看不见。女生鸡爪一样的双手在一本一本作业簿中迅速翻飞,一只橡皮擦,一支铅笔,把"11"改成"22",把"是"改成"否",把 ABCD 随意互换。

那一天,十五本作业簿被她动了手术。她自教室走出,听到"嘿巴扎嘿",也跟着重复了一遍,"嘿巴扎嘿!"脸上露出一些不像样的笑容来。

七

一个星期天,王佳佳站在磨旁边,给来强讲解双手往头顶拍的动作之要诀,道,"要有感情,要有对祖国大好前景的无比喜悦和对毛主席的无限感恩。"

又讲起"嘿巴扎嘿"的意思,说:"是'啊,真好啊'的意思。"想想又觉得不对,"是'毛主席啊'的意思。"最后烦了,便胡乱一塞,"你要自己琢磨!"

来强用手指尖抠磨缝淌下的豆渣，抠着抠着就被王佳佳拍开，来强问，"你怎么没跳？"王佳佳说，"本来有我的，儿童节那天我肚子痛。"

来强不做声，竖起黏有豆汁的指头，玩起了斗鸡眼。王佳佳又说，"不然我怎么会跳啊。"来强说，"你不会跳。"

王佳佳当即唱跳起来，"北京的金山上光芒照四方~"腿拱起，两只手臂轮流画半圆。来强"嘿嘿嘿"地笑，歪着头露出"咦，好玩"的姿态，也跟在身后画圆，画着画着两人被一阵鞭炮声吓得一弹。来强张头出去望，王佳佳把他揪回豆腐房，接着画圆，便听到来强妈的哭声。

那声音辨识度高，沙哑中带着洪亮，此刻饱含凄厉。来强如一只脱弓之箭飙射出去，王佳佳跟在后面，在鞭炮声中闻见死了人的味道，便知道有酒吃了。走到大路上，碰到全村的小孩都喜笑颜开凑到一起，望，都知道有酒吃了。

来强的奶奶死了。

八

当天傍晚，家家户户的小孩丢下饭碗，洗好脚，洗好脸，搽好香香，双手插口袋里，三五成群地走路。如同过年。

来强家在村头，靠近大水塘。在水塘这边就听见喇叭声，响一阵停一阵，绕过去，渐渐走近，听出那停下的缝隙挤满念经声，音拖得老长，带着哭腔，时而音量陡然提到无限高，底下细细碎碎涌上家属的哭喊声，一哭喇叭便响。小孩找准分散在来强家各个角落帮忙的自家大人，靠过去，站定，踮起脚朝里看。

堂屋，一架白布盖严了的人形稳稳躺在靠墙的位置，地上一堆拖着孝帽的人东倒西歪瘫跪在道士脚下，王佳佳认清其中一个孝帽子尾巴最短的，就是来强。来强专心凝视着道士黑袍的下摆，兴许有个别致的绣花？他妈自一阵强过一阵的哭中停顿片刻，分出一份注意力在儿子耳边嘀咕几句，试图把他也拉进哭里。来强终于显出智障者的愚钝来，愣愣不动，从那近乎可笑的挺直身板的姿态可猜出他满脸的迷茫，甚至嘿嘿嗤笑。他妈似乎扭了他一把，还是给他介绍了一把死人的定义？他终于让人安心地也哭了起来。

有几个男生已经开始指认来强脸上那从未出现过的表情了，好不新鲜！他们一一传送，将那份愁容表演得活灵活现，变了味道，便有一批批小孩慕名挤到来强面前一探究竟，有个路还没走稳的女宝宝甚至把脸歪贴在来强脸上细细研究，被她奶奶一把抱走。张露呵斥道，"你们有没有良心，这是老人去世，老人去世！"她的声音就像她的人，笔直得做作，生怕周围的大人没听见。有几个男生有些难为情，瞬间不说话了，但几分钟后又咋呼地推送起一个更小的小孩对张露声音的嬉皮笑脸的模仿。

王佳佳她妈把王佳佳拉到院子侧边的灶屋门口，帮忙折烧的纸。那里叉着大腿坐开三两个与来强家往来亲密的妇女，脚下伊利优酸乳纸箱子里堆满了半截黄色大开软纸，叉开的腿上还有纸张纷繁忙碌着，一张上来，叠两道，呈斜三角形状放进纸盒，另一张上来。王佳佳起初坐不稳，屁股重心始终悬在空中，随时想走。她想叠厚一点就好走了，妈妈就不会说什么，于是专心致志动作飞速，脸上浮出认真的烫晕，偶尔拔起头环顾，发现她被宋志锐看着。

彼时情况如此：院子呈现两重天，一重肃穆一重喧闹。前者大人为多，陆续也加入来强家其他亲戚小孩，是自己人，是主人，在屋内，在屋门口，是跪着，坐着，忙着。后者是闹哄于这场白事之外的，小孩，是路人，观客，是巴望的姿态。宋志锐的望是笼统的,是望向"那边",而不是"那个",这个区别还是好分的。这个"那边"明显把王佳佳包括在内了,因此对王佳佳私人的望便沾了一些笼统之望的好奇、尊重。王佳佳愈加认真地叠起了纸,把自己彻底埋进肃穆里。但很快,她发现宋志锐不再看她,而是去看堂屋,所有的人都在看堂屋。

来强张着一口大嘴,仰头哭着,哭得眼睛睁不开,腿拙拙往外冲,马上有人来扶住。接着道士也褪着黑袍踱出来,来强爸妈叔婶姑舅也都出来,抱的抱扶的扶,乱作一团。王佳佳和所有同班同学都看着来强这副奇特的哭相,笑的也不再笑了,训斥的也不再训斥了,说话的也不再说话了。

定着,看着,一动不动,谁也不敢发出一点声音引走注意力。

来强此刻就像个盖世英雄,孝帽顺着后脑勺和背部倾泻而下,眼里的泪珠熠熠发光,月光照在脸上,脸颊愚笨多余的肉也显得坚毅俊朗,添了不少神话色彩。

夜深,小孩都被大人撵回去睡觉。其实来强抓过一把酥糖给王佳佳的,王佳佳沉重地摩挲着酥糖四四方方的纸包装,礼貌地笑了一下,又因受宠若惊而脸抽筋,忽听来强嘻地笑了一声,"你想戴吗?我也可以给你戴一下。"指着他的孝帽。

九

有一天,王佳佳告诉同学,她再次见到奶奶,和来强的奶奶一起,坐在水塘边谈心。

开始有人看向她。

王佳佳赶紧补充,"不信你可以问来强,他一定也见过他奶奶。"

有人说,"来强什么时候来学校啊,真想问他见过什么我们没见过的没有。"

宋志锐说,"嘘,听王佳佳说。"

张露说,"我也觉得还是问来强本人比较好,可惜他是个孬子。"

宋志锐说,"嘘。"

夏天漫长、琐碎,日子躺成身下一张旧软凉席,满覆黏汗与索然。王佳佳夜里给她妈煎药,煎出一身烦躁大汗。石灰块一样的脚趾头戳她时,她数着数。

有一次她觉没有完全醒，迷迷糊糊把药壶打翻，脖颈顿时一辣，才听到妈妈的巴掌噼里啪啦地盖下来。这时她决定开始记数。

1，2，3，4，5，6……好，10次了。

倒硫磺的手抖三抖，便多倒出一些，再抖三抖，余光定位在妈妈庞大的背上。

有时她故意惹怒那只石灰块，戳得爽，戳得满眼泪水。泪光中仿佛已经见到她戴着孝帽子悲哭，孝帽子拖到地上，她像女神。张秀平和全班人都看她，生日蛋糕脸老师也看她，晒太阳的老师也看她，宋志锐也看她。

宋志锐看她看出了神，宋志锐对张露不屑一顾，"嘘。"

忘 川

陈思安

陈思安 作家、戏剧编导。出版短篇小说集《体内火焰》《冒牌人生》《活食》等。

若没有人笃定地告诉你这是河，便没有人能看得出这是条河。河水无边无界地包裹住天际，包裹到挤出去了所有空气。能垫得住人脚底板、让人踏实的泥土地，也被这河裹得不敢言语，仿佛陆地反而轻飘飘的。风自四面八方吹来，吹到这里，像是一瞬被河吞进了肚里。于是没有任何声音。

静谧的河面辐散着微弱的红色荧光。太阳也被河给吞掉了，所以荧光并不是从外面反射而来。那光来自河底。均匀透亮的红光层层绽开，水滴挤挤挨挨地，把这光自深不见底的河心，一点一点顶到了河面上来。那河里到底藏着什么呢。风不肯动，河水也不肯动，只有浅浅的甜腥气在跳着舞。

蹲在河边的小男孩想要找到块石头丢进水里去。他伸着肉乎乎的两只手，在草窠间摸索着。土地工工整整，像他的田字格作业本。没有石头。大的没有，小的也没有，就连结实一点的土块儿都没有。摸索了半天，除了两手粘满泥土外一无所获，男孩有些丧气，跌坐在草窠里。

男孩想起每次爸爸带自己在河边玩儿时，必定会跟他比试谁能将石块在河面上打出水花更漂亮距离更远的水漂儿。这样好看的河，竟然找不到能打水漂的石块，那这河再漂亮也没劲透了。对了，爸爸在哪里，男孩左右打量。男孩越是往四处看去，越是觉得这河不止是阔得吓人，而且，它仿佛还在长。河水像是长了嘴，一口一口地向河岸上吃着。眼瞅着，河水就要漫到男孩脚边上了。

他低下头，看着浅红色水面上自己的脸。哎呀，怎么这样黑。妈妈看到一定气死了呀。水面上映着一张乌黑的脸孔，乌黑的额头，乌黑的鼻子，乌黑的嘴巴，只有牙齿还是白的。男孩连忙把手向水面伸过去。得趁妈妈发现自己之前把脸洗干净，不然可有得受了。河水长了脚，男孩一伸手，水就向后退。男孩向前爬两步，水又跟着他退了两步。男孩觉得这怪异极了。比草窠里没有石块还要怪异得多。他只好老老实实地坐下。没过一会儿，河水又重新漫回到他的脚边。

他的耐心马上就要耗光了。自己已经等在这里很久了，爸爸和妈妈还没有来。虽然一点都不饿，但是什么都没得玩，难道要一直这样等下去吗。男孩有些烦躁，他想不起来自己为什么要在这里，到底是在等谁。他甚至有点想哭。胳膊也是乌黑乌黑的，真不知道是怎么搞成这样的。他用手指抠着胳膊上糊着的那些乌黑的东西。抠下来小拇指甲盖那么大一块，他放进嘴里尝了尝。一股烧焦的味道。这味道似乎让他想起了什么。浓烟。呛鼻的味道。灼热。剧烈地咳嗽。尖叫。

他"呸"一口把嘴里的东西吐了出去。

我想回家了，今天的作业还没有做完。男孩想着，站起身来。我都这么大了，我能找得到回家的路。他决定沿着河边走。爸爸说过，要是在森林里迷路了，一定要沿着河边走，就能走到大路上，就能回家了。刚才嘴里那股烧焦的味道，让他再也不想这样等下去了。

这河，可真是大啊。简直比海都大。男孩见过海，爸爸妈妈带他去海边玩过。要不是这河水总是纹丝不动的，那真是比海都厉害了。海水跟这可不一样，海水总是在动着的。海水也不会躲着人。男孩觉得自己走出了很远，可是河水还是那样的河水，草稞还是那样的草稞，感觉一切都没有变化，自己仿佛在原地踏步。要是非得说有什么不一样，就是男孩看到自己前面远远的，有一个黑点。可能是一条船呢，也有可能是一匹马。男孩想着，向那个黑点走过去。

黑点越来越大，开始在男孩的视线里摇晃了起来。离得越近，晃得也就越厉害。是一个摇摇晃晃的人。男孩迎着那个人走去，那个人也迎着男孩摇晃过来。是一个摇摇晃晃的女人。女人看起来三十多岁，脸色黑青黑青的。

你身上带着水吗，小伙子。女人摇晃到男孩身边，迫不及待地张口问他。

男孩摇了摇头。两个人望了望浅红色的水面。

好渴啊。女人舔了舔自己干裂的嘴唇。这水又总是够不到,咋还摆在那儿馋人哩。

女人叫他小伙子,这让男孩儿很喜欢。这个词有种魔力,让男孩对自己重新充满信心。他一点都不想哭了。

我想洗把脸来着,也是够不到呢。男孩赶紧分享了一下自己的经历。

怪得很哩,怪得很。女人看着男孩乌黑的脸颊,忍不住伸手过去抹了一把。咋玩儿成这样子咧,你妈呢。

不知道。

我也不记得好些事儿了。一开始好像还记着点啥来着,心里火烧火燎地难受来着,可沿着这河边走啊走啊,就走得啥也不太记得了。

前面儿有什么。男孩问。

啥也没得。女人摇了摇头。走了好几里路了,还是啥也没得。

这句话像是抽走了女人最后一点力气,她软绵绵地软到地上了。男孩望了望前面,又望了望水面,坐到了她身边。

哦对了。女人眼睛忽地一亮,马上又暗了。有个老婆子,走路一拐一拐的,舌头那老长,耷拉在嘴巴外面。怪吓人哩,我可没敢搭话。

时间就是这里唯一的风。轻轻拂动着水面和草窠,拂动着男孩的发丝和女人的衣领。在已经愈发模糊的记忆里,男孩隐约记得自己该是个好动的家伙。但此时,在此地,万物同水面一样宁静。男孩觉得女人和自己聊天说的话,从牙缝里飘出来以后,似乎会驾着马车在空气里飞上很久,然后才会落回到彼此的耳朵眼儿里。但没有关系。虽然没有人说出来,但似乎,在这里,一切都没有关系。

来这儿之前,我好像刚做了个梦哩。女人笑了起来,黑青的脸上浮起些暗沉的血色。梦见我骑在一条大鲸鱼的背上,大鲸鱼带着我在海里面儿,游啊游啊。大鲸鱼会说人话哩,一边儿带我游着,一边儿还给我讲呢:哎你看,这里是法国,那个尖尖儿是大铁塔;哎哎你看,那个是意大利,旁边是土耳其,烤肉要不要来一个。

意大利旁边,不是土耳其啊。男孩记得这个,老师在学校讲过。

哎呀,就是个梦嘛。女人在男孩脑门上弹了个脑崩儿。

晓得啥叫梦不，在梦里怎么都是对的，意大利旁边就是挨着土耳其。男孩揉了揉自己的大脑门。爸爸妈妈从来没有这样弹过他，他感觉很新鲜。

大鲸鱼一边带着我游啊游，一边跟我讲，他带着我去了好多的地方。好多的地方，我都叫不上名字来，就坐在他背上这个笑啊，得意。讲着讲着啊，他就问我了：我说啊，要不你就别回去了，跟我一起周游世界吧，只要有海的地方，我们都能去。

你怎么说的呢。男孩问。

我就犹豫了呢。你说这海啊，没有手没有脚的，四处都连在一起，也不晓得哪里是哪里，总叫人心里怪没着落的。女人皱起了眉头，似乎真的在为梦里的抉择而费尽脑筋。这时候大鲸鱼就又说了，哎呀，你不要担心了，反正在家里你也没啥牵挂了，你就跟我走吧，我们可以四海为家。一听大鲸鱼说这个，我就不犹豫了。我就骑在他背上，我们一起继续游啊游。

一个海都让你不踏实了，四个海你怎么就不怕了。男孩说着，嘎嘎笑了起来。这个阿姨讲的故事，跟妈妈讲的特别不一样。妈妈的故事听起来都特别有道理。可这个阿姨呢，她的故事乱七八糟，估计交作文的话老师肯定会给打不及格。但听起来，还真是有意思呢。

我就是喜欢"四海为家"这个词儿。也不知道咋的，就是喜欢。四——海——为——家——听起来像九月的天儿那么大气哩。女人摇晃着脑袋，把这四个字翻来覆去念叨了好几遍，听起来像在诵读《三字经》。

后来呢，大鲸鱼是不是把你吃进肚子里了？男孩问。

女人愣了一下，茫然地摇了摇头。不记得有这档子事儿。他为啥要吃我？

你身上，还有你嘴巴里，有股臭鱼烂虾的味儿。我还以为是大鲸鱼把你吃进肚子里了呢。男孩一脸认真地给女人分析着。爸爸给我买过一本画册，有一页就画着一条大鲸鱼的肚子里面。它肚子里全是吃进去的鱼虾螃蟹什么的。鱼虾螃蟹都死掉了，烂在它肚子里头，看起来就很臭。

女人薅着自己的衣服领子，凑到鼻子下面闻了闻。然后又把手拢成碗状，捂在口鼻处，哈出一口气来闻了闻。她笑着摆了摆手，不知道是想驱开自己嘴里呼出来的秽气，还是想驱开自己的羞赧。哎呀，还真是的。那可能大鲸鱼后来真是把我吃进肚子里了。我都不记得了。男人都是这样子，最开始说得好好的，最后都是蒙人的。

不是大鲸鱼吗，关男人什么事儿啊。男孩有点不乐意。他刚刚从小男孩升级为小伙子，听不得别人对自己所处的集团表达不满。女人哈哈大笑着，又在他脑门儿上弹了个脑崩儿。这个比前一个还要脆亮，男孩"哎呦"叫了一声。

两个人的说话声、笑声，就是这里唯一的声响。河水没有吞掉他们的声音，任它们在天上飘着。声响慢慢地把板结成块状的坚固空间撬开了一丝裂缝。裂缝外面是什么呢。

你说。男孩用手抠着草垛下的泥土地。会有人来找我们吗。

也许会吧。女人抓起男孩伸进土里的小胖手。你挖啥呢。

这里连个硬点儿的土块儿都没有。都打不了水漂。男孩的语气里带着委屈。

女人想了想，在自己的头发里摸索起来。女人的头发又长又硬又黑，麻雀巢一样盘在头顶，她的手在里面乱抓一气，男孩似乎能听到手指弹拨到钢丝时发出的声音。哈，有了。她终于从乱糟糟的头发里抓出了一块圆形的东西。

是一支圆形发簪。伸入头发的簪齿部分已经磨损得只剩下男孩小拇指那么长。女人把簪齿一一向后弯别过去，贴合到圆盘状的簪身处。等到女人处理完，发簪就只剩下那一块圆盘了。女人把圆盘递给男孩。

圆盘落在男孩手心里，轻飘飘的。不知道原本是锡制的，还是铝制的，总之不像是铁，更不是银。就连这圆盘上，也有股子臭鱼烂虾的味道。可男孩不在意这些。他咧开嘴，冲女人笑了。

男孩站定在浅红色的河水边，双脚叉开一肩宽，身体微侧。右手持圆盘，向后向高扬起，左手自然下垂，微抬起蓄住势。他眯起双眼，瞄准前方预定的飞翔路线。吸气。右手用力将圆盘抛出，在圆盘即将离手的瞬间，手腕略微翘起。

这是男孩父亲从小时候开始就最喜欢的一个游戏，也早就成为男孩打小最喜爱的。他喜欢的，是每次一跟爸爸玩儿这个，爸爸就变成了个比自己还要小的小孩子。

圆盘在空中划出了一道乌黑的曲线，完美得好像教科书里画着的黄金抛物线。一切都在掌控中。飞翔至顶点，而后下坠。冲入水面后，应借助旋转产生的动能再次跃出水面，周而复始三四次。男孩的爸爸甚至可以做到让石块跃起七八次。

出乎男孩的预料，圆盘触碰到水面后，并没有扎入水中。圆盘悬浮在浅红色的水面上,冲力使其向前继续滑动了几米。然后,停住了。水面仿佛最冷的冬日里冻结起来的冰面,稳稳地接住了那块圆盘。河底的红光,还是一层一层不断向上顶着。乌黑的圆盘,也染了满身的红色。

怪得很哩,怪得很。女人咂着嘴巴。

就在她说着这话的当口,圆盘消失在水面上。男孩看得很仔细。不是沉没入水底的那种消失。是凭空消失的消失。只一个呼吸间,平地不见了踪影。

男孩有些颓丧地坐回女人身边。他的鼻尖上都冒出汗来了,泡软了鼻子上的黑灰,泛起了泥样凝块儿。

这水,就是长着嘴哩。女人摇晃着脑袋。

这水啊,不是长着嘴,这水是想让你把不该记着的事儿,都忘了嘞。颤巍巍的声音自两人头顶飘过来。男孩和女人双双抬头,看到一个太婆站在两人身后。太婆拄着桃木拐棍,腰弓起得高高的,舌头耷拉在嘴巴外面,感觉就要掉下来了。女人吓得赶紧回过头,小声对男孩说,这就是刚才我见到的那个吓人老婆子,还是跟过来了。

你的舌头长得都要掉出来了,太婆。男孩指着太婆的下巴说。

太婆伸手拽了拽自己的舌头,像是想把它塞回去一点。可舌头肿胀着顶着嘴唇,完全没有要回去哪怕一毫的意思。塞了几下,太婆把舌头放开,任它垂着了。

是呢,都要掉出来了。太婆的舌头虽然堵住了大半张嘴,但说话还是蛮利索清爽的。让人不由得去想,这张嘴年轻时候,得是多俏皮麻溜呢。

你是得病了吗,太婆。男孩扬起头。

得病也不怕了。现在啥都不怕了。太婆说着,笑了起来,舌头跟着嘴巴动着,像男人胡子似的抖着。

太婆把手伸到男孩头顶,摩挲着男孩沾满黑灰的头皮。真是叫人心疼啊,这么小的娃子。

被太婆的手这样一摩挲,男孩才感觉到,自己的头发硬得像木棒似的,硬刺刺地扎在脑皮顶。太婆的手,冰凉冰凉的,拂在头皮上,一阵清凉。男孩想起自己的外婆,也总是喜欢用手抓挠自己的头皮,企图在里面找到些城里早就绝迹了的虱子。

老太婆,看样子,你知道这是什么地方。女人还是不敢抬头看太婆,眼睛盯着水面问道。

记得的不多,忘了的不少。记得牢也没啥用,反正早晚要忘掉。忘了好啊，早忘早了。太婆用桃木拐棍磕磕地，草窠里发出闷噗噗的声音。

太婆你说话好像绕口令啊，真好玩。男孩拍起手来。

你们干啥不继续往前走呢，在这儿坐着等啥子。快起身，继续往前走吧。太婆用拐棍末端轻轻杵了杵女人的肩膀，想喊她起身。

女人不动弹。我们不知道要去哪里。男孩抢过话茬，我在这等我爸爸妈妈来接我。

太婆沉沉地叹了口气。这口气像是从她肚子里生出来的，在肠子里七拐八绕地转了许久，穿过各路脏器，才终于吐了出来。

好孩子，起身吧，听太婆的。咱们得一直往前走，走到头儿，穿过桥，到对岸去，一切就都好了。

男孩听了有些兴奋起来。太婆，我爸妈在桥对面等着我吗？

太婆嘴里嘟嘟囔囔的，没人晓得她在说些什么，她边嘟囔着边不停点着头。男孩马上跳起来，伸手去拉坐着不动的女人。起来吧，太婆说了，过了桥一切就都好了！男孩把女人拉起身，他才看到女人的脸色很不好。

老太婆蒙人呢，过了桥也好不了。女人阴沉着脸皮。她似乎想起了什么。这想起的东西压住了她的身体。

不要当着小孩子面说这个。太婆用拐棍敲了敲女人的小腿。敲完了，太婆拄着拐棍先挪腾开脚步。男孩紧跟在她旁边，女人不情愿地跋拉着脚步跟在两人身后。男孩端住了太婆没有拄拐的右胳膊，搀扶住太婆，太婆走路就不那么摇晃了。我不是小孩子了，我是小伙子。男孩扶着太婆的胳膊，认真地对太婆说。太婆的舌头又像男人的胡子一样抖起来了。好呀好呀，是小伙子，是小伙子，太婆说错了。

说不定，等我再睁开眼皮，就是个法国人了。女人走了几步，忽地又欢快起来。

我可不要当法国人。男孩说得异常坚定。我妈说，法国人身上总是一股臭味儿。而且法国人心眼儿多着呢，我妈顶不喜欢法国人。

你妈还见过法国人哩。女人惊叹，嘴巴里啧啧地咂着。

那当然了，我妈常去法国出差呢，还带我去过一次呢。男孩得意地扬起头。

啧啧啧，了不起了不起，你妈比我那大鲸鱼还厉害嚛。可我就是想当法国人。身上有味儿，就多喷点香水儿呗。

你以为法国就没有农村啊。太婆说道。难道法国的农村就能比咱这好到哪里去？

女人翻了个白眼。那我就生到法国的城里头，那个，那个尖尖的大铁塔。是埃菲尔铁塔，男孩补充。对，埃菲尔铁塔，那个城里头！是巴黎，男孩又补充。对，就去巴黎！女人心满意足地点头。

太婆不搭腔了，也翻了个白眼。

太婆，你是怎么到这儿来的呢。男孩指了指女人说，她是坐大鲸鱼来的。

药儿子，绳儿子，水儿子，个个都赛过亲儿子。是绳儿子带我来的。太婆又沉沉地叹了一口气。这口气，还是从肚子里生出来的。

老太婆，你这话就适合当着孩子面说了吗。女人这话抛出去，似是抛出一张捕获声音的大网，一下子把三个人的声音全部捕走了，就连脚踩着地的声音也叫人听不见。

浅红色的水面没有一星气味。没有男孩平时去玩的河边的那种水腥气，没有河中水草的清新气，也没有鱼啊虾啊这一类的河鲜气。这河底，怕是架着一口巨大的锅子吧，把所有水都在里面煮了个滚开，煮掉了所有的气味。男孩能闻到的唯一接近河边的味道，便是女人身上散发出的臭鱼烂虾气。

给太婆讲讲你最开心的事儿吧，太婆想听听。现在不讲，再走一会儿怕是要给忘掉了。太婆忽然开口道。

我才不会忘呢，我记性可好了，老师都经常夸我记性好。男孩兴奋起来。最开心的事儿，我有好多开心的事儿啊。但是细细地去想，却有好多事情是模模糊糊的，像男孩每天早上刚睁开眼糊着眼屎时看到的世界，白花花的，看不清晰。

男孩思索着，不知不觉地，右手大拇指就伸进了嘴里。这是前几年换牙时留下的小毛病，男孩总是忍不住想用刚冒出的嫩牙去啃手指甲。妈妈纠正他这个毛病费了好大的劲儿，现在他偶尔还是会在失神的时候做这个小动作。

去年妈妈过生日的时候，我们全家一起去动物园玩儿。男孩终于想到了一件最开心的事儿，他的眼睛放射着浅红色的光芒。我们一路走啊，玩儿啊，我第一次看到了粉红色的火烈鸟，爸爸还给我买了一只跟真的火烈鸟一样大的毛绒玩具呢。等到我们玩儿得都要累死了，妈妈坐在树底下歇着。爸爸忽然像变魔术一样，变出了一个生日蛋糕！那是头天晚上，我跟爸爸半夜偷偷起床亲手给妈妈做的。妈妈一下子就开心地哭了,然后又笑。我们三个就坐在树底下吃那个蛋糕。

女人的嘴巴又咂巴了起来。火烈鸟是啥鸟,是粉红色的吗?啥味道?

太婆摇晃着脑袋,舌头也跟着左右摆动,像拨浪鼓的鼓槌。多孝顺的孩子,让人心疼啊,心疼。男孩不知道这个太婆,为什么总是心疼,他忍不住把手伸到太婆的胸口,给太婆揉揉,想叫她不要那么疼了。果然,揉了几下,太婆就不再叫疼了。

阿姨,你也讲一个最开心的事儿吧。男孩对女人说。我们每人都讲一个。

我没啥开心的事儿,整天都是不开心的事儿。女人撇着嘴说。

不可能!肯定有的,怎么会有人整天都是不开心的事儿呢,你再仔细想想。男孩摇着女人的手臂,似乎摇一摇,那些开心的事儿就会从女人的胳膊里摇出来了。

就是没有啊,就是不开心啊,要是整天有开心的事儿,谁要灌了药到这里来。女人话音刚落,太婆便抬起拐棍来使力敲了敲女人的小腿,敲得女人痛了,跳着脚小声叫,嘴里直哈气。哎呀哎呀好了好了,我想一个我想一个。

女人嘴里嘶嘶地吐着气，摩挲着自己的小腿。她想，自己还是有开心的事的。至少有一件。这件最开心的事儿像是别在她胸口下面的鲜花，每次低下头就能看见，不低头的时候，也能闻见花的香气儿。

有天晚上，我做了个大美梦。不是大鲸鱼的那个美梦，是另外一个，比大鲸鱼那个大美梦还要大，还要美。我梦见，我买彩票中了头奖！一个亿啊，一个亿！妈呀，在梦里我那个美呀，那叫一个开心，简直感觉自己站都站不稳就要飞上天去。在梦里我就开始筹划了，这一个亿我到底得怎么花。估摸着是因为这个美梦实在是太美了，第二天早上我醒了，还没发现那是个梦，好像一切都是真的。那一天，我简直是活在人间仙境里头啊。虽然那天我还是像平时一样干活，过平常日子，但我心里头跟平时可不一样啊。我可是有了一个亿的人。我那叫一个美，看啥啥都是漂亮的，干啥啥都是顺心的。我偷偷地没有把这喜事告诉任何人，我怕人知道了都跑来跟我借钱。我那么多的花钱计划里，没有其他人什么事儿。等到了晚上，我又做了一个梦，这个梦，把头天晚上的大美梦给挤跑了。等到再起床，我就知道，那些都是梦了。

有时候早上我刚起床的时候，也以为自己还在梦里头呢。这时候我爸就会拍我的屁股,捏我的脸蛋,把我叫醒。男孩说。

要是你有一个亿,你打算怎么花。女人问男孩。

男孩琢磨了几秒钟。我要开一个动物园,里面有全世界各种各样的小动物,所有的小动物都有。

妈呀,那一个亿估计是不够的吧。女人咧开嘴笑起来,她嘴里的臭味儿迅速填满了三个人的空间。

要是不够……要是不够就让我爸妈再添一点吧,他们也最喜欢小动物了。男孩摇了摇太婆的手臂。太婆,你也讲一个吧。

太婆竟像个小女孩似的害羞起来,吃吃地笑着,身子都在跟着一起微微地抖动着。太婆的故事没出息,你不要笑太婆。

哎呀太婆你就讲嘛,我们才不会笑你的。男孩摇晃着太婆的手臂。

讲讲讲。去年有一天,是个什么节来的。应该不是春节,是个别的什么节。我自己从来不过什么节,但是逢年过节的,给我家死掉的老头子上个香洒点酒吃,老头子最爱喝酒。太婆从来不喝酒,那天啊,也不晓得是哪根筋不对头,忽然就想，我也尝它一杯吧。舔了一小口，辣舌头。也不晓得是哪里来的劲头，一仰脖子给干掉了。我的妈呀，那真是从嗓子眼辣到肠子肚儿啊。可把酒杯放下没一会儿，就觉得整个人啊，轻飘飘的，晕乎乎的，那叫一个舒服啊。然后就又来了一杯。这一杯接一杯的，不到半晌，那瓶酒就被我喝干了。我这才知道，我家老头子到底为啥那样爱喝酒。我这辈子啊，都没有那样轻松过。什么也不用想，什么也不用操心，就那么轻飘飘的，晕乎乎的，那叫一个舒服。太婆想天天都那样舒服。从那天开始，我只要有钱买的时候，就天天都要喝酒。

太婆讲完，自己先噗嗤噗嗤地笑起来。男孩答应了太婆不会笑她，可是看到太婆自己笑得那么开心，男孩也跟着笑起来。

好呀，可真是好呀。太婆虽然边说着这话边叹气，可听起来的口气却带着真正的满足。

什么好呀，太婆。男孩问道。

这里好呀。太婆缓缓把胳臂抡了个大半圆，划过了草窠，划过了那河。

这里有什么可好的，这古古怪怪的河，吓人着哩，看不出有哪里好。女人拱着鼻梁，额头上的川字纹马上皱作一团。

太婆摇摇头。之前啊，不好，渡了这河之后呢，也未见得会好。就只有夹在这中间不知该往哪里去的一块块，是真的好。太婆说完，把手掌按在男孩头顶，顺着他头皮炸着的方向捋着。只可惜了这娃子，原本也是好好的，却到了这里来。娃子啊，太婆问，你还记得不记得，是咋着就来了这里呢。

男孩眨着黑黢黢的眼皮，越眨越觉得眼皮子重了起来。有股烟熏火燎的气味从嗓子眼里向上顶，没有顶出鼻孔去，倒是顶到了脑壳前，像是想从眼皮里冒出来。男孩的耳朵眼里站着几个人，左耳有一群人在叫，右耳是妈妈在尖叫。妈妈一个人叫的声音，赛过了左耳那一群人。右耳于是嗡嗡响着，让男孩没办法集中精力回想任何事。

不知道不知道不知道，耳朵里头站着人叫唤呢，吵得很。男孩双手捂住耳朵，用力摇晃着脑袋。

噢噢，好了好了不想了不想了，没事了太婆在呢。太婆抬起手在男孩头顶周围扫着，驱赶着不知道什么东西。被太婆这么扫了扫，男孩感觉耳朵里的尖叫声，真的慢慢消停了下来。

不好啦，不好啦，你们快看。女人忽地紧张地拉住走在前面的两人，示意他们往河心看。

浅红色的河心不断向外拱起水泡，每一颗水泡的大小都是均匀的，有普通水杯杯口那么大。水泡包裹着水泡，水泡挤挨着水泡，水泡孵化着水泡。它们冒出来的地方，先是只有河心最中央一口平底锅那么大，慢慢扩延到撑开的雨伞那么大。水泡跟这河水一样，像是长了嘴，一点一点从河中央向四周漫延，速度均匀但完全没有停下来的意思。

浅红色的水泡一个接一个地胀破，把水泡里裹着的红色释放出来。河面上的空气被这些红色染得更红了。它们在胀破的瞬间，没有发出任何声音。在一片全然的静寂中，前赴后继沉默地破裂开，而后又重新鼓起。

水泡终于漫延到了河岸边，当第一颗水泡触碰到岸边的草棠，河中央最初泛起水泡的地方开始向上隆起一枚硕大的水泡。再仔细看去，并不是河心冒起了一颗新的大水泡，而是它身边的其他小水泡开始不断向其并入，将自己融入大水泡之中。随着无数小水泡的汇入，这枚大水泡隆起到难以置信的高度，犹如壁立千仞的透明巨山扑面而来，却始终没有胀破。

大水泡的内壁反射着河底的红色光芒,外壁折射着外面空气里的红色光芒。这时才叫人看清,河内外的红色,并不是同一种红色。河底的红色柔和而温润,外面的红色黏腻而硬实。两种红色,隔着水泡的膜壁,跳跃舞动着身躯,想要争个高下,又想要融为一体。

在大水泡终于将水面上目之所及的全部小水泡都并入自己的庞巨身体内的一瞬间,它在无声无息间爆破开。

三个人被眼前看到的一切死死压在地上,无法动弹。

这一切都是什么呢。这一切又是为了什么。

有个啥东西。女人指向河心。太婆和男孩向女人指着的方向望去。在刚刚那个巨大水泡的中心点,漂浮着一粒小小的黑点。黑点向着三人移动过来。

女人挪蹭到了太婆身后,双手不自觉地抱在胸前。吓人哩,为啥到了这时候还吓人哩。

有啥怕的,都到这时候了还有啥可怕的。太婆脚下没有动弹,腰板儿挺得直起了些。

我也不觉得吓人呢,我觉得好玩儿极了,真希望爸爸妈妈也能看到。男孩嘴上说着不害怕,可是身体也不由得向太婆贴得更近了些。太婆攥住男孩的手,女人的手搭住太婆的肩。

是，是个娃子。女人轻声惊呼。男孩也看清了，确实是个小孩，比男孩还要小很多的小孩。孩子的下半身浸在水里面，上半身裸着，露在水面上。水面依然稳若镜面，小孩悄无声息地在水中向岸边滑动而来。

瞧起来，还是个女娃子。太婆摇了摇头。

但她能碰到水，她跟咱们不一样呢。女人依然非常紧张，搭在太婆肩头上的手，不由得加了气力。

女娃漂到了河岸边，她没有上岸，瞪着大眼睛看着三人，不言语。

娃儿啊，你要不要到岸上来。太婆问道，她用自己的桃木拐棍点了点泥土地。

女娃摇了摇头。我不能上岸。声音像是新冻起的冰块在水里炸裂开的响动。

你是谁。男孩问。

我来给你们带路。女孩回答。

男孩立刻高兴起来，他摇动着太婆的手臂。太婆太婆，有人来给我们带路了，我们马上就可以回家了。男孩心里想着，回家一定要给爸爸妈妈好好讲讲今天看到的事。他没有留意到，太婆和女人的脸上都压着阴沉沉的云。

应该有座桥呢，老人儿都说，应该是有座桥呢。太婆又用拐棍点点地。

没有桥啊，只有我。女娃笑了。声音像是河底的红色碰撞着河面的红色的响动。

那你是阎王吗，原来阎王是个小女娃？女人吃吃地笑起来。

女娃摇了摇头。我不是，这里也没人是。

那这儿谁说了算啊？替我跟说了算的头说说，下辈子我要生在法国，在……女人回头望着男孩求助。男孩马上替她补充上，巴黎。女人点点头，对，在巴黎。

女娃摇了摇头。这里没人说了算。

那不可能。女人感到震惊。没人说了算，那岂不是要反天了。女娃望着她，不言语。

那之后呢。你带路，之后呢？女人有些不大满意，现在的状况似乎跟她之前预测的不大相同。

之后，你们重新开始，我，还在这里。女娃说。

男孩松开了太婆一直紧紧攥着他的手，走到河水的最边沿，蹲在了女娃面前。

小妹妹，你怎么一直泡在水里呢，不会难受吗。是谁不叫你上岸来呢？男孩问。

我在河里出生，也在河里死去。这里就是我的去处，我再没有其他去处。女娃说道。声音像是春日的脆笋剥开外皮的响动。

你在河里出生？你是刚才那个好大好大的大水泡生出来的吗？

女娃笑了起来，她白嫩嫩的手臂和白嫩嫩的胸脯闪着水晶折面似的光。

娃儿啊，你这是，要带我们往哪里去呢。太婆问。

往该去的地方去。女娃笑着说。声音像是手指插进鹅卵石堆里搅动的响动。

那里……好吗？女人问。

那里就是那里。女娃笑够了。她把自己白嫩嫩的右手自水中抬了起来，伸到了男孩面前。男孩看着女娃的手，手心里有一颗小水泡儿。这水泡跟刚才在河中见到的不大相同，它的外壁萦绕着一圈七彩的荧光。荧光在水泡上翻滚游动着，男孩看得张开了嘴巴。

男孩把自己的手盖在女娃的手上。他感觉那颗小水泡自女娃的手心贯入到了自己的手心上,并沿着手掌,游动向自己身体的各个方向。男孩的整个身体被水泡抱住了,变得轻盈起来。他随着女娃的牵引,走入浅红色的河水中。男孩的下半身浸泡在浅红色的河水里,上半身露在河面上浅红色的空气里,就像女娃一样。

女娃掬起一掌心的河水,拂在男孩的脸颊上。男孩脸上糊住的乌黑的炭烟立刻化开,随河水一起四散而去。男孩感觉到呼吸重新变得顺畅,肺中的阻塞感消失殆尽,同时记忆也随之模糊。石块儿、水漂儿、爸爸、妈妈、动物园、生日蛋糕、找不到的家,一切都变得不再重要。这漂浮着的轻盈的感觉,让男孩觉得自己也是一颗水泡。无论下一刻是无声地爆破,还是汇入更大的水泡,也都不再重要。男孩笑了起来,声音像是石块儿擦入水中又再次跃起的响动。顶不到天上去的风,潜不入地底的水,漂浮在时间最中央的气泡。

女娃又向太婆和女人伸出了手去。太婆和女人,一前一后,慢慢走入水中。河水依次拂在太婆和女人的脸上。太婆的舌头缩回到嘴巴里,脖子上淤青的痕迹也化进了河水中。女人脸上的黑青洗成了结实的红色,身上的臭鱼烂虾味重新退洗为泥土的清香气。

四个人漂浮在浅红色的河水中,望着彼此笑。

若没有人笃定地告诉你这是河,便没有人能看得出这是条河。河水无边无界地包裹住天际,包裹到挤出去了所有空气。在这条无边无界的浅红色的河里,四粒黑点漂浮着,漂浮着,漂浮着,渐渐隐没入河心。

天的子

周李立

周李立　著有小说集《安放之年》《黑熊怪》《丹青手》《八道门》《透视》《欢喜腾》，长篇小说《所有与唯一》等。现为作家出版社编辑。

陈怀初每年最喜欢的日子就是春节，当然他最忙的日子也是。平时里成天没事做的陈怀初，每到春节就登上人生巅峰。他忙的事情和别的老头不一般，毕竟他从来就是不一般的老头。一般的老头在春节盼儿女回家，就他好多年都没得盼。一般的老头们就同情他，说陈怀初你孤家寡人一个，逢年过节怕是不好过。

陈怀初揣着手，瞥一眼天，朝向老天提高了嗓子说，"惯了。"

"也不是个事儿。"有老头儿接话。

"老天爷赏饭是个事儿，别的都不是个事儿。"陈怀初话说得比一般的老头儿漂亮，他们都服他。一般的老头们在这栋楼里住了不少。他们平日里也和陈怀初一块儿，以在楼下晒懒散的太阳为主业，被家里老太太一天三次吼回家吃现成饭。这栋五层居民楼，楼下栽有三棵梧桐树，树下砌了三级台阶。老头儿们都自带小马扎，不坐台阶，怕台阶硬。

陈怀初没有现成饭可以吃，他总愿意多晒会儿，这样还可以目送老伙伴们一个个灰溜溜拎着马扎离开，人都走了他就有些不自在，盼人家快快吃完。

陈怀初在一般的老头儿们中很显眼，因为总穿条大红色的棉布裤子。大红裤子他有四条，分别对应四季——当年宫里就这样。虽说宫里的规矩也不是样样都好——单阴盛阳衰这一条，就很不好。但他认为四季分明的裤子也是讲究人的生活方式，就算吃吃喝喝的事情上他不得不勉强应付——不是缺钱，是不满意自己的手艺——至少穿红裤子这种事情上他还能坚持，说明这日子还值得过一过。

老头儿们没人认为陈怀初那两扇红旗般在寒风中猎猎招展的大裤腿有什么不妥，反倒是哪天没见着北京冬天里这两扇不倒的"红旗"的时候，他们才会觉得失落了什么。好在陈怀初几乎从未缺席楼下晒太阳的队伍，都说了，他孤家寡人一个，没牵没挂，只好积极投身晒太阳晒风雨晒雾霾晒自个儿——总之都是一回事——的民间活动。该活动又不劳民又不伤财，百益无害。

陈怀初喜欢"孤家寡人"这称呼，但他不喜欢被认作孤寡老人。"别看这一字之差，里头那可是千差万别啊"，他无数次如此训诫那些不明状况误以为他是"孤寡老人"的年轻人。"我儿子在国外,美利坚合众国。鄙人算不得孤寡老人，孤寡老人是没后人的。"此处他会卖几个关子，比如漫不经心理顺红裤腿因为长年疏于清洗实际已很难抚平的褶皱，又说,"至于孤家寡人么,那还是算得上的。要听听么?要听听你就先四方八舍的去打听打听,问问寡人是啥意思。"

那些年轻人很少去打听。陈怀初知道他们的时间早就被分割殆尽,所以才觉得如今的年轻人真是没意思透了,明明还有漫长的半辈子没过完,却忙不迭像等不及明天一般地活着。他们总是被什么东西什么人给催促着、被等待着。早起的闹钟在等着他们,该送去幼儿园或小学的孩子也蓬着头、睡眼迷瞪地等着他们。还有那些在地下八尺窜行的火车,上午,地铁让他们不至于错过每天三十块的出勤奖,下午,地铁保证他们能以最快的速度奔赴某处以便迅速花掉比三十块多得多的钞票。这样的一天便是能达成平衡、没有遗憾的。如果还有零碎时间,年轻人会去超市,掠走成山的方便食品,花一点点时间在厨房捣鼓出看起来丰盛其实也不好吃的晚餐,尽力吃饱喝足,这能让他们双眼发红、额头贴满油光,也全身都是力气可以用来对付家中那个耍赖不睡觉的小家伙。小家伙总是和年轻的父母们彼此折磨、持续消耗,直到小家伙有一天也成为年轻的父母,每天都被身外之物诱惑和鞭策。

陈怀初总能见到这样的年轻人。他们多数是这栋楼老居民的后代，经年累月地逐渐像烟火一般散开，洒落在北京城各个角落，如今的北京城更广阔无边，足够容下更多散落的火星儿。火星儿们，有的就这么灭了，从此黯淡，比如老刘家那个进监狱的儿子；也有的就烧起来了，爆炸般地胖起来，比如老范家刚生完二胎的女儿。那二胎还是双胞胎，所以老范有三个外孙，都是男孩。可惜老范一个都不能带。老范的手得了一种关节伸不直的毛病，只能鸡爪子一样缩着抖着。陈怀初每天例行问问老范老伴儿的健康状况，顺便观察老范手指的抽搐频率。

就是陈怀初瞧不上的这些孩子，多年前，陈怀初眼见得他们一个个光着屁股跑出家门。门内，多半有个年富力强举着巴掌要揍人的父亲，老范就是，那阵子他的手关节展得可直了。现在的年轻父母都不打孩子了，他们不打任何人，个个都文质彬彬宛如大学教授，其实不过都是些小角色，放从前的朝代，连衙役都算不上的小角色。房产中介、超市收银、写字楼上班的小白领、专打离婚官司的小律师、生殖科医生、专车司机、做美发的托尼、做理财的杰克……无论他们白天做着什么，白衬衣都得束进黑西裤的裤腰里，各式皮带扣都得兢兢业业扣紧比陈怀初还要圆滚滚的那些年轻的肚皮。

陈怀初庆幸自己不必见识陈童身着白衬衣黑西裤、肚皮上再扣一枚金色皮带扣的模样。陈童是美国大学的教授，住在波士顿，离纽约极近。美国大学的先进就在于从不对教授的着装横加干涉。这说明陈怀初的儿子陈童也不是一般的儿子，是天之骄子。陈怀初这个不一般的老头不可能养出一个一般的儿子。陈童学的高科技专业那可真难，在美国学了十多年才算修成正果。在陈怀初的理解里，所谓正果就是不当学生了开始做老师了，拿着美国的工资了。

要说每到春节陈怀初有什么可忙的，还是挺值得一说的。

他得祭天。

其实也不是他祭天。祭天是从前的朝代里皇帝们做的事儿。老天又不是自家祖宗，谁想祭就随便祭的。顶多拜拜，求求老天恩典来年继续赏饭吃——也就这算个事儿。其他时候，老天爷哪有那么多时间搭理凡夫俗子？何况改朝换代，祭天早就不是必要的时务了。陈怀初自认是识时务的，所以这些道理他都懂。但他还是放不下祭天的事儿。为什么？因为他是皇帝。

没人认可陈怀初的皇帝身份。让他当皇帝，只是因为他长了细长的吊梢眉。此外他嗓子亮，喊起来声音传得远，这样就不必在皇袍里藏一个装电池的小麦克了。至于吊梢眉是不是皇帝的"标配"？这纯属个人意见。区文化局负责民俗表演这档业务的小干事出生在南方，是名校考古系毕业，受故宫那些清代皇帝画像的影响颇深。他见着吊梢眉的长者就觉得有几分眼熟，就觉得像那些画像上的皇帝老子。

祭天只有皇帝是不行的，还得有众随员。文官二十人，穿红色文服，左右分开列队。武官八人，穿藏青短款武服，不列队，因为得抬皇帝也就是陈怀初的轿子。所以武官实质是轿夫，出力最多，尽管轿子上的陈怀初多年来保持住了清瘦的标准身材——要是发福的话，武官抬轿会费力就会嚷着加工钱或者撂挑子不干不说，也不像个真命天子的样子，而像和珅那种贪官，出场就不好看了，出场不好看，这事儿就不严肃了，反像闹剧——所以武官拿的工钱是最多的。这两年都是按天结算，一天一百多块，外加三餐盒饭，一荤二素。

文官的工钱仅次于武官，因为得自己走过祭天的一路。

春节期间不消说有多冷,北京地坛公园里植被众多,到冬天就更显阴森。地坛的春节庙会名声在外,来的人接踵摩肩,观赏祭天表演的闲人也少不了。文武官员们哪次都得在户外冻上大半天。祭天表演连着演一星期,从大年初一到初七。文官们祭天仪式期间还得一本正经地站着,不时配合皇帝陈怀初做些不知道有没有历史依据的祭拜动作。那些作揖挥袖的架式,多数都是陈怀初自己看着古装电视剧琢磨编排出来的,小干事说这些动作多半"算靠谱",错不到哪儿去,还鼓励陈怀初提升演技的同时也要发挥创造力,反正这活动的目的就是"增添节庆气氛"。北京春节庙会里有祭天表演的,仅天坛、地坛两家。无论从哪方面,天坛那队都比地坛好。

文官们也有三餐盒饭,分量跟武官比一点不差。只有皇帝的工钱最少,不是按天结算,而是每年祭天活动完了一块儿给,为防皇帝中途退出。文武百官可以换人,就皇帝,不适合频繁更替。所有百官都有候补演员,就皇帝,没候补。平均算下来,陈怀初扮演帝王的收入,一天不到五十块钱。早些年陈怀初还抱怨——那阵子他手里没现在这么多美元——认为这和皇帝的身份不符,况且"都是一样挨冻,皇袍也不比文官的红衣服暖和不是?"

但人家说，皇帝全程坐轿子，没收你的钱已经不错了。而且你见过计较工钱的皇帝吗？文武百官还都得拜你呢，就你一个，只拜拜天，就够了。

陈怀初自然知道自己不能跟真的皇帝们相提并论，曾经天下都是皇帝的，他们还计较什么？他们只需要讨好上天。但他没这么说，毕竟，他还挺想自己来年能继续当皇帝、继续祭天的，就挥着皇袍金灿灿的长袖口说，"工钱？这不是个事儿，我就是图一乐。"

"这就对了，老爷子，就您装扮上，那气派，就是光绪再世啊。"

陈怀初讨厌光绪，因为光绪软弱，他觉得对方应该说乾隆再世。

春节期间地坛祭天的民俗表演活动持续有十几年了，反正陈怀初做皇帝的年头已经超过了雍正，他是别想赶超乾隆了，起步晚，做不到"十全老人"的六十年帝王生涯了。他算是幸运的，麾下文武官员都换了一拨又一拨的退休老头儿——有的年龄大了就不来给陈怀初抬轿子了。只有陈怀初还是铁打的江山。谁让他孤家寡人一个过春节呢。多年前，这些老头儿都和陈怀初一块儿，是在地坛园林管理局工作的,陈怀初主要负责给古树做养护。园艺工人辛苦,退休年龄也早,有的四十多岁就开始养老了。成立民俗表演队的时候,地坛这边就没舍近求远,也是肥水不流外人田了。

每年腊月十几,负责民俗表演活动的文化局小干事就上门拜访,提请陈老先生记好今年的活动安排。"又得让您老受累了",小干事每次都说,但人家每年都来得两手空空,陈怀初觉得这南方小孩不懂规矩,跟老范说过:"大过年空手上人家家里,天下走哪儿也没这个理儿啊。不是有没有年货的事儿,这是个理儿。"

老范听来听去,说,"你还是说的年货的事儿。"

后来小干事当了处长,干脆就不来了,摆架子,指派底下人打电话,通知几月几号几点几分到地坛西门处临时拖车内换服装,几点几分到拖车旁的大棚那儿领盒饭。

陈怀初接电话时还兴高采烈连连说是,放下电话就气急败坏,认为如今的年轻人真没大没小,竟然敢这样跟他讲话,比外面屋檐掉下的冰碴还像刀子。骂归骂,过后,他也能迅速重整旗鼓,红裤腿走路带风,半天也不能安稳坐下。

陈怀初最怀念就是第一年做皇帝的时候。那一年陈童刚刚去美国念大学,为省下机票钱,圣诞春节都不敢回国。

独自过春节的陈怀初想，闲着也是闲着，就去报名参加了民俗表演队。一开始没做演员，报名时填的是"服化道管理"，老伙伴们给陈怀初的评价是"凡事都讲理儿"——讲理的人适合管理器具。管了一阵子服化道，也不知道被谁看中了，说个子高，能当演员，面相也气派，吊梢眉，那就还能演皇帝。

陈童那时候很瘦，高度近视总让他像个瞎子般走路撞人撞树撞电线杆。陈怀初可没为这个少操过心，陈童出国，临走送到首都机场，陈怀初最后的叮嘱，是走路要看路。

"知道了，爸爸。"陈童扶了下眼镜，一副胸有成竹的样子。只是陈童自幼瘦弱，那副庄严表情便显得有些老成得像极了陈怀初。

陈怀初想再叮嘱些什么，但他自己还没坐过飞机，陈童也没坐过。他们对这件事一样摸不着门道。还没等陈怀初开口，一伙戴着旅行社红帽子的团队游客就呼啦啦冲过来了，陈童宛若一颗黄豆掉进锅里——锅里全煮着红帽子。视力素来极好的陈怀初，半天也没从人堆儿里把儿子拨拉出来。等浪一般的人潮过去，陈童书包也歪了，箱子也倒地上了，眼镜又掉回鼻尖儿上，然后下一拨人潮又过来了。

"童童，站好了。"陈怀初瞅准一个空儿，掰了一下陈童的肩膀，陈童虽瘦，个子倒也不矮，随他。陈怀初掰儿子的肩膀还得举高了胳臂，这让两人都有些不自然，于是他又放下胳臂，说，"站稳脚跟，就不怕摔喽，别的都不是个事儿。"

再后来，陈童这颗小黄豆不是掉进锅里，而是掉进大江大河大海里了，陈怀初想捞回来见一面，就比什么都难了。

陈童出国后，陈怀初很长时间都在想首都机场里那些呼啦啦冲过去又冲过来的旅行团队，就像动物世界中的蜂群或蚁群，天下众生啊，分开看都渺小卑微又没头没脑，一凑一块儿就横冲直撞气势汹汹，顶烦人的。

陈童得用吃奶的力气才能冲出这些平庸之人的重围吧？想到吃奶的力气，就又不免想起陈童自幼就没好好吃过奶，几乎是陈怀初一己之力把他养大。好在除了走路不看路，中学时摔过两回，左手肘有过不严重的骨折，左小腿有过严重的骨折，还有眼睛高度近视之外，陈童并不像别的男孩那样难养。

陈怀初没大抱负，皇城根儿脚下的人，生来就赢在起跑线上，还想有什么大抱负？他只希望陈童稍微比老范家女儿强点儿就行。所以打开始他也不觉得出国留洋是陈童会做的事,只是陈童不声不响又心事极重,渐渐,开始闷不做声地蝉联全年级第一,又拿过几次全区物理竞赛一等奖,颧骨越长越高,发际线也跟着高,个子没怎么长,眼镜度数却一个劲儿长,当陈怀初意识到陈童日后必将漂洋过海离家千里时,什么都来不及了。他不知该喜还是该忧,为此考虑了好长时间。"我图什么呢?我不就图他比老范家的胖闺女强,我走出去脸上有面儿吗,现在他不就比人家能耐了么。"陈怀初最终这样解决了这个心理难题。况且,"谁能想啊?天下的事儿,我也头天还给皇帝提鞋呢,第二天就成皇上了。"

于是这一年,当陈怀初站在首都机场出发大厅的时候,再想起的还是那年蜂群一般的人潮。陈童跟这些人不一样,他那么与众不同,如今哪怕再多红帽子涌来,也不会将陈童淹没。现在的首都机场当然早就不是原先那个了。站在新航站楼大厅中央,随便往哪个方向看都看不到边儿。玻璃幕墙似乎竖立在四面八方,说不好走几步就会撞上一块玻璃。一辈子都在北京城内的陈怀初,还是第一次知道北京有这样的地方，不免有所失神，脚下乏力。

陈童这些年倒是壮实了不少，"都是吃多了垃圾食品。"坐出租车来机场的路上，陈怀初这样说过儿子，但陈童没接话，陈怀初一个人说下去，"都说了，汉堡薯条不适合咱北京人的体质，我去美国有炸酱面涮铜锅吃么？就算有，也没有牛街的味儿了吧？我可不吃那些东西。还有茶，哎哟喂，大事不好喽，我好像把我茶缸子忘了……"

陈童穿一套薄薄的深灰色毛呢长西装，到了机场，他走进室内就脱下大衣，横平竖直叠好了放胳臂肘上，像炸酱面馆跑堂的在胳臂肘搭的那块毛巾。里面穿浅灰色羊绒衫，看上去也薄得不行。他也不怕冻？看来垃圾食品热量确实高。小时候陈童很怕冷，从来不敢去什刹海滑冰，说是被冻得都快要昏迷了。别的男孩把路上的碎冰捡回来当宝贝，他视而不见，毕竟从小就近视。

陈童脚边是个不大的金属拉杆箱，陈怀初觉得跟他们民俗表演队那口铁皮道具箱很像，刚刚他抢着从出租车后备箱拎出拉杆箱，才发现那箱子轻飘飘的，不像铁皮的，难道是塑料？还真是无奸不商。他想。又想抱怨几句世道，他是很关心世道的，但随即就被眼前的首都机场航站楼震慑住了，忘了这话。

何况，就算陈怀初没忘，也没什么不同。陈童几乎不讲话，比陈怀初还像电视剧里的皇帝，不到万不得已不开口，一开口就是金科玉律，陈怀初就得唯命是从，不敢有半点怠慢。谁让是自己亲生的儿子呢？

谁让我答应去美国过春节呢？

可我能不答应他么？

陈怀初望着自己脚边那只巨大的黑色尼龙旅行袋，犹豫要不要打开找找茶缸的时候，突然开始后悔去美国过春节的决定。

事情是从前一年十一月开始的。陈童打电话给陈怀初，说这个月会回北京，公干，顺便帮陈怀初办理出国事宜。

出国事宜是个什么事宜？陈怀初问。他一下觉得儿子的话自己都能听懂，但又像都没听懂。

陈童的电话一向言简意赅，多余的话似乎从来飞不过太平洋。能越过太平洋的，除了电波传来的陈童的声音——基本已经没半点北京口音了——还有每月按时抵达的外汇，陈童一般汇过钱就来一个电话,"到了么?"

"到了,能不到么?比地球转圈儿还转得准……"

"OK,那先这样。"

陈怀初就这样被电话告知这个春节自己得去美国过了。

那金发碧眼的儿媳妇他还从没见过。想来又欣喜又忐忑,他连北京城内四九城都极少离开,这下子是要漂洋过海地发达去了。

他飘一般地晃到楼下,在自己的马扎周围转圈儿,怎么也坐不下去。正好看见跟前小区院内有一辆红色雪铁龙倒车入库,看来看去也对不准车位。他是热心的人,指挥戴大墨镜的女司机,"打啊,往死了打。"说着陈怀初的胳臂都在空中抡了四五圈了。

女司机发着抖,似乎方向盘重得根本拧不动,被陈怀初吼急了,干脆摇下车窗哭诉,"我技术不行啊,这地儿太小了。"

陈怀初的胳臂还举着,握着假想中的方向盘。"这就不是技术的事儿。这是原理问题。"

"那你来!帮我倒进去呗。"女司机年轻,善于求人,作势要让出驾驶座。

陈怀初临阵不乱，仍重复这不是技术问题，"我没本儿，但我知道你该这么着。"胳臂又抡圆了一圈。

"你没本儿你指挥我？"女司机惊讶死了。她环顾四周，四周只是些比眼前的老头儿还要老的老头儿。叹完了气，她才重新正视自己的前挡风玻璃，这回，她在陈怀初的鼓励下抡满了一圈，车挪得慢了些，最后也总算成功入库。女司机下车蹬蹬蹬踩着高跟鞋走开，没搭理这个自己都没驾驶本还好为人师的老头。

陈怀初是觉得，原理自己都懂，只是没实践过。以此类推，他想起坐飞机去美国的事儿，就笃定了不少。天下事都不是事，凡是个事儿的，他陈怀初道理全明白，他还能举一反三，灵活运用。直到真坐上越洋飞机，陈怀初才发现还真没那么简单。

那年陈怀初第一次当皇帝，就是这样无师自通的。那个冬天冷得非同一般，尤其风大，轿子颠来倒去像逆水行舟。陈怀初装扮好了，一走出斋宫，顶戴皇冠登时被刮得乱作一团。他眯起眼，瞧见眼前密密麻麻都是摄影机和照相机，七八根话筒围拢他的鼻尖，问他："第一次演皇帝，您高寿？您紧张吗？"

陈怀初严肃回答,"不紧张。"拒绝回答自己"高寿"。

有记者又问,"我觉得您还可以再霸气些嘛。"

陈怀初想了想,才说,"这是祭天,又不是耍威风。祭天跟求人办事一样啊,是求老天办事啊。"

"求老天办事"的回答,那年还上了《北京都市报》生活版,作为角落处一则小报道的标题。陈怀初皇帝扮相的照片,就衬在那条标题底下。

小干事又打电话来,让陈怀初自己去买那份报纸收藏,之后委婉表示:"求老天办事"这种说法不妥,以后别说。

陈怀初只好跟小干事坦白,"其实他们一问,我一下全懵了。"

小干事此前就告诉他,"这事儿其实难者不会、会者不难,建议最好去看看典籍,《天坛志》《地坛志》都好,实在看不了,就看看古装剧吧,张铁林和张国立不错。"

还真管用。比如陈怀初就是看着电视剧明白当皇帝不能"垮"的。都说北京男人"垮",不单指他们说话,还指体态,真正的垮,得站成"三道弯儿"。

"别想多了,跟大姑娘的曲线那'三道弯儿'没关系。"陈怀初那时对文化局那个小干事说。"北京人的'三道弯儿',

是指北京老爷儿们这么往那儿一站,甭管靠着门框,还是扶着墙,一定歪七倒八的,垮成'三道弯儿'。"

小个子小脑袋的小干事站得笔挺,胸前就少根红领巾了,连忙说不行不行,演皇帝不能"三道弯"。

陈怀初就改了,从那以后腰板总是直的,连在马扎上坐着,也不佝偻一点儿。陈怀初挺着腰做人,久了也难受。这都得怪那年,背陈童上下学一个月落下的腰伤。陈童初中的时候骨折过几次,瓷娃娃般一碰就碎,后来医生说是骨质疏松,要追究"疏松"的原委,别人告诉陈怀初就是缺钙,又推测可能是三岁以前没吃过母乳的原因。骨折最严重那回,是断了左小腿骨。石膏打上,让陈童活像外星来的小孩,根本没法走路。陈童心重,说正是期末考复习的时候,不敢缺课。陈怀初说你考不好我也不说你,你的成绩已经是老陈家历史上的巅峰了。陈童眼泪就下来了,说,我又不是怕你说我才学习的。

陈怀初一愣,这一愣,到如今他都没缓过神儿来。不仅如此,他每天背着陈童上学,走西单大街转平安大街的路线,三站地,倒也不远,只是没有直达的公交线路,步行更便捷。好在晚春初夏时节,北京不冷不热,适合走路。陈怀初背上儿子就放不下，身上累，心里欢喜，于是连着背了一个月，腰就开始不好了。

陈怀初如今都记得陈童说这话的样子，"我又不是怕你说我才学习的"。儿子鼓起的两眼烧得通红，可能伤腿引发的炎症未退。儿子的大眼睛出自妈妈的遗传。同样遗传自妈妈的，还有那种闷不作声使劲儿的好胜心。

陈童的妈妈不爱儿子，她爱的是全天下的考试。用她的话说，考试其实不是考试，而是机会。高考恢复那年她运气不好，兵败北大。她默默地剪了辫子，在街道工厂安心上班——貌似安心。之后又参加工人转干部的考试，夜校考试，职称英语考试……她有时能抓住机会，有时不能，跌宕起伏地一条路考到黑，过程中忙里偷闲生下了陈童。

怀孕期间，她拿书做枕头，为的是一翻身就能醒过来，醒来就看书。这样难免睡不够，白天就恍惚。陈怀初那时不懂她不让自己睡踏实是得挤时间看书，还以为真像她自己说的——枕头太软，不如垫本书舒服。时间长了，她就真成神仙了，挺着八个月的肚子，也能把路走得轻飘飘宛如在九霄云外。那女人的向往，也确实是上到九天、过高人无数等的日子。只是，现实中她还得朝八晚六地上班，在服装厂钉纽扣、剪掉纽扣上多余的线头儿。一天下来眼冒金星，随便看什么都像支棱着无数线头儿，包括那道没迈过去的阴沟。如果不是肚子里的胎儿，她也许会迈得很轻松。但就是挺起的肚子，把她卡在了阴沟的两壁间。

就这样，她错过了那次考试，以后也再不能参加任何考试了。她所有的机会都失去了，包括看一眼早产儿陈童的机会。她没能通过生产这门考试，小阴沟里，她终究是上到了九天。

如果当初她能安心，少些不切实际的盼望，他们三个人的日子都得是不一般的幸福了吧。陈怀初的亡妻之痛，痛得很不从容，因为嗷嗷待哺的脆弱的小生命始终在身旁，让一切兵荒马乱。陈怀初几曾遭过这种罪，亡妻的遗像在床头，神明一般注视着他出糗又绝望，绝望完了，又在带孩子这本不该老爷儿们干的活计中出糗，于是再绝望，循环往复。深夜是最难熬的时段，因为婴儿会哭。陈童的啼哭不响亮，却号丧般气短情长，一声声撕心裂肺、催人泪下。老天不赏陈童一口好饭吃——陈童的柔弱肇始于那时的米汤加少许奶粉。连陈童的名字也是"沉痛"的谐音。她本来给孩子取的名字，是陈云天。陈怀初认为，云天，这名字叫起来就心惊胆战的,像踩不着地面一般摇摇欲坠的云天,多不踏实。"童"字就好,好在简单,没那么多念想,一辈子能过得踏实些。

眼下要上云天的人,是陈怀初了。这是他第一次坐飞机,不清楚为什么柜台后面的小姑娘非得让他把黑色尼龙旅行袋放传送带上。他眼看着自己的行李被送进传送带尽头黑咕隆咚的地方,再要问,也来不及了。看不见了。

他张了张嘴,忍住没问,因为随即,陈童的行李箱也被送进去了。柜台内长相极标致的小姑娘,脖子上系的红色小丝巾翘起高高的两角。她正往陈童的行李箱上贴大红贴纸。贴纸上有他看不懂的一串英文单词。

陈怀初觉得陈童应该给他解释解释的。行李可是很重要的东西,他一辈子都没能走南闯北,他没准也是能走南闯北打天下的那种人呢,只是带着孩子,他没法走南闯北,那他也清楚那句老话,"出门在外,包不离人人不离包"不是?但陈童只是领着他往不知道什么方向走。身边所有人都走得那么快。他爷俩也快。可再快,陈童胳臂肘上的大衣也能纹丝不动,长大后的陈童再也没犯过走路不看路的毛病。

"我的东西都在里头呢。"陈怀初跟在儿子身后,大声说。他可不会直接问他的行李袋怎么办?那行李袋是那年街道运动会的纪念品。

陈童仰首阔步没回头,也大声应了句,"OK,是的。"

陈怀初紧走两步,想跟上儿子,却发觉自己再怎么走,也不够快。步子快了,是别的东西跟不上。他还想问问行李的事儿,但告诉自己不能问。为什么不能问,原因很复杂。关键原因他想无非一条,这是老子和儿子的相处方式的问题。

小时候陈童喜欢问问题,陈怀初总能给出答案,哪怕那些答案他自己也不一定有把握全都对,但他知无不言言无不尽,从不允许自己让儿子失望。后来陈童的问题越来越少,毕竟书读得越来越多了。这些年他们见面的时日有限,陈童十几年里只回国三次,累计八十一天,其余时间他一直在大洋彼岸。儿子不是不好。陈童说过,接他去美国过春节只是第一步,如果适应,下一步他可以在美国长住。他还没决定,因为他知道自己不会适应。但如果儿子坚持,他是会毫不犹豫答应的——无论什么事,他都不会提自己有多不适应。他要儿子在美国"站稳脚跟不怕摔",说来容易,做起来得多不容易，可陈童做到了。陈怀初一想到这点，就又欣慰又心疼。他明白自己和儿子在地球的两端，其实是脚对着脚站立的。儿子那边的一切都与北京倒置。他当然明白什么是万有引力，也知道在地球那头，儿子并不会感到大头朝下的眩晕。但每当脑子里现出一个地球仪的时候，他都以为这种脚对脚立于星球之上的关系，还是惊心动魄。陈童不打算回国了，因为"北京房价太贵，太太是美国人，事业也都在那边"。这三条理由，陈怀初一条都没法反驳。陈怀初其实也有自己的理由，比如北京也有好机会好发展不是，中国还是广阔天地大有作为不是，媳妇总得嫁鸡随鸡嫁狗随狗不是，你到老了也要落叶归根不是……当然最重要的，你的老父亲还在国内不是——不过，既然陈童没问，陈怀初的理由就一条都没说出口，没必要，也不能说。

过安检的时候，陈怀初遇上些状况。他大红的裤子是为去美国新做的，因为担心西洋食品让自己发胖，裤腰有意放宽了量。而且每年祭天的一个星期，陈怀初都会掉下去四五斤体重，累的。他前几年刚知道，古时候皇帝正儿八经祭天之前，是要在斋宫斋戒三天的，于是他也开始斋戒，但不全是为了"规矩"，而是年纪越大肠胃就越容易出毛病，他怕祭天时拉肚子坏了事儿。皇帝没候补，他有了毛病，没人能替他上场。今年他不演皇帝了，所以他相信过完这个春节，自己会胖一点。

没想到安检人员要求他解下皮带。

他看了看陈童，陈童把安检人员的话原样大声重复讲了一遍，仿佛陈怀初是那种耳聋眼花的老人家，听不见别人说什么。陈怀初很是尴尬，尽管他表面上几乎立刻就顺从了儿子和那位陌生的安检人员的指令。安检人员看上去比陈童还年轻许多，白净的脸上看不见一丝胡茬。皮带被对折了又对折，放进小塑料筐，另一位女安检员把塑料筐送回安检机那边，重新过检。陈怀初在一旁，两手提着裤子，认为自己受到了冒犯，但一时半刻也没想出该做何反应，只好不知所措。他只知道，这是他第一次在公众场合脱下皮带。好在他随即发现，也有一些人跟他一样，被要求解下了皮带，提着裤腰。

"我可能远没有我自己觉着的那么聪明。"他站上安检台的时候想，一边继续遵照指示，学旁人的样子，举起双臂，做投降动作——大不了就当对儿子投降了。

陈童站在他旁边的安检台上，正自觉地让胳臂举高，直到高过了肩膀。那一刻的陈怀初觉得孤立无援，真是成了"孤家寡人"。但明明世界上最优秀儿子就待在他身边，怎么还觉得孤立呢？儿子还特意邀请自己去美国过春节呢。不是么？所以他不该孤立无援的，至少此刻也不该比他独自过掉的大半生更孤独。

他来不及想清楚这些。他已经取下了皮带，现在又得举起手来。大红裤子一不留神在腰上没挂住，被另一个安检人员手里挥舞的那个东西挂住，裤子就这么褪下来，几乎露出了大半个屁股。

当然没全露，只是陈童肯定看见了，周围忙碌的旅客们肯定也有不少人看见了，那条旧的毛裤。陈怀初的大红外裤里，穿着那条松垮的旧毛裤，好在毛裤也是红色的。

陈怀初慌张地提好裤子，犯错的孩子一般，偷偷去看陈童。父子的目光就在此时有过一次彼此都很难忘记的交汇。陈童眼睛里流露的与其说是无比的困惑，倒不如说是全面的陌生。陈怀初认为这种陌生惊吓到了自己。

"他是另外一个人！他肯定不是我儿子陈童了。"这想法出现的时机如此不合适,偏偏是他就要离开唯一熟悉的城市的时候。

露出穿红毛裤的屁股,这种尴尬,真是太让人恼怒了。过了安检,陈怀初拣回皮带,重新扎好,决定开始赌气,想,既然他不跟我说话,那我也不理他。

但他不知道这种赌气有没有效果和意义。总不能一路闷声地到美国吧?还得坐十几个小时的飞机呢。他知道自己是最怕没人说话的,要不也不会每天都下楼找老头儿们闲侃了。去了美国可就没人闲侃了,何况美国老头用英文闲侃,他也听不懂。

陈童在打电话,一直说英文,喋喋不休更让陈怀初烦躁。原来陈童还是会讲很多话的,难道他的沉默只是因为忘记中国话了么?陈怀初有意拖慢了步子,免得不得不听儿子说英文。陈童倒是不时回头看一眼,神情都像在确认身后的宠物有没有走丢。

走了很久,陈童的电话还没有讲完。他举着电话还能避开机场密集的人群。电话那头是儿媳妇吗?或者陈童在美国的朋友?无论是谁,他们都有说不完的话,这很让陈怀初嫉妒。他小声嘀咕着最熟悉的那半句英文,"OK,那先这样。"嘀咕了五六次，觉得没意思透了，不自觉把步子拖得更慢，与儿子离得更远。他看着陈童的背影，又生气又自豪，自豪的是他觉得那个背影，是所有人只要看一眼就一定会爱上的。

那些年，陈怀初从地坛公园园林管理处退休，开始在故宫旁边的南池子大街卖魔术帽。挨着紫禁城住的人，其实能沾的光也不多，做点小生意不为过，他是这么想的，而且陈童出国的学费还不够，退休金和半生积蓄都拿出来也不够，加上奖学金也还不够。他是最早在故宫旁边卖魔术帽的人。晴天就卖挡太阳的帽子，雨天换成防水纸的帽子，能遮雨。魔术帽其实是彩纸叠成的，成本低得吓人。从月坛小商品批发市场十块钱能买一大袋原材料，回家连夜叠成"风琴褶"。一大袋原材料彩纸能叠百多个帽子。叠好的帽子只有巴掌大，但轻轻一提帽尖，风琴褶子就散开，摇身一变成为一顶浑圆的帽子，五颜六色——完全就是彩虹的颜色。一顶帽子十块钱卖给中国人，十五块钱卖给外国人。

故宫什么时候都没缺过游客，游客们从地铁天安门东站出来，去故宫南门入口，都得从南池子大街路口经过，看见帽子就有想买一顶的。有人买帽子纯粹是挡太阳，也有人就是认为魔术帽好玩，交了钱，帽子拿到手，也不戴，而是先拆开了研究一番。这生意简直一本万利，轻省容易。唯一的难处在于，得示范。毕竟是魔术帽，不演示一番巴掌大的彩纸如何变成帽子，买卖就没法做。

有几年陈怀初每天站在南池子大街路口演示魔术帽。他单手提着帽尖，拎起，看风琴褶散开，成了帽子的形，就戴自己头上，又取下来，轻轻一抖，帽子合上了，还是一小叠纸片。再提帽尖、戴帽子、取下来，每天重复上几千次。这套动作的广告效果，其实挺好，因为终究是魔术帽让他攒够了陈童的学费。也有小难处，就是废胳臂。晚上回家叠帽子，废颈椎。腰上是旧伤，颈椎是新症，一来二去只好躺着叠帽子。叠好就放床上，四平八稳地拿砖头压实了，环绕在自己身边，摞成一座小小的五彩城池。

陈童到底是越过了陈怀初的五彩城池。如果没有那些斑斓的魔术帽，陈童就不能漂洋过海，以至成为陈怀初最熟悉的陌生人。后悔吗？这会儿想，还真是有一些。但生命驶离父母，就像小雀只要翅膀硬了就会单飞、小袋鼠也总得离开育儿袋，就本质而言，既自然，又残酷，谁也无能为力。陈怀初想自己能做的，只是再也不要回头。

　　陈怀初经过那一排排连绵不断的银色长椅。座位和椅背上，都满是硬币大的圆形孔洞。二月天气，室外衰微的阳光，透过航站楼的玻璃幕墙有气无力地进入，又从那些长椅上的圆孔疲沓落下。光滑的地砖上，布满金属质感的光斑，地面像北海公园的湖面一般波光粼粼。

　　他很想找张长椅坐下，这样陈童就可以坐着打完电话，然后他们再出发。他会主动张口，说说裤腰为什么会过大的问题，也许。但他猜那长椅肯定会坐得人难受，看上去就又硬又凉，简直跟此时的世界一样。

　　他刚刚朝那个小窗口递上自己崭新的护照，里面的照片是新照的。他提前三天理过发，才去照的相，为的是头发的长短刚好。对那照片，他很满意。等着盖过章，他走出狭窄的通道——明白这就是离开北京了，虽然其实首都机场还在顺义的地界上。自己这一路的烦躁都是从那时开始的吗？他认为也不全是。但肯定也不全是因为他在安检那儿出的丑。

人们正拉着箱子从陈怀初身边经过，呼朋唤友、左顾右盼，多数仍是黄皮肤黑头发，也能看出是全家出动，老人小孩倍受照顾。同胞们兴致高昂，奔赴为他们等候多时的某架飞机。他能看见那些飞机，透过玻璃幕墙，飞机们像巨型玩具般列队。每座廊桥都像脐带，将飞机与航站楼相连。机身上的各色字母和图案在北京灰沉的空气里尤为斑斓醒目。年轻父母打扮入时，女人握着登机牌和护照走得起劲儿，男人推着行李车，小男孩坐在行李车上，戴着小帽子，趾高气昂地吃零食。小男孩是三口之家的君王。只可惜他会每天长大一点点，这样用不了多久，他就会长大成人，远离父母，独自完成世间俗务，沉默寡言地当一名陌生世界里的普通人。

他们终于在一张与其他长椅毫无区别的长椅上落座，这也是遵照陈童的暗示。他先坐下，随即用目光引导父亲入座。手机仍在陈童耳边。坐下后，又过了一会儿，陈童漫长的电话才正式宣告结束。"因为上飞机手机要关机，十三个小时，我需要先安排一些事情，都是工作的事。"陈童主动作出解释。这有一些出乎陈怀初的意料。但他仍在犹豫要不要继续以沉默表明自己还在赌气。"如果陈童再说点什么，随便什么，我就原谅他。可是，我原谅他什么呢？陈童什么也没有做错。也不是，他错了，他对他老子没话说。"

直到登机，陈童什么也没再说，陈怀初再也没看见他的眼珠，有一阵子，他都在想该开口了吧，可是，连他自己也什么都没能说——确实无话可说。他想了想祭天表演的事，但陈童对这件事从来就是反对的。陈童这次回国第一次见他就说过："假皇帝的祭天表演秀？这不合'礼'的，因为现代化进程里人的物化，'天'已经没有了传统文化中作为士人百姓安身立命的信念体系和日常生活的地位，传统的祭天有政治和道义上的意义。现在，这些都没有。"陈童回国期间就这次话讲得最多，但陈怀初不知道他在说什么。

陈怀初说，"天已经没有了？天怎么会没有啊，天从来都是有的。"

陈童就说，"OK，爸，天是有的。"

"你不能为了让我跟你去趟美利坚合众国，就把天给说没有了。"

"是的，我不说了。"

"成，我讲理儿，跟你去，大不了我跟他们说，今年换个人当天子。"

陈怀初这一年没能演成皇帝。当年的小干事听闻后是亲自打电话来的。小干事倒也没多做挽留，反而祝贺陈怀初即将赴美、一家团聚，"大好事啊，真是培养了一个好儿子。"

陈怀初说："嗨，美国的生活不比北京贵，他没大出息，才不敢回国。"心里又高兴，又失落，担心他们能在一个月时间里找到合适的演员接替自己么？

小干事说不用担心，肯定能找到。

陈怀初又想说，"你们找到之后能不能先让我见见？我有好多话要叮嘱。"但又说不出口，说到底自己也是业余的，鸠占鹊巢地演了这么多年皇帝，已经是承蒙照顾了。文化局懂行的专家那么些呢。他懂的门道怎么也不可能比人家更多。

就连老范的反应也这样，认为去美国是大事，演皇帝没有去美国重要。老范从前是演过文官的，那年犯病后手抖，就不演了。"没事儿的时候凑热闹，真有事就别凑那个热闹了，你又不差钱，美元多得是。"老范说。

"可不，美元多得用不完，我才非得跑去美国用不是。"陈怀初答。

"够了，都当了十几年皇帝了。别真以为自己是皇帝了。"

老范又说。当初陈怀初这些老同事老伙伴们跟陈怀初一块儿祭天的时候，得在仪式中向皇帝跪拜——这太难为情了。为此陈怀初没少受奚落，酒饭都没少请。好在后来，老伙伴们陆续离开表演队，文武百官和司仪都换成外地来的群众演员，人家很敬业，该跪的时候跪，不含糊，更不会难为情，陈怀初才没那么不自在了。想起这些，陈怀初讲，"您别说，我还真以为自己是皇帝了。"他知道老范不会当真。老范只是笑，一笑手就抽搐得更厉害，说，"人嘛，总是有个追求的。来，我再给你'喳'一个。"

"您别逗了，我给您磕头成不？我来'喳'一个。"陈怀初答。

说完他想其实人就该与世无争的，陈童也该与世无争，陈童死去的妈妈也就该与世无争。但是做不到啊，我是皇帝啊，他们都上进啊。这样想来，只好说，"不追求就没事儿，一追求就来事儿，有什么办法呢。"

在国际航班狭窄的机舱里，因为座位挨着，陈怀初和陈童离得很近。陈童俯身过来替陈怀初系上安全带，又给他递来毛毯和报纸，门门道道十分清楚。陈怀初想着他们的目的地，美国。那里的一切是不是都跟这架飞机上的东西一样，虽干净又规整，但处处都是他不明白的理儿？

陈怀初连连说，"我自己来吧。"

陈童不接话，仍是自顾自给他把一切都安排妥当，还说，"起飞会颠，过会就好。"陈怀初就觉得，陈童那胸有成竹的样子还跟十多年前刚出国时一样。从侧面看去，陈童的金边眼镜和飞机呈流线型的窗户、行李架那么相配。那么现在，那个与北京相比是倒置起来的美国的理儿，陈童该都全懂了吧。

陈怀初打开报纸看，脸绷得很紧。往年的这天，他都会早早睡觉，为祭天养足精神。他不知道即将到来的这个身处九天之外的夜晚，自己能不能睡好。到底有多少人是在天上睡过觉的呢？既然飞机发明了这么多年了，天上睡着的人应该不少。

报纸角落处，有条烟盒大小的新闻，"地坛祭天仪式表演今年不再举行"。他急忙看过去，"经提议，天坛、地坛的祭天仪式表演活动有重复，从新年开始，地坛着重举办新春庙会，天坛着力打造更专业的祭天表演，努力呈现春节传统文化精髓，为市民过一个喜庆祥和的春节，有关人员正在精心筹备。"

天色正是黄昏。起飞时的颠簸，比陈怀初预想中更激烈，就像那一年他坐在轿子上，看大风把轿子顶部悬挂的垂帘刮成一个卷儿，剧烈的晃动中，他透过轿子一侧的小窗，看地坛公园那些自己伺候了多少年的老树，枝枝叶叶、花花朵朵，在寒冬就都不见了，只剩下坚挺的树干，就这么老去。他知道初冬的地坛，梅花落了一地，银杏的金黄色比皇袍更美。他告诉自己，稳住，没什么，过会儿就好了——就像陈童刚刚的叮嘱一样。其实多少事都一样，没什么，过会儿就好了。

待飞机终于平稳，陈怀初就真正上到九天了。他看见小窗外，深蓝的天空无边无际，飞机下方镶有金边的云朵似乎永恒静止，天空笼住了他，保护着他。他是天子。求老天赏饭吃，他嘀咕一句。

安全带系得紧，陈怀初深深陷落于柔软舒适的座椅内，觉得此刻不能动弹的自己，倒像是儿子的小婴儿了。陈童还没有生孩子，也许以后也不打算生孩子。他想如果儿子也有了儿子，那就能理解自己了吧——人们好像都这样说的。

单词斩

鲁　敏

鲁　敏　1998 年开始小说写作。代表作《奔月》《六人晚餐》《九种忧伤》《荷尔蒙夜谈》等。曾获鲁迅文学奖、人民文学奖、郁达夫奖等。有作品译为德、法、日、俄文等。

堵红灯时，老郑请客人帮忙，在手机上装了个学英语的小玩意。他用平静的语气发愿，像邀请对方见证："我计划着，背上一年，每天十到十二个单词。""哟！厉害！师傅您今年？""五十六。"年轻客人嘴巴张大。老郑挺受用。

acidity 酸性 traction 拖拉 shutter 百叶窗

这小软件蛮好玩的，老郑背一个，它就会"刷"地抽出斩刀，把那单词给拦腰斩断了，杀气腾腾的煞是过瘾。

英语，对老郑来说，也并非全然的铁板一块，技校里学过一年，记得几个单词，比如 apple、TV、bed、eye。开出租这些年，经常拉到国际友人，他也会"哈罗过得三棵油"。有年南京办个什么国际大会，要求所有的出租车司机都能来上几句。"Welcome to take my taxi！""Where are you going?""Have a nice day."再说他目标也不是很高：哪天到国外旅行的话，可以跟当地人谈个天气、问个路、讲个价钱什么的。大哑巴似的傻玩，他不乐意。

当然，这只是个朦胧的想法。是否出国，老郑还没考虑清爽，也没跟谁谈过。不值一谈。而今这太不是一件事了。不用说年轻人，就说老邻居田老师吧，儿子在外头，两口子每年都要出去，华盛顿广场马赛港多伦多塔，随口就来，像中山陵莫愁湖似的。他们出去回来,行李物件什么的都是老郑给接送。为着表示感谢,除了巧克力与外烟,田老师还会分外地跟老郑讲知心话:"把钱省下来,让儿孙去做富二代富三代?才不干呢!世界那么大!出去开开眼啊。"田老师是个时髦人,讲话里总会夹上一两个热门说法。他整天劝着老郑去看世界,简直像收了"世界"什么好处似的,"你天天绕着南京城跑四五圈儿,有意思啊?到你进棺材啊,想想这一辈子,会后悔死的。"

不过老郑确实怕动弹,就一直在南京蹲着。最远的就是北京,还是蜜月去的,吃烤鸭,贵,死等,态度差,要他讲,跟南京盐水鸭是没法比的。儿子在深圳安家后去瞧过一回,出门不认路,问了几个人,竟都是外地的。他感到很不得劲,转天就回南京了。老婆查出大毛病后,说想看西湖,老郑奇怪又难过,西湖!为什么?可怜人病容中露出羞涩:小时候最喜欢白素贞。于是跑了趟杭州。老婆死后,如果拉到杭州客人,他会问候西湖几句。但要叫老郑说,不都是一池子闲水嘛,跟玄武湖也差不离啊。咱南京啥没有啊,老郑还真不稀奇"世界"。

但人家田老师说得有道理。这辈子眼看着就大半了,真可以琢磨一桩没办过的事情，万一闹不好，到见阎王爷时后悔了，也来不及了。况且老郑熟知那些场面——隔三岔五的，他在禄口机场接人，那些家伙，大冷天的趿拉着个拖鞋，三伏天的脖子里还缠条长围巾，天都黑了照旧架着大墨镜，一坐上车就打听，"南京最近空气怎么样？妈的还是这个死样子！"紧跟着第二句，"路上看到有卖肥肠面的破店，替我先停一下。"真得出趟国回来，才能是这种派头呢。可这个想法，他暂时不打算跟田老师讲。

反正有的是客人可以聊天，而且客人真是厉害啊，比田老师还高级，都很替老郑着想。"您打算去哪个洲？美英日韩泰澳这些个地方，老师傅您听我的，那是万万不能去了，厕所外边都写中文字，多没劲！我推荐南美或中东，那边中国人还少一些。""推荐旅行社啊？得啦，现在谁还跟旅行社。自由行啊！到地儿租个车，随开随停随拍照，发发朋友圈，绝对摆。""说一千道一万，您得先确定中心思想，是想海岛休闲，还是中世纪小镇，是拜教堂逛博物馆呢，还是买深海鱼油片与名牌皮带？然后再决定到哪个国家明白不？"老郑耳朵听得直抖。横竖也就出去这一大趟，得考虑周全，得"压得住"。好在也没那么急的，光是单词不就得背上一年嘛。

凡大事情，得慢慢合计。

attire 服装 hub 轴心 scrupulously 小心翼翼地

再说，还有些私人的累赘。田老师说得倒简单：你儿子在深圳、老婆在地下，等于孤家寡人，提上两只脚就可以出去了。实际上，不完全是这么回事。

就比如说早上起来这一大出。老郑夜车跑得迟，故早上得九点才起。醒来，有两件大事必办。一是烧壶滚水，冲出一缸热烫烫的雨花茶。他也喝过龙井铁观音乾红早春，各有各好，但南京人嘛，不喝雨花茶可说不过去，何况茶厂有熟人，半买半送，放在冰箱下头，管够一年的。他捧着茶杯到阳台上醒醒眼、清清嗓子。房子临街，别人都嫌吵嫌脏，老郑喜欢。一排摊子，熟得像满嘴的牙。

早点推车的买卖这时都结了，正敲打着锅盖要收家伙了。杂货超市的姑娘，不，该叫小媳妇，老郑是眼看着她结婚生养、胸脯子腰身都圆滚了，小媳妇正拖着两箱杂货，下腰时露出一截子腰肉。房子中介在弄早课，小伙子围成一圈，个个儿都是白衬衣黑西装，像黑社会，他们高举起手，小公鸭嗓子一齐发喊：加油！加油！中介边上是"小金车行"，小金正吆喝着女人把各种保险锁、防风罩、摩托头盔往外头挂。这小金，原来只是蹲在路牙子边，一只脸盆加一块纸牌，歪歪斜斜"修车补胎"四个字，而今都盘下这门面房了，乡下老婆都接来了，看这发达阵势，早晚也会把俩娃儿接来。好事儿。车行过去，是药房、发廊和瓜子零食店，都前后脚儿的开门，有的擦玻璃，有的揉眼睛，有的倒垃圾。都是那几张熟脸，都是那些个动作。老郑不偏不倚地挨个儿检视过去，一一落实着他们的存在并运转正常，不知不觉喝光一缸茶水。肚子圆滚了，咕噜咕噜起来。

他的第二件大事跟着也就来了：蹲大号。老郑有痔，动过刀，还是不利落，每天这一遭最是吃紧，得非常充分地处理，否则这一天都没个好。因此他的卫生间、他的马桶，是整个家里最为仔细的地方。他待在这里，会特别地感到，这是在他自个儿家里。说句不敬的话，就是有人请他到皇宫去出恭，也不干。

卫生间有扇窄窄的小窗，小便是背着窗的，若是大号，坐下来，就能瞧着小半块灰蒙蒙的天。大概两年前，窗格子有了内容：院子里的几棵杂树，长高到三楼这里，枝条横展在半格子里。老郑端端正正坐好，仰头朝向那几根枝条，徐徐地使着劲。秋天里，叶子黄瘦得招人疼。冬季树干硬白，像有脾气。初春新生了绿叶，又妩媚得能掐出汁。有了这几根枝条，老郑早上这桩事情，还挺美的。

不免想到，要是出去了，这事可怎么弄呢。首先时辰就是乱的，再者是有没有那消停时间呢？有窗户吗？窗户外头又对着什么？老郑有点不踏实。也可惜了窗口这几根枝条，要没老郑去瞅着，谁会去注意它呢。更不要说楼下那各色的小生意铺子，要没老郑九点钟的这一通打量，估计它们这一天都不能算是开了张。万一哪天超市的小媳妇怀上二胎，万一小金接来乡下孩子，老郑能不瞧着吗，少一眼都不乐意呀。

这想法真不能开头，一开头，就像扯开了旧毛衣，线头能拉出几条街去。就连家门口的垃圾筒，老郑都觉得舍不下。两个，一只黄，一只绿。他早饭后下楼扔垃圾，不远不近扬起胳膊，瞄着，投中。垃圾筒边上常有一只老猫，等人一走它就蹿上去扒拉着查点一番，也算是物尽其用。老郑很欣赏这老猫，也中意每天"扔一下"的这个动作，有种吐故纳新之感，尤其那一黄一绿俩垃圾箱，活像两口子！当然他也听客人骂过："咱这分类，算个屁啊。等你出去就知道了。瞧人家日本，瞧人家德国。塑料瓶和塑料盖都得分开来扔。"

老郑不应声，楼下这两箱子，要么黄的被锁了，要么绿的被锁了，就没法分着扔！这是开垃圾车的小伙子故意弄的，整个小区都是，没准附近一带都如此，这样起码省他一半的活儿。老郑承认，比起外国，这是不够讲究。可怎么说呢，他愿意装糊涂，横竖都是破烂，何苦呢，就为着能这么不拘束地扔破烂儿，他都有点不乐意出去呢。

moat 护城河 arid 干燥的 slumber 睡眠

再斩它三个。这些词儿都打哪儿来的呀，连中国话都不大用啊。但老郑照他定好的计划，背完了才允许自己去菜场。

从家走到菜场，十三分钟。路上总会遇到一只老松狮和同样老的主人，主人裤腰里绑只播放器，放革命老歌，目不斜视地从不理会老郑。倒是老狗会冲老郑摇头摆尾，老郑也会因为这狗而略作停顿，同时闻到一股子老衰的味儿，不知是来自狗还是那老头。也来不及感慨，因为一转弯他就会乐，每次看到都会乐——路口那几个水泥墩子，挡汽车的，柱顶溜圆，圆顶下一圈圈的装饰，实在太像裆下的那玩意儿了……

这一笑，嗓子里痒起来，老郑响亮地咳了，一口痰随之上来，他瘪起两腮、噘起嘴，可，等一下。猛然想起有位客人特地强调过，一个是随地吐痰，一个是讲话大嗓门，在外国可招人家讨厌了。老郑摸摸口袋，没纸巾更没手帕，大男人的带那玩意儿干吗，就算带了，难道还真把痰吐在里头放口袋？多恶心哪。老郑挺不高兴地四处瞅瞅，外国的规定真不合理。这道边不都是有现成儿的地吗？老郑一口啐到绿化树下，都有点儿理直气壮。真的，远古老祖宗至今，都吐了几千年，花草树木受用了，风吹日晒过去了，土地爷都从没吭个声，怎么就不对了？谁不吃喝拉撒，痰又不是什么见不得人的东西！老郑在心头辩解着，真想能用英文单词，一个个儿把这些个意思蹦出来，给外国佬讲个明白！

拐过弯顺着走，就到居委会了。居委会最爱折腾标语，每隔上几天，就会瞅见精干的老太太们围成一堆儿分派任务。"禁止燃放烟花爆竹""一人入伍、全家光荣""破除迷信文明祭祀""全民阅读从我做起""拒绝家暴期待拥抱"……这都是全市统一的，等到中午他出车，随便钻进哪条巷子，这些标语全都上墙了，红彤彤地开到哪儿都觉得眼熟。这帮老太太们，太能了，上午巡逻贴标语，下午接孙子烧晚饭，饭后再出来跳舞——好多人撇着嘴嫌弃她们，可老郑乐意偏祖她们，年轻人那是没经过时月的欺负啊，不晓得老来俏多不容易啊。老婆要在的话，老郑真情愿她也那样泼辣招人嫌。他竭力回忆老婆的性子，有点吃不准，真要在，她会赞成他（们）出去这么一大趟吗。唉，她喜欢的，就是个白素贞呗。

再拐一个弯，老郑不敢分心想老婆了，这里的人行道上有好几块方砖松动了，踩得不对就会翘，一翘的话，就会有污水喷到鞋面上，像个怪亲热的玩笑：专门捉弄外地人的。像老郑这些老街坊，各个儿都已洞悉其中奥秘，每次都能像跳棋一样成功走过，脚面干净！不过，马上就要进菜场了，那地面儿，可全是菜叶子与脏水！老郑露出笑意：他对逛菜场有瘾！

卖鱼虾的腥气扑鼻。卖菜秧子的在洒水。一嘟噜一嘟噜的蘑菇一掐就是手印儿。卖豆干的一直送到老郑鼻子下面：你闻闻，多香！老郑像土皇帝巡视其中，这里瞅瞅，那边摸摸，显得很挑剔，不时骂骂咧咧，表示他是识货的老主顾，摊主也会相应地赌咒发誓拍胸脯，声调高出八度，证明童叟无欺。老郑很喜欢这么个煞有介事的玩闹过程，斗智斗趣斗反应力，简直就是他小半天的乐趣所在……嚷嚷到一半，老郑冷不丁想起来，嘘——怎么又大嗓门！这都是要出国的人了！他徒然漏气，蔫不拉叽接过找零。一口镇江话的黑脸大婶以为他不乐意，嘎嘎大笑，露出她的豁牙，又扔给他几根葱："老抠门儿，拿着，死走！"老郑正气恨着出国的碍手碍脚，反弹地大吼："你个老妖精，看下回我怎么来收拾你！"这笔两斤不到的带鱼买卖，才算痛快交结了。

糖醋带鱼、虾皮清炒鸡毛菜、菌子肉丸豆腐汤。一天主要就靠这顿，下午出了街，就再没饭点儿了。备菜备饭的时辰，田老师会掐着点儿过来问老郑借样他正闲着的东西：耳朵。田老师最爱讲谈新闻。

"有个火星移民计划，你知道吗？全球报名海选，随机的，什么职业，什么人种都欢迎。你猜怎么着，有 4 名华人入选了！"

老郑一般都是埋头理菜，得意着他买到了整个菜场最新鲜最便宜的货色。火星？他有点愣，他脑子里能想到的最远地方，是月亮，嫦娥女士去过。

田老师心有灵犀，解释："月亮那边儿，早有私人旅行了，名额太金贵，就两人，15 亿美元。空间站旅行倒是便宜点儿，那也得 25 万！可这个火星，免费啊！"田老师直拍大腿，过会儿他又自我安慰，"说是起码要到 2024 年才能出发，估计那时我也快死了。也有报道说这是一个公司的商业行为，已经捞了一大笔报名费。可是，真喜欢这个主意呢。"

一般是趁田老师喝水的工夫，老郑报以"木桃"，也讲讲他一上午的新发现。红皮椒和绿皮椒味儿确实不同。芦蒿新上市了就是忒贵，再说得配臭豆干才好，今天只有香干了。莲藕是从宝应直接运来的，那泥味，好闻！田老师挺认真地点头，等老郑讲完，他接着他的："麻省理工学院的科学家研究过了，说是在火星那个环境里，人待上68天就要死了。可不就该我们这些快死的老家伙去嘛。唉，可惜，太可惜！我怎么早不知道的？万一那公司最后真能干成呢。"

可今天，田老师不知为何没来。耳朵都空得不习惯。得，听收音机吧。所有节目里，老郑喜欢路况播报与天气预报——只有这两个不像广告。哪儿得堵半个时辰，哪儿顺溜，哪儿双向改单行，哪儿施工围栏，小姑娘嘴巴像机关枪，每一枪都嘎巴脆，听得老郑都想叫个好儿。天气预报呢，更有趣了，空气质量指数如何，穿衣指数如何，洗车指数如何，舒适度指数如何，那叫一个周到。以前听一个笑话，有个老太太，特别同情"局部地区"，那儿的人可真够受的，要么雷阵雨，要么八级以上大风，要么会下冰雹。老郑喜欢这个笑话，每回也分外留意着那个"局部地区"。

他一边往锅里下油,一边想着那老太太,乐到一半,想到个小情况,若出去的话,南京这里的交通路况与天气预报,可就听不上了。固然那些天也用不上,可他习惯了,爱听啊,天天都得听!老郑心里头再次不舒服了,并且这不舒服还像水渍似的,不断向周边延展。松动的小方砖,小鸡鸡似的水泥柱子,每天碰到的老松狮,老太太们的红标语,菜场里卖豆干的吆喝。真要把这些提不上筷子的零碎说出来,田老师准会笑得喘不上气儿地把他给骂上一顿。可怎么说呢,真要没了这些小破事情,他每天的滋味会牺牲掉很大一部分——就算出去"看世界"是桩了不起的事情,也得打上很大的折扣了。

带鱼味儿不错。肉丸子剩下三个,下楼带给猫吃去。老郑把碗扔在水池里,不想洗,有点奇怪老田今天怎么没来。

fossil 化石 spherical 球形的 fuse 导火索

单词总是不大实用,刷,刷,刷,腰斩声倒还是清脆好听的。

早中饭后,老郑开始上路跑活了,用田老师的话说,就是绕着南京兜圈。有时能连着跑四五趟夫子庙,本地人带着外地人,大舅妈抱着小毛娃。最远则会甩到燕子矶,耳朵里都能听到长江水打岸。或者到六合,那里有化工厂,车窗就算紧闭,臭鸡蛋味儿还是挺大。老郑倒也不嫌弃,只管受着吧。老郑五年前动过一次阑尾炎手术,小肚上留下个疤,他每晚睡觉前,会有意无意地抚摸几下,好像要确认他所摸着的正是他本人的肚皮似的,有种古怪的满足。包括有时堵车,四十分钟动不了窝子,老郑也会隔着裤子,摸摸那小长疤,堵车也就过去了。

除了摸伤疤,他还另有个绝招:把车子正前方的玻璃当作一块宽屏幕,他让自己尽量往下蹭、头往后靠,像坐在电影院的软椅子上似的。嘿,转眼就有趣多了。天桥上有个紫头发小伙儿在自拍。左边大厦玻璃外墙上吊着人。电动车冲进绿化带了。矮男人搂着他的胖女人过马路。奶茶店有个姑娘突然脱掉外套露出雪白肚皮。正看到好处呢,后面有喇叭催,老郑于是又像老马似的,歪歪歪往前跑起来啦。他常有个傲慢的感觉,这么多年来跑啊跑的,他已经把这城里的每个角落都跑得像他的肚皮一样熟悉了。哪里关张了一家中看不中吃的牛排馆子,哪里增加了一个停车公厕,哪里到凌晨一点还能买到烫嘴的小馄饨,哪里闹慌去不得,哪里冷清有景致——唉，真感慨，感慨得都要抽一大口气。他觉得他这个人，跟这行当、跟这车子、跟这马路，哪儿哪儿都十分般配。

夜里快到十一点了，接到田老师电话，这才知道，他老伴跌跤摔断胫骨，一早就去了医院，这会儿要回家拿点东西，请老田帮忙。怪不得上午没来讲新闻呢。

这个时辰，大马路上光光的，车子像在大水里顺着飘，都不用划桨。"宽银幕"里现在只剩下不见头尾的白亮路灯，大珍珠似的，一串接着一串，一会儿串到老城墙头，一会儿甩到富贵山隧道，一会儿又绕过紫金山脚。田老师从医院一上车就打起瞌睡，快到家门了，他推醒老田。

田老师揉揉眼睛，"我都睡着了？到底是老了。唉，再过两三年，我们这年纪，国际航班就坐不了了。'世界'都不要我们去看了。"

上楼拿好东西重新上路，田老师的精神又回来了，"唉呀，今天可有大新闻！"像补课一样，他急忙忙地，生怕遗漏，"就是引力波啊，被接收到了，你知道吧！"那口气，十足像是他发现的，"这下可了不得。空间站、月亮、火星那压根不算什么了，我看这趋势，哼，下一步，指不定得去黑洞见识见识了！"

"黑洞？那地方有好玩的？听上去并不怎么样似的。"老郑打开车窗，夜风真舒服。

"肯定好的！就像，嗯，黑豆黑米黑蒜什么的，黑色总是有益健康。没准从黑洞回来，游客就能返老还童了。"田老师话锋一转，绕到老郑身上，游说里又增加了新的砝码，"你看，这引力波都出来了，赶紧地出去啊。我要是年轻个一二十岁就好了，就算去不成火星，起码会把七大洲都插上我的小红旗，尤其是南极，我多想去看看企鹅啊。对了还有赤道，小时候学地理，总觉得这条线滚烫的，大概都没办法站上去拍照！"田老师发笑，听上去却有点伤心。他那么的喜欢"世界"啊。他想把这种伤心的喜欢，转化为对老郑的推动力。

真想告诉他，自己天天都在斩单词！老郑张张嘴巴，硬是忍住了，只是呼哧着，往窗外吐了一大口没什么实质性内容的痰。瞧，又随地吐了，是的，偏就随地吐了。

老郑替田老师拎着东西送到住院部。田老师讲究礼数，又反过来送老郑下电梯。老郑试探性地嘟囔着，"我真要出国去了，你万一有事找谁啊？我啊，也不乐意你找别人。"

田老师眼睛盯着电梯键，有点沉痛地，"世界那么大啊。"

老郑也看着电梯键,"它大它的,我还觉得我这两分地也挺稀罕的,深耕细作还来不及,一分钟都舍不得浪费呢。"

田老师没再吭声。电梯到底了,两人含含糊糊地半抬着胳膊互道再见。看着电梯门慢慢合上,看着暗乎乎的田老师,老郑突然冲动了,速战速决,出去一趟拉倒,就为着听从田老师的劝……等车子在马路上跑起来,路灯的珍珠在车子两旁滚动着,他又欣慰地想起来,也急不得的,单词起码得斩上一年的。

老郑更加恳切地跟客人聊出国之事,百川纳海,听取各种零碎建议。

"老哥跟你讲,外国娘儿们是不爱惜的,什么都露在外边儿,一见面就左右开弓抱着啃。您老可别大惊小怪,拧脖子丢眼珠的没了体面。"

"记得一条,带辣酱带榨菜。我跟你说,西餐是天底下最难吃的东西,还要操心刀子叉子什么的。活活儿受罪。"

"千万不要随便给外国小娃娃拍照,更不能随便摸人家娃娃,搞不好警察要来抓你坐牢。"

"死喝牛奶,当水喝,人家那才叫牛奶。我回国后把牛奶都给戒了,哪儿能喝啊。"

"赶紧买个小烧水壶搁箱子里。那边,就没个滚开的水!"

有的挺逗笑,有的老郑也不以为然。但也还是一条条记下来了,并付诸行动,扎扎实实走起程序。

他到指定地方拍了大脑袋照,申办了护照。听一位医生客人的建议,还去做了个全面体检。买了烧水壶、护颈枕。还有黑超墨镜。商场里,在营业员的诱导下,他穿上登山服,戴顶渔夫帽,背个双肩包,很环球的样子。老郑对着镜子前后照照,笑了起来。

不过笑得有些犹豫。他至今没跟老田露风,但跟起初的保密不同,那时是条件不成熟,他也不喜欢突然放卫星,现在呢,已经越来越接近卫星了,可他更不愿讲了。他有个忧心忡忡的感觉:只怕就会这么准备着、准备着、时刻准备着、一直准备着……

老郑照旧会送客人到机场。他会用目光尾随着客人,好像跟着去安检,去出关了。他抬头看看飞机,轰的一声,好像自己已经高飞而去了。他在凯旋门和比萨斜塔拍照了。咖啡馆的面包倒不难吃,但必须配上他自带的雨花茶。他跟邻座的老外聊天,用上了好些个英语单词,他很文明,嗓门低得连他自个儿都听不清在讲什么。广场有很多雕塑，他绕着圈挨个瞻仰，失望地发现，没有一个长得像新街口的孙中山。他碰到一个溜狗的胖太太，人家主动跟他行贴面礼，左两下右两下，老郑一下都没搞错。但她的狗挺夹生，还冲他叫，叫法倒是跟中国狗一样。老郑来到海滩上，男女果真都光着身子，老郑非常镇定地也脱了，他有点嫌自己太肥又太白。他躺下来，吹着不知是大西洋还是太平洋的风。

真挺活灵活现的呢，不错。老郑晃晃脑袋，觉得他就算马上老死，可能也不大后悔了。

steep 陡峭 lettuce 莴苣 coach 四轮大马车

图书在版编目（CIP）数据

小说界文库.第一辑/《小说界》编辑部编.-上海：上海文艺出版社.2021
ISBN 978-7-5321-8004-2
Ⅰ.①小… Ⅱ.①小… Ⅲ.①短篇小说－小说集－中国－当代 Ⅳ.①I247.7
中国版本图书馆CIP数据核字(2021)第164878号

发 行 人：毕　胜
责任编辑：乔晓华　项斯微　徐晓倩
封面设计：周志武
函套设计：人马艺术设计·储平

书　　名：小说界文库.第一辑
编　　者：《小说界》编辑部
出　　版：上海世纪出版集团　上海文艺出版社
地　　址：上海市绍兴路7号　200020
发　　行：上海文艺出版社发行中心
　　　　　上海市绍兴路50号　200020　www.ewen.co
印　　刷：崇明裕安印刷厂
开　　本：787×1092　1/32
印　　张：44.5
插　　页：12
字　　数：703,000
印　　次：2021年9月第1版　2021年9月第1次印刷
Ｉ Ｓ Ｂ Ｎ：978-7-5321-8004-2/I·6344
定　　价：168.00元
告 读 者：**如发现本书有质量问题请与印刷厂质量科联系　T：021-59404766**